나는 고양이로소이다

세계교양전집 47

나는 고양이로소이다

나쓰메 소세키 지음

임희선 옮김

올리버

나쓰메 소세키夏目漱石

차례

1

나는 고양이다. 이름은 아직 없다.

어디서 태어났는지 도무지 알 수 없다. 그저 어두컴컴하고 축축한 곳에서 야옹야옹 울고 있었던 것만 기억이 난다. 나는 거기서 처음으로 인간이라는 것을 보았다. 나중에 들어 보니 그것은 서생書生*이라 하여 인간들 중에서 가장 성질이 더러운 종족이었다고 한다. 이 서생이라는 것들은 간혹가다 우리를 잡아서 삶아 먹는다고 한다. 하지만 그 당시는 아무런 생각이 없었기 때문에 특별히 무섭다고 느끼지는 않았다. 그저 그 사람의 손바닥에 얹혀서 스윽, 하고 위로 들어 올려졌을 때 뭔가 둥실 떠오르는 느낌이 있었을 뿐이다. 손바닥 위에 자리를 잡고 앉아 서생의 얼굴을 본 것이 말하자면 인간이라는 생물과의 첫 대면인 셈이다. 그때 이상하게 생겼다고 여긴 느낌이 아직도 머릿속에 남아 있다. 우선은 털로 장식되어 있어야 할 얼굴이 맨질맨질한 것이 꼭 주전자 같았다. 그 뒤로도 고양이를 많이 만났는데 이런 불

---

* 남의 집에 살면서 그 집의 가사를 도우며 공부하는 사람.

구자는 한 번도 본 적이 없다. 뿐만 아니라 얼굴 한가운데가 너무 툭 튀어나와 있다. 그리고 그 구멍 속으로 가끔 푹푹 연기를 뿜어낸다. 그러면 숨이 턱턱 막히는 것이 아주 싫었다. 이것이 사람이 피우는 담배라는 것을 요즘 들어서야 겨우 알게 되었다.

이 서생의 손바닥 위에서 한동안 기분 좋게 앉아 있었는데, 이내 아주 빠른 속도로 움직이기 시작했다. 서생이 움직이는 것인지 나 혼자 움직이는 것인지 알 수 없지만 눈이 핑글핑글 돌았다. 속이 메스꺼렸다. 이제는 도저히 살 수 없다고 생각하는 찰나에 털썩하는 소리가 나더니 눈에서 불똥이 튀었다. 거기까지는 기억하고 있는데, 그 뒤로 무슨 일이 있었는지는 아무리 머리를 쥐어짜도 생각이 나지 않는다.

문득 정신을 차려 보니까 서생이 없었다. 여럿 있던 형제들이 하나도 보이지 않았다. 제일 중요한 엄마까지 어디로 갔는지 사라져 버렸다. 게다가 지금까지 있던 곳과는 전혀 다르게 주위가 무척 밝았다. 도저히 눈을 뜨고 있지 못할 정도였다. 영 뭔가 이상하다 싶어서 슬슬 기어가 보았더니 온몸이 아팠다. 나는 지푸라기 위에 있다가 갑자기 조릿대 밭에 버려졌던 것이다.

간신히 조릿대 밭에서 기어 나오자 저 앞에 커다란 연못이 보였다. 나는 연못 앞에 앉아 어떻게 하면 좋을지 생각해 보았다. 특별히 이렇다 할 생각이 떠오르지 않았다. 그렇게 있다가 내가 울면 서생이 다시 데리러 와 줄지도 모른다는 생각이 들었다. 야옹야옹, 하고 시험 삼아 울어 보았지만 아무도 오지 않았다. 그러는 사이에 연못 위로 살랑살랑 바람이 불더니 해가 저물었다. 배가 무척 고팠다. 울고 싶어도 소리가 나지 않았다. 할 수 없다, 뭐든 좋으니까 먹을 것이 있는 곳까지 걸어가야겠다고 결심하고 연못을 따라 왼쪽으로 살

살 걷기 시작했다. 아주 힘이 들었다. 그래도 꾹 참고 억지로 기어갔더니 겨우 사람 냄새가 나는 곳에 다다랐다. 여기로 들어가면 어떻게든 되겠지, 하는 생각에 대나무로 엮은 울타리의 뚫린 구멍을 통해 어떤 집 안으로 숨어 들어갔다. 인연이란 참 묘한 것이다. 만약 이 대나무 울타리에 구멍이 없었더라면 나는 끝내 길가에서 굶어 죽었을지도 모른다. '한 나무의 그늘'*이라는 말이 공연히 있는 것이 아니다. 이 구멍은 오늘날에 이르기까지 내가 옆집 얼룩 고양이를 방문할 때 쓰는 통로가 되고 있다. 그런데 집 안으로 들어온 것까지는 좋았지만 그다음부터 어떻게 해야 할지 몰랐다. 그러는 사이에 주위는 어두워지지, 배는 고프지, 추위도 심해지지, 비까지 내리는 편국이 되어 더 이상 한시도 가만히 있을 수가 없었다. 하는 수 없이 밝고 따뜻하게 보이는 쪽을 향해서 걸어갔다. 지금 생각해 보면 그때 이미 나는 집 안에 들어와 있었던 것이다. 여기서 나는 그 서생 이외의 인간을 다시 볼 수 있는 기회를 얻었다. 제일 처음 만난 것이 식모**였다. 이 인간은 그 서생보다도 더 난폭해서 나를 보자마자 느닷없이 목덜미를 잡더니 밖으로 집어던져 버렸다. 이제는 어쩔 수 없다 싶어서 눈을 꼭 감고 운명을 하늘에 맡기고 있었다. 하지만 배고픈 것과 추운 것은 도저히 참을 수가 없었다. 나는 다시 식모가 보지 않는 틈을 타서 부엌으로 기어 들어갔다. 그러자 금세 다시 내던져졌다. 내던져지면 다시 기어 들어가고, 기어 들어갔다가 다시 내던져지는 식으로 같은 짓을 한 네댓 번은 되풀이했던 기억이 난다. 그

---

* 생면부지의 나그네끼리 같은 나무 그늘 아래에 묵는 것도 다 전생의 깊은 인연이라는 뜻.
** 부엌일을 하는 하녀.

때 나는 이 식모라는 인간이 정말 싫어졌다. 얼마 전에 식모의 꽁치를 훔쳐서 그때의 보복을 하고 나서야 겨우 속이 후련해졌다. 내가 마지막으로 내던져지려고 했을 때 이 집 주인이 왜 이리 시끄러우냐, 하면서 나왔다. 하녀는 나를 집어 든 손을 주인 쪽으로 내밀면서 "이 집 없는 고양이 새끼가 아무리 밖으로 내쫓아도 자꾸 부엌으로 기어 들어와서 그랬습니다." 하고 말했다. 주인은 코밑에 난 검은 털을 손가락으로 배배 꼬면서 내 얼굴을 한참 바라보더니 이윽고 "그렇다면 안에 들여놔." 하고는 안쪽으로 들어가 버렸다. 주인은 말수가 적은 사람인 모양이었다. 식모는 분하다는 듯이 나를 부엌에 내던졌다. 이렇게 해서 나는 드디어 이 집을 내 주거지로 삼을 수 있게 된 것이다.

내 주인은 여간해선 나랑 얼굴을 마주치는 일이 없다. 직업은 교사라고 한다. 학교에서 돌아오면 하루 종일 서재에 틀어박혀서 거의 밖으로 나오지 않는다. 집안 사람들은 모두 주인이 대단히 공부를 많이 하는 사람이라고 생각하고 있다. 당사자도 그렇게 보이려고 하는 모양이다. 그러나 실제로는 집안 사람들이 말하는 것처럼 열심히 공부하지 않는다. 가끔 나는 몰래 그의 서재를 들여다보곤 하는데, 그럴 때 낮잠을 자고 있는 그의 모습을 종종 보곤 한다. 어떨 때는 읽고 있던 책에다 침을 흘리며 자기도 한다. 그는 위가 약해서 피부색이 누리끼리하고 탄력이 없어 활발하지 못한 느낌을 준다. 그러면서도 밥은 많이 먹는다. 잔뜩 먹은 다음에 다카디아스타아제*를 먹는다. 약을 먹은 다음 책을 펼친다. 두세 쪽 정도 읽다 보면 졸기 시작한다. 책장에 침을 흘린다. 이것이 그가 매일 밤 되풀이하는 일과

* 소화제의 상품명

10

이다. 나는 고양이지만 가끔 이런 생각을 한다. 교사라는 존재는 참으로 신세가 편하다. 인간으로 태어났으면 교사가 되는 것이 최고다, 이렇게 자면서도 할 수 있는 일이라면 고양이라고 못 할 것이 없지 않은가, 하고 말이다. 그래도 주인의 말을 빌자면 교사처럼 힘든 일이 없다고, 그는 친구가 올 때마다 이러쿵저러쿵 불평을 늘어놓곤 한다.

내가 이 집에 살기 시작했을 당시에는 주인 이외의 사람들에게 매우 인기가 없었다. 어디를 가나 내쳐지기만 할 뿐 상대해 주는 사람이 없었다. 나를 얼마나 소홀히 생각하는지는 지금까지 이름조차 붙여주지 않은 것만 보아도 알 수 있다. 나는 하는 수 없이 될 수 있는 한 나를 이 집에 있게 해 준 주인 곁에 있으려고 노력한다. 아침에 주인이 신문을 읽을 때는 반드시 그의 무릎 위에 앉았다. 그가 낮잠을 잘 때는 꼭 그의 등을 타고 누웠다. 굳이 주인을 좋아해서 그렇게 했던 것이 아니라, 달리 나를 보살펴 줄 사람이 없기 때문에 어쩔 수 없어 그렇게 한 것이다. 그 후로 다양한 경험을 하고 나서는 아침에는 밥통 위에서, 밤에는 고타쓰炬燵* 위에서, 날씨가 좋은 날 낮에는 툇마루에서 자게 되었다. 하지만 제일 기분이 좋을 때는 밤에 이 집 아이들 잠자리에 기어 들어가 같이 잘 때이다. 이 집 아이들은 다섯 살과 세 살인데, 밤이 되면 둘이 같은 방에서 한 이불을 덮고 잔다. 나는 항상그 둘 사이에서 내가 들어갈 만한 틈을 발견해 간신히 파고들곤 하는데, 재수 없게 둘 중 하나가 깨기라도 하면 큰 소동이 벌어진다. 아이들은—특히 작은아이 쪽이 더 문제다—고양이가 왔다, 고양이가 왔다, 하며 한밤중이든 아니든 상관하지 않고 큰 소리로 울부짖는 것

* 이불 속에 넣는 화로.

이다. 그러면 그 신경성 위염이 있는 주인은 반드시 일어나서 옆방에서 뛰어나온다. 실제로 얼마 전에는 주인이 잣대로 내 엉덩이를 심하게 때린 적도 있다.

나는 인간과 동거를 시작한 뒤로 그들을 관찰하면 할수록 그들이 매우 방자한 존재라고 단언하지 않을 수 없게 되었다. 특히 내가 종종 한 이불에서 같이 자는 아이들을 보자면 이루 말할 수 없이 제멋대로다. 자기들 마음 내키는 대로 나를 거꾸로 들어 올리기도 하고, 머리에 자루를 뒤집어씌우기도 하고, 내던지기도 하고, 아궁이 속에 억지로 집어넣기도 한다. 더구나 내가 조금이라도 뭐에 손을 댔다가는 온 집안 식구들이 달려들어서 나를 붙잡아 놓고 박해를 가한다. 얼마 전에도 다다미에다 발톱을 조금 갈았더니 안주인이 매우 화를 내었고, 그 후로는 방 안에 들어가기가 더욱 힘들어졌다. 인간들은 차가운 부엌 바닥에서 내가 달달 떨고 있어도 전혀 개의치 않는다. 내가 존경해 마지않는 길 건너편 집의 흰둥이 님은, 나를 만날 때마다 인간처럼 인정머리 없는 것도 없다고 이야기한다. 흰둥이 님은 지난번에 귀여운 새끼 고양이를 네 마리나 낳았다. 그런데 그 집에 있는 서생이 사흘째 되는 날에 그 새끼들을 뒤쪽에 있는 연못가로 데려가 모두 버리고 왔다고 한다. 흰둥이 님은 눈물을 흘리며 그 일의 자초지종을 이야기해 주었다. 그러고는 우리 고양이들이 부모자식 간의 사랑을 끝까지 지키며 아름다운 가정생활을 영위하려면 인간들과 싸워서 이들을 완전히 멸망시켜 버려야 한다고 말했다. 정말 타당한 의견이라고 생각한다. 그리고 옆집 얼룩이도 인간이라는 족속은 소유권이라는 것을 이해하지 못한다며 크게 분개하고 있다. 원래 우리 고양이들 사이에서는 정어리 대가리든 숭어 꼬리든 간에 제일 먼저 발견한 자가 이를 먹을 권리를 갖게 되어 있다. 만약 상대방이 이 규칙을 지키지 않으면 힘을 써서 권리를 행사해도 될 정도이다. 그런데 저 인간들은 털끝만큼도 이런 개념이 없는지 우리가 발견한 맛있는 음식을 모조리 자기들을 위해 약탈해 버린다. 그들은 자기들 힘 센 것만 믿고 우리가 정당하게 가져야 할 것을 빼앗아 가고는 시치미를 뗀다. 흰둥이 님은 군인네 집에 있고, 얼룩이는 변호사를 주인으로 삼고 있다. 나는 교사네 집에 사는 덕분에 이런 일에 관해서는 이 둘보다 그나마 나은 쪽이다. 그저 그날그날을 그럭저럭 지낼 수 있으면 된다. 아무리 인간이라도 영원히 번창할 수는 없지 않은가. 느긋하게 고양이의 시대가 오기를 기다리면 될 것이다.

  방자하다는 말이 나온 김에 우리 집 주인이 이 방사함 때문에 실패한 이야기를 해야겠다. 원래 이 주인이라는 사람은 뭐 하나 남보다 뛰어나게 할 수 있는 것도 없으면서 무슨 일이든 자꾸 손을 대려고 한다. 하이쿠俳句*를 지어서《호토토기스》**에 투고를 하기도 하고, 신체시新體詩***를《묘조明星》****에 보내기도 하고, 엉터리 영어 문장을 쓰기도 하고, 때로는 활쏘기에 빠지기도 하고, 우타이謠*****를 배우기도 하고, 어떤 때는 바이올린을 뻑뻑 켜기도 하는데, 안타깝게도 뭐 하나 제대로 하는 것이 없다. 그러면서도 한번 손을 대면 위장도 약한 주제에 정신없이 열중한다. 변소 안에서 우타이를 불러 대는 바람에 동네에서 '변소 선생'이라는 별명으로 불리는데도 전혀

---

* 일본 특유의 짧은 시(詩).
** 1897년에 마사오카 시키(止岡子規) 주재로 발행된 하이쿠 잡지.《나는 고양이로소이다》도 이 잡지에 연재되었다.
*** 메이지 시대에 나온 시(詩)들을 일컬음.
**** 요사노 텍칸(與謝野鐵寬)이 1900년 4월에 발간한 시가(詩歌) 잡지.
***** 일본 가극의 일종인 노가쿠(能樂)에 맞춰서 부르는 가사.

개의치 않고, 그저 '내가 바로 다이라노 무네모리平の宗盛이다'*만
연달아 외치곤 한다. 다들 무네모리 나오셨다고 깔깔대고 웃을 정도
이다. 그런 주인이 무슨 생각이 들었는지, 내가 그 집에서 살기 시작
한 지 한 달가량 되었을 어느 월급날에 커다란 봉지를 들고 허겁지
겁 집으로 돌아왔다. 무엇을 사 왔나 싶어 봤더니 수채 그림물감과
붓, 그리고 와트만이라는 종이였다. 그날부터 우타이와 하이쿠를 그
만두고 그림 그릴 결심을 한 모양이었다. 과연 그다음 날부터 한동
안 매일 같이 서재에서 낮잠도 자지 않고 그림만 그리고 있었다. 그
런데 그렇게 그려 놓은 것을 보면 무엇을 그렸는지 아무도 알아보지
못한다. 본인도 썩 잘 그리지 못했다고 생각했는지, 어느 날 주인의
친구 중에서 미학美學인지 뭔지를 한다는 사람이 왔을 때 이런 이야
기를 하는 것이었다.

"좀처럼 제대로 그리기가 힘들군. 남이 하는 것을 보면 어렵지 않
은 것 같은데, 내가 직접 붓을 들어 보면 새삼 어렵게 느껴진단 말이
야."

이것이 주인이 한 말이다. 내가 들어도 틀림이 없는 말이다. 그의
친구는 금테 안경 너머로 주인의 얼굴을 보면서 말하였다.

"그렇게 처음부터 잘할 수 있는 사람이 어디 있는가? 무엇보다도
방 안에서 상상만 해 가지고는 그림이 그려지지 않지. 옛날에 이탈리
아의 대가인 안드레아 델 사르토**가 이렇게 말했다네. 그림을 그리려
면 무엇이든 자연 그 자체를 베껴라, 하늘에는 별이 있고 땅에는 반
짝이는 이슬이 있다, 날아다니는 새가 있고 뛰어다니는 동물이 있다,

* 우타이의 곡에 나오는 대사.
** 이탈리아의 화가(1486~1530).

14

물속에는 물고기가 있고 마른 나무에는 한아寒鴉*가 있다, 자연은 바로 한 폭의 커다란 움직이는 그림이다, 하고 말이야. 어떤가? 자네도 그림을 그리려면 사생을 좀 해 보지."

"아니, 안드레아 델 사르토가 그런 말을 한 적이 있단 말인가? 나는 전혀 몰랐군그래. 정말 맞는 말이야. 참으로 옳은 말이야."

주인은 연신 감탄을 하였다. 금테 안경을 쓴 얼굴에는 비웃는 듯한 웃음이 보였다.

그다음 날 내가 평소처럼 툇마루에서 기분 좋게 낮잠을 즐기고 있는데, 주인이 전에 없이 서재에서 나와서는 내 뒤쪽에서 뭔가를 열심히 하기 시작했다. 문득 잠에서 깨어 무일 하고 있는가 싶어 눈을 가늘게 뜨고 보니, 그는 안드레아 델 사르토의 말씀을 따르느라 여념이 없었다. 나는 그 모습을 보고는 나도 모르게 픽, 하고 웃음이 나오는 것을 참을 수 없었다. 그는 자기 친구가 놀렸다는 것도 모르고, 그 말에 따라서 우선 가까이에 있는 나부터 사생하고 있었던 것이다. 나는 이미 충분히 잠을 잔 상태였다. 하품이 하고 싶어서 못 견딜 지경이었다. 그러나 모처럼 주인이 열심히 붓을 놀리고 있는데, 지금 움직이면 불쌍하겠다는 생각에 가만히 참고 있었다. 그는 내 윤곽을 그린 다음, 이제 얼굴 근처에 색을 칠하고 있었다. 솔직히 고백하건대 나는 고양이로서 결코 잘생긴 편이 아니다. 키를 보나 털의 윤기를 보나 얼굴 생김새를 보나 다른 고양이보다 잘났다고는 절대 생각하지 않는다. 하지만 아무리 못생긴 나라도 지금 내 주인이 그려 내고 있는 것처럼 이상한 모양이라고는 도저히 생각할 수 없다. 우선 털의 색깔부터가 다르다. 나는 페르시아 고양이처럼 노란빛이 도는 엷은 회

* '겨울 까마귀'를 일컫는 말. 고목에 까마귀가 앉아 있는 쓸쓸한 겨울 풍경을 가리킨다.

색에 옻칠을 한 것처럼 반점이 있는 털을 가졌다. 이것만큼은 누가 보아도 의심할 여지가 없는 사실이라고 할 수 있다. 그런데 지금 주인이 색칠한 것을 보면 노란색도 아니고 검은색도 아니고 회색도 아니고 다갈색도 아니다. 그렇다고 그것을 섞은 색도 아니다. 그저 색의 일종이라고밖에는 달리 말할 수가 없는 색이다. 게다가 이상하게도 눈이 없다. 하기야 이것은 내가 자고 있는 모습을 사생한 것이니 할 수 없는 부분이기도 하지만, 눈 같이 생긴 것조차 보이지 않으니 눈이 없는 고양이인지 자고 있는 고양이인지 알아볼 수가 없다. 나는 마음속으로 아무리 안드레아 델 사르토라도 이런 실력으로는 아무것도 할 수 없겠다고 생각했다. 그러나 열심히 하는 그 태도에는 감탄을 하지 않을 수 없다. 될 수 있으면 움직이지 않고 가만히 있어 주고 싶었지만 아까부터 소변이 마려웠다. 온몸의 근육이 근질근질했다. 더 이상 한시도 참을 수 없을 지경이 되었기에 할 수 없이 실례해서 양다리를 앞으로 충분히 뻗고 목을 낮게 밀어내는 자세로 아함, 하고 큰 하품을 하였다. 일단 이렇게 해 버렸으니 다시 얌전을 빼고 있어 봐야 소용이 없다. 어차피 주인의 계획은 박살이 났으니 그냥 뒤꼍으로 가서 오줌이나 누려고 슬슬 기어 나갔다. 그러자 주인은 실망과 화가 뒤섞인 목소리로 방 안에서 "저런 멍청한 놈 같으니!" 하고 소리쳤다. 주인은 남에게 욕을 할 때 반드시 멍청한 놈이라는 말을 쓰는 버릇이 있다. 달리 욕하는 법을 모르니 할 수 없지만, 어쨌든 지금까지 열심히 참아 준 남의 마음도 모르고 섣불리 멍청하다고 하는 것은 실례가 아닌가? 하다못해 평소에 내가 그의 등에 올라탔을 때 조금이라도 좋은 얼굴을 해 주었다면 이런 매도도 달게 받겠지만, 내가 편한 것은 무엇 하나 기분 좋게 해 준 적이 없으면서 소변을 보러 일어난 나를 보고 멍청하다니 너무하지 않은가. 도대체가 인간이라는 것들은 자기들 힘만 믿고서 모두들 거만하기 짝이 없다. 인간보다 더 강한 것이 나와서 조금 고생을 해 보지 않으면 어디까지 거만해질지 모르겠다.

방자한 것도 이 정도라면 참을 만하지만, 나는 인간의 부덕함에 대해 이보다도 몇 배나 더 안타까운 소식을 들은 적이 있다.

내가 사는 집에는 열 평 남짓한 차밭이 있다. 넓지는 않지만 깔끔하니 햇볕이 잘 드는 기분 좋은 곳이다. 집 안에서 아이들이 너무 시끄럽게 굴어 낮잠을 자지 못할 때나 너무 심심해서 속이 답답할 때 니 는 언제나 그곳에 나가서 호연지기를 기르곤 한다. 봄날처럼 따뜻한 햇살이 비지는 어느 날 2시 무렵이있다. 나는 점심을 먹은 후 기분 좋게 한숨 잔 다음 운동을 겸해서 이 차밭으로 발걸음을 하였다. 차나무 뿌리에 코를 대고 하나씩 향기를 맡으면서 서쪽 끝에 있는 삼나무 담장 근처까지 갔더니, 시든 국화나무를 쓰러뜨린 채 그 위에서 커다란 고양이가 정신없이 자고 있었다. 그는 내가 가까이 다가가는 것도 전혀 모른 채, 혹은 알려고 하지 않는 것처럼 시끄럽게 코를 골면서 몸을 길게 뻗은 채 자고 있었다. 남의 정원 안에 들어온 자가 이렇게까지 마음을 놓고 잘 수 있는가 싶어 나는 마음속으로 그 대담함에 놀라움을 금치 못했다. 그는 순수한 검은 고양이였다. 정오를 약간 지난 시간의 태양이 투명한 광선을 그의 피부 위에 비추었는데, 반짝반짝 빛나는 부드러운 털 사이에서 눈에 보이지 않는 불꽃이라도 피어오르는 것처럼 느껴졌다. 그는 모든 고양이의 대왕이라고 부를 수 있을 만큼 체격이 거대했다, 내 두 배는 되어 보였다. 나는 감탄하는 마음과 호기심에 사로잡혀 앞뒤 생각하지 않고 그 앞에 우뚝 서서 정신없이 쳐다보고 있었다. 고요한 봄날의 바람이 삼나무 담장 위로 뻗어 오른 오동나무 가지를 가볍게 흔들어서 나뭇잎 두세 장을 하늘하늘 시든 국화나무 덤불 위로 떨어뜨렸다. 대왕은 둥그런 눈을 번쩍 떴다. 지금도 기억하고 있다. 그 눈은 인간들이 애지중지하는 호박琥珀이라는 보석보다도 훨씬 아름답게 반짝이고 있었다. 그는 꿈쩍도 하지 않았다. 양쪽 눈 저 안쪽에서 쏘는 듯한 빛을 나의 왜소한 이마 위로 모으더니 너는 도대체 뭐냐, 하고 물었다. 대왕치고는 말씨가 다소 험하다고 생각했지만 그 목소리에는 개들도* 납작하게 할 만한 힘이 밑바닥에 깔려 있었기 때문에 나는 상당히 겁을 먹었다. 하지만 인사를 하지 않으면 더욱 험악해질 것 같았다.

"나는 고양이다. 이름은 아직 없다."

되도록 태연한 듯한 태도로 당당히 대답하였다. 그러나 이때 내 심장은 분명히 평소보다 심하게 고동치고 있었다. 그는 아주 경멸하는 듯한 말투로 이렇게 말했다.

"뭐야? 고양이라고? 고양이가 듣고 웃겠다. 도대체 어디 사는 놈이야?"

상당히 안하무인이다.

"나는 여기 교사네 집에서 산다."

"보나마나 그럴 거라고 생각했다. 그런데 왜 그리 비쩍 마른 게야?"

역시나 대왕답게 기염을 토하였다. 말씨를 보아 추측하건대 아무래도 양가의 고양이는 아닌 모양이었다. 그래도 기름이 번지르르하니 살이 잔뜩 찐 것을 보아 좋은 음식을 먹고 풍요롭게 사는 모양이었다.

"그런 너는 도대체 누구냐?"

나는 묻지 않을 수 없었다.

"난 인력거꾼 집 검둥이다."

---

* 사람 같으면 '귀신도'라고 해야 할 말. 매우 강한 힘을 고양이답게 표현한 것.

의기양양하기 짝이 없다. 인력거꾼 집의 검둥이라면 이 근처에서 모르는 자가 없는 깡패 고양이다. 하지만 인력거꾼 집 식구답게 힘만 셌지 배운 것이라고는 전혀 없었기 때문에 아무도 가까이 지내려고 하지 않았다. 다 같이 짜고 피하는 대상이 된 셈이다. 나는 그의 이름을 듣고 다소 낯간지러운 느낌을 받음과 동시에 한편으로는 조금 경멸하는 마음도 생겼다. 나는 우선 그가 얼마나 무식한지 알아봐야겠다고 생각해서 이런 질문을 해 보았다.

"인력거꾼과 교사 중 어느 쪽이 더 대단한가?"

"그야 인력거꾼이 당연히 더 세지. 너희 주인을 한번 봐라. 뼈와 가죽밖에 없지 않느냐?"

"너도 인력거꾼 집 고양이답게 상당히 강해 보이는군. 인력거꾼 집에 있으면 맛있는 음식을 많이 먹을 수 있는 모양이지?"

"나야 어느 곳에 있든지 먹을 것이 부족할 일은 없다. 너도 이런 차밭에서만 빙빙 돌지 말고 내 뒤를 따라다녀 봐. 한 달도 안 되어서 몰라볼 정도로 살이 오를 테니까."

"그건 나중에 부탁하도록 하지. 그런데 교사가 인력거꾼보다 더 큰집에 살고 있는 것 같은데…."

"내 원 참, 집 같은 것이야 아무리 커 봐야 무슨 소용이냐? 배불리 먹는 것이 최고지."

그는 내 말에 어지간히 속이 뒤틀렸는지 한죽寒竹*을 날카롭게 자른 듯한 귀를 연신 움직이더니 휙 하니 떠나 버렸다. 내가 인력거꾼집의 검둥이와 알게 된 것은 이 일이 있고부터였다.

그 후 나는 종종 검둥이와 뜻하지 않게 만나게 되었다. 만남을 거

* 잎이 작은 대나무의 한 품종.

듭할수록 그는 인력거꾼 집 고양이다운 기염을 토하였다. 앞서 내가 들은 바 있다는 부덕한 사건도 사실은 이 검둥이한테서 들은 이야 기다.

어느 날, 여느 때와 같이 나와 검둥이는 따뜻한 차밭에서 뒹굴거 리며 이런저런 잡담을 하고 있었다. 그는 늘 하던 자랑을 마치 새로운 이야기인 양 되풀이한 다음에 나에게 이런 질문을 하였다.

"넌 지금까지 쥐를 몇 마리나 잡아 봤느냐?"

지식은 검둥이보다 훨씬 더 뛰어나다고 자부했지만, 완력과 용기 에 있어서는 도저히 검둥이와 비교가 되지 않는다고 인정하던 나도 이런 질문을 받게 되자 영 거북하게 느껴졌다. 하지만 사실은 사실대 로 말해야지 거짓말을 할 수는 없었으므로 이렇게 대답했다.

"실은 잡아야지, 하고 마음만 먹었을 뿐 여태까지 잡은 적은 없다."

그러자 검둥이는 코끝에서 쭉 뻗어 있는 긴 수염을 파르르 떨면서 크게 웃었다. 원래 이 검둥이는 자랑만 잔뜩 할 뿐 어딘가 모자라는 구석이 있어서, 그의 말에 감탄하는 것처럼 목을 골골대면서 경청해 주기만 하면 아주 다루기 쉬운 고양이다. 나는 그와 가까워지게 되면 서 금세 이런 장단을 맞춰 줄 수 있게 되었다. 그래서 이번 경우에도 공연히 자기를 변호해서 더욱 형세를 불리하게 하는 것은 어리석다 고 생각하였다. 아예 그에게 자기자랑을 늘어놓게 해서 적당히 얼버 무리고 넘어가는 것이 상책이었다. 그래서 얌전히 검둥이를 부추겨 보았다.

"너는 나이도 나이인 만큼 상당히 많이 잡았겠지?"

그랬더니 짐작대로 그는 내 계략에 말려들었다.

"대수롭지는 않지만 한 삼사십 마리는 잡았지."

검둥이가 우쭐거리는 말투로 말하였다. 그러고는 곧바로 이렇게 덧붙였다.

"쥐새끼 일이백 마리쯤이야 혼자서 언제든지 해치울 수 있지만 족제비란 놈은 아주 힘들단 말이야. 한번은 족제비한테 덤볐다가 혼이 났었지."

"아아, 그랬어."

나는 장단을 맞추었다. 검둥이는 커다란 눈을 깜박거리면서 말했다.

"작년 대청소 때의 일이야. 우리 주인이 석회가 든 자루를 가지고 마루 밑으로 들어가 보았더니, 글쎄 커다란 족제비 놈이 깜짝 놀라서 뛰어나오지 않겠어?"

"그래?"

나는 감탄해 보였다.

"족제비라고는 하지만 몸집은 쥐새끼보다 약간 큰 정도거든. 그래서 내 이놈을 혼내 주어야지 싶어서 당장 쫓아가서 웅덩이 안으로 내몰았단 말이야."

"잘했는걸."

나는 박수를 쳐 주었다.

"그런데 막상 달려들려고 했더니 글쎄 이놈이 막판에 방귀를 뀌지 뭐야. 그 냄새가 얼마나 지독하던지 말로 할 수 없을 정도였지. 내 그때부터는 족제비란 놈만 봐도 속이 메슥거리게 되었단 말이야."

그는 이런 말을 하면서 마치 작년에 맡은 냄새가 아직도 나는 것처럼 앞발을 들어 코끝을 두세 번 문질렀다. 나도 그가 조금 불쌍하다는 생각이 들었다. 그래서 의욕을 좀 북돋아 주려고 이렇게 말했다.

"하지만 쥐들은 네 눈에 띄기만 하면 끝장 아닌가? 너는 쥐를 잡는 데 이골이 나서 항상 쥐를 먹으니까, 그렇게 살도 찌고 털에 윤기가 나는 것이겠지?"

검둥이의 기분을 좋게 하려고 한 이 질문은 이상하게도 반대의 결과를 초래하였다. 그는 한탄을 하듯이 크게 한숨을 내쉬더니 이렇게 말했다.

"생각해 보면 이렇게 억울한 일이 어디 있겠나? 아무리 열심히 쥐를 잡아도 말이야―도대체 인간처럼 뻔뻔한 것도 세상에 또 없다니까. 남이 일껏 잡은 쥐를 모조리 빼앗아서 파출소*로 가져가 버리거든. 파출소에서는 누가 그 쥐를 잡았는지 알 바 없으니까 그때마다 5전씩 준단 말이야. 우리 주인은 내 덕분에 벌써 1원 50전 정도는 벌었을 텐데도 나한테는 변변한 먹이 하나 준 적이 없다고. 그러니 인간이라는 것들은 허울 좋은 도둑이 아니냔 말이야."

무식한 검둥이도 그 정도 이치는 알고 있는지 잔뜩 화를 내면서 등의 털을 곤두세웠다. 나는 좀 거북스러워져서 그 자리를 적당히 얼버무리고 집으로 돌아왔다. 그때부터 나는 절대로 쥐를 잡지 않겠다고 결심했다. 하지만 그렇다고 검둥이의 졸개가 되어서 쥐 이외의 음식을 찾아다니는 짓도 하지 않았다. 맛있는 음식을 먹는 것보다 잠을 자는 것이 속 편하고 좋았다. 교사네 집에서 살다 보니 고양이도 교사 같은 성질이 되는 모양이다. 조심하지 않으면 나도 조만간 위가 약해질지도 모르겠다.

교사라고 하니 생각났는데, 우리 주인도 요즘 들어서야 겨우 수채화 그리는 데에는 재능이 없다고 깨달았는지 12월 1일 일기에 이런 글을 써 놓았다.

---

* 흑사병 등과 같은 악성 유행병을 예방하는 차원에서 쥐잡기를 장려하기 위해 파출소에 쥐를 가지고 가면 돈을 주었다.

○○라는 사람을 오늘 모임에서 처음 보았다. 그 사람은 상당히 방탕한 생활을 했다고 하는데, 역시 풍류인다운 풍채를 가지고 있었다. 이런 종류의 사람은 여자들이 따르기 마련이니까 ○○가 방탕한 생활을 했다기보다는 방탕한 생활을 하지 않을 수 없었다고 하는 편이 적당할 것이다. 그 사람의 부인은 게이샤藝者라고 한다. 부러운 일이다. 원래 방탕아를 나쁘게 말하는 사람들 대부분은 방탕할 자격이 없는 경우가 많다. 이런 사람들은 그런 생활을 할 수 없는데도 억지로 하려고 한다. 수채화를 그릴 때의 내 실력처럼 이런 사람들은 거기에 통달할 기색이 없다. 그런 것도 모르고 자기야말로 풍류를 아는 사람이라고 잘난 체를 한다. 요릿집에서 술잔을 기울이거나 기녀를 불러 놀 수 있다고 풍류인을 자처한다면 나도 번듯한 수채화가라고 할 수 있지 않겠는가? 내가 수채화를 그리지 않는 편이 나은 것처럼 우매한 풍류인보다는 산속에서 나온 촌놈이 훨씬 낫다.

풍류인론에 대해서는 도저히 고개를 끄덕일 수가 없다. 그리고 게이샤 부인을 두어서 부럽다고 하는 것도 교사로서 입 밖에 내어서는 안 될 어리석은 생각이다. 하지만 자기 수채화 실력에 대한 비평만큼은 정확하다. 우리 주인은 이렇게 자기를 아는 현명한 구석이 있는데도 그 자만심을 좀처럼 버리지 못한다. 그로부터 이틀 건너서 12월 4일 일기에는 이런 글이 적혀 있다.

어젯밤에는 내가 수채화를 그렸는데, 도저히 안 되겠다 싶어서 아무렇게나 버려 놓은 것을 누군가가 멋진 액자로 만들어 거실에 걸어 놓는 꿈을 꾸었다. 그런데 액자로 만들어 놓은 것을 보니 내가 보아도 갑자기 그럴듯하게 보였다. 정말 기뻤다. 이 정도면 쓸만하지 않겠는가 싶어 혼자서 보고 있는 사이에 날이 밝아 눈을 떠 보니, 역시 원래대로 솜씨가 전혀 없다는 사실이 아침 해와 함께 명백하게 보였다.

주인은 꿈속에서까지 수채화에 대한 미련을 짊어지고 있었던 모양이다. 이래서야 수채화가는 물론이고 소위 말하는 풍류인도 되지 못할 성격이 아닌가.

주인이 수채화 꿈을 꾼 다음 날 지난번의 금테 안경 미학자가 오랜만에 주인을 찾아왔다. 그는 자리에 앉더니 거두절미하고 물었다.

"그림은 좀 어떤가?"

"자네 충고를 따라서 사생을 열심히 하고 있는데, 역시 사생을 했더니 지금까지 알지 못했던 사물의 형태나 색깔의 섬세한 변화 같은 것을 잘 알 수 있게 되었다네. 서양에서는 옛날부터 사생을 많이 한 덕분에 오늘날처럼 수채화가 발달한 모양일세. 역시 안드레아 델 사르토의 말이 옳아."

주인은 아무렇지도 않은 표정으로 일기에 썼던 자기 생각은 털끝만큼도 내비치지 않은 채 다시 안드레아 델 사르토의 말에 감탄해 보였다.

"사실은 그게 모두 엉터리일세."

미학자는 웃으면서 머리를 긁적였다.

"뭐가?"

주인은 아직도 자기가 놀림당한 것을 알아차리지 못했다.

"아니, 자네가 자꾸만 감탄하는 그 안드레아 델 사르토 말이야. 그건 내가 그냥 만들어 낸 이야기란 말일세. 난 자네가 그렇게 곧이곧대로 믿을 줄은 꿈에도 생각지 못했단 말이야. 하하하하."

미학자는 좋아서 어쩔 줄을 모르겠다는 듯이 웃었다. 나는 툇마루에서 이런 대화를 들으면서 우리 주인의 오늘 날짜 일기에는 어떤 글이 쓰일지 미리 상상해 보지 않을 수 없었다. 이 미학자는 이렇게 엉터리 이야기를 그럴듯하게 말해서 남 속여 먹는 것을 유일한 즐거움으로 삼고 있는 남자다. 그는 안드레아 델 사르토 사건이 우리 주인의 마음속에 어떠한 영향을 주었을지 손톱만큼도 고려하지 않았던 것처럼 이렇게 말했다.

"가끔 내가 농담으로 말한 것을 남들이 곧이곧대로 받아들이는 바람에 나를 즐겁게 해 준단 말이야. 지난번에 어떤 학생한테는 니콜라스 니클비*가 에드워드 기번**에게 충고하여 그의 평생의 대저술인 《프랑스 혁명사》를 프랑스어로 쓰시 않고 영문으로 출판하게 했다고 말했지. 그랬더니 그 학생이 또 기억력 하나는 대단한 사람이라, 일본 문학회의 연설회에서 내가 한 이야기를 진지하게 그대로 말하는 바람에 배꼽을 잡았다네. 그런데 그때 방청한 사람이 약 백 명가량 되었는데 모두들 열심히 그 이야기를 경청하고 있었단 말이지. 그리고 재미있는 이야기가 또 있네. 얼마 전에 어떤 문학자가 있는 자리에서 프레더릭 해리슨***의 역사소설인 《테오파노》에 대한 이야기가 나와서, 내가 그것은 역사소설 중에서도 백미다, 특히 여주인공이 죽는 부분은 소름이 끼칠 정도로 잘 되어 있다고 비평했더니, 내 건너편에 앉아 있던 남자, 이 사람은 여태껏 모른다는 소리를 입에 담은 적이 없는 사람인데, 그 사람도 고개를 끄덕이면서 '맞아, 맞아, 그 부분은 정말 명문이지.' 하고 말하더군. 그래서 나는 그 남자도 나처럼 그 소설을

---

* 찰스 디킨스의 소설에 나오는 주인공.
** 영국의 역사가(1737~1794).
*** 영국의 법률가·문학자·철학자(1831~1923).

읽은 적이 없다는 사실을 알게 되었다네."

신경성으로 위가 약한 우리 주인은 눈이 휘둥그레지더니 물었다.

"그런 말도 안 되는 소리를 했다가 만약에 상대방이 그 소설을 읽었으면 어쩔 셈이었나?"

마치 남을 속이는 것은 하등 상관이 없지만 내가 그러는 것이 들통나면 큰일이지 않겠냐는 식이다. 미학자는 태연자약하게 말했다.

"뭐, 그때는 다른 책인 줄 알았다거나 하는 식으로 적당히 넘어가면 되지."

이러면서 껄껄 웃어넘겼다. 이 미학자는 금테 안경을 쓰고 있는데, 성질은 인력거꾼 집의 검둥이랑 비슷한 데가 있다. 우리 주인은 입을 다문 채 세상이 뒤집어져도 나한테는 그럴 용기가 없다는 표정으로 앉아 있었다. 미학자는 그 모양이니까 그림을 그려도 물건이 되지 않는다는 표정으로 말했다.

"하지만 농담은 농담이라 해도 그림이라는 것이 사실 어렵기는 어렵단 말이지. 레오나르도 다 빈치는 제자한테 사원의 벽에 있는 얼룩을 베끼라고 가르친 적이 있다고 하네. 하기야 변소에 들어가서 빗물이 새는 벽을 하염없이 쳐다보고 있으면 그것이 참 묘하게 그럴듯한 추상화로 보인단 말이야. 자네도 한번 그런 모양을 사생해 보지 그러나? 꽤 괜찮은 물건이 될지도 모르니 말일세."

"또 속이려고?"

"아니, 이건 참말일세. 사실 굉장한 말이 아닌가? 다 빈치 정도의 천재나 할 법한 말이지."

"하기야 굉장하기는 하지."

주인은 벌써 반쯤 손을 들었다. 그러나 그는 아직 변소에서 사생을 하지는 않고 있다.

인력거꾼 집 검둥이는 그 후에 절름발이가 되었다. 윤기 나던 그의 털도 점점 색이 바래서 푸석거리고, 털이 빠졌다. 내가 호박보다도 아름답다고 평했던 그의 눈에는 눈곱이 잔뜩 끼게 되었다. 그중에서도 특히 내 주의를 끈 점은 그가 기력을 완전히 상실했다는 것과 체격이 아주 작아졌다는 것이다. 내가 그 차밭에서 그를 만난 마지막 날, 어떻게 지내냐고 물었다.

"족제비의 방귀와 어물전의 천칭 멜대는 아주 진절머리가 난다."

검둥이가 이렇게 대답했다.

소나무 사이에서 두세 단씩 붉은색으로 피어나던 단풍도 옛꿈처럼 낙엽 지고, 툇마루 가까운 뜰이나 다실 입구에 놓인 손 씻는 나지막한 물그릇 근처에서 번갈아 가며 꽃잎을 뿌리던 빨갛고 흰 산다화도 하나도 남지 않고 모두 져 버렸다. 남향 툇마루를 비추던 겨울 햇살이 순식간에 저물고, 쌀쌀한 바람이 불지 않는 날을 손꼽아 헤아릴 정도가 되자 내 낮잠 시간도 줄어든 것 같은 느낌이었다.

주인은 매일 같이 학교에 간다. 돌아오면 서재에 틀어박힌다. 누가 오면 교사가 싫다고 읊조린다. 수채화도 거의 그리지 않는다. 다카디아스타아제도 효능이 없다면서 먹지 않게 되었다. 아이들은 기특하게도 쉬지 않고 유치원에 다닌다. 돌아오면 노래를 부르거나 공치기를 하거나, 가끔씩 내 꼬리를 붙잡고 거꾸로 매달리게 한다.

나는 맛있는 음식을 먹지 않으니 특별히 살이 오르지도 않지만 그럭저럭 건강하게 절름발이도 되지 않고 그날그날을 지내고 있다. 쥐는 절대로 잡지 않는다. 식모는 아직도 꼴 보기 싫다. 이름은 여태껏 붙여 주지 않았지만 욕심을 부리자면 끝이 없으니까 평생 이 교사네 집에서 이름 없는 고양이로 살 생각이다.

2

나는 새해가 되면서 고양이치고는 다소 유명해져서 약간은 스스로를 자랑스럽게 여기게 되었다.

설날 아침 일찍 주인한테 그림엽서 한 장이 배달되었다. 그것은 그의 친구인 어떤 화가가 보낸 연하장이었는데, 위쪽은 붉은색, 아래쪽은 짙은 녹색으로 칠하고, 그 한가운데에 동물 하나가 웅크리고 있는 모양을 파스텔로 그린 것이었다. 우리 주인은 자기 서재에서 이 그림을 옆으로 보기도 하고, 바로 보기도 하면서 색깔을 참 잘 냈다고 하였다. 일단 한번 감탄했으니 이제 그만두려나 싶었는데, 여전히 옆으로도 보고 바로 보고를 되풀이하였다. 몸을 비틀기도 하고, 손을 쭉 뻗어서 노인들이 《삼세상三世相》* 보는 것처럼 게슴츠레한 눈으로 보기도 하고, 또 창가 쪽을 향해 들어서 코앞에 가까이 대고 보기도 하였다. 빨리 그만두지 않으면 무릎이 흔들려서 위태롭기 짝이 없었다. 간신히 요동이 좀 그쳤나 싶더니 작은 목소리로 "도대체 뭘

* 사람의 운수와 사주 등에 관한 책. 에도시대부터 메이지 시대까지 유행했다.

그런 거지?" 하는 소리가 들렸다. 주인은 그림엽서의 색깔에는 감탄했지만 가운데 그려져 있는 동물의 정체를 알 수 없어 아까부터 고심을 한 모양이었다. 그 정도로 정체 모를 그림인가 싶어 감고 있던 눈을 고상하게 반만 뜨고 침착하게 보았더니 틀림없이 나의 초상이었다. 우리 주인처럼 안드레아 델 사르토의 말을 따른 것 같지는 않지만, 역시 화가답게 형체나 색채가 제대로 갖춰진 그림이었다. 누가 보아도 틀림없는 고양이였다. 조금만 안목이 있는 사람 같으면 고양이 중에서도 다른 누구도 아닌 바로 나라는 사실을 분명하게 알 수 있도록 훌륭하게 그려져 있었다. 이 정도로 명료한 사실을 알지 못해서 그렇게까지 고심했구나, 하는 생각이 들자, 주인이 좀 불쌍해졌다. 될 수 있으면 그 그림이 나라는 사실을 알려 주고 싶었다. 나라는 사실까지는 깨닫지 못한다 해도, 하다못해 고양이라는 것만은 알게 해 주고 싶었다. 그러나 인간이라는 족속은 우리 고양이의 언어를 이해할 정도로 하늘의 보살핌을 받은 동물은 아니었기에 안타깝지만 그냥 그대로 두었다.

여기서 잠시 독자 여러분께 말해 두고 싶은 것이 있다. 원래 인간들은 걸핏하면 고양이 운운하면서 대수롭지 않게 깔보는 듯한 말투로 우리를 평가하곤 하는데, 이는 아주 못된 버릇이다. 인간의 쓰레기에서 소나 말이 생겼고, 소나 말의 똥에서 고양이가 만들어진 것처럼 생각하는 것은, 자기의 무식함에는 아랑곳하지 않은 채 교만을 떠는 교사 같은 족속들에게서 흔히 볼 수 있는 태도인데, 옆에서 보고 있으면 이것처럼 꼴불견인 것도 없다. 아무리 고양이라 해도 그리 조잡하고 간단하게 만들어지는 것이 아니다. 언뜻 보기에는 모두가 똑같은 것이 자기만의 특색이라고는 전혀 없는 것처럼 보이는 모양인데, 고양이 사회에 들어와 보면 상당히 복잡하게 되어 있어 각인각색이라는 인간세계의 말이 여기서도 그대로 통용될 수 있을 정도이다. 눈의 생김새, 코의 생김새, 털의 모양, 다리 모양까지도 모두가 제각기 다르다. 수염이 뻗친 정도에서 귀가 선 모양, 꼬리가 늘어진 모양새에 이르기까지 똑같은 고양이는 한 마리도 없다. 잘생기고, 못생기고, 세련되고, 촌스러운 정도까지, 따지자면 천차만별이라 해도 상관이 없을 정도이다. 이처럼 분명한 구별이 존재하는데도 인간의 눈은 그저 발전이니 뭐니 하면서 하늘만 처다보고 있다 보니, 우리의 성질은 물론 용모의 차이도 식별하지 못할 정도여서 딱하기 그지없다. 유유상종類類相從이라는 말이 예로부터 있다고 하는데, 정말 이치에 맞는 말이다. 역시 고양이는 고양이가 알아준다고, 고양이에 관한 일이라면 아무래도 고양이가 제일 잘 안다. 아무리 인간이 발달했다고 해도 이것만큼은 고양이를 따라올 수 없다. 게다가 진실을 말하자면 인간은 자기들이 생각하고 있는 것만큼 대단하지도 않기 때문에 더욱 어려울 수밖에 없다. 더 나아가서 동정심이라고는 눈곱만큼도 없는 우리 주인 같은 사람은 서로를 남김없이 이해하는 것이 사랑의 첫 번째 조건이라는 사실조차 모르는 남자이니 더 말해 뭐 하겠는가. 그는 성질 더러운 조개처럼 자기 서재에만 딱 달라붙어 있을 뿐 일찍이 바깥세계를 향해 자기를 개방한 적이 없다. 그러면서도 자기 혼자만은 아주 달관한 사람 같은 얼굴을 하고 있으니 참 웃기는 일이다. 그가 달관하지 못했다는 증거를 대라 하면, 실제로 내 초상이 눈앞에 있는데도 전혀 깨닫지 못한 채 올해는 러일전쟁의 두 번째 해이니 보나마나 곰 그림*일 것이라는 말도 안 되는 소리를 늘어놓으며 잘난 척하는 것만 보아도 알 수 있다.

---

* 러일전쟁 당시 일본에서는 적국 러시아를 곰에 비유하고 있었다.

내가 주인의 무릎 위에서 눈을 감고 이런 생각을 하고 있는데, 조금 있으니까 하녀가 두 번째 그림엽서를 가지고 왔다. 보았더니 활판으로 된 그림으로, 외국 고양이 네다섯 마리가 줄줄이 늘어서서 어떤 고양이는 펜을 잡고, 어떤 고양이는 책을 펼쳐서 공부를 하는데, 그중 한 마리는 자리를 벗어나 책상 모서리에서 서양의 고양이 춤을 추고 있었다. 그림 위에는 일본 먹으로 "나는 고양이로소이다"라는 글귀가 검게 쓰여 있고, 오른쪽 옆에는 "책을 읽다가 춤도 추는 고양이, 좋은 봄날에"라는 하이쿠까지 적혀 있었다. 이 엽서는 주인의 옛 제자에게서 온 것으로 누가 보아도 첫눈에 의미를 알 수 있을 것인데, 멍청한 우리 주인은 아직도 깨닫지 못했는지 이상하다는 듯이 고개를 갸웃거리며 올해가 고양이 해였던가, 하고 엉뚱한 소리를 중얼거렸다. 내가 이 정도로 유명해진 것을 아직도 깨닫지 못한 모양이다.

그러던 참에 하녀가 다시 세 번째 엽서를 들고 왔다. 이번에는 그림엽서가 아니었다. '근하신년'이라고 쓰여 있고, 그 옆에는 "댁에 있는 고양이에게도 말씀 잘 전해 주십시오."라고 되어 있다. 아무리 덜떨어진 주인이라도 이렇게 적나라하게 쓰여 있는 것을 보고는 알아들었는지, 그제서야 알아차린 듯 흥, 하고 콧방귀를 뀌면서 내 얼굴을 쳐다보았다. 그 눈빛이 지금까지와는 달리 다소 존경의 뜻을 담고 있는 것처럼 느껴졌다. 지금까지 세상 사람들에게 존재를 인정받지 못했던 주인이 갑자기 새롭게 체면을 차릴 수 있게 된 것이 모두 내 덕분이라고 한다면 그 정도의 눈빛은 지극히 당연하다는 생각이 들었다.

때마침 현관문 쪽에서 딸랑, 딸랑, 따르릉, 하는 소리가 들렸다. 보나마나 손님일 것이다. 손님이 왔으면 하녀가 응대하러 나갈 것이다.

나는 생선가게의 우메梅 공이 왔을 때 외에는 나가지 않기로 작정하였기 때문에 아무렇지도 않게 원래대로 주인의 무릎 위에 앉아 있었다. 그런데 주인은 고리대금업자가 쳐들어오기라도 한 것처럼 불안한 얼굴로 현관 쪽을 기웃거렸다. 짐작컨대 새해 인사를 온 손님을 맞이해서 술 상대를 하기가 싫은 모양이다. 인간도 이 정도로 괴팍하면 할 말이 없어진다. 그렇게 싫으면 일찌감치 외출이라도 했으면 되었을 것을 그럴 만한 용기도 없으니, 정말이지 더욱더 입 다문 조개 같은 근성이라 해야겠다. 얼마 후에 하녀가 와서 간게쓰寒月 씨가 오셨습니다, 하였다. 이 간게쓰라는 남자는 우리 주인의 옛 제자였다고 하는데, 지금은 학교를 졸업하고 듣자 하니 주인보다도 더 훌륭한 사람이 되었다고 한다. 그런 남자가 무슨 영문에서인지 이 주인 집으로 종종 놀러 온다. 그렇게 찾아와서는 자기를 사모하는 여자가 있다는 둥 없다는 둥, 세상이 재미있다는 둥 따분하다는 둥, 자랑 같기도 하고 그럴듯하기도 한 불평만 잔뜩 늘어놓고 돌아간다. 우리 주인처럼 다 시들어 빠진 사람을 찾아와서 일부러 이런 이야기를 하고 가는 것부터가 알 수 없는 일이지만, 저 입 다문 조개 같은 주인이 그런 이야기를 들으면서 간혹 맞장구를 치는 것을 보면 더욱 웃기는 일이다.

"한동안 찾아뵙지 못했습니다. 사실은 작년 말부터 바쁘게 움직이는 바람에 한번 찾아뵈어야지 생각하면서도 이쪽 방향으로는 발걸음을 하지 못했습니다."

간게쓰 군은 웃옷 끈을 풀면서 아리송한 말을 하였다.

"그럼 어느 방향으로 발걸음을 했는가?"

주인은 진지한 표정으로 물으며 검은 면으로 된 남자 기모노의 소매 끝을 잡아당겼다. 이 기모노는 면으로 되어 있고 자락이 짧아서,

그 밑으로 속에 입은 옷이 좌우로 조금씩 삐져나와 있다.

"에헤헤, 좀 다른 방향이었죠."

간게쓰 군이 웃었다. 보아 하니 오늘은 앞니가 한 개 없다.

"자네, 그 이는 왜 그런가?"

주인이 말문을 돌렸다.

"네, 실은 어떤 곳에서 버섯을 먹었거든요."

"무얼 먹었다고?"

"저, 버섯을 좀 먹었는데요, 버섯의 윗부분을 앞니로 뜯으려고 했더니 툭 하고 이빨이 부러져 버렸습니다."

"버섯을 먹다가 이가 부러지다니 너무 늙은이 같은 소리고그레. 히이쿠는 될지 모르겠지만 사랑 타령하고는 거리가 먼 이야기일세."

주인은 손바닥으로 내 머리를 가볍게 두드리면서 말했다.

"아아, 이게 바로 그 고양이군요. 그래도 몸집이 꽤 되지 않습니까? 이 정도면 인력거꾼 집 검둥이한테도 지지 않을 것 같은데요. 훌륭하네요."

간게쓰 군이 내 칭찬을 늘어놓았다.

"요즘 들어 많이 커져서 그렇지."

주인은 자랑하듯이 내 머리를 톡톡 때렸다. 칭찬을 들은 것은 기분이 좋지만 머리가 좀 아프다

"엊그제도 합주회를 좀 했는데 말이지요."

간게쓰 군이 다시 화제를 돌렸다.

"어디에서?"

"어디서 했는지야 뭐 군이 아실 필요가 있습니까? 바이올린 세 대랑 피아노 반수로 했는데, 꽤 재미있었지요. 바이올린이 세 대가 같이 연주하니까 썩 잘하지 않아도 들을 만하더군요. 두 사람은 여자였고

저도 끼어서 세 사람이었는데, 제가 생각해도 괜찮게 연주한 것 같습니다."

"흥, 그래 그 여자들은 도대체 누군가?"

우리 주인이 부러운 듯이 물었다. 원래 주인은 평소에는 은거하는 노인처럼 냉랭하고 무표정한 얼굴을 하고 있지만, 사실은 여성들에 대해서는 결코 냉정한 편이 아니다. 예전에 서양의 어떤 소설을 읽었더니 그 속에 어떤 인물이 나오는데, 그 남자는 대부분의 여성에게 반드시 조금씩 마음을 주었다. 그렇게 마음에 든 여성의 수를 헤아려 보았더니, 길가에 지나다니는 여성의 70퍼센트나 되었다는 내용이 풍자적으로 쓰여 있는 것을 보고, 우리 주인은 이것이 분명한 진리라고 감탄했을 정도이다. 그렇게 바람기 많은 남자가 어째서 입 다문 조개 같은 생활을 하고 있는지 나 같은 고양이로서는 도무지 알 수가 없다. 어떤 사람은 실연 때문에 그렇다고 하기도 하고, 어떤 사람은 위장이 약해서 그렇다고도 하고, 또 어떤 사람은 돈이 없는 데다 겁이 많은 성질 때문이라고도 한다. 어쨌든 메이지 시대의 역사와 관련이 있을 정도로 훌륭한 인물이 아니니 무슨 상관이겠는가? 하지만 간게쓰 군이 여성들과 함께 있었다는 것을 부러운 듯이 물어본 것만은 사실이다. 간게쓰 군은 재미있다는 듯이 어묵을 젓가락으로 집어 반만 있는 앞니로 물어뜯었다. 나는 또 앞니가 부러지지 않을까 하고 걱정이 되었는데, 이번에는 괜찮은 모양이다.

"둘 다 양갓집 규수들이지요. 뭐, 선생님께서 아실 만한 사람들은 아니고요."

간게쓰 군은 쌀쌀맞은 대꾸를 하였다.

"그으—."

주인은 길게 말을 빼고는 '렁군'이란 말을 생략한 채 생각에 잠겼다. 간게쓰 군은 이제 슬슬 시간이 되었다 싶었는지 주인을 떠보았다.

"날씨가 참 좋네요. 시간이 괜찮으시면 저랑 같이 산책이라도 하시겠습니까? 뤼순旅順이 함락되었다고 시내가 온통 시끌벅적합니다."

주인은 뤼순 함락보다 여자들의 정체를 알고 싶다는 표정으로 한동안 생각에 빠져 있다가 겨우 마음을 굳혔는지 자리에서 일어섰다.

"그럼 나도 나가 볼까?"

여전히 검은 면으로 된 남자 기모노에 형이 남겨 준 유품이라고 하는 20년 된 솜 누비 겉옷을 입은 차림새였다. 아무리 누비 겉옷이 튼튼하다고 해도 이렇게 허구한 날 입고 있으면 감당해 내겠는가? 군데군데 해어져서, 햇볕에 비춰 보면 안쪽으로 덧댄 바늘 자국이 보일 정도이다. 우리 주인의 차림새는 섣달과 정월이 따로 없다. 평상복과 외출복도 따로 없다. 집에서 나갈 때는 손을 소매 안쪽에다 찔러 넣고 획 하니 나선다. 달리 입을 만한 옷이 없어서 그러는지, 혹은 있어도 귀찮아서 갈아입지 않는 것인지 나는 알 수 없다. 하지만 이것만큼은 실연 때문이 아닌 것 같다.

두 사람이 나간 다음에 나는 잠시 실례해서 간게쓰 군이 먹다 남긴 어묵을 먹어 치웠다. 나도 요즘 들어서는 그냥 보통 고양이가 아니게 되었다. 굳이 빗대자면 모모카와 조엔桃川如燕*의 고양이나, 아니면 토머스 그레이**의 금붕어를 훔친 고양이 정도의 자격은 충분히 있다고 생각한다. 인력거꾼 집 검둥이는 이제 안중에도 없다. 어

---

* 야담가(1832~1898). 고양이에 대한 이야기를 자주 했기 때문에 고양이 조엔이라고 불렸다.
** 영국의 시인(1716~1771).

묵 한두 점 정도 먹었다고 남한테 이러쿵저러쿵 말을 들을 일도 없을 것이다. 이 집 식모 같은 경우도 종종 안주인이 집을 비웠을 때 과자를 빼돌려서 먹기도 하고, 먹어서 빼돌리기도 한다. 식모뿐만 아니라 아주 고상한 교육을 받고 있다고 안주인이 자랑 삼아 떠들어 대는 아이들조차도 그러는 경향이 있다. 네댓새 전의 일인데 두 아이가 식전 일찍부터 잠에서 깨어 아직 주인 부부가 자고 있는 사이에 식탁에 마주 앉았다. 그들은 매일 아침, 주인이 먹는 빵 조각에 설탕을 뿌려서 먹곤 했는데, 이날은 마침 설탕 그릇이 탁자 위에 놓여 있었고, 숟가락까지 곁들여져 있었다. 평소처럼 설탕을 나누어 줄 사람이 없으니까 큰 아이가 그릇 속에서 설탕 한 숟가락을 떠서 자기 접시 위에 놓았다. 그러자 작은 아이도 언니가 하는 대로 같은 분량의 설탕을 같은 방법으로 자기 접시 위에 쏟았다. 한동안 두 아이는 서로를 노려보고 있다가 큰 아이가 다시 숟가락으로 설탕을 자기 접시에 덜었다. 작은 아이도 당장 숟가락을 들어 언니가 한 그대로 자기 접시에 챙겼다. 그러자 언니가 다시 한 숟가락을 덜었다. 동생도 지지 않고 한 숟가락을 덜었다. 언니가 다시 설탕 그릇에 손을 대면 동생도 숟가락을 들었다. 그렇게 하는 사이에 한 숟가락씩 덜어 낸 설탕이 점점 쌓여 두 아이의 접시에는 설탕이 산더미처럼 쌓이게 되었고, 설탕 그릇 안에는 설탕이 하나도 남지 않게 되었다. 그러는 찰나에 주인이 잠이 덜 깬 눈을 비비면서 침실에서 나와 일껏 덜어 놓은 설탕을 남김없이 설탕 그릇에 도로 부어 버렸다. 이런 것을 보면 인간의 이기주의가 만들어 낸 공평함이라는 개념은 고양이보다는 뛰어날지 모르지만 지혜는 오히려 고양이보다 못한 것 같다. 그렇게 산더미처럼 설탕을 쌓을 동안에 조금이라도 핥아 버렸으면 좋았을 텐데, 하고 생각했지만, 여전히 내가 하는 말 같은 것은 통하지 않으므로 딱하다는 생각을 하면서도 밥통 위에서 가만히 지켜보기만 했다.

간게쓰 군과 외출했던 주인은 어디를 어떻게 돌아다녔는지, 그날 밤늦게 돌아와서 이튿날 식탁 앞에 앉은 것은 9시 무렵이었다. 이번에도 밥통 위에 웅크리고 가만히 지켜보았더니 주인은 묵묵히 떡국을 먹고 있었다. 한 그릇 비우고는 또 뜨고, 또 한 그릇 비우고는 또 먹는다. 떡국 안에 든 떡 조각은 작았지만, 그래도 그것을 예닐곱 조각이나 먹은 다음 마지막 한 조각을 그릇에 남기고는 이제 그만 먹어야겠다고 수저를 놓았다. 남이 그렇게 먹다가 남기면 가만히 두지 않았겠지만 주인이라는 권위를 내세우기 좋아하는 그는 늘어진 떡의 잔해가 흐릿한 국물 속에 남아 있는 것을 보고도 아무렇지 않은 표정이었다. 부인이 문갑 안쪽에서 다카디아스타아제를 꺼내서 밥상 위에 얹어 놓자 주인이 말했다.

"그건 먹어도 소용없으니 그냥 치워."

"하지만 그래도 전분이 든 음식에는 아주 효과적이라고 하니까 드셔 보세요."

부인은 어떻게든 먹이려고 하였다.

"전분이고 뭐고 소용이 없다니까."

주인은 고집을 부렸다.

"당신은 정말 싫증을 잘 낸다니까."

부인이 혼잣말처럼 중얼거렸다.

"싫증을 내는 것이 아니라 약이 듣지 않는 거야."

"그렇지만 얼마 전까지는 정말 잘 듣네, 좋은 약이네, 하면서 매일같이 꼬박꼬박 드셨잖아요."

"그때는 약이 잘 들었으니까 그렇지. 요즘 들어서는 듣지 않는다니까."

주인은 시를 읊조리듯이 대답했다.

"그렇게 먹다가 끊었다가 하면 아무리 잘 듣는 약이라도 어디 효과를 보겠어요? 좀 더 꾸준히 참을 줄도 알아야지, 안 그러면 위장병 같은 것은 다른 병하고 달라서 쉽게 낫지 않는다는데…. 안 그러냐?"

부인이 쟁반을 들고 옆에서 기다리고 있던 식모를 돌아보며 말했다.

"그건 마님 말씀이 옳아요. 좀 더 드셔 보시지 않고는 좋은 약인지 아닌지 알 수가 없을 겁니다."

식모는 두말 않고 안주인 편을 들었다.

"아무튼 상관없어. 먹지 않는다면 그런 줄 알지 잔말이 뭐 그리 많아, 여자가 뭘 안다고."

"그래요, 전 무식한 여자예요."

부인이 다카디아스타아제를 주인 앞으로 밀어 넣으며 어떻게든 억지로라도 먹이려고 하였다. 주인은 아무 소리 않고 서재로 들어가 버렸다. 부인과 식모는 서로 얼굴을 마주 보면서 빙글빙글 웃었다. 이럴 때 공연히 뒤따라가서 무릎에 앉았다가는 큰일이 나니까, 나는 조용히 뜰 안쪽으로 돌아서 서재의 툇마루에 올라 장지문 틈새로 들여다보았다. 주인은 에픽테토스*라고 하는 사람의 책을 펼쳐서 보고 있었다. 만약 그것이 평소대로 잘 읽힌다면 대단한 사람이라고 해야 하겠다. 하지만 주인은 5, 6분 지나자 그 책을 내동댕이치듯이 책상 위에 던져 버렸다. 보나마나 그럴 것이라고 생각하면서 계속

* 로마의 스토아학파 철학자(55?~135?).

주의해서 보고 있었더니 이번에는 일기장을 꺼내서 이런 글을 써 나갔다.

간게쓰와 함께 네즈根津, 우에노上野, 이케노하타池之端, 간다神田 부근을 산책하다. 이케노하타의 요릿집 앞에서 게이샤가 봄가을용 기모노를 입고 하네츠키羽根つき*를 하고 있었다. 의상은 아름다운데 얼굴은 영 보기 싫었다. 어딘지 모르게 우리 집 고양이와 비슷한 얼굴이었다.

굳이 얼굴이 못생겼다는 예로 나를 들먹이지 않아도 되지 않은가. 나도 이발소에 가서 얼굴을 말끔하게 면도해 달라고 하면 인간과 그리 다르지 않을 텐데 말이다. 인간은 이렇듯 교만해서 탈이다.

호탄寶丹의 귀퉁이를 돌아서자 게이샤가 한 사람 더 있었다. 이쪽은 키도 훤칠하니 둥그런 어깨를 가진 보기 좋은 여자로, 입고 있는 엷은 자색 기모노도 잘 어울려서 고상하게 보였다. 흰 이를 보이고 웃으면서 "겐짱, 어제는… 제가 좀 바빠서요."하고 말했다. 그런데 그 목소리가 잔뜩 쉰 목소리여서 모처럼 좋았던 풍채를 크게 깎아 먹는 것처럼 느껴졌다. 그래서 소위 겐짱이라는 자가 어떻게 생긴 사람인지 돌아보기도 귀찮아져서 그냥 품 안에 손을 넣은 채 오나리미치御成道로 나갔다. 간게쓰는 어딘지 모르게 안절부절못하는 것처럼 보였다.

인간의 심리만큼 알 수 없는 것도 없다. 우리 주인이 마음이 지금 화를 내고 있는 것인지, 들떠 있는 것인지, 아니면 철학자의 유서에서

* 배드민턴 같은 일본의 전통 놀이.

일말의 위안을 찾고 있는 것인지 도무지 알 수가 없다. 세상을 비웃고 있는 것인지, 세상 속으로 섞여 들어가고 싶은 것인지, 쓸데없는 일에 울화통을 터뜨리고 있는 것인지, 모든 사물에 대해 초연한 것인지 도대체 가늠하지 못하겠다. 고양이는 거기에 비하면 훨씬 단순하다. 먹고 싶으면 먹고, 자고 싶으면 잔다. 화를 낼 때는 열심히 화를 내고, 울 때는 목숨 바쳐서 운다. 무엇보다도 일기라고 하는 무용지물은 절대로 쓰지 않는다. 쓸 필요가 없기 때문이다. 우리 주인처럼 겉과 속이 다른 인간은, 일기라도 써서 세상 사람들에게 드러낼 수 없는 자기의 마음을 어두운 방 안에서 드러낼 필요가 있을지 모르지만, 우리 고양이들은 걷고 멈추고 앉고 눕는 것, 그리고 볼일을 보는 것까지 하나도 남김없이 그대로 일기가 되므로, 굳이 그렇게 귀찮은 품을 들여서 자기 진면목을 보존할 필요가 없다고 생각한다. 일기를 쓸 시간이 있으면 차라리 툇마루에 누워서 자는 편이 낫겠다.

간다의 어느 음식점에서 밤참을 먹었다. 오랜만에 정종을 두세 잔 마셨더니 오늘 아침은 속이 아주 개운하다. 위장이 약한 데는 반주가 최고라고 생각한다. 다카디아스타아제는 당연히 좋지 않다. 누가 뭐라고 해도 쓸모가 없다. 아무튼 약효가 없다면 없는 것이다.

공연히 다카디아스타아제를 공격하고 있다. 혼자서 씨름하는 격이다. 오늘 아침에 부린 심통이 여기서 잠시 얼굴을 내민다. 인간이 쓰는 일기의 본색은 바로 이런 점에 있는 것인지도 모른다.

얼마 전에 ○○가 아침식사를 먹지 않으면 위가 좋아진다고 해서 이삼일 아침을 먹지 않았더니 뱃속이 꾸르륵거리기만 할 뿐 아무런 효능이 없었다. △△는 짠지 종류를 먹지 말라고 충고했다. 그의 설에 따르면 모든 위장병의 원인이 짠지에 있다는 것이다. 짠지만 먹지 않으면 위장병의 근원을 단절하는 셈이니 틀림없이 완치된다는 이론이었다. 그로부터 일주일가량 짠지 종류는 입에도 대지 않았는데 별로 효험이 없는 것 같아 요즘 들어 다시 먹기 시작했다. □□의 말로는 이런 병에는 복부 안마 요법이 최고라고 한다. 그런데 보통 안마 방법으로는 안 된다. 미나가와皆川류라는 고풍스러운 안마 방법으로 한두 번 해 보면 어지간한 위장병은 완전히 치료할 수 있다고 한다. 야스이 소쿠겐安井息軒*도 이 안마술을 매우 아끼고 있었다. 시키모토 료마坂本龍馬**와 같은 호걸도 가끔 치료를 받았다는 소리를 듣고 당장 가미네기 시까지 가서 안마를 받아 보았다. 그런데 뼈를 교정해야 한다는 둥, 내장의 위치를 한번 바꿔 줘야 완치할 수 있다는 둥, 하면서 잔인할 정도로 아프게 안마를 하였다. 나중에 몸이 물에 젖은 솜처럼 되어 혼수상태에 빠질 것 같은 생각이 들자 진절머리가 나서 다시는 가지 않았다. A군은 고형식을 먹지 말라고 하였다. 그 뒤로 하루 종일 우유만 마시고 지내 보았는데, 이때는 뱃속에서 쿨렁쿨렁, 하는 소리가 들려 홍수라도 났는가 싶어 밤새도록 잠을 자지 못했다. B씨는 횡격막으로 호흡을 해서 내장을 운동시키면 자연스럽게 위의 움직임이 건전해지니까 한번 해 보라고 하였다. 이것도 몇 번 해 보았는데 왠지 뱃속이 불안해지고 하였다. 더구나 기를 생각나면 열심히 그렇게 숨을 쉬다가도 5, 6분 지나면 잊어버린다. 잊어버리지 않으려고 하면 횡격막이 신경 쓰여서 책도 읽지 못하겠고 글도 쓰지 못하겠다. 미학자인 메이테이가 이런 모습을 보더니 남자가 애를 낳는 것

* 에도시대 말기의 유학자(1799~1867).
** 에도시대 말기의 존왕파 무사(1835~1876).

도 아닌데 보기 싫으니 그만두라고 놀려서 요즘에는 하지 않게 되었다.

C 선생이 메밀국수를 먹으면 좋다고 해서, 당장 국물이 있는 것과 없는 것을 번갈아 가며 먹었더니 공연히 설사만 날 뿐 아무런 효과도 없었다. 나는 오랫동안 앓아 온 위장병을 고치기 위해서 할 수 있는 방법을 모두 써 보았지만 모조리 허사였다. 다만 어젯밤에 간게쓰와 함께 마신 석 잔의 정종은 분명히 효과가 있었다. 앞으로는 매일 밤 두세 잔씩 마셔야겠다.

이것도 결코 오래가지 못할 것이다. 우리 주인의 마음은 내 눈동자처럼 끊임없이 변한다. 무슨 일을 하든 오래가지 못하는 남자다. 게다가 일기를 보면 자기 위장병을 이렇게 걱정하고 있는데도 겉으로는 아닌 척 시치미를 떼고 있는 것도 우스운 일이다. 얼마 전에 친구라는 모 학자가 찾아와서 자기 의견으로는 모든 병이 조상의 죄악과 자기 죄악의 결과라는 말을 하였다. 어지간히 연구를 많이 했는지 조리 있고 명석하며 질서 정연하게 갖춰진 훌륭한 설이었다. 불쌍하게도 우리 주인 같은 사람은 그 이론에 반박하기에는 머리도 학문도 도저히 따라주지 않았다. 하지만 자기가 위장병으로 고생하고 있는 장본인이니만큼 어떻게든 변명을 해서 자기 체면을 차리려고 했다.

"자네의 설은 흥미롭지만 저 토머스 칼라일*도 위장병을 앓고 있었다네."

마치 칼라일에게 위장병이 있었으니 자기 위장병도 명예롭다는 식의 말도 안 되는 대꾸를 하였다.

"칼라일이 위장병을 앓았다고 해도, 모든 위장병 환자가 칼라일이

---

* 영국의 사상가·역사가(1795~1881).

될 수는 없지 않은가."

그 친구가 이렇게 되받아치자 주인은 아무 소리도 하지 못했다. 이렇듯 허영심을 잔뜩 가지고 있으면서도 실제로는 역시 위장병을 고쳤으면 하는지 오늘밤부터 반주를 시작한다고 한다. 웃기는 일이다. 생각해 보면 오늘 아침에 떡국을 그렇게 많이 먹은 것도 어젯밤에 간게쓰 군과 함께 정종을 마셨던 영향 때문인지도 모른다. 나도 갑자기 떡국이 먹고 싶어졌다.

나는 고양이지만 어지간한 것은 다 먹는다. 인력거꾼 집 검둥이처럼 시장통이 생선 가게까지 원정을 갈 기력도 없고, 뒷길의 고토琴*선생 집 얼룩 아가씨처럼 이것저것 가릴 수 있는 처지도 물론 아니다. 그래서 의외로 편식이 적은 편이다. 아이들이 먹다 흘린 빵도 먹고, 과자 속에 든 단팥도 핥아 먹는다. 짠지는 도무지 맛이 없지만 경험을 위해서 단무지를 두 조각 정도 먹어 본 적도 있다. 신기하게도 일단 먹어야지 싶으면 어지간한 것은 다 먹을 수 있다. 이것은 싫다, 저것은 못 먹겠다고 하는 것은 분에 넘치는 사치여서, 교사네 집에 있는 고양이로서는 도저히 입 밖에 낼 수 없는 말이다. 주인의 말에 따르면 프랑스에 발자크라는 소설가가 있었다고 한다. 그 남자는 엄청나게 사치를 부리는 사람이었는데, 물론 이는 입맛에 사치를 부린다는 뜻이 아니라 소설가였던 만큼 문장에 욕심을 부렸다는 뜻이다. 발자크가 어느 날 자기가 쓰고 있는 소설에 등장하는 사람에게 이름을 붙이려고 이것저것 생각해 보았는데 도무지 마음에 들지 않았다. 그러던 참에 친구가 놀러 와서 같이 산책하러 나갔다. 친구는 물론 아무것도 모른 채 같이 나섰지만 발자크는 처음부터 자기가 고심하고

* 일본식 거문고.

있는 이름을 찾으려는 생각이 있었기 때문에, 길거리에 나가자 아무것도 하지 않고 그저 가게에 걸린 간판들만 보고 돌아다녔다. 그런데 여전히 마음에 드는 이름이 없었다. 친구를 데리고 무작정 걸었다. 친구는 영문도 모르는 채 따라다녔다. 그들은 결국 아침부터 밤까지 파리 시내를 돌아다녔다. 그러다가 집으로 돌아오는 길에 발자크의 눈에 문득 어떤 재봉 가게 간판이 들어왔다. 보아하니 그 간판에 마르퀴스라는 이름이 쓰여 있었다. 발자크는 손뼉을 쳤다.

"이거야 이거, 바로 이거였어. 마르퀴스, 얼마나 좋은 이름이냐. 마르퀴스 위에 Z라는 머리글자를 붙이는 거야. 그러면 다시 없이 훌륭한 이름이 되지. 꼭 Z여야 해. Z. Marcus는 아주 좋은 이름이지. 아무래도 내가 머릿속으로 생각해 낸 이름은 어딘지 어색한 데가 있어서 좋지 않단 말이야. 이제야 내 마음에 쏙 드는 이름이 생겼어."

친구에게 폐를 끼친 것은 전혀 개의치 않고 혼자 좋아서 어쩔 줄 몰라 했다고 하는데, 소설 속에 나오는 사람 이름 하나 붙이는 데 하루 종일 파리를 돌아다녀야 하다니 정말 힘들기 짝이 없는 일이다. 욕심도 이 정도로 부릴 수 있으면 해 볼 만하겠지만 나처럼 입 다문 조개 같은 주인을 가진 처지로는 도저히 그럴 마음이 생기지 않는다. 아무 것이나 좋다, 먹을 수만 있으면 상관없다는 것도 내 처지가 만들어 낸 마음가짐일 것이다. 그러니 지금 떡국이 먹고 싶어진 것도 결코 욕심을 부리는 것이 아니다. 아무것이나 먹을 수 있을 때 먹어 두자는 생각이었다. 이것도 주인이 먹다 남긴 떡국이 혹시 부엌에 남아 있지 않을까 하는 생각이 들어서이다. 그래서 부엌으로 가 보았다.

오늘 아침에 본 그대로의 떡이 오늘 아침에 본 그대로의 색깔로 그릇 밑바닥에 붙어 있었다. 고백하건대 나는 떡이라는 것을 지금껏 한

번도 입에 대 본 적이 없다. 가만히 쳐다보았더니 맛있게 생기기도 하였고, 한편으로는 좀 이상하게 보이기도 하였다. 앞발로 떡을 가리고 있는 건더기를 옆으로 밀어냈다. 발톱을 보았더니 떡 위쪽 껍데기가 걸려서 끈적끈적하였다. 냄새를 맡아 보니 가마솥에 있던 밥을 밥통으로 옮길 때와 같은 냄새가 났다. 먹을까 말까 하고 주위를 돌아보았다. 다행인지 불행인지 아무도 없었다. 식모는 섣달이나 설날이나 다름없는 얼굴로 하네츠키를 하며 놀고 있었다. 아이들은 집 안쪽에서 '토끼야, 토끼야'라는 노래를 부르고 있었다. 먹는다면 바로 지금이다. 만약 이 기회를 놓치면 내년까지는 떡이라는 음식의 맛을 모른 체 살아가야 한다. 나는 비로 이때 고양이로서 하나의 진리를 깨달았다. '다시없는 기회는 모든 동물로 하여금 하고 싶지 않은 일도 끝내 하게 한다.' 사실 나는 떡국이 그렇게 먹고 싶었던 것은 아니다. 아니, 국그릇에 붙어 있는 떡을 보면 볼수록 점점 입맛이 떨어져서 먹기가 싫어졌다. 이때 만약 식모가 부엌문을 열기라도 했다면, 혹은 안쪽에 있는 아이들이 걸어오는 발자국 소리라도 들렸다면 나는 망설임 없이 그릇 옆을 떠났을 것이다. 그리고 떡국에 대한 생각은 내년 설날까지 머릿속에 떠오르지도 않았을 것이다. 그런데 아무도 오지 않았다. 아무리 망설이고 있어도 아무도 오지 않았다. 빨리 먹어라, 지금 먹어라, 하고 누군가가 재촉하고 있는 듯한 느낌이 들었다. 나는 그릇을 들여다보면서 빨리 누군가 와 주었으면 좋겠다고 바랐다. 그런데 여전히 아무도 와 주지 않았다. 나는 끝내 떡국을 먹지 않으면 안 되었다. 마지막으로 몸 전체의 무게를 그릇에 쏟듯이 기울여서 덥썩 하고 떡 조각 끝을 물었다. 이 정도로 힘을 주어서 물었으니 어지간한 것이라면 떨어질 것이다. 그런데 놀라운 일이 벌어졌다! 이제 됐겠지, 싶어서 이빨을 빼려고 했더니 빠지지 않았다. 다시 한번 물려고 해도 움직일 수가 없었다. 떡은 마물魔物이구나, 하고 깨달았지만 이미 때는 늦었다. 늪에 빠진 사람이 헤어 나오려고 허우적거릴수록 점점 깊숙하게 빠지는 것처럼, 물면 물수록 입이 무거워지고 이빨은 움직이지 못하게 되었다. 씹히는 감은 있지만 씹히기만 할 뿐 처치를 할 수가 없었다. 미학자 메이테이 선생이 예전에 우리 주인을 평하기를, 당신은 처치 곤란이라고 한 적이 있는데 정말 그럴듯한 말이다. 이 떡도 우리 주인과 마찬가지로 도무지 처치 곤란이다. 아무리 씹어도 10을 3으로 나눌 때처럼 영원히 끝이 없는 것처럼 느껴졌다. 이렇게 번민에 시달리고 있을 때 나는 뜻밖에도 두 번째 진리에 봉착할 수 있었다.

'모든 동물은 직감적으로 사물의 적합성 또는 부적합성을 예지한다.' 진리는 벌써 두 가지나 깨달았지만 떡이 달라붙어 있는 상태에서는 기분이 털끝만큼도 좋아지지 않았다. 이빨이 떡 속으로 빨려들어가서 빠질 것처럼 아팠다. 빨리 물어뜯어서 도망치지 않으면 식모가 온다. 아이들 노랫소리도 멎은 것 같았다. 분명 이제 부엌으로 달려올 것이다. 견디다 못해 꼬리를 이리저리 흔들어 보았지만 아무런 도움이 되지 않았다. 귀를 쫑긋 세워 보기도 하고, 납작 눕혀 보기도 했지만 소용이 없었다. 생각해 보면 꼬리나 귀는 떡과 아무런 상관이 없다. 결국 그것을 흔들거나 세우거나 눕히거나 해도 모두 헛수고라는 사실을 깨닫고는 그만두었다. 얼마 후에야 간신히 앞발의 도움을 받아 떡을 떨어뜨릴 수밖에 없겠다는 생각을 해냈다. 우선 오른쪽 앞발을 들어서 입 주위를 문질러 보았다. 문지르는 정도로는 처치할 수 있는 물건이 아니었다. 이번에는 왼쪽 앞발을 뻗어서 입을 중심으로 빠르게 동그라미를 그리는 것처럼 돌려 보았다. 이 정도 주문으로는 마물이 떨어지지 않았다. 신중하게 해야 한다는 생각에 좌우 번갈아서 움직여 보았지만 여전히 이빨은 떡 속에 박혀 있었다. 귀찮아져서 양쪽 발을 한꺼번에 움직였다. 그러자 신기하게도 그렇게 할 때만큼은 나머지 두 발로 설 수가 있었다. 왠지 고양이가 아닌 듯한 느낌이 들었다. 고양이든 아니든 지금 그것이 문제냐 싶어, 떡이라는 마물이 떨어질 때까지 무슨 짓이든 해야겠다는 마음으로 온 얼굴을 전부 할퀴어 보았다. 앞발을 심하게 움직이는 바람에 자꾸만 중심을 잃고 넘어지려고 하였다. 넘어지려고 할 때마다 나머지 발로 중심을 잡아야 하므로, 한군데 가만히 있지를 못하고 온 부엌을 여기저기 휘청거리며 돌아다니는 꼴이 되었다. 내 딴에도 어떻게 이렇게 잘 서 있을까 싶을 정도였다. 세 번째 진리가 눈앞에 확연히 떠올랐다.

'위험한 지경에 이르면 평소에 할 수 없었던 일까지 할 수 있게 된다. 이를 하늘의 도우심이라 한다.' 다행히 하늘의 도우심을 받은 내가 열심히 마물과 싸우고 있는 사이 어디선가 발소리가 들리며 안쪽에서 사람이 들어오는 듯한 기척이 났다. 이럴 때 누가 들어오면 큰일이겠다 싶어서 더욱 필사적으로 부엌 안을 뛰어다녔다. 발소리가 점점 더 가까이 다가왔다. 아아, 안타깝게도 하늘의 도우심이 약간 모자랐다. 결국 아이들에게 발각되고 말았다.

"어머, 고양이가 떡국을 먹으면서 춤을 추고 있네."

아이들이 큰 소리로 외쳤다. 이 소리를 제일 먼저 들은 사람은 식모였다. 하네츠키를 하던 공과 채를 모두 던져 버리고, "이런 세상에!" 하면서 부엌문으로 뛰어 들어왔다. 맵시 있게 차려입은 안주인은 "이래서 고양이는 싫다니까."라고 말씀하셨다. 주인도 서재에서 나와 보더니 "이런 멍청한 놈 같으니…"라고 말했다. 재미있다는 말을 한 사람은 아이들뿐이었다. 그러고는 다같이 약속이나 한 듯이 깔깔 껄껄 웃어 댔다. 화는 나지, 힘은 들지, 춤은 계속 추게 되지, 정말 죽는 줄 알았다. 간신히 웃음이 좀 잠잠해지나 싶었는데, 다섯 살 난 여자아이가 이렇게 말하는 것이었다.

"어머니, 고양이가 너무 불쌍해요."

아이의 이 말은 멎으려던 웃음을 한바탕 다시 일으키는 격이 되었고, 모두들 또 배꼽을 잡았다. 동정심이라고는 눈곱만큼도 없는 인간의 행동에 대해서는 어지간히 보고 들었지만, 이때만큼 원망스러운 적이 없었다. 나중에는 하늘의 도우심도 어디론가 사라져서 원래대로 네 발로 엎드려서 눈만 잔뜩 치켜뜨는 추태를 부리는 데 이르게 되었다. 그제서야 내 처지가 불쌍해 보였는지, 주인이 식모에게 명령했다.

"저 떡을 빼 줘라."

식모는 좀 더 춤을 추게 두지 그러냐는 눈빛으로 안주인을 쳐다보았다. 안주인은 고양이 춤은 보고 싶지만 죽을 때까지 그렇게 할 생각은 없는지 잠자코 있었다.

"빼 주지 않으면 죽을 것 같으니, 빨리 빼 줘."

주인이 다시 식모를 돌아보며 말했다. 식모는 맛있는 음식을 반쯤 먹다가 꿈에서 깨어난 사람처럼 억울한 표정으로 떡을 쥐더니 앞으로 쑥 뺐다. 간게쓰 군은 아니지만 앞니가 모조리 부러지는 줄 알았다. 얼마나 아픈지 이루 말할 수 없었다. 떡 속으로 깊이 파고들었던 이빨을 인정사정없이 잡아당겼으니 어쨌겠는가? 내가 '모든 안락은 고생을 거쳐야만 찾아온다.'는 네 번째 진리를 경험하고 허덕거리면서 주위를 둘러보았을 때는 이미 집안 사람들 모두가 안쪽으로 들어간 후였다.

이런 실패를 경험했을 때는 집 안에 남아서 식모의 눈에 띄는 것도 거북스러운 일이다. 아예 기분을 바꿔서 뒷길 고토 선생 집의 얼룩 아가씨나 찾아가 봐야겠다고 부엌 뒤쪽으로 나갔다. 얼룩 아가씨는 이 근방에서 미모로 유명한 암고양이다. 나는 고양이지만 나름대로 정서라는 것을 갖추고 있다. 집에서 주인의 씁쓰레한 표정을 보았거나 식모한테 공연히 야단을 맞아서 기분이 좋지 않을 때는 꼭 이 이성 친구를 찾아가서 이런저런 이야기를 나누곤 한다. 그러면 어느새 마음이 한결 밝아지고, 지금까지 했던 걱정이나 고생을 모두 잊고 다시 태어난 듯한 느낌을 받게 된다. 여성의 영향이라는 것은 실로 막대한 것이다. 삼나무 울타리 틈새로 집에 있나 싶어 둘러보았더니, 얼룩 아가씨는 실날이라고 새 목설이까지 한 모습으로 얌전하게 툇마루에 앉아 있었다. 그렇게 앉아 있을 때면 둥그렇게 솟아오른 등의 곡선이 말할 수 없이 아름답다. 곡선이 지닌 아름다움의 극치이다. 꼬리가 구부러진 정도, 다리를 접은 모양새, 약간 우울한 듯 귀를 살짝 쫑긋거리는 모양까지도 말로 형용할 수 없을 정도다. 특히 햇볕이 잘 드는 곳에 따뜻함을 느끼면서 고상하게 앉아 있는 것을 보면 몸은 정숙하고 단정한 태도를 나타내고 있지만, 빌로드보다 부드러운 털은 봄볕을 반사해서 바람이 없는데도 살랑살랑 움직이는 것처럼 보인다. 나는 한동안 황홀하게 그 모습을 바라보고 있었다. 잠시 후 정신을 차리고는 낮은 목소리로 "얼룩 아가씨, 얼룩 아가씨!" 하고 부르면서 앞발로 손짓을 했다. 얼룩 아가씨는 "어머, 선생님." 하면서 툇마루에서 내려왔다. 빨간 목걸이에 달린 방울이 딸랑딸랑 소리를 냈다. 설날이 되었다고 방울까지 달았구나, 정말 좋은 소리인걸, 하고 감탄하는 사이에 내 옆에 와서는 "어머, 선생님. 새해 복 많이 받으세요." 하고 꼬리를 왼쪽으로 흔들었다. 우리 고양이들 사이에서 서로 인사를 할 때는 꼬리를 막대기처럼 세우고 그것을 왼쪽으로 돌리게 되어

있다. 동네에서 나를 선생님이라고 불러 주는 이는 이 얼룩 아가씨뿐
이다. 나는 지난번에 말한 대로 아직 이름이 없었는데, 교사네 집에
살고 있어서 얼룩 아가씨만큼은 존경하는 뜻으로 선생님이라고 불러
준다. 나도 선생님이라는 소리를 들으면 기분이 썩 괜찮아지므로 "네,
네." 하고 대답을 하곤 한다.

"복 많이 받아요. 화장을 아주 예쁘게 했군요."

"네, 작년 말에 우리 주인께서 사 주신 거예요. 좋죠?"

얼룩 아가씨는 방울 소리를 딸랑딸랑 내 보였다.

"정말 좋은 소리군요. 나는 태어나서 지금껏 그렇게 좋은 방울은
본 적이 없어요."

"무슨 말씀을요. 다들 달고 다니잖아요."

얼룩 아가씨가 다시 딸랑거렸다.

"소리가 참 좋지요? 전 정말 기뻐요."

딸랑딸랑 자꾸만 방울을 울렸다.

"그 댁 주인은 당신을 무척 귀여워하고 있는 것 같군요."

은연중에 나 자신과 비교하며 부러운 마음을 나타냈다. 얼룩 아가
씨는 천진난만하게 대답했다.

"정말 그래요. 꼭 자기 자식처럼 귀여워해 주시지요."

얼룩 아가씨는 구김살 없이 웃었다. 고양이라고 웃지 못하는 것이
아니다. 인간이 자기들 외에는 웃지 못한다고 여기는 것은 잘못된 생
각이다. 우리가 콧구멍을 세모로 만들고 목구멍 안쪽을 진동시켜서
웃기 때문에 인간들이 알 수 없을 뿐이다.

"도대체 그 댁 주인은 어떤 사람이지요?"

"그 댁 주인이라니 좀 이상하네요. 선생님이세요, 고토를 가르치는
선생님이요."

"그건 나도 알고 있습니다. 다만 그 신분이 뭐냐는 거지요. 보나마나 훌륭한 분이겠지요?"

"그럼요."

그대를 기다리는 소나무에서…

장지문 안쪽에서 선생이 고토를 켜며 노래를 시작했다.

"좋은 목소리지요?"

얼룩 아가씨가 자랑하였다.

"좋은 것 같기는 한데 나는 잘 모르겠어요. 이게 노대체 뭐라고 하는 거지요?"

"저거요? 저건 뭐 어쩌구라는 노래예요. 우리 선생님은 저 노래를 정말 좋아하지요. 우리 선생님은 저래 보여도 벌써 예순두 살이세요. 정말 건강하지요?"

예순두 살인데 아직도 살아 있는 걸 보면 건강하다고 할 수밖에 없다. 나는 "예에." 하고 대답하였다. 좀 멍청한 대꾸 같지만 달리 좋은 대답이 떠오르지 않으니 할 수 없다.

"저래 봬도 원래는 신분이 아주 높았던 사람이래요. 항상 그렇게 말씀하시지요."

"그럼 원래 어떤 사람이었는데요?"

"듣자 하니 덴쇼인天璋院* 님의 비서의 여동생이 시집을 간 시댁 어머니의 조카딸이었다고 하네요."

---

* 가고시마(鹿兒島) 지방 영주의 딸. 1856년에 제13대 쇼군에게 시집을 갔다가 남편이 죽자 삭발을 하고 출가하여 '덴쇼인'이라는 법명으로 불렸다.

"뭐라고요?"

"그러니까 덴쇼인 님의 비서의 여동생이 시집을 간…."

"알았어요, 잠깐만요. 그러니까 덴쇼인 님의 여동생의 비서의…."

"아니, 그게 아니라요. 덴쇼인 님의 비서의 여동생의…."

"이제 알았어요. 덴쇼인 님이지요?"

"네."

"비서지요?"

"네."

"시집을 간…."

"여동생이 시집을 갔지요."

"그래요, 잘못되었네요. 여동생이 시집을 간 집…."

"어머니의 조카딸이었대요."

"어머니의 조카딸 말이지요?"

"그래요. 이제 아시겠지요?"

"아니요, 자꾸만 뒤죽박죽이 되어서 갈피를 잡지 못하겠어요. 그러니까 결국 덴쇼인 님의 뭐가 되는 거지요?"

"선생님도 정말 이해를 못 하시네요. 그러니까 덴쇼인 님의 비서의 여동생이 시집을 간 집의 어머니의 조카딸이었다고 아까부터 말씀드렸잖아요."

"그건 다 알아들었어요."

"그걸 알았으면 이제 됐지요?"

"그래요."

할 수 없이 두 손을 들었다. 우리는 가끔 어쩔 수 없이 거짓말을 해야 할 때가 있다.

장지문 안쪽에서 고토 소리가 뚝 그치더니 선생의 목소리가 들려왔다.

"얼룩아, 얼룩아, 밥 먹어야지."

그러자 얼룩 아가씨는 기쁜 얼굴로 말했다.

"어머, 우리 선생님이 부르니까 전 이만 가 봐야겠네요. 괜찮겠지요?"

괜찮지 않다고 해 봐야 소용이 없다.

"그럼, 또 놀러 오세요."

얼룩 아가씨는 방울을 딸랑딸랑 흔들면서 뜰 안쪽까지 뛰어갔다가 갑자기 돌아와서는 걱정스럽다는 듯 물었다.

"선생님, 오늘 안색이 영 좋지 않아요. 무슨 일이라도 있었나요?"

설마 떡국을 먹다가 춤을 추는 바람에 그렇게 되었다고는 할 수 없었다.

"아니, 별다른 일이 있었던 것은 아니지만 뭐 좀 생각하다 보니 머리가 아프네요. 당신과 이야기를 하다 보면 좀 나아질까 싶어 찾아온 것이지요."

"그래요. 몸조심하세요. 그럼 이만 가 보겠습니다."

조금은 아쉬운 듯이 보였다. 덕분에 떡국에 빼앗겼던 활기를 다시 찾을 수 있었다. 기분이 좋아졌다. 돌아오는 길에 차밭을 지나치려고 이제 막 녹아 내리기 시작하는 눈 기둥을 밟으면서 대나무 울타리 구멍으로 얼굴을 내밀었더니, 오늘도 인력거꾼 집 검둥이는 시든 국화나무 위에서 잔뜩 웅크리고 앉아 하품을 하고 있었다. 요즘 들어서는 검둥이를 보고 겁을 먹을 내가 아니지만, 말을 걸게 되면 귀찮아지므로 모르는 척하고 지나치려 하였다. 하지만 검둥이는 성질상 남이 자기를 깔보고 있다고 느껴지면 절대로 가만히 있지 못한다.

"이봐, 이름 없는 고양이. 요즘 왜 그렇게 콧대가 높은 거야? 아무리 교사네 집 밥을 먹고 있다고 해도 너까지 그렇게 잘난 척할 건 없잖아. 이거야 기분 더러워서, 원."

검둥이는 내가 유명해진 것을 아직 모르는 모양이었다. 설명해 주고 싶었지만 해 봐야 어차피 알아듣지 못할 것이 뻔하니까, 일단은 인사나 하고 될 수 있는 대로 빨리 이 자리를 피해야겠다고 결심했다.

"아니, 검둥이 아닌가? 설날을 축하하네. 여전히 잘 지내고 있군그래."

나는 꼬리를 세워서 왼쪽으로 빙글 돌렸다. 검둥이는 꼬리를 세우기만 했을 뿐 인사를 하지 않았다.

"뭐야, 설날을 축하한다고? 설날이 축하할 날이면 너 같은 놈은 일 년 내내 축하를 해야겠구만. 정신 차리고 살아, 이 풀무 같은 상판대기야."

'풀무 같은 상판대기'라는 말은 아무래도 욕의 일종 같은데, 나로서는 도무지 무슨 뜻인지 알 수가 없었다.

"잠깐 묻겠는데 풀무 같은 상판대기가 무슨 뜻이야?"

"허 참, 지가 욕을 먹으면서 욕한 놈한테 뜻을 물어보고 있네그려. 그러니까 설날 같은 놈*이지."

'설날 같은 놈'은 표현이 시적이기는 한데, 그 의미는 풀무 같은 무엇보다도 더욱 알 수가 없는 말이었다. 참고를 위해 좀 물어보고 싶기는 해도, 어차피 물어봐야 분명한 대답은 얻을 수 없을 것이 뻔하기 때문에 얼굴만 쳐다보며 가만히 서 있었다. 좀 거북한 분위기였다. 그때 갑자기 검둥이네 집 아줌마가 큰 소리로 고래고래 소리를 질렀다.

* 덜떨어졌다는 뜻.

"아니, 선반에 올려둔 생선이 없잖아. 또 그 못된 검둥이 새끼가 훔쳐 간 게 분명해. 내 이놈 꼴 보기 싫어서 죽겠다니까. 돌아오기만 해봐라, 내가 가만히 두나."

그 목소리는 초봄의 한가한 공기를 마음껏 진동시키면서 아직 가지 끝에 봉오리도 제대로 맺히지 않은 벚꽃을 떨게 만들었다. 검둥이는 네 마음대로 외쳐라, 나는 모르는 일이다, 하고 시치미를 떼고는 넓적한 턱을 앞으로 내밀면서 저 소리 들었냐는 몸짓을 하였다. 지금까지는 검둥이와 상대하느라고 알아차리지 못했는데, 가만히 보니 그의 발 밑에는 한 토막에 2전 3리쯤 되어 보이는 생선 가시가 진흙투성이가 되어 뒹굴고 있었다.

"너도 여전하구나."

지금까지 있었던 감정 싸움은 잊은 채 나도 모르게 감탄사를 흘리고 말았다. 검둥이는 그 정도로는 기분을 풀지 않았다.

"여전하다니, 그게 무슨 소리냐? 생선 토막 한두 개 가지고 내가 여전하다니 말이 되냐? 이 인력거꾼 집 검둥이를 뭘로 보고 그렇게 깔보는 말을 씨부렁거리는 거야?"

검둥이는 팔을 걷어붙이는 대신 오른쪽 앞발을 어깨까지 거꾸로 들어올렸다.

"네가 뭘로 보이긴, 인력거꾼 집 검둥이로 보이지."

"그래, 내가 그 인력거꾼 집 검둥이인걸 알면서두 여전하다니, 그게 무슨 말버릇이야?"

검둥이는 뜨거운 콧김을 푹푹 뿜어내었다. 인간이라면 멱살을 잡고 흔들었을 상황이다. 다소 짜증이 나면서 내심 난처해졌다고 생각하던 차에 다시 그 아줌마의 큰 목소리가 들려왔다.

"이봐요, 니시가와 씨. 니시가와 씨, 내 말 듣고 있어요? 나 좀 보자니까 그러네. 쇠고기 한 근만 빨리 갖다줘요. 알아들었어요? 쇠고기, 질기지 않은 것으로 한 근만 빨리 갖다달라고요."

쇠고기를 주문하는 소리가 온 동네에 쩌렁쩌렁 울렸다.

"흥, 1년에 한 번 쇠고기를 주문하면서 어지간히 큰 소리를 질러 댄다. 쇠고기 한 근이 동네 사람들한테 자랑거리가 된다고 생각하니 참 한심한 여편네지."

검둥이는 비웃으면서 네 다리에 힘을 주었다. 나는 뭐라고 맞장구를 쳐 줄 말이 없어 가만히 보고 있었다.

"한 근 정도 가지고는 간에 기별도 가지 않겠지만 할 수 없지. 저렇게 주문을 했으니 언젠가 먹어 줘야지."

검둥이는 마치 자기를 위해 주인 아줌마가 쇠고기를 준비하는 것처럼 말했다.

"이번에는 정말 맛있는 음식이네. 잘 됐군, 잘 됐어."

나는 될 수 있는 대로 그를 빨리 돌려보내려고 말했다. 하지만 검둥이는 오히려 화를 버럭 냈다.

"네가 뭔데 참견이야. 넌 알 바 아니야, 가만히 있어."

이러더니 갑자기 뒷발로 부러진 눈 기둥을 쳐서 내 머리 위로 우수수 떨어지게 하였다. 내가 깜짝 놀라서 몸에 묻은 눈을 털어 내고 있는 사이에 검둥이는 울타리를 지나서 어디론가 가 버리고 말았다. 보나마나 니시가와의 쇠고기를 노리러 갔을 것이다.

집으로 돌아오자 집 안에서 전에 없던 봄기운이 피어오르며 주인의 웃음소리까지 밝게 들려왔다. 무슨 일인가 싶어 활짝 열려 있는 뒷마루를 통해 올라가 주인 곁에 다가가 보았더니 처음 보는 손님이 와 있었다. 머리를 깨끗하게 빗어 넘기고, 면으로 된 남자 기모노에 제대로 된 바지까지 갖춰 입은 사람으로 아주 성실한 서생처럼 생긴 남자였다. 주인의 화로 옆에는 잎담배통과 나란히 "오치 도후越智東風 군을 소개 드립니다. 미즈시마 간게쓰"라는 명함이 있었다. 이것으로 이 손님의 이름과 간게쓰 군의 친구라는 사실을 알 수 있었다. 주인 과 손님의 대화는 도중에 듣기 시작해서 전후를 잘 몰랐지만 아무래 도 내가 전에 말했던 미학자 메이테이 선생에 관한 이야기 같았다.

"그래서 재미있는 일이 있으니까 꼭 같이 가 보자고 하셔서."

손님이 침착하게 말했다.

"아니 그러면 그 서양 요릿집에 가서 점심을 먹는 것이 재미있는 일 이라 말입니까?"

주인은 차를 따라서 손님 잎으로 밀어 주니 물었다.

"글쎄요, 그 재미있는 일이 무엇인지 그때는 저도 알 수 없었지만, 그래도 그분이 하시는 말씀이니 뭔가 흥미로운 일이 있을 것이라 짐 작했지요."

"그래서 같이 가셨군요."

"그런데 깜짝 놀랐습니다."

주인은 그러면 그렇지, 하고 말하듯이 무릎 위에 앉은 내 머리를 툭 하고 쳤다. 조금 아팠다.

"또 얼토당토않은 허풍 같은 것이겠지요? 그 사내는 그게 버릇이 라니까."

갑자기 안드레아 델 사르토 사건이 떠올랐다.

"뭐 그런 겁니다. '자네, 좀 색다른 것을 먹어 보지 않겠는가?' 하고 물으셨지요."

"그래서 무얼 드셨습니까?"

"우선 메뉴를 보면서 이러저런 요리에 대해 이야기해 주셨습니다."

"주문하기 전에 말입니까?"

"예."

"그러고요?"

"그런 다음에 고개를 들어서 보이 쪽을 보시더니, 뭐 별다른 요리가 없지 않느냐고 하셨지요. 그랬더니 보이도 지지 않겠다는 듯이 '거위 로스구이나 송아지 찹Chop*은 어떻습니까?' 했지요. 선생님이 그렇게 평범한 것을 먹으려고 여기까지 온 것은 아니라고 하니, 보이는 평범하다는 뜻을 이해하지 못했는지 묘한 표정을 지은 채 입을 다물어 버렸습니다."

"그렇겠군요."

"그런 다음에는 제 쪽을 돌아보시더니, 이봐 요즘에는 프랑스나 영국에 가면 근대 일본식이나 옛날 일본식을 먹을 수 있는데, 일본에서는 어디를 가나 판에 박은 듯해서 도무지 서양 요릿집에 들어갈 마음이 안 든다면서 기염을 토하셨습니다. 그런데 그분은 정말 서양에 다녀오신 적이 있는 겁니까?"

"메이테이가 서양에 다녀오기는 뭘 다녀왔겠습니까? 돈도 있고, 시간도 있으니 갈 마음만 있으면 언제라도 갈 수 있겠지만 말입니다. 보나마나 앞으로 갈 예정을 두고 과거에 갔다 온 것처럼 말했겠지요."

주인은 스스로 생각해도 그럴듯한 말을 했다는 듯이 먼저 웃었다. 손님은 별로 감탄한 기색이 없었다.

"그렇습니까? 저는 또 어느새 서양에 다녀오셨나 싶어서 진지하게 경청하고 있었지요. 마치 보고 오신 것처럼 달팽이 수프나 개구리 스튜에 대해 묘사하시는 바람에 그런 줄로만 알았습니다."

* 갈비를 구운 요리.

58

"그야 누군가한테 들은 이야기겠지요. 너스레를 떠는 데는 이골이 난 사람이니까요."

"아무래도 그런 것 같습니다."

손님은 꽃병에 꽂혀 있는 수선화를 바라보았다. 상당히 아쉬운 듯한 기색이 보였다.

"그럼, 재미있는 일이라는 것이 바로 그것이었군요."

주인이 다시 확인을 해 보았다.

"아니, 이건 그냥 서두에 불과하고 본론은 지금부터입니다."

"흐음."

주인이 호기심 섞인 감탄사를 내뱉었다.

"아무튼 그런 다음에 아무래도 달팽이나 개구리를 먹으려고 해도 먹을 수 없을 테니 도치멘보* 정도로 타협을 보지 않겠느냐고 저한테 묻는 바람에, 저는 아무 생각 없이 그렇게 하자고 말했습니다."

"그래요? 도치멘보라니 이상한 이름이군요."

"예, 정말 이상한 이름인데 선생님이 너무 진지한 표정으로 말씀하시는 바람에 저도 알아차리지 못했습니다."

손님은 마치 우리 주인에게 자신의 실수를 사과하고 있는 듯한 태도로 말했다.

"그래서 어떻게 되었습니까?"

주인은 무표정한 얼굴로 물었다. 손님의 사과에 대해서는 전혀 동정을 표하지 않았다.

"그래서 보이한테 '이봐, 도치멘보 2인분을 가지고 오게.'라고 했더니

* 차이쿠 시인 안도 렌지 부코(安藤鍊二郎)의 필명인 도치멘보(像面坊)를 서양 요리의 이름처럼 쓴 말장난.

보이가 '멘치보* 말씀입니까?' 하고 되물었지요. 그러자 선생님은 더욱 진지한 표정으로 멘치보가 아니라 도치멘보라고 정정하셨습니다."

"그랬군요. 그런데 그 도치멘보라는 요리는 정말 있기나 한 겁니까?"

"글쎄요, 저도 좀 이상하다고 생각했지만 선생님이 너무 침착한 태도로 말씀하셨고, 또 워낙 서양에 대해서는 잘 알고 계시는 분이니, 게다가 그때는 서양에 다녀오신 줄만 알았기 때문에 저도 입을 맞춰서 도치멘보다, 도치멘보, 하고 보이에게 가르쳐 주었지요."

"그랬더니 보이는 어떻게 했습니까?"

"그 보이가, 지금 생각하면 참 우스운 일입니다만, 한동안 생각을 하더니 '손님 정말 죄송하지만 오늘은 도치멘보를 마련해 드릴 수 없을 것 같습니다. 멘치보라면 2인분을 당장 갖다드리겠습니다.'라고 했지요. 그랬더니 선생님은 아주 아쉽다는 태도로 그럼 일껏 여기까지 온 보람이 없지 않느냐, 어떻게든 도치멘보를 준비해서 먹을 수 있게 해 달라고 부탁하시면서 보이한테 은화 20전을 쥐여 주셨지요. 보이는 그것을 받더니 일단은 요리사한테 물어보고 오겠다며 안쪽으로 들어갔습니다."

"어지간히 도치멘보가 먹고 싶었던 모양이로군요."

"얼마 후에 보이가 나와서 '정말 죄송하지만 그렇게 드시고 싶다면 마련해 드리기는 하겠지만 다소 시간이 걸린다고 합니다.'라고 말했지요. 그랬더니 메이테이 선생님은 침착한 태도로 어차피 정월 연휴 때라 시간은 충분히 있으니 조금 기다려서라도 먹고 가겠다고 하면서 주머니에서 시거를 꺼내 뻑뻑 피우기 시작했습니다. 그래서 저도 하

* 민스볼(mince ball).

는 수 없이 품 안에서 신문을 꺼내서 읽기 시작했지요. 그러자 보이는 다시 안쪽에 물어보러 들어갔습니다."

"어지간히 뜸을 들이는군요."

주인은 전쟁 속보를 읽는 사람처럼 자꾸만 이야기를 재촉했다.

"그런 다음에 보이가 다시 나와서, 요즘에는 도치멘보의 재료가 품절이어서 어느 시장의 어느 가게를 가나 살 수 없기 때문에 한동안 그 요리는 내놓을 수 없을 것 같다고 미안하다는 듯이 말을 했습니다. 그랬더니 선생님은 그것참 난처하게 되었군, 모처럼 여기까지 왔는데 말이야, 하고는 자꾸만 제 쪽을 바라보며 말씀하시기에 저도 가만히 있을 수가 없어서 참으로 유감스럽군요, 이렇게 안타까울 수가 없네요, 하며 장단을 맞췄습니다."

"그렇겠군요."

주인이 찬성을 표했다. 뭐가 그렇겠다는 것인지 나로서는 전혀 알 수 없었다.

"그러자 보이도 미안했는지 '재료가 들어오게 되면 꼭 다시 와 주십시오.' 하고 말했지요. 선생님이 어떤 재료를 쓰느냐고 물어보자, 보이는 헤헤헤, 하고 웃기만 할 뿐 대답을 하지 않았습니다. 재료는 일본파 하이진俳人* 아니냐고 선생님이 물어보았더니, 보이는 '맞습니다, 바로 그거예요, 그래서 요즘에는 요코하마橫浜에 가 보아도 살 수 없어 정말 죄송하게 되었습니다.'라고 했지요."

"아하하하, 그게 바로 함정이었군요. 이것 정말 재미있군."

주인은 전에 없이 큰 소리로 웃었다. 무릎이 흔들려서 나는 떨어질 뻔했다. 주인은 전혀 개의치 않고 크게 웃었다. 안드레아 델 사르토에

* 하이쿠 시인.

넘어간 사람이 자기 혼자가 아니라는 사실을 알고는 갑자기 기분이
유쾌해진 모양이었다.

"그런 다음에 둘이서 밖으로 나왔는데 선생님이 '어떤가 자네, 그
럴듯했지?' 하시며, 도치멘보를 재료로 썼다는 점이 재미있지 않았냐
고 자랑을 하시는 겁니다. '정말 대단하십니다.'라고 말한 다음 헤어지
기는 했지만 사실은 점심 먹을 시간이 한참 지나 버리는 바람에 배가
고파 혼이 났습니다."

"그것참 힘들었겠군요."

주인이 처음으로 동정을 표했다. 여기에 대해서는 나도 이의가
없다. 한동안 이야기가 끊기고 내가 목구멍을 골골거리는 소리만 주
인의 귀에 들어갔다.

도후 군은 차가워진 차를 단숨에 마시더니 자세를 고치며 말했다.

"사실 오늘 찾아뵌 것은 선생님께 부탁드리고 싶은 일이 좀 있어서
입니다."

"그래요. 뭘 도와드릴까요?"

주인도 마찬가지로 말투를 고쳐서 물었다.

"잘 아시는 바와 같이 제가 문학과 미술을 좋아합니다."

"좋은 일이지요."

주인이 기름칠을 했다.

"뜻이 같은 사람들끼리 모여서 얼마 전부터 낭독회라는 것을 만들
었습니다. 앞으로 매월 한 번씩 모임을 갖고, 이 방면에 대한 연구를
계속해 나갈 요량인데, 이미 제1회는 작년 말에 열었지요."

"잠깐 묻겠는데 낭독회라고 하면 무슨 장단이라도 붙여서 시나 문
장 따위를 읽는 것처럼 들리는데, 도대체 어떤 식으로 하는 겁니까?"

"뭐, 처음에는 옛 시인들의 작품부터 시작해서 나중에는 동인들의

창작까지도 할 예정입니다."

"옛 시인이라면 백낙천白樂天*의 〈비파행琵琶行〉 같은 시를 읊는다는 겁니까?"

"아니요."

"그럼 어떤 것을 주로 다루지요?"

"지난번에는 지카마쓰近松**의 자살 이야기를 했습니다."

"지카마쓰? 저 조루리淨瑠璃***의 지카마쓰 말입니까?"

지카마쓰는 두 사람이 아니다. 지카마쓰라고 하면 희곡 작가인 지카마쓰밖에 없다. 그것을 군이 되묻는 주인도 참 어리석다고 생각하고 있는데, 주인은 이런 내 생각도 모른 채 내 머리를 살살 쓰나듬고 있었다. 사팔뜨기가 자기한테 반해서 쳐다본다고 떠들어 대는 인간도 있는 세상이니, 이 정도 오해는 결코 놀랄 만한 일이 아니라고 생각하며 시치미를 떼고 그냥 두었다.

"네에."

이렇게 대답한 다음 도후 군은 주인의 안색을 살폈다.

"그럼 혼자서 낭독하는 겁니까, 아니면 역할을 정해서 하는 겁니까?"

"역할을 정해서 같이해 보았습니다. 그때 중점을 둔 것은 가능한 한 이야기 속의 인물에게 공감하여 그 성격을 발휘하는 것을 첫 번째로 하고, 거기에 손짓이나 몸짓을 곁들였습니다. 대사는 되도록 그 시

* 당나라 시인(772~846). 이름은 거이(居易). 〈비파행(琵琶行)〉은 백낙천이 쓴 시로 여든여덟 글자로 이루어져 있다.
** 조루리(淨瑠璃) 이야기를 주로 쓴 극작가(1653~1724). 정식 이름은 지카마쓰 몬사에몬(近松門左衛門).
*** 음곡(音曲)에 맞추어서 이야기를 낭창하는 장르.

대 사람답게 하는 것에 중점을 두어서 아가씨든 꼬마든 그 인물이 실제로 말하는 것처럼 하는 것입니다."

"그럼 무슨 연극 같은 것이군요."

"네, 의상과 무대배경이 없을 뿐이지요."

"실례지만 잘 되었습니까?"

"처음으로 한 것치고는 성공한 편이라고 생각합니다."

"그래서 지난번에 한 자살 이야기라고 하면?"

"그게 뱃사공이 손님을 태우고 요시와라吉原*로 가는 대목이었습니다."

"대단한 막을 하셨군요."

주인은 교사답게 고개를 잠시 기울여 생각하더니 이렇게 말했다. 코에서 내뿜은 둥그런 연기가 내 귓가를 스치고 얼굴 옆으로 흘러갔다.

"아니, 뭐 그렇게 대단한 것도 아니었습니다. 등장인물은 손님과 뱃사공, 오이랑花魁**, 여급, 할멈, 검번檢番***뿐이었으니까요."

도후 군은 아무렇지도 않게 말했다. 주인은 오이랑이라는 이름을 듣고는 약간 씁쓰레한 표정을 지었다가 여급, 할멈, 검번이라는 낱말에 대해 확실한 지식이 없었는지 우선은 질문을 던졌다.

"여급이라는 것은 유곽의 하녀를 가리키는 말인가요?"

"아직 자세히 연구해 보지는 않았지만 여급은 요릿집이나 유곽의 하녀이고, 할멈은 창녀들을 감시하는 사람일 것이라고 생각합니다."

---

* 에도시대 이후 유곽들이 들어서 있던 대표적인 창녀촌.
** 유곽에서 으뜸가는 창녀의 이름.
*** 유곽을 단속하는 사람.

도후 군은 아까 그 인물의 특징이 나타날 수 있도록 목소리를 꾸
며서 낭독한다고 했으면서 할멈이나 여급의 성격에 대해서는 잘 알지
못하는 모양이었다.

"아아, 그럼 여급은 요릿집에 속한 사람이고, 할멈은 유곽에 있는
사람이로군요. 그렇다면 검번은 사람입니까, 아니면 일정한 장소를
가리키는 말입니까? 만약 사람이라면 남자입니까, 여자입니까?"

"검번은 아마 사람이고 남자일 것 같습니다."

"무엇을 관장하고 있는 사람인가요?"

"글쎄요, 거기까지는 조사해 보지 못했습니다. 조만간 알아볼 생각
입니다."

이래 가지고 낭독회를 했으니 얼마나 얼토당토않은 것이겠는가 싶
어, 나는 주인의 얼굴을 올려다보았다. 주인은 의외로 진지한 표정이
었다.

"그래서 낭독한 사람은 당신 외에 어떤 사람들이었습니까?"

"여러 사람이 있었습니다. 오이랑은 법학사인 K 군이 맡았는데 콧
수염을 기른 얼굴로 여자 같은 목소리를 내며 대사를 읊는 것이 좀
이상해 보였습니다. 게다가 그 오이랑이 화를 펄펄 내는 부분이 있어
서…."

"낭독을 하면서두 화를 내야만 하는 건가요?"

주인은 걱정스럽다는 듯이 물었다.

"네, 그야 표정이 중요하니까요."

도후 군은 끝까지 문예가인 척을 하려고 하였다.

"그래서 제대로 화를 냈습니까?"

수인이 미심쩍다는 듯이 물었다.

"화를 내는 것만큼은 1회에 하기에는 좀 무리였습니다."

도후 군도 안타깝다는 듯이 대답했다.

"그런데 당신은 어떤 역할을 맡았지요?"

주인이 물었다.

"저는 뱃사공이었지요."

"아니, 당신이 뱃사공을요?"

당신 같은 사람이 뱃사공을 할 수 있을 정도면 나도 검번 정도는 할 수 있겠다는 말투였다.

"뱃사공은 무리가 아니었나요?"

역시나 적나라한 질문을 꺼냈다. 도후 군은 그다지 화가 난 듯한 분위기가 아니었다. 여전히 침착한 말투였다.

"그 뱃사공 때문에 모처럼 열었던 행사가 용두사미로 끝나 버렸습니다. 사실은 대회장 옆에 여학생 네다섯 명이 하숙을 하고 있었는데, 어디서 어떻게 소문을 들었는지 그날 낭독회가 있다는 사실을 알고는 대회장 창문 밑에서 듣고 있었던 모양입니다. 제가 뱃사공의 목소리를 내며 이제 좀 그럴듯하게 할 수 있겠다는 생각에 신나게 하는 찰나에…. 아마도 좀 과장된 부분이 있었던 모양이지요. 그때까지 참고 있던 여학생들이 일제히 웃음을 터뜨리는 바람에 놀라기도 놀랐고, 계면쩍기도 하고 해서, 그때 산통이 깨진 후로는 도무지 계속할 수가 없어서 결국 거기서 낭독회가 끝나고 말았습니다."

제1회치고는 성공했다고 말하는 낭독회가 그런 식이었다면, 도대체 어떤 경우를 두고 실패했다고 말하겠는가, 하는 상상을 하며 나는 웃음을 참지 못했다. 나도 모르게 목구멍 안쪽이 골골거렸다. 주인은 더욱 부드럽게 머리를 쓰다듬어 주었다. 남을 비웃은 덕분에 귀여움을 받는 것은 고마운 일이기는 하지만 좀 어색한 면도 있다.

"그것참 뜻밖의 재난이었군요."

주인은 정초부터 초상난 집에서나 할 법한 위로의 말을 입에 올렸다.

"제2회부터는 좀 더 분발해서 성대하게 할 예정입니다. 사실은 오늘 이렇게 찾아뵌 것도 그것 때문인데, 선생님께서도 꼭 입회하셔서 힘을 좀 보태 주셨으면 하고 바라는 바입니다."

"나 같은 사람은 도저히 화를 내는 장면을 할 수 없을 텐데요."

소극적인 성격을 가진 우리 주인은 당장 거절하려고 하였다.

"아니, 굳이 화를 내는 것까지 해 주실 필요는 없습니다. 여기에 참조 회원 명부가 있습니다."

도후 군은 소중한 것을 다루듯이 보라색 보자기 속에서 직은 장부를 꺼냈다.

"여기에 아무쪼록 서명하신 다음 날인을 해 주셨으면 합니다."

이러고는 장부를 펼쳐서 주인의 무릎 앞으로 밀어냈다. 보아하니 현재 유명한 문학박사, 문학사들의 이름이 가지런히 쓰여 있었다.

"그야 참조 회원 정도는 못 할 것도 없지만, 어떤 의무가 있는 겁니까?"

입 다문 조개 선생은 걱정이 되는 모양이다.

"의무라고 특별히 말씀드릴 만한 것도 없습니다. 그저 성함을 적어 주시고 찬성하신다는 뜻만 표명해 주시면 충분하지요."

"그렇다면 가입하지요."

의무가 없음을 알자마자 주인은 갑자기 마음이 가벼워진 모양이었다. 책임이 없다는 것만 알면 반역을 위한 연판장이라 해도 이름을 적을 수 있다는 태도였다. 그뿐만 아니라 이렇게 유명한 학자들이 모두 이름을 석어 놓은 곳에 자기 이름만이라도 올릴 수 있다는 것은, 이런 경험이 없는 주인에게는 더할 나위 없는 영광일 테니 대답하는 말에 힘이 들어가는 것도 충분히 이해가 됐다.

"잠시 실례."

주인은 서재로 도장을 가지러 들어갔다. 나는 털썩하고 방바닥에 떨어졌다. 도후 군은 과자 접시에 놓인 카스텔라를 집어서 한 입 먹었다. 우물거리다가 문득 목이 메이는 것 같았다. 나는 오늘 아침에 있었던 떡국 사건이 떠올랐다. 주인이 서재에서 도장을 가지고 왔을 때는 이미 카스텔라가 도후 군의 위 속에서 잘 자리 잡은 후였다. 주인은 과자 접시 위의 카스텔라가 한 조각 없어졌다는 사실을 알아차리지 못한 모양이었다. 만약 알아차렸다면 제일 먼저 의심을 받는 것은 바로 나였을 것이다.

도후 군이 돌아간 후에 주인이 서재로 들어가 책상 위를 보았더니 어느새 메이테이 선생한테서 편지가 와 있었다.

신년을 맞이하여 인사를 드리는 바입니다.

전에 없이 시작이 진지하다고 주인은 생각하였다. 메이테이 선생이 보낸 편지 중에 내용이 진지한 것은 거의 없었다. 얼마 전에는 이런 편지까지 왔을 정도였다.

그 후로 이렇다 하게 연애를 거는 부인도 없고, 어디선가 러브레터가 날아오지도 않아 그럭저럭 무사히 세월을 보내는 중이니, 아무쪼록 마음을 놓으시기 바랍니다.

이에 비하면 저 연하 편지는 예외적으로 평범하였다.

잠시 찾아뵈려는 마음도 없지 않지만 귀하의 소극주의와는 반대로 가능한 한 적극적인 방침을 가지고 이 천고미증유千古未曾有*의 새해를 맞이할 계획이어서 매일 같이 눈이 핑핑 돌 정도의 다망함입니다. 아무쪼록 헤아려 주시기 바랍니다.

하기야 그 남자 같으면 정월은 놀러 다니느라고 정신없이 바쁠 테지, 하고 주인은 마음속으로 메이테이 군의 말에 동의하였다.

어제는 잠시 짬을 내서 두후 군에게 도치멘보를 대접하려고 하였는데 인다꿉게도 재료가 없는 바람에 뜻을 이루지 못해 유삼스럽기 싹이 없었습니다.

이제 슬슬 본성이 드러나기 시작하는군, 하고 주인은 말없이 미소를 지었다.

내일은 모 남작의 카드 모임, 모레는 심미학협회의 신년 연회, 그다음 날은 도리베 교수 환영회, 또 그다음 날은….

에이 귀찮다, 하고 주인은 그 부분을 건너뛰고 있었다.

이렇듯 하이쿠 모임, 단가短歌회, 신체시 모임 등 모임이 줄지어 있는 바람에 당분간은 쉴 새 없이 나가야 하므로, 하는 수 없이 이런 글로 신년 인사를 대신하고자 하니 아무쪼록 넓은 마음으로 헤아려 주십시오.

* 이제껏 일어난 적이 없는 일.

군이 오지 않아도 상관이 없네그려, 하고 주인은 편지에 대고 대답을 하였다.

이번에 귀하께서 오시게 되면 오랜만에 저녁 식사라도 대접하였으면 합니다. 집 안에 이렇다 할 먹을거리도 없지만 하다못해 도치멘보라도 대접해 드릴까 하고 지금부터 마음에 두고 있습니다.

아직도 도치멘보를 들먹거리는군, 버릇없게, 하고 주인은 약간 기분이 상한 모양이었다.

그러나 도치멘보는 요즘 재료가 없는 통에 어쩌면 마련하지 못할 수도 있으니, 그때는 공작새의 혀라도 대접하려고 합니다.

양다리를 걸치는군, 하면서도 주인은 그 뒤가 읽고 싶어졌다.

잘 아시는 바와 같이 공작새 한 마리에 혀 고기의 분량은 새끼손가락 반 정도밖에 되지 않으므로 대식가이신 귀하의 속을 채우려면….

거짓말하고 있네, 하고 주인이 말했다.

어떻게든 이삼십 마리의 공작새를 잡아야 할 것입니다. 그런데 공작새는 동물원이나 아사쿠사淺草의 꽃 저택 등에서는 간혹 볼 수 있지만 일반적인 닭집에서는 전혀 볼 수가 없어 고심하고 있는 바입니다.

자기 혼자서 고심하고 있는 것 아니냐, 하며 주인은 털끝만큼도 감사의 마음을 나타내지 않는다.

이 공작새 혀 요리는 먼 옛날 로마의 전성시대에 한때 매우 유행한 것으로 사치 풍류의 극치라 할 수 있으며, 평소부터 한 번은 맛을 보려고 했던 것이니 그 점을 양지해 주셨으면 합니다.

뭐가 양지해 주셨으면 합니다냐, 허풍을 떨기는, 하고 주인은 냉담하기 그지없다.

그 후로 16, 17세기 무렵까지 유럽 전역에서 공작새는 연회 자리에 빼놓을 수 없는 진미가 되었습니다. 로버트 더들리 레스터 백작*이 엘리자베스 여왕을 케닐워드**에 초대했을 때도 분명 공작새를 요리에 사용했던 것으로 알고 있습니다. 저 유명한 렘브란트***가 그린 향연의 그림에도 공작새가 꼬리를 펼친 채 식탁에 올라 있는 모습이 있습니다.

공작새 요리의 역사를 써 놓을 정두면 그리 바쁘지도 않은 모양이구면, 하고 주인이 불평하였다.

아무튼 오죽처럼 맛있는 음식을 계속 먹더기는 저도 머지않이 거희처럼 위장병에 걸릴 것은 불을 보듯 훤합니다.

---

* 영국의 정치가(1532~1588).
** 영국 잉글랜드에 있는 한 지방의 이름.
*** 네덜란드의 화가(1606~1669).

'귀하처럼'이라는 말은 왜 끼워 넣어? 굳이 나를 위장병의 표준으로 삼지 않아도 될 텐데, 하고 주인이 중얼거렸다.

역사가들의 설에 따르면 로마인들은 하루에도 두세 번씩 잔치를 열었다고 합니다. 하루에 두 번, 세 번씩 수많은 산해진미를 먹었으니 아무리 속이 튼튼한 사람이라도 소화 기능이 약해질 것은 당연한 일입니다. 그래서 자연히 귀하처럼….

또 '귀하처럼'이라니, 버릇없기는.

그래서 사치와 건강을 양립시키려고 연구를 거듭한 그들은 많은 영양식을 마구잡이로 먹음과 동시에 위장을 항상 좋은 상태로 유지할 필요성을 느껴서 한 가지 비결을 생각해 냈던 것입니다.

그래, 하고 주인이 갑자기 열심히 들여다보기 시작했다.

그들은 식후에 반드시 목욕을 했던 것입니다. 목욕 후에는 일종의 방법을 써서 목욕 전에 먹었던 음식을 모조리 토해 내어 위장 안을 청소하였습니다. 그렇게 속을 깨끗이 비워 낸 다음에 다시 식탁에 앉아 마음껏 산해진미를 탐미하고, 그렇게 즐긴 후에는 다시 목욕을 하여 이를 토해 냈던 것입니다. 이렇게 하면 좋아하는 음식을 마음껏 먹어도 내장의 여러 기관에는 조금도 문제가 생기지 않으니, 일석이조란 바로 이런 일을 두고 하는 말이 아닌가 하는 생각을 해 보았습니다.

그야 일석이조가 틀림이 없지, 하고 주인은 부러운 표정을 지었다.

20세기에 들어선 오늘날은 교통의 번잡함과 잔치의 증가는 말할 나위도 없고, 다사다난한 군국軍國이 되어 러시아와 전쟁을 치른 지 2년이 되었으니, 우리 승전국 국민은 로마의 뒤를 따라서 이런 목욕 구토 방법을 어떻게든 연구해야 할 때가 왔노라 자부하고 있습니다. 그렇게 하지 않으면 모처럼 대국의 국민이 된 우리가 얼마 가지 못해서 귀하처럼 위장병 환자가 되어 버릴 것이니, 이 어찌 마음 아픈 일이 아니겠습니까.

또 귀하처럼이라는 말을 쓰는군, 아주 비위에 거슬리는 남자야, 하고 주인이 생각했다.

이참에 저처럼 서양 사정을 잘 아는 사람이 옛 역사와 전설을 토대로 연구하여 이미 사라져 버린 비법을 발견해서 이를 메이지 사회에 응용한다면 이런 재난을 미연에 방지할 수 있을 것이고, 또한 평소에 즐거움을 만끽하고 있는 데 대한 보은도 되지 않겠는가, 하고 생각하는 바입니다.

이야기가 좀 이상한 방향으로 흐르는군, 하고 고개를 갸웃거렸다.

그래서 얼마 전부터 기번, 몸센*, 스미스** 등 여러 사람의 저술을 섭렵하고 있는데도 아직 그 비법의 단서를 발견하지 못해 안타깝기 그지없는 바입니다. 그러나 잘 아시는 바와 같이 저는 한번 생각한 일이 있으면 그것이 성공할 때까지 결코 도중에서 좌절하지 않는 성격이므로, 구토 방

* 독일의 역사가(1817~1903).
** 영국의 평론가이자 역사가(1823~1910).

법을 다시 발견하는 일도 머지않았다고 굳게 믿고 있습니다. 이 방법을 발견하는 대로 귀하께 알려 드릴 생각이니 그렇게 알아주셨으면 하는 바입니다. 따라서 위에 말씀드린 도치멘보 및 공작새 혀 요리도 이 방법이 발견된 후에 대접해 드리려고 합니다. 그러면 저는 물론이고 이미 위장병 때문에 고민하고 계신 귀하를 위해서도 더욱 유익하리라 생각하며 이만 총총.

뭐야, 결국은 또 한 번 당한 꼴이 아닌가? 글이 너무 진지한 어투여서 방금 전까지 진짜인 줄 알고 읽고 있었네. 정초부터 이런 장난을 치는 걸 보면 메이테이도 어지간히 할 일 없는 사람이군그래, 하고 주인은 웃으면서 말했다.

그로부터 네댓새는 별일 없이 지났다. 백자에 꽂힌 수선화가 점점 시들고, 푸른 매화가 조금씩 피어나려는 모습만 들여다보고 있어 봐야 재미가 없다 싶어, 한두 번 얼룩 아가씨를 찾아가 보았지만 만날 수 없었다. 처음에는 집을 비웠다고 생각했는데, 두 번째 갔을 때 병에 걸려 누워 있다는 사실을 알 수 있었다. 장지문 속에서 그 고토 선생과 하녀가 이야기하는 것을 화분 잎새 뒤에 숨어서 들어 보았더니 이런 내용이었다.

"얼룩이는 밥을 좀 먹더냐?"

"아니요, 오늘 아침부터 지금껏 아무것도 먹지 않았습니다. 따뜻하게 해서 화로 곁에 눕혀 놓았습니다."

어딘지 고양이답지 않았다. 마치 인간 취급을 받고 있는 것 같았다. 한편으로는 내 처지와 비교해 보았을 때 부럽기도 했지만, 한편으로는 내가 사랑하는 고양이가 이렇게 좋은 대우를 받고 있다고 생각하니 기쁘기도 하였다.

"그것참 문제로구나. 밥을 먹지 않으면 몸이 점점 지쳐갈 텐데 말이다."

"그렇고말고요. 저희 같은 사람들도 하루만 끼니를 거르면 다음 날에는 힘이 빠져서 도저히 일을 못 하는데요."

하녀는 자기보다 고양이 쪽이 더 고등동물인 것처럼 대답하였다. 실제로 이 집에서는 하녀보다 고양이 쪽이 더 귀한지도 모른다.

"의사한테는 데려가 보았느냐?"

"네. 그런데 그 의사가 아주 이상했습니다. 제가 얼룩이를 안고 진찰실에 들어갔더니 감기라도 걸렸냐면서 제 맥을 짚어 보려고 하지 않겠어요. 그래서 환자는 제가 아니라 이 고양이입니다, 하고 말하면서 무릎 위에 얹었더니, 싱글싱글 웃으면서 고양이의 병에 대해서는 나도 모르겠네, 가만히 내버려두면 알아서 낫겠지, 하고 말하는 겁니다. 너무하지 않습니까? 그래서 화가 나서 그럼 진찰해 주시지 않아도 됩니다, 이래 봬도 얼마나 소중한 고양이인데요, 하고 말한 다음 얼룩이를 제 품 안에 넣고 돌아와 버렸습니다."

"여부가 있겠느냐."

'여부가 있겠느냐'라는 말은 내가 사는 집에서는 도저히 들을 수 없는 말이다. 역시 덴쇼인 님의 어쩌구저쩌구 정도가 되는 사람이 아니면 입에 담을 수 없는 고상한 말이라고 감탄하였다.

"어딘지 콜록거리고 있는 것 같던데…"

"예, 아마 감기에 걸려서 목이 아파서 그런 모양입니다. 감기에 걸리면 누구든 기침이 나오니까요…."

덴쇼인 님의 어쩌구저쩌구의 하녀라서 그런지 말씨가 아주 깍듯하다.

"게다가 요즘에는 폐병인가 하는 것도 생겼다지 않느냐?"

"정말이지 요즘처럼 폐병이니 페스트니 하는 새로운 병들이 자꾸 생겨나면 앞으로 어떻게 살 수 있을지 모르겠습니다."

"막부 시대에 없었던 새로운 것치고 좋은 건 하나도 없으니 너도 조심해야 할 게야."

"옳으신 말씀이신 것 같네요."

하녀는 크게 감동한 모양이었다.

"감기에 걸렸다 해도 저 아이는 밖으로 그다지 나다니지도 않았을 텐데…."

"그게 말입니다, 요즘에 나쁜 친구가 생겼지 뭐예요."

하녀는 국사의 비밀이라도 털어놓는 것처럼 의기양양하게 말했다.

"나쁜 친구라니?"

"저 바깥 큰길 쪽에 있는 교사네 집에서 키우는 지저분한 수컷 고양이 말입니다."

"교사라 하면 매일 같이 아침이면 듣기 싫은 소리를 내는 그 사람 말이냐?"

"예, 맞아요. 세수를 할 때마다 거위가 목을 졸리는 것처럼 이상한 소리를 내는 사람이지요."

거위가 목을 졸리는 것 같은 소리라니 아주 그럴듯한 표현이다. 우리 주인은 매일 아침 세면장에서 양치질을 할 때 이쑤시개로 목을 찔러서 이상한 소리를 거리낌없이 내는 버릇이 있다. 기분이 나쁠 때는 심하게 거럭거럭 거리고, 기분이 좋을 때는 힘차게 더 거럭거럭 거린다. 말하자면 기분이 좋을 때나 나쁠 때나 하루도 쉬지 않고 거럭거럭 소리를 내는 셈이다. 안주인 말로는 이곳으로 이사오기 전까지는 그런 버릇이 없었다고 하는데, 어느 날부터 하기 시작하더니 오늘까지 하루도 쉬지 않고 하게 되었다고 한다. 좀 볼썽사나운 버릇인데,

어째서 이런 일을 끈기 있게 계속하고 있는지 나 같은 고양이로서는 상상도 가지 않는다. 그것은 그렇다 치고 '지저분한 고양이'라니 너무 나를 심하게 깎아내린 평가가 아닌가, 하고 억울해하면서 더욱 귀를 기울여서 들었다.

"뭐가 좋아서 그런 소리를 내는지 모르겠구나. 개화하기 전에는 중 인이든 상민이든 다 나름대로 주제를 알고 예의를 차릴 줄 알아서, 주 택가 안에서 그런 식으로 세수를 하는 사람은 한 사람도 없었는데 말이다."

"그럼요, 당연히 그랬지요."

하녀는 공연히 감탄을 히면서 '그럼요'를 연빌하였다.

"그런 주인이 기르고 있는 고양이니 어차피 보나 마나 도둑고양이 일 게야. 다음에 보거든 몽둥이로 때려서 쫓아 보내도록 해라."

"그럼요, 여부가 있겠습니까. 우리 얼룩이가 병에 걸린 것도 분 명 그놈 때문일 것이니까, 제가 아주 단단히 혼을 내 주도록 하겠습 니다."

말도 안 되는 억울한 누명을 쓰게 된 셈이다. 이래서야 섣불리 가 까이 갈 수도 없겠다 싶어서, 결국 얼룩 아가씨도 만나지 못하고 돌아 왔다.

돌아와 보니 주인은 서재 안에서 뭔가 깊이 생각에 잠긴 듯한 모 습으로 붓을 들고 있었다. 고토 선생네 집에서 들은 이야기를 들려주 었다면 어지간히 화를 냈겠지만, 모르는 것이 약이라고 끙끙대면서 신성한 시인이라도 된 듯한 기분으로 글을 쓰고 있었다.

그러던 차에 당분간 너무 바빠서 들리지 못할 것 같다며 일부러 년하 편지까지 써 보낸 메이테이 군이 훌쩍 찾아왔다.

"뭐, 신체시라도 쓰고 있는 것인가? 재미있는 작품이 생기면 나도 한번 보여 주게."

"아니, 좀 괜찮은 문장이다 싶어서 지금 번역을 해 볼까 생각하던 참이네."

주인은 힘겹게 입을 열었다.

"문장? 누구 문장인데?"

"누구 것인지는 모른다네."

"무명씨라. 하기야 무명씨의 작품 중에도 상당히 좋은 것이 있으니 가볍게 여길 수는 없지. 도대체 어디에 있었는데?"

메이테이 선생이 물었다.

"제2독본*."

주인은 침착한 태도로 대답하였다.

"제2독본이라고? 제2독본이 어때서?"

"내가 번역하고 있는 명문이라는 것이 제2독본 속에 있다는 소리네."

"말도 안 되는 소리. 공작새 혀 요리에 대한 보복을 이런 식으로 하려는 것인가?"

"나는 자네 같은 허풍쟁이가 아니야."

주인은 콧수염을 손가락으로 꼬았다. 태연자약한 태도였다.

"옛날에 어떤 사람이 산요山陽**에게 '선생님, 요즘에는 명문이 없습니까?' 하고 물었더니, 산요가 상민이 쓴 빚 독촉장을 가리키며 '근래에 보기 드문 명문은 바로 이것입니다.'라고 대답했다는 이야기가 있으니, 자네의 심미안도 의외로 확실한 것인지도 모르지. 어디 한번

---

* 메이지 시대 초기의 영어 교과서.
** 일본의 유학자(1780~1832).

78

읽어 보게. 내가 비평해 줄 테니."

메이테이 선생이 심미안의 대가라도 되는 양 말을 하였다. 주인은 선승이 다이토 국사大燈國師*의 유언이라도 선포하는 듯한 목소리로 읽기 시작했다.

"거인, 인력."

"뭔가, 그 거인 인력이라는 게."

"'거인 인력'이라는 제목이지."

"이상한 제목도 다 있군그래. 난 무슨 뜻인지 도무지 모르겠는걸."

"인력이라는 이름을 가진 거인이라는 뜻이겠지."

"좀 억지가 있는 뜻이지만 제목이니까 그리려니 해 주지. 그럼 본문을 읽어 주게. 자네는 목소리가 좋으니까 듣기가 좋겠는걸."

"말꼬리 잡지 말게."

주인은 미리 다짐을 해 둔 다음 다시 읽기 시작했다.

케이트는 창문으로 바깥을 내다보았다. 아이가 공을 던지며 놀고 있다. 그들은 공중으로 높이 공을 던졌다. 공은 한참 동안 위로 솟아오른다. 좀 있으니 다시 떨어진다. 그들이 다시 공을 높이 던진다. 두 번 세 번. 그렇게 던질 때마다 공은 다시 떨어진다. 왜 떨어지는지, 왜 위로 자꾸자꾸 올라가 버리지 않는지 케이트가 묻는다. "거인이 땅속에 살고 있기 때문이다."라고 어머니가 대답한다. "그는 거인 인력이다. 그는 강하다. 그는 만물을 자기 쪽으로 끌어당긴다. 그는 가옥을 지상으로 끌어당긴다. 끌어당기지 않으면 날아가 버린다. 아이도 날아가 버린다. 나뭇잎이 떨어지는 것을 보았지? 그것은 거인 인력이 부르는 것이다. 책을 떨어뜨린 적도 있지?

---

* 가마쿠라막부 시대의 승려(1282~1337). 교토에 있는 다이토쿠지(大德寺)를 창건하였다.

거인 인력이 오라고 했기 때문이다. 공이 하늘로 오른다. 거인 인력이 부른다. 그가 부르면 땅으로 떨어진다.

"그것뿐인가?"

"으음, 괜찮지 않은가?"

"내가 한방 먹었어. 뜻하지 않은 곳에서 도치멘보의 보복을 당했군그래."

"이건 보복도 뭣도 아니네. 실제로 괜찮은 문장이라서 번역해 본 것이지. 자네는 그리 생각하지 않는가?"

주인은 금테 안경 안쪽을 들여다보았다.

"내가 아주 놀랐네. 자네한테 이런 재주가 있을 줄이야 꿈에도 생각지 못했군. 내가 이번만큼은 두 손 두 발 다 들었어."

메이테이 선생이 혼자서 납득하면서 혼자 떠들어 댔다. 우리 주인한테는 전혀 통하지 않는 것 같았다.

"난 자네한테 두 손 두 발 다 들라고 한 적 없네. 그저 재미있는 문장이라고 생각해서 번역해 보았을 뿐이지."

"아니, 정말 재미있군그래. 역시 이렇게 나와야 할 맛이 나지. 내가 꼼짝없이 당했어, 대단해."

"그렇게 대단할 것도 없지 않은가. 나도 요즘 들어서 수채화를 그만두고는 그 대신에 글이라도 쓸까 하고 있다네."

"정말이지, 자네의 원근이 무차별하고 흑백이 평등한 수채화에 비할 것이 아니네. 내가 감탄을 금치 못하겠는걸."

"그렇게 칭찬해 주니 나도 의욕이 생기는군."

주인은 끝까지 착각하며 딴소리를 하고 있다.

이러고 있는데 간게쓰 군이 지난번에는 실례가 많았다며 들어왔다.

"실례하고 있네. 지금 대단한 명문을 경청해서 도치멘보의 망령을 퇴치당한 참이었네."

메이테이 선생이 알쏭달쏭한 말을 내뱉었다.

"네에, 그러셨어요."

간게쓰 군도 알쏭달쏭한 인사를 하였다. 우리 주인 혼자서만 그다지 흥분한 기색이 없었다.

"지난번에 자네 소개로 오치 도후라는 사람이 찾아왔더군."

"아아, 찾아뵈었군요. 그 오치 고치라는 남자는 아주 정직한 사람이기는 한데, 좀 유별난 부분이 있어서 혹시라도 폐가 되지 않을까 걱정이 되었습니다만 꼭 소개를 시켜 달라고 하도 부탁을 하는 바람에…."

"특별히 폐가 될 것도 없었네만…."

"이 댁에 찾아왔을 때도 자기 이름에 대해서 무슨 말을 하지는 않았습니까?"

"아니, 그런 이야기는 없었는데."

"그랬습니까? 어디를 가든 처음 만난 사람한테 자기 이름에 대해 이야기를 늘어놓는 것이 그 사람의 버릇이어서…."

"어떤 이야기인데 그러는가?"

뭔가 재미있는 거수를 기다렸다는 듯이 메이테이 군이 참견을 하였다.

"그 고치라는 이름을 음독音讀해서 부르면 아주 거슬려 한답니다."

"그래?"

메이테이 선생은 가죽에 금으로 장식을 한 담뱃갑에서 담배를 꺼내면서 대꾸했다.

"제 이름은 오치 도후가 아닙니다. 오치 고치입니다.'라고 반드시 말을 하곤 하지요."

"그것참 이상하군."

메이테이 선생이 담배 연기를 뱃속 깊숙이 빨아들였다.

"그 이름도 문학에 대한 열정으로 지은 것이어서 고치라고 읽으면 오치 고치*, 그러니까 원근遠近을 뜻하는 말이 될 뿐만 아니라 성명이 운율을 가지게 된다면서 자랑스러워하지요. 그래서 고치를 음독해 버리면 자기가 일껏 고심해서 만든 작품을 남들이 알아주지 않는다면서 불평을 터뜨리는 것입니다."

"그것 정말 유별난 사람이군."

메이테이 선생은 신이 난 사람처럼 뱃속에서 담배 연기를 콧구멍까지 내뿜었다. 도중에 연기가 되돌아가서 목구멍에 걸렸다. 선생은 담뱃대를 쥔 채 쿨럭쿨럭 기침을 하였다.

"지난번에 왔을 때는 낭독회에서 뱃사공을 하다가 여학생들한테 웃음을 샀다고 하던데."

주인이 웃으면서 말했다.

"그래, 맞아맞아."

메이테이 선생이 담뱃대로 무릎을 탁탁 쳤다. 나는 겁이 나서 약간 떨어져 앉았다.

"그 낭독회 말이야. 얼마 전에 도치멘보를 대접했을 때 말인데, 그 이야기가 나왔지. 제2회 때는 유명한 문사를 초대해서 대회를 할 예정이니까 선생님도 꼭 참석해 주십시오, 하고 말하더군. 그래서 내가 다음에도 지카마쓰의 이야기를 할 생각이냐고 물었더니, 아니라고,

* 오치고치(遠近, 彼方此方)는 여기저기라는 뜻.

82

다음번에는 새로운 작품으로 골라서 〈곤지키 야샤金色夜叉〉*를 하기로 했습니다, 해서, 그럼 자네는 무슨 역할을 맡게 되었느냐고 물었더니, 저는 오미야お宮**를 합니다, 하고 대답하지 뭔가. 도후가 하는 오미야는 재미있을 것 같지 않은가? 나는 꼭 참석해서 박수를 쳐 줄 생각이라네."

"그것참 재미있겠군요."

간게쓰 군은 묘한 표정으로 웃었다.

"하지만 그 남자는 그래도 성실하고, 경박한 곳이 없어서 좋더군. 메이테이와는 천지 차이가 아닌가."

주인은 안드레아 델 사르토와 공작새 혀 요리와 도치멘보에 대한 보복을 한꺼번에 하였다. 메이테이 군은 아무렇지도 않은 듯이 웃으며 말했다.

"어차피 나 같은 사람은 볼 장 다 본 사람이니까."

"말이야 바른 말이지."

주인이 말했다. 사실은 '볼 장 다 보았다'는 말의 뜻을 우리 주인은 정확하게 이해하지 못했는데, 그래도 긴 세월 동안 교사를 하면서 적당히 넘어가는 솜씨를 익혔던 터라, 이럴 때는 교탁의 경험을 사교 장면에서도 응용하는 것이다.

"볼 장 다 보았다는 것이 무슨 뜻이지요?"

간게쓰가 진지하게 물었다. 우리 주인이 장식단 쪽을 쳐다보며 말했다.

"저 수선화는 작년 말에 내가 목욕탕에서 돌아오는 길에 사 와서

---

* 오자기 고요(尾崎紅葉)의 소설로, 우리나라의 〈이수일과 심순애〉와 비슷한 내용.
** 〈곤지키 야샤〉의 여주인공.

꽂은 것인데, 오래가는 것 같지 않은가?"

화제를 억지로 돌린 것이다.

"작년 말이라고 하니까 생각이 났는데 내가 아주 신기한 경험을 했다네."

메이테이가 담뱃대를 무슨 악기처럼 손가락 끝으로 돌리며 말했다.

"어떤 경험을 했는지 한번 들어 보세나."

주인은 '볼 장 다 보았다'라는 화제를 저 멀리 팽개치고는 안도의 한숨을 쉬었다. 메이테이 선생이 한 신기한 경험이라는 것을 말하자면 다음과 같다.

"작년 섣달 27일경으로 기억하고 있는데 말일세. 그 도후한테서, 선생님을 찾아뵙고 문학에 대한 고매한 말씀을 듣고 싶으니 꼭 댁에 계셔 달라는 연락이 와서 아침부터 기다리고 있었는데, 이 사람이 좀처럼 오지를 않지 뭔가. 점심을 먹고 난로 앞에 앉아서 배리 페인*의 재미있는 이야기를 읽고 있었더니 시즈오카靜岡의 어머니한테서 편지가 왔더군. 무슨 일인가 싶어 펼쳐 보았더니 노인네가 나를 여태껏 어린아이처럼 생각해서 보낸 것이더군. 추울 때는 밤중에 외출하지 말라는 둥, 냉수 목욕도 좋지만 난로를 피워서 방 안을 따뜻하게 한 다음에 하지 않으면 감기에 걸린다는 둥, 조심하라는 말만 잔뜩 쓰여 있었다네. 이래서 부모님이 고마운 것이다, 남 같으면 이런 걱정을 해 주겠는가 싶어서 나 같이 태평스러운 사람도 그때만큼은 대단히 크게 감동했지. 그러나저러나 이렇게 빈둥거리고 있으면 시간이 아깝다, 뭔가 대단한 글이라도 써서 가문의 이름을 빛내야지, 어머니께서 살아 계시는 동안에 온 천하 사람들이 메이지의 문

---

* 영국의 유머 작가(1865~1928).

단에 이 메이테이 선생이 있다는 사실을 알게 해 주었어야겠다는 생각이 들었다네. 그 뒤로도 편지를 계속 읽어 나갔더니, 너는 정말이지 행복한 사람인 줄 알아라, 러시아와 전쟁이 시작되어서 젊은 사람들은 큰 고생을 하며 조국을 위해 싸우고 있는데, 섣달이 다 가도록 정초나 되는 것처럼 속 편하게 놀고 있지 않느냐, 하고 쓰여 있었지. 물론 나는 이래 봬도 어머니께서 생각하고 계신 것처럼 놀고 있지는 않지만 말일세. 그다음으로는 내 소학교 시절의 친구들 중에서 이번 전쟁에 나가서 죽거나 부상당한 사람들 이름이 죽 열거되어 있더군. 그 이름들을 일일이 읽고 있으려니까 왠지 세상 살맛이 나지 않으면서 인간이 이렇게 살아서 뭐 하나, 하는 마음이 생겼지. 제일 마지막에는 말일세, 나도 이제 나이가 들어서 설날 떡국을 먹는 것도 올해가 마지막이 아니겠는가, 하고 어딘지 불안스러운 말이 쓰여 있어서 마음이 더욱 싱숭생숭해졌다네. 그래서 빨리 도후가 왔으면 좋겠다고 기다리는데 이 사람이 좀처럼 오지 않는 것이야. 그러는 사이에 드디어 저녁 식사 시간이 되어 버려서 어머니께 답장이라도 써야겠다고 생각하고 열두세 줄 정도 썼지. 어머니의 편지는 장장 6척 이상이나 되는 길이였지만 나는 도저히 그렇게는 쓸 수가 없어서 언제나 열 줄 이내로 마무리짓곤 하지. 그런데 하루 종일 꼼짝도 하지 않고 있었더니 위장 상태가 이상하니 영 속이 편치 못하더군. 도후가 와도 좀 기다리게 해야겠다고 작정을 하고 편지를 보내는 길에 산책을 나갔다네. 평소처럼 후지미초富士見町 쪽으로는 가지 않고, 강둑이 있는 산반초三番町 쪽으로 나도 모르게 발길이 가더군. 마침 그날 밤은 날씨도 어두컴컴하니 매서운 바람이 강둑 건너편에서 불어오는 것이 아주 추웠지. 1년의 마지막, 전사, 노쇠, 인생무상 같은 말들이 머릿속을 빙빙 맴돌고 있었네. 목을 매어 자살하는 사람이 있다

나는 고양이로소이다 **85**

고 하는데, 이런 때에 문득 뭐에 홀린 것처럼 죽을 마음이 생기는 것이 아닌가 하는 생각이 들었지. 그때 고개를 들어서 강둑 위를 보았더니 어느새 그 소나무 바로 밑에 와 있더군."

"그 소나무라니, 그게 무엇인가?"

주인이 밑도 끝도 없이 질문을 던졌다.

"목매는 소나무 말일세."

메이테이가 고개를 움츠렸다.

"목매는 소나무는 코노다이鴻の臺 아닙니까?"

간게쓰가 파문을 넓혔다.

"코노다이에 있는 것은 종을 매는 소나무이고, 강둑 산반초에 있는 것은 목매는 소나무일세. 어째서 이런 이름이 붙었는가 하면, 옛날부터 전해 오는 이야기로, 누구든지 이 소나무 밑에 오면 목을 매고 싶어진다네. 강둑 위에 소나무는 몇십 그루나 있지만 목을 맨 사람이 있다고 해서 와 보면 반드시 이 소나무에 매달려 있다는 것이야. 1년에 두세 번은 그런 시체가 매달려 있다네. 무슨 영문인지 다른 소나무에서는 죽을 마음이 들지 않는다는 것이야. 보아하니 아주 적당하게 나뭇가지가 큰길 쪽으로 뻗어 있었지. 아아, 참 탐스러운 가지구나, 저대로 내버려두기는 아깝다, 어떻게든 저곳에 사람을 매달고 싶다, 누가 좀 오지는 않을까, 하고 주위를 둘러보았지만 아쉽게도 아무도 없었지. 할 수 없지, 나라도 매달려야지. 아니지 아니야, 내가 매달리게 되면 목숨이 없어지지 않는가, 위험하니까 그만두자. 하지만 옛날 그리스인들은 잔치 자리에서 목을 매는 시늉을 해서 여흥을 돋우었다고 하는 이야기도 있지 않은가. 한 사람이 발판 위에 올라서서 둥그렇게 묶어 놓은 밧줄 속에 목을 들이밀자마자 다른 사람이 발판을 걷어차 버렸다고 하지. 그러면 목을 넣은 당사자는 발판이 쓰러지

86

자마자 밧줄을 풀어서 뛰어내리는 식이었지. 그 이야기가 사실이라면 특별히 두려워할 필요도 없지 않겠는가? 나도 한번 시험 삼아 해 보자는 생각으로 나뭇가지를 쥐어 보니까 아주 적당할 정도로 휘어졌다네. 휘어지는 정도가 아주 미적美的이었어. 목을 매고 둥실 떠오르는 모습을 상상했더니 기분이 너무 좋아지더군. 이건 꼭 해야겠다고 마음을 먹었는데, 만약 도후가 와서 나를 기다리고 있으면 어떻게 하나, 하는 생각이 갑자기 떠올랐네. 그럼 우선은 도후를 만나서 약속대로 이야기를 한 다음 다시 이곳으로 와야겠다는 생각을 하고는 결국 집으로 돌아왔다네."

"그것으로 결말이 난 것인가?"

주인이 물었다.

"재미있는 이야기로군요."

간게쓰가 싱글싱글 웃으면서 말했다.

"집으로 돌아와 보았더니 도후는 아직도 와 있지 않았어. 하지만 오늘은 도저히 피할 수 없는 사정이 있어 외출할 수 없지만 조만간 반드시 찾아뵙겠다는 엽서가 와 있어서 겨우 안심하고, 이제는 마음놓고 목을 맬 수 있어서 기쁘다고 생각했다네. 그래서 곧바로 나막신을 신고 빠른 걸음으로 원래 그 자리에 돌아가 보았지…."

메이테이는 주인과 간게쓰 군의 얼굴을 번갈아 보았다.

"그래서 어떻게 되었나?"

주인이 이야기를 새촉한다.

"드디어 점입가경이군요."

간게쓰는 겉옷 끈을 만지작거렸다.

"기 보았더니 벌써 누군가가 먼저 와서 매달려 있지 않은가. 겨우 한발 차이였는데 말이야, 너무 아쉬운 일이지. 지금 돌이켜보면 아무래도 그때는 저승사자한테 홀려 있었던 것 같네. 윌리엄 제임스*의 말을 빌자면 부의식副意識** 속에 있는 저승하고 내가 존재하고 있는 현실 세계가 일종의 인과법***에 의해 서로에게 반응을 보였던 것이라고 생각하네. 참으로 신기한 일도 다 있지 않은가?"

메이테이는 그럴듯하게 이야기를 끝냈다.

주인은 또 당했다고 생각하면서 아무 말 없이 과자를 입에 넣고 우물거렸다.

간게쓰는 화로의 재를 찬찬히 뒤집으면서 고개를 숙인 채 싱글싱글 웃고 있다가 말문을 열었다. 아주 조용한 말씨였다.

"정말 말씀을 듣고 보니 너무 신기한 이야기여서 도무지 사실이라고 믿기지가 않을 것 같습니다. 하지만 저 같은 경우도 비슷한 경험을 바로 얼마 전에 한 적이 있어 조금도 의심할 마음이 생기지 않네요."

"아니, 그럼 자네도 목을 매고 싶었는가?"

"아니, 저는 목을 매고 싶었던 것이 아닙니다. 이것도 따지고 보았더니 마침 작년 말이었고, 더구나 선생님과 같은 날 같은 시각 정도에 일어난 일이라 더욱 신기하게 느껴지는군요."

"그것참 재미있군."

메이테이도 과자를 입에 넣었다.

"그날은 무코지마向島에 있는 아는 사람 집에서 망년회 겸 합주회가 열려서 저도 바이올린을 들고 그곳으로 갔습니다. 열대여섯 명의

---

* 미국의 철학자·심리학자(1842~1910).
** 분명하게 자각하지 못한 채 마음속에 숨어 있는 의식.
*** 모든 것에는 원인이 있으며, 원인 없이는 아무 일도 발생하지 않는다는 법칙.

아가씨들과 부인들이 모인 꽤나 성대한 모임이었는데, 요즘 같은 때에는 보기 드물 정도로 모든 일이 잘 갖춰져 있었습니다. 만찬도 끝나고 합주도 마쳤는데, 이런저런 이야기가 나오는 바람에 시간이 상당히 늦어져서 이제는 자리를 떠서 돌아가야겠다고 생각하고 있던 차였습니다. 그때 어떤 박사의 부인이 제 곁으로 와서는, '당신은 ○○ 아가씨의 병에 대해 알고 계십니까?' 하고 작은 목소리로 물었습니다. 그런데 그보다 사나흘 전에 그 아가씨를 만났을 때는 평소와 다름없는 모습이었고, 아무 데도 아픈 사람처럼 보이지 않았기 때문에 저도 깜짝 놀라서 무슨 일인지 자세히 물어보았지요. 그랬더니 저랑 만난 날 밤부터 갑자기 열이 나기 시작하더니 자꾸 헛소리까지 한다고 하였습니다. 그것뿐이라면 또 모르겠는데, 그 헛소리에 제 이름이 간혹 나온다고 하는 것입니다."

주인은 물론이고 메이테이 선생도 '솜씨가 제법인데.' 같은 평범한 말은 입밖에 내지 않았다. 그저 조용히 경청하고 있을 뿐이었다.

"의사를 불러서 진찰을 받게 하였더니, 무슨 병인지 이름은 모르지만 열이 너무 심해서 뇌에까지 이르렀으니 만약 수면제가 제대로 듣지 않으면 위험하다는 진단을 내렸다고 했습니다. 저는 그 소식을 듣자마자 뭔가 불길한 느낌이 들었습니다. 마치 꿈속에서 허우적대고 있을 때처럼 가슴이 답답한 느낌이었고, 주변 공기가 갑자기 고체가 되어서 사방에서 저를 옥죄어 오는 듯했습니다. 돌아오는 길에도 그 일이 머릿속에서 떠나지 않아서 숨이 막히는 것 같았습니다. 그 예쁘고 쾌활하고 건강하던 ○○ 아가씨가…"

"잠깐 미안하지만 한 가지 묻겠네. 아까부터 이야기를 듣고 있으려니까 ○○ 아가씨라는 말을 두 번이나 하는데, 혹시 괜찮다면 누구인지 말해 주었으면 좋겠네. 어떤가?"

메이테이 선생이 이러고는 주인을 돌아보았다. 주인도 "그래." 하고
어설픈 맞장구를 쳤다.

"아니, 그것만큼은 당사자에게 폐가 될 수도 있으니 말씀드리기가
곤란합니다."

"그럼 모든 것을 애매하게 얼버무리고 말 셈인가?"

"웃어넘기시면 안 됩니다. 아주 진지한 이야기니까요. 아무튼 그
여성이 갑자기 그런 병에 걸렸다고 생각하니 참으로 세상만사가 허
무하다는 느낌으로 가슴이 메어 와서 온몸의 기운이 한꺼번에 데모
를 일으킨 것처럼 쭉 빠졌습니다. 그래서 술에 취해 비틀거리는 사
람처럼 허우적대며 아즈마바시吾妻橋에 다다랐지요. 다리 난간을 붙
들고 아래를 내려다보았더니 밀물인지 썰물인지 모르지만 검은 물
이 가득 차서 움직이고 있는 것처럼 보였습니다. 하나가와도花川戶 쪽
에서 인력거가 한 대 달려오더니 다리 위를 지나쳤습니다. 그 인력거
에 달린 등불을 쳐다보고 있었더니 점점 작아져서 삿포로 맥주 근
처에서 사라졌습니다. 저는 다시 물을 쳐다보았지요. 그랬더니 멀리
강의 상류 쪽에서 제 이름을 부르는 목소리가 들려왔습니다. 이상
하네, 지금 이 시간에 남이 내 이름을 부를 일이 없는데, 하며 수면
을 뚫어지게 바라보았지만 어두워서 뭐가 뭔지 아무것도 보이지 않
았습니다. 착각을 했나 보다, 이제 돌아가야지, 하면서 한두 발짝 걸
음을 떼었더니 또다시 가느다란 목소리로 누군가가 멀리서 제 이름
을 부르는 것이었습니다. 저는 다시 그 자리에 서서 귀를 기울여 들
어 보았습니다. 세 번째로 제 이름이 불렸을 때는 난간을 붙잡고 있
는데도 다리가 후들후들 떨려 왔습니다. 그 목소리는 먼 곳이나 강
물 밑바닥에서 나는 것 같았는데, 틀림없이 ○○ 아가씨의 목소리였
습니다. 저도 모르게 '네!' 하고 대답을 해 버렸습니다. 그 대답하는

소리가 너무 커서 조용한 강물에 울리는 바람에 제가 제 목소리에 깜짝 놀라서 주위를 돌아보았습니다. 사람도 개도 달도 하나 보이지 않았습니다. 그때 저는 이 '밤' 속으로 빨려 들어가서 그 목소리가 나오는 곳으로 가고 싶다는 마음이 문득 솟아올랐습니다. ○○ 아가씨의 목소리가 다시 괴로운 듯이, 호소하는 듯이, 도움을 청하는 듯이 제 귀에 들려왔습니다. 그래서 이번에는 '지금 당장 제가 가겠습니다.'라고 대답하면서 난간에서 윗몸을 내밀어 검은 물 속을 바라보았습니다. 아무래도 저를 부르는 목소리가 물결 속에서 흘러나오는 것처럼 느껴졌기 때문이지요. 이 물 밑에 있구나, 하고 생각하면서 지는 드디어 난간 위로 올라갔습니다. 다음에 제 이름을 부르면 뛰어들어야겠다고 결심하고 물의 흐름을 보고 있었더니, 또다시 불쌍한 목소리가 가느다란 실처럼 떠올랐습니다. 여기다 싶어서 일단 위로 뛰어오른 다음에 자갈이 물에 떨어지는 것처럼 미련 없이 물속으로 뛰어들었습니다."

"드디어 뛰어들었단 말이지."

주인이 눈을 깜박거리면서 물었다.

"그렇게까지 하리라고는 생각지 못했네."

메이테이가 자기 코끝을 살짝 집으며 말했다.

"뛰어든 다음에는 정신이 아득해져서 한동안 뭐가 뭔지 알 수 없었습니다. 이윽고 눈을 떠 보니까 춥기는 하지만 젖은 곳은 아무 데도 없었고, 물을 마신 것 같은 느낌도 들지 않았습니다. 분명히 물속으로 뛰어들었는데 이상한 일이군, 뭐가 잘못된 것은 아닌가 싶어 주위를 둘러보았습니다. 그랬더니 놀랍게도 물속으로 뛰어들었다고 생각했는데, 잘못해서 다리 한가운데로 뛰어내렸던 것입니다. 그때는 정말 안타까웠습니다. 앞과 뒤를 착각하는 바람에 그 목소리가 들려오는 곳으로 가지 못했던 것이지요."

간게쓰는 싱글싱글 웃으면서 아까 한 것처럼 겉옷 끈을 만지작거렸다.

"하하하, 이것 참 재미있군. 내 경험과 아주 비슷하다는 점이 특이해. 이것 역시 제임스 교수의 재료가 되지 않겠는가. '인간의 감응'이라는 제목을 달아서 글로 쓰면 문단을 깜짝 놀라게 하겠네. 그런데 그 ○○ 아가씨의 병은 어떻게 되었는가?"

메이테이는 갑자기 따지고 들었다.

"이삼일 전에 새해 인사차 찾아갔더니 문밖에서 하녀와 하네츠키 놀이를 하고 있었으니까 병은 완쾌한 것으로 보입니다."

주인은 아까부터 묵묵히 뭔가를 생각하고 있는 것 같더니 그제야 입을 열고는 "나한테도 있네." 하고 오기를 부렸다.

"있다니, 뭐가 말인가?"

메이테이는 우리 주인 따위는 안중에도 없었다.

"나도 작년 말에 생긴 일이었네."

"모두들 작년 말이었다니 무슨 암호 같아서 이상하네요."

간게쓰가 웃었다. 앞니가 빠진 틈새에 과자가 끼어 있는 것이 보였다.

"또 같은 날 같은 시 아닌가?"

메이테이가 놀렸다.

"아니, 날짜는 다른 모양이야. 한 20일 무렵이었으니까. 아내가 연말 선물 대신에 연극을 보여 달라고 하기에, 못 할 것도 없지 싶어 오늘 공연 제목이 뭐냐고 물었더니, 아내가 신문을 보고는 '우나기다니 鰻谷'라고 하더군. 우나기다니는 내가 싫어하니까 그날은 가지 말자고 했지. 이튿날이 되자, 아내가 다시 신문을 가지고 와서 오늘은 '호리카와堀川'니까 괜찮지 않냐고 하더군. 호리카와는 샤미센三味線*으로 연주해서 화려하기만 하지 내용이 없으니 그만두자고 했더니, 아내가 불만스러운 표정으로 물러났다네. 또 그다음 날이 되자 아내가 말하기를, 오늘은 '산주산겐도三十三間堂'예요, 저는 무슨 일이 있어도 셋쓰攝津의 산주산겐도가 보고 싶어요, 당신은 산주산겐도도 싫어하실지 모르지만 저한테 보여 주시기로 한 것이니까 같이 가 주실 수 있겠지요, 하고 담판을 지으려고 하더군. 당신이 그렇게 보고 싶다면 같이 가도 좋지만 소위 일세일대의 연극이라 해서 사람들이 많이 몰려올 테니까 갑작스럽게 보고 싶다고 해도 도저히 극장에 들어갈 수 있을 것 같지가 않다, 원래 그런 장소에 가려면 예약을 받는 사람이 있어서 그 사람과 교섭해서 적당한 자리를 예약하는 것이 정당한 절차인데 그런 절차도 밟지 않고 막무가내로 일을 추진하는 것은 바람직하지 않다, 아쉽지만 오늘은 그만두자고 했지. 그랬더니 아내가 무서운 표정으로 눈을 치켜뜨면서 저는 여자라서 그렇게 어려운 절차 같은 것은 모르지만 오오하라大原네 어머니도, 스즈키鈴木네 기미요君代 씨도 정당한 절차를 밟지 않고 아무 탈 없이 보고 왔으니, 아무리 당신이 교사라고 해도 그렇게 복잡하게 하지 않아도 볼 수 있지 않겠어요, 당신은 정말 너무해요, 하면서 울먹이는 소리를 내더군. 그렇다면 일단 가 보기나 하자고 하면서 달랬다네. 저녁을 먹고 전차로 가자고 했더니, 가려면 4시까지 극장에 당도해야 하니까 그렇게 꾸물거릴 시간이 없다면서 갑자기 생생해져서 말하는 것이야. 왜 4시까지 가야만 하느냐고 물었더니, 그 정도로 빨리 가서 자리를 잡지 않으면 들어갈 수 없기 때문이라고, 스즈키 기미요 씨

* 세 줄로 된 기타 같은 일본의 전통 악기.

한테 들은 대로 대답을 하더군. 그럼 4시가 지나면 들어갈 수 없다는 소리냐고 확인을 했더니, 그럼요, 못 들어가고말고요, 하고 자신 있게 대답을 하는 것이야. 그랬더니 이상하게 그때부터 갑자기 오한이 들기 시작하더군."

"부인께서 말입니까?"

간게쓰가 물었다.

"아니, 아내는 팔팔했지. 내가 말일세. 마치 구멍 뚫린 풍선이 된 것처럼 한꺼번에 쪼그라드는 느낌이 드는가 싶더니 눈앞이 어른거려서 움직일 수가 없게 되었다네."

"급환이군."

메이테이가 주석을 달았다.

"아아, 이것 참 큰일이군. 아내가 1년에 한 번 하는 부탁이니 꼭 들어주고 싶다, 평소에는 그저 걸핏하면 야단치고 말도 하지 않고 고생만 시키고 아이들 뒤치다꺼리만 하게 할 뿐, 몸이 닳도록 고생해 준 데 대한 보답을 해 준 적이 없다, 오늘은 다행히 시간도 있고 주머니 속에는 얼마간 돈도 있다, 데려갈 마음만 있으면 데려갈 수 있다, 아내도 가고 싶어 하고 나도 데려가고 싶다, 꼭 데려가고 싶은데 이렇게 오한이 나고 눈앞이 어지러워서는 전차를 타기는커녕 신발을 신지도 못하겠다, 아아 불쌍한 우리 마누라 어떻게 하지, 하는 생각을 했더니, 더욱 오한이 심해지고 어지럼증도 심해졌다네. 당장 의사한테 보여서 약이라도 먹으면 4시 전에는 완쾌되겠지 싶어, 그때부터 아내와 의논해서 아마키甘木 의사를 데리러 가게 했더니, 하필이면 어젯밤에 당직이어서 아직 대학에서 돌아오지 않았다고 하더군. 큰일이군, 지금 당장 진정제라도 먹으면 4시 전에는 분명히 괜찮아질 텐데, 운이 나쁠 때는 무슨 일이든 마음대로 되지 않게 마련인지, 아내가 기뻐하는 얼굴을 보면서 즐기려던 예정도 완전히 빗나가 게 생겼더군. 아내는 원망스러운 표정으로 도저히 못 가시겠어요, 하 고 물었지. '아니, 갈 거야, 꼭 갈 거야, 4시까지는 반드시 나아서 갈 테니까 안심해, 빨리 세수하고 옷이나 갈아입고 기다리고 있어.'라고 말로는 그렇게 했지만 마음속은 복잡하기 그지없었네. 오한은 더욱 심해지지, 눈앞은 더욱 어질거리지, 하지만 만약 4시까지 완쾌해서 약속을 지키지 않으면 속 좁은 여자가 또 무슨 짓을 저지를지 모르 는 일이었지. 정말 난처한 꼴이 되었네. 어떻게 하면 좋을까? 만약의 경우를 생각하면 이참에 세상 돌아가는 것이 덧없다는 이치, 살아 있는 것은 반드시 죽는다는 이치를 말해 줘서 혹시 일어날 수 있는 불상사 앞에서 흔들리지 않을 각오를 하게 하는 것도 아내에 대한 남편의 의무가 아닐까, 하는 생각이 들었지. 나는 당장 아내를 서재 로 불렀다네. 그렇게 불러 놓고 당신은 여자지만 'many a slip 'twixt the cup and the lip.'*이라는 서양 속담 정도는 알고 있겠지, 하고 물었더니, 그런 꼬부랑 글씨를 제가 어떻게 압니까, 당신은 제가 영어 를 모른다는 사실을 알면서도 일부러 영어를 써서 저를 놀리시는 거 지요, 좋아요, 어차피 저는 영어 같은 건 못 하니까요, 그렇게 영어를 하는 사람이 좋으면 왜 야소학교耶蘇學校** 졸업생한테 장가를 드시 지 그랬어요, 당신은 정말 냉혹한 사람이에요, 하고 어처구니없게 흥분하 면서 떠들어 대는 바람에 모처럼 세웠던 내 계획도 꺾이고 말았지. 자네들한테도 말해 두겠는데 나는 결코 악의를 가지고 영어를 쓴 것

---

* 산을 입술에 가져가는 사이에도 너러 가지 실수가 일어난다는 뜻. 인생은 예측힐 수 없다는 말이다.
** 기독교 계열의 학교.

이 아니라네. 아내를 사랑하는 마음에서 나온 것인데, 그것을 아내가 그렇게 해석해 버리면 내 입장이 뭐가 되겠는가? 게다가 아까부터 오한과 어지럼증으로 머릿속이 약간 혼란스러운 판에 빨리 세상 돌아가는 이치를 알게 하려고, 조급한 마음에서 아내가 영어를 모른다는 사실을 깜박 잊고 아무 생각 없이 영어를 썼던 것이었네. 생각해 보면 그것은 내 잘못이었지. 내 실수였어. 이 실패로 오한은 더욱 심해졌고, 눈앞은 더욱 어지러워졌다네. 아내는 내가 말한 대로 목욕탕에 가서 옷을 벗고 화장을 한 다음 옷장에서 옷을 꺼내서 갈아입었지. 그러고는 이제 언제라도 나갈 수 있다는 자세로 나를 기다리고 있었다네. 나는 안절부절못하고 있었다네. 빨리 아마키 선생이 와 줬으면 좋겠다고 생각하며 시계를 보았더니 벌써 3시가 되었더군. 4시까지는 1시간밖에 남지 않았지. '이제 슬슬 나갈까요?' 하고 아내가 서재 문을 열고 얼굴을 내밀면서 말하더군. 자기 아내를 칭찬하는 것은 팔불출이나 하는 짓이겠지만 나는 이때만큼 아내를 아름답다고 생각한 적이 없다네. 옷을 벗고 비누로 정성 들여 씻어 낸 다음 화장한 살결이 눈부시게 흰색으로 빛나면서 검은 기모노와 잘 어울렸어. 얼굴도 화장과 연극을 보겠다는 희망이라는 두 가지 요인 덕분에 반짝이는 것 같았지. 어떻게든 그 희망을 채우기 위해 나가야겠다는 마음을 갖게 하더군. 그래서 무슨 일이 있어도 힘을 내서 나가 봐야겠다고 생각하며 담배 한 대를 피우고 있었더니 그제서야 아마키 선생이 왔지. 다행히 시간이 맞았다 싶어 상태를 이야기했더니, 아마키 선생은 내 혀를 보고, 손을 잡아 보고, 가슴을 두드리고, 등을 쓰다듬고, 눈꺼풀을 뒤집어 보고, 두개골을 쓸어 보더니 한동안 생각에 잠겨 버리더군. '아무래도 좀 좋지 않은 것 같아서요.' 하고 내가 말하자, 선생은 침착하게 '아니, 별일은 아닐 겁니다.'

하고 말했지. '저, 잠시 외출을 해도 별 탈이 없겠지요?' 하고 아내가 물었다네. '그럼요.' 하고 대답하더니 선생이 다시 생각에 잠겼지. '상태가 나쁘지만 않다면야…' 그래서 내가 '상태는 나쁘지요.' 하고 말했지. '그럼 일단은 가루약과 물약을 드릴 테니까 그걸 드세요.' 하길래, '어디 뭐가 많이 안 좋은 모양이지요?' 하고 물었더니, '아니, 절대로 걱정하실 만한 일은 아닙니다. 신경을 쓰시면 안 됩니다.' 하고는 선생이 돌아갔지. 시간은 3시에서 30분을 지난 상태였네. 약을 받으러 하녀를 보냈지. 아내의 엄명으로 하녀는 뛰어갔다가 뛰어왔다네. 4시 15분 전이 되었네. 4시까지는 아직 15분이 남았지. 그런데 4시 15분 전 무렵부터 그때까지는 아무렇지도 않았는데, 갑자기 구역질이 나기 시작했어. 아내가 물약을 찻잔에 따라서 내 앞에 놓아 주었는데 그 잔을 들고 마시려고 하면 위 속에서 뭔가가 치솟아 오르면서 구역질이 났다네. 할 수 없이 찻잔을 도로 내려놓았지. 아내는 '빨리 드셔야지요.' 하고 다그쳤어. 빨리 마시고 나가지 않으면 아내한테 미안한 일이 아니겠는가. 그래서 과감하게 마셔 버리려고 찻잔을 입술에 댔더니 또다시 우웩 하는 구역질이 방해를 하지 뭔가. 마시려다가 찻잔을 도로 놓고, 다시 마시려다가 찻잔을 도로 놓고 있었더니 마루에 있는 벽시계가 땡땡땡땡, 하고 4시를 쳤다네. 이제 4시가 되었으니 정말 꾸물거릴 수 없다 싶어 찻잔을 들었더니 저만 신기한 일이 벌어진 거야. 세상에 신기한 일이란 이런 것을 두고 하는 말이겠지. 4시를 알리는 소리와 함께 구역질이 말끔히 사라져서 아무런 문제없이 물약을 마실 수 있었다네. 그리고 4시 10분 무렵이 되자 아마키 선생이 명의라는 사실을 처음으로 이해할 수 있었는데, 등이 오싹거리던 것도, 눈앞이 어질어질하던 것도 감쪽같이 사라져서 한동안 일어서지 못할 것이라고 생각했던 병이 순식간에 완쾌되어 버렸다네. 얼마나 기뻤는지 모른다네."

"그래서 그때부터 극장에 같이 갔는가?"

메이테이가 도무지 무슨 이야기를 하고 싶은 것인지 이해할 수 없다는 표정으로 물었다.

"가고 싶었지만 4시가 넘으면 들어갈 수 없다고 아내가 그랬으니 할 수 없이 포기했지. 한 15분 정도만 아마키 선생이 일찍 와 주었더라면 나도 할 도리를 할 수 있었고, 아내도 만족할 수 있었을 텐데. 겨우 그 15분 차이로 정말 안타깝게 되었다네. 돌이켜 보면 아슬아슬한 일이었다고 지금도 생각한다네."

이야기를 끝낸 주인은 겨우 자신의 의무를 다한 사람처럼 흡족한 표정이었다. 이것으로 두 사람에 대해서도 체면이 섰다고 생각하는 모양이었다.

간게쓰는 앞니가 빠진 이를 보이고 웃으면서 말했다.

"그것참 아쉬운 일이었군요."

메이테이는 모르는 척하는 표정으로 혼잣말처럼 중얼거렸다.

"자네처럼 친절한 남편을 둔 부인께서는 참으로 행복하시겠군."

장지문 너머에서 에헴, 하는 부인의 기침 소리가 들렸다.

나는 얌전히 세 사람의 이야기를 차례대로 듣고 있었는데 전혀 우습지도 슬프지도 않았다. 인간이라는 동물은 시간을 죽이기 위해 억지로 입을 놀려서 우습지도 않은 일을 가지고 웃고, 재미도 없는 일을 가지고 좋아하는 것 말고는 재주가 없는 존재라고 생각했다. 우리 주인이 고집 세고 괴팍하다는 사실은 예전부터 알고 있었지만, 평소에는 워낙 말수가 적어서 어딘지 헤아릴 수 없는 부분이 있는 것처럼 느껴졌다. 그렇게 헤아릴 수 없는 부분 때문에 조금은 무섭다는 느낌도 가지고 있었는데, 지금 한 이야기를 듣고는 갑자기 경멸하고 싶어졌다. 그는 어째서 두 사람의 이야기를 잠자코 듣고 있지 못했을까? 오기를 부려서 말도 안 되는 어리석은 이야기를 떠벌려 봐야 무슨 소용이 있다는 것일까? 에픽테토스가 그런 일을 하라고 써 놓았던 것일까? 말하자면 우리 주인도 간게쓰도 메이테이도 세상살이와 동떨어져서 속 편하게 사는 사람들이고, 자기들은 수세미꽃처럼 바람이 불면 부는 대로 초연하게 살고 있다고 생각하지만 사실은 그들 또한 세상의 명예나 이익에 대해 무관심할 수도 없고 욕심도 있다. 경쟁하는 마음, 이기려는 마음은 그들이 일상적으로 하는 담소 중에도 불쑥불쑥 모습을 드러내고 있고, 한 발 더 나아가서는 그들이 평소에 입이 아프게 매도하는 속되고 천한 성질의 사람들과 다를 바 없다는 사실이 보일 정도이니, 고양이인 내 눈으로 보자면 딱하기 그지없는 일이다. 다만 그들의 말이나 동작 속에 보통 사람들마냥 틀에 박힌 듯한 천한 구석이 없다는 점이 그나마 다행이라 할 수 있다.

이렇게 생각하자, 갑자기 세 사람의 이야기가 재미없게 느껴져서 얼룩 아가씨가 어떻게 지내는지 보고 와야겠다는 생각에 고토 선생 집 마당으로 갔다. 설날 장식은 이미 다 치웠고, 정월도 벌써 열흘이 지난 후였다. 따사로운 햇볕은 구름 한 점 보이지 않는 깊고 파란 하늘에서 온 천하를 단번에 비추고 있었고, 열 평이 채 되지 않는 뜰도 설날의 서광을 받았을 때보다 더욱 활기를 띠고 있었다. 툇마루에는 방석이 하나 놓여 있었는데, 인적도 없고 장지문도 꼭 닫힌 것을 보면 고토 선생은 목욕이라도 하러 간 모양이었다. 고토 선생이야 있든 말든 상관이 없지만, 얼룩 아가씨는 좀 좋아졌는지 그 점이 마음에 걸렸다. 소봉하니 인기척도 없어서 흙 묻은 발 그대로 툇마루에 올라 방석 한가운데에 누워 보았더니 썩 기분이 좋았다. 나도 모르게 눈이 감겨서 얼룩 아가씨 일도 잊은 채 졸고 있는데, 갑자기 장지문 안에서 사람 목소리가 들려왔다.

"수고했구나. 잘 되었느냐?"

고토 선생은 역시 집에 있었던 모양이다.

"예, 좀 늦어졌습니다만 불사佛師의 집에 갔더니 마침 다 된 참이라고 해서 가지고 왔습니다."

"그래, 한번 보자꾸나. 어휴, 아주 훌륭하게 되었네. 이제 우리 얼룩이도 승천할 수 있겠군. 이 금박은 벗겨지거나 하지는 않겠지?"

"그럼요, 제가 다시 다짐을 해 두었지요. 아주 좋은 금박을 썼으니 이 정도면 사람의 위패보다도 더 오래갈 것이라고 하였습니다. 그리고 묘예신녀猫譽信女의 '예譽' 자는 약간 흐트러지게 하는 편이 보기가 좋아서 획수를 좀 줄였다고 하였습니다."

"그래, 그럼 당장 불단에 놓고 향을 피워야겠구나."

'얼룩 아가씨는 어떻게 되었지? 뭔가 좀 분위기가 이상한데…' 싶어 방석 위에서 몸을 일으켰다. "땡, 나무묘예신녀, 나무아미타불 나무아미타불." 하는 고토 선생의 목소리가 들렸다.

"너도 명복을 비는 경을 좀 외워 주어라."

"땡, 나무묘예신녀 나무아미타불 나무아미타불." 하고 이번에는 하녀의 목소리가 들렸다. 나는 갑자기 심장이 두근거리기 시작했다. 방석 위에 선 채 나무 조각으로 된 고양이처럼 꼼짝도 하지 않았다.

"정말 이렇게 아쉬울 데가 없습니다. 처음에는 가벼운 감기에 걸렸다고 생각했는데."

"아마키 선생이 약이라도 주었으면 좋았을지도 모르는데…"

"다 그 아마키 선생이 잘못한 탓이에요. 얼룩이를 너무 업신여겼으니까요."

"그렇게 남을 나쁘게 말하면 되겠느냐? 이것도 다 하늘이 내린 수명인 것을."

얼룩 아가씨도 아마키 선생에게 진찰을 받았던 모양이다.

"결국은 큰길가에 있는 교사네 집 도둑고양이가 자꾸만 불러낸 것이 화근이라고 저는 생각합니다."

"그럼, 그 나쁜 것이 우리 얼룩이의 원수가 아니겠느냐?"

나는 변명을 하고 싶었지만 참아야지, 싶어 침을 삼키며 듣고 있었다. 말소리가 잠시 끊겼다.

"세상일은 내 마음대로 되지 않는 것이구나. 얼룩이처럼 예쁜 고양이는 요절을 하고, 보기 싫은 도둑고양이는 아무 일 없이 장난질을 하고 있으니…."

"옳으신 말씀입니다. 우리 얼룩이처럼 어여쁜 고양이는 북 치고 종을 치며 찾아다녀 봐야 어디서도 찾지 못할 텐데."

하녀는 마치 고양이와 인간이 같은 종족인 것처럼 말을 하였다. 그러고 보니 이 하녀의 얼굴은 우리 고양이들과 매우 흡사하다.

"될 수만 있다면 얼룩이 대신에…."

"저 교사네 도둑고양이가 죽었다면 훨씬 좋았을 텐데요."

훨씬 좋은 식으로 되었다가는 내가 곤란하다. 죽는다는 것이 어떤 일인지 아직 겪어본 적이 없으니 좋다고도 싫다고도 할 수 없지만, 얼마 전에 너무 추워서 불이 꺼진 화로 속에 들어가 있었는데, 내가 있는 것도 모르고 하녀가 뚜껑을 닫은 적이 있었다. 그때의 괴로움은 다시 생각해 보아도 끔찍할 정도였다. 흰둥이 님의 설명에 따르면 그런 괴로움이 좀 더 오래가면 죽는다고 한다. 얼룩 아가씨를 대신하는 것에는 불만이 없지만 그런 괴로움을 당해야 죽을 수가 있다면 누구를 위해서든 죽고 싶지 않다.

"하지만 고양이의 몸으로 죽어서 스님이 경을 외워 주었고, 계명戒 名까지 받게 되었으니 여한은 없을 게야."

"그럼요, 이를 말씀입니까? 정말 행복한 고양이지요. 다만 군이 따 지자면 그 스님의 독경이 너무 가벼웠던 것 같아 마음에 들지 않았지 만요."

"너무 짧은 것 같아서 나도 '참으로 일찍 끝내셨군요.' 하고 말씀드 렸더니, 겟게이지月桂寺 스님께서 '예, 효험이 있는 곳을 살짝 외웠습 니다. 고양이니까 그 정도만 해도 충분히 극락왕생할 것입니다.' 하고 말씀하셨지."

"그랬어요? 하지만 저 도둑고양이 같은 경우는….'

나는 이름이 없다고 몇 번이고 말했는데도 이 하녀는 자꾸만 도둑 고양이라고 나를 부른다. 무례하기 짝이 없는 일이다.

"죄가 깊으니 아무리 효험이 있는 경을 읽어 봐야 극락왕생할 리 가 없지 않겠느냐."

나는 그 뒤로도 도둑고양이라는 말이 몇백 번 되풀이되었는지 알 지 못한다. 내가 이 끝도 없는 이야기 도중 자리를 박차고 일어나 방 석을 미끄러져 내려온 다음 툇마루에서 뛰어내렸을 때 팔만팔천팔 백팔십 개의 털이 한꺼번에 곧추서는 듯했다. 나는 온몸을 부르르 떨 었다. 그 후로는 고토 선생 집 근처에 얼씬거린 적이 없다. 지금쯤은 고토 선생 자신이 겟게이지 스님한테서 명복을 비는 가벼운 독경을 받고 있을지도 모른다.

요즘에는 외출할 용기가 나지 않는다. 왠지 세상이 우울하게 느껴 진다. 우리 주인과 비교해도 지지 않을 정도로 게으른 고양이가 되 었다. 주인이 서재에만 틀어박혀 있는 것을 보고 사람들이 실연을 당 해서 그렇다고 말하는 것마저도 이해할 수 있게 되었다.

아직 한 번도 쥐를 잡은 적이 없어 한때 식모가 내쫓자는 말까지도 했지만, 주인은 내가 평범한 보통 고양이가 아니라는 사실을 알고 있기 때문에 나는 여전히 빈둥거리며 이 집에서 살고 있다. 이 점에 대해서는 주인의 은혜에 대해 깊이 감사함과 동시에 그 안목에 대해 경의를 표하는 데 조금도 주저함이 없다. 식모가 나를 알아보지 못해 학대하는 데 대해서는 별로 화가 나지 않는다. 나중에 히다리 진고로左甚五郎*가 나와서 내 초상을 누각문 기둥에 조각하고, 일본의 스탱랑**이 앞다투어 내 얼굴을 화폭에 담게 되면 이 미련하기 짝이 없는 장님들도 그제야 자신의 어리석음을 부끄럽게 생각할 것이다.

* 에도시대 초기에 활약했다는 전설적인 조각가.
** 프랑스의 화가(1859~1923).

3

얼룩 아가씨는 죽었지, 검둥이는 상대가 안 되지, 해서 약간 적막한 감은 있지만 다행히 인간 중에 아는 사람이 생겨서 그다지 따분하다고는 생각지 않는다. 얼마 전에는 주인에게 내 사진을 보내 달라고 편지로 부탁한 사람이 있었다. 그 전에는 오카야마岡山의 유명한 경단을 일부러 내 이름 앞으로 보내 준 사람도 있었다. 점점 인간들한테서 관심을 받게 되었더니 내가 고양이라는 사실을 잊어버리곤 한다. 고양이보다도 어느새 인간들 쪽에 접근해 버린 듯한 마음이 되어 동족을 규합해서 두 다리로 사는 선생과 결판을 지으려는 생각은 요즘 아예 하지 않게 되었다. 그뿐만 아니라 때때로 나도 인간세계의 일원이라고 생각할 때조차 있을 정도로 진화하게 되어 뿌듯한 마음이 든다. 그렇다고 동족을 경멸하게 되었다는 뜻이 아니다. 다만 성격이 비슷한 곳에 마음이 간다는 것일 뿐, 이를 두고 변심을 했다느니 경박하다느니 배신을 했다느니 하고 평가한다면 좀 곤란하다. 이런 말을 쓰면서 남을 욕하는 사람들은 대개 융통성이 없는 치사한 남자들인 경우가 많은 것 같다. 이렇게 고양이의 습성에서 이

탈하다 보니 얼룩 아가씨나 검둥이에 대한 것만 신경을 쓰고 있을 수가 없게 되었다. 아무래도 인간과 동등해졌다는 생각으로 그들의 사상이나 언행을 평가하고 싶어진다. 이렇게 된 것도 무리가 아니다. 다만 그 정도의 식견을 가지고 있는 나를 두고 그저 평범한 고양이보다 조금 낫다는 정도로 생각하여, 주인이 나한테 한마디 말도 없이 당연하다는 듯 경단을 모조리 먹어 버린 것은 안타깝기 짝이 없는 일이다. 사진도 찍어서 보낼 생각이 아직 없는 모양이다. 이것도 불평이라면 불평이지만 주인은 주인, 나는 나대로 서로의 견해가 다른 것은 하는 수 없는 일일 것이다. 나는 어디까지나 인간이 된 것 같은 마음으로 있으니 교제를 하지 않는 고양이의 행동에 대해서는 아무래도 글로 쓰기가 힘들다. 메이테이, 간게쓰 두 선생의 평판만으로 만족하려고 한다.

오늘은 날씨가 좋은 일요일이어서 주인은 슬금슬금 서재에서 나오더니 내 옆에 붓과 벼루, 원고지를 늘어놓고 배를 깔고 누워서 자꾸만 뭔가 끙끙대고 있다. 보나마나 초고를 쓰려는 준비운동으로 이상한 소리를 내는 것이려니 싶어 주목하고 있었더니, 얼마 후에 두꺼운 글씨로 '향일주香一炷'*라고 썼다. 이것이 과연 시가 될지, 하이쿠가 될지 모르지만 향일주라니 우리 주인치고는 너무 멋스럽다고 생각했다. 그런데 그는 향일주라고 쓴 다음에 곧바로 행을 바꾸더니 "아까부터 천연거사天然居士**에 대해 쓰려고 생각하고 있다."고 붓을 놀렸다. 붓은 거기서 뚝 하고 멈추더니 도무지 움직이지 않았다. 주인은 붓을 든 채로 고개를 갸웃거렸지만 별달리 좋은 생각이 나

* '한 줄기의 향 연기'라는 뜻.
** 작가의 친구인 요네야마 야스사부로(米山保三郞)의 호.

지 않는 듯 붓끝을 핥기 시작했다. 입술이 새까맣게 된 모습을 보고 있었더니, 이번에는 그 밑으로 작은 동그라미를 그렸다. 동그라미 속에 점을 두 개 찍어서 눈을 만들었다. 한가운데에 콧구멍이 달린 코를 그리고, 일자 모양으로 옆선을 그어 입을 만들었다. 이래 가지고서야 문장도 하이쿠도 아니다. 주인도 스스로 짜증이 났는지 여기저기 마구잡이로 칠해서 지워 버렸다. 주인은 다시 줄을 바꿨다. 그의 생각으로는 줄만 바꾸면 시나 찬미나 글이나 기록이 될 것이라고 아무런 근거도 없이 믿는 모양이었다. 이윽고 "천연거사는 공간을 연구하고, 논어를 읽고, 군고구마를 먹고, 콧물을 흘리는 사람이다."라고 언문일치형으로 단숨에 써 내려갔다. 어딘지 모르게 혼란스러운 문장이다. 그런 다음 주인은 이것을 거리낌없이 낭독하더니 전에 없이 "하하하, 재미있다."고 웃었는데, "콧물을 흘린다는 좀 불쌍하니까 지워야지." 하고 그 글자에만 줄을 그었다. 한 줄만 그으면 될 것을 두 줄, 세 줄씩 그어서 깨끗한 평행선을 만들었다. 줄이 다른 행까지 삐져나와도 아랑곳하지 않고 그었다. 줄이 여덟 개나 늘어섰어도 다음 글이 나오지 않는지 이번에는 붓을 내팽개치고 수염을 꼬아 본다. 문장을 수염에서 짜내 보겠다는 심산인지 열심히 수염을 꼬아서는 위로 퉁겼다가, 아래로 끌었다가 하는 찰나에 거실에서 부인이 나와서 주인 코앞에 바짝 다가앉았다.

"잠깐 저 좀 보세요."

"왜?"

주인은 물속에서 북을 치는 듯한 소리를 내었다. 그 대답이 마음에 들지 않았는지 부인은 또다시 말했다.

"저 좀 보시라고요."

"왜 그래?"

이번에는 콧구멍에 엄지와 검지를 집어넣더니 코털을 잡고 확 뽑았다.

"이번 달은 좀 모자라는데요….'

"그럴 리가 있나. 의사한테 주는 약값도 지불했고, 책방에 내는 것도 지난달에 주지 않았어? 이번 달은 남아야지."

주인은 시치미를 떼면서 뽑아 든 코털을 천하에 다시없는 풍경처럼 지긋이 바라보았다.

"하지만 당신이 밥은 드시지 않고 빵을 드시기도 하고, 잼도 자꾸 드셨잖아요."

"그래서 잼을 몇 통이나 머었는데?"

"이번 달에는 여덟 개가 필요했어요."

"여덟 개라고? 그렇게 많이 먹은 기억이 없는데."

"당신만 드신 것이 아니라 아이들도 먹었으니까요."

"아무리 먹어 봐야 5, 6엔 정도 아닌가?"

주인은 아무렇지도 않은 얼굴로 코털을 하나씩 정성스레 원고지 위에 올려놓았다. 살이 붙어 있어서 바늘을 세운 것처럼 똑바로 섰다. 주인은 뜻하지 않은 발견을 해서 감동을 받은 듯 훅, 하고 불어 본다. 접착력이 강해서 절대로 날아가지 않았다.

"끄떡도 하지 않는군."

주인은 열심히 불었다.

"잼만 사면 다 되는 것이 아니에요. 그밖에도 사야 할 것들이 많단 말입니다."

부인은 불평 가득한 기색을 양 볼에 비추면서 말했다.

"그야 많을지도 모르지."

주인은 다시 손가락을 집어넣어서 코털을 확 잡아 뺐다. 붉은색이니 검은색이니 여러 가지 색깔이 섞여 있는 중에 한 가닥 새하얀 것이 있었다. 크게 놀란 표정으로 그것을 뚫어져라 쳐다보고 있던 주인이 손가락 사이에 끼운 채로 그 코털을 부인 눈앞에 내밀었다.

"아이, 참."

부인이 얼굴을 찡그리며 주인의 손을 밀어냈다.

"이것 좀 봐. 코털 중에 흰 것이 있어."

주인은 크게 감동한 사람처럼 말했다. 잔뜩 찡그리던 부인도 웃으면서 거실로 건너가 버렸다. 경제문제를 토론하는 것은 단념한 모양이었다. 주인은 또다시 천연거사에 착수하였다.

코털로 부인을 내쫓은 주인은 이제는 안심이 되었다는 표정으로 코털을 뽑아 들고 초조한 듯한 얼굴로 원고를 쓰려고 했지만 좀처럼 붓을 움직이지 못했다. "군고구마를 먹는다도 사족이니까 없애 버려야지." 하고 결국 이 문구도 지워 버렸다. "항일주도 너무 뜬금 없으니까 그만두자." 하고 아낌없이 지워 버렸다. 이제 남은 것은 "천연거사는 공간을 연구하고 논어를 읽는 사람이다."라는 한 문장뿐이었다. 주인은 이래서는 너무 간단한 것 같다고 생각하고 있다가, 에이 귀찮다, 문장은 그만두고 그림이나 그리자, 하고 붓을 휘둘러서 원고지 위에 서툰 문인화를 기세 좋게 그렸다. 모처럼 고심해서 만든 글은 한 글자도 남지 못하고 모조리 없어져 버렸다. 그런 다음 종이를 뒤집어서 "공간에 태어나 공간의 끝을 보고 공간에 죽다. 공空이자 간間인 천연거사여, 아아." 하고 의미를 알 수 없는 말을 쓰던 차에 평소처럼 메이테이가 들어왔다. 메이테이는 남의 집이든 자기 집이든 다 똑같다고 여기고 있는 것인지 안내도 받지 않고 성큼성큼 남의 집에 들어와 버린다. 그뿐만 아니라 때로는 뒷문으로 불쑥 들어오는 경우도 있다. 걱정, 배려, 눈치, 고생 같은 것은 태어날 때부터 어딘가에 버려 버린 사내이다.

"또 거인 인력인가?"

메이테이가 우뚝 선 채 주인에게 묻는다.

"그렇게 허구한 날 거인 인력만 쓰고 있지는 않네. 천연거사의 묘비명을 생각하고 있던 참이지."

주인이 거창하게 대꾸하였다.

"천연거사라 하면 그것도 우연동자偶然童子 같은 계명*인가?"

메이테이는 여전히 말도 안 되는 소리를 하였다.

"우연동자라는 것도 있는가?"

"꼭 있나는 것은 아니지만 대강 그린 맥락이 아닌가 싶어서."

"우연동자라는 것은 나도 모르겠지만 천연거사는 자네도 알고 있는 사람이야."

"도대체 누가 천연거사라는 이름을 달고 다닌단 말인가?"

"소로사키曾呂崎지 누구겠나. 졸업하고 대학원에 들어가서 '공간론'이라는 제목으로 연구를 하고 있었는데, 너무 공부를 열심히 하는 바람에 복막염으로 죽어 버렸어. 소로사키는 그래도 나에게는 아주 친한 벗이었는데."

"친한 벗이 나쁘다는 건 아니야. 그야 좋은 일이지. 문제는 그 소로사키를 천연거사로 변화시킨 사람이 도대체 누구냐는 거야."

"나일세, 내가 붙여 준 이름이야 사실 중들이 붙여 주는 계명만큼 속된 것도 없지 않은가."

"그럼 그 묘비명이라는 것 좀 한번 보세나."

메이테이는 원고를 잡아채더니 큰 소리로 읽었다.

---

* 계(戒)를 받을 때에 계를 주는 승려가 지어 주는 이름.

"뭐야? 공간에 태어나 공간의 끝을 보고 공간에 죽다. 공이자 간인 천연거사여, 아아."

이러고는 글이 마음에 들었는지 감탄을 했다.

"그래, 이것 참 그럴듯하군. 천연거사에 합당한 말이야."

주인은 기쁜 듯이 "괜찮지?" 했다.

"이 묘비명을 짠지 담글 때 쓰는 커다란 돌에 새겨서 본당 뒤편에 던져 놓으면 좋을 거야. 풍류 아닌가? 천연거사도 만족하겠지."

"나도 그렇게 하려고 생각하고 있던 참일세."

주인은 아주 진지하게 대답하였다.

"난 잠시 실례하겠네. 금방 돌아올 테니 고양이와 놀기라도 하면서 기다려 주게."

이러고는 메이테이의 대답도 듣지 않고 훌쩍 나가 버렸다.

뜻하지 않게 메이테이 선생의 접대를 명령받았으니 무뚝뚝한 얼굴로 모르는 체할 수도 없어, 야옹야옹하고 애교를 부리면서 무릎 위로 기어올라 보았다. 그러자 메이테이는 "아이고, 어지간히 뒤룩뒤룩 쪘구나. 어디 보자." 하며 무례하게도 내 목덜미를 잡더니 공중에 들어 올려 보았다.

"뒷다리를 이렇게 늘어뜨리는 것을 보니 쥐 잡기는 틀렸군. 어떻습니까, 부인. 이 고양이는 쥐를 좀 잡던가요?"

메이테이는 나 혼자만 가지고는 모자랐는지 옆방에 있는 부인에게 말을 걸었다.

"쥐를 잡기는커녕 떡국을 훔쳐 먹고는 혼자서 춤을 추고 있던걸요."

부인은 뜻하지 않는 곳에서 나의 옛 실수를 들춰냈다. 나는 공중에 늘어져 있으니 좀 창피해졌다. 메이테이는 아직도 나를 내려 주지 않았다.

"그래요. 하기야 춤이라도 출 것 같은 얼굴이군요. 부인, 이 고양이는 마음을 놓을 수가 없는 얼굴이군요. 옛날 이야기책에 있는 고양이 귀신을 닮았어요."

메이테이는 이처럼 말도 안 되는 소리를 하면서 자꾸만 부인에게 말을 걸었다. 부인은 귀찮은 듯 바느질하던 손을 멈추고는 방 안으로 들어왔다.

"손님을 이렇게 심심하게 해서 어쩌지요? 이제 곧 돌아올 겁니다."

이러더니 차를 다시 따라 메이테이 앞으로 내밀었다.

"어디로 간 걸까요?"

"어디로 기든 행선지를 말하고 간 적이 없는 사람이니 지로시는 잘 모르겠지만 아마 의사한테 갔을 겁니다."

"아마키 씨 말입니까? 아마키 씨도 저런 환자를 두고 있으니 골치가 아프겠군요."

"예에."

부인은 어떻게 대답해야 할지 모르는 듯 적당히 얼버무렸다. 메이테이는 전혀 아랑곳하는 기색이 없었다.

"요즘에는 좀 어떻습니까? 위장 상태가 조금은 나아졌답니까?"

"좋아졌는지, 나빠졌는지 도무지 알 수가 있어야지요. 아무리 아마키 선생님이 봐 주신다고 해도 저렇게 잼을 먹어 대니 위장병이 나을 리가 없지 않겠어요?"

부인은 아까 하던 불평을 은근히 메이테이한테 늘어놓았다.

"그렇게 잼을 많이 먹어요? 꼭 어린애 같군요."

"잼만 먹는 것이 아니랍니다. 요즘에는 위장병 약이라고 하면서 무정을 자꾸만 먹어 대는 통에…"

"거참 놀라운 일이군."

메이테이가 감탄하였다.

"무청 속에 무슨 디아스타아제가 있다나 하는 이야기를 신문에서 읽은 후로 저런답니다."

"아아, 그걸로 잼의 피해를 보충할 작정이군요. 그래도 나름대로 열심히 생각해서 먹는걸, 하하하하."

메이테이는 부인의 불평을 듣고는 대단히 유쾌한 기색이었다.

"얼마 전에는 어린 아기한테까지 먹이려고 했답니다."

"잼을요?"

"아니요, 무청 말입니다. 세상에… 아가야, 아빠가 맛있는 것을 줄 테니까 이리 온, 하면서 말이지요. 가끔 아이들을 좀 귀여워하나 싶으면 그런 얼토당토않은 짓만 한다니까요. 이삼일 전에는 둘째 딸을 안아서 옷장 위에 올려놓았지요."

"어떤 목적으로 그랬답니까?"

메이테이는 무슨 이야기를 듣든 반드시 목적이 있어야 한다는 것처럼 해석했다.

"목적이라고 할 것이 뭐가 있겠어요? 그저 그 위에서 뛰어내려 보라고 하더군요. 아직 서너 살 밖에 안 된 여자아이인데 어떻게 그렇게 심한 운동을 할 수가 있겠어요?"

"그건 너무 목적도 없이 한 행동이군요. 하지만 저래 봬도 사람이 좋아서 속에 나쁜 생각을 품고 있지는 못하지 않습니까?"

"저 성격에 나쁜 생각까지 할 수 있다면 어떻게 같이 살 수 있겠어요?"

부인이 기염을 토했다.

"그렇게 불평만 하지 마세요. 이렇게 크게 모자람 없이 하루하루를 살아갈 수 있으면 괜찮은 것 아닙니까? 구샤미 군 정도면 도락에 빠지지도 않고, 옷차림에 신경 쓰지도 않고, 가정생활 하기에 적당한 사람이라고 생각하는데요."

메이테이는 어울리지도 않는 설교를 밝은 목소리로 늘어놓았다.

"그렇게 보이겠지만 천만의 말씀입니다."

"뭔가 남들 모르게 하는 일이라도 있다는 뜻입니까? 하기야 어디 마음 놓고 살아갈 수 있는 세상이어야지."

메이테이가 뜬구름 잡는 식으로 대꾸를 하였다.

"다른 도락은 없지만 읽지도 않는 책을 자꾸만 사들이지 뭡니까? 그것도 적당한 선에서 사 주면 괜찮겠지만 자기 마음대로 마루젠丸善*에 가서는 낯 권석이고 들고 와서 월밀이 되면 모르는 척 시치미를 떼곤 한답니다. 작년 말에는 달마다 쌓인 책값 때문에 얼마나 난처했는데요."

"책 같은 것은 얼마든지 가져오라고 하세요. 책값을 내라고 찾아오면 조금 있다가 주겠다, 조금만 더 기다려라, 하고 말하다 보면 제풀에 지쳐서 돌아가 버릴 겁니다."

"아무리 그래도 언제까지나 그렇게 외상을 끌고 있을 수는 없지 않아요."

부인은 어떻게 그러냐는 듯이 말했다.

"그럼 사정이 이만이만하니 책값을 좀 줄이라고 하면 되지요."

"무슨 말씀을요. 제가 그런 이야기 해 봐야 어디 들을 사람이어야지요. 지난번에는 이런 말까지 하던걸요. 당신은 학자의 아내가 되어서 어떻게 털끝만큼도 책의 가치를 모를 수 있느냐, 옛날 로마에 이런 이야기가 있다, 나중을 위해서라도 들어 두라고 하더군요."

---

* 일본의 대형 서점 이름.

"그것참 재미있군요. 어떤 이야기입니까?"

메이테이는 이야기를 듣고 싶은 모양이었다. 부인에게 동정을 표하고 있다기보다는 호기심이 생겨서 그런 것 같았다.

"옛날 로마에 무슨 다루킨樽金이라고 하는 임금님이 있었다는데…."

"다루킨? 다루킨이라는 이름은 좀 이상하네요."

"저는 외국 사람 이름 같은 건 도무지 외울 수가 없답니다. 듣자하니 7대 임금이었다고 하더군요."

"그래요? 7대 다루킨이라. 거참 재미있군. 그래서 그 7대 다루킨이 어쨌는데요?"

"어머, 선생님까지 저를 놀리시면 저는 뭐가 되겠어요? 알고 계시다면 제대로 가르쳐 주시면 되잖아요. 짓궂게 놀리시지 말고…."

부인이 메이테이에게 따졌다.

"짓궂게 놀리다니요, 전 그런 짓을 할 사람이 아닙니다. 하지만 7대째 다루킨 임금님은 참 걸작이라고 생각해서요. 에에, 잠깐만요, 로마의 7대째 임금님이라 그랬지요. 확실하게 기억하지는 못하지만 타르퀸 더 프라우드*겠지요. 그거야 뭐 누구든 상관이 없습니다. 그래서 그 임금이 어떻게 했는데요?"

"그 임금님한테 어떤 여자가 책을 아홉 권 가지고 와서 사 달라고 했다는군요."

"그래요."

"임금님이 얼마에 팔겠느냐고 물었더니 아주 비싼 값을 불렀다고 합니다. 너무 비싸니 좀 깎자고 했더니 그 여자가 느닷없이 아홉 권

---

* 로마의 7대, 즉 마지막 왕.

114

중에서 세 권을 불 속에 던져서 태워 버렸답니다."

"아까운 짓을 했군요."

"그 책들 속에는 예언인지 뭔지 다른 곳에서는 볼 수 없는 내용이 있었다고 합니다."

"흐음."

"임금님은 아홉 권이 여섯 권으로 줄었으니 값도 조금은 싸졌겠지 싶어서 여섯 권에 모두 얼마냐고 물었는데, 여자는 처음 가격에서 조금도 깎지 않은 값을 말했답니다. 그건 너무하지 않느냐고 하자, 그 여자는 다시 세 권을 집어서 불에 태워 버렸답니다. 임금님은 아직도 미련이 있었는지 남은 세 권을 얼마에 팔겠느냐고 물었는데, 처음에 말한 아홉 권 값을 달라고 했다는군요. 아홉 권이 여섯 권이 되고, 여섯 권이 세 권이 되어도 값은 처음에서 한 푼도 깎아 주지 않더라는 거예요. 그래도 깎으려 했다가는 남아 있는 세 권까지 불태워 버릴지도 모르는 일이라, 임금님은 결국 비싼 돈을 내고 남아 있는 세 권을 샀다고 합니다. 그래, 이 이야기를 들으니 책이 얼마나 소중한지 조금은 알 수 있겠지, 어떠냐, 하고 자꾸 물어보는데 저로서는 도대체 뭐가 그리 대단한 이야기인지 알 수가 있어야 말이지요."

부인은 자기의 의견을 말하면서 메이테이의 대답을 재촉했다. 잘난 척하는 메이테이도 대답이 궁해졌는지 주머니에서 손수건을 꺼내서 나랑 장난을 치고 있다가, "하지만, 부인." 하고 갑자기 무슨 생각이 난 것처럼 큰 소리로 불렀다.

"그렇게 책을 사들여서 자꾸만 읽으니까 남들한테 조금은 학자니 뭐니 하는 소리를 듣는 겁니다. 지난번에 어떤 문학잡지를 보았더니 구샤미 군에 대한 평이 나와 있더군요."

"정말로요?"

부인은 자세를 고쳤다. 남편의 평판이 어떤지 신경이 쓰이는 것을 보면 역시 부부는 부부인 모양이다.

"뭐라고 쓰여 있었는데요?"

"한 두세 줄 정도밖에 없었습니다. 구샤미 군의 글은 흐르는 물과 같다고 하더군요."

부인은 살짝 미소를 띠면서 말했다.

"그것뿐이었습니까?"

"그다음에 이렇게 쓰여 있더군요. 나오는가 싶으면 순식간에 사라지고, 한번 가면 영원히 돌아오는 것을 잊은 듯하다고요."

부인이 묘한 표정을 짓더니 불안한 말투로 물었다.

"그건 칭찬인가요?"

"칭찬이라고 봐야겠지요."

메이테이는 시치미를 떼고는 손수건을 내 눈앞에서 흔들었다.

"책이야 말하자면 장사 도구니까 할 수 없다 쳐도 성격이 이만저만 괴팍해야지요."

메이테이는 또 다른 방면을 들고 나왔구나, 하고 생각했다.

"괴팍한 면이야 다소 있기는 하지만 학문을 하는 사람들은 어차피 다 그런 면이 있지요."

메이테이가 동의를 하는 것도 아니고, 그렇다고 변호를 해 주는 것도 아닌 묘한 대꾸를 하였다.

"얼마 전에는 학교에서 돌아와서는 바로 나간다면서 옷을 갈아입기가 귀찮았는지, 세상에 외투도 벗지 않고 책상에 걸터앉아서 밥을 먹는 거예요. 밥그릇을 고타쓰 위에 놓고 말이지요. 저는 옆에서 밥통을 들고 앉아서 보고 있었는데 어찌나 우습던지…"

"무슨 옛날 전쟁터의 목 점검* 같군요. 하지만 그런 부분이 구샤미 군다운 것 아니겠습니까? 아무튼 보통이 아니라니까."

메이테이가 이상한 곳을 칭찬하였다.

"보통인지 보통이 아닌지 전 여자라 잘 모르겠지만 아무리 그래도 너무 이상하잖아요."

"그래도 평범한 것보다는 낫지요."

메이테이가 자꾸만 편을 들었더니 부인이 불만스러운 듯 말했다.

"도대체 평범하다, 아니다, 하고 다들 말씀들 하시는데 어떤 것이 평범한 겁니까?"

아예 평범하다는 깃의 정의가 뭔지를 묻는 것이었다.

"평범하다는 것이요? 평범하다고 하면… 좀 설명하기는 힘든데…"

"그렇게 설명이 안 될 정도로 애매하다면 평범해도 나쁠 것 없지 않습니까?"

부인은 여자들 특유의 기가 막힌 논법으로 따지고 들었다.

"애매한 것은 아닙니다. 분명하게 알고는 있어요. 다만 설명하기가 좀 힘들 뿐이지요."

"무엇이든 자기가 싫어하는 것을 평범하다고 하는 것 아니에요?"

부인은 자기도 모르게 정곡을 찌르는 말을 하였다. 메이테이도 이렇게 되니 어떻게든 평범하다는 말을 처치하지 않을 수 없게 되었다.

"부인, 평범하다는 것은 말이지요, 우선 이팔청춘의 꽃다운 아가씨를 생각하며 그냥 뒹굴거리다가, 오늘은 날씨가 좋겠다 싶으면 틀

---

* 옛날 전쟁디에서 적군의 목 을 벤 디 음에 그 목이 확실처 탐사가이 것인은 아군 대장에게 확인케 하기 위해서 걸상 위에 올려놓았는데, 양복을 입고 책상에 앉아 부인에게 맘통을 듣게 하고 있는 모습이 마치 그런 목 점검 같다는 뜻.

림없이 술병 하나 들고 강둑에 나가서 노는 사람들을 가리키는 말입
니다."

"그런 사람들이 정말 있기는 합니까?"

실제 사정을 모르는 부인은 미심쩍다는 듯이 되물었다.

"뭔지 모르지만 너무 복잡해서 저는 이해가 되지 않는군요."

부인은 결국 고집을 꺾었다.

"그럼 바킨馬琴*의 몸에 펜더니스**의 목을 붙여서 1, 2년 유럽의
공기로 포장해 놓으면 되겠지요."

"그렇게 하면 평범하게 되는 거예요?"

메이테이는 대답은 하지 않고 싱글싱글 웃을 뿐이었다.

"아니, 그렇게 귀찮은 짓을 하지 않아도 평범하게 만들 수 있습
니다. 중학교 학생에다 시로키야白木屋의 지배인을 더해서 둘로 나누
면 반드시 평범한 사람이 됩니다."

"그런가요?"

부인은 고개를 갸웃거리며 도저히 이해할 수 없다는 표정을 지
었다.

"자네 아직도 있었는가?"

주인이 어느새 돌아와서 메이테이 곁에 앉으며 말했다.

"아직도 있었느냐니, 너무하지 않은가? 금방 돌아올 테니 기다리
고 있으라고 해 놓고선."

"만사가 저런 식이라니까요."

---

* 교쿠테이 바킨(曲亭馬琴, 1767~1848). 에도시대 말기의 소설가.
** 영국 소설가 새커리(1811~1863)의 소설에 나오는 인물. 지식은 풍부하나 높은 이상을
갖지 못한 사람.

부인은 메이테이를 보면서 일렀다.

"방금 자네가 없는 동안에 자네에 관한 이야기를 빠짐없이 다 들었지."

"아무튼 여자들은 수다스러워서 문제라니까. 인간들도 이 고양이처럼 침묵을 지킬 수 있으면 좋으련만."

주인이 내 머리를 쓰다듬었다.

"자네가 어린아이한테 무청을 먹게 했다면서?"

"음."

주인이 웃었다.

"어린아이라도 요즘 아이들은 얼마나 영악한지 모른다네. 그 후로 '아가야, 매운 게 어디 있지?' 하고 물으면 메롱, 하고는 자기 혀를 내밀어 보인다니까."

"강아지한테 재주를 가르치는 식으로 그러니까 너무한다는 소리를 듣지. 그러나저러나 이제 간게쓰가 올 때가 되었는데."

"간게쓰가 온다고 했는가?"

주인이 이상하다는 표정을 지었다.

"올 거야. 오후 1시까지 구샤미의 집으로 오라고 엽서를 보내 놓았으니까."

"남의 사정도 듣지 않고 마음대로 오라 가라 했다는 말인가? 그런데 간게쓰를 불러서 어떻게 하려고?"

"아니, 오늘은 내가 부른 것이 아니고 산게쓰 선생 자신이 오겠다고 한 것이네. 그 선생이 무슨 이학협회에서 연설을 한다지 뭔가. 그 연습을 하려고 하니 나보고 좀 들어 보라고 하더군. 그래서 마침 잘되었으니 구샤미한네도 듣게 해야겠나 싶은 생각이 늘었지. 그래서 자네 집으로 부르기로 한 것이야. 자네는 항상 시간이 많은 사람 아닌가? 별다른 문제가 있는 것도 아닐 테니 들어 보면 재미있을 걸세."

메이테이는 혼자서 고개를 끄덕이며 말했다.

"물리학 연설 같은 걸 들어 봐야 무슨 소린지 내가 어떻게 알겠나?"

주인은 메이테이의 독단적인 결정에 다소 화가 난 듯한 소리로 말했다.

"그런데 그 주제가 '자석이 달린 노즐에 대하여'같이 무미건조한 것이 아니라네. '목매달기의 역학'이라는 범상치 않은 제목이니 경청해 볼 만한 가치가 있지."

"자네야 목을 매달 뻔한 적이 있는 사내니 경청해 보는 것도 좋지만 나는 어디⋯."

"극장에 가려다가 오한이 날 정도의 인간이니 들을 수가 없다는 말은 통하지 않네."

메이테이 특유의 짓궂은 농담을 하였다. 부인이 호호호, 하고 웃으며 주인을 돌아보더니 다른 방으로 건너갔다. 주인은 입을 꾹 다문 채 내 머리를 쓰다듬었다. 이럴 때만큼은 아주 정성 들여서 쓰다듬어 주었다.

그로부터 7분쯤 지나자 예고된 대로 간게쓰 군이 찾아왔다. 오늘은 저녁에 연설을 하게 되어서인지 전에 없이 번듯한 예복 코트를 입고, 새로 빨아 다린 셔츠 깃을 바짝 세워서 평소보다 20퍼센트 정도는 미남이 된 모습으로 침착하게 인사를 하였다.

"좀 늦었습니다."

"아까부터 둘이서 얼마나 기다렸는지 모른다네. 어디 당장 한번 들어 보지, 안 그런가?"

이러면서 메이테이가 주인을 보았다.

"음."

주인도 하는 수 없이 적당히 이렇게 대꾸하였다. 간게쓰 군은 서두르지 않고 대답했다.

"물 한 컵 갖다주셨으면 합니다만."

"아이고, 아주 본격적으로 할 모양이군그래. 다음에는 박수를 쳐 달라고 하겠구먼."

메이테이는 혼자서 법석을 떨었다.

"연습이니까 거리낌없이 비평을 해 주십시오."

간게쓰 군은 품 안에서 초고를 꺼내 들더니, 이렇게 서두를 달고는 느디어 연설 연습을 시작하였다.

"죄인을 교수형에 처하는 것은 주로 앵글로색슨족 사이에서 행해진 방법이었고, 그보다 고대로 거슬러 올라가 보면 목매달기는 주로 자살의 한 방법으로 사용되었습니다. 유대인들은 죄인에게 돌을 던져서 죽이는 관습을 가지고 있었다고 합니다. 구약전서를 연구해 보면 소위 '행잉hanging'*이라는 말은 죄인의 시체를 매달아서 짐승 또는 육식하는 새들의 먹이로 삼는다는 뜻을 가지고 있습니다. 헤로도토스**의 설에 따르면 유대인들은 이집트를 떠나기 전부터 밤중에 시체가 남의 눈에 띄는 것을 매우 싫어했던 것으로 보입니다. 이집트인들은 죄인의 목을 베고 몸통만 십자가에 못 박아서 한밤중에 남의 눈에 띄는 곳에 두었다고 합니다. 페르시아인들은…"

"간게쓰 군, 목매달기와 점점 멀어지는 것 같은데 괜찮은가?"

메이테이가 참견을 하였다.

---

* 교수형.

** 그리스의 역사가(BC 484~425).

"이제부터 본론에 들어갈 예정이니 잠시만 기다려 주십시오. 그런데 페르시아인들은 어땠는가 하면, 이 또한 처형 방법으로 못 박기를 사용했던 것으로 보입니다. 그런데 살아 있을 때 못을 박았는지, 죽은 다음에 못을 박았는지 그 점에 대해서는 확실하게 알 수가 없습니다…."

"그런 것은 몰라도 상관없지."

주인은 따분하다는 듯이 하품을 하였다.

"아직 여러 가지로 말씀드리고 싶은 부분이 있으나 여러분께 폐가 되실 것 같으니…."

"'되실 것 같으니'보다는 '될 것 같으니' 쪽이 더 나을 것 같은데. 안 그런가, 구샤미 군?"

다시 메이테이가 말을 끊었다.

"어느 쪽이든 마찬가지 아닌가."

주인은 성의 없는 대답을 하였다.

"자, 그럼 드디어 본제로 들어가서 변론코자 합니다."

"'변론코자 한다'는 말은 어딘지 야담가 같은 말투군. 연설가라면 좀 더 고상한 말을 써야 하지 않겠는가?"

메이테이 선생이 또 끼어 들었다.

"'변론코자 합니다'가 고상하지 못하다면 도대체 뭐라고 하면 되겠습니까?"

간게쓰 군이 다소 화가 난 듯한 말투로 물었다.

"메이테이는 지금 들으려고 하는 것인지, 뒤죽박죽을 만들려고 하는 것인지 도무지 알 수가 없군. 간게쓰 군, 그런 야유에는 신경 쓰지 말고 빨리 해 보게나."

주인은 될 수 있는 대로 빨리 이 난관에서 벗어나려고 하였다.

"화가 나도 변론을 하는 이내 몸이여,라고나 할까."

메이테이는 여전히 상대는 아랑곳하지 않고 말을 내뱉었다. 간게쓰가 자기도 모르게 웃음을 터뜨렸다.

"진정으로 처형의 한 방법으로 교살을 사용한 것은 제가 조사한 결과에 따르면 《오디세이》의 22권째에 나와 있습니다. 즉 저 텔레마코스가 페넬로페의 열두 명의 시녀들을 교살한다는 대목입니다. 그리스어로 본문을 낭독해 드려도 무방하겠지만 혹 알아듣지 못하시는 분이 계실까 봐 그만두겠습니다. 465줄에서 473줄까지를 보시면 알 수 있습니다."

"그리스어 어쩌구 하는 말은 빼는 편이 좋겠네. 마치 나는 그리스어를 잘한다고 자랑하는 것처럼 들리니까. 안 그런가, 구샤미 군?"

"거기에 대해서는 나도 찬성이네. 그렇게 잘난 척하는 말은 하지 않는 편이 겸손해 보이니까."

주인도 전에 없이 메이테이 편을 들었다. 두 사람은 그리스어를 한 글자도 읽지 못하는 것이다.

"그러면 이 세 줄은 오늘 밤 연설에서 빼기로 하고, 다음을 변론… 아니 말씀드리겠습니다. 이 시대의 교살에 대해 지금 상상해 보면 이를 집행하는 데에는 두 가지 방법이 있습니다. 첫 번째는 저 텔레마코스가 유마이오스 및 필로이티오스의 도움을 빌어 밧줄 한쪽 끝을 기둥에 매단 다음, 그 밧줄의 중간중간을 묶어서 고리를 만들고, 그 고리 속에 여자의 머리를 하나씩 집어넣어서 한쪽 끝을 확 잡아끌어 매달았던 것으로 볼 수 있습니다."

"말하자면 서양 세탁소의 셔츠처럼 여자들이 매달렸다고 보면 되겠시."

"바로 그렇습니다. 두 번째는 밧줄 한쪽 끝을 앞에서 말한 것처럼 기둥에 매달고, 다른 한쪽도 처음부터 천장에 높이 매달아 놓습니다. 그리고 그 높은 밧줄에 다른 줄을 몇 가닥 걸어서 그것을 고리로 묶어 여자들의 목을 집어넣고, 집행할 때는 여자들 발판을 빼 버리는 방법입니다."

"굳이 예를 들자면, 선술집 처마에 드리워진 발에 꼬마 등불을 걸어 놓는 듯한 모양이라고 생각하면 틀림이 없겠군."

"꼬마 등불이 어떤 것인지는 본 적이 없으니 뭐라고 말씀드리기 힘들지만, 만약에 그런 것이 있다면 아마 비슷한 모양일 것이라고 생각합니다. 그러면 지금부터는 역학적으로 첫 번째의 경우는 도저히 성립할 수 없다는 사실을 증명해 보이겠습니다."

"재미있군."

메이테이가 말했다.

"응, 재미있어."

주인도 맞장구를 쳤다.

"우선은 여자들을 같은 간격으로 매단다고 가정합니다. 그리고 제일 지면에서 가까운 두 여자의 목과 목을 연결하고 있는 밧줄이 수평 상태라고 가정합니다. 그래서 $\alpha_1, \alpha_2, \cdots \alpha_6$를 밧줄이 지평선과 형태를 이루는 각도로 하고, $T_1, T_2, \cdots T_6$를 밧줄 각 부분이 받는 힘으로 간주하여 $T_7 = X$는 밧줄의 가장 낮은 부분이 받는 힘으로 간주합니다. W는 여자들의 몸무게라고 알아두십시오. 어떻습니까, 이제 아실 수 있겠습니까?"

메이테이와 주인은 서로 얼굴을 마주 보더니 "대충은 알겠다."고 하였다. 그런데 이 대충이라는 정도는 두 사람이 마음대로 만든 것이니, 다른 사람의 경우에는 응용하지 못할지도 모른다.

"그럼 다들 잘 아시는 다각형에 관한 평균성 이론에 의하면 다음과 같이 12개의 방정식이 성립됩니다. $T1\cos\alpha_1 = T2\cos\alpha_2 \cdots (1)$ $T2\cos\alpha_2 = T3\cos\alpha_3 \cdots (2) \cdots$."

"방정식은 그만하면 되지 않겠는가?"

주인이 말도 안 되는 소리를 하였다.

"사실은 바로 이 식이 연설의 핵심인데요."

간게쓰 군은 심히 아쉬운 듯한 태도로 말했다.

"그럼 핵심 부분은 나중에 따로 듣기로 하면 어떤가?"

메이테이도 다소 따라가기 힘든 모양이었다.

"이 시을 생략해 버리면 모처럼의 역학적 연구가 완전히 망가지게 되는데요…."

"아니, 그런 걱정 할 것 없이 팍팍 생략해 버리게."

주인은 아무렇지도 않게 말했다.

"그럼 말씀에 따라서 무리가 되지만 생략하기로 하겠습니다."

"그렇게 하게."

메이테이가 이상한 곳에서 손뼉을 짝짝 쳤다.

"그다음 영국으로 건너가서 말씀드리면 《베어울프》* 속에 교수대, 즉 갈가Galga라고 하는 글자가 보이므로 교수형은 이 시대부터 행해진 것이 틀림없다고 생각됩니다. 윌리엄 블랙스톤**의 설에 따르면, 만약 교수형에 처해지는 죄인이 혹시라도 밧줄의 상태 등으로 인해 죽지 않았을 때는 다시 같은 형벌을 주어야 한다고 하였습니다만, 이상하게도 《농부 피어스의 꿈》***은 설사 흉악한 죄인이라 해도 두 번

* 영국 최고(最古)의 영웅 시사시.
** 18세기 영국의 법학자·정치가.
*** 윌리엄 랭글런드의 풍자시.

죽일 수는 없다는 말을 하였습니다. 이 중 어느 쪽이 사실인지는 모르지만 자칫 한 번에 죽지 못하는 경우가 실제로 왕왕 있었습니다. 1786년에 유명한 피츠제럴드라는 악한을 교수형에 처한 적이 있었습니다. 그런데 뜻하지 않게 처음에는 발판에서 뛰어내릴 때 밧줄이 끊어져 버렸습니다. 다시 한번 했더니 이번에는 밧줄이 지나치게 길어 발이 땅에 닿는 바람에 죽지 못했습니다. 결국 세 번째가 되어서야 구경꾼들이 도와 저세상으로 보낼 수 있었다고 합니다."

"세상에."

메이테이는 이런 대목에 오면 갑자기 활기를 띤다.

"그야말로 죽이지도 못하는 놈이었군."

주인까지 흥분을 하였다.

"재미있는 점이 또 있습니다. 목을 매달면 키가 한 치가량 늘어난다고 합니다. 이것은 분명히 의사가 재 보고 하는 말이니 틀림없습니다."

"그것은 새로운 사실이군그래. 구샤미, 자네도 한번 매달아 달라고 하면 어떻겠나? 한 치가량 키가 커지면 그래도 사람답게 보일지 모르지 않는가?"

메이테이가 주인 쪽을 바라보며 이렇게 말하자, 주인은 의외로 진지한 표정을 지으며 물었다.

"간게쓰 군, 한 치가량 키가 늘어난 상태에서 되살아날 수 있겠는가?"

"그야 당연히 불가능하지요. 그건 매달려서 척추가 늘어나는 바람에 그렇게 되는 것이니, 다시 말하자면 키가 크는 것이 아니라 척추가 부러지는 것이지요."

"그렇다면 그만두어야겠군."

주인은 바로 단념하였다.

그 후로도 연설은 상당히 길게 남아 있어서 간게쓰 군은 목매달기의 생리 작용까지 언급할 예정이었으나 메이테이가 자꾸만 엉뚱하고 말이 안 되는 참견을 하는 것과, 우리 주인이 가끔 거리낌없이 하품을 해 대는 바람에 결국 도중에서 그만두고 돌아가 버렸다. 그날 밤에 간게쓰 군이 어떤 태도로 얼마나 웅변을 하였는지는 멀리서 일어난 일이므로 나로서는 알 수가 없었다.

이삼일은 아무 일 없이 지났는데, 어느 날 오후 2시 무렵에 또 메이테이 선생이 평소처럼 훌쩍 우연동자처럼 찾아왔다. 자리에 앉더니 느닷없이 물었다.

"자네, 오치 도후의 다카나와高輪 사건에 대해 들었는가?"

메이테이 선생은 전쟁에서 이겼다는 소식을 알리러 온 사람처럼 흥분해 있었다.

"모르겠는걸. 요즘은 통 만나지 않으니 말이야."

주인은 평소처럼 침침한 표정이었다.

"오늘은 그 도후 공의 실수 이야기를 알려 주려는 마음에서 바쁜 와중에 일부러 여기까지 찾아온 것이네."

"또 그런 허풍스러운 말을 하는군. 자네는 정말 못된 사내야."

"히히히, 나쁜 사내라기보다는 처리에 거침없는 사내라고 해야겠지. 그 점만큼은 제대로 구별해서 말해 주지 않으면 내 명예에 상처가 나지 않겠나."

"그거나 저거나 마찬가지지."

주인이 퉁명스럽게 말했다. 완전히 천연거사가 다시 온 꼴이다.

"지난주 일요일에 도후 공께서 다카나와高輪에 있는 센가쿠지泉岳寺에 갔다고 하는군. 이렇게 추운 때에 무엇하러 거기까지 갔는지….

도대체가 요즘 같은 때 센가쿠지 같은 곳에 간다면 그야말로 도쿄를 모르는 촌놈 같지 않은가?"

"그거야 도후 마음이지. 자네가 그걸 막을 권리는 없지 않은가."

"물론 그럴 권리야 없지. 권리니 뭐니는 아무래도 좋은데, 그 절 안에 의사유물보존회義士遺物保存會라는 구경거리가 있지 않은가. 자네 알고 있나?"

"아니."

"모른다고? 하지만 센가쿠지에 가 본 적은 있을 것 아닌가?"

"아니."

"없어? 이것 참 놀랍군그래. 어쩐지 도후를 어지간히 감싸고돈다 했지. 도쿄 사람이 센가쿠지를 모른다니 창피하기 짝이 없네."

"그걸 몰라도 교사는 할 수 있네."

주인은 더욱 천연거사 같은 태도를 취했다.

"그거야 상관이 없지만, 아무튼 그 전람회장에 도후가 들어가서 구경을 하고 있는데, 독일 사람 부부가 들어왔다는군. 그 사람들이 처음에는 일본어로 도후한테 뭔가 질문했다고 하네. 그런데 잘 아는 것처럼 그 친구는 독일어를 써 보고 싶어서 안달이 난 사내 아닌가? 그래서 두세 마디 쏼라쏼라 해 보았다고 하더군. 그랬더니 이게 생각보다 괜찮았던 모양이야. 나중에 생각해 보면 바로 그 점이 화근이었지."

"그래서 어떻게 되었는데?"

주인은 드디어 이야기에 말려 들어갔다.

"독일인이 오오타카 겐고大鷹源吾가 가졌던 그림이 그려진 약상자*

---

* 약을 넣어 허리춤에 매다는 작은 상자. 에도시대 물건.

를 보더니 이것을 갖고 싶은데 살 수 있겠느냐고 물었다는군. 그때 도후가 한 대답이 아주 걸작이지 뭔가. 일본인들은 모두 청렴결백하기 때문에 도저히 불가능하다고 했다는군. 거기까지는 잘 나갔는데, 그다음부터 독일인 쪽이 아주 좋은 통역을 얻었다고 생각했는지 이것저것 자꾸 물어 오더라네.”

“무엇을?”

“그게 말이지, 뭔지 알 수 있었다면 문제가 아닌데 빠른 말로 자꾸만 묻는 바람에 뭐가 뭔지 통 영문을 알 수 없었다고 하네. 가끔 알아듣는가 싶으면 도비구치鳶口*나 카케야掛け矢**에 대해서 묻는 말이었어. 서양의 도비구치나 카케야를 어떻게 불러야 하는지 도후는 배운 적이 없으니 얼마나 낭패였겠는가?”

“그랬겠군.”

주인은 교사인 자신의 처지와 비교하면서 동정을 표했다.

“그러고 있는데 할 일 없는 구경꾼들이 하나둘씩 모여들기 시작했다네. 나중에는 도후와 독일 사람을 사방에서 둘러싸고 구경을 하기에 이르렀다지. 도후는 얼굴이 벌개져서 어쩔 줄을 몰랐다고 하더군. 처음에 덤벼들었던 의욕은 사라져 버리고 난처한 지경에 빠진 셈이지.”

“결국 어떻게 되었는가?”

“결국에는 도후가 더 이상 참을 수 없었는지 ‘잘 가시오.’ 하고 일본어로 말하고는 그대로 돌아와 버렸다는군. 그래서 ‘잘 가시오’가 뭔가, 자네 고향에서는 ‘안녕히 가시오’를 그렇게 말하느냐고 물었더

* 막대 끝에 쇠갈고리가 달린 소방 용구.
** 단단한 나무로 만든 큰 메.

니, 당연히 '안녕히 가시오'라고 해야 하지만 상대가 서양인이니 거기에 맞춰서 '잘 가시오'라고 했다고 대답하더군. 도후는 난처할 때에도 상대방에 맞추는 것을 잊지 않는 사람이구나, 하고 나는 감탄을 했다네."

"잘 가시오는 그렇다 치고 서양인은 어떻게 되었나?"

"서양인은 황당해하면서 멍하니 쳐다보고 있었다고 하더군. 하하하, 재미있지 않은가?"

"특별히 재미있다는 생각은 들지 않는군. 그런 일을 가지고 일부러 알려 주러 오는 자네가 오히려 재미있게 느껴지는걸."

주인은 잎담배의 재를 화로 속에 털면서 말했다. 그 찰나에 현관의 종이 깜짝 놀라 뛰어오를 만큼 울리더니 "계세요?"하는 날카로운 여자의 목소리가 들렸다. 메이테이와 주인은 자기도 모르게 서로 마주보며 입을 다물었다.

우리 주인집에 여자 손님이라니, 이상한 일도 다 있다 싶어 보고 있었더니, 그 날카로운 목소리의 주인공이 겹으로 된 기모노 자락을 다다미 바닥에 끌다시피 하면서 들어왔다. 나이는 마흔을 약간 넘긴 정도로 보였다. 마치 이마 위에 제방 공사를 한 것처럼 앞머리를 높이 올려서, 적어도 얼굴 길이의 반 정도의 높이로 앞머리를 한껏 세운 것처럼 보였다. 눈은 가파른 언덕길처럼 직선으로 잡아끌어서 좌우 대칭으로 눈꼬리가 올라가 있었다. 여기서 직선이란 아주 가늘다는 뜻이다. 코 하나는 어지간히 컸다. 남의 코를 훔쳐 와서 자기 얼굴 한가운데에 붙여 놓은 것처럼 보였다. 그 코는 세 평 남짓한 작은 뜰에 야스쿠니 신사靖國神社의 석등을 옮겨 놓은 것처럼 혼자서 잘난 척을 하고 있지만 어딘지 불안스러워 보였다. 소위 말하는 매부리코로, 한때는 있는 힘껏 높이 치솟았다가 이래서는 안 되겠다고 도중에 겸손해지면서, 끝 쪽으로 갈수록 처음 기세에 어울리지 않게 늘어져 아래에 있는 입술을 훔쳐보고 있는 모양새였다. 이렇게 눈에 띄는 코가 얼굴 한가운데에 있어서인지 이 여자가 무슨 말을 할 때는 입으로 한다기보다 코가 말을 하는 것처럼 보였다. 나는 이 위대한 코에 경의를 표하기 위해 앞으로는 이 여자를 가리킬 때 '큰 코 부인'이라고 부를 생각이다. 큰 코 부인은 우선 초면에 하는 인사를 끝내더니 온 방 안을 훑어보며 말했다.

"아주 좋은 댁에 사시는군요."

주인은 '거짓말 마라'고 속으로만 대꾸할 뿐 아무 말 없이 담배만 뻐끔뻐끔 피워 댔다.

"자네, 저건 비가 새서 그런 것인가, 아니면 나뭇결 모양인가? 이상한 무늬가 보이는데."

메이테이가 천장을 보면서 이런 말을 해 은근히 주인을 부추겼다.

"물론 비가 새서 그런 것이지."

주인이 대답했다.

"아주 좋은 집이군."

메이테이가 능청스럽게 말했다. 큰 코 부인은 인사도 모르는 작자들이라고 속으로 화를 냈다. 한동안 세 사람은 마주 앉은 채 아무 말이 없었다.

"제가 좀 물어보고 싶은 것이 있어 이렇게 찾아왔습니다."

큰 코 부인이 다시 말문을 열었다. "아, 네에." 하고 주인은 아주 냉담하게 대꾸하였다. 이래서는 말이 안 되겠다 싶었는지 큰 코 부인이 다시 말을 이었다.

"사실 저는 이 근저에 사는 사람인데… 저 건너 실가 보서리에 있는 저택입니다만."

"저 창고가 달린 커다란 서양 집 말입니까? 그러고 보니 그 집에는 가네다金田라는 명패가 걸려 있었지요."

주인은 그제서야 가네다의 서양 집과 가네다의 창고를 알아보는 듯했지만, 가네다 부인에 대한 존경의 정도에는 전혀 변함이 없었다.

"실은 저희 남편이 말해서 제가 이렇게 나서게 되었는데요, 남편은 회사가 워낙 바쁘다 보니까…."

큰 코 부인은 이번에는 좀 알아듣겠지, 하는 눈길을 보냈다. 하지만 주인은 꿈쩍도 하지 않았다. 큰 코 부인이 아까부터 말하는 투가 처음 만나는 여자치고는 너무 건방지다는 점 때문에 이미 마음에 거슬렸던 것이다.

"회사도 하나만 있는 것이 아니랍니다. 두세 개씩 겸하고 있는 데다가 모든 회사에서 중역으로 있는 바람에… 아마 아시리라 생각하지만 말이에요."

이래도 모르겠느냐는 표정이었다. 원래 우리 주인은 박사니 대학교수니 하는 사람들에 대해서는 대단히 존경을 표하는 사내지만 이상하게도 실업가에 대한 존경의 정도는 아주 낮다. 실업가보다도 중학교 선생 쪽이 더 대단하다고 믿고 있다. 굳이 자기가 더 잘났다고 믿지는 않더라도 어차피 융통성이 없는 성격 때문에 실업가나 부자들에게 득을 보는 일은 없으리라고 포기하고 있다. 아무리 상대방이 세력가나 재산가더라도 자기가 득 볼 일이 없다고 생각하는 사람의 이해관계에 대해서는 아예 무관심하다. 그래서 학자 사회를 제외한 다른 방면의 일에는 매우 어둡고, 특히 실업계 등에서는 어디서 누가 무엇을 하고 있는지 도통 알지 못한다. 설사 안다고 해도 존경이나 경외를 하는 마음은 털끝만큼도 생기지 않는 것이다. 큰 코 부인 쪽에서는 같은 하늘 아래 이렇게 이상한 사람이 자기랑 같은 햇빛을 받으며 살리라고는 꿈에도 생각지 못한 모양이다. 이제까지 세상 사람들과 여럿 접해 보았지만 "가네다의 아내입니다."라고 말했을 때 갑자기 상대방의 태도가 달라지지 않았던 적이 없었다. 어느 모임에 나가도, 아무리 신분이 높은 사람 앞에서도 가네다 부인이라고 하면 통했다. 그러니 이렇게 초라하고 늙은 샌님이야 말할 나위도 없을 것 아닌가. '우리 집은 저 큰길가 모서리에 있는 저택입니다.'라고 말하기만 하면 직업 같은 것은 묻기도 전에 깜짝 놀라 황송해하리라고 생각하고 있던 것이다.

"가네다라는 사람을 자네는 알고 있는가?"

수인이 불쑥 메이테이에게 물었다.

"알고 있다마다. 가네다 씨는 우리 숙부님의 친구분이신걸. 얼마 전에는 정원 파티에 오시기도 하셨지."

메이테이가 진지한 표정으로 대답하였다.

"아니, 자네 숙부님이 누구신데?"

"마키야마牧山 남작이지."

메이테이는 더욱 진지한 말투로 말했다. 주인이 뭐라 하려고 입을 열기도 전에 큰 코 부인이 갑자기 앉은 방향을 바꾸더니 메이테이 쪽을 보았다. 메이테이는 옷매무새를 만지면서 모르는 척 시치미를 떼고 있었다.

"아니, 그럼 마키야마 님이… 친척이 되시는군요. 전혀 알아뵙지 못하고 실례가 많았습니다. 마키야마 님께는 이런저런 일로 많은 도움을 받고 있다고, 저희 남편도 평소부터 입이 아프게 말을 하곤 하지요."

갑자기 말씨가 정중해지면서 고개를 숙여 인사까지 하였다.

"아니, 뭐, 그런, 하하하."

메이테이가 웃었다. 주인은 어안이 벙벙한 표정으로 말없이 두 사람을 지켜보았다.

"제가 듣기로는 저희 딸의 혼사 문제에 대해서도 마키야마 님께서 이리저리 알아봐 주셨다고 하던데…."

"아아, 그랬습니까?"

이 이야기만큼은 메이테이도 금시초문인지 좀 얼떨떨한 목소리로 대꾸했다.

"사실은 여기저기서 저희 딸을 달라는 말은 많이 듣는데, 저희 신분도 있고 해서 어지간한 댁으로는 보내기가 힘든 처지라…."

"당연히 그러시겠죠."

메이테이는 겨우 안심한 모양이었다.

"거기에 대해서 좀 물어보려고 찾아온 거예요."

큰 코 부인이 주인 쪽을 보더니 갑자기 거만한 말투로 바뀌었다.

"이 집에 미즈시마 간게쓰라는 남자가 종종 찾아온다고 하는데, 그 사람은 도대체 어떤 사람이지요?"

"간게쓰에 대해 물어서 도대체 어쩌겠다는 겁니까?"

주인이 쓱쓰레한 말투로 물었다.

"아무래도 따님의 혼사 관계로 간게쓰의 품행에 대해서 알아보고 싶으신 모양이군요."

메이테이가 눈치를 챘다는 듯이 물었다.

"그것을 알 수 있으면 저희로서는 아주 좋겠는데요…."

"그럼 따님을 간게쓰에게 시집보낼 생각입니까?"

"누가 시집을 보내겠다고 했습니까?"

큰 코 부인이 갑자기 주인에게 따지고 들었다.

"다른 곳에서도 탐을 내는 사람이 많으니 굳이 그쪽으로 시집을 보낼 필요는 없습니다."

"그렇다면 간게쓰에 대해서 굳이 묻지 않아도 되겠군요."

주인도 오기가 나는지 이렇게 말했다.

"하지만 그렇게 감출 필요도 없지 않습니까?"

큰 코 부인도 싸우려는 사람처럼 지지 않고 대꾸했다. 메이테이는 두 사람 사이에 앉아서 은담뱃대를 깃발처럼 들고 마음속으로 잘한다, 이겨라, 하고 외치고 있었다.

"그럼 간게쓰 쪽에서 따님을 달라고 말하기라도 했습니까?"

주인이 정면에서 총알을 날렸다.

"달라고 한 것은 아니지만…"

"그럼 달라고 할 것이라고 생각한다는 말입니까?"

이렇게 말하는 주인은 이 부인을 공격하는 데는 총알이 최고라는 것을 깨달은 모양이었다.

"이야기가 그렇게 진전된 것은 아니지만… 간게쓰 씨도 그리 싫지는 않을 텐데요."

큰 코 부인이 막판에 자세를 바로잡았다.

"간게쓰가 그 댁 따님에게 연모의 정을 가진 일이라도 있었습니까?"

있으면 어디 말해 보라는 식으로 주인이 물었다.

"아마 그렇다고 봐야겠지요."

이번에는 주인이 쏜 총알이 전혀 먹혀들지 않았다. 지금까지 재미있다는 듯 심판이라도 된 것처럼 구경하고 있던 메이테이도 큰 코 부인의 이 한마디에 호기심이 발동되었는지 담뱃대를 놓고는 윗몸을 앞으로 내밀었다.

"그럼 간게쓰가 따님께 연애편지라두 보냈다는 말씀입니까? 이것 참 재미있군요. 새해 들어서 이야깃거리가 또 하나 늘어난 셈이군."

메이테이는 혼자서 좋아하였다.

"그냥 연애편지 정도가 아닙니다. 좀 더 심각한 것이지요. 두 분 다 알고 있지 않습니까?"

큰 코 부인이 시비를 걸었다.

"자네 알고 있는가?"

주인은 여우에게 홀린 듯한 표정으로 메이테이에게 물었다.

"나는 모르지. 안다면 자네가 알지 않겠는가?"

메이테이는 멍한 말투로 쓸데없는 부분에서 겸손을 떨었다.

"아니, 두 분 다 알고 있는 일입니다."

큰 코 부인은 혼자서 의기양양했다.

"허허."

두 사람이 한꺼번에 감탄하는 소리를 내었다.

"혹시 잊으셨다면 제가 말씀드리지요. 작년 말에 무코지마에 있는 아베阿部 씨 저택에서 연주회가 있어서 간게쓰 씨도 참가하지 않았습니까? 그날 밤 돌아오는 길에 아즈마바시에서 무슨 일이 있지 않았습니까? 제가 자세히는 말씀드리지 않겠습니다. 혹시라도 본인한테 폐가 될지 모르니까요. 그 정도 증거가 있으면 충분하다고 생각하는데, 어떻습니까?"

콘 코 부인이 다이아몬드 반지를 낀 손가락을 무릎 위에 가지런히 놓더니 자세를 바로잡았다. 위대한 코가 더욱 빛을 발하면서 메이테이와 주인을 업신여기는 듯했다.

주인은 물론이고 메이테이도 이 뜻밖의 이야기가 너무 황당했는지 한동안 멍하니 얼빠진 사람처럼 앉아 있었다. 그러다가 놀란 마음이 조금씩 가라앉고 정신이 돌아오면서 우습다는 느낌이 한꺼번에 몰려들었던 모양이다. 두 사람은 약속이나 한 것처럼 한꺼번에 "하하하하." 하고 배를 잡고 웃었다. 큰 코 부인은 이런 반응이 뜻밖이었는지 이럴 때 웃는 것은 큰 실례가 아니냐는 듯 두 사람을 노려보았다.

"그게 그 댁 따님이었습니까? 그렇군, 아주 재미있어. 이봐 구샤미군, 정말 간게쓰는 그 아가씨를 사모하고 있는 게 틀림없지? 안 그런가? 이제 숨겨 봐야 소용이 없으니 그냥 털어봐야 하지 않겠는가?"

"으흠."

주인은 그렇게만 대답했다.

"정말로 숨기시면 안 됩니다. 저희도 다 들은 바가 있으니까요."

큰 코 부인이 또 잘난 체를 하였다.

"이세는 정말 할 수 없군그래. 무엇이든 간게쓰에 관한 사실은 참고를 위해 말씀드려야지. 이봐, 구샤미, 자네가 주인인데 그렇게 싱글싱글 웃고 있기만 하면 말이 안 되지 않은가? 정말이지 비밀이란 참으로 무서운 것이지 뭔가. 아무리 숨기려 해도 어디선가 탄로가 나니 말이야. 그런데 신기하다면 정말 신기한 일이군요. 가네다 부인, 어떻게 이런 비밀을 아시게 되었습니까? 정말 놀라운 일이에요."

메이테이 혼자서 신나게 떠들어 댔다.

"저라고 가만히 앉아만 있었겠습니까?"

큰 코 부인이 의기양양해했다.

"너무 빈틈이 없으신 것 같군요. 도대체 누구한테 그 이야기를 들으셨습니까?"

"바로 이 집 뒤에 있는 인력거꾼 집 아낙네한테서지요."

"저 검은 고양이가 있는 인력거꾼 집 말입니까?"

주인은 눈이 휘둥그레졌다.

"그럼요, 간게쓰 씨에 대한 이야기라면 그 아낙네가 아주 큰 도움이 되었지요. 간게쓰 씨가 이 집에 올 때마다 어떤 이야기를 하는가 싶어서 인력거꾼 집 아낙한테 부탁해서 일일이 알려 달라고 했지요."

"그것참 너무하는군."

주인이 큰 소리를 질렀다.

"아니, 전 당신이 무엇을 하든, 무슨 이야기를 하든 전혀 상관이 없답니다. 그저 간게쓰 씨에 대한 일이 궁금했을 뿐이지요."

"간게쓰든, 누구든… 아무튼 저 인력거꾼 집 여편네는 정말 마음에 들지 않는다니까."

주인이 혼자서 화를 내었다.

"하지만 당신네 집 울타리 밖에 서 있는 것이야 그쪽 마음대로 아닙니까? 이야기가 밖으로 들리는 것이 싫다면 좀 더 작은 목소리로 말하든지, 아니면 좀 더 큰 집으로 이사를 가면 될 일 아닌가요?"

큰 코 부인은 조금도 부끄러워하는 기색을 보이지 않았다.

"인력거꾼 집만 있는 것이 아닙니다. 뒷길에 있는 고토 선생한테서도 여러 가지 이야기를 많이 들었지요."

"간게쓰에 관한 이야기 말입니까?"

"간게쓰 씨에 관한 이야기에만 한정된 것은 아니지요."

큰 코 부인은 조금 위협적인 말을 하였다. 주인은 그 말에 수그러들기는커녕 오히려 화를 내었다.

"그 선생은 혼자서 고상한 척하며 자기만 사람답게 사는 것처럼 위세를 떠는 멍청한 놈입니다."

"꼴사납군요. 여자한테 놈이 뭐예요, 놈이…"

큰 코 부인은 점점 자신의 정체를 드러내는 말씨가 되었다. 이래서야 싸우려고 찾아온 사람인지 이야기하려고 온 사람인지 분간이 되지 않았다. 거기에 비하면 메이테이는 역시 메이테이답게 이 담판을 재미있다는 듯이 지켜보고 있었다. 신선이 닭싸움을 지켜보듯이 시

138

원한 표정으로 듣고 있었다.

험담을 늘어놓는 면에서는 도저히 큰 코 부인의 적수가 될 수 없다고 느낀 주인은 한동안 침묵을 지킬 수밖에 없는 처지에 몰렸다가 겨우 생각이 났는지 메이테이에게 도움을 청했다.

"당신은 간게쓰 쪽에서 일방적으로 따님을 좋아하고 있다는 식으로 말하는데, 내가 듣기로는 꼭 그렇지만도 않던데요. 안 그런가, 메이테이?"

"응, 그때 들은 이야기로는 아가씨 쪽이 먼저 병에 걸려서… 무슨 헛소리를 했다고 들었지."

"무슨 말씀을, 그런 일은 없었습니다."

가네다 부인이 고상한 말씨를 버리고 직선적으로 말했다.

"그래도 간게쓰는 분명 ○○ 박사의 부인한테서 들었다고 말하던데요."

"그게 우리가 쓴 방법이지요. ○○ 박사의 부인한테 부탁해서 간게쓰 씨의 주의를 끌어 본 것입니다."

"○○의 부인은 그것을 알고 그 일을 맡았단 말입니까?"

"그럼요. 부탁을 한다고 해도 맨입으로 되는 게 아니니까요. 이것저것 나간 물건도 꽤 있었지요."

"아니, 그렇다면 굳이 이렇게 간게쓰 군에 대해서 있는 것 없는 것 다 들어야만 돌아갈 생각입니까?"

메이테이도 기분이 좀 나빠졌는지 전에 없이 거친 말투를 썼다.

"이봐, 자네, 우리가 이야기를 해 봐야 손해가 날 것도 아닌데 다 이야기해 줘도 되지 않겠는가? 부인, 나도 여기 구샤미도 간게쓰 군에 관한 사실 중에서 알고 있는 점은 전부 이야기할 테니… 그래 순서대로 차근차근 물어보시면 좋겠군요."

큰 코 부인은 그제서야 알아들었는지 슬슬 질문을 꺼냈다. 잠깐 거칠어졌던 말씨도 메이테이에 대해서는 원래대로 정중해졌다.

"간게쓰 씨는 이학 학사라고 들었는데, 도대체 어떤 것을 전문으로 하고 있습니까?"

"대학원에서는 지구의 자기磁氣에 관한 연구를 하고 있습니다."

주인이 진지한 표정으로 대답했다. 불행하게도 큰 코 부인은 이 말의 뜻을 알아듣지 못해서 "네에."라고 대답하면서도 미심쩍은 표정이었다.

"그것을 공부하면 박사가 될 수 있겠습니까?"

큰 코 부인이 물었다.

"박사가 되지 않으면 시집을 보내지 못하겠다는 말입니까?"

주인이 불쾌하다는 듯이 되물었다.

"그럼요. 그냥 학사 정도는 얼마든지 있으니까요."

큰 코 부인이 아무렇지도 않게 대답했다. 주인은 메이테이를 보면서 더욱 혐오스럽다는 표정을 지었다.

"박사가 될지 어떨지는 우리도 알 수가 없으니 다른 질문을 하시라고 부탁하지."

메이테이도 그다지 좋은 기분이 아닌 것 같았다.

"요즘에도 그 지구의… 뭔가를 공부하고 있는 중인가요?"

"이삼일 전에는 '목매달기의 역학'이라는 연구 결과를 이학협회에서 연설하였습니다."

주인은 전혀 눈치를 보지 않고 말했다.

"어머나, 세상에. 목매달기라니. 정말 이상한 사람이군요. 그런 목매달기니 뭐니를 하고 있으면 도저히 박사는 될 수 없겠네요."

"본인이 목을 매단다면 어렵겠지만 목매달기의 역학이라면 박사가 못 될 것도 없지요."

"과연 그럴까요?"

큰 코 부인이 이번에는 주인을 보며 안색을 살폈다. 안타깝게도 역학이라는 말의 의미를 모르기 때문에 마음이 놓이지 않는 모양이었다. 그러나 이런 것을 질문했다가는 자신의 체면이 말이 아니라고 여겼는지, 그저 상대방의 안색을 살펴서 말뜻을 점치려고 하였다. 주인은 씁쓰레한 표정이었다.

"그밖에 혹시 더 알기 쉬운 것을 공부하고 있지는 않은지요?"

"그러고 보니 얼마 전에 두 토리의 안정성을 논하면서 아울러 천체의 운행에 대해 언급하는 논문을 쓴 적이 있습니다."

"그 도토리 어쩌구 하는 것도 대학에서 하는 공부입니까?"

"글쎄요, 나는 문외한이라 잘 모르겠지만 그래도 간게쓰 군이 할 정도라면 연구할 가치는 있다고 봐야겠지요."

메이테이가 시치미를 떼고 놀렸다. 큰 코 부인은 학문에 대한 질문은 감당이 되지 않아 단념을 했는지 이번에는 화제를 돌렸다.

"이야기가 좀 달라지는데… 이번 정초에 버섯을 먹다가 앞니가 두 개나 부러졌다면서요?"

"맞아요, 그렇게 뻥 뚫린 이 사이에 과자가 들러붙었지요."

메이테이는 이런 질문이야말로 내가 맡을 영역이라는 듯 갑자기 신이 나서 떠들었다.

"볼썽사나운 사람 아닙니까? 어째서 이쑤시개를 쓰지 않는 것이지요?"

"다음에 만나면 조심하라고 일러두지요."

이 말에 주인이 키득키득 웃었다.

"버섯을 먹다가 앞니가 부러질 정도면 어지간히 이가 약한 것 같은데, 어떻습니까?"

"튼튼하다고는 할 수가 없겠지요. 안 그런가, 메이테이?"

"튼튼하지는 않지만 그 모습에 애교도 좀 있지 않은가? 그렇게 부러진 다음에 어째서 이를 해 넣지 않는 것인지 그 점이 이상하네. 아직도 이 틈새로 과자가 끼는 것을 보면 가관이지."

"이를 해 넣을 돈이 없어서 그대로 두는 것입니까? 아니면 그게 좋아서 그러고 다니는 것일까요?"

"그렇다고 죽을 때까지 앞니 빠진 사람으로 있을 리는 없으니 마음을 놓으세요."

메이테이는 기분이 점점 나아지는 모양이었다. 큰 코 부인은 다시 문제를 내놓았다.

"혹시 댁에 편지나 뭐나 당사자가 쓴 글이 있으면 제가 좀 보고 싶은데요."

"엽서라면 많이 있지요. 마음껏 보시지요."

주인은 서재에서 삼사십 장의 엽서를 가지고 왔다.

"그렇게 많이 보지 않아도 됩니다. 그중에서 두세 장만 보면…."

"어디 그럼 제가 적당한 것을 골라 드리지요."

메이테이 선생이 달려들더니 그중에서 그림엽서 한 장을 골라 내밀며 말했다.

"이것도 재미있는 글이지요."

"아니, 그림도 그리는 모양이지요? 재주가 좋네요. 어디 한번 봅시다."

큰 코 부인이 그걸 열심히 들여다보더니 조금 감탄하여 말했다.

"세상에, 이건 너구리잖아. 어째서 하필이면 너구리 같은 것을 그렸을까요? 그래도 너구리처럼 보이니 참 신기하군요."

"거기에 쓴 글을 읽어 보시지요."

주인이 웃으면서 말했다. 큰 코 부인은 하녀가 신문을 읽는 것처럼 읽었다.

　음력 섣달 그믐날 밤 산에 있는 너구리가 잔치를 벌여 신나게 춤을 춥니다. 거기서 노래 부르기를 좋다, 그믐밤에 산에는 꽃이 피네 여자가 피네, 두둥실 얼씨구.

"이게 뭐예요 이런 말도 안 되는 글이 어디 있어요?"

큰 코 부인은 볼멘스리운 듯이 투덜거렸다.

"이 선녀는 마음에 들지 않습니까?"

메이테이가 다시 한 장을 내밀었다. 그 그림에서는 선녀가 날개옷을 입고 비파를 켜고 있었다.

"이 선녀는 코가 너무 작은 것 같네요."

"아니, 그게 보통입니다. 코보다 거기 쓰인 글을 읽어 보세요."

글은 이렇게 되어 있었다.

　옛날 어떤 곳에 천문학자 한 사람이 있었습니다. 어느 날 밤 평소처럼 높은 곳에 올라 한마음으로 별을 바라보고 있었더니, 하늘에 아름다운 선녀가 나타나서 이 세상에서는 들을 수 없는 미묘한 음악을 연주하기 시작했습니다. 천문학자는 추위가 몸에 스미는 것도 모른 채 넋을 잃고 음악을 듣고 있었습니다. 이튿날 아침에 보았더니 그 천문학자의 시체 위로 서리가 하얗게 내려 있었습니다. 이것은 진짜로 있었던 이야기라고 그 거짓말쟁이 할아범이 말했습니다.

"이게 무슨 말이에요? 아무런 의미도 없는 이야기 아닙니까? 이래 가지고서도 이학 학사로 통하는가요? 문예 잡지라도 좀 읽고 공부를 했으면 좋겠군요."

큰 코 부인은 간게쓰 군의 흠을 있는 대로 잡았다. 메이테이는 재미있다는 듯이 세 번째 엽서를 내밀며 말했다.

"이건 어떻습니까?"

이번에는 활판으로 범선이 인쇄되어 있었고, 그 밑에는 무슨 글이 쓰여 있었다.

지난밤 묵었던 곳의 열여섯 어린 창녀. 부모가 없다면서 거친 바다의 외로운 새, 잠에서 깨어난 새를 보며 눈물을 흘렸네, 부모는 뱃사람 파도 밑에 가라앉았지.

"잘 되어 있네요. 이 정도면 훌륭하군요. 알아줄 수 있겠는데요."

"알아줄 수 있겠습니까?"

"그럼요, 이 정도면 샤미센에 맞춰서 노래로 불러도 되겠어요."

"샤미센 곡이 될 정도면 훌륭하지요. 그럼 이건 어떻습니까?"

메이테이가 자꾸만 엽서를 내밀었다.

"아니, 이 정도만 보면 다른 것은 볼 필요도 없이 그리 촌스러운 사람은 아니라는 것을 알 수 있겠습니다."

이렇듯 혼자서 납득을 해 버린 큰 코 부인은 이 정도면 간게쓰에 대한 대체적인 질문을 모두 마쳤다는 듯 자기 멋대로 다음과 같은 주문을 하였다.

"오늘은 정말 실례가 많았습니다. 아무쪼록 제가 찾아온 것을 간게쓰 씨한테는 비밀로 해 주셨으면 합니다."

간게쓰에 관한 일이라면 모조리 알아야 하지만 자기 쪽의 일은 일체 간게쓰에게 알리지 않겠다는 방침을 가진 모양이었다. 메이테이와 주인이 모두 "네에." 하고 적당히 대답을 했다.

"조만간 제대로 답례를 해 드리겠습니다."

큰 코 부인은 이렇게 다짐을 두듯 말하고는 자리에서 일어났다. 배웅을 나간 두 사람이 자리로 돌아오자마자 메이테이가 주인에게 물었다.

"저건 뭔가?"

거의 동시에 주인도 같은 질문을 하였다.

"저건 뭔가?"

안쪽 방에서 부인이 도저히 참을 수 없었는지 킥킥킥, 하고 웃는 소리가 들렸다. 메이테이가 큰 소리로 말했다.

"부인, 부인, 평범하다는 것의 표본이 왔습니다. 평범한 것도 저 정도가 되면 아주 걸작인데요. 자, 걱정하지 마시고 마음껏 큰 소리로 웃으세요."

주인은 볼만스러운 말투로 씹어뱉듯이 이렇게 말했다.

"우선은 얼굴부터가 도대체 마음에 안 들어."

그러자 메이테이가 당장 그 말을 받아서 뒤를 이었다.

"코가 얼굴 한가운데 자리 잡고 있어 아주 볼만하더군."

"더구나 비뚤어져 있지."

"등도 좀 구부정하더군. 구부정한 등에 그 코라니, 너무 기발하지 않은가?"

메이테이가 재미있다는 듯이 웃었다.

"남편을 깔아뭉갠 얼굴이야."

이렇게 말하는 주인은 아직도 분한 표정이었다.

"19세기에 노처녀로 있다가 20세기에 떨이로 팔릴 상이야."

메이테이가 이상한 표현을 썼다. 그러던 참에 부인이 안쪽 방에서 나오더니 같은 여자로서 신경이 쓰이는지 주의를 주었다.

"너무 그렇게 험담을 늘어놓다가는 또 인력거꾼 집 아낙이 고자질 하겠어요."

"이런 말은 고자질해 주는 편이 낫습니다."

"하지만 얼굴에 대한 험담을 하는 것은 너무 질이 낮은 대화 아닙니까? 자기가 좋아서 저런 코를 갖고 태어난 것도 아닐 텐데…. 더구나 상대는 여자 아닙니까? 너무 말씀이 지나칩니다."

부인은 큰 코 부인의 코를 변호하면서 동시에 자신의 외모도 간접적으로 변호해 두었다.

"지나치기는 뭐가 지나치단 말이야. 저건 여자가 아니라 바보야. 안 그런가, 메이테이?"

"바보일지는 모르지만 성질이 이만저만이 아니지. 어지간히 당하지 않았나?"

"도대체 교사를 뭘로 보고 그러는지, 원."

"뒷집 인력거꾼 정도로 여기고 있겠지. 저런 인물에게 존경을 받으려면 박사가 되어야 하네. 그런데 박사가 되지 않은 것은 자네 잘못이 아닌가? 그렇지 않습니까, 부인?"

메이테이는 웃으면서 부인을 돌아보았다.

"박사라니, 어떻게 박사가 되겠어요."

주인은 자기 아내에게까지 포기를 당하였다.

"이래 봬도 언제 될 수 있을지 모르는 일이야. 그렇게 함부로 말하지 마. 당신은 모르겠지만 옛날에 이소크라테스라는 사람은 아흔네 살에 대작을 저술했지. 소포클레스가 걸작을 만들어서 천하를 놀라게 한 나이는 거의 백 살에 가까운 고령이었고. 시모니데스는 여든에 기가 막힌 시를 지었다지. 그러니까 나도…."

"말도 안 돼요. 당신처럼 위장병이 있는 사람이 그렇게 오래 살 수 있겠어요?"

부인은 주인의 수명을 미리 계산하며 따졌다.

"그게 무슨 소리야? 아마키 씨한테 가서 한번 물어 봐. 도대체가 당신이 이렇게 주글주글한 겉옷이나 여기저기 덧댄 기모노를 입히니까 저런 여자가 나를 업신여기는 것 아니야. 내일부터는 메이테이가 입은 것 같은 옷을 입을 테니 알아서 꺼내 봐."

"알아서 꺼내 놓으라니, 우리 집에 지렇게 좋은 옷이 어디 있어요? 가네다 부인이 메이테이 씨한테 정중하게 대하기 시작한 것은 숙부님 성함을 듣고부터예요, 옷 때문에 그런 것이 아니라고요."

부인은 자신의 책임을 교묘하게 회피했다.

주인은 숙부라는 말을 듣고는 갑자기 생각이 난 듯 메이테이한테 물었다.

"자네한테 그런 숙부가 있다는 말은 오늘 처음 들었네. 여태까지 한 번도 그런 말을 한 적이 없지 않은가? 정말 그 사람이 자네 숙부인가?"

메이테이는 기다리고 있었다는 듯이 주인 부부를 번갈아 보며 말했다.

"그 숙부님 말인데, 아주 완고한 분이라서 말이야. 19세기부터 끈질기게 오늘날까지 살아 계시지 뭔가."

"오호호호, 재미있는 말씀만 하신다니까요. 어디 살고 계시는데요?"

"시즈오카靜岡에 살고 계시는데, 그냥 살아 계시기만 하는 정도가 아니랍니다. 머리는 아직도 에도시대 무사처럼 틀어올리고 있으니 기가 찰 노릇이지요. 모자를 쓰시라고 하면 나는 이 나이가 될 때까지 아직 모자를 쓸 정도로 추위를 느껴 본 적이 없다고 큰소리를 치는 겁니다. 추우니까 더 주무시라고 하면 사람은 4시간 자면 충분하다, 4시간 이상 자는 것은 사치고 게으름이라면서 새벽 동트기 전부터 일어나 있답니다. 그러면서 나도 수면 시간을 4시간으로 줄이려고 오랫동안 수련을 쌓아 왔다, 젊었을 때는 졸려서 참을 수가 없었지만 요즘 들어서야 비로소 그런 경지에 접어들어 기쁘기 짝이 없다고 자랑을 합니다. 예순일곱 살에 잠이 줄어드는 것은 당연한데 말씀입니다. 수련이고 뭐고 필요한 것도 아닌데 당사자는 극기의 힘으로 성공했다고 믿고 있다니까요. 그래서 외출할 때는 쇠로 된 부채를 들고 나서지요."

"그것으로 뭘 하려고?"

"뭐에 쓰려는지는 모르지만 그저 들고 나선다네. 어쩌면 지팡이 대신쯤으로 생각하고 있을지도 모르지. 그런데 얼마 전에 이상한 일이 있었지 뭡니까."

메이테이가 이번에는 부인을 향해 말했다.

"네에."

부인이 애매한 대꾸를 하였다.

"올봄에 느닷없이 편지를 보내서는 챙이 높은 모자와 서양 외투를 당장 보내라고 하는 겁니다. 깜짝 놀라서 편지로 누가 쓸 것이냐고 물었더니 노인이 당신께서 입는다는 답장을 했더군요. 23일에 시즈오카에서 승전 축하 모임이 있으니 그때 입을 수 있도록 당장 조달하라는 명령이었습니다. 그런데 이상한 점은 그 명령 속에 이런 말이 있는 거예요. 모자는 적당한 크기의 물건을 사서 보내라, 양복도 치수를 알맞게 맞춰서 다이마루大丸*에 주문해 달라….”

“요즘에는 다이마루에서도 양복을 맞출 수 있나?”

“설마. 시로키야와 착각을 한 것이지.”

“치수를 알맞게 맞추라고 해도 본인이 없으면 무리가 아닌가?”

“그게 바로 우리 숙부님다운 점 아니겠나?”

“그래서 어떻게 했는데?”

“할 수 없으니까 적당히 맞춰서 보내 줬지.”

“자네도 참 어지간하네. 그래서 늦지는 않았다던가?”

“그야 그럭저럭 제시간에 들어간 모양일세. 고향 신문을 보았더니 이렇게 나와 있더군. 낭일 마키야마 옹은 보기 드물게 시양 코트를 입고 평소에 들고 다니던 쇠부채를 가지고….”

“쇠부채만큼은 그때도 들고 가신 모양이군.”

“응. 돌아가시면 관 속에 그 쇠부채는 꼭 넣어 드릴 생각이네.”

“그래도 모자나 외투를 잘 입으실 수 있어서 다행 아닌가?”

“다행은 무슨 다행. 나도 무사히 제시간에 도착해서 입으셨으니 잘 됐다고 생각하고 있었는데, 얼마 후에 고향에서 소포가 도착했지 뭔가. 고맙다고 뭐라도 보내셨나 해서 풀어 보았더니 내가 보낸 챙이 높은 모자였어. 편지가 같이 들어 있었는데, 보니까 모처럼 사 보내 준 모자인데 다소 크기가 크니까 모자 가게에 가서 좀 줄이도록 하라, 줄이는 값은 어음으로 치르고 이쪽으로 보내 달라고 되어 있더군.”

“정말 얼빠진 양반이군.”

주이우 자기보다도 얼빠진 사람이 하늘 아래 또 있음을 발견한 것에 매우 만족스러워하는 표정이었다.

---

* 도쿄의 대형 백화점 이름.

"그래서 어떻게 했는데?"

주인이 물었다.

"어떻게 하기는, 할 수 없으니까 내가 그냥 쓰고 다니지."

"아, 그 모자 말이군."

주인이 싱글싱글 웃었다.

"그분이 남작님이세요?"

부인이 신기하다는 듯이 물었다.

"누가 말입니까?"

"그 쇠부채를 들고 다니는 숙부님이라는 분이요."

"그분은 한학자지요. 젊었을 때 성당에서 주자학인지 뭔지 고리타분한 것을 배우는 바람에 전깃불 밑에서 아직껏 무사 머리를 하며 지내고 있지 뭡니까. 그래도 어쩌겠습니까?"

메이테이는 자꾸만 자기 턱밑을 쓰다듬었다.

"그래도 자네는 아까 그 여자한테 마키야마 남작이라고 말하지 않았는가?"

"그렇게 말씀하셨어요. 저도 옆방에서 똑똑히 들었습니다."

부인도 이것만큼은 남편 의견에 동의했다.

"제가 그랬나요? 하하하하."

메이테이는 이유도 없이 웃어 댔다.

"그야 거짓말입니다. 저한테 남작 숙부님이 계셨으면 진작에 어디 국장 자리라도 꿰어 차고 있었지요."

메이테이가 아무렇지도 않게 말했다.

"어쩐지 이상하다 싶더라니."

주인은 기쁜 것 같기도 하고 걱정스러운 것 같기도 한 표정으로 말했다.

"세상에, 어쩌면 그렇게 진지한 표정으로 그런 거짓말을 하실 수 있어요. 선생님께서는 정말 거짓말을 잘하시는군요."

부인이 크게 감탄하였다.

"저보다도 그 여자가 한 수 위지요."

"선생님도 지지 않을 것 같은데요."

"하지만 부인, 제가 말하는 것은 단순한 허풍입니다. 그 여자가 말하는 것은 다 속에 흑심이 있고 노리는 것이 있는 거짓말이고요. 그러니 성질이 고약하지요. 잔머리를 써서 만들어 낸 술수와 하늘이 내리신 웃기는 취미를 혼동해 버리면 코미디의 신神도 사람들에게 안목이 없음을 한탄하실 수밖에 없지 않겠습니까?"

주인은 눈을 내리깔면서 말했다.

"그거야 알 수 없지."

부인도 웃으면서 말했다.

"마찬가지지요."

나는 지금까지 건너편 큰길 쪽으로 가 본 적이 없다. 모퉁이 저택이라고 하는 가네다의 집이 어떤 곳인지 본 적도 물론 없다. 들어 본 것조차 이번이 처음이다. 우리 주인집에서 실업가가 화제에 오른 적은 한 번도 없었기 때문에 주인집 밥을 먹는 나까지도 그런 방면에 대해서는 완전히 무관계일 뿐만 아니라 매우 냉담했다. 그런데 아까 뜻하지 않게 큰 코 부인의 방문을 받아 남의 일이지만 그 이야기를 듣고, 그 따님의 아름다움을 상상하고, 또한 그 부귀와 권세를 떠올려 보았더니, 아무리 고양이지만 툇마루에서 속 편하게 뒹굴거릴 수가 없게 되었다. 뿐만 아니라 나는 간게쓰 군에 대해서 동정을 금치 못했다. 상대편에서는 박사의 부인이니, 이력거꾼 집 아낙네니, 고토 선생인 덴쇼인까지 매수해서 자기도 모르는 사이에 앞니가 빠진 것까지 알고 있는데, 간게쓰 군 쪽에서는 그저 싱글거리며 웃옷 끈에만 신경을 쓰고 있는 판이니 아무리 갓 졸업한 이학 학사라 해도 너무 무능하지 않은가. 그렇다고 저렇게 위대한 코를 얼굴 한가운데에 안치하고 있는 여자의 일이니 어지간한 사람은 가까이 가기도 힘들 것이다. 이런 사건에 관해서는 주인은 너무 무신경한 데다 돈도 너무 없다. 메이테이는 돈이 있기는 해도 저런 우연동자이니 간게쓰에게 도움을 줄 일은 별로 없을 것이다. 그렇게 따져 보니 딱하게 된 것은 목매달기 역학을 연설하는 선생뿐인 셈이다. 나라도 분발해서 적의 본거지로 쳐들어가 그들의 동정을 살펴 주지 않으면 너무 불공평하다. 나는 고양이지만 에픽테토스를 읽다가 책상 위에 내던져 버리는 수준의 학자의 집에 기거하고 있으니, 세상 사람들이 흔히 보는 평범하고 어리석은 고양이와는 차원이 다르다. 이런 모험을 굳이 할 정도의 의협심 또한 꼬리 끝에 충분히 가지고 있다. 딱히 간게쓰 군에게 은혜를 입은 것도 없으니, 이는 그저 한 개인을 위해 혈기를 부리며 하는 짓이 아니다. 크게 말하자면 공평성을 추구하고 중용을 사랑하는 하늘의 뜻을 현실화하는 기특한 거사擧事이다. 남의 허락도 받지 않고 아즈마바시 사건 등을 온 사방에 떠들고 다니는 이상, 남의 처마 끝에 염탐꾼을 숨어들게 해서 그를 통해 알게 된 사실을 자랑스럽게 만나는 사람들한테마다 지껄이고 있는 이상, 인력거꾼, 무뢰한, 마부, 건달 서생, 일용직 식모, 산파, 안마사 등에 이르기까지 온갖 인간들을 사용해서 국가에 유용한 인재에 폐를 끼치고 뉘우치지도 않는 이상… 고양이한테도 나름대로 각오가 있다. 다행히 날씨도 좋고, 눈녹은 물이 질척거리는 것은 좀 싫지만 정도를 행하기 위해서는 한목숨도 버린다. 발바닥에 진흙이 묻어서 툇마루에 매화 모양의 도장을 찍는 정도의 일은 식모에게는 피해를 줄지 모르지만 나의 고통이라고는 할 수 없다. 내일로 미루지 않고 당장 나서야겠다고 용맹 정진을 할 큰 결심을 하고 부엌까지 뛰어나갔다가 잠깐, 하고 생각했다. 나는 고양이로서 진화의 정점에 이르렀을 뿐만 아니라 두뇌의 발달에 있어서는 중학교 3학년의 인간에게도 뒤지지 않는다고 자부하는데, 아쉽게도 목구멍의 구조만큼은 어디까지나 보통 고양이기 때문에 인간의 언어를 사용할 수가 없다. 생각대로 아무 탈 없이 가네다 저택에 숨어 들어가 충분히 적의 정세를 살폈다한들 막상 간게쓰 군에게 가르쳐 줄 방도가 없다. 주인에게도 메이테이 선생에게도 말하지 못한다. 말하지 못하게 되면 흙 속에 있는 다이아몬드가 햇빛을 받아도 빛을 내지 못하는 것과 마찬가지로 보처럼 얻은 지식도 무용지물이 된다. 이건 어리석은 일이다, 그만둘까, 하고 현관에서 잠시 멈추었다.

그러나 한번 결심한 일을 도중에서 그만두는 것은 소나기가 올까 싶어 기다릴 때 비구름이 옆 동네로 지나치는 모습을 바라보는 것처럼 영 마음에 걸린다. 그것도 잘못이 이쪽에 있으면 할 수 없지만, 소위 정의를 위하고 인류지도를 위한 것이라면 설사 헛된 죽음이 된다 해도 끝까지 나아가는 것이 책임을 아는 남아의 본모습이 아닌가. 헛수고를 하고, 공연히 발을 더럽히는 정도는 고양이로서 충분히 할 수 있는 일이다. 고양이로 태어난 인과 때문에 간게쓰, 메이테이, 구사미 선생 등과 10센티미터 혀로 서로의 사상을 교환할 기량은 없지만, 고양이인 만큼 남의 집에 숨어 들어가는 기술은 선생들보다 훨씬 뛰어나다. 남이 할 수 없는 일을 성취하는 것은 그 자체가 통쾌한 일이다. 나 혼자서라도 가네다의 내막을 아는 것은 아무도 모르는 것보다 통쾌한 일이다. 남에게 말해 줄 수는 없지만 남들이 알고 있을지도 모른다는 자각을 그들에게 줄 수 있다는 것만 해도 통쾌하다. 이렇게 통쾌함이 계속 나오는 일이니 가지 않을 수가 없다. 역시 가 봐야겠다.

건너편 큰길에 가 보니 듣던 대로 커다란 서양 저택이 보라는 듯이 모퉁이 지면을 떡 차지하고 있었다. 이 집 주인도 이 서양 저택처럼 거만하게 살고 있겠지, 하며 문으로 들어가 그 건축물을 바라보았다. 그런데 그것은 그저 남을 위압하려고 이층집이 무의미하게 버티고 선 것 외에는 아무런 소용도 없는 구조였다. 메이테이가 말하는 소위 범용凡庸이란 바로 이런 것일까? 현관을 오른쪽에 두고 관목 사이를 지나쳐서 부엌문으로 돌아갔다. 역시 부엌은 넓어서 구샤미 선생네 부엌의 열 배는 되어 보였다. 얼마 전 일본 신문에 자세히 쓰여 있던 오쿠마 백작大隈伯爵*의 부엌과 비교해도 지지 않을 정도로 질서정연하고 깨끗하게 빛나는 부엌이었다.

"모범 부엌이군." 하면서 들어갔다. 보아하니 깨끗하게 치워진 두 평가량의 흙바닥에 그 인력거꾼 집 아낙네가 서서 식모와 운전사를 상대로 뭔가 열심히 떠들고 있었다. 심상치 않다 싶어 물동이 뒤에 숨었다.

"아니, 그 선생이라는 작자는 우리 나으리 이름을 모른단 말이야?"

식모가 말했다.

"모를 리가 있나. 이 근방에서 가네다 씨네 저택을 모른다면 눈도 귀도 없는 병신이지."

이것은 운전사의 목소리였다.

"그건 알 수 없는 일이지. 그 교사라는 자는 책 말고는 아무것도 모르는 괴팍한 인간이니까. 이 댁 나으리에 대해서 조금이라도 알고 있다면 겁을 먹을지 모르지만, 아마 아닐 거야. 자기 자식들 나이도

---

* 오쿠마 시게노부(大隈重信). 메이지 시대에 활약한 정치가.

모르는 작자이니."

인력거꾼 집 아낙네가 이렇게 말했다.

"가네다 씨 정도가 되어도 겁을 먹지 않는단 말이야? 거참 골치 아픈 샌님이군. 뭐, 상관할 것 있나. 다 같이 겁을 주면 되지 않겠어?"

"그렇게 해야지. 마님의 코가 너무 크다느니, 얼굴이 마음에 들지 않는다느니, 얼마나 심한 욕을 해 대는지…. 자기 면상은 흙으로 빚어 놓은 너구리 같이 생긴 주제에… 그러면서도 자기는 번듯하게 잘 산다고 생각하고 있으니 문제가 아니겠어?"

"얼굴만 문제가 아니지. 수건을 들고 목욕하러 가는 모양새만 보이도 거만하기 짝이 없는 인간인걸. 자기처럼 대단한 사람은 세상에 없다고 여기는 것 같단 말이야."

구샤미 선생은 식모한테도 평이 아주 나쁘다.

"그럼 우리가 모두 그 작자네 집 울타리 근처에 가서 있는 대로 욕을 늘어놓으면 어떨까?"

"그럼 분명히 겁을 집어먹겠지."

"하지만 우리 모습을 보이면 재미가 없으니까 목소리만 들리게 해서 공부도 방해하고, 될 수 있는 대로 시간을 끌라고 아까 마님께서 그렇게 말씀하시더군."

"그야 말씀 안 하셔도 당연히 그렇게 해야지."

아낙네는 자기도 욕하는 데 3분의 1을 맡겠다는 뜻을 나타냈다. 그렇다면 이 인간들이 구샤미 선생을 놀리러 오겠구나, 하면서 세 사람 옆을 가만히 지나쳐서 안으로 들어갔다.

고양이의 발은 있어도 없는 것 같아 어디를 걸어도 쓸데없는 소리가 나는 일이 없다. 하늘을 밟는 것처럼, 구름 속을 가는 것처럼, 물속에서 딱딱이를 치는 것처럼, 세상의 묘미를 맛보아서 말을 빌리지 않아도 스스로 도를 깨닫는 것처럼 소리 없이 이루어진다. 범용한 서양 집도 없고, 모범 부엌도 없고, 인력거꾼 집 아낙네도, 운전사도, 식모도, 아가씨도, 하녀도, 큰 코 부인도, 부인의 남편도 없다. 가고 싶은 곳으로 가서 듣고 싶은 이야기를 듣고 혀를 낼름 내밀고 꼬리를 흔들고는 수염을 뾰족 세운 채 유유히 돌아갈 뿐이다. 특히 나는 이런 일에 관해서는 일본 최고라고 할 수 있을 정도로 실력이 좋다. 이야기책에 있는 고양이귀신의 혈통을 이어받은 것이 아닐까 하고 스스로 의심할 정도이다. 괴물 두꺼비의 이마에는 야광 구슬이 있다고 하지만, 내 꼬리에는 자연 만물은 물론이고 온 천하의 인간을 업신여기는 가보의 묘약이 들어 있다. 가네다의 집 복도를 남들 모르게 오가는 정도는 거인이 묵을 짓밟는 것보다 더 쉬운 일이다. 이때 나는 스스로도 자신의 역량에 감탄하며, 이 또한 평소에 소중하게 여기는 꼬리 덕분이라고 깨닫고는 가만히 있을 수 없었다. 내가 존경하는 꼬리 신명 님께 예배하여 내 운이 오래갈 것을 기원해야지, 하고 잠시 머리를 숙여 보았지만 아무래도 뭔가 좀 잘못된 것 같았다. 될 수 있는 대로 꼬리 쪽을 보며 삼배해야 한다. 꼬리 쪽을 보려고 몸을 돌리면 꼬리도 자연히 돌아간다. 그것을 잡으려는 생각에 목을 돌리자 꼬리도 같은 간격으로 돌아갔다. 역시 온 천지를 10센티미터에 거둘 정도의 영물이니만큼 도저히 내가 당해 낼 수가 없었다. 그렇게 꼬리 뒤쫓기를 일곱 바퀴 반 정도 하고는 힘이 들어서 그만두었다. 눈앞이 펑펑 돌았다. 어디에 있는지 잠시 방향을 알 수 없게 되었다. 무슨 상관인가 싶어서 여기저기 돌아다녔다. 장지문 속에서 큰 코 부인의 목소리가 들렸다. 여기구나, 하고 멈춰 서서 좌우의 귀를 쫑긋 세운 다음 숨을 죽였다.

"가난한 교사 주제에 건방지기 짝이 없지 않습니까?"

큰 코 부인은 특유의 날카로운 소리를 질렀다.

"음, 건방진 놈이군. 혼을 좀 내 줘야겠어. 그 학교에는 우리 고향 사람도 있으니까."

"누가 있는데요?"

"쓰키 핀스케津木ピン助랑 후쿠치 기샤고福地キシャゴ가 있으니까 내가 부탁해서 혼 좀 내 주라고 해야지."

나는 가네다 군의 고향이 어딘지는 모르지만 이상한 이름을 가진 인간들만 모여 사는 곳이구나, 싶어 좀 놀랐다. 가네다 군이 계속 말했다.

"그놈은 영어 교사인가?"

"네, 인력거꾼 집 아낙네 말로는 영어의 리더reader*인지 뭔지를 전문으로 가르치고 있다네요."

"어차피 제대로 된 선생도 아니것지."

'아니것지'에도 적지 않게 놀랐다.

"얼마 전에 핀스케를 만났는데, 우리 학교에 이상한 놈이 있다고, 학생들이 '선생님, 엽차는 영어로 뭐라고 합니까?' 하고 물었더니, 'savage tea'**라고 진지하게 대답해서 교사들 사이에서 놀림감이 됐다고, 그런 교사가 있으니 다른 선생들까지 욕을 먹게 된다고 하던데, 보나마나 그놈을 두고 한 말일 거야."

"보나마나 뻔하지요. 그런 말을 할 만한 면상이라니까요. 어울리지도 않게 콧수염이나 기르고 있으니."

"괘씸한 놈이군."

* 1900년대 초 일본 중학교에서 사용하던 영어 강독 교과서.
** 질 낮은 차를 뜻하는 '번차(番茶)'를 '만차(蠻茶)'로 바꿔서 직역한 것.

콧수염을 기르는 것이 패씸하다면 고양이 같은 종족은 한 마리도 기특할 수가 없다.

"게다가 그 메이테이인지, 흐리멍텅인지 하는 놈은 또 얼마나 나대는 작자인지 몰라요. 숙부가 마키야마 남작이라니, 그런 상판을 가진 놈한테 남작 숙부가 있을 리가 없다고 생각했다니까요."

"당신이 어디서 굴러먹다 온 개뼈다귀 같은 놈의 말을 곧이들은 것도 문제였지."

"문제였다니, 아무리 나를 깔봐도 유분수 아닙니까?"

큰 코 부인은 분해서 어쩔 줄을 몰랐다.

신기하게도 간게쓰 군에 대한 말은 일언반구도 나오지 않았다. 내가 숨어 들어오기 전에 벌써 품평이 끝난 것인지, 아니면 이미 낙제라고 결정이 되어서 염두에 없는 것인지, 그 점에 대해서도 걱정이 되었지만 할 수 없었다. 한동안 그 자리에 서 있는데, 복도를 사이에 둔 맞은편 방에서 벨 소리가 들렸다. 저기에도 뭔가 있구나 싶어 늦기 전에 그쪽 방향으로 걸음을 하였다.

가 보니 여자 혼자서 뭔가 큰 소리로 이야기하고 있었다. 그 목소리가 큰 코 부인과 비슷하다는 점으로 미루어 볼 때 이 사람이 바로 이 가문의 따님, 간게쓰 군으로 하여금 물에 빠질 뻔한 사건까지 일으키게 한 장본인일 것이다. 아깝게도 장지문에 가로막혀서 그 아름다운 모습을 배알할 수가 없었다. 따라서 얼굴 한가운데에 커다란 코가 있는지는 알 수가 없었다. 하지만 이야기하는 소리에서 콧김이 센 점 등을 종합해서 생각해 보면 아무래도 남의 이목을 끌지 않는 작은 코일 것 같지는 않다. 여자는 자꾸만 떠들고 있었는데, 상대방의 목소리가 조금도 들리지 않는 것을 보니 소문으로만 듣던 전화인 모양이었다.

"네가 야마토大和니? 내일 가기로 했으니까 갑의 삼 자리*를 잡아 놓도록 해, 알았지? … 알았냐니까? … 뭐, 못 알아듣겠다고? 아이참, 갑의 삼 자리를 잡아 두란 말이야. … 뭐야? … 못 잡는다고? 못 잡을 리가 있어? 잡아야지. … 헤헤헤, 농담하지 말라고? … 농담은 뭐가 농담이야? … 아주 사람을 놀리는구나. 도대체 넌 누구야? 조키치長吉라고? 조키치가 누군지 내가 알게 뭐니? 아주머니한테 전화를 받으라고 해. … 뭐야? 네가 말씀드리겠다고? … 아주 버르장머리가 없구나. 내가 누군지 알고 하는 소리야? 가네다란 말이다. … 헤헤헤, 잘 알아 모시고 있다고? 너 정말 바보로구나. … 가네다라고 하면 말이야. … 뭐? … 매번 찾아 주셔서 감사합니다? … 뭐가 '감사합니다'야. 내가 네 인사나 받자고 이렇게 전화한 줄 알아? … 아니, 너 또 웃고 있잖아. 넌 정말 멍청한 놈이구나. … 옳으신 말씀이라고? … 너 자꾸 나를 놀리면 전화 끊어 버린다. 그래도 되겠어? 겁 안 나? … 가만히 있지 말고 뭐라고 말 좀 해 봐. 여보세요?"

전화는 조키치 쪽에서 끊어 버렸는지 아무런 대답도 없는 모양이었다. 아가씨는 화를 펄펄 내면서 자꾸만 벨을 돌렸다. 발치에 있던 강아지가 놀라서 갑자기 깽깽 짖어 댔다. 자칫 잘못하면 큰일이다 싶어 순식간에 뛰어내려서 마루 밑에 숨었다.

마침 복도를 걸어오는 발소리가 나더니 장지문 여는 소리가 들렸다. 누군가 왔구나 싶어 열심히 들어 보았더니 말하는 것이 하녀 같았다.

"아가씨, 나으리와 마님이 부르십니다."

"난 몰라."

---

* 연극 관람석 중에서 가장 좋은 자리의 이름.

아가씨가 바로 쏘아붙였다.

"잠시 볼일이 있으니 아가씨를 불러오라고 하셨는데요."

"시끄러워. 모르겠다니까."

아가씨가 두 번째로 쏘아붙였다.

"… 미즈시마 간게쓰 씨 일로 하실 말씀이 있다고 합니다."

하녀가 눈치껏 기분을 맞춰 주려고 하였다.

"간게쓰인지, 스이게쓰인지 난 모른다니까. 물에 불려 놓은 수세미 같은 얼굴이 뭐가 대단하다고."

세 번째 화살은 그 자리에 있지도 않은 간게쓰 군에게 쏘아붙였다.

"어머, 너 언제 머리 모양을 바꿨니?"

하녀는 안도의 한숨을 쉬더니 될 수 있는 대로 간단하게 대꾸하였다.

"오늘이요."

"하녀 주제에 건방지기는."

네 번째 화살은 다른 방향으로 쏘아 댔다.

"게다가 옷깃도 새로 바꾼 모양이구나."

"네, 지난번에 아가씨께서 주신 거예요. 너무 좋은 깃이라 아까운 마음에 옷장 안에 넣어 두고 있었는데, 지금까지 쓰던 옷깃이 너무 지저분해져서 바꿨습니다."

"내가 언제 그런 걸 너한테 줬니?"

"올 정월에 시로키야에 가셨을 때 사 오신 거예요. 엷은 갈색에 수가 놓인 것인데 아가씨께서 나한테는 너무 짧으니 너나 하라면서 저한테 주셨지요."

"어머, 세상에. 네가 하니까 잘 어울리네. 아이, 짜증 나."

"고맙습니다."

160

"누가 칭찬한 줄 아니? 짜증이 난다니까."

"네에."

"그렇게 잘 어울리는 것을 넌 어떻게 그냥 받을 수 있니?"

"네에."

"너 같은 애한테 그 정도로 잘 어울린다면 내가 해도 이상할 것 없지 않겠어?"

"아마 잘 어울리실 겁니다."

"어울릴 거라고 생각했으면서 어째서 가만히 있었던 거야? 그렇게 입 다물고 가만히 네가 차지하려고 한 거지? 얌체 같기는."

아가씨는 끊임없이 말을 쏟아 붙였다. 앞으로 이 사대가 이떻게 진전될까 싶어서 가만히 듣고 있었더니, 저쪽 방에서 큰 소리로 가네다 씨가 딸을 불렀다.

"도미코富子, 도미코."

아가씨는 하는 수 없이 "네." 하고 대답하며 전화실에서 나갔다. 나보다도 조금 더 큰 강아지가 얼굴 한가운데에 눈과 입을 한꺼번에 달아 놓은 듯한 상판으로 그 뒤를 따라갔다. 나는 특유의 조용한 걸음으로 다시 부엌을 통해 큰길로 나와 서둘러 주인집으로 돌아왔다. 이번 탐험은 대략 12분 동안에 걸친 것이었다.

돌아와 보니 깨끗한 집에서 갑자기 지저분한 곳으로 옮겨서인지 마치 햇볕 좋은 산 위에 있다가 어두컴컴한 동굴 속으로 들어온 것 같은 느낌이 들었다. 탐험을 하는 동안은 다른 일에 신경이 쓰여서 방 안의 장식, 방문, 장지문의 모양 같은 것은 눈에 들어오지도 않았는데, 다시 집으로 돌아와 보니 내가 사는 집이 얼마나 열악한지를 느낌과 동시에 그런 소위 범용한 부분이 그리워졌다. 교사보다는 역시 실업가가 대단한 것처럼 생각되었다. 나도 좀 이상하다 싶어서 내 꼬리에게 물어보았더니 그 말이 맞다, 그 말이 맞다, 하고 꼬리 끝에서 신탁이 내렸다. 방 안으로 들어가 보았더니 놀랍게도 메이테이 선생이 아직까지도 돌아가지 않은 채, 잎담배 꽁초를 벌집처럼 화로 속에 꽂아 놓고 책상다리를 하고 앉아 뭔가 열심히 떠들고 있었다. 어느새 간게쓰 군까지 와 있었다. 주인은 손을 베개 삼아 천장에 비가 새서 생긴 모양을 쳐다보는 데 여념이 없었다. 여전히 태평한 사람들의 한가로운 모임이었다.

"간게쓰 군, 자네 이름을 헛소리로까지 외쳐 댄 여성의 이름이 비밀이라고 하였는데 이제는 말해 주어도 되지 않겠는가?"

메이테이가 간게쓰 군을 놀려 댔다.

"말씀을 드려도 저 혼자만의 일이라면 상관이 없지만 상대방에게 폐를 끼치는 일이 되니 곤란합니다."

"아직도 안 되겠는가?"

"게다가 ○○ 박사 부인께도 약속해 버렸습니다."

"다른 사람에게 말하지 않겠다는 약속인가?"

"네."

간게쓰 군은 평소처럼 웃옷 끈을 만지작거렸다. 그 끈은 도저히 시중에서 팔릴 것 같지 않은 보라색이었다.

"그 끈 색깔은 요즘 물건 같지 않은데…"

주인이 누운 채로 말했다. 주인은 가네다 사건에 관해서는 전혀 관심이 없었다.

"그렇군. 도저히 러일전쟁 시대의 물건이 아니군. 옛날 무사들처럼 삿갓 쓰고, 푸른 문장이 달린 무사 옷이라도 입지 않으면 어울릴 것 같지가 않은 끈이야. 오다 노부나가織田信長가 장가들었을 때 머리카락을 위로 올려 묶었다고 하는데, 그때 썼던 것이 아마 그런 끈이었을 거야."

메이테이의 비평은 여전히 길다.

"사실 이것은 저희 조부께서 죠슈長州* 정벌 때 사용했던 것입니다."

간게쓰 군은 진지하게 대답하였다.

"그렇다면 이제 박물관에라도 헌납해 버리는 게 어떻겠나? 목매달기의 연설자, 이학 학사 미즈시마 간게쓰씩이나 되는 사람이 시골뜨기 무사 같은 차림새를 하고 다니면 아무래도 체면상 문제가 있지 않겠나?"

"충고하신 것처럼 해도 무방하지만 이 끈이 저에게 아주 잘 어울린다고 말해 주는 사람이 있어서요…."

"누구야, 그렇게 이상한 취향을 가진 사람이…."

주인이 자세를 고쳐 누우면서 큰 소리로 물었다.

"선생님들께서는 모르는 사람일 텐데요."

"몰라도 상관이 없네. 도대체 그 사람이 누군가?"

"어떤 여성입니다."

"하하하, 어지간히 취향이 특이한 사람이군. 내가 알아맞혀 볼까? 그 사람은 스미다 강의 물속에서 자네 이름을 부른 여성일 테지? 그 옷옷을 입고 다시 한번 뛰어 들어가 보지 그러는가?"

메이테이가 옆에서 참견을 하였다.

"하하하, 이제는 물속에서 부르지는 않습니다. 여기에서 북서쪽 방향에 있는 깨끗한 세계에서…."

"별로 깨끗할 것 같지 않은데…. 아주 표독스럽게 생긴 코 아닌가."

"네?"

* 지금의 큐슈 지방 남부.

간게쓰가 미심쩍은 표정을 지었다.

"건너편 큰길의 코가 아까 들이닥쳤단 말일세, 이곳에 말이야. 정말이지 우리 둘이 얼마나 놀랐는지 모른다네. 안 그런가, 구샤미 군?"

"음."

주인은 드러누운 채 차를 마셨다.

"코라니, 그게 누구입니까?"

"자네의 친애하는 영원한 여성의 어머님이시지."

"네에?"

"가네다의 부인이라는 여자가 자네에 대한 것을 물으러 왔다네."

주인이 진지한 얼굴로 설명해 주었다. 놀랄 것인가, 기뻐할 것인가, 부끄러워할 것인가, 싶어 간게쓰 군의 표정을 살펴보았지만 이렇다 할 변화가 없었다.

"아무쪼록 저한테 그 댁 아가씨를 데려가 달라고 하는 의뢰였겠지요?"

간게쓰 군은 평소처럼 침착한 태도로 이렇게 말하며 다시 보라색 끈을 꼬았다.

"천만의 말씀이었지. 그 어머니라는 분은 위대한 코를 가진 사람인데 말이야…"

메이테이가 이런 말을 하려는 참에 주인이 갑자기 자다가 봉창 두드리는 소리를 했다.

"이봐 자네, 내가 아까부터 그 코에 대한 시를 생각하고 있었는데 말이야."

그러자 옆방에서 부인이 키득키득 웃어 댔다.

"자네도 어지간히 속이 편하네그려. 그래서 시는 완성되었는가?"

"좀 되었지. 첫 번째 시구가 '그 얼굴에 코를 섬기고'라네."

"그리고?"

"다음이 '그 코에 술을 올려'라고 하지."

"다음 구절은?"

"아직 거기까지밖에 만들지 못했네."

"재미있군요."

간게쓰 군이 싱글싱글 웃었다.

"다음 구절은 '구멍 두 개 몽롱하니'라고 붙이면 어떤가?"

메이테이가 금세 만들어 냈다. 그러자 간게쓰가 이를 받았다.

"'깊은 속 털두 보이지 않고'는 안 되겠습니까?"

끽자가 밀도 안 되는 소리를 늘어놓고 있는 참에 울타리 근저의 실가에서 네다섯 명이 시끌벅적 떠들어 대는 소리가 들렸다.

"흙으로 빚은 너구리, 흙으로 빚은 너구리."

주인도 메이테이도 약간 놀라서 울타리 틈새로 바깥쪽을 내다보았더니, "와하하하." 하는 웃음소리와 함께 멀리 뛰어가는 발소리가 들렸다.

"흙으로 빚은 너구리라는 것이 도대체 뭔가?"

메이테이가 이상하다는 듯이 주인에게 물었다.

"나도 무슨 소리인지 모르겠네."

주인이 대답했다.

"꽤 재미있는데요."

간게쓰 군이 끼어들어 비평을 했다. 메이테이는 무슨 생각을 했는지 갑자기 자리에서 일어서더니 연설하듯 말했다.

"저는 오랫동안 미학의 견지에서 이 코에 대해 연구한 바 있으므로 이 자리에서 그 일부를 피력하여 두 분의 고견을 바라고자 합니다."

주인은 너무나 갑작스러운 메이테이의 행동에 멍해져서 말없이 쳐다만 보고 있었다.

"꼭 들어 보았으면 합니다."

간게쓰가 작은 소리로 말했다.

"여러 가지로 조사를 해 보았지만 코의 기원은 아무래도 분명히 알 수가 없습니다. 첫 번째로 의심되는 점은 만약 이를 실용적으로 필요한 도구라고 가정한다면 구멍 두 개로 충분합니다. 굳이 이렇게 평평한 곳 한가운데에 불쑥 솟아 있을 필요가 없는 것입니다. 그런데 어찌하여 점점 이와 같이 앞으로 솟아 나오게 되었는가?"

메이테이는 자기 코를 집으며 말했다.

"별로 솟아 나오지도 않았는데."

주인이 칭찬과는 거리가 먼 소리를 하였다.

"아무튼 쑥 들어가 있는 것은 아니니 그냥 구멍 두 개가 나란히 있는 상태와 혼동하게 되면 오해가 발생할 소지가 있으므로 미리 이렇게 주의를 부탁드리는 바입니다. 따라서 저의 하찮은 생각에 따르면 코의 발달은 우리 인간이 코를 푼다고 부르는 미세한 행위의 결과가 자연히 축적되어 이렇게 현저한 현상을 갖게 된 것입니다."

"틀림없이 하찮은 생각이군."

다시 주인이 촌평을 가하였다.

"잘 아시다시피 코를 풀 때는 반드시 코의 양쪽을 집습니다. 코를 집고, 특히 이 부분에만 자극을 가하면 진화론의 대원칙에 따라 이 부분이 그 자극에 반응하기 위해 다른 부분과 비교했을 때 현저한 발달을 하게 됩니다. 피부도 자연히 두꺼워지고, 살도 점점 딱딱해집니다. 그러다가 드디어 응고되어 뼈가 됩니다."

"그건 좀 이상하네요. 그렇게 자유롭게 살이 뼈로 단숨에 변화할 수는 없을 텐데요."

이학 학사답게 간게쓰 군이 항의를 하였다. 메이테이는 못 들은 척
시치미를 뚝 떼고 이야기를 계속하였다.

"아니, 이상하게 생각하시는 것도 당연한 일입니다만, 이론보다 증
거라고 이렇듯 뼈가 있지 않습니까. 이미 뼈가 생긴 것입니다. 뼈는 생
겼어도 콧물은 나오지요. 콧물이 나오면 풀지 않을 수가 없습니다. 이
런 작용으로 뼈 좌우가 깎여 나가서 가느다랗고 높은 돌기로 변화해
가는 것입니다. 참으로 무서운 작용이라 하지 않을 수 없습니다. 물방
울이 거대한 바위를 뚫는 것처럼, 이렇게 콧대가 생기면서 딱딱하게
됩니다."

"그래도 자네 것은 흐물흐물하기만 하지 않은가."

"연설자 자신의 신체 부위는 자기변호가 될 우려가 있으므로 일부
러 논의의 대상에서 제외하는 것입니다. 저 가네다의 어머니께서 가
지고 계시는 코 같은 경우는 가장 발달되었고 가장 위대한 천하의 진
품으로 두 분께 소개해 두고자 합니다."

간게쓰 군은 자기도 모르게 키득키득 웃었다.

"그러나 사물이 극한에 달하면 장관임에는 틀림이 없지만, 어딘지
모르게 두려워서 가까이하기가 힘들게 마련입니다. 저 코의 경우는
대단한 것임에는 틀림이 없으나 다소 험악한 정도가 심한 것으로 생
각됩니다. 옛 선현들 중에서도 소크라테스, 골드스미스*, 또는 새커리
**등의 코는 구조상으로 말씀드리자면 상당히 문제가 있었지만, 그렇
게 문제가 있다는 점이 친숙함을 주었습니다. 코가 높다고 좋은 것이

---

* 영국의 작가·시인(1728~1774).
** 영국의 작가(1811~1863).

아니라, 이상하게 생겼기 때문에 좋다고 한 것도 바로 그래서였을 것입니다. 미적 가치로 말씀드리자면 아마 메이테이의 코 정도가 적당하리라 여겨지는 바입니다."

간게쓰와 주인은 "후후후후." 하고 웃어 댔다. 메이테이 자신도 유쾌하다는 듯이 웃었다.

"그럼 지금까지 변론해 드린 것은…."

"선생님, 변론한다는 말은 야담가 같아서 품위가 없으니 쓰지 않으시는 것이 좋겠는데요."

간게쓰 군이 지난날의 복수를 하였다.

"좋습니다. 그럼 찬물에 세수를 하고 다시 시작하지요. 에에, 지금부터 코와 얼굴의 균형에 대해 한말씀 논하고자 합니다. 다른 곳과 상관없이 단독으로 코에 대한 평론을 하자면 그 어머니 같은 분은 어디에 내놓아도 부끄럽지 않을 코, 코 큰 도깨비들이 사는 산에서 전람회를 연다 해도 아마 일등상을 받으리라고 생각될 정도의 코를 소유하고 계십니다. 그러나 안타깝게도 그것은 눈, 입, 기타 여러 기관들과 아무런 상담도 하지 않고 생긴 코입니다. 율리우스 카이사르의 코는 틀림없이 대단한 것이었습니다. 그러나 카이사르의 코를 가위로 잘라서 이 댁 고양이 얼굴에 붙인다면 어떻게 되겠습니까? 아주 좁은 것을 예로 들어 말할 때 '고양이 이마'라고 하는 것처럼, 작기 그지없는 면적에 영웅의 콧대가 불쑥 솟아올라 있다면 그것은 바둑판에 거대한 불상을 앉혀 놓은 꼴이라 할 수 있습니다. 이는 어울리지 않음의 극치로 미적 가치를 어김없이 떨어뜨릴 것으로 생각됩니다. 가네다네 어머님의 코는 카이사르의 예와 마찬가지로 참으로 영웅처럼 대단한 돌기입니다. 그러나 그 주변을 둘러싼 안면의 조건은 어떤 것일까요? 물론 이 댁 고양이처럼 열악하지는 않습니다. 그러나 몹쓸 병에 걸린 추녀처럼 미간에 주름이 가고 가느다란 눈까지 치켜 올라가게 된 것이 사실입니다. 그러니 여러분, 그 얼굴에 그런 코가 어떻게 존재하는가 하고 감탄을 하지 않을 수가 없는 것입니다."

메이테이의 말이 잠시 끊기자마자 집 뒤쪽에서 누군가의 목소리가 들려왔다.

"아직도 코 이야기를 하고 있는 것 좀 봐. 세상에 어쩌면 그렇게 고집이 셀까."

"인력거꾼 집 여편네로군."

주인이 메이테이에게 가르쳐 주었다. 메이테이는 다시 말을 시작하였다.

"뜻하지 않게도 뒤편에 새롭게 이성 방청자가 있음이 발견된 것은 연설자로서 아주 명예로운 일이라 생각되는 바입니다. 특히 옥구슬이 굴러가는 듯한 아리따운 목소리로 이 딱딱한 강연에 한 점 요염한 맛을 곁들여 주신 점은 참으로 고맙기 그지없는 일입니다. 될 수 있는 대로 통속적인 내용을 골라서 경청해 주시는 신사숙녀 여러분의 기대에 부응코자 하는 바입니다만, 지금부터는 다소 역학적인 문제에 접어들게 되니 어쩌면 부인들께서는 이해하시기 힘들지도 모릅니다. 아무쪼록 인내심을 가지고 너그럽게 들어 주시기 바랍니다."

가게쓰 군은 역학이라는 말을 듣더니 다시 싱글거렸다.

"제가 증거를 들어 증명코자 하는 바는 그 코와 그 얼굴이 도저히 조화를 이루지 못한다는 점입니다. 아돌프 차이싱*의 황금률을 충족시키지 못한다는 점을 엄격하게 역학상의 공식으로 설명해 드리려고 하는 것입니다. 우선 H를 코의 높이로 가정합니다. a는 코와 얼굴

---

* 독일의 미학자.

의 평면 교차로 발생하는 각도입니다. W는 물론 코의 중량이 될 것입니다. 어떻습니까? 대강은 이해가 되셨는지요….”

“그걸 어떻게 이해하나?”

주인이 말했다.

“간게쓰 군은 어떤가?”

“저로서도 좀 알기 힘드네요.”

“이것 참 난처하군. 구샤미는 할 수 없어도 자네는 이학 학사이니 알아들을 수 있으리라 생각했는데. 이 공식이 이번 연설의 핵심이니 이것을 생략해 버리면 지금까지 연설한 보람이 없는데…. 그래도 할 수 없지. 공식은 생략하고 결론만 말하겠네.”

“결론이 있단 말인가?”

주인이 신기하다는 듯이 물었다.

“당연한 것 아닌가? 결론이 없는 연설은 디저트가 없는 서양 요리 같은 것이네. 자, 두 분 잘 들으시오. 여기부터가 결론이네. 그럼 이상과 같은 공식에 피르호, 바이스만* 등의 학설을 참작하여 생각해 보면, 선천적인 형태의 유전은 당연히 용납하지 않을 수 없습니다. 또한 이런 형태로 인해 발생하는 심리적 상황에 대해 후천성은 유전하는 것이 아니라는 유력한 설이 있음에도 불구하고, 어느 정도까지는 필연적인 결과임을 인정해야 할 것입니다. 따라서 이와 같이 신분에 걸맞지 않은 코의 소유주가 탄생시킨 자녀의 경우, 그 코에도 일정한 이상이 있을 것으로 추정됩니다. 간게쓰 군 같은 경우는 아직 나이가 젊어서 가네다 아가씨의 코의 구조에 대해 특별한 이상을 발견하지 못할 수도 있지만, 이러한 유전은 잠복 기간이 길게 마련이므로 언

* 피르호는 독일의 의학자(1821~1902), 바이스만은 독일의 유전학자(1834~1914).

제 어느 때 기후의 격변과 함께 갑자기 발달하여 어머님의 그것처럼 갑작스럽게 팽창할지 모르는 일입니다. 따라서 메이테이의 이론적 논증에 의하면 이 혼사는 지금 단념하는 편이 안전하리라 생각하며, 이 의견에 대해서 이 집 주인은 물론이고 저기에서 자고 있는 고양이귀신에게도 이견이 없으리라 믿는 바입니다."

"그야 당연하지. 저런 인사의 딸을 누가 데려가겠는가? 간게쓰 군, 절대로 장가들어서는 안 되네."

주인은 그제서야 일어나 아주 열심히 주장하였다. 나도 찬성의 뜻을 표하기 위해 야옹야옹, 하고 두 번 정도 울어 주었다. 간게쓰 군은 특별히 불만스러운 기색도 없이 말했다.

"선생님들의 뜻이 그렇다면 저는 단념해도 좋습니다만 만약에 당사자가 그것 때문에 병에 걸리기라도 하면 안 될 것이니…."

"하하하, 연모죄가 된단 말이지."

"그런 말도 안 되는 일이 일어날 성싶은가? 저런 인간의 딸이라면 보나마나 제대로 된 처녀가 아닐세. 처음 보는 사람의 집에 불쑥 쳐들어와서 집주인인 나한테 따지고 든 여편네일세. 아주 거만하기 짝이 없는 인간이지."

다른 이와 다르게 우리 주인만은 아주 진지한 태도로 혼자서 화를 풀풀 내었다. 그러자 다시 울타리 옆에서 서너 명이 "와하하하," 하는 웃음소리를 내었다. 그중 한 사람이 말했다.

"거만하기 짝이 없는 멍청이야."

다른 사람도 말했다.

"더 큰 집에 살고 싶겠지."

또 다른 사람도 큰 소리로 말했다.

"안됐지만 아무리 떵떵거려 봐야 이불 속에서 활개치는 격이지."

이 말을 들은 주인은 툇마루로 나가더니 그 목소리들에 지지 않을 만큼 큰 소리로 외쳤다.

"시끄럽다. 누구냐, 일부러 남의 집 울타리 밑에 와서 떠드는 놈들이."

"와하하하, 누군지 알아맞혀 보시지, 알아맞혀 보래도."

이러고 다같이 놀려 댔다. 주인은 화가 머리끝까지 났는지 갑자기 일어서더니 지팡이를 쥐고 큰길가로 뛰어나갔다. 메이테이는 손뼉을 치면서 말했다.

"이것 재미있군. 잘한다, 잘해."

간게쓰는 웃옷 끈을 만지작거리면서 싱글싱글 웃고만 있었다. 나는 주인의 뒤를 따라 울타리 구멍을 통해 큰길로 나가 보았다. 그랬더니 길 한가운데에 주인이 지팡이를 쥔 채 우뚝 서 있었다. 주변에는 인기척 하나 없어서 마치 여우에 홀린 꼴이었다.

4

여느 때처럼 가네다 저택에 숨어들었다.

'여느 때처럼'이란 굳이 해석할 필요도 없이 '자주'를 두 배 정도로 늘린 빈도를 나타내는 말이다. 한 번 해 본 짓은 두 번 해 보고 싶게 마련이고, 두 번 해 본 짓을 세 번 해 보고 싶은 것은 인간에게만 한정된 호기심이 아니다. 고양이라고 해도 이런 심리적인 특권을 가지고 이 세상에 태어난 존재임을 인정해 주었으면 한다. 세 번 이상 되풀이되었을 때 비로소 습관이라는 낱말이 쓰이고, 이 행위가 생활상의 필요로 진화되는 것 또한 인간과 다를 바 없다. 무엇을 위해 그렇게까지 자주 가네다 저택에 발걸음을 하는가 하고 이상해한다면, 그 전에 잠시 인간에게 반문해 보고 싶은 점이 있다. 어째서 인간은 입으로 연기를 들이마시고 코로 내뿜는 것인가? 배를 채워 주지도 않고, 피가 도는 데 도움을 주지도 않는 것을 창피한 줄도 모른 채 마시고 내뿜기를 서슴지 않는 이상, 내가 가네다에 출입하는 것도 그리 큰 소리로 따지지 않았으면 좋겠다. 가네다 저택은 나에게 담배와 같은 존재이다.

숨어든다고 하는 말에는 다소 어폐가 있다. 무슨 도둑이나 간음하는 남자 같아서 듣기에 거북하다. 내가 가네다 저택에 가는 것은 초대를 받아서는 아니지만 그렇다고 생선 토막을 슬쩍하거나 눈코가 얼굴 중심에 집중되어 있는 강아지 등과 밀담하기 위한 것도 아니다. 그럼 탐정 작업이냐고? 천부당만부당한 말이다. 나는 세상에서 제일 천한 직업을 꼽으라고 하면 탐정과 고리대금업자를 들 것이다. 물론 간게쓰 군을 위해 고양이로서는 어울리지 않을 정도의 의협심을 일으켜서 한 번은 가네다 집안의 동정을 살폈던 적이 있지만 그것은 한 번뿐이었고, 그 후로는 고양이의 양심에 거리낄만한 천한 행동을 한 적이 결코 없다. 그렇다면 어째서 '숨어든다'고 하는 수상한 표현을 사용했는가? 이 표현을 사용한 데는 심오한 뜻이 있다. 원래 내가 가진 생각에 따르면 저 하늘은 만물을 덮기 위해, 땅은 만물을 올려놓기 위해 만들어졌다. 아무리 집요한 토론을 좋아하는 인간이라도 이 사실을 부정할 수는 없을 것이다. 그런데 이 하늘과 땅을 제조하기 위해 그들 인류가 어느 정도의 노력을 들였는가, 하면 털끝만큼도 하지 않은 것이다. 자기가 만들지 않은 것을 자기 소유물이라고 할 수는 없을 것이다. 자기의 소유물이라고 정해도 상관은 없지만, 그렇다고 다른 생물의 출입을 금지할 이유는 없을 것이다. 이렇게 널따란 대지에 약삭빠르게 울타리를 치고 팻말을 세워서 누구누구의 소유지랍시고 나누고 있는 행위는, 마치 저 파란 하늘에 줄을 둘러치고 이 부분은 내 하늘, 저 부분은 남의 하늘이라고 신고하는 꼴이다. 만약 토지를 이리저리 잘라서 한 평에 얼마씩 소유권을 매매한다면, 우리가 숨쉬고 있는 공기를 1입방미터씩 나누어 잘라 팔아도 되지 않겠는가? 공기를 잘라 팔 수 없고, 하늘을 가르는 것이 부당하다면 지면의 사유화도 불합리하지 않은가? 이러한 신념을 가지고 이런 규칙을 믿는 나는 따라서 어느 곳에라도 들어간다. 물론 가고 싶지 않은 곳에는 가지 않지만 내가 가려고 하는 방향에 대해서는 동서남북의 차별을 두지 않는다. 아무렇지도 않은 얼굴로 건들건들 가는 것이다. 가네다 같은 인간의 눈치를 볼 리가 없다. 하지만 고양이로서 아쉬운 점은 힘으로는 도저히 인간을 당할 수 없다는 것이다. '강한 힘이 권리'라는 격언까지 존재하는 이 거친 세상에 살아 있는 이상 아무리 이쪽에 명분이 있어도 고양이의 이론은 통하지 않는다. 억지로 통하게 하려고 하면 인력거꾼 집 검둥이처럼 갑작스럽게 생선 가게의 저울 막대기에 맞을 우려가 있다. 명분은 이쪽에 있지만 권력은 상대방이 가지고 있는 경우에는 자신의 명분을 꾀고 무조건 굴종을 하든지, 아니면 권력의 눈을 속이고 자신의 명분을 관철시키든지 할 수밖에 없다. 나로 말하자면 당연히 후자를 선택한다. 저울 막대기는 피하지 않으면 안 되기 때문에 숨어들 수밖에 없는 것이다. 남의 집에 들어가도 상관이 없기 때문에 행동을 중지할 필요는 없다. 따라서 나는 가네다 저택에 숨어 들어가는 것이다.

숨어 들어가는 빈도가 늘어남에 따라 탐색을 할 마음은 없었지만 자연히 가네다 씨 일가의 사정이 보고 싶지도 않은 내 눈에 비쳤고, 알고 싶지도 않은 내 뇌리에 인상을 남기게 되는 것은 하는 수 없는 일이다. 큰 코 부인이 세수를 할 때마다 정성을 들여서 코만 닦는다는 점이나 도미코 아가씨가 콩고물 묻힌 떡을 어지간히도 드신다는 점이나, 그리고 가네다 군 자신이―가네다 군은 처자와는 어울리지 않게 코가 낮은 남자다. 코만 낮은 것이 아니라 얼굴 전체가 낮다. 어렸을 때 싸움을 하다가 골목대장한테 목덜미를 잡혀서 있는 힘껏 흙담에 얼굴이 뭉개졌을 때의 모습이 40년이 지난 오늘날까지 그대로 남아 있는 것이 아닐까 하고 의심할 정도로 밋밋한 얼굴이다. 아주 온화하고 위엄이 없게 보이는 얼굴임에는 틀림이 없지만 왠지 표정의 변화가 없다. 아무리 화를 내도 여전히 밋밋한 얼굴이다.—그런 가네다 군이 참치회만 먹으면 자기가 자기의 벗겨진 머리를 찰싹찰싹 때린다는 점이나, 얼굴만 낮은 것이 아니라 키도 작아서 자꾸만 챙이 높은 모자와 높은 나막신을 애용한다는 점이나, 그것을 운전사가 웃으면서 서생에게 이야기한다는 점이나, 서생이 그 말을 듣고 정말 치밀한 관찰력이라고 감탄한다는 점 등 일일이 열거할 수도 없을 정도이다.

요즘에는 부엌문 옆을 통해 안뜰로 들어가서 나지막한 언덕 그늘에서 건너편을 바라보다가 장지문이 꼭 닫혀 있고 조용하다 싶으면 살살 들어가 본다. 만약 사람의 목소리가 시끌벅적하게 나거나 방 안에서 내 모습이 보일 염려가 있다고 여겨지면 연못을 동쪽으로 돌아서 변소 옆을 통해 살짝 마루 밑으로 들어간다. 나쁜 짓을 한 기억이 없으니 굳이 숨을 일도, 겁을 낼 일도 없지만, 혹시라도 인간이라는 무법자를 만났다가는 재수가 없다고 포기할 수밖에 없는 사태가 발생한다. 따라서 세상이 도둑놈투성이가 되면 아무리 덕이 높은 군자라 해도 나와 같은 태도를 취할 수밖에 없을 것이다. 가네다 군은 당당한 실업가이니 당연히 도둑놈처럼 칼이나 창을 휘둘러 댈 염려는 없지만, 내가 들은 바에 따르면 사람을 사람같이 보지 않는 중병에 걸렸다고 한다. 사람을 사람같이 보지 않을 정도라면 고양이도 고양이처럼 보지 않을 것이다. 그러니 고양이라면 아무리 덕이 높은 고양이라도 그의 저택 안에서는 결코 방심할 수가 없다. 하지만 그렇게 방심할 수 없다는 점이 나로서는 재미있게 느껴지므로, 내가 이렇게까지 가네다의 집에 들락거리는 것도 따지고 보면 이런 위험을 무릅쓰고 싶어서인지도 모른다. 그 점에 대해서는 찬찬히 생각해 본 다음에 고양이의 뇌리를 남김없이 파헤쳐 보았을 때 다시 한번 이야기하 겠다.

오늘은 어떤가 하고 평소처럼 작은 언덕의 잔디 위에 턱을 괴고 앞 쪽을 둘러보았더니 넓은 거실을 활짝 열어 놓고, 안에서 가네다 부부 와 손님 한 사람이 한창 이야기 중이었다. 놀랍게도 큰 코 부인의 코 가 이쪽을 향하고 있어 연못 너머로 내 이마 위를 정면으로 노려보는 형국이었다. 인간의 코가 나를 노려보는 경험을 한 것은 오늘이 생전 처음이었다. 가네다 군은 다행히 옆을 보면서 손님을 상대하고 있어 그 밋밋한 부분이 반쯤 숨겨져 보이지 않았는데, 그 대신 코가 어디 있는지 알 수가 없었다. 그저 참깨 색깔의 콧수염이 이상한 곳에서 난 잡하게 나 있으니까, 그 위에 구멍 두 개가 있을 것이라는 결론만큼은 어렵지 않게 낼 수 있었다. 봄바람도 저렇게 돌기가 없는 얼굴 위로만 불어오면 참 편하겠다고, 사족이지만 그런 상상을 해 보았다. 손님은 세 사람 중에서 제일 평범한 외모를 가지고 있었다. 다만 너무 평범해 서 뭐 한 가지 이렇다 하고 소개할 만한 부분이 없었다. 보통이라고 하면 괜찮게 들리지만 보통 중에서도 지극히 평범한 범위에 들고, 범 용의 극치를 달리는 것이 오히려 불쌍하기 짝이 없다. 이렇게 무의미 한 면상으로 이 세상에 태어나는 숙명을 가지고 메이지 시대에 살고 있는 이 사람은 누구일까? 여느 때처럼 마루 밑으로 가서 그 이야기 를 들어 보지 않으면 알 수가 없는 일이다.

"… 그래서 집사람이 일부러 그 남자네 집까지 찾아가서 상태를 물어보았는데 말이야…"

가네다 군은 여느 때와 마찬가지로 거만한 말투로 이야기하고 있 었다. 거만하기는 해도 허약한 곳은 눈곱만큼도 없다. 말씨도 그의 얼 굴 모양처럼 밋밋하기 짝이 없다.

"그렇군요. 그 남자가 미즈시마 씨를 가르친 적이 있으니까요…. 그렇군요, 정말 좋은 생각을 하셨어요. … 그렇군요."

손님은 '그렇군요'만 연발하였다.

"그런데 도무지 종잡을 수가 없더란 말이지."

"예에, 구샤미라면 종잡을 수가 없는 것도 당연하지요. 그 남자는 제가 같이 하숙하던 시절부터 정말 미적지근한 인간이었으니… 정말 난처하셨겠군요."

손님은 큰 코 부인 쪽을 바라보았다.

"난처했다 뿐이겠습니까? 세상에, 저는 살다 살다 남의 집에 가서 그렇게 무례한 대접을 받아 본 적은 처음이었답니다."

큰 코 부인은 여전히 콧김을 거세게 내뿜으며 말했다.

"뭔가 무례한 말씀이라도 드렸나요? 옛날부터 고집이 센 성품이어서… 아무튼 10년을 하루같이 독해만 하는 교사로 있는 것만 보아도 짐작이 가지 않겠습니까?"

손님은 적당히 비위를 맞춰 주고 있었다.

"아니, 도대체 말이 되지 않을 정도였다고 하네. 집사람이 뭐 하나 물어보면 두말할 것도 없이 쏘아붙였다지…."

"그것참 괘씸한 일이군요. 대개 학문을 좀 한다고 하면 거만해지기 일쑤이고, 게다가 가난하게 지내다 보면 오기까지 생기니까요. 아무튼 요즘에는 버릇이 없는 작자들이 너무 많지요. 자기가 아무것도 하지 못한다는 점은 생각지도 않고 공연히 재산이 있는 사람한테 대들려고 하니 말입니다. 마치 자기들 재산을 빼앗기기라도 한 기분으로 달려들곤 하니 어이가 없지 않습니까? 하하하."

손님은 재미있다는 듯이 웃었다.

"정말이지 말도 안 되는 일이야. 저런 작자는 필경 세상이 어떤지를 몰라서 그런 허튼 수작을 부리는 것이야. 그래서 정신을 차리게 하려고 내가 혼을 좀 내 주었지."

"그렇군요. 그랬다면 상당히 충격을 받았겠습니다. 본인을 위해서도 아주 잘하신 일이군요."

손님은 어떻게 혼을 냈는지 그 방법도 듣기 전에 벌써 동의를 표했다.

"그런데 스즈키 씨, 이게 얼마나 고집이 센 놈인지 모르겠어요. 학교에 나가서도 후쿠치 씨나 쓰키 씨하고는 말도 하지 않는다고 합니다. 혼이 좀 나서 잠잠한가 싶었더니 얼마 전에는 잘못도 없는 저희 집 서생을 지팡이를 휘두르며 쫓아냈느냐고 하네요. 서른도 넘은 작자가 어떻게 그런 말도 안 되는 짓을 저지를 수 있는지, 원. 아무래도 막무가내가 되어서 머리가 좀 이상해진 것이 아닐까 싶네요."

"아니, 어째서 또 그런 황당한 일을 저질렀을까요?"

손님도 그 이야기를 듣더니 다소 이상하다는 생각이 든 모양이었다.

"그게, 그저 그 남자 앞을 지나치면서 뭐라고 한마디했다는 겁니다. 그랬더니 느닷없이 지팡이를 들고 맨발로 쫓아 나왔다는군요. 뭐라고 했는지는 모르지만 그래도 아직 나이가 어린 서생이 아닙니까? 그런데 수염까지 기른 어른이, 그것도 교사라는 자자가 그렇게 달려들어야 되겠습니까?"

"안 되지요. 그래도 교사는 그러면 안 되지요."

손님이 이렇게 말하자 가네다 군도 말을 보탰다.

"암, 교사는 안 되고말고."

교사인 이상 어떠한 모욕을 당해도 나무토막처럼 가만히 있어야 한다는 것이 이 세 사람이 내린 일치된 결론이었다.

"게다가 그 메이테이라는 남자도 어지간히 이상한 사람이에요. 아무런 쓸모도 없는 거짓말을 늘어놓는다니까요. 저는 그렇게 이상한 사람은 생전 처음 보았답니다."

"아아, 메이테이 말입니까? 여전히 허풍을 떨면서 다니는 모양이더군요. 그 사람도 구샤미네 집에서 만나신 모양이지요? 그 인간한테 걸리면 아주 골치가 아픕니다. 그자도 옛날에 같이 자취하던 동료였는데 사람을 너무 깔보는 바람에 자주 싸우기도 했지요."

"그야 누구든 화가 나겠지요, 저 모양이면…. 물론 거짓말을 할 수도 있지요. 세상 살다 보면 체면이 서지 않는다거나, 혹은 말을 맞춰야 한다거나 할 때 말입니다. 그럴 때는 누구나 마음에도 없는 거짓말을 하기도 하니까요. 하지만 그 남자가 하는 걸 보면 굳이 거짓말을 하거나 허풍을 떨지 않아도 되는데 끊임없이 그런 말을 늘어놓고 있으니 문제가 아닙니까? 뭐가 아쉬워서 그런 엉터리를… 어떻게 그렇게 뻔뻔스럽게 늘어놓는지 모르겠다는 생각이 들었답니다."

"참으로 옳으신 말씀입니다. 그저 도락으로 허풍을 떨고 거짓말을 늘어놓으니 문제지요."

"그래서 모처럼 진지한 마음으로 들으러 간 미즈시마 씨에 관한 이야기도 엉망진창이 되었답니다. 저는 정말 속이 뒤틀리고 화가 나서…. 그래도 예의라는 것이 있으니까, 남의 집에 뭘 물으러 가서 모르는 척 시치미를 떼면 안 되니까, 나중에 운전사한테 맥주 한 상자를 가지고 가게 했답니다. 그런데 세상에 뭐라고 했는지 알아요? 이런 물건을 받을 이유가 없다, 도로 가지고 가라고 했답니다. 아니, 이건 사례니까 아무쪼록 그냥 받아 달라고 운전사가 말했답니다. 그랬더니 그 남자는 얄밉게도 나는 잼은 매일 같이 먹지만 맥주처럼 쓴 것은 마신 적이 없다면서 휑하니 안쪽으로 들어가 버렸다지 뭡니까. 거절

180

하는 말씨도 그렇지, 어떻게 그렇게 실례되는 말을 마구 내뱉을 수 있는지…."

"그건 정말 너무했군요."

손님도 이번에는 정말로 너무했다고 느끼는 모양이었다.

"그래서 오늘 일부러 자네를 오라고 한 것인데 말이야."

잠시 후 가네다 군의 목소리가 들렸다.

"그런 엉터리 같은 놈은 그저 뒤에서 놀림감으로 삼으면 그만이라고는 하지만 그래도 다소 곤란한 일이 있어서 말인데…."

가네다 군은 찬치회를 먹을 때처럼 자신이 벗겨진 대머리를 철썩철썩 내렸다. 물론 나는 마루 밑에 숨어 있으니 실제로 내렸는지 때리지 않았는지 보이지는 않았지만, 대머리를 때리는 이 소리는 요즘 상당히 익숙하게 들은 바가 있다. 비구니가 목탁 소리를 알아듣는 것처럼 마루 밑에 있어도 소리만 분명하면 곧바로 대머리를 치는구나, 하고 소리 감정을 할 수가 있다.

"그래서 자네의 힘을 좀 빌렸으면 하는데…."

"제가 할 수 있는 일이라면 무슨 일이든 서슴지 마시고 말씀하십시오. 이번에 도쿄에서 근무하게 된 것도 그동안 정말 여러 가지로 힘을 써 주신 결과가 아니겠습니까?"

손님은 기분 좋게 가네다 군의 부탁을 받아들였다. 지금 말한 것으로 보아서 이 손님은 역시 가네다 군에게 도움을 받은 사람인 모양이었다. 이거 점점 사건이 재미있게 전개되는걸. 오늘은 날씨가 너무 좋아서 별 생각 없이 그냥 와 봤는데, 이렇게 좋은 재료를 얻을 수 있다니 아주 뜻밖이다. 추석에 절에 들렀다가 우연히 승방에서 떡을 얻어먹게 된 꼴이다. 가네다 군이 어떤 일을 손님에게 부탁하나 싶어 마루 밑에서 귀를 쫑긋 세워 들었다.

"저 구샤미라고 하는 이상한 작자가 무슨 영문에서인지 미즈시마의 옆구리를 찌르면서 가네다의 딸에게 장가를 들면 큰일난다고 꼬드기는 모양이야…. 그렇지, 여보?"

"꼬드기는 정도가 아니랍니다. 저런 놈의 딸과 결혼을 하는 바보가 세상천지에 어디 있느냐고, 간게쓰 군한테 절대로 장가를 들어서는 안 된다고 한답니다."

"저런 놈이라니, 이런 버릇없는 놈. 정말 그런 말을 했단 말이야?"

"했다 뿐이겠습니까? 그것도 다 인력거꾼 집 아낙네가 알려 주러 왔다니까요."

"스즈키 군, 어떤가? 지금 들은 대로일세. 좀 골치 아픈 일이지?"

"아주 문제가 심각하군요. 다른 일이라면 몰라도 이런 일에는 제삼자가 공연히 참견할 수가 없는 법이 아닙니까? 그 정도는 아무리 몰상식한 구샤미라도 알 만한 일인데, 도대체 무슨 생각으로 그러는 것일까요?"

"그래서 말인데, 자네는 학생 시절부터 구샤미와 같은 집에서 지냈고, 지금이야 어떻든지 간에 예전에는 친밀한 사이였으니 이런 부탁을 하는 거야. 자네가 당사자를 만나서 사물의 이치를 잘 좀 타일러 주지 않겠나? 뭔가에 화가 나 있을지도 모르지만, 화를 내는 것도 다 그쪽이 잘못한 탓이라네. 그쪽이 얌전히 있어 주기만 하면 일신상의 편의도 충분히 봐 줄 수 있고, 마음에 거슬리는 일도 그만둬 줄 수 있지. 하지만 그쪽이 그렇게 나오면 이쪽도 다 생각이 있으니까…. 아무튼 그렇게 고집을 부리는 것은 본인에게 손해가 아닌가."

"예, 말씀하신 대로 어리석은 저항을 하는 것은 본인에게도 손해만 될 뿐이지 아무런 득이 되지 않지요. 제가 알아서 잘 타이르겠습니다."

"그리고 우리 딸도 여기저기서 달라는 말이 있으니 굳이 미즈시마에게 준다고 정한 것은 아니지만, 이런저런 이야기를 들어 보니 학문이나 인물이 썩 모자라지는 않은 것 같더군. 그러니 당사자가 공부해서 가까운 시일 내에 박사라도 된다면 혼인을 못 시킬 것도 없다는 정도로 은근히 말해 주어도 되겠네."

"그렇게 이야기해 주면 당사자도 힘을 얻어 열심히 공부에 정진하겠지요. 잘 알겠습니다."

"그리고 그 이상한 점 말인데, 미즈시마답지 않은 일이지만 저 괴팍한 구샤미를 선생님이라고 따르면서 그자가 하는 말이라면 잘 듣는 모양이어서 문제이네. 하기야 그건 꼭 미즈시마 혼자만 그런 것이 아니니 구샤미가 뭐라고 하면서 방해를 하든 내 쪽은 그리 문제될 것이 없네만…."

"하지만 그러면 미즈시마 씨가 불쌍하지 않습니까?"

큰 코 부인이 참견을 하였다.

"미즈시마라는 사람과는 만난 적이 없지만, 그야 이 댁과 혼사를 맺을 수 있으면 다시없는 영광일 테니 본인에게는 당연히 이견이 없겠지요."

"그럼요, 미즈시마 씨는 저희 딸과 결혼을 하고 싶어 하는데, 구샤미니 메이테이니 하는 이상한 작자들이 이러쿵저러쿵 옆에서 훼방을 놓고 있는 셈이지요."

"그건 정말 나쁜 일이군요. 교육을 받은 자들이 할 짓이 아닙니다. 제가 구샤미네 집에 가서 잘 이야기하겠습니다."

"그래, 귀찮은 일이지만 아무쪼록 잘 부탁하네. 그리고 사실은 미즈시마에 관한 것도 구샤미가 제일 잘 알고 있는 것 같은데, 지난번에 집사람이 갔을 때는 아까 말한 것처럼 제대로 듣지 못했으니, 자네 쪽에서 다시 한번 본인의 성품이나 재능 등에 대해서 자세히 알아봤으면 하네."

"잘 알겠습니다. 오늘은 토요일이니 지금 찾아가면 집에 돌아와 있을 겁니다. 요즘에는 어디에 살고 있는지요?"

"이 앞길을 따라 오른쪽 끝으로 가서 왼쪽으로 좀 가다 보면 무너질 것처럼 보이는 검은 담이 있는데 그 집이에요."

큰 코 부인이 가르쳐 주었다.

"그럼 아주 근처에 살고 있군요. 문제없습니다. 돌아가는 길에 잠시 들러 보지요. 쉽게 찾아갈 수 있을 겁니다. 대문에 이름도 붙어 있을 테니."

"팻말은 있을 때도 있고 없을 때도 있어요. 명함 뒤에 밥풀을 묻혀서 문에 붙여 두는 모양이에요. 비가 오면 떨어져 버린답니다. 그러면 날씨가 좋을 때 또 붙여 두곤 하지요. 그러니까 팻말은 믿을 것이 못 돼요. 그렇게 귀찮은 짓을 하느니 차라리 나무 팻말을 붙여 두면 될 텐데…. 정말이지 하는 짓마다 속을 모를 사람이라니까요."

"정말 놀라운 일이군요. 하지만 무너진 검은 담장이 있는 집을 물으면 대개 알 수 있겠지요."

"네, 그렇게 지저분한 집은 동네에 하나밖에 없을 테니 금방 알 수 있을 거예요. 아참, 그래도 모르겠으면 좋은 방법이 있군요. 아마 지붕에 잡초가 자라난 집을 찾아가면 틀림없을 거예요."

"어지간히 특색이 있는 집이군요. 아하하하."

스즈키 군이 왕림하시기 전에 돌아가지 않으면 곤란해질 것 같다. 이야기도 이 정도 들었으면 충분하다. 마루 밑을 따라가다가 변소에서 서쪽으로 돌아서 작은 언덕 그늘을 통해 큰길로 나가 잰걸음으로 지붕에 잡초가 나 있는 집으로 돌아와 시치미를 뚝 떼고 방의 툇마루에 올랐다.

주인은 툇마루에 깔아 놓은 하얀 담요 위에 배를 깔고 누워서 따뜻한 봄볕을 쬐고 있었다. 태양의 광선은 의외로 공평한 것이어서 지붕에 잡초가 나 있는 지저분한 집이어도 가네다 군의 거실처럼 밝고 따뜻해 보였는데, 아쉽게도 담요 때문에 봄날 같은 느낌이 들지 않았다. 제조회사에서도 흰색이라고 생각하며 짰고, 수입품 가게에서도 흰색이라고 하며 팔았을, 그래서 주인도 흰색이라고 주문하여 사 온 것인데, 그게 벌써 12, 13년 전의 일이었으니 흰색이었던 시대는 벌써 지나가고, 지금은 짙은 회색으로 변색된 시기에 이르렀다. 이 시기를 경과해서 이제 암흑색으로 변신할 때까지 이 담요의 수명이 계속될지는 의문이다. 지금도 벌써 무사한 곳 없이 다 해어져서 종횡의 짜임새가 그대로 드러날 정도이니, 담요라고 부르기도 부끄럽고 그저 헝겊 때기라고 해야 적당하다. 그러나 주인은 1년이 가고, 2년이 가고, 5년이 가고, 10년이 가도록 썼으니 평생토록 써야 한다고 생각하는 모양이었다. 정말 태평스럽기 짝이 없는 생각이다. 그래서 그렇게 인연이 깊은 담요 위에, 그것도 앞에서 말한 것처럼 배를 깔고 누워서 무엇을 하고 있는가 싶었더니, 두 손으로는 앞으로 내민 턱을 괴고 오른손 손가락 사이에는 잎담배를 끼고 있었다. 그냥 그것뿐이었다. 물론 그의 비듬투성이 머리 속에서는 우주의 대진리가 불로 된 수레처럼 회전하고 있을지 모르지만, 외부에서 보는 것만으로는 그런 상상을 꿈에도 할 수가 없다.

담뱃불은 점점 안쪽으로 타 들어가서 3센티미터가량 타 버린 재가 툭 하고 담요 위에 떨어졌는데, 이에 아랑곳하지 않고 주인은 열심히 담배에서 연기가 피어오르는 모습만 바라보고 있었다. 그 연기는 봄바람을 타고 떴다 가라앉았다, 일그러진 동그라미를 몇 개씩 만들어 내며 칠흑 같이 검은 부인의 머리카락 쪽으로 흘러가고 있었다. 아 참, 부인에 대해서 이야기해 두어야 하는데 깜박했다.

부인은 주인에게 엉덩이를 들이댄 채—뭐라고? 무례한 부인이라 고? 그다지 무례할 것도 없다. 예의가 있는지 없는지는 서로가 내리 는 해석에 따라 어떻게든 바뀔 수가 있다. 주인은 아무렇지도 않게 부 인의 엉덩이 쪽을 향해 턱을 괴고 있고, 부인은 아무렇지도 않게 주 인의 코앞에 장엄한 엉덩이를 들이대고 있다는 것일 뿐 무례고 뭐 고 따질 일이 아니다. 두 사람은 결혼한 지 1년도 지나지 않아 예의 범절이라고 하는 딱딱하고 골치 아픈 것들에서 벗어난 초연한 부부 이다.—그래서 이렇게 주인에게 엉덩이를 들이대고 있는 부인은 무슨 생각에서인지 오늘 날씨에 힘입어 지나치다 싶을 정도로 긴 머리카락 을 생달걀로 열심히 감았던 것으로 보인다. 그래서 그냥 풀어헤친 머 리를 보라는 듯이 어깨에서 등으로 늘어뜨린 채 말없이 아이들의 민 소매 옷을 열심히 깁고 있었다. 사실은 그렇게 감은 머리를 말리기 위 해 이불과 바느질 상자를 툇마루에 내놓고 주인에게 엉덩이를 들이 댄 자세로 앉아 있었던 것이다. 혹은 주인 쪽에서 엉덩이가 있는 쪽으 로 얼굴을 향했던 것인지도 모른다. 그리고 주인은 아까 말한 담배 연 기가 풍성하게 늘어진 검은 머리 사이로 흘러 흘러서 때아니게 아지 랑이가 피어오르는 모양새를 쳐다보는 데 여념이 없었다. 하지만 원 래 연기란 한군데에 머무르는 것이 아니다. 그것이 가진 특성상 자꾸 만 위로 올라가게 되어 있으니 주인의 눈도 이 연기가 머리카락과 어 우러지는 진풍경을 제대로 보려면 아무래도 눈을 움직이지 않을 수 없다. 주인은 우선 허리 부분부터 관찰하기 시작해서 서서히 등을 따 라 올라가 어깨에서 목덜미에 시선이 이르렀는데, 그것을 지나쳐서 드 디어 정수리에 다다랐을 때 자기도 모르게 앗 하고 놀랐다. 주인이 백

년해로를 맹세한 부인의 정수리 한가운데에 동그랗게 커다란 땜빵이 있었다. 더구나 그 부분이 따뜻한 햇빛을 받아서 바야흐로 자기의 시간을 만난 것처럼 반짝이고 있었다. 뜻하지 않은 곳에서 이렇게 신기한 대발견을 한 주인의 눈은 눈부심 속에서도 충분한 놀라움을 나타냈고, 밝은 광선으로 동공이 열리는 것도 상관하지 않고 정신없이 그곳을 바라보고 있었다. 주인이 이 땜빵을 발견했을 때 제일 먼저 그의 뇌리에 떠오른 것은 그 집안 대대로 내려와서 몇 세기 동안 불단을 장식하고 있던 등잔 접시였다. 그의 집안은 죠도신슈淨土眞宗*였는데, 죠도신슈는 신분에 어울리지 않게 불단에 많은 돈을 들이는 종파이나. 주인은 어렸을 때 사기 집 창고 속 어두컴컴한 곳에 두꺼운 금박으로 장식된 불상이 있었고, 그 불상 앞에는 언제나 놋쇠로 된 등잔 접시가 놓여 있었으며, 그 접시에는 대낮에도 작은 불이 피워져 있었던 것을 기억하고 있다. 주위가 어두운 속에서 이 등잔 접시가 비교적 밝게 빛나고 있었기 때문에, 어린 마음에 그 불을 몇 번이고 보았을 때의 인상이 부인의 머리에 생긴 땜빵을 보면서 갑작스럽게 떠올랐던 것이다. 등잔 접시는 1분도 지나지 않아 사라졌다. 이번에는 관음상의 비둘기가 생각났다. 관음상의 비둘기와 부인의 땜빵 사이에는 아무런 관계도 없어 보이지만 주인의 머릿속에서는 그 둘이 밀접한 연관을 가지고 있었다. 마찬가지로 어렸을 때 아사쿠사浅草에 가면 어김없이 비둘기 먹이를 사서 뿌려 주었다. 먹이는 한 접시에 2푼이었고, 붉은 토기에 담겨 있었다. 그 토기의 색깔이나 크기가 바로 이 땜빵과 아주 비슷했다.

"정말 비슷하게 생겼는걸."

* 일본 불교의 일파.

주인이 신기하다는 듯이 말했다.

"뭐가 말이에요?"

부인이 돌아보지도 않고 물었다.

"당신 머리에 아주 큰 땜빵이 있는데 알고 있어?"

"네."

부인은 여전히 일손을 멈추지 않은 채 대답했다. 남편이 발견한 것이 별로 두렵지도 않은 모양이었다. 초연한 모범 부인이다.

"결혼했을 때부터 있었던 거야? 아니면 결혼 후에 생긴 거야?"

만약 결혼하기 전부터 있었다면 자기가 속은 것이 아니냐고, 입밖으로 내지는 않았어도 속으로는 그렇게 생각하였다.

"언제 생겼는지 저도 모르겠어요. 땜빵 같은 건 아무래도 상관이 없잖아요."

부인은 득도를 한 사람 같았다.

"아무래도 상관이 없다니, 당신 머리잖아!"

이렇게 따지는 주인의 목소리에는 다소 노기가 배어 있었다.

"제 머리니까 아무래도 상관이 없는 거지요."

부인도 그렇게 대꾸했지만 조금은 신경이 쓰였는지 오른손을 머리 위에 얹어서 빙글빙글 땜빵 자리를 쓰다듬어 보았다.

"어머, 그새 꽤 커졌네. 이렇게 된 줄은 몰랐는데."

이렇게 말하는 것으로 보아 자기 나이에 비해 땜빵이 너무 크다는 사실을 이제야 자각한 모양이었다.

"여자는 머리를 묶어서 올리면 이 부분이 당겨지니까 다들 이렇게 빠지는 거예요."

부인이 소심하게 변명을 했다.

"그 정도 속도로 땜빵이 커지다가는 마흔 살이 되었을 즈음에는 아예 홀랑 벗겨져 있겠네. 그건 틀림없이 무슨 병일 거야. 전염될지도 모르니까 당장이라도 아마키 씨한테 진찰을 받도록 해."

주인은 자꾸만 자기 머리를 매만지며 말했다.

"저한테 그런 말씀을 하시지만, 당신도 콧구멍에 흰털이 나 있지 않나요? 땜빵이 전염된다면 흰털도 전염이 되겠네요."

부인은 다소 화가 난 것 같았다.

"콧구멍 속의 흰털은 보이지 않으니 해가 될 것이 없지만 정수리가… 그것도 젊은 여자의 정수리가 그렇게 대머리가 되면 보기 싫잖아. 그건 불구야."

"제가 불구라면 어째서 지한테 장가를 드셨어요? 자기가 좋아서 결혼하고는 지금 와서 불구라니…."

"나는 몰랐으니까 그랬지. 오늘까지 전혀 몰랐단 말이야. 그렇게 떵떵거릴 거면 시집올 때 어째서 머리를 보여 주지 않은 거야?"

"그게 무슨 얼토당토않은 말씀이에요? 어느 세상에 머리카락을 보고 합격해야만 시집을 갈 수 있다는 법이 있답니까?"

"대머리는 그래도 참을 수 있지만 당신은 남들보다 한참 키가 작잖아. 아주 보기가 싫은 점이야."

"키는 한눈에 보면 금방 알 수 있잖아요. 제 키가 남보다 작은 것은 처음부터 다 알고 결혼을 했지 않나요?"

"그야 알고는 있었지. 알고는 있었어도 그래도 좀 더 자라지 않을까 싶어서 장가를 들었지."

"스무 살이 넘은 사람한테 키가 클 것을 바라다니… 당신도 어지간히 남을 업신여기시는군요."

부인은 바느질하던 옷을 내동댕이치고 주인 쪽으로 몸을 놀렸다. 대답하는 말에 따라서는 가만히 있지 않겠다는 태세다.

"스무 살이 넘었어도 키가 크지 못할 것은 없지. 시집온 다음에 영양가 있는 음식이라도 많이 먹이면 좀 크겠지 싶었단 말이야."

주인이 진지한 표정으로 이상한 논리를 늘어놓고 있는데, 현관의 벨이 기세 좋게 울리더니 "계십니까?" 하는 큰 목소리가 들렸다. 드디어 스즈키 군이 지붕 위의 잡초를 지표 삼아 구샤미 선생의 소굴로 찾아온 모양이었다.

부인은 싸움을 나중으로 미루고 허둥지둥 바느질 상자와 옷을 들고 다른 방으로 도망치듯 건너갔다. 주인은 쥐색 담요를 둘둘 말아 서재 안으로 집어던졌다. 이윽고 하녀가 들고 온 명함을 본 주인은 약간 놀라는 듯한 표정이 되었다가, 이쪽으로 안내해 드리라고 말한 다음 명함을 손에 쥔 채 변소에 들어갔다. 무슨 연유로 갑자기 변소에 들어갔는지 도무지 알 수가 없고, 무엇을 위해 스즈키 도주로鈴木藤十郎 군의 명함을 변소까지 들고 갔는지는 더욱 설명하기 힘들다. 아무튼 냄새나는 곳까지 수행을 명령받은 명함만 불쌍할 뿐이다.

하녀가 방석 하나를 장식단 앞에 놓더니 "이쪽에서 기다려 주세요."라고 말하고는 물러갔다. 방에 들어온 스즈키 군은 우선 실내를 둘러보았다. 장식단에 걸려 있는 '화개만국춘花開萬國春'이라는 모쿠안木菴*의 가짜 글씨와 교토에서 만들어진 싸구려 청자에 꽂아 놓은 벚꽃 가지 등을 일일이 차례차례 점검한 후에 문득 하녀가 권한 방석 위를 보았더니 어느새 고양이 한 마리가 자리를 잡고 앉아 있었다. 말할 나위도 없이 그것은 바로 나 자신이었다. 이때 스즈키 군의 마음속에 잠시 동안 안색에는 드러나지 않은 작은 파문이 일어났다. 이 방석은 의심할 여지없이 스즈키 군을 위해 깔린 것이다. 자신을 위해

* 중국의 선승(1611~1648).

깔린 방석 위에 자기가 앉기도 전에 묻지도 않고 이상한 동물이 태연하게 웅크리고 있다. 이것이 스즈키 군의 마음의 평안을 깨는 첫 번째 조건이었다. 만약 이 방석이 하녀에 의해 권해진 채 주인도 없이 봄바람 부는 대로 방치되었다면 스즈키 군은 일부러 겸손의 뜻을 표하기 위해 주인이 앉으라고 할 때까지 딱딱한 방바닥 위에서 참고 있었을지도 모른다. 그러나 조만간 자신이 차지해야 할 방석 위에 인사도 없이 앉아 있는 것이 누구인가? 인간이라면 양보할 수도 있겠지만 고양이라니 괘씸하다. 차지하고 앉은 자가 고양이라는 사실이 더욱 불쾌감을 느끼게 하였다. 이것이 스즈키 군이 마음의 평안을 깨는 두 번째 조건이었다. 마지막으로 이 고양이의 태도가 더욱 마음에 거슬린다. 조금은 불쌍하게 보이거나 겸손해 보이기는커녕 앉을 권리도 없는 방석 위에 거만하게 웅크리고 앉아서는, 애교도 없는 둥그런 눈을 깜박거리며 너는 누구냐고 따지려는 것처럼 스즈키 군의 얼굴을 쳐다보고 있다. 이것이 평안을 파괴하는 세 번째 조건이었다. 그렇게 불만이 많다면 내 목덜미를 잡아서 끌어내리면 될 터인데, 스즈키 군은 가만히 바라보고만 있었다. 당당한 인간이 고양이 따위가 두려워서 손을 쓰지 못할 리가 없는데, 어째서 빨리 나를 처분하여 자신의 불평을 터뜨리지 않는가 하면, 이것은 아무래도 스즈키 군이 일개 인간으로서 자신의 체면을 유지하려는 자존심 때문인 것으로 보인다. 완력을 행사한다면 삼척동자라도 나를 자유롭게 다룰 수 있겠지만 체면을 중시한다는 점에서 생각하면 아무리 가네다 군의 손발인 스즈키 도주로라도 이 2척 사방의 방석 한가운데에 자리 잡고 있는 고양이 신을 어떻게 처치할 수가 없는 것이다. 아무리 남이 보고 있지 않은 곳이라도 고양이와 자리싸움을 했다고 한다면 아무래도 인간의 위엄에 금이 간다. 고양이 따위를 진지하게 상대해서 잘못을 바로 잡겠다고 나서는 것은 너무 속없는 사람 같다. 우스운 일이다. 이런 불명예스러운 일을 피하기 위해서 다소의 불편함 정도는 감수해야 한다. 그러나 참고 감수해야 하는 만큼 더욱더 고양이에 대한 증오의 마음은 깊어지기 때문에, 스즈키 군은 가끔 내 얼굴을 보면서 씁쓰레한 표정을 지었다. 나는 스즈키 군의 불만스러운 표정을 보는 것이 재미있어서 우스운 것을 참으며 될 수 있는 대로 아무렇지 않은 얼굴로 버티고 있었다.

나와 스즈키 군 사이에 이렇게 무언의 싸움이 일어나고 있는 동안 주인은 옷매무새를 고치고 변소에서 나와 "오랜만일세." 하며 자리에 앉았다. 그런데 손에 들고 있던 명함이 자취도 없이 사라진 것으로 보아 스즈키 도주로 군의 이름은 냄새나는 곳에서 무기징역에 처해진 모양이었다. 그 명함이야말로 억울하게 액운을 만났군, 하고 생각할 틈도 없이 주인은 "이 녀석이!" 하고 내 뒷덜미를 잡더니 "에이!" 하고 툇마루에 내동댕이쳤다.

"자, 방석을 깔고 앉게. 오랜만이군. 언제 도쿄로 나왔나?"

주인은 옛 친구에게 방석을 권했다. 스즈키 군은 방석을 뒤집은 다음에야 그 위에 앉았다.

"아직도 이리저리 정신없이 바쁜 바람에 알리지도 못했지만 사실은 얼마 전부터 도쿄 본사로 돌아오게 되었지…."

"그것 아주 잘되었군. 꽤 오랫동안 만나지 못했지? 자네가 시골로 간 후로는 처음 아닌가?"

"응, 벌써 10년 가까이 되었네. 하기야 그 뒤로도 가끔 도쿄에 나온 적이 있었지만 아무래도 볼일이 많아서 얼굴도 보지 못하고 말았지. 너무 섭섭하게 생각하지 말아 주게. 회사는 자네가 하는 일과 달라서 정말 바쁘게 돌아가거든."

"10년이 지나는 사이에 참 많이 변했구만."

주인은 스즈키 군을 올려다보았다가 내려다보았다가 했다. 스즈키 군은 머리를 깔끔하게 빗어 넘기고 영국에서 만들어진 양복을 입고, 화려한 옷깃 장식을 하고, 가슴에는 금줄까지 반짝이게 하고 있는 차림새여서 아무리 보아도 구샤미의 친구로는 보이지 않았다.

"응, 이런 것까지 차고 다니지 않을 수 없게 되었지."

스즈키 군은 자꾸만 금줄을 만지작거렸다.

"그건 진짜 금인가?"

주인이 무례한 질문을 하였다

"18금 일세."

스즈키 군이 웃으면서 대답하고는 이렇게 물었다.

"자네도 어지간히 나이를 먹었군. 자녀들도 있다고 들었는데 하나인가?"

"아니."

"둘?"

"아니."

"더 있단 말인가? 그럼, 셋?"

"응, 셋일세. 앞으로도 얼마나 더 생길지 모르지."

"여전히 태평스러운 말을 하고 있군그래. 제일 큰 아이가 올해 몇이나 되었나? 벌써 꽤 컸겠지?"

"응, 정확하게 몇 살인지는 모르지만 아마 여섯 살이나 일곱 살쯤 되었을 걸세."

"하하하, 교사는 속이 편해서 좋구먼. 나도 선생이나 될 걸 그랬어"

"되어 보지 그런가? 사흘만 지나면 도망칠걸세."

"그럴까? 그래도 품위 있고, 속 편하고, 시간도 많고, 자기 좋은 공부도 할 수 있으니 좋지 않은가? 실업가도 나쁘지 않지만 우리 정도 수준으로는 어림도 없지. 실업가가 되려면 훨씬 윗자리에 올라가야 하네. 아래쪽에 있으면 아무래도 마음에도 없는 아부도 해야 하고, 원하지도 않는 술잔을 받으러 가야 하니 말도 못 하게 고달프지."

"난 실업가는 학생 시절 때부터 딱 질색이었네. 돈만 생긴다면 무슨 일이든 하는, 옛날로 말하자면 천한 상것이 아닌가?"

실업가를 면전에 두고 속 편한 소리를 늘어놓았다.

"설마… 그렇게만 말할 수도 없지만 조금은 천한 구석이 있기는 하지. 아무튼 돈이랑 같이 죽을 각오로 일하지 않으면 안 되니까…. 그런데 그 돈이라는 것이 아주 요물이어서, 지금도 어떤 실업가한테 가서 듣고 오는 길인데, 돈을 벌려고 하면 '삼=빼기법'을 써야 한다고 하더군. 의리 빼기, 인정 빼기, 체면 빼기, 그래서 삼빼기라고 한다네. 재미있지 않은가? 하하하하."

"누군가, 그런 얘기를 하는 멍청이가?"

"멍청하기는, 상당히 머리가 좋은 사람이지. 실업가들 중에서는 좀 유명한데 말이야. 자네도 알지 모르겠네. 요 앞 큰길가에 집이 있는데."

"가네다 말인가? 그게 뭐가 대단한가?"

"꽤나 화가 나 있는 모양이군. 물론 그야 농담에 불과하겠지만 말이야, 그 정도로 하지 않으면 돈을 모을 수가 없다는 말이지. 자네처럼 그렇게 진지하게 받아들이면 곤란하네."

"삼빼기는 농담이어도 괜찮지만 그 집 여편네의 코는 뭔가? 자네도 그 집에 갔다면 보고 왔을 것 아닌가, 그 코를!"

"부인 말인가? 꽤 서글서글한 사람이지."

"코 말일세, 그 커다란 코 말이야. 얼마 전에 나는 그 코에 대한 하이쿠를 만들었지."

"하이쿠가 도대체 뭔가?"

"하이쿠를 모른단 말인가? 자네도 어지간히 세상 물정에 어둡군."

"아아, 나처럼 바쁘게 살다 보면 문학 같은 데에는 아무래도 무지하게 된다네. 게다가 예전부터 그다지 좋아하지 않는 편이었지."

"자네, 샤를마뉴*의 코가 어떻게 생겼는지 아는가?"

"아하하하, 어지간히 속이 편하군그래. 난 모르겠네."

"웰링턴**은 부하들한테 코대장이라는 별명으로 불렸다네. 자네는 아는가?"

"그렇게 코에만 신경을 쓰다니, 왜 그러는가? 아무려면 어떤가, 코가 둥글넓적하든, 뾰족하든 말이야."

"아니, 절대로 그렇지 않네. 자네 파스칼***을 알고 있는가?"

"또 아느냐고 묻는가? 마치 시험을 치러 온 기분이군그래. 파스칼이 어쨌는데?"

"파스칼이 이런 말을 했지."

"어떤 말?"

"만약 클레오파트라의 코가 조금만 낮았다면 세계 지도에 큰 변화가 일어났을 것이라고."

"그렇군."

"그러니까 자네처럼 그렇게 코에 대해서 아무렇지도 않게 생각하

---

* 프랑크 왕국의 왕·서로마 제국의 황제(742?~814).
** 영국의 군인·정치가(1769~1852).
*** 프랑스의 철학자(1623~1662).

면 안 되는 것이야."

"그래, 알겠네. 앞으로는 소중하게 생각하지. 그건 그렇다 치고 오늘 이렇게 온 것은 자네에게 좀 할 말이 있어서인데. 혹시 전에 자네가 가르쳤다고 하는 미즈시마… 에에, 미즈시마, 에에… 잠깐 생각이 나지 않는군. 왜 자네 집으로 자주 찾아온다는 사람 말일세."

"간게쓰 말인가?"

"그래그래, 간게쓰 간게쓰. 그 사람에 대해서 좀 묻고 싶은 것이 있어서 왔는데 말이야."

"결혼 때문에 그런 것 아닌가?"

"뭐 그런 것 비슷한 일이지. 오늘 가네다 씨 저택에 갔더니…."

"얼마 전에 코가 직접 찾아왔더군."

"그래? 하기야 그랬다고 부인이 말하더군. 구샤미 씨에게 잘 여쭤보려고 찾아뵈었더니, 마침 메이테이가 와 있어서 옆에서 참견을 하는 바람에 뭐가 뭔지 모르게 되었다고 말이야."

"그런 코를 달고 오니까 문제지."

"아니, 자네에 대해서 뭐라고 하는 것이 아닐세. 저 메이테이 군이 끼는 바람에 그리 자세한 것을 물어보지 못했다고, 그래서 아쉬운 마음이 있으니 나보고 가서 잘 물어봐 주지 않겠느냐고 하더군. 나도 지금까지 이런 부탁을 받아 본 적은 없지만 만약 당사자들끼리 싫어하는 것이 아니라면 중간에 서서 혼인을 성사시키는 것도 나쁜 일이 아니지 않은가? 그래서 이렇게 찾아왔지."

"수고가 많군."

주인은 냉담하게 대답했지만 마음속으로는 '당사자들끼리'라는 말을 듣고 무슨 영문인지는 모르지만 마음이 좀 움직였다. 찌는 듯한 더위가 기승을 부리는 열대야에 한 줄기 서늘한 바람이 소매를 스치고 지나간 듯한 기분이 되었다. 원래 우리 주인은 무뚝뚝하고, 고집이 센 것을 바탕으로 제조된 남자이다. 하지만 냉혹하고 몰인정한 문명의 산물과는 또 다른 종류의 사람이다. 남이 뭐라고 하면 화를 내면서 펄펄 뛰지만, 그래도 그 말을 통해 일이 어떻게 돌아가는지는 알수 있었다. 지난번에 코랑 싸운 것은 코가 마음에 들지 않아서였지, 코의 딸에게는 아무런 잘못이 없다. 실업가는 딱 질색이니까 실업가인 가네다 군도 싫기는 하지만 그것도 그 집 딸과는 상관이 없는 일이라고 해야 한다. 그 집 딸에게는 좋은 감정도 싫은 감정도 없고, 간게쓰는 자기가 친동생보다도 아끼는 제지이다. 만약 스즈키 군이 말하는 것처럼 당사자들끼리 좋아하는 사이라면 간접적으로라도 그것을 방해하는 것은 군자가 할 일이 아니다.─구샤미 선생은 이래 봬도자기를 군자라고 생각하고 있다.─만약 당사자들끼리 좋아하는 사이라면─하지만 그것이 문제이다. 이 사건에 대해 자신의 태도를 정하려면 우선은 그 점부터 확인하지 않으면 안 된다.

"자네, 그 집 딸은 간게쓰한테 시집을 오고 싶어 하는가? 가네다나코는 어쨌건 상관이 없네. 문제는 그 집 딸이지. 그래, 그 딸의 뜻은 어떤가?"

"그야, 그게… 그러니까… 아무래도… 아마, 시집을 오고 싶어 하겠지."

스즈키 군의 대답은 영 희미했다. 사실은 간게쓰에 대한 이야기만듣고 보고 하면 된다는 생각에 그 집 따님의 생각까지는 확인하지 않고 왔던 것이다. 따라서 물 흐르듯이 매끄럽게 말을 이끌어 나가던스즈키 군도 잠시 멈칫거리는 것 같았다.

"'싶어 하겠지'라니 그것참 막연한 말이군."

주인은 무슨 일이든 정면으로 부딪치지 않으면 직성이 풀리지 않는 모양이었다.

"아니, 그건 내가 좀 잘못 말했네. 따님 쪽에도 분명히 그런 뜻이 있다네. 정말 그렇다니까. 어, 그건 부인이 나한테 그렇게 말해 주었지. 듣자 하니 가끔 간게쓰 군의 험담을 할 때도 있다고 하더군."

"그 아가씨가 말인가?"

"그래."

"괘씸한 아가씨로군, 험담을 하다니. 아니, 그러면 간게쓰한테 마음이 없는 것 아닌가?"

"그런데, 그 점이 또 세상 사는 묘미가 아닌가? 자기가 좋아하는 사람에 대한 험담을 일부러 하고 싶은 경우도 있으니 말이야."

"그렇게 말도 안 되는 경우가 어디에 있단 말인가?"

주인은 그렇게 사람의 미묘한 심리에 대한 이야기를 들어도 도무지 느낌이 오지 않는다.

"그런 말도 안 되는 경우가 세상에는 많이 있으니 문제지. 실제로 가네다 부인도 그렇게 해석하고 있던걸. 물에 불려 놓은 수세미 같다고 가끔 간게쓰 군의 험담을 할 정도니 어지간히 마음속으로 생각하고 있는 것이 틀림없다고 말이야."

주인은 이 불가사의한 해석을 듣고 너무 뜻밖이어서 그런지 눈이 휘둥그레지면서 대답도 하지 않은 채 스즈키 군의 얼굴을 점쟁이 쳐다보듯이 멍하니 바라보고만 있었다. 스즈키 군은 이 인간이 이렇게 반응하는 것을 보니 자칫하다가는 일을 그르치겠다고 느꼈는지 주인도 분명하게 알 수 있는 방향으로 화제를 옮겼다.

"자네가 생각해 봐도 알 수 있지 않은가? 저렇게 재산도 있고, 저만한 미모도 있으니 어느 곳이든 알 만한 집안으로 시집을 보낼 수 있지 않겠는가? 간게쓰 군도 대단할지 모르지만 신분으로 따지자면—아니, 신분이라고 하면 실례가 될지 모르겠군.—재산이라는 점에서 보자면, 그야 누가 보아도 두 사람이 어울리지는 않으니까. 그런데 내가 일부러 이렇게 찾아올 정도로 부모가 신경을 쓰고 있다면 그것은 본인이 간게쓰 군에게 마음을 두고 있으니까 그렇지 않겠는가?"

스즈키 군은 꽤나 그럴듯한 논리로 설명을 해 주었다. 이번에는 주인도 납득이 된다는 표정을 짓자, 스즈키 군은 겨우 안심을 한 것 같았다. 하지만 이런 곳에서 우물쭈물하고 있다가는 또 말도 안 되는 방해를 받을 수가 있으니 얼른 이야기를 진행시켜서 한시라도 빨리 사명을 완수하는 편이 안전하겠다고 생각하였다.

"그래서 말이지, 방금 말한 그런 사정이 있으니까 그쪽에서 말하기로는 돈이니 재산 따위는 필요 없으니 그 대신에 당사자에게 그럴듯한 자격이 있었으면 한다. 자격이라고 하면 지위나 명예라고 할 수 있겠지. 박사가 되면 딸을 주어도 된다는 식으로 거만하게 따지자는 것이 아니라… 그러니까 오해를 하면 안 되네. 지난번에 부인이 왔을 때는 메이테이 군이 있어서 묘하게 말꼬리를 잡고 늘어지는 바람에… 아니, 자네가 잘못했다는 것이 아니야 부인도 자네에 대해서는 말을 꾸미지 않는 정직하고 좋은 분이라고 칭찬하고 있다네. 아무튼 메이테이 군이 문제였던 것 같아. 아무튼 그래서 본인이 박사가 되어 주기라도 하다면 상대편에서도 남들에게 이렇다 하고 내놓을 만한 것이 있으니 체면이 서지 않겠느냐는 것이지. 어떤가? 조만간 미즈시마 군이 박사 논문이라도 제출해서 박사 학위를 받을 만한 일은 없겠는가? 물론 가네다 씨도 집안만 생각한다면 박사도 학사도 필요 없다고 한다네. 다만 세상의 이목이라는 것이 있으니 그리 가볍게 일을 진행시킬 수도 없지 않겠는가?"

이런 말을 듣고 보니 상대편에서 박사 학위를 요구하는 것도 구태여 억지를 부리는 것처럼 느껴지지는 않았다. 억지가 아니라고 생각을 하게 되니 스즈키 군의 부탁대로 해 주고 싶어졌다. 주인을 죽이는 것도 살리는 것도 스즈키 군의 마음에 달려 있었다. 역시 주인은 단순하고 정직한 사내이다.

"그럼 다음에 간게쓰가 오면 박사 논문을 쓰라고 내가 권해 보겠네. 하지만 당사자가 가네다 댁 딸과 결혼을 하고 싶어 하는지 우선은 그것부터 따지고 봐야 하겠지."

"따지고 보다니, 그렇게 딱딱하게 일을 진행시키면 어떻게 경사스러운 일을 성사시킬 수 있겠나? 아무래도 평소처럼 이야기를 하면서 은근하게 의중을 떠보는 것이 제일일세."

"은근하게 의중을 떠본다고?"

"응, 의중을 떠본다고 하면 좀 어폐가 있을지도 모르지. 아니, 굳이 그렇게 의식적으로 하지 않아도 이야기를 하다 보면 자연스럽게 알게 되지 않겠는가?"

"자네는 알 수 있을지 모르지만 나는 분명하게 물어보지 않으면 알 수 없다네."

"알 수 없다면 그래도 상관이 없지. 하지만 메이테이 군처럼 쓸데없이 놀려 대서 일을 망쳐 버리는 것은 좋지 못할 것 같네. 설사 권하지는 않더라도 이런 일은 본인의 마음에 따라 진행시켜야 할 일이니 말이야. 다음에 간게쓰 군이 오면 될 수 있는 대로 제발 혼사에 방해가 되지 않도록 해 주게. 아니, 자네를 두고 하는 말이 아니라 저 메이테이 군 말일세. 그 남자의 입담에 말려들면 다 된 일도 망쳐 버릴 수 있으니까."

이렇듯 주인 대신에 메이테이에 대한 험담을 듣고 있었더니, 도저히 양반은 되지 못하는지 소문의 주인공 메이테이 선생이 여느 때와 같이 부엌문을 통해 홀연히 봄바람을 타고 찾아들었다.

"아이고, 이거 정말 보기 드문 손님일세. 나 같은 단골은 구샤미도 아무렇게나 대한단 말이야. 아무래도 구샤미의 집에는 10년에 한 번만 와야 할 것 같네. 이 과자는 평소에 내놓는 것보다 훨씬 좋은 것 아닌가?"

이러고는 후지무라藤村의 양갱을 홀렁 집어 먹었다. 스즈키 군은 안절부절못하고 있었다. 주인은 싱글거렸다. 메이테이는 입을 우물대고 있었다. 나는 이 순간의 광경을 툇마루 쪽에서 보면서 무언극이라는 것이 충분히 성립될 수 있다고 생각했다. 선승이 무언의 문답을 주고받는 것이 이심전심이라면, 이 무언의 연극도 분명히 이심선심의 단막극이었다. 아주 짧지만 아주 날카로운 단막극이다.

"자네는 평생 떠돌이 신세를 면하지 못할 줄 알았더니 언제 이렇게 돌아왔나? 아무튼 오래 살고 볼 일이야. 어떤 횡재를 하게 될지 모르니 말이지."

메이테이는 스즈키 군에 대해서도 우리 주인에게 하는 것처럼 털 끝만큼도 눈치를 보지 않고 말을 했다. 아무리 자취를 같이하던 친구였어도 10년이나 만나지 않고 지냈다면 나름대로 어색하고 신경도 쓰일 법한데, 메이테이 군에 한해서는 그런 태도를 조금도 찾아볼 수 없는 것이 대단한 것인지 바보인 것인지 도무지 알 수가 없다.

"너무 그러지 말게, 그렇게 힘든 것도 아니었으니."

스즈키 군은 적당하게 얼버무리는 대답을 했지만 어딘지 모르게 안정을 찾지 못하고 가슴에 달린 금줄만 신경질적으로 만지작거렸다.

"자네 전기철도에 타 봤나?"

주인이 뜬금없이 스즈키 군에게 이상한 질문을 던졌다.

"오늘은 자네들한테 놀림을 당하러 온 것 같군. 아무리 촌놈이라도 그렇지…. 이래 봬도 도쿄시가철도주식회사의 주식을 육십 주 가지고 있다네."

"그것 보통이 아닌데. 나는 팔백팔십팔 주 반 가지고 있었는데 아깝게도 대부분은 좀이 먹어 버리고 지금은 반 주밖에 남아 있지 않지. 자네가 좀 더 일찍 도쿄에 나왔더라면 좀먹지 않은 것으로 열 주가량 줄 수도 있었는데 정말 아깝게 되었네."

"여전히 입이 험하군. 하지만 농담은 농담이라 치고, 그런 주식은 가지고 있어도 손해 볼 일은 없지. 해마다 가치가 올라가게 되어 있으니까."

"그럼그럼. 설사 반 주밖에 안 되어도 한 천년 정도 가지고 있으면 창고 세 개 정도는 세울 수 있지 않겠나. 자네나 나는 그런 점에 빈틈이 없어 요즘 세상 살기에는 아주 적합한 사람들이네만, 거기에 비하면 구샤미 같은 사람은 아주 불쌍한 인사지. 주식이라는 소리를 들어도 수학식의 또 다른 이름인가 생각할 사람이니 말이야."

메이테이가 다시 양갱을 집으려다 주인 쪽을 보았는데, 주인도 메이테이의 식욕에 전염되었는지 자기도 모르게 과자 접시 쪽으로 손을 뻗었다. 세상을 살다 보면 매사 적극적인 사람이 남에게 흉내를 내게 하는 권리를 갖고 있게 마련이다.

"주식 같은 것은 아무래도 상관이 없지만 나는 소로사키에게 한 번이라도 좋으니 전차를 타게 해 주고 싶었어."

주인은 한 입 먹은 양갱의 잇자국을 허탈한 표정으로 바라보며 말했다.

"소로사키가 전철을 탔다면 탈 때마다 시나가와品川에 가 버렸을 것일세. 그것보다는 역시 천연거사라는 이름이 장아찌를 만드는 돌에 새겨지는 편이 낫지."

"그러고 보니 소로사키가 죽었다지? 거참 안됐군, 머리가 좋은 남자였는데 안타까운 일이야."

스즈키 군이 이렇게 말하자 메이테이가 당장 그 말을 받았다.

"머리는 좋았지만 밥하는 것은 제일 못했지. 소로사키가 밥 당번일 때는 난 항상 외출해서 국수로 끼니를 때우곤 했다네."

"정말 소로사키가 지은 밥은 탄내가 나면서도 설익어서 나도 먹는 것이 고역이었지. 더구나 반찬으로는 꼭 생두부를 내놓았으니까 말이야. 얼마나 차가운지 먹을 수가 있어야지."

스즈키 군도 10년 전의 불평을 기억 속에서 끄집어내었다

"구샤미는 그 시절부터 소로사키하고 제일 친해서 매일 밤 같이 팥죽을 먹으러 나갔는데, 그때 무리한 탓으로 지금은 만성 위장병에 걸려서 고생하고 있단 말이야. 사실은 구샤미 쪽이 팥죽을 더 많이 먹었으니까 소로사키보다 먼저 죽어도 이상할 것이 없는데."

"그런 말도 안 되는 이론이 어디 있나? 내가 팥죽을 먹은 것보다 자네는 운동이라고 하면서 매일 밤 죽도를 가지고 뒷산 사찰의 묘지에 가서 석탑을 두들기고 있다가 중에게 들통이 나서 혼쭐이 나지 않았나?"

주인도 지지 않으려는 듯 메이테이가 예전에 저지른 짓을 들먹였다.

"아하하하, 맞아맞아. 그 중이 말하기를 부처님 머리를 그렇게 두드리면 주무시는 데 방해가 되니 그만두라고 했지. 하지만 나는 그래도 죽도로 했지만 여기 있는 이 스즈키 장군님은 더 심했다네. 석탑과 씨름을 해서 크고 작은 것 합쳐서 세 개가량을 쓰러뜨려 버렸는걸."

"그때 중이 얼마나 펄펄 뛰면서 화를 내던지… 무슨 일이 있어도 원래대로 일으켜 세우라고 해서, 그럼 사람을 써서 할 테니 기다려

달라고 했더니, 사람을 쓰면 안 되고 뉘우치는 뜻을 나타내기 위해 당신이 직접 일으켜 세워야 한다, 그러지 않으면 부처님의 뜻을 거역하는 행동이 된다고 우기는 거야."

"그때 자네 꼴이 얼마나 웃겼는지 아는가? 앞만 가리는 셔츠에 가랑이만 겨우 가리는 속옷을 입고 빗물이 고여 생긴 웅덩이 속에서 끙끙 힘을 쓰고 있는 모습이라니…."

"그걸 자네가 모르는 척하고 그림으로 그리지 않았는가? 난 별로 화를 낸 적이 없는 사람이지만 그때만큼은 정말 이렇게 무례한 인간이 없다는 생각을 했다네. 난 그때 자네가 한 말을 아직도 기억하고 있는데 자네는 생각이 나는가?"

"10년 전에 무슨 소리를 지껄였는지 어떻게 다 기억하고 있겠나? 하지만 그 석탑에 '기센인덴歸泉院殿 고카쿠黃鶴 대거사大居士 안에이安永 5년 정월'이라고 새겨져 있었던 것만은 아직도 기억하고 있지. 그 석탑은 아주 멋있게 만들어져 있었어. 이사 갈 때 훔쳐 가고 싶었을 정도로 말일세. 미학상의 원리에 잘 맞고, 고전적인 취향의 석탑이었지."

메이테이가 또 엉터리 미학 이론을 내세웠다.

"그건 좋지만 자네가 한 말이 문제였네. 이렇게 말했다네. '나는 미학을 전공할 생각이니 이 세상에 일어난 재미있는 일은 될 수 있는 대로 그림으로 그려 놓아서 장래에 참고를 삼아야 한다. 불쌍하다느니, 안됐다느니 하는 사적인 감정은 학문에 충실한 나 같은 사람이 입에 담을 말이 아니다.'라고 아무렇지도 않게 말했지. 나는 그 말을 듣고 너무 인정머리 없는 놈이라는 생각에 진흙투성이였던 손으로 자네의 스케치북을 찢어 버렸지."

"나의 유망했던 그림 재능이 꺾인 채 도무지 되살아나지 않게 된 것도 그때부터였어. 자네에게 기세가 꺾인 셈이 아닌가? 내가 오히려 자네를 원망해야 하겠군."

"그게 무슨 소리인가? 분하고 억울했던 사람은 바로 나인데."

"메이테이는 그 시절부터 허풍이 심했지."

주인은 양갱을 전부 먹어 치우더니 다시 두 사람의 이야기에 끼어들었다.

"약속 같은 것은 지킨 적이 없었어. 그래서 남한테 추궁을 당해도 한 번도 사과를 한 적이 없고, 이러쿵저러쿵 허풍스러운 변명을 늘어놓았지. 그 사찰 경내에 백일홍이 피어 있을 때 이 백일홍이 질 때까지 '미학 원론'이라는 책을 저술하겠다고 하기에, 안 될 것이다, 어떻게 그게 가능하겠느냐고 했지. 그랬더니 메이테이가 대답하기를, 나는 이래 봬도 보기와는 다르게 의지가 굳건한 사내다, 그렇게 믿지 못하겠다면 내기를 하자, 하더군. 그래서 나도 진지하게 그 말을 듣고 간다의 서양 요리를 내기로 했던가 아마 그랬을 거야. 틀림없이 책 같은 것을 쓸 리가 없다고 생각했기에 그런 내기를 하기는 했어도 내심은 좀 겁이 났지. 나한테는 서양 요리를 사 줄 돈 같은 것은 없었으니까. 그런데 이 사람이 도무지 글을 쓰고 있는 기색이 없는 거야. 일주일이 지나고 보름이 지나도 한 장도 쓰지 않았지. 드디어 백일홍이 다 지고 꽃이 하나도 남지 않게 되었는데, 그때까지도 당사자는 아무렇지도 않게 보이더군. 그래서 드디어 서양 요리를 먹게 생겼구나, 하고 세약을 이행하라고 다그쳤더니, 메이테이는 모르는 척하고 상대를 하지 않는 것이야."

"또 무슨 말도 안 되는 소리로 둘러댄 것 아닌가?"

스스키 군이 물었다.

"응, 아주 뻔뻔스럽기 짝이 없는 사내였지. 나는 다른 재능은 없어도 의지 하나는 절대로 자네들한테 지지 않는다고 고집을 부렸지."

"한 장도 쓰지 않았으면서 말인가?"

이번에는 메이테이 군 자신이 질문을 하였다.

"당연하지. 그때 자네는 이렇게 말했다네. '나는 의지 하나에 있어서는 그 누구에게도 한 치도 지지 않는 사람이다. 그러나 안타깝게도 기억력이 남보다 많이 떨어진다. 미학 원론을 집필하려는 의지는 충분히 있었는데, 그 의지를 자네에게 발표한 다음 날에 잊어버렸다. 그러니까 백일홍이 질 때까지 책을 쓰지 못한 것은 기억력의 문제이지 의지의 문제가 아니다. 의지의 문제가 아닌 이상 서양 요리 같은 것을 사 줄 이유는 없다.'고 떵떵거리더란 말이지."

"아주 메이테이 군다운 특유의 말솜씨를 발휘한 것이 재미있군그래."

스즈키 군은 무슨 이유에서인지 재미있어 했다. 메이테이 군이 없었을 때 하던 말투와는 전혀 달랐다. 이것이 똑똑한 사람의 특색인지도 모른다.

"재미있기는 뭐가 재미있나?"

주인은 지금도 화가 나 있는 듯했다.

"그것참 미안하게 되었군. 그래서 내가 그때 먹여 주지 못한 것을 지금 보충하기 위해서 공작새 혀를 온 사방으로 구하고 다니질 않나? 너무 그렇게 화만 내지 말고 기다려 보게. 그런데 책이라고 하니 생각이 났는데, 오늘 내가 아주 신기한 소식을 가지고 왔다네."

"자네는 올 때마다 신기한 소식을 들고 오는 사람이니 내가 마음을 놓을 수가 있어야지."

"하지만 오늘 들고 온 소식은 정말로 신기한 것일세. 액면에서 한 푼도 빼지 않은 진짜배기 신기한 소식이란 말일세. 자네 간게쓰가 박사 논문을 쓰고 있다는 이야기를 들었는가? 간게쓰는 저렇게 좀 묘한 부분에서 아는 척하는 남자라 박사 논문 같이 무의미한 노력은 하지 않을 것이라고 생각했는데, 그래도 장가를 들 마음은 있는 모양이니 웃기지 않은가? 자네 그 코한테 꼭 알려 주게. 지금쯤은 도토리 박사의 꿈이라도 꾸고 있을지 모르겠군."

스즈키 군은 간게쓰라는 이름을 듣더니 이야기하지 말라고 턱짓과 눈짓으로 자꾸 주인에게 신호를 보냈다. 하지만 주인에게는 도무지 그런 몸짓이 통하지 않았다. 아까 스즈키 군을 만나서 설득을 당했을 때는 가네다의 딸에 대해서 불쌍한 마음이 생겼는데, 지금 메이데이기 고에 대한 언급을 하지 다시 지난날 큰 코 부인과 싸웠을 때의 생각이 났다. 돌이켜 보면 우습기도 하고, 다소 화가 나기도 했다. 그러나 간게쓰가 박사 논문을 쓰기 시작했다는 사실은 무엇보다도 큰 뉴스였고, 이것만큼은 메이테이 자신이 장담한 바와 같이 요즘 들어 보기 드문 신기한 소식이었다. 그냥 평범한 소식이 아니라 기분이 좋아지는 소식이었다. 가네다의 딸과 결혼을 하느냐 마느냐는 당장 어떻게 되든 상관이 없었다. 아무튼 간게쓰가 박사가 된다는 것은 좋은 일이었다. 자기처럼 덜떨어진 나무토막 같은 사람은 조각 가게 귀퉁이에서 벌레 먹고 썩을 때까지 나무토막으로 남아 있을지언정 별로 유감은 없지만, 썩 괜찮게 조각되었다고 생각되는 작품에는 하루라도 빨리 칠을 해 주고 싶은 것이다.

"정말로 논문을 쓰기 시작했는가?"

주인은 스즈키 군이 보내는 신호 따위는 무시한 채 열심히 물었다.

"자네도 어지간히 남을 못 믿는 사내로군. 물론 주제가 도토리인지 목매달기의 역학인지는 확실하지 않지만 말일세, 그래도 산세쓰가 하는 일이니 코가 감탄할 만한 것임에는 틀림이 없을 게야."

아까부터 메이테이가 코, 코, 하며 대놓고 말하는 것을 들을 때마다 스즈키 군은 불안해서 안절부절못하는 듯했다. 메이테이는 그런 태도를 조금도 눈치채지 못하고 태연하기만 했다.

"그 후로 코에 대해서 다시 연구를 했는데, 요즘《트리스트램 샌디》*라는 책 속에 비론鼻論이 있다는 사실을 발견했네. 가네다의 코도 스턴에게 보여 주었다면 좋은 재료가 되었을 텐데 아까운 일이야. 그 코의 명성을 천년 동안 떨치게 할 자격은 충분히 있는데도 저렇게 살다가 사라져 버리다니 불쌍하기 그지없는 일 아닌가? 다음에 여기에 오거든 미학적인 참고를 위해 스케치를 해 두어야겠어."

메이테이는 여전히 엉터리 같은 소리만 늘어놓았다.

"그런데 그 집 딸이 간게쓰한테 시집을 오고 싶어 한다는군."

주인이 방금 스즈키 군에게 들은 것을 그대로 말했다. 그러자 스즈키 군은 그러면 안 된다는 표정으로 자꾸만 주인에게 눈짓을 하였지만, 주인은 전기 차단기처럼 도무지 그 몸짓의 전기에 감전되지 않았다.

"좀 신기하군그래. 그런 사람의 자식도 사랑을 한다니 말이야. 하지만 특별한 사랑은 아닐 것이야. 보나마나 겉멋만 든 사랑일 테지."

"겉멋만 든 사랑이라고 해도 간게쓰가 결혼을 하면 다행이지."

"결혼을 하면 다행이라니, 자네는 지난번에 완강하게 반대하지 않았나? 오늘은 어째서 이렇게 수그러든 거야?"

"수그러들다니, 누가 수그러들었다고 그래? 절대 그렇지가 않네. 하지만…."

"하지만 좀 이상해졌겠지. 이봐 스즈키, 자네도 실업가의 말석에

---

* 영국의 소설가 로렌스 스턴(1713~1768)의 소설.

자리 잡은 사람 중 하나니까 참고를 위해 말해 주겠는데 말이야. 저 가네다 어쩌구 하는 작자 말이지. 저 작자의 딸내미 같은 사람을 천하의 수재인 미즈시마 간게쓰의 부인으로 맞이하는 것은 방울과 범종 같이 어울리지 않는 일 아닌가? 그러니 우리처럼 그를 아끼는 사람들이 그대로 묵과할 수 없는 일이라고 생각하는데, 아무리 자네가 실업가라도 이 점에 대해서는 이견이 없겠지?"

"여전히 기가 펄펄 살았군. 아주 좋은 일이야. 자네는 10년 전이나 지금이나 하나도 변하지 않았네. 대단하군그래."

스즈키 군은 적당히 말을 얼버무리면서 넘어가려고 하였다.

"대단하다고 칭찬을 해 주니 좀 더 그럴듯한 부분을 보여 주겠네. 옛날에 그리스인들은 체육을 아주 중히 여겨서 모든 경기에 귀중한 상품을 내걸고 백방으로 장려하는 방법을 쓰곤 했지. 그런데 이상하게도 학자의 지식에 대해서만큼은 상을 주었다는 기록이 없어서 오늘날까지 사실은 매우 이상하게 생각하고 있었네."

"그래, 그것 좀 이상하군."

스즈키 군은 메이테이의 말에 맞춰 주었다.

"그런데 바로 이삼일 전에 미학 연구를 할 때 문득 그 이유를 발견하게 되어서, 오랜 세월 동안 품었던 의문이 하루아침에 눈 녹듯 풀리게 되어 통쾌한 깨달음을 얻고 하늘에라도 뛰어오를 듯한 기쁨을 느꼈다네."

메이테이의 말이 너무 휘황찬란해지자 아무리 말을 잘 맞춰 주는 스즈키 군이라도 도저히 감당하지 못하겠는지 황당한 표정을 지었다. 주인은 또 시작했군, 하고 말하려는 듯 상아로 된 젓가락으로 과자 접시 끝을 땡땡 치면서 고개를 숙이고 있었다. 메이테이 혼자서만 신이 나서 계속 떠들어 댔다.

"그런데 이런 모순된 현상에 대한 설명을 명기해서 암흑 속에서 헤매던 내 생각을 밝은 햇빛 속으로 끌어올려 준 사람이 누구라고 생각하나? 학문이 생긴 이래 최고의 학자라고 일컬어지는 저 그리스의 철학자 아리스토텔레스 바로 그 사람이네. 그의 설명에 따르면—이봐, 과자 접시만 두들기지 말고 경청해서 들어 보라니까. 이들 그리스인이 경기에 임해서 얻는 상은 그들이 보인 재주 그 자체보다 귀중한 것이다. 따라서 포상이 되기도 하고, 장려하는 뜻을 갖기도 한다. 그러나 지식 그 자체의 경우는 어떠한가? 만약 지식에 대한 보수로 무엇인가를 주려고 한다면 지식 이상의 가치를 가진 것을 주어야 한다. 그러나 지식 이상으로 귀중한 보물이 과연 이 세상에 존재하는가? 물론 있을 리가 없다. 공연한 것을 주었다가는 지식의 위엄을 해치기만 할 뿐이다. 그들은 지식에 대해서 돈 상자를 올림포스의 산처럼 쌓고, 크로이소스*의 재산을 모두 내주는 한이 있어도 마땅한 보수를 정하려고 했지만, 아무리 생각해도 도저히 그것으로는 적당한 상이 될 수 없음을 간파했지. 그래서 그 이후로는 아예 아무것도 주지 않게 되어 버렸다네. 황금이 지식과 맞먹을 수 없다는 사실은 이런 이야기만 들어도 충분히 이해할 수 있겠지. 그럼 이 원리를 가슴에 새긴 연후에 시사 문제를 풀어 보도록 하세. 가네다 어쩌구 하는 인간은 누구인가? 지폐에 눈코입을 달아 놓은 인간이 아닌가? 좀 어려운 말을 써서 표현한다면 그는 일개 활동 지폐에 지나지 않는 것일세. 활동 지폐의 딸이라면 활동 수표 정도가 되겠지. 그에 비해서 간게쓰 군은 어떤지 살펴볼까? 놀랍게도 학문 최고의 학부를 1등으로 졸업한 후 조금도 나태해진 기색 없이 조슈 정벌 시대의 웃옷 끈을 달고 다

* 리디아 왕국의 마지막 왕.

니면서 밤낮으로 도토리의 안정성을 연구하고, 그것만으로도 모자라서 조만간 켈빈 남작*도 압도할 정도로 대단한 논문을 발표하려고 하는 인재가 아닌가? 어쩌다가 우연히 아즈마바시를 지나칠 때 물로 뛰어들 뻔한 적은 있지만, 이것도 열성적인 청년에게서 흔히 볼 수 있는 발작적인 행동일 뿐 그가 지식의 대가가 되는 데 방해가 될 점은 털끝만큼도 없네. 메이테이 특유의 비유로 간게쓰 군을 평가하자면 그는 활동 도서관이지. 지식으로 만들어진 28센티미터의 탄환일세. 이 탄환이 한번 때를 얻어 학계에서 폭발한다면—만약 폭발한다고 생각해 보게—폭발할 것이네…."

메이테이는 여기에 이르러서 메이테이 특유라고 자칭하는 형용사가 생각처럼 나오지 않자, 소위 말하는 용두사미 격으로 다소 수그러드는 듯하더니 금세 다음과 같이 말을 끝내고는 주인에게 의견을 물었다.

"그러면 활동 수표 같은 것은 몇천만 장이 있어도 산산조각이 날 것이네. 그러니 간게쓰는 그렇게 어울리지 않는 여성과 결혼해서는 안 되는 것이네. 내가 가만히 있지 않을 거야. 모든 동물 중에서도 가장 총명한 코끼리와 가장 탐욕스러운 돼지 새끼가 결혼을 하는 격이지. 그렇지 않은가, 구샤미 군?"

주인은 다시 말없이 과자 접시를 쳤다.

"그렇지도 않을 것 같은데."

스즈키 군은 좀 기가 죽은 태도로 대답했다. 얼마 전까지 메이테이의 험담을 잔뜩 늘어놓았는데, 여기서 공연한 말을 했다가는 우리 주인처럼 눈치 없는 사람이 무슨 소리를 해서 들통을 낼지 몰랐다. 가

* 영국의 물리학자(1824~1907).

능한 한 지금은 적당히 메이테이의 날카로운 질문을 피해서 무사히 넘어가는 것이 상책이다. 스즈키 군은 똑똑한 사람이다. 쓸데없는 저항은 되도록 피하는 것이 세상 사는 기술이고, 공연한 말싸움은 봉건 시대의 유물이라고 여기고 있었다. 인생의 목적은 말이 아닌 행동에 있다. 자기가 뜻하던 대로 사건이 거침없이 진척된다면 그것으로 인생의 목적은 달성되는 것이다. 고생과 걱정과 논쟁이 없어도 일이 진척되면 인생의 목적을 아주 편하게 달성할 수 있다. 스즈키 군은 졸업 후에 이런 편리주의로 성공하였고, 이런 편리주의로 금시계를 차고 다니게 되었으며, 이런 편리주의로 가네다 부부의 부탁을 받았고, 마찬가지로 이런 편리주의로 보기 좋게 구샤미 군을 설득해서 해당 사건을 80, 90퍼센트까지 성사시켰다. 그런데 그때 메이테이라고 하는 일반적인 잣대로는 잴 수가 없는, 보통 사람과는 심리 작용이 좀 다른 것은 아닌지 의심이 되는 허풍쟁이가 뛰어드는 바람에 다소 갑작스러운 사태의 변화에 당황하고 있던 참이었다. 편리주의를 발명한 것은 메이지의 신사였고, 편리주의를 실행한 자는 스즈키 도주로 군이었는데, 지금 이런 편리주의 때문에 궁지에 몰리게 된 사람 또한 스즈키 도주로 군이었다.

"자네는 아무 것도 모르니까 '그렇지도 않을 것 같은데'라고 하면서 전에 없이 말도 않고 고상한 척 대답하는데, 얼마 전에 그 코의 주인이 왔을 때 어땠는지를 보면 아무리 실업가를 편드는 자네 같은 사람이라도 질려 버렸을 것이네. 어떤가, 구샤미 군? 자네는 그때 열심히 싸우지 않았는가?"

"그래도 자네보다는 나에 대한 평이 더 낫다는군."

"아하하하, 아주 자신감이 넘치는 사내로군. 그러니까 'savage tea' 라고 학생들과 교사들이 놀리는데도 모르는 척 학교에 다닐 수가 있

는 것이겠지. 나도 의지 하나는 결코 남에게 뒤지지 않는다고 자신하
지만 그 정도로 뻔뻔스럽지는 못하다네. 내가 존경해 마지않는 바야."

"학생들이나 교사들이 뭐라고 중얼거려 봐야 그게 뭐 대수인가?
생트뵈브*는 고금독보古今獨步의 평론가지만 파리대학에서 강의를 했
을 때 아주 평판이 나빠서 학생들의 공격에 맞서기 위해 외출할 때는
반드시 칼을 소매 속에 넣고 방어 도구로 삼았다고 하더군. 브륀티에
르**도 마찬가지로 파리의 대학에서 에밀 졸라***의 소설을 공격했을
때는…."

"하지만 자네는 대학교수도 뭣도 아니지 않은가? 고작 영어 독해
선생 따위기 그런 대기들을 예로 드는 것은 피라미가 고래를 예로 들
어서 자신을 변호하는 셈이지. 그런 말을 했다가는 더욱 놀림감이 될
걸."

"헛소리 말아. 생트뵈브나 나나 다 같은 학자야."

"대단한 의견이군. 하지만 단검을 들고 걸어 다니는 짓만큼은 너무
위험하니까 흉내 내지 않는 편이 좋을걸세. 대학교수가 단검이라면
독해 선생은 작은 칼 정도가 적당하겠지. 그러나 아무리 작은 칼이라
도 칼 종류는 위험하니까 장난감 가게에 가서 가짜 공기총을 사서 들
고 다니는 것이 제일 좋겠어. 애교가 있어서 좋지 않은가. 안 그래, 스
즈키 군?"

스즈키 군은 겨우 화제가 가네다 사건에서 벗어난 것 같아 안도의
한숨을 쉬면서 말했다.

* 프랑스의 시인·소설가·비평가(1804~1869).
** 프랑스의 평론가·문학사가(1849~1906).
*** 프랑스의 소설가·비평가(1840~1902).

"여전히 철이 없어서 유쾌하군. 10년 만에 자네들을 만나니 어쩐지 답답한 길가에서 넓은 들판으로 나온 듯한 기분이 드네. 아무래도 우리 실업가들의 이야기는 조금도 마음을 놓을 수 없는 구석이 있어서 말이지. 무슨 말을 하더라도 신경을 써야 하고 방심을 하지 못하니 마음도 불편하고 답답해서 정말 힘들다네. 자네들 이야기는 거침이 없어서 좋군. 게다가 옛날 서생 시절의 친구들과 이야기하는 것이 제일 속이 편해서 좋아. 아아, 오늘은 뜻하지 않게 메이테이 군을 만날 수 있어서 유쾌했네. 나는 볼일이 있어 이만 실례하겠네."

스즈키 군이 자리에서 일어서려고 하자 메이테이도 자리에서 일어서며 말했다.

"나도 가야지. 나는 지금부터 니혼바시日本橋의 연예교풍회演藝矯風會에 가야 하니까 저 앞까지 같이 나가세."

"그것 마침 잘되었군. 오랜만에 같이 산책이나 하세."

그렇게 두 사람이 같이 돌아가 버렸다.

5

24시간 동안 일어난 일을 빠짐없이 쓰고, 빠짐없이 읽으려면 적어도 24시간이 걸릴 것이다. 아무리 있는 그대로를 나타내는 사생문寫生文을 지향하는 나라고 해도 이는 도저히 고양이의 힘으로는 감당할 수 없는 일임을 고백하지 않을 수 없다. 따라서 아무리 우리 주인이 온종일 정밀한 묘사를 해야 하는 기언과 기행을 보인다 해도, 이를 하나도 빠짐없이 독자에게 보고할 능력과 끈기가 없음은 심히 유감스러울 따름이다. 유감이기는 해도 하는 수 없다. 휴식은 고양이에게도 필요한 것이다. 스즈키 군과 메이테이 군이 돌아간 다음에는 겨울바람이 뚝 그치고 소리 없이 눈만 내리는 밤처럼 집 안이 고요해졌다. 주인은 여느 때와 같이 서재에 틀어박혔다. 아이들은 작은방에서 베개를 나란히 베고 잔다. 한 칸 반의 장지문을 사이에 두고 남쪽을 바라보는 방에서는 부인이 올해 우리 나이로 세 살이 되는 멘코めん子에게 젖을 주면서 같이 누워 있다. 살짝 안개가 끼더니 해도 일찌감치 저물어서 길가를 지나는 나막신의 작은 소리까지도 눈에 부일 듯이 거실에 울렸다. 옆 동네에 있는 하숙집에서 피리를 부는 소리가

끊길 듯 이어져서 졸린 귓속에 간혹 가다 둔한 자극을 준다. 바깥은 벌써 캄캄한 밤일 것이다. 저녁으로 밥그릇에 부어 준 어묵 국물을 먹어 치워 배가 묵직하니 아무래도 휴식이 필요하다.

어렴풋이 듣기로는 항간에서는 고양이의 사랑이라 부르는 시적인 취미 현상이 있어서, 봄철에는 동네 안의 동족들이 꿈을 꿀 틈도 없이 흥분해서 돌아다니는 밤도 있다고 하는데, 나는 아직 그런 심리적 변화를 겪은 적이 없다. 원래 사랑은 우주적인 활력이다. 위로는 하늘에 있는 신 제우스부터 아래로는 흙을 파먹고 사는 지렁이에 이르기까지 이런 일에 있어서는 온몸을 불태우는 것이 만물의 이치이므로, 우리 고양이들이 캄캄한 밤에 살벌한 풍류를 일으키는 것도 이상할 것이 없다. 돌이켜 보면 이렇게 말하는 나도 얼룩 아가씨를 사모한 적이 있었다. '삼빼기주의'의 장본인인 가네다 군의 따님, 콩고물 떡을 좋아하는 도미코조차도 간게쓰 군을 연모했다는 소문이다. 그러니까 천금 같은 봄날 저녁에 마음이 붕 떠서 만천하의 암고양이와 수고양이가 미쳐 날뛰는 것을 번뇌에 빠져서 그렇다며 경멸할 생각은 추호도 없지만, 나로 말하자면 아무리 유혹을 받아도 그런 마음이 생기지 않으니 하는 수 없다. 나는 지금 그저 휴식을 원할 뿐이다. 이렇게 졸린데 무슨 사랑을 하겠는가? 슬금슬금 아이들 이불자락으로 다가가서 기분 좋게 잠이 들었다.

문득 눈을 뜨고 보았더니 주인은 어느새 서재에서 침실로 와서 부인 옆에 깔려 있는 이불 속에 들어가 있었다. 주인은 잠자리에 들 때 반드시 서재에서 꼬부랑글씨로 된 작은 책을 끼고 와서 보는 버릇이 있다. 그러나 일단 누워서는 펼친 책을 2쪽 이상 계속해서 읽은 적이 없다. 어떤 때는 가지고 와서 머리맡에 놓기만 하고 손도 대지 않는 경우도 있다. 한 줄도 읽지 않을 작정이라면 일부러 들고나올 필요도 없을 법한데, 그런 것이 우리 주인의 주인다운 점이다. 아무리 부인이 비웃어도, 그만두라고 말려도 절대로 말을 듣지 않는다. 매일 밤 읽지도 않을 책을 수고스럽게도 침실까지 들고 온다. 어떤 때는 욕심을 내서 서너 권씩 안고 온다. 얼마 전에는 매일 밤 웹스터 대사전까지 안고 왔을 정도이다. 내 생각에 이것은 주인의 병이다. 까다로운 사람이 쇠주전자에서 울리는 소나무 바람 소리*를 듣지 않으면 잠이 오지 않는다고 하는 것처럼 주인도 서적을 머리맡에 두지 않으면 잠이 오지 않는 모양이다. 그렇게 보면 주인에게 서적은 읽을거리가 아니라 잠을 청하는 도구라 할 수 있다. 활판으로 된 수면제인 셈이다.

오늘밤도 뭔가 있겠지 싶어 들여다보았더니 붉은색의 얇은 책이 주인의 콧수염 끝에 닿을 정도로 가까운 위치에서 반으로 펼쳐진 채 굴러다니고 있었다. 주인의 왼쪽 손 엄지가 책 사이에 끼어진 채로 있는 것으로 보아 기특하게도 오늘밤에는 대여섯 줄 읽은 모양이다. 붉은 책과 함께 평소처럼 니켈로 된 회중시계가 봄에 어울리지 않게 서늘한 빛을 발하고 있었다.

부인은 젖먹이를 30센티미터 정도 뒤로 밀어 놓고는 입을 벌리고 코를 골며 베개에서 굴러떨어진 채 자고 있었다. 도대체 인간이 하는 짓 중에서 보기 싫은 것을 꼽으라면 입을 벌리고 자는 것만큼 추잡스러운 것도 없다고 생각한다. 고양이는 평생을 가 봐야 이런 창피를 당할 일이 없다. 원래 입은 소리를 내기 위해, 그리고 코는 공기를 들이마시고 내쉬기 위해 있는 도구이다. 물론 북쪽으로 가면 인간들이 게을러져서 될 수 있는 대로 입을 벌리지 않으려고 애쓴 결과 코로 언어를 구사하는 코맹맹이 소리도 있지만, 코를 닫고 입만 가지고 호흡

* 물이 끓는 소리를 표현한 말.

하는 것은 코맹맹이 소리보다 더 꼴불견이라 생각한다. 무엇보다도 천장에서 쥐똥이라도 떨어지는 날에는 위험하지 않은가.

아이들 쪽은 어떤가 하고 보았더니, 이쪽도 부모에게 지지 않을 정도의 꼬락서니로 잠자고 있었다. 언니 톤코는 언니의 권리는 이런 것이라고 주장하려는 듯이 오른손을 쭉 뻗어서 동생 귀 위에 올려놓고 있었다. 동생 슨코는 거기에 대한 보복으로 언니의 배 위에 한쪽 다리를 올려놓고 여봐란듯이 자고 있었다. 양쪽 모두 잠이 들었을 때의 자세보다 분명히 90도 이상 회전한 상태이다. 더구나 이런 부자연스러운 자세를 유지하면서도 둘 다 불평 한마디 없이 곯아떨어져 있다.

역시 봄날의 등불은 각별하다. 천진난만하면서도 풍류와는 동떨어진 이런 광경을 비추면서도 이 좋은 밤을 즐기라는 듯이 아름답게 빛나 보였다. 지금 몇 시나 되었을까, 하고 방 안을 둘러보았더니 사방이 고요한 속에서 들리는 소리라고는 벽시계와 부인의 코 고는 소리, 멀리서 하녀가 이를 가는 소리뿐이었다. 이 하녀는 남들이 자기 보고 이를 간다고 지적하면 언제나 그것을 부인하는 여자이다. "나는 세상에 태어나서 지금껏 이를 간 적이 없습니다."라고 고집을 부리며 절대로 앞으로 고치겠다거나 죄송했다고는 말하지 않고, 그저 그런 기억은 결코 없다고 주장한다. 하기야 자면서 부리는 재주이니 기억이 없을 수밖에 없다. 그러나 자기의 기억에는 없어도 사실은 존재할 수가 있으니 문제이다. 세상에는 나쁜 짓을 하고 있으면서도 자기는 다시없이 선한 사람이라고 생각하는 자들이 있다. 자기에게는 죄가 없다고 자부하고 있는 것이니 천진하다고도 할 수 있지만 남들이 난처해한다는 사실은 아무리 천진하게 굴어도 사라지지 않는 것이다. 이런 신사숙녀는 이 집 하녀와 같은 계통에 속해 있다고 볼 수 있다.

밤이 많이 깊어진 모양이다.

부엌 바깥문에 통통, 하고 두 번 정도 가볍게 부딪치는 소리가 들렸다. 이상하군, 지금 이 시간에 누가 올 리가 없는데. 보나마나 또 그 쥐새끼겠지. 쥐는 어차피 잡지 않기로 작정을 했으니 마음대로 돌아다니라고 해라. 다시 통통, 하는 소리가 들렸다. 아무래도 쥐새끼 같지가 않다. 쥐새끼라면 아주 조심스러운 쥐새끼다. 주인집에 있는 쥐는 주인이 나가는 학교의 학생들처럼 대낮이든 한밤중이든 야단법석을 떠는 연습에 여념이 없어, 불쌍한 우리 주인의 꿈을 깨우는 것을 천직으로 여기고 있는 놈들이니 이렇게 조심스러울 리가 없다. 지금 소리는 분명히 쥐새끼가 아니다. 며칠 전 같은 경우에는 쥐들이 주인의 침실에까지 난입하여 높지 않은 주인의 코끝을 깨물고는 개선가를 부르며 철수했을 정도이다. 그런 쥐새끼들치고는 너무 겁이 많다. 절대로 쥐가 아니다. 이번에는 끼익, 하고 바깥문을 아래에서 위로 들어올리는 소리가 들리더니, 동시에 낮은 장지문을 될 수 있는 대로 천천히 홈을 따라 미끄러뜨리듯 여는 소리가 들렸다. 이는 정말 쥐새끼가 아니다. 인간이다. 이런 한밤중에 인간이 안내도 청하지 않고 잠긴 문을 열고 왕림하셨다면 메이테이 선생이나 스즈키 군은 당연히 아닐 것이다. 고명하신 이름만 듣고 있던 도둑 선생이 아닐까? 정말로 그 선생이라면 빨리 존안을 배알하고 싶다. 도둑 선생은 이제 부엌 위로 위대한 흙발을 올려서 두 발짝 정도 들어온 모양이었다. 세 발짝째를 떼려고 했을 때 바닥에 발이 걸렸는지 쾅당, 하고 온 집 안에 울릴 듯한 소리를 내었다. 내 등에 있는 털이 구두 솔을 가지고 거꾸로 빗은 것처럼 바짝 곤두선 느낌이었다. 한동안은 발소리가 나지 않았다. 부인을 보았더니 아직도 입을 벌린 채 태평스러운 공기를 정신없이 들이마셨다가 내쉬고 있었다. 주인은 붉은 책에 엄지가 물리는 꿈이라도 꾸고 있는 모양이다. 이윽고 부엌에서 성냥을 켜는 소리가 들렸다. 도둑 선생도 나처럼 밤눈이 밝지는 못한 모양이다. 보이지 않으니 움직이기 힘들어서 고생이 심하겠다.

이때 나는 웅크린 채 생각했다. 도둑 선생은 부엌에서 거실 방면을 향해 출현할까, 아니면 왼쪽으로 꺾어서 현관을 통과하여 서재로 빠질까? 발소리는 장지문 여는 소리와 함께 툇마루로 나갔다. 도둑 선생이 드디어 서재로 들어갔다. 그 이후로는 찍소리도 들리지 않는다.

나는 이참에 빨리 주인 부부를 깨워 주고 싶다는 생각이 문득 들었는데, 도대체 어떻게 잠에서 깨울 수 있을지 몰라 종잡을 수 없는 생각만이 머릿속에서 수레바퀴처럼 빙글빙글 돌아갈 뿐 아무런 판단이 서지 않았다. 이불자락을 물고 흔들어 볼까, 하고 생각해서 두세 번 해 보았지만 전혀 소용이 없었다. 차가운 내 코를 볼에 비비면 될까 싶어서 주인의 얼굴에 가까이 갔다 댔더니, 주인은 잠든 채 손을 한껏 뻗어서 내 코끝을 사정없이 밀쳐 냈다. 코는 고양이에게도 급소이다. 얼마나 아팠는지 모른다. 이번에는 하는 수 없어서 야옹, 야옹, 하고 두 번 정도 울어서 일으키려 했는데, 어찌 된 영문인지 이때는 목에 뭐가 걸린 것처럼 제대로 소리가 나지 않았다. 간신히 힘을 주어서 낮은 소리로 조금 울었는데, 그러다가 깜짝 놀랐다. 막상 주인은 잠에서 깨어날 기색을 보이지 않는데, 느닷없이 도둑 선생의 발자국 소리가 들린 것이다. 삐그덕삐그덕, 하고 툇마루를 따라 가까이 다가오고 있었다. 드디어 왔구나, 이제 끝장이다, 하고 포기하고 장지문과 버드나무로 만들어진 옷장 사이로 잠시 몸을 피하여 동정을 살폈다.

도둑 선생의 발소리는 침실 장지문 앞에까지 오더니 뚝 하고 멈췄다. 나는 숨을 죽이며 이제 어떻게 하나, 하고 열심히 기색을 살폈다. 나중에 생각해 보니 쥐를 잡을 때 이런 기분으로 하면 영락없이 성공할 것 같았다. 혼령이 두 눈으로 튀어나올 것처럼 눈이 빠지게 앞을 바라보고 있었던 것이다. 도둑 선생 덕분에 두 번 다시 얻을 수 없는 깨달음을 얻게 된 것은 참으로 고마운 일이다. 순식간에 장지문의 세 번째 칸이 비에 젖은 것처럼 한가운데만 색깔이 변했다. 그것을 통해 불그스레한 것이 점점 짙게 보인다 싶더니 어느새 종이가 찢어지고 붉은 혀가 낼름 보였다. 혀는 잠시 동안 어두운 건너편으로 사라졌다. 그 대신에 뭔가 무시무시하게 빛나는 것 하나가 찢어진 구멍 너머로 나타났다. 의심할 나위 없이 도둑 선생의 눈이었다. 이상하게도 그 눈이 방 안에 있는 다른 것들은 전혀 보지 않고 나무 옷장 뒤에 숨어 있는 나의 모습만을 바라보고 있는 것처럼 느껴졌다. 1분도 채 되지 않는 시간이었지만 나를 쏘아보는 그 눈빛을 이렇게 받다가는 수명이 줄어들겠다고 생각할 정도였다. 더 이상 참을 수가 없어서 옷장 뒤에서 뛰어나가려고 결심했을 때 침실의 장지문이 스르륵하고 열리면서 기다리고 기다리던 도둑 선생이 드디어 눈앞에 나타났다.

나는 서술하는 순서상 불시에 찾아온 손님인 도둑 선생을 여러분께 소개하는 영광스러운 소임을 다하려 한다. 그런데 그 전에 잠시 나의 모자란 의견을 개진하여 높으신 생각을 바라고자 하는 것이 있다. 고대의 신은 전지전능하다고 믿어지고 있다. 특히 기독교의 신은 20세기인 오늘날에 이르기까지 그 전지전능한 면을 내세우고 있다. 그러나 보통 사람들이 생각할 수 있는 전지전능은 때때로 무지무능無知無能으로 해석될 수도 있다. 이런 점은 명백한 패러독스다. 그런데 이런 패러독스를 타파한 자는 천지개벽 이래 나 혼자일 것이라 생각하니, 스스로 생각해도 보통 고양이가 아니라는 자만심이 생긴다. 그래서 이참에 그 이유를 분명하게 말씀드려서 고양이라 해도 업신

여길 수 없는 존재임을 거만한 인간 여러분의 뇌리에 새겨 드리고 싶은 바이다. 천지만물은 신이 만들었다고 한다. 그렇다면 인간도 신의 제작물일 것이다. 실제로 성경인가 하는 책에 그렇게 명기되어 있다고 한다. 그런데 이런 인간에 대하여 인간 스스로 수천 년 동안 관찰을 계속하면서 신기하게 여기는 동시에 신의 전지전능함을 더욱 믿게 된 사실이 있다. 그것은 다름이 아니라 인간이 이렇게 수없이 많은데도 똑같은 얼굴을 가진 자가 세상에 한 사람도 없다는 것이다. 얼굴의 구조는 당연히 정해져 있다. 크기도 대개는 비슷하다. 바꿔 말하자면 그들은 모두 같은 재료로 만들어져 있다. 같은 재료로 만들어졌음에도 불구하고 한 사람도 같은 결과가 나오지 않았다. 그렇게 간단한 재료로 이렇게까지 서로 다른 얼굴을 생각해 낼 수 있었을까 싶으니 창조주의 기량에 감탄할 수밖에 없는 것이다. 어지간히 독창적인 상상력이 없으면 이렇게 변화를 줄 수가 없다. 당대 최고의 화가가 힘을 다하여 변화를 추구한 얼굴이라도 열두세 종류 이상은 나올 수가 없다는 사실을 생각하면, 인간의 제조를 혼자서 감당하고 있는 신의 솜씨가 이렇게도 특별한 것임을 다시금 느끼며 새삼 감탄하지 않을 수 없다. 인간 사회에서는 도저히 볼 수 없는 기량이니 이를 전능한 기량이라고 해도 상관이 없을 것이다. 인간은 이 점에 있어서 신에게 크게 감복하는 모양이다. 물론 인간이 관찰하는 시점으로 보자면 당연히 감복할 수밖에 없다. 그러나 고양이의 입장에서 말하자면 같은 사실이 오히려 신의 무능력을 증명하고 있다고도 해석할 수 있다. 혹 완전히 무능하지 않다 해도 인간 이상의 능력은 아니라고 단정할 수 있다고 본다. 신이 인간의 수만큼 다양하고 많은 얼굴을 만들었다고 하는데, 처음부터 나름대로 계산한 바가 있어서 이런 변화를 보여 준 것인지, 혹은 모조리 같은 얼굴로 만들려고 생각해서 제작에 착수했다가 도저히 제대로 되지 않아 만드는 것마다 완성품이 되지 못해 이런 난잡한 상태에 빠져든 것인지 모르는 일 아닌가? 그들이 가진 안면 구조는 신의 성공 기념작이라고 볼 수도 있지만, 동시에 실패의 흔적이라고 판단할 수도 있지 않은가? 전능하다고 할 수도 있지만 무능하다고 평해도 문제는 없다. 그들 인간의 눈은 평면 위에 두 개가 나란히 있어서 한꺼번에 볼 수가 없다. 그래서 사물의 반밖에 시선 안에 들어오지 않는다고 하니 불쌍할 따름이다. 입장을 바꿔서 보면 이렇듯 단순한 사실이 그들 사회에 밤낮 가리지 않고 끊임없이 일어나고 있는데, 당사자들이 흥분하여 신에게 홀려 있어서 이를 깨달을 수가 없는 것이다. 제작할 때 변화를 일으키는 것이 힘든 일이라면 반대로 철두철미한 모방을 하는 것도 마찬가지로 힘든 일이다. 라파엘에게 한 치도 다르지 않은 성모상을 두 장 그리라고 주문하는 것은, 전혀 닮지 않은 성모를 한 쌍 그려 보이라고 요구하는 것처럼 곤혹스럽기 짝이 없는 일일 것이다. 아니, 똑같은 것을 두 장 그리는 쪽이 오히려 더 어려울지도 모른다. 고보 대사弘法大師*에게 어제 쓴 그대로의 필법으로 구카이空海라고 써 달라고 부탁하는 것은 전혀 다른 서체로 해 달라고 주문하는 것보다 더 힘든 주문일지도 모른다. 인간이 사용하는 언어는 완전히 모방에 의해 전수되는 것이다. 그들 인간이 어머니한테서, 유모한테서, 혹은 타인한테서 실용하는 언어를 배울 때는 그저 들은 그대로를 되풀이하는 것 외에는 다른 야심이 조금도 없다. 가지고 있는 모든 능력을 동원해서 남의 흉내를 내는 것이다. 이렇듯 남의 흉내에서 성립되는 국어를 10년, 20년 사용하는 사이에 발음에 자연히 변화가 생기는 것은 그들에게 완전한 모방 능력이 없

* 헤이안 시대의 고승 구카이의 시호(諡號).

음을 증명하는 현상이다. 순수한 모방은 이렇듯 어렵기 짝이 없는 것이다. 따라서 신이 그들 인간을 구별할 수 없도록 하나같이 같은 도장으로 찍어 낸 활판처럼 만들 수 있었다면, 그것이야말로 신의 전능함을 나타낼 수 있는 일이다. 반대로 오늘날과 같이 제멋대로 생긴 얼굴을 햇빛에 드러내며 눈이 돌아갈 정도로 변화를 일으킨 것은 오히려 그 무능함을 헤아리게 하는 재료가 될 수 있다.

나는 무슨 이유로 이런 논의를 시작했는지 잊어버렸다. 시작을 망각하는 것은 인간들한테도 흔히 있는 일이니 고양이로서는 당연한 일이겠지, 하고 너그럽게 헤아려 주기 바란다. 아무튼 나는 침실의 장지문을 열고 방 안에 불쑥 나타난 도둑 선생을 흘깃 보았을 때 이상과 같은 생각이 자연스럽게 머릿속에 떠올랐던 것이다. 어째서 떠올랐느냐?—'어째서'라는 질문이 나온다면 다시 한번 생각을 해 보아야 한다.—그러니까 그 이유는 다음과 같다.

평소에 신이 제작한 인간의 얼굴을 보면 그 완성도 때문에 이것은 혹 무능함의 결과가 아닐까 하는 의심이 들었는데, 내 눈앞에 홀연히 나타난 도둑 선생의 얼굴을 보았더니, 그 얼굴이… 이런 생각을 한꺼번에 지워 버릴 정도의 특징을 가지고 있었던 것이다. 특징이란 바로 이런 것이다. 그의 외모가 우리의 친애하는 미즈시마 간게쓰 군과 쏙 빼닮았다는 사실이다. 내가 물론 도둑 선생들을 많이 알고 있는 것은 아니지만 워낙 행위가 난폭하다는 점으로 보아 평소에 상상하며 몰래 머릿속에 그리고 있던 얼굴이 없는 것도 아니다. 작은 코가 좌우로 전개되었고, 1전짜리 동전 정도의 눈이 달렸고, 머리카락은 비쭉비쭉 솟아 있을 것이라고 내 마음대로 생각하고 있었는데, 보이는 것과 생각하는 것은 천지 차이였다. 이래서 상상력을 너무 발달시키면 안 되는 것이다. 이 도둑 선생은 키가 늘씬하게 크고, 색이 가무잡잡한 일자형 눈썹이 달린 세련되고 훌륭한 외모의 도둑이었다. 나이가 스물여섯이나 일곱 정도 되어 보이는 것까지 간게쓰 군의 복사판이었다. 신이 이렇게 똑같은 얼굴을 두 개나 만들어 낼 수 있는 실력이 있다고 한다면 결코 무능하다고 볼 수가 없다. 솔직히 말하자면 간게쓰 군 자신이 머리가 좀 이상해져서 한밤중에 뛰어든 것이 아닐까, 싶을 정도로 쏙 닮았다. 다만 코밑에 희미한 수염이 나 있지 않은 점 때문에 다른 사람이구나, 하고 알았다. 간게쓰 군은 약간 어두운 분위기를 가진 미남으로서, 활동 수표라고 메이테이가 부르는 가네다 도미코 양의 마음을 충분히 빨아들일 수 있을 정도로 잘 만들어진 제삭물이다. 그런데 이 도둑 신생의 인상도 관찰해 보면 여성을 끌어들이는 작용에 있어서는 간게쓰 군에게 결코 한 발짝도 지지 않을 정도이다. 만약 가네다의 딸이 간게쓰 군의 눈 모양이나 입 모양 때문에 홀린 것이라면, 같은 열정을 가지고 이 도둑 선생한테도 홀리지 않으면 의리에 맞지 않는다. 의리는 그렇다 쳐도 논리에 맞지 않는다. 그렇게 재기 발랄하고, 무엇이든 순식간에 알 수 있는 사람이라면 이 정도의 일은 남에게 듣지 않아도 분명히 알 수 있을 것이다. 그렇다면 간게쓰 군 대신 이 도둑 선생을 내밀어도 반드시 온전한 사랑을 바쳐서 틀림없이 금실 좋은 부부가 될 것이다. 만약 간게쓰 군이 메이테이 듀의 설득에 마음이 움직여서 이 천고의 인연을 저버린다 해도 이 도둑 선생이 건재하는 한은 문제가 없다. 나는 미래에 일어날 사건의 전개를 여기까지 예상하고 도미코 양을 위해 겨우 마음을 놓을 수 있었다. 이 도둑 선생이 이 세상에 존재하는 것은 도미코 양의 생활을 행복하게 하기 위해 절대적으로 필요한 조건이다.

도둑 선생은 옆구리에 뭔가를 끼고 있었다. 가만히 보았더니 아까 주인이 서재 안으로 던져 버린 낡은 담요였다. 면으로 된 짧은 웃옷에 재색 띠를 허리 위로 질끈 묶고, 허연 허벅지 밑으로는 살을 드러낸 채 도둑 선생은 지금 한쪽 발을 들어 방바닥에 올려놓았다. 아까부터 붉은 책에 손가락을 물린 꿈을 꾸고 있던 주인은 이때 몸을 크게 뒤척이면서 잠꼬대로 "간게쓰다." 하며 큰 소리를 질렀다. 도둑 선생은 담요를 떨어뜨리더니 내밀었던 발을 갑자기 움츠렸다. 장지문 그늘로 가느다란 허벅다리가 두 개 서서 조금씩 움직이는 모습이 보였다. 주인은 "으음, 므냐므냐." 하고 입맛을 다시면서 그 붉은 책을 내던지더니 시커먼 팔을 피부병 환자처럼 벅벅 긁어 댔다. 그 후로는 다시 조용해지더니 베개에서 굴러떨어진 채 자고 있었다. 간게쓰다, 하고 외친 것은 스스로 전혀 의식하지 않고 나온 잠꼬대였던 모양이다. 도둑 선생은 한동안 툇마루에 선 채 방 안의 동정을 살피고 있었는데, 주인 부부가 완전히 잠들어 있는 것을 보고는 다시 한 발을 방바닥 위로 올렸다. 이번에는 간게쓰다, 하는 소리도 들리지 않았다. 이윽고 나머지 한 발도 방 안에 들여놓았다. 등불 하나로 풍족하게 비쳐지고 있던 방 안이 도둑 선생의 그림자 때문에 날카롭게 두 개로 갈라져 나무 옷장 부근에서 내 머리 위를 넘어 벽 한가운데가 새까맣게 되었다. 돌아보았더니 도둑 선생의 얼굴 그림자가 벽 높이의 3분의 2 부근에서 막연하게 움직이고 있었다. 미남도 그림자만 보면 머리가 여덟 개 달린 괴물처럼 참으로 이상하게 생겼다. 도둑 선생은 잠든 부인의 얼굴을 위에서 내려다보다가 무슨 영문에서인지 싱글싱글 웃었다. 웃는 방법까지도 간게쓰 군의 복사판이라는 점 때문에 나는 또다시 놀랐다.

부인의 머리맡에는 40, 50센티미터 정도의 사각형으로 된 상자가 소중하게 놓여 있었다. 이것은 가라츠唐津가 고향인 다타라 산페이多々良三平 군이 지난번에 귀성했을 때 선물로 가지고 온 참마였다.

참마를 머리맡에 두고 자는 것은 상당히 보기 드문 일이지만 이 부인은 조림에 쓸 흰 설탕을 마루 찬장에 넣어 둘 정도로 장소의 적합 부적합이라는 개념이 부족한 여자다. 따라서 부인의 손에 걸리면 참마는 고사하고 단무지가 침실에 있어도 이상할 것이 없다. 그러나 신이 아닌 도둑 선생은 이 부인이 그런 여자인 줄 알 리가 없다. 이렇게까지 정중하게 가까이 두고 있는 이상 소중한 물품일 것이라고 여기는 것도 당연한 일이다. 도둑 선생은 잠시 참마가 든 상자를 들어 보았는데, 그 무게가 기대했던 것만큼 묵직해서 아주 만족스러운 모양이었다. 결국 참마를 훔치겠구나 생각했더니, 더구나 이렇게 잘생긴 미남이 무슨 보물인 양 참마를 훔치겠구나 싶었더니 갑자기 우스워졌다. 하지만 여기서 소리를 냈다가는 위험하니까 가만히 참고 있었다.

이윽고 도둑 선생은 참마가 든 상자를 낡은 담요로 소중하게 싸기 시작했다. 뭔가 묶을 것이 없을까, 하고 주위를 둘러본다. 마침 주인이 잠자리에 들 때 풀어 놓은 허리띠가 눈에 들어왔다. 도둑 선생은 참마가 든 상자를 이 띠로 단단히 묶더니 훌렁 하고 등에 짊어졌다. 여자들이 별로 좋아할 것 같은 모습은 아니었다. 그러고는 아이들 겉옷 두 장을 주인의 내복 바지 속으로 쑤셔 넣었다. 그랬더니 가랑이 부분이 둥글게 부풀어서 뱀이 개구리를 집어삼켰을 때처럼—혹은 뱀이 알을 낳기 직전의 모습이라고 하는 편이 맞을지도 모른다. 아무든 그렇게 이상한 모양이 되었다. 거짓말이라 생각되면 시험 삼아 한 번 해 보기 바란다. 도둑 선생은 내복 바지를 목 주위에 둘둘 감았다. 그다음에는 어떻게 하나 싶었더니, 주인의 웃옷을 큰 보자기처럼 펼치고 여기에 부인의 기모노 띠와 주인의 기모노 웃옷과 바지, 기타 모든 잡것을 깨끗하게 접어서 넣더니 둘둘 말았다. 그 숙련된 솜씨에 대해서도 상당히 감탄하였다. 그러고는 부인의 기모노 띠의 끈 두 개를 이어서 이 짐을 묶더니 한쪽 손으로 들었다. 또 가지고 갈 것이 없을까, 하고 주위를 둘러보다가 주인의 머리 위에 '아사히朝日' 담뱃갑이 있는 것을 발견하고는 품 안에 집어넣었다. 그런 다음 그 속에서 담배하나를 꺼내 등불에 대고 불을 붙였다. 맛있게 깊이 빨아들였다가 내뿜은 연기가 우윳빛 동그라미를 만들고 사라지는 사이에 도둑 선생의 발소리는 툇마루를 따라 점점 멀어지더니 들리지 않게 되었다. 주인 부부는 여전히 정신없이 자고 있었다. 인간도 의외로 멍청한 존재이다.

나는 다시 잠시의 휴식이 필요했다. 끝도 없이 떠들고 있자니 몸이 당해 내지 못하겠다. 푹 쓰러져서 잠든 다음에 눈을 떴을 때는 음력 3월 하늘이 맑고 개운하게 펼쳐져 있었고, 부엌 입구에서는 주인 부부가 순사와 이야기를 하고 있었다.

"그렇다면 여기로 들어와서 침실 쪽으로 돌아간 모양이군요. 당신들은 수면 중이라 전혀 알아차리지 못했다고 했지요?"

"네에."

주인은 좀 계면쩍은 모양이었다.

"그래서 도난을 당한 것은 몇 시경이었습니까?'

순사는 무리한 질문을 했다. 시간을 알 수 있을 정도라면 도둑을 당했을 리가 없다. 그 점을 깨닫지 못하는 주인 부부는 열심히 이 질문에 대한 답을 하려고 의논하고 있다.

"몇 시 정도지?"

"글쎄요."

부인은 뭐라도 떠올려 보려고 생각을 한다. 생각하면 알 수 있다고 믿는 모양이다.

"당신은 어제 몇 시 정도에 잠자리에 드셨지요?"

"내가 잔 건 당신이 잠든 다음이지."

"그래요, 제가 잠든 것은 당신이 잠자리에 들기 전이었어요."

"우리가 일어난 것이 몇 시지?"

"7시 반 정도였을 거예요."

"그러면 도둑이 든 건 몇 시 정도인가?"

"아마 한밤중이겠지요."

"한밤중인 거야 알고 있지만 그게 몇 시나 되었나 하는 거지."

"확실한 시간은 찬찬히 생각해 보지 않으면 모르겠네요."

부인은 아직도 생각할 심산이다. 순사는 그저 형식적으로 물어보는 것이니 언제 들어왔다고 하든 전혀 상관이 없는 것이다. 거짓말이든 뭐든 적당히 대답해 주었으면 좋겠다고 생각하고 있는데, 주인 부부가 종잡을 수 없는 문답을 하고 있는 바람에 다소 감질이 났는지 재차 물었다.

"그렇다면 도난당한 시각은 확실하지 않다는 말이지요?"

"글쎄, 그렇겠네요."

주인은 여전히 미적지근한 태도로 대답했다. 순사는 웃지도 않고 말했다.

"그럼 말이지요, 1906년 모월 모일 무단속을 하고 잠이 들었는데 도둑이 어디어디의 바깥문을 열고 어디어디로 들어와 물건을 몇 개 훔쳐 갔으니 위와 같은 사항을 고소합니다, 하고 서면을 제출하세요. 신고가 아니라 고소입니다. 받는 사람 이름은 쓰지 않는 편이 좋아요."

"물건을 일일이 다 쓰라는 겁니까?"

"네, '웃옷 몇 점, 값 얼마'라는 식으로 표로 만들어서 내는 거예요.

아니, 내가 안으로 들어가 보아도 소용이 없어요. 어차피 도둑맞은 다음이니까."

순사는 이렇게 아무렇지 않게 말하고는 돌아가 버렸다.

주인은 붓과 벼루를 거실 한가운데로 들고 오더니 부인을 앞에 불러다 놓고 말했다.

"지금부터 도난 고소장을 쓸 테니까 도둑맞은 물건을 하나씩 말해 봐. 어서 말해 보라니까."

마치 싸움이라도 거는 듯한 말투였다.

"아니 세상에, 어서 말해 보라니. 그렇게 강압적인 말로 물으면 어떻게 대답하겠어요?"

부인이 가느다란 기모노 띠만 두른 채 자리에 털썩 앉았다.

"그 꼬락서니가 뭐야? 무슨 창녀촌의 덜떨어진 여자처럼. 어째서 띠를 제대로 두르지 않는 거야?"

"이 차림새가 마음에 들지 않으면 띠를 사 주면 될 것 아니에요? 창녀촌 여자든 뭐든 도둑을 맞았으니 할 수 없잖아요."

"그럼 기모노 띠까지 훔쳐 갔단 말이야? 거참 몹쓸 놈이군. 그럼 띠부터 여기 써 놓아야겠다. 그래, 어떤 띠였어?"

"어떤 띠라니, 제가 뭐 띠를 여러 개 갖고 있기라도 했나요? 검은 면과 쪼글쪼글한 면이 양면으로 되어 있는 띠였어요."

"검은 면과 쪼글쪼글한 면이 앞뒤로 된 띠 한 개… 값은 얼마 정도였어?"

"6엔 정도겠지요."

"아니, 뭐 이렇게 비싼 띠를 두르고 있는 거야? 다음부터는 1엔 50전 정도의 것으로 사."

"그런 띠가 어디 있어요? 이러니까 당신이 인정머리 없는 사람이라는 거예요. 자기 마누라가 아무리 초라한 꼴로 다녀도 자기만 좋으면 상관이 없지요?"

"알았으니까 됐어. 그리고 또 뭐야?"

"비단실로 짠 웃옷이요. 그건 고노河野의 숙모님이 돌아가실 때 받은 것이어서 요즘 비단실하고는 짜임새부터가 다른 거예요."

"그런 설명은 일일이 할 필요 없어. 그래서 값은 얼마인데?"

"15엔."

"15엔짜리 웃옷을 입고 다니다니 우리 분수에 맞지 않아."

"그게 무슨 상관이에요? 당신이 사 준 것두 아니면서."

"다음은 또 뭐야?"

"검은 양말 한 켤레."

"당신 거야?"

"당신 양말이지요. 값은 27전."

"그리고?"

"참마가 한 상자."

"참마까지 가지고 간 거야? 삶아 먹을 생각인가, 갈아 먹을 생각인가?"

"어떻게 먹을지 제가 어떻게 알겠어요? 도둑한테 가서 직접 물어보시지 그래요."

"얼마 정도 하는 거야?"

"참마값까지는 저도 모르겠네요."

"그럼 12엔 50전 정도로 해 두지."

"그건 너무 비싸잖아요. 아무리 가라츠에서 파 온 것이라 해도 참마가 12엔 50전씩이나 하다니 말이 돼요?"

"하지만 당신도 모른다고 했잖아."

"모르지요. 모르기는 하지만 그래도 12엔 50전은 너무 비싼 값이에요."

"값은 모르지만 12엔 50전은 너무 비싸다니, 그게 무슨 소리야? 도무지 앞뒤가 맞지 않잖아. 그러니까 당신을 오탄친 팔라이올로고스*라고 하는 거야."

"뭐라고요?"

"오탄친 팔라이올로고스라고."

"도대체 뭐예요, 그 오탄친 팔라이올로고스라는 건?"

"아무렴 어때. 그리고 또… 그런데 도무지 내 기모노는 나오지 않잖아?"

"나머지는 아무래도 상관이 없어요. 오탄친 팔라이올로고스의 뜻이나 가르쳐 주세요."

"뜻이고 뭐고가 어디 있어?"

"좀 가르쳐 주어도 되잖아요. 당신은 정말 나를 그렇게 바보로 만들고 싶어요? 내가 영어를 모른다고 또 욕을 한 거지요?"

"말도 안 되는 소리 그만하고 빨리 다음 물건이나 말해 봐. 빨리 고소를 하지 않으면 물건이 돌아오지 않을 수도 있어."

"어차피 지금부터 고소를 해 봐야 소용이 없을걸요. 그보다도 오탄친 팔라이올로고스나 가르쳐 달라니까요."

"거 되게 귀찮은 여편네일세. 뜻이고 뭐고가 없다니까."

"그렇다면 도둑맞은 물건도 이제는 몰라요."

"아는 것도 없이 고집을 부리기는…. 그럼 당신 마음대로 해. 나도

---

* '오탄친'은 멍청이라는 뜻의 옛 속어. 이 말과 동로마제국의 마지막 황제 콘스탄티누스 4세 팔라이올로고스를 합친 말장난.

이제 도난 고소장을 써 주지 않을 테니까."

"저도 물건이 뭐가 없어졌는지 말하지 않을 거예요. 고소는 당신이 알아서 해야 할 일이니까 전 군이 써 주지 않아도 상관이 없어요."

"그럼 그만두지."

주인은 평소처럼 휙 하니 서재로 들어가 버렸다. 부인은 거실로 들어가서 바느질 상자 앞에 앉았다. 두 사람 다 10분가량 아무것도 하지 않고 묵묵히 장지문을 노려보고 있었다.

그러던 참에 기세 좋게 현관문을 열고 참마의 기증자인 다타라 산페이 군이 들어왔다. 다타라 산페이 군은 원래 이 집 서생이었는데, 지금은 법과대학을 졸업하고 어떤 회사의 광산부에 취직하였다. 이 사람도 실업가로서 눈을 뜬 사람으로 스즈키 도주로 군의 후배인 셈이다. 삼페이 군은 예전의 관계를 잊지 않고 가끔 옛 스승의 낡은 집을 방문하여 일요일 같은 때는 하루 종일 놀다 갈 정도로 이 가족과 친하게 지내는 사이다.

"사모님, 날씨가 아주 좋네요."

삼페이 군은 고향 사투리를 섞으며 부인 앞에 무릎을 꿇고 앉았다.

"어머, 다타라 씨 오셨어요."

"선생님은 어디 출타하셨나요?"

"아니, 서재에 있어요."

"사모님, 선생님처럼 공부만 하다가는 몸에 해로워요. 모처럼 화창한 일요일인데 말이에요."

"나한테 아무리 말해 봐야 소용이 없으니까 당신이 직접 선생님한테 그렇게 말하세요."

"그야 그렇지만…"

삼페이 군은 말을 하다 말고 방 안을 둘러보았다.

"오늘은 아가씨도 보이지 않네."

이렇게 반쯤 부인에게 말을 하던 참에 옆방에서 톤코와 슨코가 뛰어나왔다.

"다타라 아저씨, 오늘은 초밥 사 왔어요?"

언니인 톤코는 지난번 약속을 기억하면서 삼페이 군의 얼굴을 보자마자 다그쳤다. 다타라 군은 머리를 긁적였다.

"그걸 기억하고 있었네. 다음에는 꼭 사 올게. 오늘은 내가 잊어버렸거든."

"에이, 그런 게 어디 있어?"

언니가 이렇게 말하자 동생도 당장 흉내를 내어 말했다.

"에이, 그런 게 어디 있어?"

부인은 이제야 다소 기분이 나아졌는지 웃음을 보였다.

"초밥은 사 오지 않았지만 아저씨가 참마를 주었잖아. 다들 잘 먹었니?"

"참마가 뭔데요?"

언니가 묻자 동생이 이번에도 흉내를 내어 삼페이 군에게 물었다.

"참마가 뭔데요?"

"아직도 먹지 않았구나. 빨리 어머니한테 삶아 달라고 해. 가라츠의 참마는 도쿄 것하고는 달라서 아주 맛이 좋거든."

삼페이 군이 고향 자랑을 하자 부인은 그제서야 생각이 난 듯 말했다.

"삼페이 씨, 지난번에는 그렇게 많은 참마를 줘서 정말 고마웠어요."

"어땠습니까? 드셔 보셨나요? 부러지지 않게 일부러 상자에 꽉꽉 채워 왔으니 길쭉한 모양이 상하지는 않았겠지요?"

"그런데 모처럼 주신 참마를 어젯밤에 도둑이 훔쳐 갔지 뭡니까."

"도둑이요? 거참 멍청한 놈이네요. 그런 참마를 좋아하는 사람도 있나 보지요?"

삼페이 군이 신기하다는 듯이 말했다.

"어머니, 어제 도둑놈이 들어왔어요?"

언니 톤코가 물었다.

"그래."

부인이 가볍게 대답했다.

"도둑놈이 들어와서… 그리고… 도둑놈이 들어와서… 어떤 얼굴로 들어왔는데?"

이번에는 동생 슨코가 물었다. 이 기발한 질문에 대해서는 부인도 어떻게 대답해야 할지 몰라서 아무렇게나 대꾸했다.

"무서운 얼굴로 들어왔지."

그러고는 다타라 군 쪽을 보았다.

"무서운 얼굴이면 다타라 아저씨 같은 얼굴 말이야?"

언니가 불쌍하다는 생각도 않고 이런 심한 말을 하였다.

"그게 무슨 소리니? 버릇없게."

"하하하, 내 얼굴이 그렇게 무섭게 생겼니? 거참 곤란하네."

다타라 군이 머리를 긁적였다. 다타라 군의 머리 뒤쪽에는 직경 3센티미터 정도의 땜빵이 있다. 한 달 전부터 생겨서 의사에게 보였지만 쉽게 나을 것 같지가 않았다. 이 땜빵을 제일 먼저 발견한 사람이 언니 톤코였다.

"어어? 다타라 아저씨 머리가 어머니처럼 반짝거리네."

"가만히 있으라고 하지 않았니?"

"어머니, 어제 들어온 도둑놈 머리도 반짝거렸어요?"

이것은 동생이 한 질문이다. 부인과 다타라 군은 참을 수가 없다는 듯 웃음을 터뜨렸는데, 아이들이 너무 귀찮게 말을 걸어서 도무지 이야기를 할 수가 없게 되자 부인이 말했다.

"자, 너희들은 정원에 나가서 놀다 오너라. 조금 있다가 엄마가 맛있는 과자를 줄 테니까."

겨우 아이들을 쫓아낸 부인이 진지하게 물었다.

"다타라 씨, 그 머리는 왜 그렇게 되었어요?"

"좀이 먹어서 그렇습니다. 좀처럼 낫지 않네요. 사모님도 이런 것이 있습니까?"

"좀이 먹다니요? 그야 여자들은 여기에 올림머리를 하니까 다소 벗겨지기는 하지요."

"대머리는 모두 박테리아입니다."

"제 것은 박테리아가 아니에요."

"그건 사모님이 고집을 부리시는 거지요."

"아무튼 박테리아가 아니라니까요. 그런데 영어로 대머리를 뭐라고 하지요?"

"대머리는 볼드라고 합니다."

"아니, 그런 것이 아니라 더 긴 이름이 있지 않아요?"

"선생님께 여쭤보면 곧바로 가르쳐 주실 텐데요."

"저 사람은 도무지 가르쳐 주지 않아서 다타라 씨한테 묻는 거예요."

"저는 볼드 말고는 모르겠는데요. 길다니 어떻게 긴 이름입니까?"

"오탄친 팔라이올로고스라고 하던데요. 오탄친이라는 것이 '대'이고, 팔라이올로고스가 '머리'를 뜻하는 것 아닌가요?"

"그럴지도 모르겠네요. 조금 있다가 선생님 서재로 가서 사전을 찾아보겠습니다. 그런데 선생님도 참 이상하네요. 이렇게 날씨가 좋은데 집 안에만 계시니…. 사모님, 저렇게 있으면 위장병은 고쳐지지 않습니다. 우에노 공원에 가서 꽃구경이라도 하고 오시라고 말씀드리세요."

"다타라 씨가 좀 데리고 나가 주세요. 저 사람은 여자가 하는 말은 도무지 듣지 않는 사람이니까."

"요즘도 잼을 드시나요?"

"그럼요, 여전하지요."

"지난번에 선생님이 불평을 하시던데요. 우리 집사람은 내가 잼을 너무 많이 먹는다고 뭐라고 하는데 나는 그렇게 먹은 적이 없다, 뭔가 잘못 알고 있을 것이다, 하시기에 그럼 아가씨들이나 사모님도 같이 드시고 있을 거라고…."

"아이참 다타라 씨도. 왜 그런 말씀을 하는 거예요?"

"하지만 사모님께서도 드실 것 같은 얼굴이잖아요."

"얼굴만 보고 그런 걸 어떻게 알아요?"

"왜 모르겠어요. 그럼 사모님은 전혀 드시지 않는 겁니까?"

"그야 조금은 먹지요. 먹어도 상관이 없잖아요. 우리 집 물건인데."

"하하하, 내 그럴 것 같더라니까. 그런데 정말 도둑이 들었다니 큰일 날 뻔했네요. 그놈이 참마만 들고 갔습니까?"

"참마만 훔쳐 갔다면 곤란할 것도 없지만 평소에 입던 옷가지를 모조리 들고 갔지 뭐예요."

"당장 곤란해지셨겠네요. 또 빚을 얻어야 합니까? 이 고양이가 개였다면 좋았을 텐데, 정말 아까운 일이네요. 사모님, 덩치 큰 개를 한 마리 쏙 기르세요. 고양이는 쓸모가 없어요. 밥만 죽내지, 쥐라도 좀 잡습니까?"

"한 마리도 잡은 적이 없답니다. 정말이지 뻔뻔스럽기 짝이 없는 고양이라니까."

"아이고, 그렇다면 정말 아무짝에도 소용이 없네요. 빨리 버려 버리세요. 내가 가지고 가서 삶아 먹을까?"

"어머, 다타라 씨는 고양이를 먹어요?"

"먹지요. 고양이 고기도 맛이 좋아요."

"어지간히 호탕하네요."

천한 서생들 중에 고양이를 먹는 야만인이 있다는 소리를 일찍이 전해 들은 바가 있었지만, 내가 평소에 좋게 생각하던 다타라 군 자신이 그런 족속이라니, 나는 지금까지 꿈에도 생각지 못했다. 게다가 이 사람은 이제 서생이 아니라 졸업한 지 얼마 되지는 않았어도 당당한 법학사로 무츠이六ㄱ# 물산의 사원이니 나의 놀라움도 이만저만이 아니었다. '사람을 보거든 도둑이라고 생각하라.'는 격언은 제2의 간게쓰의 행위로 인해 이미 증명되었지만, 사람을 보거든 고양이를 먹는 족속이라고 여기라는 말은 나도 다타라 군 덕분에 처음으로 얻게 된 진리이다. 세상을 살다 보면 이치를 알게 된다. 이치를 아는 것은 반갑지만 하루하루 위험이 많아서 날마다 방심을 못 하게 된다. 교활해지는 것도, 비열해지는 것도, 이 두 가지가 앞뒤로 붙은 호신용 옷을 입는 것도 모두 이치를 알게 된 결과이니, 이치를 아는 것은 나이 먹는 죄에 대한 벌이다. 노인 중에 제대로 된 존재가 없는 것도 이런 이치에서구나. 나 같은 고양이도 아예 지금 다타라 군의 냄비 속에서 양파와 함께 성불하는 편이 나을지도 모르겠다고 생각하며 구석에서 쪼그리고 있었더니, 방금 부인과 싸우고 일단 서재로 철수했던 주인이 다타라 군의 목소리를 알아듣고 은근슬쩍 거실로 나왔다.

"선생님, 도둑을 맞으셨다면서요? 이 얼마나 어리석은 일입니까?"

다타라 군이 주인을 보자마자 대뜸 한 방을 먹였다.

"들어오는 놈이 어리석은 거지."

주인은 끝까지 자신이 현자임을 자부한다.

"들어오는 쪽도 어리석지만 도둑을 맞은 쪽도 별로 현명하지 않은 것 같은데요."

"아무것도 훔쳐 갈 것이 없는 다타라 씨 같은 사람이 제일 똑똑하겠지요."

부인이 이번에는 남편의 편을 들었다.

"하지만 제일 어리석은 것은 바로 이 고양이예요. 정말 도대체 어쩌려고 그러는지 모르겠습니다. 쥐도 잡지 않고, 도둑이 들어와도 모르는 척하다니⋯. 선생님, 이 고양이를 저한테 주시지요. 이렇게 밥을 먹여 봐야 아무런 쓸모도 없는걸요."

"쥐도 상관은 없는데 도대체 어디에 쓰려고?"

"삶아 먹게요."

주인은 이런 맹렬한 말을 듣고는 후후, 하고 위장병 환자 특유의 이상한 웃음소리를 내더니 별다른 대꾸를 하지 않았다. 다타라 군도 꼭 먹어야겠다고 우기지는 않았다. 나로서는 뜻밖의 행운이었다. 주인은 곧 화제를 돌렸다.

"고양이는 아무래도 상관이 없지만 옷을 도둑맞는 바람에 추워서 견딜 수가 없군."

이러고는 크게 상심한 태도를 보였다. 그야 추운 것도 당연하다. 어제까지는 솜이 든 옷을 두 겹으로 입었는데, 오늘은 내복에 반팔 셔츠만 달랑 입고 아침부터 운동도 하지 않은 채 꼼짝도 않고 앉아 있으니 말이다. 게다가 충분하지 않은 혈액은 모조리 위를 위해서 일하느라고 손발 쪽에는 전혀 가지 않는다.

"선생님, 교사 같은 것을 하고 있어 봐야 전혀 도움이 되지 않습니다. 도둑이 좀 훔쳐 가기만 해도 당장 곤란해지니까요. 그러지 말고 지금부터라도 생각을 바꾸셔서 실업가를 해 보시지 그래요?"

"이 사람은 실업가라면 딱 질색이니까 그런 말을 아무리 해 봐야 소용이 없어요."

부인이 옆에서 다타라 군에게 대답을 하였다. 부인은 물론 남편이 실업가가 되어 주었으면 하고 바라는 사람이다.

"선생님, 학교를 졸업하신 지 얼마나 되셨지요?"

"올해로 9년이 되었지요?"

부인이 주인 쪽을 돌아보았다. 주인은 그렇다고도, 혹은 그렇지 않다고도 하지 않았다.

"9년이 지나도 월급은 오르지 않지, 아무리 공부해도 남이 알아주지 않지, 홀로 적막하게 살고 있는 격이지요."

다타라 군이 중학교 시절에 외운 시의 구절을 부인에게 들려주자, 부인은 좀 알아듣기 힘들었는지 대답을 하지 않았다.

"교사는 물론 하기 싫지만 실업가는 더욱 싫어."

이렇게 대답한 주인은 무엇이 좋은가 하고 마음속으로 생각하는 모양이었다.

"당신은 뭐든지 싫다고 하잖아요…."

"싫지 않은 것은 사모님뿐인가 보지요?"

다타라 군이 어울리지도 않는 농담을 하였다.

"제일 싫지."

주인의 대답은 최고로 간단명료하였다. 부인은 옆을 돌아보며 새침해 있다가 다시 주인 쪽을 보고는 이렇게 물었다.

"살아 있는 것도 싫으시지요?"

주인에게 복수를 하려는 속셈이었다.

"별로 좋지는 않지."

의외로 주인은 한가로운 대꾸를 하였다. 이래서야 손을 쓸 방도가
없다.

"선생님, 좀 활발하게 산책이라도 하시지 않으면 건강을 해치겠어
요. 그러니까 실업가가 되세요. 돈 버는 것은 정말 쉬운 일이라니까요."

"돈도 벌지 못하면서 그러는군."

"그야 작년에 겨우 회사에 들어갔으니까요. 그래도 저축한 돈이 선
생님보다는 많을걸요."

"얼마나 저축했는데요?"

부인이 열심히 물었다.

"벌써 50엔이나 되었습니다."

"도대체 월급이 얼마나 되지요?"

이것도 부인의 질문이다.

"30엔이지요. 그중에서 매달 5엔씩 회사에서 맡아서 저금해 두
었다가 무슨 일이 생기면 내어 줍니다. 사모님, 쌈짓돈으로 소토노보
리外濠선의 주식을 좀 사시지 않겠어요? 앞으로 서너 달만 있으면 두
배로 오릅니다. 조금만 돈이 있으면 금방 두 배, 세 배가 된다니까요."

"그런 돈이 있다면 도둑을 당해도 뭐가 문제겠어요?"

"그러니까 실업가가 최고라니까요. 선생님도 법과 공부를 하셔서
회사나 은행에 들어가셨으면 지금쯤 한 달에 300, 400엔의 수입을
올리셨을 텐데, 참 아깝게 되었네요. 선생님, 저 스즈키 도주로라는
공학 학사를 아십니까?"

"응, 어제 왔더군."

"그랬습니까? 지난번에 어떤 연회에서 만났을 때 선생님 이야기를

했더니 '그래, 자네가 구샤미 군네 집에서 서생을 하고 있었군. 나도 구샤미 군하고 옛날에 고이시가와의 절에서 같이 자취를 한 적이 있었지. 다음에 만나면 인사나 잘 전해 주게. 나도 조만간 찾아가 볼 생각이네.' 하고 말하더군요."

"최근에 도쿄로 왔다고 하지?"

"네, 지금까지 규슈의 탄광에 있었는데 얼마 전에 도쿄로 발령이 났지요. 상당히 말을 잘하지요. 저 같은 사람에게도 친구처럼 말을 해 주니까요. 선생님, 그 사람이 돈을 얼마나 받고 있는지 아십니까?"

"몰라."

"월급이 250엔이고, 여름과 겨울에 배당이 따로 붙으니까 아마 평균 400, 500엔이 될 겁니다. 저런 남자가 그렇게 듬뿍 받고 있는데, 선생님은 독해 전문으로 10년을 하루 같이 쥐꼬리만 한 월급으로 지내야 하니 말도 안 되는 일 아닙니까?"

"그야 말도 안 되는 일이지."

주인처럼 초연주의의 사람이라도 금전에 대한 생각은 보통 사람과 다를 바가 없다. 아니 궁핍하게 사는 만큼 남보다 훨씬 더 돈을 갖고 싶은지도 모른다. 다타라 군은 실업가의 이익을 충분히 떠들어 대고는 더 이상 할 말이 없어지자 이번에는 새로운 주제를 꺼냈다.

"사모님, 선생님한테 미즈시마 간게쓰라는 사람이 찾아옵니까?"

"네, 자주 오지요."

"어떤 인물입니까?"

"학문이 아주 뛰어난 분이라는군요."

"미남입니까?"

"호호호, 다타라 씨 정도 되겠네요."

"그래요? 저 정도 된다고요?"

다타라 군이 진지하게 되물었다.

"어떻게 간게쓰의 이름을 알고 있는가?"

주인이 물었다.

"얼마 전에 어떤 사람한테 부탁을 받았습니다. 그런 것을 물을 만한 가치가 있는 인물입니까?"

다타라 군은 질문을 하기 전부터 벌써 간게쓰의 사람 됨됨이를 깎아내리려 하고 있었다.

"자네보다 훨씬 더 대단한 남자야."

"그렇습니까? 저보다 더 대단합니까?"

다타라는 웃지도 않고 화도 내지 않았다. 이것이 다타라 군의 특징이다.

"조만간 박사가 되겠습니까?"

"지금 논문을 쓰고 있다는군."

"역시 명청한 작자군요. 박사 논문을 쓴다니, 좀 더 머리가 트인 인물인 줄 알았는데."

"여전히 대단한 의견이시네요."

부인이 웃으면서 말했다.

"박사가 되면 누군가가 딸을 시집보내겠다느니 어쩌느니 하기에, 그런 비범 같은 일이 어디 있나. 여자를 얻으려고 박사가 되다니, 그런 작자한테 주느니 차라리 나한테 시집보내는 편이 훨씬 낫겠다고 말해 주었지요."

"누구한테?"

"저한테 미즈시마에 대해서 물어봐 달라고 부탁한 사람입니다."

"스즈키 아닌가?"

"아닙니다. 그 사람한테는 아직 이런 말까지는 하지 못하지요. 상대방은 높은 사람인걸요."

"다타라 씨는 안에서만 활갯짓을 하는 사람이군요. 우리 집에 와서는 떵떵거리고 큰소리를 쳐도 스즈키 씨 같은 사람 앞에 나가면 아무 소리도 못 하지요?"

"네. 그렇게 하지 않으면 위험하니까요."

"다타라, 같이 산책이나 할까?"

느닷없이 주인이 말했다. 아까부터 단벌옷만 입고 있으려니 너무 추워서, 운동이라도 좀 하면 따뜻해질까 싶은 생각에 주인은 전에 없던 말을 꺼냈던 것이다. 궁지에 몰린 다타라 군이야 당연히 우물쭈물할 리가 없다.

"가시지요. 우에노로 가시겠습니까? 이모자카芋坂로 가서 경단을 먹을까요? 선생님, 거기 경단을 드셔 본 적이 있습니까? 사모님도 한번 가서 드셔 보세요. 부드럽고 값도 싸답니다. 술도 마실 수 있고요."

다타라 군이 여느 때처럼 앞뒤 없이 떠들어 대는 사이에 주인은 벌써 모자를 쓰고 신발을 신으러 현관에 내려섰다.

나는 다시 약간의 휴식이 필요하다. 주인과 다타라 군이 우에노 공원에서 어떤 짓을 하고, 이모자카에서 경단을 몇 접시나 먹었는지 그런 사소한 일은 탐색할 필요도 없고, 또한 미행할 용기도 없으니 그냥 생략하고 그 사이에 휴식이나 취해야겠다. 휴식은 하늘 아래 만물이 마땅히 요구할 수 있는 권리이다. 이 세상에 살아 숨쉬는 의무를 가지고 움직이는 모든 존재는 살아 있을 의무를 다하기 위해 휴식을 취해야 한다. 만약 신이 있어서 너는 일하기 위해 태어났지, 자기 위해 태어난 것이 아니라고 한다면 나는 이렇게 대답할 것이다. 나는 말씀하신 대로 일하기 위해 태어났기 때문에 일하기 위해 휴식을 원한다고. 주인처럼 몸체에 불평만 잔뜩 집어넣었을 뿐인 목석 같은 사내조차도 가끔은 일요일 이외에 자체 휴가를 얻지 않는가. 느끼는 바도 많고, 한도 많아 밤낮으로 심신이 피로한 나 같은 자는 설사 고양이라 하더라도 주인 이상으로 휴식이 필요한 것이 당연한 일이다. 다만 아까 다타라 군이 나를 지목하여 휴식 이외에는 아무런 능력도 없는 쓸모없는 존재처럼 욕한 점이 다소 마음에 걸린다. 아무튼 물질을 위해서만 움직이는 속물들은 오감의 자극 외에는 활동하는 것이 없기 때문에 남을 평가할 때도 눈에 보이는 형태 외에는 생각지 못하는 점이 문제이다. 뭐든 궁둥이를 떼고 일어나 다니면서 땀이라도 내지 않으면 일하는 것처럼 여기지 않는다. 달마대사라는 승려는 다리가 썩을 때까지 참선만 하고 있었다는데, 설사 벽 틈으로 넝쿨이 들어와서 대사의 눈과 입을 다 막아 버릴 때까지 움직이지 않는다 해도 자고 있는 것도 죽은 것도 아니다. 머릿속은 끊임없이 활동하면서 확연무성廓然無聖*등과 같이 깊은 이치를 생각하고 있는 것이다. 유교에도 정좌의 수행이라는 것이 있다고 한다. 이것도 방 안에 칩거하면서 속 편하게 수행하는 방법이 아니다. 두뇌 속에서 활력은 남보다 몇 배나 불타고 있다. 다만 외견상은 아주 단정하고 침착하게 꼼짝도 하지 않기 때문에, 세상 보통 사람들은 이렇게 지식의 거장들이 혼수상태이거나 가사상태에 있는 범부라고 간주하여 쓸모없는 인사니, 식충이니, 하며 무식한 비방을 해 댈 뿐이다. 이런 속물들은 모두 겉만 보고 속을 보지 못하는 불구자 같은 시각을 가지고 태어난 자들이다. 게다가 저 다타라 산페이 군 같은 경우는 형태를 보고 마음을 보지 못하는 사람들 중 으뜸으로 꼽힐 수 있는 인물이니, 그 산페이 군이 나를 지목

* 첨신의 첨뜻 중 하나. 첨신의 뜻은 너무도 크고 넓어서 거기에는 성인과 범인의 차별이 없다는 뜻.

해서 겨드랑이의 털만큼도 쓸모가 없다고 여기는 것도 지극히 자연스러운 일이다. 문제는 고금의 서적을 조금은 읽어서 사물의 진상을 약간은 이해한다는 우리 주인까지도 천박한 산페이 군에게 두말할 나위 없이 동의하여 고양이 찌개에 대해 전혀 이의를 달 눈치가 없다는 점이다. 그러나 한 발짝 물러서서 생각해 보면 이렇게까지 그들이 나를 경멸하는 것도 무리는 아니다. 예로부터 큰 뜻은 작은 귀에 들어가지 않고, 높은 경지는 보통 사람들이 알아들을 수 없다는 말도 있지 않은가. 형체 이외의 활동을 보지 못하는 자에게 내 혼이 발하는 빛을 보라고 강요하는 것은 중에게 머리를 땋으라고 다그치는 것과 같고, 물고기에게 연설을 해 보라는 것과 같으며, 전철을 향해 탈선을 요구하는 것과 같고, 주인에게 사직을 권고하는 것과 같으며, 산페이에게 돈에 대해 생각하지 말라고 하는 것과 같다. 따라서 무리한 요구일 뿐이다. 그러나 고양이라고 해도 사회적인 동물이다. 사회적인 동물인 이상 아무리 스스로 높은 위치에 자리 잡고 있다고 해도 어느 정도까지는 사회와 조화를 이루어 나가지 않을 수 없다. 주인이나 부인, 식모, 산페이 같은 무리가 나를 내 가치만큼 평가해 주지 않는 것은 안타깝지만 하는 수 없다 치더라도, 그런 무식함 때문에 내 가죽을 벗겨서 샤미센 가게에 팔아 치우고, 살을 잘라서 다타라 군의 상에 올리는 것과 같은 무분별한 짓을 당한다면 이는 큰일이다. 나는 머리를 써서 활동해야 할 천명을 가지고 이 속세에 출현했을 정도로 고금을 통틀어 보기 드문 고양이므로 매우 중요한 몸이다. '천금을 가진 자는 자리 귀퉁이에 앉지 않는다'는 속담도 있으니, 나 또한 내가 뛰어나다는 사실에 교만해져서 공연히 스스로 위험 속으로 뛰어드는 것은 단순히 나 자신에게 화가 될 뿐 아니라 하늘의 뜻에도 크게 거역하는 일이 된다. 용맹스러운 호랑이도 동물원에 들어가면 똥을 먹는 돼지 옆에 있어야 하고, 하늘 높이 날아다니는 기러기도 양계장에 들어가면 닭들과 같이 도마 위에서 목이 잘린다. 범부들과 같이 사는 이상 나도 고개를 낮게 해서 보통 고양이처럼 가장하지 않을 수 없다. 보통 고양이가 되려면 쥐를 잡지 않을 수 없다. 그래서 나는 드디어 쥐를 잡기로 했다.

얼마 전부터 일본이 러시아와 큰 전쟁을 하고 있다고 한다. 나는 일본 고양이므로 당연히 일본 편이다. 할 수만 있다면 고양이 여단을 조직하여 러시아 병사들을 할퀴어 주고 싶을 정도이다. 내가 이렇게까지 혈기 왕성하니 쥐새끼 한두 마리쯤이야 잡으려고 마음만 먹으면 눈을 감고도 손쉽게 잡을 수 있다. 옛날에 어떤 사람이 당시 유명한 선사에게 '어떻게 하면 깨달음을 얻을 수 있습니까?' 하고 물었더니, '고양이가 쥐를 노리는 것처럼 하시오.' 했다고 한다. '고양이가 쥐를 노리는 것처럼'이란 그렇게 하기만 하면 틀림이 없다는 뜻이다. 여자가 똑똑해 봐야 헛것이라는 말은 있어도 고양이가 똑똑해 봐야 쥐도 잡지 못한다는 속담은 아직 없다. 그러니 나처럼 똑똑한 고양이라도 쥐를 잡지 못할 리가 없다. 잡지 못할 리가 없을뿐더러 실수를 할 리도 없다. 지금까지 쥐를 잡지 않은 이유는 잡기 싫어서였기 때문이다. 봄날은 어제처럼 저물고, 간혹 불어오는 바람을 타고 꽃잎이 부엌의 낮은 장지문 틈을 통해 날아 들어오고, 물통 속에 떠 있는 그림자는 어두컴컴한 부엌용 램프 빛을 반사해서 희끄무레하게 보인다. 오늘밤이야말로 큰 공을 세워서 온 집안 식구들을 깜짝 놀라게 해 주겠다고 결심한 나는, 미리 싸움터를 둘러보고 지형을 익혀 둘 필요가 있었다. 전선은 물론 그다지 넓을 리가 없다. 다다미의 수로 치자면 네 장 정도나 될까? 그중 한 장을 반으로 나누어 한쪽은 설거지대, 다른 한쪽은 술 가게나 야채 가게 사람들을 맞이하는 흙바닥이었다. 부뚜막은 가난한 부엌에 어울리지 않게 훌륭한 것으로, 구리로 된 물 끓이는 솥이 반짝반짝 빛을 내고 있었다. 그 뒤로는 바닥 깐 곳을 60센티미터가량 남겨 놓고 내 밥그릇이 있는 곳이다. 거실에 가까운 쪽 1미터 80센티미터쯤 되는 곳은 그릇 등을 넣어 두는 찬장이어서 가뜩이나 좁은 부엌을 더욱 좁게 만들고 있고, 옆으로 나와 있는 선반과 아슬아슬한 높이로 붙어 있다. 그 밑으로는 절구가 놓여 있고, 절구 속에는 작은 나무통 하나가 내 쪽을 보며 놓여 있다. 강판과 나무공이가 나란히 걸려 있는 옆에 불을 끄기 위한 단지 하나가 초연하게 자리잡고 있었다. 새까맣게 된 나무 기둥이 가로놓인 교차점에는 줄 하나가 매달려 있고, 그 밑에 크고 평평한 바구니 하나가 달려 있다. 이 바구니를 무엇 때문에 매달아 놓았는지 처음 이 집에 왔을 때는 도무지 알 수 없었는데, 고양이가 손을 대지 못하게 하기 위해 일부러 음식을 여기에 넣어 둔다는 것을 알고는 인간이 얼마나 못된 존재인지 다시금 느꼈다.

이제부터 작전 계획을 짜야겠다. 어디서 쥐와 전쟁을 하는가 하면 당연히 쥐가 출몰하는 곳이어야 한다. 아무리 아군에게 편리한 지형이라 해도 엉뚱한 곳에서 혼자 기다리고 있어 봐야 전쟁이 되지 않는다. 따라서 이 시점에서 쥐들의 출입구를 연구할 필요가 발생한다. 어느 방면으로 올까, 하고 부엌 한가운데에 서서 사방을 둘러보았다. 왠지 내가 장군이 된 듯한 기분이었다. 하녀는 아까 목욕하러 가서 돌아오지 않고 있다. 아이들은 벌써 잠이 들었다. 주인은 이모자카의 경단을 먹고 돌아오더니 여전히 서재에 틀어박혀 있다. 부인은, 부인은 무엇을 하고 있는지 모른다. 보나마나 꾸벅꾸벅 졸면서 참마 꿈이라도 꾸고 있을 것이다. 가끔 문 앞으로 인력거가 지나가는데, 그렇게 지나치고 나면 더욱 사방이 적막해진다. 나의 결심도 그렇고, 나의 의기도 그렇고, 부엌의 광경이나 사방의 적막감까지 전체적인 느낌이 모두 비장하다. 아무래도 나는 고양이들의 장군이라는 생각이 든다. 이런 경지에 이르면 대단한 각오 속에서 일종의 유쾌함을 느끼게 되는 것은 누구나 마찬가지인데, 나는 이런 유쾌함의 밑바닥에 커다란 걱정이 놓여 있음을 발견했다. 쥐와 전쟁을 치르는 것은 각오한 바이므로 몇 마리가 오든 두렵지는 않은데, 그것들이 어디로 나타날지 전쟁하는 방면이 명료하지 않은 것이 마음에 걸렸다. 치밀한 관찰을 통해 얻은 재료를 종합해 보면 쥐들이 출몰하는 데에는 세 가지 행로가 있다. 그들이 만약 하수구의 쥐라면 수도관을 따라 수챗구멍에서 부뚜막 뒤로 돌아나올 것이다. 그때는 불 끄는 단지 뒤에 숨어 있다가 귀로를 끊어 버리면 된다. 혹은 목욕탕에서 더운물을 뺄 때 쓰는 홈을 통해 목욕탕을 돌아서 부엌으로 갑작스럽게 튀어나올지도 모른다. 그러면 가마솥 뚜껑 위에 자리 잡고 앉아 바로 밑에 왔을 때 위에서 덮쳐서 단숨에 해치우면 된다. 그리고 다시 주위를 돌아보았더니 찬장 문 오른쪽 귀퉁이가 반달 모양으로 갉아먹힌 것이 그들의 출입을 위한 것임을 의심케 하였다. 코를 대고 냄새를 맡아 보았더니 약간 쥐 냄새가 났다. 만약 여기를 통해 진격해 오면 기둥을 방패 삼아 일단 보내 놓고 옆쪽에서 단숨에 발톱으로 낚아챌 것이다. 만약 천장으로 오면 어떨까, 하고 위를 올려다보았더니 새까만 검댕이 램프의 빛을 받아 반짝이는 것이, 지옥을 거꾸로 매달아 놓은 듯하여 아무래도 내 솜씨로는 올라갈 수도 내려올 수도 없을 것 같았다. 설마 저렇게 높은 곳에서 쥐가 뛰어 내려올 리는 없을 터이니, 이 방면에 대해서는 경계를 풀었다. 그러나저러나 세 방향에서 공격을 당할 염려가 있다. 한 군데서 온다면 한 눈을 감고도 처치할 수 있다. 두 군데서 온다 해도 어떻게든 해치울 자신이 있다. 그런데 세 군데서 온다면 아무리 본능적으로 쥐를 잡도록 되어 있는 나라도 손을 쓸 방도가 없다. 그렇다고 인력거꾼 집 검둥이 같은 자에게 도움을 청한다면 나의 위엄에 흠이 된다. 어떻게 하면 좋을까, 어떻게 하면 좋을까, 하고 생각했는데, 좋은 지혜가 나오지 않을 때는 그런 일은 일어날 리가 없다고 생각하는 것이 가장 안심할 수 있는 길이다. 그리고 해결 방법이 없는 일은 일어나지 않는다고 생각하게 되는 것도 자연스러운 일이다. 그것은 세상을 둘러보면 알 수 있는 일이다. 어제 시집온 색시가 오늘 죽지 않는다는 보장은 어디에도 없지 않은가. 그런데도 신랑은 검은 머리가 파뿌리가 될 때까지 같이 살자는 속 편한 말을 늘어놓을 뿐 걱정스러운 기색은 전혀 보이지 않는다. 걱정하지 않는 것은 걱정할 가치가 없어서가 아니다. 아무리 걱정을 해 봐야 해결할 방법이 없기 때문이다. 나의 경우도 삼면 공격이 절대로 일어나지 않는다고 단정 지을 만한 근거는 없지만, 그런 일은 없다고 여기는 편이 마음을 편안하게 하기 좋다. 마음을 편히 갖는 것은 만물에게 필요한 일이다. 나도 안심하기를 원한다. 따라서 삼면 공격은 일어나지 않는다고 정한다.

그래도 아직 걱정이 사라지지 않았다. 왜 그러는가 하고 차근차근 생각해 보았더니 겨우 알았다. 세 가지 계략 중에서 어느 것을 선택하는 것이 가장 좋은가, 하는 문제에 대해 스스로 명료한 대답을 하기 힘들어서 생긴 고민이었다. 찬장에서 나왔을 때는 나에게도 그에 따른 방책이 있다. 목욕탕에서 나타났을 때는 이에 대처할 만한 계략이 있다. 또한 수챗구멍을 통해 올라왔을 때도 이에 대처할 수 있는 계산이 있는데, 그중 어느 하나로 정해야 한다면 크게 당혹스러워지는 것이다. 도고 대장東鄕大將*은 발틱 함대가 쓰시마對馬 해협을 통과할지, 쓰가루津輕 해협으로 나올지, 혹은 멀리 소야宗谷 해협으로 돌아갈지에 대해 크게 고민을 했다는데, 지금 나 자신의 경우로 상상해 보면 얼마나 속을 태웠을지 충분히 헤아리고도 남는다. 나는 전체적인 상황에서 도고 대장과 비슷할 뿐만 아니라, 이런 특별한 점에 있어서도 도고 대장과 같은 고민을 안고 있는 존재인 셈이다.

내가 이렇게 정신없이 지략을 짜고 있는데, 느닷없이 찢어진 낮은 장지문이 열리더니 식모의 얼굴이 스윽 하고 나타났다. 얼굴만 나타났다고 손발이 없다는 뜻은 아니다. 다른 부분은 캄캄해서 잘 보이지 않는데 얼굴만 현저하게 강한 색깔이 나서 눈에 확 들어왔던 것이다. 식모는 평소보다 붉은 뺨을 더욱 붉게 해서 목욕탕에서 돌아오자마자 어젯밤 사건 때문에 정신을 차렸는지 일찌감치 문단속을 히었다. 서재에 있는 주인이 자신의 지팡이를 베개 머리맡에 내놓으라고 외치는 소리가 들렸다. 무엇 때문에 베개 머리맡에 지팡이를 장식해 놓는지 나는 알 수 없었다. 설마 역수易水의 대장부**가 된 것같이 용의 울음소리를 듣겠다는 터무니없는 생각을 한 것은 아니겠지. 어제는 참마, 오늘은 지팡이, 내일은 도대체 무엇이 머리맡에 놓이게 될까?

시간은 아직 초저녁이어서 쥐는 좀처럼 나타날 기색을 보이지 않는다. 나는 큰 싸움을 앞에 두고 잠시 휴식을 취했다.

주인의 부엌에는 제대로 된 창문이 없다. 방 안이라면 난간이 있을 만한 자리에 30센티미터 정도로 창문도 없는 구멍이 나 있어 사시사철 불어오는 바람을 그대로 통과시키고 있을 뿐이다. 아쉬움도 남기지 않고 꽃잎을 떨구는 벚꽃의 향기를 품고 휙 하니 불어닥친 바람

---

* 도고 헤이하치로(東鄕平八郎 1848~1934). 일본의 해군 원수. 러일전쟁을 승리로 이끈 사람으로 유명하다.
** 중국 전국시대의 자객 형가(荊軻). 역수(易水)는 중국 허베이 성에 있는 강이다.

에 깜짝 놀라 눈을 떠 보았더니, 어느새 어스름 달빛이 안으로 비쳐 들어 부뚜막 그림자를 부엌 바닥에 드리우고 있었다. 너무 오래 잔 것은 아닐까 싶어 두세 번 귀를 흔들고 집 안 상태를 살피자, 고요한 것이 어젯밤처럼 벽시계 소리만 들릴 뿐이었다. 이제 쥐가 나타날 시간이다. 어디서 나올 것인가?

찬장 속에서 달그락거리는 소리가 들렸다. 접시 끝을 발로 치면서 속에서 왔다 갔다 하고 있는 모양이다. 여기서 나오겠구나, 하고 구멍 옆에서 쪼그리고 기다렸다. 좀처럼 나올 기색이 보이지 않는다. 접시 소리는 이윽고 잠잠해졌는데, 이번에는 대접인지 뭔지에 달려든 모양이었다. 무거운 소리가 덜그럭거렸다. 더구나 문을 사이에 두고 바로 저쪽에서 움직이고 있었다. 내 코끝에서 쥐가 있는 곳까지는 거리로 치자면 10센티미터도 되지 않을 것이다. 가끔 바스락바스락하고 구멍 입구까지 발소리가 다가왔다가 다시 멀어져서 한 마리도 얼굴을 내밀지 않았다. 문 한 짝 건너편에서 현재 적군이 마음껏 만행을 저지르고 있는데, 나는 그저 구멍 입구에서 가만히 기다리고만 있다니 참 인내가 필요한 일이다. 쥐새끼는 그릇 속에서 신나게 무도회를 열고 있다. 하다못해 내가 들어갈 수 있을 정도로만 식모가 이 문을 열어 두었다면 좋았을 텐데, 정말 눈치코치 없는 촌뜨기다.

이번에는 부뚜막 그늘에서 내 밥그릇이 딸그락 소리를 내었다. 적군이 이쪽 방면에서도 왔구나 싶어 가만히 몰래 다가가자, 작은 통 사이에서 꼬리가 살짝 보이고는 그대로 수챗구멍 속에 숨어 버렸다. 얼마 후에 목욕탕에서 양치용 대접이 쇠대야에 텅, 하고 부딪친다. 이번에는 뒤쪽이구나 싶어 돌아보니 15센티미터 가까이 되는 커다란 놈이 획 하고 치약 봉지를 떨어뜨리면서 마루 밑으로 뛰어 들어갔다. 놓칠까 보냐 하고 나도 뛰어내렸는데, 그새 벌써 그림자도 보이지 않았다. 쥐를 잡는 것은 생각보다 어려운 일인 것 같다. 나는 선천적으로 쥐를 잡는 능력이 없는 모양이다.

내가 목욕탕으로 돌아가면 적은 찬장에서 튀어나왔고, 찬장을 경계하면 수챗구멍에서 튀어나왔고, 부엌 한가운데 서서 버티고 있으면 세 방면에서 조금씩 소란을 떨었다. 얄밉다고 해야 할지, 아니면 비겁하다고 해야 할지, 아무튼 그들은 도저히 군자의 적이 아니었다. 나는 열대여섯 번이나 여기저기 신경을 쓰고 눈길을 주면서 분주하게 노력해 보았지만 결국 한 번도 성공하지 못했다. 안타까운 일이었지만 이런 소인배들을 적으로 해서 싸우면 아무리 도고 대장이라 해도 손을 쓸 방도가 없다. 처음에는 용기도 있었고, 적개심도 있었고, 비장함 같은 숭고한 감각까지 있었지만 나중에는 귀찮은 것과 허탈한 것과 졸린 것과 피곤한 것 때문에 부엌 한가운데에 주저앉아서는 움직이지 않게 되었다. 그러나 움직이지는 않아도 사방팔방에 눈길을 주고 있으면 적은 소인배니까 별다른 짓을 저지르지 못한다. 적으로 여겼던 자가 의외로 자잘한 소인배라는 사실을 알게 되면 전쟁이 명예롭다는 느낌은 사라지고 증오하는 마음만 남는다. 증오하는 마음이 어느 정도 지나가면 기운이 빠지면서 멍해진다. 멍해진 다음에는 마음대로 해라, 어차피 너희들이 날뛰어 봤자 뻔하지, 하고 경멸하다 못해 졸리게 된다. 나는 이상과 같은 과정을 거쳐서 드디어 졸게 된다. 나는 잠이 들었다. 휴식은 적중에 있을 때도 필요하다.

옆쪽으로 벽을 뚫어서 만들어 놓은 창을 통해 다시 꽃잎을 한 웅큼 뿌리면서 강한 바람이 내 주위를 돈다 싶었더니, 찬장 입구에서 총알처럼 튀어나온 것이 눈 깜짝할 사이에 바람을 가르며 내 왼쪽 귀를 물었다. 여기에 이어서 또 다른 검은 그림자가 뒤로 돌아가는가 싶더니 곧바로 내 꼬리를 물고 늘어졌다. 순식간에 일어난 일이다. 나는 아무런 목적도 없이 기계적으로 펄쩍 뛰어올랐다. 온몸의 힘을 털구멍에 쏟으며 이 괴물을 털어 버리려 하였다. 귀를 물었던 것이 중심을 잃고 내 옆얼굴에 늘어졌다. 고무관처럼 부드러운 꼬리 끝이 뜻하지 않게 내 입속으로 들어왔다. 궁지를 벗어나기 위해 끊어져라, 하고 꼬리를 물고 좌우로 휘둘렀더니, 꼬리만 앞니 사이에 남고 몸체는 낡은 신문을 발라 놓은 벽에 부딪치고는 부엌 바닥 위로 떨어졌다. 일어서려는 놈에게 틈을 주지 않고 위에 올라타려 했더니, 고무로 된 공처럼 튀어 올라서 내 코끝을 스치고는 선반 끝에 다리를 움츠리고 섰다. 그놈은 선반 위에서 나를 내려다보고, 나는 바닥에서 그놈을 올려다보았다. 거리는 1미터 50센티미터. 그 사이로 달빛이 큰 폭의 띠를 하늘에 펼치듯이 옆으로 비추고 있었다. 나는 앞발에 힘을 주어 이얏, 하고 선반 위로 뛰어오르려 했다. 앞발은 곧바로 선반 끝에 걸렸지만 뒷발은 공중에서 버둥거렸다. 꼬리에는 아까 달려든 검은 것이 죽어도 놓지 않겠다는 듯이 매달려 있었다. 나는 위험했다. 앞발을 선반 깊숙이 들이밀어서 자세를 잡으려고 하였다. 그런데 발을 내디딜 때마다 꼬리의 무게 때문에 가장자리 쪽으로 밀렸다. 조금만 더 미끄러졌다가는 밑으로 떨어질 판이었다. 나는 더욱 위태로워졌다. 선반 판자를 발톱으로 벅벅 긁는 소리가 났다. 이래서는 안 되겠다 싶어 왼쪽 앞발을 빼서 다시 얹으려고 했다가 발톱을 제대로 걸지 못하는 바람에 나는 오른쪽 발톱 하나로 선반에 매달리게 되었다. 내 몸과 꼬리에 달라붙은 놈의 무게로 온몸이 빙글빙글 돌았다. 이때까지 꼼짝도 하지 않고 나를 노리고 있던 선반 위의 괴물이 이때다 싶었는지 내 이마를 향해 선반 위에서 돌을 던지는 것처럼 뛰어내렸다. 내 발톱은 마지막 남은 발판을 잃었다. 세 개의 덩어리가 하나가 되어 달빛을 가르며 아래로 떨어졌다. 선반 아래 단에 놓여 있던 손절구와, 절구 속에 있던 작은 통, 그리고 빈 잼 캔이 마찬가지로 한 덩어리가 되어 아래에 있는 불 끄는 단지와 어울려서 반은 물동이 속으로, 반은 부엌 바닥 위로 떨어졌다. 모두가 한밤중에 예사롭지 않은 소리를 내면서 죽을힘을 다하던 나의 영혼까지도 얼어붙게 만들었다.

"도둑이야!"

주인이 천박한 소리를 지르면서 침실에서 뛰쳐나왔다. 보아하니 한 손에는 램프를 들고, 또 다른 한 손에는 지팡이를 들고, 자다 깬 눈에서는 어울리지도 않게 날카로운 빛을 내뿜고 있었다. 나는 밥그릇 옆에 얌전하게 웅크렸다. 두 마리 괴물은 찬장 속으로 자취를 감췄다.

"뭐야, 누구야? 누가 이렇게 큰 소리를 냈어?"

주인은 어안이 벙벙한 채 잔뜩 화가 난 목소리로 아무도 없는데 물어보았다. 달이 서쪽으로 기울어지자, 흰 달빛을 받는 부분이 절반 정도로 가느다래졌다.

6

이렇게 더워서야 고양이도 못 견디겠다. 가죽을 벗고, 살도 벗어 던지고, 뼈만 가지고 시원하게 지내고 싶다고 영국의 시드니 스미스*인가 하는 사람이 괴로워하며 말했다고 하는데, 뼈만 남길 정도는 아니더라도 하다못해 이 옅은 회색 반점이 있는 털옷만이라도 잠시 빨아서 널든지, 아니면 당분간 전당포에 맡겨 놓고 싶은 심정이다. 인간의 눈으로 보면 고양이는 1년 365일 같은 얼굴을 하고, 춘하추동 할 것 없이 간판 한 장으로 버텨서 아주 단순하고 돈도 들지 않는 생활을 하고 있는 것처럼 보일지 모르지만, 아무리 고양이라 해도 나름대로는 더위와 추위를 느끼면서 지낸다. 가끔 찬물에 목욕이라도 하고 싶은 생각이 들지 않는 것은 아니지만, 이런 털옷을 입고 물에 젖기라도 하는 날에는 말리는 데 보통 힘이 드는 것이 아니므로, 땀 냄새가 나도 참고 이 나이가 될 때까지 목욕탕 출입을 삼가고 있는 것이다. 기회가 닿으면 부채라도 써 볼까 하는 생각도 있지만 도무지 손으로

* 영국의 목사·저작자(1771-1845).

뭘 줄 수가 없으니 그것도 불가능하다. 그런 생각을 하면 인간은 참 사치스럽게 산다. 날것으로 먹어야 할 음식을 일부러 삶아 보기도 하고, 구워 보기도 하고, 식초로 무쳐 보기도 하고, 된장을 바르기도 하는 등 굳이 쓸데없이 수고를 해 가며 기쁨을 느낀다. 입는 것도 마찬가지다. 고양이처럼 1년 내내 같은 것을 입고 지내라고 하면 불완전하게 태어난 그들로서는 좀 무리가 될지 모르지만, 그렇다고 구태여 저렇게 잡다한 것을 피부 위에 얹고 살 필요는 없지 않은가? 양의 신세를 지기도 하고, 번데기의 덕을 보기도 하고, 밭에서 나는 솜까지 동원하는 것을 보면 시치는 무능의 결과라고 단언해도 될 것 같다. 의식衣食 문제는 그래도 너그럽게 헤아려서 참아 준다고 해도 생존하는 데 직접적인 이해관계가 없는 부분까지 이런 식으로 관철하는 것에 대해서는 도무지 납득을 할 수가 없다. 무엇보다도 머리카락 같은 것은 자연히 나는 것이니 가만히 내버려두는 것이 가장 간편하고 당사자를 위한 길이라고 생각하는데, 그들은 쓸데없는 짓을 해서 여러 가지 잡다한 모양을 만들어 놓고는 잘난 체를 한다. 승려라고 자칭하는 자들은 언제 보아도 머리를 시퍼렇게 하고 있다. 더울 때는 그 위로 양산을 쓴다. 추우면 모자로 감싼다. 이래 가지고서야 무엇을 위해 퍼렇게 내놓고 다니는지 알 수 없지 않은가? 그런가 하면 빗이라 부르는 무의미한 톱 같은 도구를 써서 머리카락을 좌우로 등분해 놓고 좋아라 하는 자들도 있다. 등분하지 않으면 7부, 3부의 비율로 두 개골 위에 인위적인 구획을 만든다. 그중에는 이런 구획이 가마를 지나쳐서 뒤쪽까지 뻗어 있는 것도 있다. 마치 가짜 파초 잎처럼 생겼다. 다음으로는 정수리를 평평하게 깎고, 좌우는 똑바로 깎아 내린다. 동그란 머리에 네모난 틀을 낀 셈이니 정원사가 손질한 삼나무 울타리를 베껴 놓은 것처럼 보인다. 그 외에도 5부 깎기, 3부 깎기, 1부 깎기까지 있다고 하니, 나중에는 머리 뒤쪽까지 깎아서 마이너스 1부 깎기, 마이너스 3부 깎기 등과 같은 신기한 모양이 유행할지도 모른다. 아무튼 그렇게 자기 몸을 들들 볶아서 무엇을 어쩌려고 그러는지 모르겠다. 무엇보다도 다리가 네 개 있는데도 두 개밖에 쓰지 않는다는 점부터가 사치다. 네 발로 걸으면 그만큼 많이 걸을 수 있으련만 언제나 두 발만 쓰고 나머지 두 개는 선물받은 대구포처럼 가만히 모셔 놓고만 있으니 웃기는 짓이다. 이렇게 보면 인간은 고양이보다 훨씬 더 한가로운 존재여서 너무나 심심한 나머지 이런 장난을 생각해 내고는 즐기고 있는 것처럼 생각된다. 다만 우스운 점은 이렇게 한가한 인간들이 서로 모였다 하면 바쁘다, 바쁘다, 하고 떠들어 댈 뿐만 아니라 그 안색이 정말로 바쁜 것처럼, 자칫하면 바쁜 일상에 치여 죽을 것처럼 보인다는 점이다. 그들 중 어떤 자는 나를 보며 가끔 저렇게 살 수 있으면 얼마나 편하고 좋을까, 하고 말하지만, 그렇게 좋을 것 같으면 한번 되어 보라고 말하고 싶다. 그렇게 발을 동동 구르면서 살라고 누가 부탁한 것도 아니지 않은가? 자기가 좋아서 쓸데없는 일을 감당하지 못할 정도로 만들어 놓고 괴롭다고 난리를 치는 것은 자기가 불을 활활 일으키고는 덥다고 난리를 치는 격이다. 고양이라도 머리카락 자르는 법을 스무 가지나 생각하게 된다면 이렇게 속 편하게 살아갈 수 있을 리가 없다. 그렇게 편하게 살고 싶으면 나처럼 한여름에도 털옷을 입고 지낼 만큼 수련을 쌓으라지.—그렇다고는 하지만 다소 덥기는 하다. 털옷을 입고 있자니 정말 너무 덥다.

이래서야 나의 전매특허인 낮잠도 잘 수가 없다. 뭐 좀 재미있는 일이 없을까? 오랫동안 인간 사회에 대한 관찰을 소홀히 하고 있었으니, 오늘은 오랜만에 그들이 쓸데없이 끙끙 앓으며 살아가는 모습을 관찰해 볼까 했다. 그런데 안타깝게도 우리 주인은 이런 점에 관해서는 아주 고양이에 가까운 성질을 가지고 있다. 낮잠은 나에게 지지 않을 정도로 자고, 특히 여름휴가에 들어간 후로는 무엇 하나 인간다운 일을 하지 않게 되어서 아무리 관찰을 해도 도무지 지켜보는 보람이 없다. 이럴 때 메이테이라도 찾아오면 이 위장병 환자도 얼마간 반응을 나타내서 잠시라도 고양이 같은 생활에서 멀어지겠는데, 그 선생이 언제 오려나 하고 생각하고 있던 참에 누군지 모르지만 목욕탕에서 좌악좌악 물을 끼얹는 사람이 있었다. 물을 끼얹는 소리만 들린 것이 아니다. 수시로 커다란 소리로 한마디씩 하는 말소리도 들렸다.

"아이고 좋다."

"아주 기분이 좋은데."

"한 바가지 더."

이렇듯 온 집안에 울려 퍼질 듯한 소리를 내었다. 우리 주인집에 와서 이렇게 큰 소리를 내며 이렇게 버릇없는 짓을 할 자는 한 사람밖에 없다. 보나마나 메이테이이다.

드디어 왔군, 이제 오늘 반나절은 심심풀이가 생겼구나, 하고 있었더니 메이테이 선생이 땀을 닦으며 어깨를 옷에 집어넣고, 여느 때와 같이 방 안으로 성큼성큼 들어왔다.

"부인, 구샤미는 뭐하고 있습니까?"

메이테이가 부인을 불러 대더니 모자를 방바닥에 내던졌다. 부인은 옆방 바느질 상자 곁에 엎어져서 기분 좋게 자고 있다가, 갑자기 고막이 멍멍해질 정도로 쩌렁쩌렁 울리는 소리가 들리는 바람에 깜짝 놀라서, 아직 제대로 떠지지 않는 눈을 일부러 크게 뜨면서 마루로 나와 보았다. 그랬더니 메이테이가 삼베옷 차림으로 아무렇게나 앉아서 부채질을 하고 있었다.

"어머, 어서 오세요."

부인은 말은 이렇게 하면서도 다소 낭패스러워했다.

"오신 줄도 모르고 있었네요."

부인은 콧등에 맺힌 땀도 닦지 않고 인사를 하였다.

"아니, 나도 지금 오는 길입니다. 방금 목욕탕에서 식모한테 물을 등에 끼얹어 달라고 해서 겨우 정신을 좀 차렸지요. 이거 보통 더운 것이 아니군요."

"요 며칠은 그냥 가만히 있기만 해도 땀이 줄줄 흐를 정도로 더위가 심하네요. 그래도 별일 없이 지내셨지요?"

"그럼요, 고맙습니다. 날씨가 덥다고 별일이야 있겠습니까? 하지만 이 더위는 각별하군요. 도무지 몸을 움직이기가 힘들 정도니 말입니다."

"저 같은 경우도 어지간해서는 낮잠을 잔 적이 없는데, 이렇게 더우니 정신을 차리고 있을 수가 없어서…."

"주무시게 되는군요. 좋은 일이지요. 낮에 자고 밤에도 잘 수 있으면 그건 아주 좋은 일이 아니겠습니까?"

메이테이는 여전히 속 편한 소리를 늘어놓았지만 그것만으로는 모자라다고 생각했는지 이렇게 덧붙였다.

"저 같은 사람은 자고 싶지 않은 성질이라서요. 구샤미 군처럼 올 때마다 자고 있는 사람을 보면 부러울 정도랍니다. 물론 위가 약한 사람한테 이 더위는 좀 견디기 힘들 테지요. 튼튼한 사람이라도 오늘 같은 날씨에는 목을 어깨 위에 얹어 놓고 있는 것만도 힘이 드니까요. 그렇다고 얹혀져 있는 이상 빼놓고 다닐 수도 없는 일이지요."

메이테이 군은 전에 없이 목을 처리하지 못해 어쩔 줄 몰라 했다.

"부인 같은 경우는 목 위에 또 얹어 놓는 것이 있으니 가만히 앉아 있지 못할 겁니다. 올림머리의 무게만 가지고도 자리에 눕고 싶어질 거예요."

메이테이가 이렇게 말하자 부인은 지금까지 자고 있었던 것이 머리 모양 때문에 들통이 났다고 생각했는지 머리를 매만지며 말했다.

"호호호, 입이 험하시기는…."

메이테이는 그런 일에는 아랑곳없이 또 이상한 소리를 늘어놓았다.

"부인, 어제는 말이지요 지붕 위에서 달걀프라이를 해 보았답니다."

"프라이를 어떻게 하셨다고요?"

"지붕의 기와가 너무 뜨겁게 달궈져 있어서 그냥 두기가 아깝다는 생각이 들어서 말입니다. 버터를 녹이고 달걀을 깨서 얹어 보았지요."

"어머나."

"그런데 역시 햇볕으로는 마음대로 익힐 수가 없더군요. 좀처럼 반숙이 되지 않기에 밑으로 내려와서 신문을 읽고 있다가 손님이 오는 바람에 까맣게 잊어버리고 있었습니다. 오늘 아침이 되어서야 갑자기 생각이 나서 이제 다 되었겠지 싶어 올라가 보았지요."

"그랬더니 어떻게 되어 있었는데요?"

"반숙은커녕 완전히 흘러 내려가 버렸더군요."

"세상에,"

부인은 눈썹을 팔자로 만들면서 감탄하였다.

"그런데 복중에는 내내 그렇게 시원하다가 요즘 늘어서야 더워지다니 참 이상하지요."

"정말 그런 것 같네요. 얼마 전까지 여름옷만 입고 있으면 쌀쌀하다고 느낄 정도였는데, 그저께부터 갑자기 이렇게 더워졌으니까요."

"게는 옆으로 걷는다지만 올 여름 날씨는 뒷걸음질치는 모양입니다. 뒤로 돌아서 역행해도 안 될 것 없지 않겠느냐고 억지를 부리는 것인지도 모르지요."

"그게 무슨 말씀이지요?"

"아니, 아무것도 아닙니다. 아무래도 이렇게 날씨가 역행하는 걸 보면 마치 헤라클레스의 소 같다고요."

메이테이가 신이 나서 더욱 알 수 없는 소리를 지껄였더니 아니나 다를까 부인은 전혀 알아듣지 못했다. 그러나 아까 말한 것을 되물 었다가 무시를 당한 것이 있기 때문에 이번에는 그저 "네에." 하고 맞 장구만 쳤을 뿐 되묻지 않았다. 그런데 이 예시를 되물어 주지 않으니 메이테이는 모처럼 말을 꺼낸 보람이 없었다.

"부인, 헤라클레스의 소를 알고 있습니까?"

"그런 소는 잘 모르겠는데요."

"모르신다고요? 그럼 좀 설명해 드릴까요?"

메이테이가 이러고 나서자 부인은 그러지 않아도 된다고 말하기가 미안해서인지 "네, 그러세요." 하고 대꾸했다.

"옛날에 헤라클레스가 소를 끌고 왔답니다."

"그 헤라클레스라는 사람은 소를 치는 목동이었나요?"

"아니, 목동이 아니었습니다. 목동도 아니었고, 쇠고기집 주인도 아니었지요. 그때는 그리스에 아직 고깃간이 한 집도 없을 때였으니 까요."

"어머, 그럼 그리스 이야기예요? 그럼 그렇다고 말씀을 해 주실 것 이지."

부인도 그리스라는 나라의 이름만은 알고 있었다.

"그야 헤라클레스니까 당연히 그리스지요."

"헤라클레스면 당연히 그리스인가요?"

"그럼요, 헤라클레스는 그리스의 영웅이니까요."

"어쩐지 들어 본 적이 없다고 생각했지요. 그래서 그 남자가 어떻게 되었는데요?"

"그 남자가 말이지요, 부인처럼 졸려서 쿨쿨 자고 있었지요…."

"어머, 세상에."

"자고 있는 사이에 헤파이스토스*의 아들이 왔답니다."

"헤파이스토스는 또 뭐예요?"

"헤파이스토스는 대장장이입니다. 이 대장장이의 아들이 그의 소를 훔쳐 버린 거예요. 그런데 말이지요. 소의 꼬리를 잡고 있는 힘껏 잡아 끌어가는 바람에 헤라클레스가 깨어나서 '소야, 어디 갔니? 소야.' 하고 찾으러 돌아다녀도 찾을 수가 없었답니다. 그도 그럴 것이 소의 발자국을 따라가 본들 앞으로 걷게 해서 끌고 간 것이 아니라 뒤로 걷게 해서 끌고 갔으니 당연히 알 수가 없지요. 대장장이 아들치고는 아주 머리가 좋았던 셈입니다."

메이테이는 벌써 날씨 이야기는 까맣게 잊어버린 듯했다.

"그런데 남편께서는 뭐하고 있습니까? 여전히 낮잠을 자고 있나요? 낮잠도 중국 사람의 시詩 속에 나오면 풍류지만 구샤미 군처럼 허구한 날 일과처럼 자는 것은 너무 속물적인 것 같네요. 말하자면 매일 조금씩 죽어 보는 것 아닙니까? 부인, 죄송하지만 가서 좀 깨워 보시지요."

메이테이가 재촉하자 부인도 동감이었는지 자리에서 일어서며 말했다.

"맞아요, 저렇게 지내면 안 되는데 말입니다. 무엇보다도 건강이

* 그리스 신화에서 불과 대장장이의 신.

나빠지지 않겠어요? 방금 식사를 끝낸 마당인데."

그러자 메이테이는 아무렇지도 않은 얼굴로 물어보지도 않은 말을 꺼냈다.

"부인, 식사라는 말씀을 해서 생각이 났는데 제가 아직 점심 전이거든요."

"어머, 식사 시간이었는데 여쭤보지도 못했네요. 그럼 찬은 없지만 오차즈케お茶漬け*라도 드릴까요?"

"아니, 오차즈케 같은 것은 주시지 않아도 됩니다."

"그래도 저희 집에는 어차피 입에 맞으실 만한 찬거리도 없는데요."

부인이 다소 비꼬아서 말했다. 메이테이도 그걸 눈치 채고는 이렇게 말했다.

"아니, 오차즈케고 뭐고 따로 차리실 필요가 없다는 뜻입니다. 지금 오는 길에 맛있는 것을 마련해 왔으니 그걸 여기서 먹게 해 주시면 되지요."

이렇듯 얼굴에 철판을 깔지 않으면 도저히 입 밖에 낼 수 없는 말을 술술 늘어놓았다. 부인은 딱 한마디 "어머!"라고만 했는데, 그 '어머' 속에는 놀라서 나온 '어머'와 기분이 상해서 나온 '어머', 그리고 수고를 덜 수 있어서 다행이라는 뜻의 '어머'가 섞여 있었다.

그러던 찰나에 주인이, 거실이 시끄러워서 막 잠이 들려는 참에 깨어 버린 듯한 모습으로 휘청거리며 서재에서 나왔다.

"여전히 시끄러운 사내로군. 모처럼 기분 좋게 잠이 들려고 했는데…."

주인은 하품을 하면서 잔뜩 인상을 찌푸렸다.

* 밥에 녹차를 부은 요리.

"아이고, 일어나셨구먼. 봉황의 달콤한 잠을 깨워 황송해서 어쩌나? 하지만 가끔은 그럴 수도 있지 않은가? 자, 여기에 앉아 보게."

메이테이는 어느 쪽이 손님인지 분간이 가지 않는 인사를 하였다. 주인은 말없이 자리에 앉아서 나무 공예로 장식된 잎담뱃갑에서 아사히를 한 개피 꺼내 뻐끔뻐끔 피기 시작했는데, 문득 건너편 구석에 나뒹굴고 있는 메이테이의 모자를 보더니 이렇게 말했다.

"자네, 모자를 산 모양이군."

"어떤가?"

메이테이는 자랑스럽게 주인과 부인 앞에 모자를 내보였다.

"어머, 예뻐라. 짜임새가 세밀해서 아주 부드럽네요."

부인이 연신 어루만지며 칭찬을 했다.

"부인, 이 모자는 아주 쓸 만하답니다. 어떻게 하든 내 마음대로니까요."

메이테이가 주먹을 쥐고 모자 옆을 퍽 치니 그가 말한 대로 주먹 크기만 한 구멍이 움푹 들어갔다. 부인이 "어머나!" 하고 놀랄 새도 없이 다음에는 주먹을 안쪽으로 해서 푹 쳤더니 머리 위쪽이 쑥 올라왔다. 다음에는 모자를 들고 챙과 챙을 양쪽에서 꾹 눌러 보였다. 눌린 모자는 밀대로 밀어 놓은 국수처럼 납작해졌다. 그것을 한쪽 끝에서부터 두루마리 말 듯이 둘둘 말았다.

"어떻습니까? 보시는 대로지요?"

이러고는 둥글게 말아 놓은 모자를 품속에 넣었다.

"신기한 모자네요."

부인은 마술사의 솜씨라도 구경하는 것처럼 감탄을 하였다. 그러자 메이테이도 신이 났는지 오른쪽에서 품 안에 넣었던 모자를 일부러 왼쪽 품 안에서 꺼냈다.

"자, 어디에도 흠이 생기지 않았습니다."

메이테이는 모자를 원래대로 만들어 놓더니 검지 끝에 그걸 걸고는 빙글빙글 돌렸다. 이제 끝인가 보다 하고 생각했더니 마지막으로 획 하니 뒤로 던지고는 그 위에 털썩하고 앉아 버렸다.

"자네, 그래도 괜찮은가?"

주인까지도 걱정스러운 표정으로 물었다. 부인도 마찬가지로 걱정이 된다는 듯이 주의를 주었다.

"모처럼 사신 좋은 모자를 망치기라도 하면 어떻게 합니까? 이제 그만두시지요."

신이 난 사람은 모자 주인뿐이었다.

"그런데 망가지지 않으니 신기하지 않습니까?"

이러고는 메이테이가 엉망진창이 된 모자를 엉덩이 밑에서 꺼내 그대로 머리에 얹었더니 신기하게도 모자는 머리 모양으로 순식간에 회복되었다.

"정말 튼튼하게 만들어진 모자네요. 도대체 어떻게 하신 거지요?"

부인이 더욱 감탄을 하자, 메이테이가 모자를 쓴 채 부인에게 이렇게 대답하였다.

"뭐, 제가 특별히 어떻게 한 것도 없습니다. 원래부터 이런 모자일 뿐이지요."

"당신도 저런 모자를 사서 써 보시지요."

부인이 주인에게 이 모자를 권하려고 하였다.

"하지만 구샤미 군은 멋진 밀짚모자를 가지고 있지 않습니까?"

"그런데 그 모자를 얼마 전에 아이가 밟아서 그만 망가뜨렸지 뭡니까."

"아이고, 그것참 아깝게 되었군요."

"그러니까 이번에는 메이테이 선생님 것처럼 튼튼하고 예쁜 모자를 사면 좋겠다는 생각이 들어서요."

부인은 그 모자가 얼마나 비싼 것인지도 모르고는 자꾸만 주인에게 권하였다.

"당신도 이걸로 사세요, 네?"

메이테이 군은 이번에는 오른쪽 품속에서 빨간 케이스에 든 가위를 꺼내서 부인에게 보였다.

"부인, 모자는 그쯤 해 두고 이 가위를 한번 보세요. 이것도 아주 쓸모가 있지요. 이 가위 하나를 가지고 열네 가지 방법으로 쓸 수가 있답니다."

이 가위가 등장하지 않았더라면 우리 주인은 부인에게서 모자 공격을 받을 뻔했는데, 다행히 부인이 여자로서 가지고 태어난 호기심 때문에 그런 액운을 피할 수 있었다. 그렇게 된 것은 메이테이가 눈치껏 행동을 해서가 아니라 그냥 우연히 날아든 행운임을 나는 간파하였다.

"그 가위를 어떻게 열네 가지 방법으로 쓸 수가 있나요?"

부인이 묻자마자 메이테이 군은 아주 자랑스러운 말투로 대답했다.

"지금 하나하나 설명해 드릴 테니 잘 들어 보세요. 자, 여기를 보세요. 여기에 초승달 모양으로 들어간 곳이 있지요? 여기에 잎담배를 넣어서 끝을 자릅니다. 그런 다음 이 끝에 작은 홈이 있지요? 이것으로 철사를 뚝뚝 끊을 수가 있어요. 다음에는 활짝 벌려서 종이 위에 놓으면 자 대신으로 선을 그을 수가 있습니다. 그리고 가윗날 뒤에는 눈금이 있으니까 길이를 잴 수도 있고요. 이쪽 앞은 줄처럼 만들어져 있으니 이것으로 손톱 손질도 할 수 있지요. 게다가 말입니다. 이 끝을 나사 머리에 대고 돌리면 못을 뺄 수 있습니다. 이쪽 끝은 틈에 끼워서 힘껏 빼면 못질한 상자도 어지간한 것은 손쉽게 뚜껑을 열 수 있지요. 아참, 이쪽 날 끝은 송곳으로 되어 있지. 여기는 잘못 쓴 글씨를 문질러서 지우게 되어 있고, 이걸 분해하면 칼이 되지요. 마지막으로… 잘 들으세요, 부인. 이 마지막이 아주 재미있답니다. 여기에 파리 눈알만 한 크기의 공이 있지요? 한번 자세히 들여다보세요."

"싫어요, 또 저를 놀리려고 그러시지요?"

"아니, 그렇게 저를 믿지 못하십니까? 이것 참 난감하네. 하지만 그래도 속는 셈치고 잠깐 들여다보시라니까요. 네? 싫다고요? 잠깐이면 된다니까요."

메이테이는 가위를 부인에게 건네주었다. 부인은 어색한 손짓으로 가위를 받아들고는 그 파리 눈알처럼 생긴 곳에 자기 눈을 붙여서 자꾸만 보려고 하였다.

"어떻습니까?"

"그냥 새까맣게 보이기만 하는데요."

"새까맣게만 보이면 안 되지요. 좀 더 장지문 쪽을 바라보고, 그렇게 가위를 눕히지 말고… 그래요, 잘했어요. 이러면 좀 보이시겠지요?"

"어머나, 무슨 사진이네요. 어째서 이렇게 작은 사진을 붙여 놓았을까요?"

"그게 바로 재미있는 점 아닙니까?"

이렇듯 한참을 부인과 메이테이는 이야기를 주고받았다. 아까부터 입을 꾹 다물고 있던 주인이 이때 갑자기 사진이 보고 싶어졌는지 말을 꺼냈다.

"어디, 나도 좀 봅시다."

하지만 부인은 가위를 얼굴에 바짝 들이댄 채 좀처럼 내놓으려 하지 않았다.

"정말 아름답네요. 나체의 미인이군요."

"이봐, 나도 좀 보자니까."

"잠깐만 기다려 보세요. 아름다운 머리카락이네요. 허리까지 늘어
져 있네. 좀 위를 올려다보는 것이 정말 늘씬하게 키가 큰 여자로군요.
하지만 미인이네요."

"나도 좀 보자니까. 어지간히 하고 이리 내 보라고."

주인이 조바심을 내면서 부인에게 달려들었다.

"아이고, 오래 기다리셨네요. 여기 있습니다. 마음껏 보세요."

부인이 가위를 주인에게 건네주었을 때 부엌에서 식모가 손님에서
가지고 오신 겁니다, 하며 두 그릇의 메밀국수를 거실로 가지고 들어
왔다.

"부인, 이것이 제가 마련해 온 음식입니다. 저는 잠시 실례하고 여
기서 요기를 해야겠습니다."

메이테이가 정중하게 인사를 하였다. 진지한 것인지 장난을 치는
것인지 분간이 되지 않는 동작이어서 부인도 어떻게 대응해야 할지
갈피를 잡을 수가 없었다.

"그럼 많이 드세요."

부인은 가벼운 대꾸만 하고는 가만히 지켜보고 있었다. 주인은 그
제서야 사진에서 눈을 떼고는 말했다.

"자네, 이 더운 날씨에 국수를 먹으면 몸에 좋지 않을 텐데."

"괜찮네. 좋아하는 음식을 먹으면 탈이 날 일도 없을 테니까."

메이테이가 그릇 뚜껑을 열었다.

"바로 뽑은 국수라 맛이 좋지. 아무튼 국수 불은 것과 인간 멍청한
것은 도저히 참을 수가 없다니까."

이러고는 파와 무청, 와사비 등을 간장에 넣어서 열심히 휘저었다.

"자네, 그렇게 와사비를 넣으면 맵지 않겠나?"

주인이 걱정스러운 듯이 주의를 주었다.

"메밀국수는 장맛과 와사비맛으로 먹는 거라네. 자네는 메밀국수를 싫어한다며?"

"나는 우동을 좋아하지."

"우동은 속물들이나 먹는 것일세. 메밀국수의 맛을 모르는 사람처럼 불쌍한 사람도 없지."

메이테이가 이렇게 말하고는 젓가락으로 국수를 왕창 집더니 될 수 있는 대로 많은 분량을 6센티미터 정도의 높이로 들어올렸다.

"부인, 국수를 먹는 데도 여러 가지 방식이 있게 마련이지요. 초보자들은 꼭 장을 한껏 찍어서 입안에서 질척거리며 먹곤 한답니다. 하지만 그렇게 먹으면 국수 맛을 제대로 볼 수가 없지요. 일단은 이렇게 한 젓가락 들어서 말입니다."

메이테이가 젓가락을 들자 긴 국수가 줄지어서 30센티미터 정도 공중에 들어 올려졌다. 선생도 이만하면 되겠다 싶어 아래를 보았더니 아직도 열두세 가닥의 꼬리가 그릇 바닥에서 떨어지지 않은 채 도사리고 있었다.

"이놈 참 길군그래. 어떻습니까, 부인? 길이가 상당하지요?"

이러고는 또다시 부인에게 맞장구를 요구하였다.

"참으로 긴 국수네요."

부인은 감탄했다는 듯이 대꾸하였다.

"이렇게 긴 국수를 장에 3분의 1만 적셔서 한입에 삼켜 버리는 겁니다. 씹으면 안 되지요. 씹으면 국수 맛이 사라지니까요. 목구멍 안으로 스르륵 하고 빨려 들어가는 것이 바로 메밀의 맛입니다."

메이테이가 한껏 젓가락을 높이 들었더니 국수 가락이 겨우 바닥에서 떨어졌다. 왼손으로 받아 든 그릇 속으로 젓가락을 조금씩 내려서 국수 끝에서부터 점점 장 속으로 가라앉혔더니 아르키메데스의 이론에 따라 국수가 들어간 분량만큼 장의 부피가 늘어났다. 그런데 장 그릇 속에는 원래부터 장이 8부가량 들어 있었기 때문에 메이테이가 젓가락으로 들어올린 국수의 4분의 1도 적시기 전에 장 그릇이 장으로 가득 차 버렸다. 메이테이의 젓가락은 그릇에서 15센티미터가량 떨어진 거리에서 딱 멈춘 다음 한동안 움직이지 않았다. 움직이지 않는 것도 당연한 일이다. 조금이라도 더 내렸다가는 장이 그릇에서 넘칠 것이기 때문이다. 메이테이도 이 시점에 이르러서 잠시 주저하는 모양이었는데, 눈 깜짝할 사이에 입을 젓가락 쪽으로 가지고 가나 싶더니 금세 후루룩후루룩, 하는 소리를 내며 목이 한두 번 아래위로 억지로 움직였다. 그러자 순식간에 젓가락에 들려 있던 국수가 자취를 감춰 버렸다. 보았더니 메이테이의 양쪽 눈에서는 눈물 같은 것이 한두 방울 눈가에서 볼을 타고 흘러내렸다. 와사비가 효과를 발휘해서 그랬는지, 한꺼번에 국수를 억지로 넘기는 바람에 힘들어서 눈물이 났는지 그것은 지금까지도 알 수가 없다.

"대단하군그래. 어떻게 그렇게 한꺼번에 삼켜 버릴 수가 있나?"

주인이 감탄을 했다.

"정말 대단한 솜씨네요."

부인도 메이테이의 솜씨를 극찬했다. 메이테이는 아무 말 없이 젓가락을 놓고 가슴을 두세 번 두드리더니 이렇게 말했다.

"부인, 메밀국수는 원래 세 입 반이나 네 입 정도로 먹어야 합니다. 그보다 더 작게 나누어 먹으면 맛있게 먹을 수가 없지요."

그러고는 손수건으로 입을 닦고는 잠시 숨을 돌렸다.

그러던 차에 간게쓰 군이 무슨 생각에서인지 이 더운 날에 수고 스럽게 겨울 모자를 쓰고는 양쪽 다리에 먼지를 가득 묻힌 차림으로 찾아왔다.

"아이고, 이거 미남이 등장하셨는데 나는 먹던 참이니 잠시 실례해서 마저 먹어야겠네."

메이테이 군은 모두 둘러앉아 주목하고 있는 가운데서도 거침없이 국수 그릇에 남아 있던 나머지를 먹어 치웠다. 이번에는 아까처럼 눈에 띄는 방법으로 먹지 않는 대신에 손수건을 써서 도중에 한숨을 돌리는 볼썽사나운 일도 없이 국수 그릇 두 개에 놓인 국수를 순식간에 해치우는 쾌거를 올렸다.

"간게쓰 군, 박사 논문은 이제 탈고했는가?"

주인이 묻자 메이테이도 이어서 말을 보탰다.

"가네다 아가씨께서 목을 빼고 기다리고 있으니 빨리빨리 제출하지 그러나."

간게쓰 군은 여느 때처럼 뜻 모르는 웃음을 실실 흘리면서 말했다.

"미안하니까 될 수 있는 대로 빨리 제출해서 안심시켜 주고 싶지만, 워낙 주제가 주제이다 보니 어지간히 힘이 드는 연구가 필요해서요."

간게쓰 군은 도무지 진지하게 받아들일 수가 없는 말을 진지한 일처럼 말했다.

"그래, 주제가 주제이니만큼 코가 말하는 대로 그렇게 빨리 될 수는 없겠지. 물론 저 코라면 충분히 콧김을 쐴 만한 가치는 있겠지만 말이야."

메이테이도 간게쓰식 말투로 맞장구를 쳤다. 비교적 진지한 사람은 우리 주인뿐이다.

"자네 논문 주제가 뭐라고 했지?"

"'개구리 눈알의 전동 작용에 대한 자외선의 영향'이라는 것입니다."

"그것참 신기한 주제로군. 역시 간게쓰 선생은 다르단 말이야. 개구리 눈알이라니, 걸작 아닌가? 어떤가, 구샤미 군? 논문을 탈고하기 전에 그 주제만이라도 가네다 집안에 보고해 주지 그래?"

주인은 메이테이가 하는 말에는 대꾸도 하지 않았다.

"자네, 그것이 그렇게 힘이 드는 연구인가?"

주인이 간게쓰 군에게 물었다.

"네, 상당히 복잡한 주제입니다. 무엇보다도 개구리 눈알의 렌즈 구조가 그리 간단한 것이 아니니까요. 그것으로 이런저런 실험도 해 보아야 하는데 우선은 둥그런 유리공을 마련해서 그것을 가지고 해 보려고 합니다."

"유리공 같은 것은 유리 가게에 가면 얼마든지 있지 않은가?"

"그게 그렇지가 않으니 문제지요."

간게쓰 선생이 가슴을 약간 뒤로 젖히면서 말했다.

"원래 원이나 직선 같은 것은 기하학적인 것으로 우리가 정의하는 이상적인 원이나 직선은 현실 세계에는 존재하지 않는 것입니다."

"존재하지 않는 것이면 그만두면 될 것 아닌가?"

메이테이가 참견을 하였다.

"그래서 우선 실험상 지장을 주지 않을 정도의 공을 만들어 보려고 생각했지요. 얼마 전에 그 작업을 시작했습니다."

"성공했는가?"

주인이 쉬운 일이 아니냐는 듯이 물었다.

"그게 어떻게 성공하겠어요?"

간게쓰 군은 이렇게 말하고는, 자기 말에 다소 모순이 있다는 사실을 깨달았는지 부연 설명을 했다.

"정말 어렵습니다. 점점 깎으면서 이쪽의 반경이 너무 길다고 생각해서 반대편을 살짝 깎으면 이번에는 그쪽 반경이 길어지는 식이니까요. 그걸 간신히 좀 맞춰 놨다 싶으면 이번에는 전체적인 모양이 일그러져 있지요. 고생고생해서 그 일그러진 모양을 다듬으면 다시 직경이 이상해집니다. 처음에는 사과 정도 크기였던 것이 점점 작아져서 딸기 정도의 크기가 됩니다. 그래도 끈기 있게 계속하다 보면 콩알만해지지요. 콩알만 해져도 아직도 완전한 원이 되지 않는 거예요. 저도 어지간히 열심히 깎고 다듬었는데… 올 초부터 지금까지 크고 작은 유리알을 한 여섯 개는 그렇게 깎아 없앴습니다."

간게쓰 군은 거짓말인지 참말인지 분간이 가지 않는 말을 장구하게 늘어놓았다.

"어디서 어떻게 깎는데 그러는가?"

"아무래도 학교 실험실을 쓰게 되지요. 아침에 깎기 시작해서 점심 시간에 잠시 쉬었다가 어두워질 때까지 작업을 계속하고 있는데 정말 보통 일이 아닙니다."

"그럼 자네가 요즘에 바쁘다, 바쁘다, 하면서 매일 같이, 일요일에도 학교에 가는 것은 그 공을 깎으러 가는 것이었군?"

"아무튼 요즘은 아침부터 밤까지 공만 깎아 대고 있습니다."

"'공을 깎는 박사가 되어 등장할 때까지…'라는 식이군. 그런데 그렇게 열심히 한다는 사실을 알려 주면 아무리 콧대가 높은 저 코라도 조금은 고마워하겠지. 사실은 지난번에 어떤 볼일이 있어서 도서관에 갔다가 돌아오는 길에 문 앞에서 우연히 로바이老梅 군을 만났지. 그 사내가 졸업 후에 도서관에 찾아오다니 신기한 일도 다 있다고 생각해서 아직도 공부를 하다니 대단하네, 하고 인사를 했더니, 좀 묘한 표정을 지으면서, 아니 책을 읽으러 온 것이 아니라 방금 문 앞을 지나치려고 했는데, 마침 볼일이 보고 싶어서 잠시 화장실을 빌리러 들어간 것이야, 하는 바람에 배를 잡고 웃은 적이 있다네. 나는 로바이 군과 자네를 정반대의 좋은 예로 책이라도 쓰고 싶네그려."

메이테이 군은 평소처럼 길다란 주석을 달았다. 주인은 약간 진지해져서 물었다.

"자네, 그렇게 매일매일 공만 깎고 있는 것도 좋지만 도대체 언제쯤이나 완성이 될 것 같은가?"

"글쎄요, 이런 상태라면 한 10년쯤 걸리겠네요."

이렇게 말하는 간게쓰 군은 주인보다 훨씬 태평스럽게 보였다.

"10년이면… 좀 더 빨리 깎으면 될 것 아닌가?"

"10년이면 빠른 편입니다. 경우에 따라서는 20년이 걸릴 수도 있습니다."

"그것 큰일이군. 그럼 그때까지 박사가 못 되지 않는가?"

"네, 하루라도 빨리 박사가 되어서 안심시켜 주고 싶은데, 일단은 공을 제대로 깎아서 만들어 내지 않으면 실험을 할 수 없으니 말입니다…"

간게쓰 군은 잠시 말을 끊더니 다시 자랑스러운 표정으로 떠들었다.

"그래도 그렇게 걱정하실 필요는 없습니다. 가네다 씨 댁에서도 제가 공만 깎고 있다는 사실을 잘 알고 있습니다. 사실은 이삼일 전에 갔을 때 사정을 잘 말해 두었거든요."

그랬더니 지금까지 세 사람의 이야기를, 잘 모르기는 하지만 어쨌든 가만히 듣고 있던 부인이 이상하다는 듯 물었다.

"하지만 가네다 씨네는 온 가족이 빠짐없이 지난달부터 오이소大
磯에 가 있지 않던가요?"

간게쓰 군도 이 말에 대해서는 다소 질리는 듯한 표정을 지었다가
곧 시치미를 떼었다.

"그것참 이상하네요. 어떻게 된 일이지?"

이럴 때 요긴한 사람이 메이테이 군이다. 이야기가 끊겼을 때, 분
위기가 거북할 때, 졸릴 때, 난처해졌을 때, 어느 때라도 틀림없이 옆
에서 뛰어든다.

"지난달 오이소로 간 사람을 이삼일 전에 도쿄에서 만났다니 아주
신비스러워서 좋군. 소위 말하는 영혼의 교류 아닌가? 서로 사모하는
마음이 간절했을 때는 그런 현상이 자주 일어나곤 하지. 얼핏 들으면
꿈 같은 이야기지만, 꿈이라 해도 현실보다 훨씬 명료한 꿈이지. 부인
처럼 특별히 사랑을 하지도 받지도 않았던 구샤미 군한테 시집을 와
서 평생 사랑이 무엇인지 모르고 사는 분으로서는 당연히 이상하게
여겨지겠지만…."

"아니, 무슨 증거가 있어서 그런 말씀을 하시는 거예요? 저를 어지
간히도 업신여기시는군요."

부인이 갑자기 메이테이에게 대들었다.

"자네도 상사병 같은 것은 걸린 적이 없지 않은가?"

주인도 대놓고 부인 편을 들었다.

"그야 내 염문 같은 것은 아무리 많아도 벌써 한참 지났으니 자네
의 기억에는 남아 있지 않을지 모르지만, 사실은 이래 봬도 실연을
한 결과 이 나이가 될 때까지 독신으로 지내고 있는 것이라네."

메이테이는 자리에 있던 사람들의 얼굴을 두루 둘러보며 이렇게

말했다.

"호호호호, 그것참 재미있는 말씀이네요."

부인이 웃었다.

"터무니없는 소리."

주인은 정원 쪽으로 고개를 돌렸다.

"아무쪼록 후학을 위해서 그 회고담을 들려주십시오."

다만 간게쓰 군만은 이러면서 여전히 싱글싱글 웃고 있었다.

"내 것도 어지간히 신비적이어서 고故 고이즈미 야쿠모小泉八雲* 선생께 말씀드렸다면 참 좋아하셨을 텐데, 안타깝게도 선생은 작고하셨으니 사실 떠들어 봬야 소용도 없지만, 그래도 모처럼 자네가 청했으니 내가 털어놓기로 하지. 그 대신 끝날 때까지 경청해 주어야 하네."

메이테이가 다짐을 두더니 드디어 본 줄거리로 들어갔다.

"돌이켜보면 지금으로부터… 에에… 몇 년 전이었더라… 귀찮으니까 한 15, 16년 전 정도라고 해 두지."

"말도 안 되는 소리."

주인은 흥 하고 코방귀를 뀌었다.

"기억력이 아주 없으시네요."

부인도 이렇게 놀렸다. 간게쓰 군만은 약속을 지켜서 한마디도 하지 않고 빨리 이야기를 계속 듣고 싶다는 표정을 지었다.

"어느 해 겨울의 일인데, 내가 에치고 지방의 간바라 군郡 다케노고다니를 지나서 다코쓰보 고개에 이르러 이제 드디어 아이즈료 쪽으로 나오려고 했을 때였지."

---

* 일본에 귀화한 메이지 시대의 작가 라프카디오 헌(Latcadio Hearn)의 일본 이름으로, 도쿄 대학에서 영문학을 가르쳤다.

"묘한 때였군."

주인이 또 훼방을 놓았다.

"잠자코 좀 들어 보세요. 재미있을 것 같으니까."

부인이 주인을 제재하였다.

"그런데 날은 저물었지, 길은 잃었지, 배는 고프지, 그래서 할 수 없이 고개 한가운데에 덩그러니 서 있는 집의 문을 두드려서 이러저러한 사정으로 이렇게 난처하게 되었으니 부디 하룻밤만 자고 가게 해 달라고 했다네. 그랬더니 흔쾌히 그러시라고 하지 뭔가. 그러면서 들어오라고 촛불을 내 얼굴 가까이에 들이대는데, 그 처녀의 얼굴을 보고 나는 그만 온몸이 바들바들 떨렸다네. 나는 그때부터 사랑이라는 괴물의 마력을 절실히 자각하게 되었지."

"그럴 수가. 아니, 그런 산속에도 정말 아리따운 처녀가 있었던 거예요?"

"산속이든 바닷속이든 그게 문제가 아니었어요. 부인, 그 처녀의 얼굴을 한번 보여 드리고 싶을 정도였으니까요. 머리를 깔끔하고 곱게 올린 차림새였지요."

"네에."

부인은 어이없다는 듯이 대꾸했다.

"집 안으로 들어가 보니 다다미 여덟 장 크기의 방 안에 커다란 화로가 놓여 있었지요. 그 화로를 둘러싸고 그 처녀와 처녀의 할아버지, 할머니, 그리고 나까지 네 명이 앉았지요. '많이 시장하시겠네요?'라고 묻기에 아무거나 좋으니 빨리 먹게 해 달라고 부탁을 했답니다. 그랬더니 할아버지가 모처럼 오신 손님이니 '뱀밥'이라도 지어 드려야겠다고 하더군요. 자, 지금부터 드디어 실연 이야기에 들어가니까 똑똑히 들어 두게나."

"선생님, 그야 똑똑히 듣기는 하겠지만 아무리 에치고 지방이라 해도 겨울에 뱀이 어디 있겠습니까?"

"음, 그야 아주 타당한 질문이지. 그러나 이렇게 시적인 이야기 속에서는 그런 이론에만 얽매여 있을 수가 없는 것이라네. 어떤 소설에는 눈 속에서 게가 기어나오지 않는가?"

메이테이가 이렇게 대답하자 간게쓰 군은 "그렇군요."라고만 하고는 다시 경청하는 태도로 돌아갔다.

"그 당시 나는 어지간히 이상한 것을 많이 먹고 다녀서 달팽이, 붉은 개구리, 메뚜기 같은 것은 싫증이 났을 정도였으니 뱀밥이라는 말이 그럴듯하게 들렸지. 그래서 거참, 흥미로운 맛이겠네요, 당장이라도 해 주세요, 하고 할아버지에게 대답을 했네. 그러자 할아버지는 화로 위에 냄비를 올려놓고 그 속에 쌀을 넣어서 부글부글 끓이기 시작했지. 신기하게도 그 냄비 뚜껑을 보았더니 크고 작은 구멍이 열 개 정도 뚫려 있었다네. 그 구멍 속에서 김이 모락모락 솟아오르는 것을 보고 아주 잘 만들어졌네, 촌구석치고는 대단하네, 하고 감탄하며 보고 있었더니, 할아버지가 불쑥 일어서서 어디론가 나갔다가 잠시 후에 들어오는데, 보니까 커다란 소쿠리를 옆에 끼고 있더군. 무덤덤하게 그 소쿠리를 화로 옆에 놓기에 그 속을 들여다보았더니―거기 있더라 말이지, 기다란 것들이. 날씨가 추우니까 서로 몸을 칭칭 감으면서 한 덩어리로 뭉쳐 있었다네."

"이제 그런 이야기는 그만하세요. 싱그러워라."

부인이 미간을 찌푸렸다.

"그만두기는요, 이게 바로 실연의 큰 원인이 되는 것이니 여기서 그만둘 수는 없지요. 할아버지는 이윽고 왼손으로 냄비 뚜껑을 열더니 오른손으로는 그 한 덩어리로 얽혀 있는 것을 아무렇지도 않게 잡아서 느닷없이 냄비 속으로 던져 놓고는 그 위로 뚜껑을 덮었는데, 나도 그때만큼은 헉하고 숨구멍이 막히는 듯한 느낌이 들었다네."

"이제 그만하시라니까요. 징그럽고 무서우니까."

부인이 자꾸만 겁을 내었다.

"조금만 더 있으면 실연 이야기가 나오니까 참아 보세요. 그랬더니 1분도 채 되지 않아 냄비 뚜껑에 있는 구멍으로 뱀 대가리 하나가 불쑥 올라오는 바람에 깜짝 놀랐지. 이런 것이 나왔군, 하고 생각했더니 옆에 있는 구멍으로도 또 다른 뱀 대가리가 불쑥 나타났네. 또 나왔군, 하는 사이에 여기서도 나오고 저기서도 나오는 것이야. 결국 온 냄비 뚜껑이 뱀 대가리로 가득 차 버렸지."

"어째서 그렇게 대가리를 내미는 거지?"

"냄비 속이 뜨거우니까 괴로워서 기어 나오려는 거지. 이윽고 할아버지가 '이제 되었겠지, 잡아끌어.' 하고 말했더니, 할머니가 '네에.' 하고 대답했다네. 처녀도 '알았어요.' 하고 대답하고는 하나씩 뱀 대가리를 잡고 휙 하니 잡아끌었다네. 그렇게 대가리를 잡아끌었더니 고기는 냄비 속에 남고 뼈만 깨끗하게 떨어져서 긴 뼈가 스르륵, 하고 빠져나오는 것이 재미있더군."

"뱀 뼈 바르기군요."

간게쓰 군이 웃으면서 물었다.

"정말 뼈 바르기였지. 참 재주도 좋지 않은가? 그런 다음에 뚜껑을 열어서 주걱으로 밥과 고기를 마구 휘젓더니 '자, 많이 드세요.' 하고 내밀더군."

"먹었는가?"

주인이 냉담하게 묻자 부인은 징그럽다는 표정으로 다시 불평을 했다.

"이제 그만두세요. 속이 메슥거려서 밥이고 뭐고 넘어가지 않겠어요."

"부인은 뱀밥을 드셔 본 적이 없어서 그런 말씀을 하시지만 한 번이라도 먹어 보세요. 그 맛은 아마 평생 잊지 못할 겁니다."

"아이, 징그러워. 누가 그런 걸 먹어요."

"아무튼 그래서 배불리 밥도 먹었고, 추위도 사라졌고, 처녀의 얼굴도 마음껏 보았고, 이제는 부족할 것이 없다고 생각하고 있던 차에 그만 주무시라고 하더군. 여행의 피로도 있고 해서 그 말을 듣고 몸을 눕혔더니 송구스럽게도 앞뒤를 망각할 정도로 정신없이 곯아떨어지고 말았다네."

"그런 다음에 어떻게 되었는데요?"

이번에는 부인 쪽에서 재촉하였다.

"그런 다음 이튿날 아침이 되어서 눈을 뜬 다음부터가 실연 이야기지요."

"무슨 일이 있었나요?"

"아니, 특별히 무슨 일이 있었던 것은 아닙니다. 아침에 일어나 잎담배를 피우면서 뒤쪽 창문으로 바깥을 바라보고 있었더니 건너편 우물가에서 맨질맨질한 주전자 같은 대머리가 세수를 하고 있더군요."

"할아버지였나? 할머니였나?"

주이이 물었다

"그게 말이야 나로서도 알아보기 힘들어서 한동안 가만히 지켜보고 있었는데, 그 주전자 대머리가 이쪽을 돌아보게 되자 깜짝 놀랐지 뭔가. 그것이 내가 첫사랑에 빠졌던 어젯밤의 처녀였거든."

"하지만 처녀는 고유 올림머리였다고 아까 그러지 않았나?"

"전날 밤은 올림머리였지. 더구나 아주 곱게 올린 모양이었어. 그런데 이튿날 아침에는 완전한 대머리더군."

"말도 안 되는 소리를 하는군."

주인은 여느 때처럼 한마디하더니 천장 쪽으로 시선을 돌려 버렸다.

"나도 이상하기 짝이 없는 데다 내심 좀 무섭기도 해서 계속해서 어떻게 하는지 지켜보았더니, 대머리는 겨우 세수를 마치고 바로 옆바위 위에 놓여 있던 올림머리 가발을 냉큼 뒤집어쓰더니 시치미를 뚝 떼고 집 안으로 들어왔다네. 그래서 그렇구나, 하고 알게 되었지. 알게 되기는 했지만 그때부터 드디어 실연이라는 가엾은 운명을 짊어진 몸이 되어 버렸다네."

"거참 시시한 실연도 다 있군. 이보게, 간게쓰 군, 저 모양이니까 실연을 당했어도 이렇게 팔팔하고 명랑한 것일세."

주인이 간게쓰 군을 향해 메이테이 군의 실연을 평가하자 간게쓰 군은 이렇게 말했다.

"하지만 그 처녀가 완전한 대머리가 아니어서 도쿄에라도 데리고 돌아오셨다면 선생님은 더욱 팔팔하니 기운이 좋으셨을지도 모르지요. 아무튼 모처럼 마음에 드셨던 처녀가 대머리였다니 천추의 한이었겠습니다. 그러나저러나 그렇게 젊은 여자가 어째서 대머리가 되었을까요?"

"나도 거기에 대해서는 이리저리 생각해 보았는데, 분명 뱀밥을 너무 많이 먹어서 그랬을 것이야. 뱀밥이라는 것은 기가 머리로 올라오거든."

"그래도 선생님은 아무 데도 피해가 없어서 다행이었네요."

"나는 대머리가 되지는 않았지만 그 대신에 이렇듯 그때부터 근시가 되어 버렸답니다."

이러고는 금테 안경을 벗어서 손수건으로 정성 들여 닦았다. 잠시 후에 주인이 생각이 났다는 듯 확인을 위해서 물었다.

"그런데 도대체 그 이야기의 어디가 신비하다는 건가?"

"그 가발은 어딘가에서 산 것인지, 아니면 주운 것인지 아무리 생각해도 지금껏 모르니 그 점이 신비하다는 것이지."

메이테이 군은 다시 안경을 원래대로 코 위에 얹었다.

"마치 만담가의 이야기를 듣는 것 같네요."

부인이 비평을 했다.

메이테이의 쓸데없는 이야기도 이것으로 일단락이 지어졌으니 이제 그만두나 싶었다. 그러니 이 선생은 수건으로 입을 틀어막지 않는 한 도저히 가만히 있을 수가 없는 성질인지 다시 다음과 같이 떠들기 시작했다.

"내 실연도 쓸쓸한 경험이지만 그때 그 사람이 대머리인 것도 모르고 결혼했다가는 평생 눈에 가시가 될 뻔했으니 어찌 보면 큰일 날 뻔한 셈이지. 결혼 같은 것은 막상 할 단계가 되어서야 뜻하지 않은 곳에 함정이 숨어 있다는 것을 발견하니 말이야. 간게쓰 군도 그렇게 동경을 하거나 노심초사 혼자서 고심하지 말고 마음을 다잡고 공을 깎는 것이 좋을걸세."

메이테이는 이상할 정도로 그럴듯한 의견을 내놓았다. 그러자 간게쓰 군은 일부러 질렸다는 표정을 지으며 말했다.

"네, 될 수 있으면 공만 열심히 깎으면서 지내고 싶은데 그쪽에서 가만히 두지 않으니 곤란하지요."

"맞네. 자네 같은 경우는 상대편에서 난리를 치고 있지만 그중에는 우스운 일도 있지. 저 도서관에 소변을 보러 온 로바이 군 같은 경우는 아주 이상했으니까."

"무슨 일이 있었는데?"

주인이 호기심으로 그 말을 받았다.

"어쨌냐 하면 이런 일이 있었지. 그 사람이 옛날에 시즈오카의 도자이칸東西館에 묵은 적이 있었네.―그냥 하룻밤만 말일세―그런데 그날 밤 당장 거기에서 일하던 하녀에게 청혼을 한 것이야. 나도 어지간히 태평스런 사내지만 그래도 그 정도로는 진화하지 못했네. 물론 그 시절에는 그 여관에 오나츠라고 하는 유명한 미인이 있었고, 로바이 군의 방 안에 들어온 사람이 마침 그 오나츠였으니 무리도 아니지만."

"무리가 아닌 정도가 아니라 자네의 그 무슨 고개에서 있었던 일이랑 똑같지 않은가?"

"좀 비슷하지. 하기야 나와 로바이는 별로 차이가 나지 않으니까. 아무튼 그 오나츠한테 청혼하고는 아직 대답을 듣기도 전에 수박이 먹고 싶어졌다는군."

"뭐라고?"

주인이 이상하다는 표정을 지었다. 주인만 그런 것이 아니었다. 부인과 간게쓰 군도 서로 담합이라도 한 듯이 고개를 갸웃거리며 머리를 짜고 있었다. 메이테이는 아랑곳하지 않고 계속해서 이야기를 진행시켰다.

"오나츠를 불러서 시즈오카에 수박이 없냐고 물었더니, 오나츠가 '아무리 시즈오카가 촌이라 해도 수박 정도는 있습니다.' 하고 대답하며 쟁반에 수박을 산더미처럼 가지고 들어왔다네. 그래서 로바이 군은 그 수박을 먹었다는군. 산더미처럼 쌓인 수박을 모조리 먹어 치우면서 오나츠의 대답을 기다렸더니 대답을 듣기도 전에 배가 살살 아프기 시작했다지. 끙끙, 하고 신음소리를 냈는데 도무지 나을 기색이 보이지 않아서, 다시 오나츠를 불러서 이번에는 시즈오카에 의사는 없냐고 물었다고 하는군. 그랬더니 오나츠가 다시 '아무리 시즈오카가 촌이라 해도 의사 정도는 있습니다.'라고 하며 덴치 겐코天地玄黃라고 무슨 천자문을 훔친 듯한 이름의 의사를 데리고 왔다네. 이튿날 아침이 되어서 어제 신청한 결혼의 승낙 여부를 물었더니, 오나츠는 웃으면서 '시즈오카에는 수박도 있고 의사도 있지만 하룻밤만에 생기는 신부는 없습니다.' 하고 나가 버리더니 다시는 얼굴을 보이지 않았다는군. 그 후로 로바이 군도 나처럼 실연을 당한 사람이 되어서 소변을 볼 때 외에는 도서관에 오지 않게 되었다는 이야기일세. 그러고 보면 여사는 참 죄가 많은 존재들이야."

주인도 전에 없이 이 말에 동의하며 덧붙였다.

"정말 그렇지. 얼마 전에 뮈세*의 극본을 읽었더니 그 속에 나오는 인물이 로마 시인을 인용해서 이런 말을 하고 있었다네. '날개보다 가벼운 것은 먼지다. 먼지보다 가벼운 것은 바람이다. 바람보다 가벼운 것은 여자다. 여자보다 가벼운 것은 무無이다.' 참으로 이치에 맞는 말이 아닌가? 여자들은 정말 어쩔 수가 없어."

이렇듯 주인은 묘한 곳에 힘을 주며 말했다. 이런 말을 가만히 듣고 있을 부인이 아니었다.

"여자가 가벼워서 문제라고 하시지만요, 남자가 무거운 것도 좋을 것은 하나도 없네요."

"무겁다니, 그게 무슨 뜻이야?"

"무겁다는 뜻으로 말씀드린 거예요. 당신처럼 말이에요."

"내가 어디가 무거운데?"

* 프랑스의 시인·소설가·극작가(1810~1857).

"당신은 무거운 사람이잖아요."

갑자기 이상한 토론이 시작되었다. 메이테이는 재미있다는 듯이 듣고 있다가 이윽고 입을 열었다.

"그렇게 얼굴이 벌개져서 서로 말로 공격을 하는 것이 부부의 진짜 모습일지도 모르겠군. 아무래도 옛날 부부 같은 것은 도무지 의미가 없었을지도 모르지."

이렇게 놀리는 것인지, 칭찬하는 것인지 알 수 없는 소리를 했다. 그러고 말았으면 되었을 것을 또다시 여느 때처럼 말을 덧붙여서 이런 소리를 늘어놓았다.

"예전에는 남편한테 대꾸를 하는 여자가 한 사람도 없었다고 하는데, 그러면 벙어리를 마누라로 두고 있는 것과 똑같을 테니 나 같은 사람은 별로 재미가 없었을 것이야. 역시 부인이 하는 것처럼 '당신은 무거운 사람이잖아요!'라고 하는 말을 듣고 싶단 말이야. 마누라라는 여자랑 같이 살 바에야 가끔은 싸움도 해 봐야 심심하지 않을 것 아닌가? 우리 어머니 같은 분은 아버지 앞에 나가면 '네'하고 '예'라는 말로만 시종을 했지. 그렇게 20년이나 같이 살아가면서 절에 참배하러 갈 때 말고는 밖에 나가 본 적이 없다고 하니 딱한 일이 아닌가. 하기야 그 덕분에 조상 대대로 받은 계명戒名은 모조리 암기하고 계시지. 남녀 간의 교제도 마찬가지일세. 내가 어렸을 때에는 간게쓰 군처럼 사랑하는 사람과 합주를 하거나 영혼의 교류를 통해서 몽롱한 의식으로 만나는 일은 절대로 있을 수가 없었지."

"딱하게 되셨군요."

간게쓰 군이 머리를 숙였다.

"참으로 딱한 일이었지. 더구나 그 시절의 여자가 지금 여자들보다 품행이 방정하다고 단정 지을 수도 없었으니 말이야. 부인, 요즘에는

여학생들이 타락했니 어쩌니 하고 시끄럽게 떠들어 대지만 말입니다,
예전에는 지금보다 더했어요."

"그랬을까요?"

부인이 진지하게 되물었다.

"물론이지요. 실제로 우리 아버지께서 값을 매기신 적이 있다네.
그때 나는 아마 여섯 살 정도였을 거야. 아버지와 함께 아부라마치油
町에서 도리초通町로 산책하러 나갔더니 맞은편에서 커다란 목소리
로 '여자아이 있습니다, 여자아이 팝니다.' 하고 외치는 소리가 들리더
군. 우리가 마침 2추메丁目의 모서리에 다다랐을 때 이세겐伊勢源이라
는 포목상 앞에서 그 남자와 맞닥뜨렸지. 이세겐이라는 가게는 짐포
도 엄청나게 크고, 창고가 다섯 개나 되는 시즈오카 제일의 포목상
이라네. 다음에 갈 일이 있으면 한번 보고 오게. 지금도 여전히 남아
서 장사를 하고 있지. 대단한 가게야. 그 지배인이 진베甚兵衛라고 하
는데, 허구한 날 사흘 전에 어머니 장사를 치른 사람 같은 얼굴을 하
고 계산대에 앉아 있지. 진베 씨 옆에는 하쓰初라고 하는 스물네다섯
살 된 젊은 사람이 앉아 있는데, 이 하쓰 씨가 또 운쇼雲照 율사*에게
귀의해서 삼칠일 동안 미음만 먹은 듯한 창백한 얼굴을 하고 있지. 하
쓰 씨 옆에 있는 사람이 조돈長どん인데, 이 사람은 어제 화재로 집을
태워 먹은 사람처럼 숙연하게 주판을 앞에 두고 있다네. 조돈 옆에
는…"

"자네는 포목상 이야기를 하려는가? 아니면 사람 장사 이야기를
하려는가?"

"맞아맞아, 사람 장사 이야기를 하고 있었지. 사실은 이 이세겐에

---

* 진언종(眞言宗)의 승려(1827~1907).

대해서도 아주 재미있는 기담이 있는데, 지금은 일단 생략하고 오늘은 사람 장사 이야기만 해 두지."

"그 이야기도 아예 생략하지 그러나?"

"무슨 소리. 이것이 20세기에 들어선 오늘날과 메이지 초기 무렵 여자들의 품성을 비교할 때 중요한 참고가 되는 재료인데 그렇게 쉽게 생략할 수 있겠나? 그래서 내가 아버지랑 이세겐 앞에까지 왔더니 그 사람 장사가 아버지를 보고는 '어르신, 여자들 떨이가 있는데 어떻습니까, 싸게 쳐 드릴 테니 사 가시지요.' 하면서 저울을 내려놓고 땀을 닦았다네. 바구니 속을 들여다보았더니 앞에 한 명, 뒤에 한 명, 양쪽 모두 두 살가량 된 여자아이들이 들어 있었지. 아버지가 그 사내에게 싸게 주면 살 수도 있는데 이것밖에 없느냐고 물었더니, '네, 오늘은 모두 팔려서 둘밖에 남지 않았습니다, 어느 쪽이라도 상관이 없으니 싸게 사 가세요.' 하면서 여자아이를 양손으로 들어서 배추라도 되는 것처럼 아버지의 눈앞으로 내보였다네. 아버지는 툭툭 하고 머리를 두드려 보시더니 소리가 괜찮군, 하고 말씀하셨네. 그러고는 드디어 흥정에 들어갔는데, 값을 어지간히 깎은 아버지가 사는 것도 좋지만 물건은 확실하겠지, 하고 묻자, '앞에 있는 것은 시종 보고 있으니까 틀림이 없지만 뒤에 들어 있는 쪽은 아무래도 눈이 가지 않아서 어쩌면 흠이 났을 수도 있습니다. 그쪽은 보장을 해 줄 수 없는 대신에 값을 더 깎아 드리지요.' 하고 말했지. 나는 이런 문답을 지금껏 기억하고 있는데, 그때 어린 마음에도 여자라는 것은 방심할 수가 없는 것이구나, 하고 생각했다네. 하지만 20세기에 들어선 지도 한참 된 요즘 시절에는 이렇게 여자아이를 팔러 다니는 어처구니없는 장사도 없고, 더구나 계속해서 지켜보지 않고 뒤에 짊어지고 다녔으니 흠이 있을지도 모른다는 말도 듣지 못하게 되었지. 그러니까 내 생각으로는 역시 서양 문명 덕분에 여자들 품행도 훨씬 진보하게 되었다고 단정해야 할 것 같은데, 자네 생각은 어떤가, 간게쓰 군?"

간게쓰 군은 대답하기 전에 우선 어흠, 하고 여유 있게 목을 가다듬더니, 일부러 침착하고 낮은 목소리로 이런 관점을 제시하였다.

"요즘 여자들은 학교 등하굣길이나 합주회, 자선회, 원유회 등에서 '저를 사 주시지 않겠어요? 어머, 싫어요?' 하면서 자기가 자기를 팔러 다니고 있으니, 그런 야채 장수 같은 사람을 채용해서 '여자아이 사세요.' 하고 천박하게 위탁판매를 할 필요가 없게 되었습니다. 사람에게 독립심이 발달하면 자연히 이렇게 되는 것이지요. 노인들 같은 경우에는 쓸데없이 걱정을 해서 이러쿵저러쿵 말이 많지만, 실제로 따지고 보면 이것이 문명의 추세이니 저 같은 경우는 아주 바람직한 현상이라고 속으로 반갑게 생각하고 있습니다. 사는 쪽도 머리를 두드려 보고 물건은 확실하냐고 묻는 촌스러운 사람은 하나도 없으니, 그런 점도 안심할 수가 있지요. 게다가 이렇게 복잡한 세상에 살면서 그렇게 복잡하게 했다가는 끝이 없지 않습니까? 쉰이 되고 예순이 되어도 남편을 가질 수도, 시집을 갈 수도 없을 테니 말입니다."

간게쓰 군은 20세기의 청년답게 요즘의 사고방식을 거창하게 개진해 놓더니 시키시마敷島*의 연기를 푹 하고 메이테이 선생의 얼굴 쪽에 내뿜었다. 메이테이는 시키시마의 연기 정도로 물러설 양반이 아니다.

"자네 말대로 요즘 여학생들이나 규수들은 자존심으로 뼈와 살, 가죽까지 만들어져 있어서 무슨 일이든 남자한테 지지 않으려고 하니 감탄스러울 따름이네. 우리 집 근처에 있는 여학교 학생들 같은 경

* 담배 이름.

우도 그렇지. 짧은 기모노를 입고 철봉에 매달리기도 하니 대단하지 않은가. 나는 2층 창문에서 그들이 체조하는 것을 목격할 때마다 고대 그리스의 부인들이 떠오르곤 한다네."

"또 그리스인가?"

주인이 냉소를 하듯 참견했다.

"아무래도 아름다운 느낌이 드는 것은 대개 그리스에 원천을 두고 있으니 할 수 없는 일이지. 미학자와 그리스는 떼려야 뗄 수 없는 관계라네. 특히 그 피부가 검은 여학생이 열심히 체조를 하고 있는 모습을 보면 나는 언제나 아그노디케의 이야기*가 생각이 나지."

메이테이가 그럴듯한 표정으로 떠들어 댔다.

"또 어려운 이름이 등장했군요."

간게쓰 군은 여전히 싱글거렸다.

"아그노디케는 대단한 여자야. 나는 정말 감탄했다네. 당시 아테네의 법률로는 여자가 산파로 영업하는 것이 금지되어 있었다네. 불편한 일이지. 아그노디케도 그런 불편함을 느끼지 않았겠나?"

"누군가, 그… 뭐라고 하는 건."

"여자일세, 여자 이름이지. 이 여자가 곰곰이 생각해 보니 아무래도 여자가 산파가 될 수 없는 것이 너무 딱하고 불편하기 짝이 없는 일이란 말이지. 어떻게든 산파가 되고 싶은데, 그렇게 될 수 있는 방도가 없을까, 하고 사흘 밤낮을 열심히 생각했다네. 마침내 사흘째 새벽에 옆집에서 갓난아기가 응애, 하고 우는 소리를 듣고는 맞아 그렇지, 하고 대오각성해서 그로부터 당장 긴 머리를 자르고 남자 옷을 입

---

* 카이우스 율리우스 히기누스(Gaius Julius Hyginus)의 작품으로 전해지는 《우화》에 나오는 이야기.

290

고는 헤로필모스의 강의를 들으러 갔다네. 다행히 강의를 끝까지 듣고 이제 할 수 있겠다 싶어서 드디어 산파업을 개업했지. 그런데 말이야, 이 산파가 아주 성업을 이룬 거야. 여기서도 응애, 하고 태어나지, 저기서도 응애, 하고 태어나지. 그 갓난아이들을 모두 아그노디케가 받아 주었으니 돈이 엄청나게 벌렸지. 하지만 인간만사 새옹지마라고 했나. 드디어 이 비밀이 들통나게 되어서 나라의 엄중한 국법을 어겼다는 죄목으로 무거운 벌을 받게 되었다네."

"마치 야담 같은 이야기군요."

"부인이 생각해도 꽤 괜찮은 이야기지요? 그런데 아테네의 여자들이 모두 합심해서 연판장을 돌리고 탄원을 올렸으니, 당시 재판관도 그리 법대로만 처리할 수가 없게 되었지요. 결국 당사자는 무죄로 방면되었고, 앞으로는 여자라 해도 산파로 영업할 수 있다는 공고까지 나서 이 사건은 경사스럽게 매듭지어졌답니다."

"정말 여러 가지 일들을 많이 알고 계시네요. 감탄스러울 따름이군요."

"네, 어지간한 것들은 알고 있지요. 모르는 것은 제가 바보라는 점뿐이지요. 하지만 그것도 어렴풋이 눈치는 채고 있습니다."

"호호호, 재미있는 말씀만 하신다니까…."

부인이 재미있게 웃고 있는 참에 현관문에 달린 종이 처음 달았을 때와 변함없는 소리로 울렸다.

"어머, 또 손님이 오셨네."

부인이 거실로 물러났다. 부인과 교대로 들어온 사람이 누군가 하고 보았더니 전에 찾아왔던 오치 도후 군이었다.

여기에 도후 군까지 등장하면 우리 주인집에 출입하는 이상한 사람들은 모두 망라했다고 할 수 있다. 아니, 하나도 남김없이 나타났다고는 할 수 없어도 적어도 나의 무료함을 달래기에 충분할 정도의 사람들이 모였다고는 할 수 있다. 이런 사람들을 앞에 두고도 부족하다고 한다면 그것은 너무 호강에 겨운 소리다. 재수 없게 다른 집에서 살게 되었다면 죽을 때까지 '인간들 중에도 이런 선생이 있나?' 하는 생각 같은 것은 해 보지 못한 채 평생을 마감했을지도 모른다. 다행히 구샤미 선생 문하의 고양이가 되어 아침저녁으로 그 문중에서 지내는 덕분에, 선생은 물론이고 메이테이, 간게쓰, 그리고 도후 등과 같이 이 넓은 도쿄에서조차 거의 찾아보기 힘든 일당백의 호걸들의 일거수일투족을 누워서 배알할 수 있는 것은 나로서는 다시없는 영광이다. 덕분에 이렇게 더운 데도 털옷을 입고 있다는 어려움도 잊은 채 재미있게 반나절을 보내고 있으니 이 얼마나 감사한 일인가. 어차피 이런 면면들이 한자리에 모였으니 그냥 넘어가지는 않을 것이다. 무슨 일이 벌어질까, 하고 장지문 그늘에서 조신하게 바라보았다.

"오랜만에 뵙습니다. 그간 평안하셨습니까?"

절을 하는 도후 군의 머리를 보았더니 지난날처럼 여전히 아름답게 빛나고 있었다. 머리만 가지고 평을 하면 무슨 광대 조수처럼 보인다. 하지만 하얀 남자 기모노 바지를, 거칠거칠한 질감에도 아랑곳하지 않고 수고스럽게 입고 있는 차림새를 보면 무슨 개혁 사상가의 제자처럼 보인다. 따라서 도후 군의 몸 중에서 보통 사람처럼 생긴 곳은 어깨에서 허리까지뿐이었다.

"이렇게 더운데 여기까지 잘 왔네. 자, 이쪽으로 쭉 내려와 앉게."

메이테이 선생은 마치 자기 집에 손님이 온 것처럼 인사를 하였다.

"선생님도 한참 동안 뵙지 못했네요."

"그렇지. 아마 올봄에 있었던 낭독회 때가 마지막이었지? 낭독회라 하니 생각이 나는데 요즘에도 열심히 활동을 하고 있는가? 그 후로도 오미야를 해 보았나? 그때는 아주 그럴듯했지. 나는 아낌없이 박수를 보냈는데, 자네도 알고 있었나?"

"네, 덕분에 크게 용기를 얻어서 드디어 마지막까지 해낼 수 있었습니다."

"다음에는 언제 또 모임이 있지요?"

주인이 참견을 했다.

"7, 8월 두 달 동안은 쉬었다가 9월에는 좀 거창하게 하려고 생각하고 있습니다. 뭔가 재미있는 생각은 없으신지요?"

"그래요?"

주인이 성의 없는 대꾸를 하였다.

"도후 군, 내 창작을 한번 해 보지 않겠나?"

이번에는 간게쓰 군이 상대를 하였다.

"자네 창작이라면 재미가 있겠는데, 도대체 무엇인가?"

"극본이지."

간게쓰 군이 이렇듯 강하게 밀고 나가자 생각대로 나머지 세 사람은 잠시 어안이 벙벙해서 다같이 간게쓰 군의 얼굴을 쳐다보았다.

"극본이라니 대단한걸. 희극인가, 비극인가?"

도후 군이 달려들자 간게쓰 군은 더욱 시치미를 떼며 말했다.

"아니, 뭐 희극도 비극도 아니라네. 요쥬에는 구극舊劇이니 신극新劇*이니 하고 어지간히 시끄러우니까, 나도 새롭게 모양새를 바꿔서 배극俳劇이라는 것을 만들어 보았다네."

"배극이라니, 그건 어떤 것인가?"

"하이쿠俳句 취향의 연극이라는 말을 줄여서 배극이라고 부르는

---

* 구극은 가부키극, 신극은 신파극.

것이지."

주인도 메이테이도 다소 황당한 듯 입을 다물고 있었다.

"그래서 그 배극은 어떤 식으로 하는가?"

물어본 사람은 여전히 도후 군이었다.

"뿌리가 하이쿠 취향이니까 너무 길거나 악독한 느낌은 좋지 않다고 생각해서 단막극으로 만들었지."

"그렇군."

"우선 무대 장치부터 이야기하자면 이것도 아주 간단한 편이 좋네. 무대 한가운데에 커다란 버드나무 한 그루를 심어 놓는다네. 그리고 그 버드나무 줄기에서 가지 하나를 오른쪽으로 쭉 뻗어 나오게 하고 그 가지에 까마귀 한 마리를 앉게 하는 거야."

"까마귀가 가만히 있어 줄지 모르겠군."

주인이 혼잣말처럼 걱정을 하였다.

"그건 어렵지 않습니다. 까마귀 다리에 실을 묶어서 가지에 동여매면 되니까요. 그리고 그 밑에 목욕통을 내놓고 말이지요, 미인이 옆을 보면서 수건으로 씻고 있는 겁니다."

"그건 좀 퇴폐적이군. 게다가 누가 그 여자 역할을 맡는단 말인가?"

메이테이가 물었다.

"그것도 쉽게 해결이 됩니다. 미술학교의 모델을 고용하면 되니까요."

"그건 경시청이 좀 시끄럽게 따질 것 같군."

주인이 또 걱정하는 말을 꺼냈다.

"그야 돈을 받는 흥행만 하지 않으면 되지 않겠습니까? 그런 것까지 일일이 따지고 드는 날에는 학교에서 나체 사생 같은 것은 하지도 못할 텐데요."

"하지만 그건 연습을 위한 것이니 그냥 보기만 하는 연극과는 좀 다르지."

"선생님들까지 그런 말씀을 하신다면 일본도 아직 멀었다는 소리입니다. 그림이든 연극이든 다 같은 예술입니다."

간게쓰 군이 기염을 토했다.

"여자에 대한 논의는 그렇다 치고 그다음은 어떻게 되는가?"

도후 군은 내용에 따라서는 할 수도 있다는 태도를 보이며 줄거리를 듣고 싶어 했다.

"그러는 차에 꽃길에서 하이쿠 시인 다카하마 교시高浜盧子가 시팡이를 들고, 헬멧처럼 생긴 흰 모자를 쓰고, 아주 얇은 비단으로 된 기모노 웃옷에 삼베 바지, 그리고 짧은 구두를 신은 차림으로 나오지. 옷차림은 육군에 속한 것처럼 보이지만 하이쿠 시인이니까 될 수 있는 대로 유유하게, 마음속에서는 하이쿠를 짓는 데 여념이 없는 사람처럼 걸어와야 하네. 그렇게 교시가 꽃길을 다 걸어 드디어 무대에 섰을 때, 문득 시를 생각하던 눈을 들어서 저면을 보았더니 커다란 버드나무가 있고, 그 나무의 그늘에서 흰 여인이 목욕을 하고 있는 것이야. 깜짝 놀라 위를 쳐다보았더니 긴 버드나무 가지에는 까마귀 한 마리가 앉아서 여인의 목욕을 내려다보고 있지. 그때 교시 선생이 하이쿠 시인으로서 크게 감동을 받는다는 대목이 50초가량 계속되다가 '목욕하는 여인에 넋을 잃은 까마귀' 하고 큰 소리로 한 구절 읊는 것을 신호로 딱딱딱, 하고 끝나는 소리가 나면서 막이 내리는 것이네. 어떤가, 이런 취향은 마음에 들지 않는가? 자네는 오미야가 되는 것보다 교시가 되는 편이 훨씬 더 좋을 텐데."

도후 군은 어딘지 성에 덜 찬다는 표정으로 진지하게 대답하였다.

"너무 짧은 것 아닌가? 좀 더 사람의 정을 가미한 사건이 있었으면 좋겠는데."

지금까지 비교적 얌전하게 잠자코 있던 메이테이도 그리 오랫동안 입을 다물고 있을 위인이 아니었다.

"겨우 그것만 가지고 배극이라니 대단하군. 우에다 빈上田敏* 군의 설에 따르면 하이쿠 취미니 유머 같은 것은 소극적이고 망국적인 소리라고 하는데, 역시 빈 군이 그럴듯한 말을 한 것 같네. 그렇게 재미없는 연극을 실제로 상연해 보게. 그야말로 우에다 군한테 비웃음을 살 뿐이지. 무엇보다도 연극인지 장난인지 너무 소극적이어서 알 수 없지 않은가. 실례되는 말이지만 역시 간게쓰 군은 실험실에서 공을 깎고 있는 편이 낫겠어. 배극 같은 건 백 개를 만들어도, 이백 개를 만들어도 망국적인 소리가 되어 버리면 끝장이니까."

간게쓰 군은 다소 화가 난 듯했다.

"그렇게 소극적입니까? 저는 꽤 적극적이라고 생각했는데요."

그는 어느 쪽이든 상관이 없는 일을 가지고 변명을 하려고 들었다.

"교시가 말입니다, 교시 선생이 '목욕하는 여인에 넋을 잃은 까마귀' 하고, 까마귀를 가지고 여인에게 홀리게 한 점이 아주 적극적인 부분이라고 생각합니다."

"그건 새로운 설이군. 이참에 해설을 좀 해 보게."

"이학 학사로서 생각하면 까마귀가 여자에게 홀린다는 것은 불합리한 일이지요."

"당연하지."

"그런 불합리한 일을 무심결에 외치고도 전혀 억지스럽게 들리지

---

* 시인·영문학자(1874~1916). 소세키의 도쿄제국대학 영문과 동급생이다.

않습니다."

"그런가?"

주인이 의심스럽다는 투로 끼어들었지만 간게쓰는 전혀 개의치 않는다.

"어째서 억지스럽게 들리지 않는가 하면 이 점은 심리적으로 설명하면 잘 알 수 있습니다. 사실 홀리느니, 홀리지 않느니, 하는 감정은 하이쿠 시인에게 존재하는 것으로 까마귀와는 상관이 없는 일입니다. 그런데도 저 까마귀가 홀렸구나 하고 느낀다면, 그것은 말하자면 까마귀가 어떻다는 것이 아니라 필경 자기가 홀린 것이지요. 교시 자신이 아름다운 여인이 목욕하고 있는 모습을 보고 헉하고 놀라는 순간 매혹되었다는 뜻입니다. 그런데 여인에게 홀린 자신의 눈으로 나뭇가지 위에서 꼼짝도 않고 아래를 내려다보고 있는 까마귀의 모습을 보았기 때문에, 아아, 저놈도 나처럼 홀렸구나, 하고 착각을 한 것입니다. 착각임에는 틀림이 없지만 그 점이 문학적이면서도 적극적인 부분입니다. 자기 혼자만 느낀 것을 의심하지도 않고 까마귀에게까지 확장시켜 놓고서 시치미를 떼고 있는 부분은 상당히 적극주의가 아닙니까. 어떻습니까, 선생님?"

"아주 명료한 논리로군. 교시에게 들려주면 깜짝 놀라겠네. 설명하나는 적극적이지만 실제로 그 연구를 상연하게 되면 구경하는 사람들은 분명히 소극적이 될 것이네. 그렇지, 도후 군?"

"네, 아무래도 너무 소극적인 것 같습니다."

도후 군이 진지한 표정으로 대답하였다.

주인은 다소 이야기의 국면을 전개시켜 보고 싶었는지 이렇게 물었다.

"어떻습니까, 도후 군. 요즘에는 걸작이라고 할 만한 것이 없습니까?"

"아니, 뭐 이렇다 할 정도로 보여 드릴 만한 것은 없지만 근일 중에 시집을 내 보려고 생각하고 있습니다. 다행히 원고를 가지고 왔으니 비평의 말씀을 해 주시면 감사하겠습니다."

도후 군은 이렇게 말하고는 품속에서 보라색 보자기를 내놓고, 그 속에서 오륙십 장 정도 되는 원고지 묶음을 꺼내어 주인 앞에 놓았다. 주인은 그럴듯한 얼굴로 '그럼, 잠시 실례.'라고 하며 원고를 살펴보았다.

세상 사람 같지 않게 가냘프게 보이는
도미코 양에게 바치다

원고의 첫 페이지에 이런 글귀 두 줄이 쓰여 있었다. 주인은 잠시 신기하다는 표정을 지으며 한동안 첫 페이지를 말없이 바라보고 있었다. 그때 메이테이가 옆에서 끼어들었다.

"뭔가? 신체시인가?"

이러고는 자세히 들여다보더니 연신 도후 군을 칭찬했다.

"아이고, 바쳤구먼. 도후 군, 과감하게 도미코 양에게 바친 점이 대단하네."

주인은 그때까지도 신기하다는 듯이 물었다.

"도후 군, 이 도미코라는 사람은 정말로 존재하는 여성입니까?"

"네, 지난번에 메이테이 선생님과 함께 낭독회에 초대한 여성 중한 명입니다. 바로 이 근처에 살고 있습니다. 사실은 방금 전에 시집을 보여 주려고 잠시 들러 보았는데 안타깝게도 지난달부터 오이소로 피서를 가서 집에 없더군요."

도후 군은 진지하기 이를 데 없는 표정으로 말했다.

"구샤미 군, 이게 바로 20세기일세. 그런 얼굴로 멍청하게 있지 말고 빨리 걸작이나 낭독해 보게. 그런데 도후 군이 여기서 바치는 방식은 좀 문제가 있군. 이 '갸냘프게'라는 말이 도대체 무슨 뜻이라고 생각하는가?"

"연약하다거나 여릿여릿하다는 뜻으로 알고 있습니다."

"그렇군. 그렇게 볼 수도 없지는 않지만 원래의 글자 뜻을 따지자면 '위태롭게'라는 뜻이네. 그러니까 나라면 이렇게는 쓰지 않았을 거야."

"어떻게 쓰면 너 시적인 문구가 될까요?"

"나 같으면 이렇게 하겠네. '세상 사람 같지 않게 가냘파 보이는 도미코 양의 코밑에 바친다'라고 말일세. 겨우 세 글자가 더 들어갔지만 '코밑에'가 있는 것과 없는 것은 느낌이 전혀 다르지."

"그렇군요."

도후 군은 도저히 이해할 수는 없지만 억지로 납득한 듯한 태도로 말했다.

주인은 말없이 겨우 한 페이지를 넘겨 드디어 처음에 나오는 제1장을 읽기 시작했다.

흐릿하게 피어 올린 향 속에 그대의
영혼인가 사모하는 연기가 퍼져 가네
아아 이내 몸, 아아 이내 몸, 쓰디쓴 이 세상에
달콤하게 찾아온 뜨거운 입맞춤이여

"이건 나로서는 좀 이해하지 못하겠군."

주인이 탄식하면서 원고를 메이테이에게 건네주었다.

"이건 좀 너무 튀는군."

메이테이는 다시 간게쓰에게 넘겨주었다.

"아아, 정말 그렇군."

간게쓰는 다시 도후에게 돌려주었다.

"선생님들께서 모르시는 것도 당연한 일입니다. 10년 전의 시에 비해 오늘날의 시는 몰라볼 정도로 발달했으니까요. 요즘 시는 누워서 읽거나 승차장에서 읽어서는 도무지 알 수가 없을 정도로 난해하기 때문에, 시를 지은 당사자조차도 질문을 받으면 대답하지 못하는 경우가 종종 있습니다. 완전히 직감만 가지고 쓰는 것이라 시인은 다른 점에 대해서는 아무런 책임도 없습니다. 주석이니 뜻풀이는 학자들이 하는 일이니 우리 쪽에서는 전혀 신경을 쓰지 않습니다. 얼마 전에도 제 친구 중에 소세키送籍*라는 남자가 〈일야一夜〉라는 단편을 썼는데, 누가 읽어도 내용이 애매하고 종잡을 수가 없어서 당사자를 만나 도대체 주제가 무엇인지 물어보았더니, 당사자도 그런 건 모른다면서 상대도 하지 않더군요. 아마 그런 점이 시인의 특색이라고 생각합니다."

"시인인지 뭔지 모르지만 어지간히 이상한 사내로군."

주인이 이렇게 말하자 메이테이가 "바보지." 하고 간단하게 소세키에 대한 생각을 정리해 버렸다. 도후 군은 이것만으로는 아직도 말이 끝나지 않았다.

"소세키는 우리들 중에서도 좀 유별나지만, 제가 쓴 시도 아무쪼록 그런 기분으로 읽어 주셨으면 합니다. 특히 주의를 해 주셨으면 하

* '소세키(漱石)'를 빗댄 이름.

는 부분은 '쓰디쓴 이 세상'과 '달콤한 입맞춤'을 대비시키려고 고심을 했다는 점입니다."

"어지간히 고심을 한 흔적이 보이는군."

"'달콤한'과 '쓰디쓴'을 대조시킨 부분은 일곱 가지 맛을 내는 조미료 같아서 아주 흥미롭네. 역시 도후 군만의 독특한 기량을 보여 주는 것 같아 감탄스러울 따름이야."

메이테이는 정직한 사람을 놀려 대면서 좋아하고 있다.

주인은 무슨 생각에서인지 자리에서 벌떡 일어나 서재로 갔는데, 얼마 후에 종이 한 장을 가지고 나왔다.

"도후 군의 작품을 보았으니 이번에는 내가 단문을 읽어서 여러분의 비평을 들었으면 하네."

주인은 상당히 진지한 태도를 보였다.

"천연거사의 묘비명이라면 벌써 두세 번 들었네."

"자네는 좀 잠자코 있게. 도후 씨, 이것은 결코 잘된 작품은 아니지만 그래도 재미로 들을 만하니 들어 봐 주세요."

"예, 기쁜 마음으로 경청하겠습니다."

"간게쓰 군도 같이 들어 보게."

"같이 있지 않더라도 듣겠습니다. 길지는 않겠지요?"

"겨우 육십 글자 안팎일세."

구샤미 선생이 드디어 직접 만든 명문을 읽기 시작했다.

"'야마토 혼大和魂*!' 하고 외치며 일본인이 폐병 환자 같은 기침을 하였다."

"시작이 기가 막히군요."

* 일본인의 정신을 가리키는 말.

간게쓰 군이 칭찬을 했다.

"야마토 혼!' 하고 신문팔이가 말한다. '야마토 혼!' 하고 소매치기가 말한다. 야마토 혼이 일약 바다를 건넜다. 영국에서 야마토 혼의 연설을 한다. 독일에서 야마토 혼의 연극을 한다."

"아이고, 이건 천연거사 이상의 작품이군."

이번에는 메이테이 선생이 뒤로 넘어지는 시늉을 하였다.

"도고 대장이 야마토 혼을 가지고 있다. 생선 가게 긴銀 아저씨도 야마토 혼을 가지고 있다. 사기꾼, 투기꾼, 살인자도 야마토 혼을 가지고 있다."

"선생님, 거기에 간게쓰도 가지고 있다고 붙여 주십시오."

"야마토 혼이 무엇이냐고 물었더니, '야마토 혼이지.' 하고 대답하고는 지나쳐 버렸다. 한참 뒤에 가서 어흠, 하는 소리가 들렸다."

"그 구절은 아주 잘 만들어졌네. 자네는 문학적 재능이 상당히 뛰어나군. 그래서 다음 구절은 무엇인가?"

"세모난 것이 야마토 혼인가, 네모난 것이 야마토 혼인가. 야마토 혼은 이름이 나타내는 그대로 혼이다. 혼이니까 항상 흔들리고 있다."

"선생님, 재미는 무척 있지만 '야마토 혼'이라는 말이 너무 많지 않습니까?"

도후 군이 주의를 주었다. "찬성이오."라고 말한 사람은 당연히 메이테이였다.

"말하지 않는 사람은 아무도 없지만 본 사람도 없다. 듣지 못한 사람은 아무도 없지만 만난 사람도 없다. 야마토 혼은 그렇다면 신선 같은 것인가."

주인은 한껏 여운을 남긴 채 문장을 매듭지은 셈으로 낭독을 끝냈지만, 아무리 명문이어도 지나치게 짧다는 것과 주제가 무엇인지 알 수 없다는 것 때문에, 나머지 세 사람은 계속 이어질 것으로 생각하며 가만히 기다리고 있었다. 아무리 기다려도 이렇다 할 후속 문장이 나오지 않자 마지막으로 간게쓰가 물었다.

"그것뿐입니까?"

주인은 가볍게 "응." 하고 대답했다. '응'이라니, 너무 속 편한 대답이다.

이상하게도 메이테이는 이 명문에 대하여 평소처럼 쓸데없는 너스레를 늘어놓지 않았다. 그저 조금 있다가 주인 쪽을 바라보며 물었다.

"자네도 단편들을 모아 책으로 만들어서 누구가에게 바치는 것이 어떤가?"

주인은 아무렇지도 않게 물었다.

"자네에게 바쳐 줄까?"

"사양하겠네."

메이테이는 이렇게 대답하고는 아까 부인에게 자랑을 늘어놓던 가위로 싹둑싹둑 소리를 내면서 손톱을 잘랐다.

간게쓰 군이 도후 군에게 물었다.

"자네는 저 가네다의 아가씨를 알고 있는가?"

"올봄에 낭독회에 초대한 다음부터 친해져서 그 후로 종종 교제를 하고 있네. 나는 그 아가씨 앞에만 가면 왠지 모르게 일종의 감흥을 얻어서 한동안은 시를 지을 때나 노래를 읊을 때나 기분 좋게 문구가 나오지. 이 시집에 사랑을 읊은 시가 많은 것은 아마 그런 이성 친구에게서 감흥을 받았기 때문이라고 생각하네. 그래서 그 아가씨에 대해서 절실하게 감사의 뜻을 나타내야 한다는 생각에, 이 기회를 이용해서 내 시집을 바치기로 한 것일세. 예로부터 여성을 친구로 두지 않은 사람 중에 훌륭한 시를 지은 사람은 없다고 하더군."

"과연 그럴까?"

간게쓰 군은 희미하게 웃으면서 말했다. 아무리 잡담가들의 모임이라도 그리 오래 계속되지는 못하는지 이야기의 열기가 어느새 상당히 식어 버렸다. 나 또한 변화가 없어진 그들의 잡담을 종일토록 들어 줘야 할 의무가 있는 것도 아니니, 실례해서 정원으로 사마귀를 찾으러 나갔다. 오동나무가 푸릇푸릇 이어진 사이로 서쪽으로 지는 햇살이 띄엄띄엄 새어 나왔고, 나무줄기에는 매미가 매달려서 열심히 울고 있었다. 밤에는 어쩌면 소나기가 한차례 쏟아질지도 모르겠다.

7

나는 요즘 운동을 시작했다. 고양이 주제에 운동이라니, 시건방지다고 대뜸 욕부터 하려고 드는 인간들에게 한번 묻고 싶은데, 그렇게 말하는 인간들도 극히 최근까지는 운동이 무엇인지 이해하지 못한 채 그저 먹고 자는 것을 천직처럼 생각하지 않았는가. 양반은 아무 일도 하지 않는다느니 어쩌느니 외치면서, 팔짱만 끼고 방바닥에 눌어붙어서 썩어 가는 엉덩이를 움직이지 않는 것이 양반의 명예라는 둥 떠벌리며 흐뭇한 웃음을 지었던 시절을 기억하고 있을 것이다. 운동을 하라는 둥, 우유를 마시라는 둥, 냉수마찰을 하라는 둥, 바닷속으로 뛰어들라는 둥, 여름이 되면 산속에 틀어박혀서 한동안 인개나 먹고 살라는 둥의 허튼 주문을 연발하게 된 것은 서양에서 일본으로 전염된 최근의 질병으로, 이 역시 페스트, 폐병, 신경쇠약 등과 같은 전염병 중의 하나로 생각해도 좋을 정두이다. 물론 나는 작년에 태어났고 올해 겨우 한 살이 되었으니, 인간이 이런 질병에 걸리기 시작했던 당시의 상황은 기억에 존재하지 않을 뿐만 아니라, 그 시절에는 이 험한 세상에 살아 있지도 않았다. 하지만 고양이의 1년은 인간의 10년과 맞먹는다고 보아도 된다. 우리 수명은 인간에 비해 두세 배나 짧지만, 그렇게 짧은 기간 동안에 한 마리의 고양이로서 발달이 충분히 이루어진다는 점을 가지고 추론해 보면, 인간의 시간과 고양이의 시간을 같은 비율로 계산하는 것은 큰 오류이다. 무엇보다도 한 살 몇 개월에 지나지 않는 내가 이 정도 식견을 가지고 있다는 사실만 보아도 알 수 있다. 주인의 셋째 딸은 세 살이라고 하는데 지식의 발달을 보면 느리기 짝이 없다. 우는 것과 오줌을 싸는 것, 젖을 먹는 것 말고는 아무것도 모른다. 세상을 걱정하고 시대를 한탄하는 나 같은 존재와는 비교할 바가 아니다. 따라서 내가 운동, 해수욕, 전지요양轉地療養의 역사를 얼마 안 되는 사이에 경험하고 있다고 해도 털끝만큼도 놀랄 일이 아니다. 이 정도 일을 가지고 만약 놀라는 자가 있다면 그것은 인간이라는 다리가 두 개 모자라는 느림뱅이일 것이 뻔하다. 인간은 예로부터 느림뱅이다. 그렇기 때문에 요즘에 들어서야 겨우 운동의 효능을 떠들고 다니거나, 해수욕의 좋은 점을 늘어놓으며 큰 발명이라도 한 것처럼 생각하는 것이다. 나로 말할 것 같으면 태어나기 전부터 그 정도 일쯤은 다 알고 있었다. 무엇보다도 바닷물이 어째서 약이 되는가, 하는 점은 잠깐 바닷가에 나가 보면 금방 알 수 있지 않은가? 저렇게 넓은 곳에 물고기가 도대체 몇 마리나 있는지는 알 수 없지만 그 물고기 중에서 한 마리도 병을 앓아 의사한테 가는 일이 없다. 모두들 건강하게 헤엄치고 있다. 병에 걸리면 몸을 자유롭게 움직일 수가 없다. 죽으면 반드시 물에 뜨게 된다. 그래서 물고기가 죽으면 '떠오른다'고 하고, 새가 죽으면 '떨어진다'고 하며, 인간이 목숨을 잃으면 '뻗는다'고 말한다. 해외로 여행을 가서 인도양을 횡단한 사람에게 "당신, 물고기가 죽는 것을 본 적이 있습니까?" 하고 물어보라. 하나같이 '아니오'라고 대답할 것이 뻔하다. 그야 그렇게 대답하는 것이 당연하다. 아무리 왕복을 해 봐야 한 마리도 물결 위에서 숨이 멎어—숨이라고 하면 안 되지. 물고기니까 물이 멎었다고 해야겠지—물이 멎어 떠오른 것을 본 자는 없기 때문이다. 저 광활하고, 저 출렁이는 대해를 밤이고 낮이고 할 것 없이 석탄을 태우며 눈을 씻고 찾아 돌아다녀 봐야, 고금을 통틀어서 단 한 마리도 물고기가 '떠올라' 있지 않다는 점을 가지고 추론하면, 물고기는 정말로 건강한 존재임이 틀림없다는 단정을 당장 내릴 수 있다. 그럼 어째서 물고기가 그렇게 튼튼한가 하면 이 또한 인간이 알아낼 때까지 기다릴 것도 없이 대답이 나온다. 당장 알 수 있다. 항상 바닷물을 마시면서 노상 해수욕을 하기 때문이다. 해수욕이 가지는 효능은 이렇듯 물고기에게서 현저하게 나타난다. 물고기에게 현저하게 나타나는 이상 인간에게도 현저하게 나타날 수밖에 없다. 1750년에 닥터 리처드 러셀이 브라이튼의 바닷물에 뛰어들면 404가지 병이 즉석에서 완쾌된다는 거창한 광고를 낸 것은 한참 뒤떨어진 짓이라고 비웃어도 된다. 고양이들 또한 적당한 시기가 도래하면 모두 함께 가마쿠라鎌倉 인근으로 해수욕을 위해 나가 볼 참이다. 하지만 지금은 안 된다. 모든 사물에는 시기가 있다. 메이지유신 이전의 일본인들이 해수욕의 효능을 맛보지 못하고 죽은 것과 같이, 오늘날의 고양이들은 아직 벌거벗고 바닷속으로 뛰어들 만한 상황에 봉착해 있지 않다. 서둘디기는 일을 망친 수 있다. 오늘날과 같이 해안으로 머을 것을 찾으러 간 고양이가 무사히 돌아오지 못하는 때에는 함부로 바다에 뛰어들 수가 없다. 진화의 법칙으로, 우리 고양이들의 기능이 광란하는 노도에 대하여 적당한 저항력을 가질 수 있을 때까지는—다시 말하자면 고양이가 '죽었다'고 하는 대신에 고양이가 '떠올랐다'고 하는 말이 일반적으로 사용될 때까지는—쉽사리 해수욕을 할 수 없다.

해수욕은 나중에 실행한다고 하지만, 운동만큼은 당장 하기로 정했다. 아무래도 20세기에 들어선 오늘날 운동을 하지 않으면 너무 가난한 사람 같아서 남 보기가 좋지 못하다. 운동을 하지 않으면 운동을 '안 하는' 것이 아니라 운동을 '못 하는' 것이다, 운동을 '할 시간이 없는' 것이다, 그럴 '여유가 없는' 것이라고 단정 짓는다. 옛날에는 운동을 하는 자가 상것이라고 손가락질 당했던 것처럼, 요즘에는 운동을 하지 않는 자가 천하다고 간주된다. 남들이 내리는 평가는 때와 경우에 따라 내 눈알처럼 변한다. 내 눈알은 그저 작아지거나 커지거나 할 뿐이지만 인간의 품평을 보자면 하루아침에 완전히 뒤바뀐다. 완전히 뒤바뀌어도 전혀 문제가 되지 않는다. 사물에는 양면이 있다. 같은 인물이 극단적인 흑백의 변화를 일으킨다는 점이 인간이 가진 융통성이라 할 수 있다. 하늘의 구름다리를 가랑이 사이로 들여다보면 각별한 느낌을 얻을 수 있다. 셰익스피어도 허구한 날 똑같이 위대한 셰익스피어라고만 하면 재미가 없다. 가끔은 가랑이 사이로 햄릿을 보면서 "자네, 아주 틀려먹었구먼." 하고 말하는 사람이 없으면 문학계도 진보하지 않을 것이다. 그러므로 운동에 대해 나쁘게 말하던 자들이 갑자기 운동을 하고 싶어져서 여자들까지 라켓을 들고 큰길을 활보하고 다닌들 이상할 것은 전혀 없다. 그저 고양이가 운동하는 것이 시건방지다고 비웃지만 않으면 된다. 그런데 내가 하는 운동이 어떤 종류의 운동일까, 하고 이상하게 생각하는 자가 있을지도 모르니 여기서 대강 설명해 두려고 한다. 잘 알다시피 불행하게도 고양이는 도구를 가질 수가 없다. 따라서 공도 배트도 다루기가 곤란하다. 게다가 돈이 없으니 살 수도 없다. 이 두 가지 원인으로 인해 내가 선택한 운동은 한 푼도 필요하지 않고, 도구도 사용하지 않는 종류에 속한다고 볼 수 있다. 그렇다면 엉금엉금 걸어 다니거나 혹은 생선 토막을 물고 뛰어다니는 것이라고 생각할지 모르지만, 그저 네 개의 다리를 역학적으로 움직여서 지구의 인력에 따라 대지를 횡행하는 것은 너무 단순하고 간단하여 흥미를 느끼지 못하겠다. 아무리 운동이라는 이름이 붙었어도 주인이 가끔 실행하는 글자 그대로의 운동은 아무래도 운동의 신성함을 더럽히는 것이라고 생각한다. 물론 단순한 운동이라도 일정한 자극이 있으면 하지 못할 것도 없다. 가다랑어 포 가로채기 시합, 연어 찾기 등은 매우 바람직하지만 이것은 대상이 될 물건이 있어야만 가능한 일이므로, 그 자극이 존재하지 않으면 따분하고 지겨운 것이 되어 버린다. 상품이 될 만한 흥분제가 없다면 무언가 예술성이 있는 운동을 해 보고 싶다. 나는 이런저런 생각을 해 보았다. 부엌 창문틀에서 지붕으로 뛰어오르는 법, 지붕 꼭대기에 있는 매화 모양의 기와 위에 네 다리로 서는 기술, 빨래를 널어놓는 대나무 빨랫대 건너기—이것은 도저히 성공할 수가 없다. 대나무가 미끌미끌해서 발톱을 세울 수가 없는 것이다. 뒤에서 갑자기 아이들에게 덤벼들기—이는 아주 흥미로운 운동 중의 하나인데, 함부로 했다가는 큰일을 당하므로 겨우 한 달에 세 번 정도밖에 시도하지 않는다. 종이봉지를 머리에 뒤집어쓰는 것—이것은 괴롭기만 하고 재미는 아주 적은 방법이다. 특히 인간이 상대해 주지 않으면 성공할 수가 없기 때문에 안 된다. 다음은 서적 표지를 발톱으로 할퀴는 것—이것은 주인에게 발각되면 틀림없이 야단을 맞을 위험이 있을 뿐만 아니라, 전반적으로 발끝만 움식이게 될 뿐 전신의 근육이 움직이지 않는다. 이런 것들은 말하자면 나의 구식 운동들이다. 신식 중에는 상당히 심오한 취미의 운동들이 있다. 첫 번째로 사마귀 사냥—이 사마귀 사냥은 쥐삽기처럼 대단한 운동이 아닌 대신 그만큼 위험도 적다. 한여름에서 초가을에 걸쳐서 할 수 있는 놀이로서 가장 적당하다. 방법을 말하자면 우선 정원에 나가서 사마귀를 한 마리 찾아 낸다. 시기만 적당하면 한두 마리쯤은 순식간에 발견할 수 있다. 그렇게 발견한 사마귀 곁으로 바람을 가르며 단숨에 달려간다. 그러면 깜짝 놀라며 덤비라는 듯이 몸을 뒤로 젖히고 고개를 들어올린다. 가엾은 사마귀가 상대방의 역량을 모르고 저항할 뜻을 보이니 그 점이 재미있다. 들어올린 고개를 오른쪽 앞발로 슬쩍 건드린다. 들어올린 고개는 부드럽기 때문에 옆으로 획 하니 휘어진다. 그때 사마귀가 보이는 표정이 아주 흥미를 끈다. 아니, 하고 놀라는 모습이 충분히 나타난다. 그러는 찰나에 단숨에 뒤쪽으로 돌아가서 이번에는 뒤에서 상대방의 날개를 가볍게 찢는다. 그 날개는 평소에 소중하게 접어 놓는데, 심하게 할퀴면 확 하고 흩어지면서 안에서 얇은 종이 같은 속옷이 나타난다. 이놈은 한여름인데도 수고스럽게 옷을 두 벌이나 입고 멋을 내는 것이다. 그때 그놈의 긴 목이 반드시 뒤쪽으로 돌아간다. 어떤 때는 달려들기도 하지만 대개는 고개만 쭉 빼고 가만히 서 있다. 이쪽에서 손대기를 기다리고 있는 것이다. 상대가 언제까지나 이런 태도로 있으면 운동이 되지 않으므로, 너무 시간을 오래 끌면 다시 슬쩍 한 방 건드린다. 이 정도 건드리면 안목이 있는 사마귀라면 틀림없이 도망치려고 든다. 그러지 않고 막무가내로 달려든다면 그것은 어지간히 무식하고 야만적인 사마귀다. 만약에 상대가 이렇게 야만적인 행동에 나선다면 달려드는 놈을 잘 노렸다가 있는 힘껏 한 방 먹인다. 대개는 1미터 정도 나가떨어진다. 그러나 적이 얌전히 뒷걸음질치면 나는 불쌍한 마음에 정원에 늘어선 나무를 두세 바퀴 돌다온다. 그래도 사마귀는 아직 20센티미터밖에 도망치지 못한다. 이미 나의 역량을 알았으니 저항할 용기는 없다. 그저 우왕좌왕 도망치려할 뿐이다. 하지만 나도 우왕좌왕하며 뒤쫓으니까 나중에는 그놈이

지친 나머지 날개를 펴고 크게 뛰어올라서 도망치려고 시도할 수도 있다. 원래 사마귀의 날개는 그 목과 조화를 이루어 매우 가늘고 길게 되어 있는데, 듣자 하니 완전히 장식용으로 달려 있을 뿐이고, 인간의 영어, 불어, 독일어처럼 털끝만큼도 실용성이 없다고 한다. 따라서 무용지물을 이용해서 큰 도약을 시도해 봤자, 나 같은 적에 대해 별다른 효과가 있을 턱이 없다. 도약이라 부르기는 해도 실제로는 땅바닥 위를 기어다니는 꼴에 지나지 않는다. 이렇게 되면 다소 불쌍한 감은 있지만 운동을 위해서이니 할 수 없다. 미안한 마음을 누르고 곧바로 앞쪽으로 돌아간다. 그놈은 관성 때문에 급회전을 할 수 없으니 마찬가지로 할 수 없이 전진해 온다. 그러면 그 콧대에 한 방 먹인다. 이때 사마귀는 반드시 날개를 펼친 채로 쓰러진다. 그 몸을 앞발로 한껏 내리누르고는 잠시 휴식을 취한다. 그리고 다시 놓아준다. 놓아주고는 다시 붙잡는다. 제갈공명이 썼던 '일곱 번 풀어 주고 일곱 번 붙잡는 전략'으로 공격한다. 약 30분 이런 순서를 되풀이하다가 그놈이 도저히 움직일 수 없게 되면 잠시 입에 물고 흔들어 본다. 그리고 다시 뱉어 낸다. 이번에는 땅바닥에 드러누운 채 움직이지 않으므로, 내가 앞발로 툭툭 쳐서 그 힘을 빌어 뛰어오르면 그것을 다시 잡는다. 이렇게 하는 데에도 싫증이 나면 마지막 수단으로 입에 넣어 씹어 먹는다. 참고로 사마귀를 먹어 본 적이 없는 사람을 위해 말해 두겠는데, 사마귀는 그다지 맛있는 음식이 아니다. 그리고 영양가도 의외로 적은 모양이다. 사마귀 잡기에 이어서 매미 잡기라는 운동을 한다. 한마디로 매미라고 해도 모두 똑같은 매미가 아니다. 인간 중에도 기름진 놈, 시끄러운 놈, 부지런한 놈이 있듯이 매미 중에도 들매미, 참매미, 산매미가 있다. 들매미는 기름져서 못 쓴다. 참매미는 건방져서 안 된다. 잡아서 재미있는 매미는 산매미뿐이다. 이것은 늦여름이 되어야만 나온다. 풀어진 옷 이음새 사이로 인사도 없이 가을바람이 불어 들어와 살갗을 만지고 "애취!" 하는 재채기와 함께 환절기 감기에 걸릴 즈음이 되어서야 꼬리를 흔들면서 운다. 산매미는 어지간히 잘 운다. 내 입장에서 보자면 우는 것과 고양이에게 잡아먹히는 것 말고는 달리 할 일이 없다고 생각될 정도이다. 초가을에는 이놈을 잡는다. 이것을 나는 '매미 잡기 운동'이라고 부른다. 여기서 잠시 여러분에게 말해 두지만 적어도 매미라는 이름이 붙은 이상 땅바닥에서 굴러다니지는 않는다. 땅바닥에 떨어진 것에는 반드시 개미가 달라붙어 있다. 내가 잡는 매미는 이렇게 개미의 영토 위에서 뒹굴거리는 놈이 아니다. 높은 나무줄기에 붙어서 맴맴맴매애, 하고 우는 놈들을 잡는 것이다. 이것 또한 아울러서 박식한 인간에게 묻고 싶은데, 매미는 맴맴맴매애, 하고 우는 것인지, 아니면 매애맴맴맴, 하고 우는 것인지 알고 싶다. 해석하기에 따라서 매미 연구에 적지 않은 영향이 있으리라고 생각한다. 인간이 고양이보다 나은 것이 이런 점이고, 인간 스스로도 자랑스럽게 생각하는 것 또한 이런 점이니까, 지금 당장 대답할 수 없다면 잘 생각해 보는 편이 좋을 것이다. 물론 매미 잡기 운동을 할 때에는 어느 쪽이든 상관이 없다. 그저 소리를 지표 삼아 나무에 기어 올라가서 상대방이 정신없이 울고 있는 사이에 휙 하고 잡을 뿐이다. 이는 가장 간단한 운동으로 보이면서도 상당히 힘이 드는 운동이다. 나는 다리를 네 개 가지고 있으므로 대지를 걷는 일에 있어서는 다른 동물에 비해 뒤떨어진다고 생각하지 않는다. 적어도 두 개와 네 개라는 차이를 수학적인 지식으로 판단해 보아도 인간에게는 지지 않는다고 믿는다. 그런데 나무 타기에 있어서는 나보다 훨씬 뛰어난 놈이 있다. 나무 타기를 본분으로 삼고 있는 원숭이는 별도로 하더라도, 원숭이의 자손인 인간들 중에도 절대로 깔보지 못하는 놈들이 있다. 이 나무 타기는 처음부터 인력을 거슬러야 하는 무리한 일이므로 하지 못한다 해도 특별히 부끄럽다고는 생각지 않지만, 매미 잡기 운동을 할 경우 나무 타기를 하지 않으면 적지 않게 불편해진다. 다행히 발톱이라는 이기利器가 있으므로 어떻게든 오르기는 하지만 옆에서 보는 것만큼 쉽지가 않다. 그뿐만 아니라 매미는 날아다닌다. 사마귀와는 달리 한번 날아가 버리면 모처럼 나무 타기를 했어도 하지 않은 것과 아무런 차이가 없는 비운悲運에 봉착하는 일이 없다고 할 수 없다. 마지막으로 간혹 매미한테 소변을 맞을 위험이 있다. 그 소변은 대개 눈을 노려서 뿌리는 것 같다. 날아서 도망치는 것은 감수하겠지만 아무쪼록 소변만큼은 뿌리지 않기를 바랄 뿐이다. 날아오를 즈음에 볼일을 본다는 것은 도대체 어떠한 심리적 상태가 생리적 기관에 미치는 영향일까? 역시 너무도 마음이 아파서일까? 혹은 적을 놀라게 해서 도망칠 수 있는 여유를 만들기 위한 방편일까? 그렇다면 문어가 먹을 뿜고, 주인이 라틴어를 우물거리는 것과 같은 항목에 속하는 사항이 된다. 이 점 또한 매미학상 소홀하게 넘길 수 없는 문제이다. 깊이 연구하면 이것만으로 분명 박사 논문을 쓸 가치가 있다. 이것은 여담이니 그만하고 다시 본 주제로 돌아간다. 매미가 가장 집중하는 곳은—집중이 이상하다면 집합이라 하겠지만 집합이라는 말은 진부하니 역시 집중이라 해야겠다.—매미가 가장 집중하는 곳은 오동나무이다. 한자로는 '오동梧桐'이라고 쓴다. 그런데 이 오동나무는 나뭇잎이 매우 많다. 더구나 그 잎이 모두 부채처럼 넓고 크다. 따라서 그런 나뭇잎이 무성하게 자라 있으면 서로 겹쳐져서 나뭇가지가 보이지 않게 된다. 이것이 매미 잡기 운동을 심하게 가로막는 요소이다. '소리는 들려도 모습은 보이지 않는나'는 노래가 혹시 나를 위해 만들어진 것이 아닐까, 하고 의심하게 될 정도이다. 나는 하는 수 없이 소리만을 의지하여 나무를 탄다. 밑에서 어느 정도 떨어지면 오동나무는 대부분 두 갈래로 나뉜다. 여기서 한숨을 돌리며 나뭇잎 뒤에서 매미의 소재지를 탐색한다. 물론 여기까지 오는 동안에 푸득푸득 소리를 내며 날아가 버리는 성질 급한 놈들도 있다. 한 마리가 날기 시작하면 끝이다. 흉내를 낸다는 점에 있어서 매미는 인간에게 지지 않을 정도로 바보이다. 한 마리가 날기 시작하면 모두들 뒤따라 날아가 버린다. 간신히 두 갈래 줄기에 도착할 즈음에는 온 나무가 고요하니 소리 하나 나지 않는 경우도 있다. 예전에 여기까지 올라왔다가 아무리 주위를 둘러보아도, 귀를 아무리 기울여 보아도 매미 소리가 나지 않기에, 내려갔다가 다시 올라오기도 귀찮다는 생각이 들어 한동안 쉬려고, 줄기 위에 자리를 잡고 제2의 기회를 기다리고 있었더니, 어느새 졸려서 결국 꿈속을 헤매게 되었다. 그러다가 깜짝 놀라 눈을 떠 보았더니, 나무 줄기의 꿈나라에서 정원에 깔린 돌 위로 털썩하고 떨어져 있었다. 그러나 대개는 나무에 오를 때마다 매미 하나씩은 잡아 온다. 다만 재미가 덜한 점은 나무 위에서 입에 물어 버리지 않으면 안 된다는 것이다. 그래서 아래로 물고 내려와서 입에서 뱉었을 때는 벌써 죽어 있다. 아무리 흔들어 보아도, 혹은 할퀴어 보아도 이렇다 할 반응이 없다. 매미 잡기의 묘미는 몰래 다가가 가만히 숨어 있으면서 매미가 열심히 꼬리를 늘이기도 하고 줄이기도 하는 것을 느닷없이 앞발로 낚아채는 데 있다. 이때 매미는 비명을 지르며 얇고 투명한 날개를 종횡무진으로 흔든다. 그 날갯짓이 얼마나 빠르고 대단한지 이루 말할 수 없다. 그야말로 매미 세계에서 으뜸가는 장관이다. 나는 매미를 낚아챌 때마다 항상 매미에게 요구하여 이 예술적인 재주를 보여 달라고 한다. 그것에 싫증이 나면 실례를 무릅쓰고 입안에 넣어 버린다. 매미에 따라서는 입에 들어간 다음까지도 재주를 계속 부리는 놈이 있다. 매미 잡기 다음으로 하는 운동은 소나무 미끄럼이다. 이 운동에 대해서는 길게 쓸 필요가 없으므로 간단하게 설명한다. 소나무 미끄럼이라고 하면 소나무에서 미끄럼을 타고 내려오는 것이라고 생각할지 모르지만 그렇지가 않다. 이 운동 역시 나무 타기의 일종이다. 다만 매미 잡기는 매미를 잡기 위해 나무를 타는 것이고, 소나무 미끄럼은 나무 타기 자체를 목적으로 한다. 이것이 양자의 차이다. 원래 소나무는 예로부터 지금까지 굉장히 울퉁불퉁하다. 따라서 소나무 줄기만큼 미끄럽지 않은 것도 없고 발 디딜 곳이 많은 것도 없다.—바꿔 말하자면 소나무만큼 발톱을 걸 곳이 많은 것도 없다. 그렇게 발톱을 걸 곳이 많은 줄기에 단숨에 뛰어 올라간다. 뛰어 올라갔다가 뛰어 내려온다. 뛰어 내려오는 데에는 두 가지 방법이 있다. 하나는 머리를 땅바닥으로 향하게 해서 내려오는 방법이다. 또 하나는 오를 때의 자세를 바꾸지 않고 꼬리를 아래로 해서 내려오는 방법이다. 인간에게 물어본다. 어느 쪽이 더 어려운지 아는가? 인간의 어리석은 생각으로는 어차피 내려오는 것이니 아래를 향해서 뛰어 내려오는 방법이 더 쉬우리라 생각할 것이다. 틀렸다. 인간은 가파른 언덕을 말을 타고 뛰어 내려와 싸웠던 장수들만 생각하고는, 인간도 말을 타고 뛰어 내려올 수 있으니 고양이 같은 짐승은 당연히 그대로 내려오면 된다고 여길 것이다. 그렇게 깔보는 것이 아니다. 고양이의 발톱이 어느 쪽을 향해 휘어져 있다고 생각하는가? 모두 뒤쪽으로 휘어져 있다. 따라서 길고리처럼 물건을 잡아서 잎으로 끌어올 수는 있어도 반대로 밀어내는 힘은 없다. 지금 내가 소나무 줄기를 타고 재빠르게 뛰어 올라갔다고 치자, 그러면 나는 원래 지성에 사는 자이므로 자연의 경향으로 밀하자면 내가 오랫동안 소나무 꼭대기에 머무는 것을 자연이 용납지 않을 것이다. 가만히 두면 반드시 떨어진다. 그러나 손 놓고 그대로 떨어지면 너무 빠르다. 따라서 모종의 수단을 써서 이런 자연의 경향을 다소라도 늦춰야 한다. 그 수단이 바로 내려오는 것이다. 떨어지는 것과 내려오는 것 사이에는 아주 큰 차이가 있는 것 같지만 사실은 생각만큼 차이가 나지는 않는다. 떨어지는 것을 늦추면 내려오는 것이 되고, 내려오는 것을 빨리하면 떨어지는 것이 된다. 이 둘은 속도에서 차이가 날 뿐이다. 나는 소나무 위에서 떨어지기는 싫으니까 떨어지는 것을 늦춰서 내려와야한다. 즉 무엇인가를 써서 떨어지는 속도에 저항해야 한다. 내 발톱은 앞에서 말한 대로 모두 뒤를 향해 굽어 있으므로, 만약 머리를 위로 해서 발톱을 세우면 이 발톱의 힘을 모조리 떨어지려는 기세에 저항하여 이용할 수 있게 된다. 따라서 떨어지는 것이 내려오는 것으로 바뀐다. 매우 알기 쉬운 논리이다. 그런데 만약 몸을 거꾸로 해서 인간이 언덕을 뛰어내리는 것처럼 하면 어떻게 되겠는가? 발톱은 있어도 하등 도움이 되지 않는다. 줄줄 미끄러지는데 어디에도 나의 체중을 지탱시켜 주는 것이 없다. 이렇게 되면 모처럼 내려오려고 계획했던 것이 변해서 떨어지게 된다. 이렇듯 거꾸로 뛰어 내려오는 것은 매우 어렵다. 고양이 중에서 이런 재주를 부릴 수 있는 자는 아마 나 정도밖에 없을 것이다. 그러므로 나는 이 운동을 소나무 미끄럼이라고 부르는 것이다. 마지막으로 울타리 돌기에 대해서 한마디하겠다. 주인의 정원에는 대나무 울타리가 사방으로 둘러쳐 있다. 툇마루와 평행을 이루고 있는 한쪽이 15, 16미터 정도의 길이다. 좌우는 양쪽 모두 8미터 정도밖에 안 된다. 지금 내가 말한 울타리 돌기라는 운동은 이 울타리 위를 떨어지지 않고 한 바퀴 도는 운동이다. 이것은 실패하는 경우도 간혹 있지만 끝까지 조심해서 성공을 하면 마음에 위안이 된다. 특히 군데군데 통나무가 서 있으므로 잠시 휴식을 취하는 데 편리하다. 오늘은 상태가 좋아서 아침부터 점심때까지 세 번 해 보았는데 할 때마다 실력이 늘어난다. 실력이 늘 때마다 재미있어진다. 드디어 네 번째가 되어 반 정도 돌고 있었더니, 옆집 지붕에 있던 까마귀 세 마리가 날아와서는 2미터 정도 떨어진 곳에 줄지어 앉았다. '이것 참 무례한 놈이군, 남의 운동을 방해하다니. 더구나 어디 사는 까마귀인지 정체도 알 수 없는 주제에 남의 집 울타리에 올라타는 법이 어디 있나?' 하고 생각하여 "이봐, 내가 지나갈 것이니 빨리 비켜." 하고 말을 걸었다. 제일 앞에 있던 까마귀가 이쪽을 보면서 싱글싱글 웃었다. 그다음에 있는 놈은 주인의 정원을 내려다보고 있었다. 세 번째 놈은 부리를 울타리의 내나무로 닦고 있었다. 무언가 먹고 온 모양이었다. 나는 대꾸를 기다리기 위해 그들에게 3분 정도의 시간을 주고 울타리 위에 서 있었다. 까마귀는 내가 아무리 기다려도 인사도 하지 않고, 그렇다고 날아가지도 않았다. 나는 하는 수 없이 슬슬 걸어가기 시작했다. 그러자 제일 앞에 있던 까마귀가 획 하니 날개를 펼쳤다. 이제야 나의 위엄에 눌려서 도망치는구나, 하고 생각했더니, 오른쪽 방향에서 위쪽 방향으로 자세를 바꾸었을 뿐이었다. 이런 못된 놈! 땅바닥에 있을 때 같았으면 가만히 두었을 리가 없지만, 워낙 그냥 다니기에도 힘이 드는 '울타리 돌기 운동' 중이니 까마귀 같은 것을 상대하고 있을 여유가 없다. 그렇다고 다시 멈춰 서서 세 마리가 날아갈 때까지 기다리기도 싫었다. 무엇보다도 그렇게 기다리고 있다가는 떨어지기 십상이다. 상대방이야 날개가 있는 몸이니 이런 곳에 서 있을 수가 있다. 따라서 마음만 내키면 언제까지고 머물러 있을 것이다. 이쪽은 벌써 네 바퀴째로 울타리를 도는 것이니 그것만으로도 상당히 지쳐 있다. 게다가 줄타기에 버금가는 재주 겸 운동을 하는 것이다. 아무런 장애물이 없어도 떨어지지 않는다는 보장이 없는데, 이런 검

둥이들이 세 마리나 앞길을 가로막고 있으니 보통 큰일이 아니다. 도저히 어쩔 수가 없으면 그냥 내가 운동을 중단하고 울타리에서 내려가는 방법밖에 없다. '귀찮으니까 그냥 그렇게 할까? 적敵은 수도 많고, 게다가 이 근방에서 별로 보지 못한 인상들이다. 부리가 뾰족한 것이 까마귀 괴물의 자손들처럼 생겼다. 어차피 성질이 좋지 않은 놈들일 것이 뻔하다. 퇴각하는 편이 안전할 것이다. 너무 깊이 개입했다가 만약에 떨어지기라도 한다면 더욱 창피하다.' 이렇게 생각하고 있던 차에 왼쪽을 바라보고 있던 까마귀가 "아호ぁほう*!" 하고 울었다. 다음 것도 흉내를 내며 "아호!" 하고 울었다. 마지막에 있는 놈은 아예 "아호, 아호!" 하고 두 번이나 외쳤다. 아무리 온화한 성품을 가진 나라도 이렇게까지 하는 이상 그냥 지나칠 수 없는 일이다. 무엇보다도 자기 집에서 까마귀 따위에게 모욕을 당했다고 한다면 내 이름에 흠이 간다. 이름이 아직 없으니 흠이 갈 수가 없다면 내 체면이 손상된다. 결코 물러설 수 없다. 오합지졸烏合之卒이라는 말이 있을 정도이니 세 마리라 하지만 의외로 약할지도 모른다. 갈 수 있을 때까지 가자고 마음을 먹고 슬슬 걷기 시작했다. 까마귀들은 모르는 척하며 뭔가 서로 이야기를 주고받는 것 같았다. 더욱 비위에 거슬렸다. 울타리의 폭이 15센티미터만 되었어도 아주 혼쭐을 내 줄 텐데, 안타깝지만 아무리 화가 나도 슬금슬금 걸을 수밖에 없었다. 막대 끝을 출발하여 겨우 15센티미터가량 되는 거리까지 와서 이제 조금만 더 가면 된다고 생각했을 때, 이 까마귀들이 서로 짜기라도 한 듯이 느닷없이 날갯짓을 하며 60센티미터 정도 날아올랐다. 그렇게 해서 생긴 바람이 갑자기 내 얼굴을 쳤을 때 깜짝 놀랄 틈도 없이 발을 헛디뎌서 털

---

* 까마귀 울음소리. '멍청이'라는 뜻으로도 사용됨.

썩하고 떨어졌다. 아차, 실수했다, 싶어 울타리 밑에서 올려다보았더니, 세 마리 모두 원래 있던 자리에 앉아 위에서 부리를 모아 내 얼굴을 내려다보고 있었다. 끈질긴 놈들이다. 한껏 노려보았지만 아무런 소용이 없었다. 등을 약간 굽히면서 조금 으르렁댔지만 끄떡도 하지 않았다. 속물들이 영묘한 상징시를 이해하지 못하는 것처럼, 내가 그들을 향해 나타내는 분노의 기호에 대해서 아무런 반응을 보이지 않았다. 생각해 보면 그것도 당연한 일이다. 나는 지금까지 그들을 고양이처럼 취급하고 있었다. 그것이 잘못이었다. 고양이라면 이 정도만 해도 분명히 알아듣고 반응을 보이겠지만 상대방은 까마귀다. 멍청한 까마귀를 상대로 하는 것이니 하는 수 없다. 실업가가 우리 주인 구샤미 선생을 압도하려고 진땀을 빼는 것과 같고, 사이고 다카모리 西鄕隆盛* 군의 동상에 까마귀가 똥을 누는 것과 같다. 정세 파악이 빠른 나는 도저히 안 되겠다고 판단을 하였기에 깨끗하게 포기하고 툇마루로 물러났다. 벌써 저녁 먹을 시간이다. 운동도 좋지만 도가 지나치면 문제가 되는 것이 몸 전체가 어딘지 모르게 흐느적거린다. 피곤하고 지친 느낌이다. 그뿐만 아니라 아직 초가을이라서 운동 중에 햇볕에 노출되었던 내 털옷이 석양을 있는 힘껏 흡수했는지 후덥지근하기 이를 데 없다. 털구멍에서 배어 나오는 땀이 그대로 흘러내렸으면 싶은데 모근에 기름처럼 끈적하게 달라붙는다 등이 근질근질하다. 땀이 차서 근질근질한 것과 벼룩 때문에 근질근질한 것은 확실하게 구별할 수 있다. 입이 닿는 곳이라면 물 수가 있다. 다리가 닿는 영역이라면 긁을 수가 있다. 그러나 척추가 뻗어 있는 한가운데이니 내 힘으로 어떻게 할 수가 없다. 이럴 때는 인가을 찾아서 거기

* 에도시대 말기에서 메이지유신 무렵까지 활동한 정치가(1828~1877).

에 대고 등을 긁든지 소나무 껍질을 이용해서 충분히 비비든지 양자택일을 하지 않으면 기분이 나빠서 잠도 제대로 자지 못한다. 인간은 어리석은 자들이어서 고양이 어르는 소리로—고양이 어르는 소리는 인간이 나에게 내는 소리다. 따라서 나를 기준으로 보자면 고양이 어르는 소리가 아니라 어름을 받는 소리다—좋다, 아무튼 인간은 어리석은 자들이므로 어름을 받는 소리를 내면서 다리 근처로 다가가면 대부분의 경우 자기를 좋아해서 그러는 줄로 오해하고, 내가 하는 대로 내버려둘 뿐만 아니라 어떤 때는 머리까지 쓰다듬어 주곤 한다. 그런데 요즘 들어 내 털 속에 벼룩이라는 이름을 가진 일종의 기생충이 번식하는 바람에 인간에게 다가가려 하면 반드시 내 목덜미를 잡고는 멀리 내던져 버린다. 눈에 보일 듯 말 듯한 정도로 작고 하찮은 벌레 때문에 나를 꺼려 하는 모양이다. '손바닥을 뒤집으면 비요, 다시 뒤집으면 구름'이란 바로 이런 일을 두고 하는 말이다. 겨우 벼룩 몇 마리 때문에 어떻게 이렇게 야비하게 굴 수 있는지 모르겠다. 인간세계 속에서 행해지는 사랑의 법칙 제1조에는 이렇게 되어 있다고 한다. '자기에게 이익이 되는 동안은 널리 남을 사랑하라.' 인간의 태도가 갑작스럽게 돌변했기 때문에 아무리 가려워도 인간의 힘을 이용할 수가 없다. 그래서 두 번째 방법인 소나무 껍질 마찰법을 사용할 수밖에 다른 수가 없다. 그렇다면 잠깐 긁고 와야겠다고 다시 툇마루에서 내려가려다가, 아니 이것도 수지가 맞지 않는 어리석은 방법임을 깨달았다. 이유는 바로 이런 것이다. 소나무에는 송진이 있다. 이 송진이라는 것이 아주 집착이 강한 놈이어서 한번 털끝에 묻는 날에는 천둥이 치고 발틱 함대가 전멸해도 절대로 떨어지는 법이 없다. 그뿐만 아니라 털 다섯 개에 묻었다 싶으면 순식간에 열 개로 퍼진다. 열 개가 당했다 싶으면 벌써 서른 개로 늘어나 있다. 나는 담백함을 사랑하는 다인茶人과도 같은 고양이다. 이렇게 끈질기고, 악독하고, 끈적끈적하고, 집념이 강한 놈은 딱 질색이다. 설사 천하에 다시없는 아름다운 고양이라 해도 사양하고 싶다. 그러니 송진이면 더 말할 나위도 없다. 인력거꾼 집 검둥이의 양쪽 눈에서 북풍을 타고 흐르는 눈곱과 다를 바가 없는 주제에 이 옅은 회색의 털옷을 망치다니 괘씸하기 짝이 없다. "너도 한번 생각해 보아라." 그런데 문제는 이렇게 타일러도 놈은 좀처럼 생각할 기색이 없다는 것이다. 저 소나무 껍질 근처로 가서 등을 긁으려고 들이대자마자 반드시 끈적하게 달라붙을 것이다. 이렇게 무분별한 얼뜨기를 상대하다가는 내 체면에 문제가 생길 뿐만 아니라 나아가서는 내 털에도 문제가 생긴다. 아무리 근질근질하다 해도 참는 수밖에 달리 방법이 없다. 하지만 이 두 가지 방법을 모두 쓸 수가 없다고 한다면 참으로 불안한 일이 아닌가. 당장 무슨 수를 써 놓지 않으면 나중에는 근질근질, 끈적끈적하다 못해 병에 걸릴지도 모른다. 뭔가 방법이 없을까, 하고 이리저리 궁리를 해 보았더니 문득 떠오르는 생각이 있었다. 우리 주인은 가끔 작은 수건과 비누를 들고 훌쩍 어디론가 외출하는 일이 있다. 30, 40분 후에 돌아오는 모습을 보면 그의 몽롱한 안색이 조금은 활기를 띠며 밝게 보인다. 주인처럼 지저분한 남자에게 이 정도로 영향을 준다면 나에게는 더욱 효과가 있을 것이 분명하다. 나는 그냥 두어도 이 정도 외모를 갖추고 있으니 이보다 더 멋있게 될 필요는 없지만, 만약 병에 걸려서 한 살 몇 개월 만에 요절하는 일이 발생하면 억조창생에 대해 죄송스러운 일이다. 듣자하니 이것도 인간들이 심심함을 달래기 위해 생각해 낸 목욕탕이라는 것이라 한다. 어차피 인간이 만들어 내었으니 제대로 된 곳은 아닐 것이 뻔하지만 이참에 시험 삼아 들어가 보는 것도 괜찮을 것 같다. 해 보아서 효험이 없으면 그만두면 되는 일이다. 그런데 자기들을 위해 만들어 놓은 목욕탕에 다른 종족인 고양이를 들여보낼 만한 아량이 인간에게 있을까? 그 점이 의문이다. 주인이 시치미를 떼고 들어갈 수 있을 정도의 장소이니 당연히 나의 출입을 거절할 일은 없겠지만, 만에 하나라도 그런 일을 당하게 된다면 남 보기가 부끄럽다. 그렇다면 일단은 어떤 곳인지 살펴 두는 편이 좋겠다. 그렇게 살펴보아서 이 정도면 괜찮겠다는 판단이 서면 수건을 입에 물고 들어가 보아야겠다. 여기까지 생각을 하고는 어슬렁어슬렁 집을 나서서 목욕탕으로 향했다.

골목길을 왼쪽으로 꺾어 들어갔더니 저쪽에 높은 대나무 같은 것이 우뚝 서 있고, 그 끄트머리에서는 엷은 연기가 흘러나오고 있었다. 이것이 바로 목욕탕이다. 나는 몰래 뒷문으로 숨어 들어갔다. 뒷문으로 숨어 들어가는 것을 비겁하다느니 미련하다느니 하지만 이는 앞문을 이용하지 않으면 방문할 수가 없는 자들이 질투심 때문에 떠들어 대는 헛소리에 불과하다. 예로부터 똑똑한 사람은 뒷문을 통해 불의에 습격하게 마련이다. 《신사 양성법》 제2권 제1장 5쪽에 그렇게 나와 있다고 한다. 그다음 쪽에는 뒷문은 신사의 유서遺書를 통해 덕을 얻는 문이라고 쓰여 있을 정도이다. 나는 20세기의 고양이므로 이 정도 교양은 있다. 너무 깔보지 않기 바란다. 아무튼 그렇게 숨어 들어가 보니 왼쪽에는 소나무를 패서 30센티미터 정도로 만들어 놓은 것이 산더미처럼 쌓여 있고, 그 옆으로는 석탄이 쌓여서 작은 동산을 이루고 있었다. 어째서 소나무 땔감이 산과 같고, 석탄이 동산과 같으냐고 묻는 사람이 있을지 모르지만 특별한 의미는 없다. 그저 산과 동산을 구별해서 써 보았을 뿐이다. 인간이 쌀을 먹기도 하고, 닭고기를 먹기도 하고, 생선을 먹기도 하고, 짐승을 먹기도 하는 등 여

러 가지 몹쓸 것을 다 먹은 후에 드디어 석탄까지 먹을 정도로 타락*
했다니 불쌍하기 짝이 없다. 맞은편을 보니 2미터 정도의 입구가 활
짝 열려 있고, 그 속을 들여다보았더니 아무도 없는 것이 쥐죽은 듯
고요했다. 그런데 건너편에서 뭔가 자꾸 인간의 목소리가 들렸다. 소
위 말하는 목욕탕은 이 목소리가 나는 곳이 틀림없다고 단정한 나는,
소나무 땔감과 석탄 사이에 나 있는 계곡을 지나서 왼쪽으로 돌아 앞
으로 나아갔다. 그러자 오른편에 유리 창문이 있고, 그 유리창 밖으
로 둥그런 통이 삼각형, 즉 피라미드와 같이 높이 쌓여 있다. 둥그런
것이 삼각형으로 쌓이다니 참으로 억울했을 것이라 여겨서, 속으로
작은 통 여러분의 실의失意에 동정을 표했다. 작은 통 남쪽으로 1미터
가량 판자가 나와 있어서 마치 나를 반갑게 맞이하는 것 같았다. 판
자의 높이는 땅바닥에서 약 1미터가량 되었으므로 뛰어오르기에는
안성맞춤이었다. '아주 좋아.' 하고 생각하며 휙 하니 뛰어오르자 소
위 말하는 목욕탕이 내 코앞에, 눈 밑에, 얼굴 앞에 펼쳐졌다. 먹어
보지 못한 것을 먹고, 본 적이 없는 것을 보는 일보다 더한 재미가 세
상에 어디 있겠는가. 여러분도 우리 주인처럼 일주일에 세 번가량 이
런 목욕탕의 세계에서 30분 내지 40분 동안 지낸 적이 있다면 모를
까, 만약 나처럼 목욕탕이라는 것을 본 적이 없다면 빨리 가 보기 바
란다. 부모의 임종을 하지 않아도 좋으니 이것만큼은 반드시 구경하
라고 권하고 싶다. 세계가 아무리 넓다고 해두 이렇게 신기한 풍경은
다시없을 것이다.

　무엇이 그리 신기하냐고? 무엇이 신기하다고 입 밖에 내기가 꺼
려질 만큼 신기한 풍경이다. 이 유리 창문 속에서 우글우글, 웅성웅

---

* 지위를 이용해서 석탄의 이권을 남용했다는 뜻.

성 떠들어 대고 있는 인간들은 하나같이 벌거벗었다. 대만의 원주민이다. 20세기의 아담이다. 원래 의상의 역사를 펼쳐 보자면—너무 오래 걸리는 일이니 이는 토이펠스드뢰크* 군에게 양보하고 펼치는 것만은 참아 주겠지만—인간은 정말이지 의복으로 지탱되고 있는 존재이다. 18세기 무렵 대영제국 바스의 온천장에서 보 내시**가 엄중한 규칙을 제정했을 때는 목욕탕 안에서도 남녀 모두 어깨부터 다리까지 옷으로 감췄을 정도였다. 지금으로부터 60년 전, 이 또한 영국의 어떤 도시에서 도안학교를 설립한 적이 있었다. 도안학교이니 나체화, 나체상의 모사, 나체 모형을 사들여서 여기저기에 진열한 것까지는 좋았는데, 막상 개교식을 거행할 단계가 되자 당국자를 비롯한 학교 직원들이 매우 난처해졌다. 개교식을 하게 된다면 시내의 숙녀들을 초대해야 한다. 그런데 당시 귀부인들의 생각에 따르면 인간은 의복의 동물이다. 가죽을 입힌 원숭이 새끼가 아니라고 믿고 있었다. 인간으로서 옷을 입지 않는 것은 코끼리에게 코가 없는 것과 같고, 학교에 학생들이 없는 것과 같고, 군인에게 용기가 없는 것과 같이 완전히 본질을 상실한 상태이다. 그렇게 본질을 상실하고 있는 이상 인간으로 볼 수 없고, 그저 짐승일 뿐이다. 설사 모사 혹은 모형이라 해도 짐승을 인간으로 치부하는 것은 귀부인의 품위를 손상시키는 일이다. 따라서 저희들은 출석을 거부하겠다는 통보를 받았다. 직원들은 그 여자들이 말이 통하지 않는 족속이라고 생각은 했지만, 그래도 여자는 동서양을 막론하고 일종의 장식품이다. 밥벌이도 되지 않고, 지원

---

* 토마스 칼라일의 《의상(衣裳) 철학》에 나오는 가상 인물.
** 온천지 바스를 사교장의 대명사로 만든 사람으로, 본명은 리처드 내시(Richard Nash, 1674~1762), 보(Beau, 멋쟁이) 내시라고도 불렸다.

병도 되지 않지만, 그래도 개교식에는 빠질 수 없는 장식품이다. 그러니 하는 수 없다. 옷 가게에 가서 검은 천 35와 8분의 7필을 사 와서 짐승이라고 했던 나체 모형들에게 모두 옷을 입혔다. 실례가 있어서는 안 되겠다는 생각에서 얼굴까지 옷을 입혔다. 이렇게 해서 겨우 문제없이 식을 치를 수 있었다는 이야기가 있다. 그 정도로 의복은 인간에게 중요한 것이다. 요즘은 나체화, 나체화, 하면서 공연히 나체를 주장하는 선생도 있지만 그것은 잘못되었다. 태어나서 지금까지 단 한 번도 나체가 되어 본 적이 없는 내 입장에서 보자면 절대적으로 잘못되었다. 나체는 그리스, 로마의 유행이 르네상스 시대의 유란한 바람에 끌려서 유행하기 시작한 것으로, 그리스인이니 로마인들은 평소부터 나체를 익숙하게 보아 왔을 터이니, 이런 것을 가지고 교육상 문제가 있다고는 털끝만큼도 생각지 못했을 것이다. 그러나 북구는 추운 지방이다. 일본도 벌거벗고는 다닐 수 없을 정도이니, 독일이나 영국의 경우에는 벌거벗었다가는 죽어 버린다. 죽어 버리면 곤란하니까 옷을 입는다. 모두가 옷을 입으면 인간은 의복의 동물이 된다. 한 번 의복의 동물이 되었다가 갑자기 나체 동물을 만나면 인간으로 인식하지 못하고 짐승이라고 여기게 된다. 따라서 유럽 사람, 특히 북방 유럽 사람들은 나체화나 나체상을 짐승이라고 여기며 취급해도 되는 것이다. 고양이보다 못한 짐승이라고 생각해도 되는 것이다. 아름답다고? 아름다워도 상관이 없다. 아름다운 짐승으로 보면 되는 것이다. 이렇게 말하면 서양 부인들의 예복을 본 적이 있느냐고 묻는 자가 있을지 모르지만, 나는 고양이니까 서양 부인의 예복을 본 적이 없다. 듣자 하니 그들은 가슴을 드러내고, 어깨를 드러내고, 팔을 드러내면서 이를 예복이라고 부른다고 한다. 괘씸한 일이다. 14세기 부렵까지는 그들의 차림새가 이렇게 이상하지는 않았다. 그들 또한 보통 인간이 입는 옷을 입고 있었다. 그러다가 어째서 이렇게 천한 광대처럼 바뀌게 되었는지는 귀찮으니까 여기서 따지지 않기로 한다. 아는 사람은 알고, 모르는 사람은 모르는 척하고 있으면 된다. 역사는 그렇다 치고, 그들은 이렇듯 이상한 모양새를 하고 야간에는 득의양양해서 활보를 하면서도 속에는 다소 인간다운 부분이 남아 있는지 해가 뜨면 어깨를 움츠리고, 가슴을 감추고, 팔을 감싸서 모두 하나같이 보이지 않게 해 버린다. 그뿐만 아니라 발가락 하나라도 남에게 보이는 것을 대단한 치욕으로 생각한다. 이런 점만 보아도 그들의 예복이라는 것은 일종의 얼토당토않은 작용에 의해 바보와 바보가 의논하여 만들어진 것이라는 사실을 알 수 있다. 이런 말을 듣기 싫으면 대낮에도 어깨와 가슴을, 팔을 내놓고 다녀 보라고 하라. 나체 신자들도 마찬가지이다. 그토록 나체가 좋다면 자기 딸을 발가벗기고, 자기도 똑같이 발가벗고 우에노 공원을 산책해 보라고 하라. 못 하겠다고? 못 하는 것이 아니다. 서양인들이 하지 않으니 자기도 하지 않는 것뿐이다. 실제로 그들은 이런 불합리하기 짝이 없는 예복을 입고 거만하게 제국 호텔 등지에 출입하지 않는가. 그렇게 하는 이유를 물어보면 뾰족한 대답이 없다. 그저 서양인들이 입으니까 나도 입는다고 할 뿐이다. 서양인들은 강하니까 억지스러운 일이라도, 말도 안 되는 일이라도 흉내 내지 않고는 견딜 수가 없는 것이다. 긴 것에는 감겨라, 강한 것에는 휘어져라, 무거운 것에는 눌려라, 하고 그렇게 비굴하게 살다니 너무 불쌍한 인생이 아닌가. 불쌍해도 할 수 없지 않느냐고 한다면 나도 이해를 해 줄 테니, 제발 같은 입으로 일본인이 잘났다고 말하지 말기 바란다. 학문도 마찬가지지만 이것은 의복과 관계가 없는 일이니 여기서는 생략하기로 한다.

의복은 이와 같이 인간에게도 중요한 것이다. 인간이 의복이냐, 의

복이 인간이냐, 하고 따질 수 있을 만큼 중요한 조건이다. 인간의 역사는 살의 역사도 아니요, 뼈의 역사도 아니요, 피의 역사도 아니요, 단순히 의복의 역사라고 말하고 싶을 정도이다. 그러므로 의복을 입지 않은 인간을 보면 인간다운 느낌이 들지 않는다. 마치 괴물과 해후한 것 같다. 괴물이라도 전체가 다같이 괴물이 되면 소위 말하는 괴물은 없어질 테니 상관이 없지만, 그렇게 되면 인간 스스로가 매우 곤란해질 것이다. 먼 옛날 자연은 인간을 평등한 존재로 제조하여 세상에 내보냈다. 따라서 어떤 인간이라도 태어날 때는 반드시 벌거숭이다. 만약 인간이 평등에 만족하는 본성을 가졌다면 아마도 그냥 벌거숭이인 채로 살았을 것이다. 그런데 벌거숭이 중의 하나가 말하기를, 이렇게 모두가 똑같아서는 공부하는 보람이 없다. 고생을 한 결과가 보이지 않는다. 어떻게 해서든 나는 나이며 누가 보아도 나라는 사실을 눈에 띄게 하고 싶다. 그러기 위해서 무언가 남이 보아서 깜짝 놀랄 만한 것을 몸에 붙이고 싶다. 뭔가 방법이 없을까, 하고 10년 동안 생각해서 겨우 속바지를 발명하여 당장 그것을 입고는 "어떠냐, 굉장하지?" 하고 으스대면서 여기저기를 돌아다녔다. 이것이 오늘날 인력거꾼의 조상이다. 간단한 속바지 하나 발명하는 데 10년이라는 세월을 들였다는 점에서는 다소 이상한 감도 있지만, 그것은 오늘날에 살면서 그대로 거슬러 올라가서 무지몽매한 세계를 단정하기 때문에 나온 결론일 뿐, 그 당시로 보아서는 이만큼 큰 발명이 없었던 것이다. 데카르트는 "나는 생각한다, 고로 나는 존재한다."라고 하는 세살박이 아이라도 알 수 있을 만한 진리를 생각해 내는 데 십몇 년씩이나 걸렸다고 한다. 무엇이든 처음 생각해 낼 때는 고생을 하게 마련이므로 속바지를 발명하는 데 10년이 걸렸다고 해도 인력거꾼의 머리치고는 아주 뛰어났다고 해야 한다. 이렇게 속바지가 생기자 세상 속에서 힘을 가진 사람은 인력거꾼뿐이었다. 그런 인력거꾼들이 속바지를 입고 천하의 큰길을 내 것인 양 활보하고 횡행하는 것을 보다못해 화가 난 괴물이 6년 동안 궁리해서 웃옷이라는 무용지물을 발명하였다. 그러자 속바지의 세력은 순식간에 쇠약해지고 웃옷의 전성시대가 되었다. 야채 가게, 약방, 옷 가게는 모두 이 대발명가의 후손들이다. 속바지 시기, 웃옷 시기 뒤에 오는 것이 겉바지 시기이다. 이것은 웃옷 주제에 너무 거드름을 떤다고 열통이 터진 괴물이 생각해 낸 것으로, 옛날 무사, 지금의 관원 등은 모두 이 종족에 속한다. 이렇듯 괴물들이 앞다투어 서로 다르고, 더욱 새로운 모양의 옷을 만들다 보니 나중에는 제비 꼬리 모양을 본뜬 이상한 형태까지 출현했는데, 잠시 뒤로 물러서서 그 유래를 생각하면 억지로, 엉터리로, 우연히, 막연히 생겨난 사실이 결코 아니다. 모두들 서로 이기고 싶다는 경쟁심 때문에 다양한 신형이 생긴 것으로, 나는 너와 같지 않다고 선포하고 다니는 대신에 이런 옷을 입는 것이다. 그렇게 보면 이런 심리만 보아도 대단한 발견을 할 수 있다. 그것은 다름이 아니다. 자연이 진공을 싫어하는 것처럼 인간은 평등을 꺼린다는 사실이다. 이미 평등이 싫어서 하는 수 없이 의복을 뼈와 살처럼 입고 다니는 오늘날에 있어서, 이런 본질의 일부분인 옷 입기를 버리고 본래의 모습인 평등 시대로 돌아가는 것은 미친 짓이다. 아니, 미쳤다는 소리를 듣는다 해도 도저히 돌아갈 수 없는 일이다. 문명인의 눈으로 그렇게 돌아간 사람들을 보면 괴물로 보인다. 설사 세계에 사는 몇억만의 사람들을 모두 함께 괴물의 영역으로 끌어내려 놓고 '이렇게 하면 평등하겠지, 모두가 괴물이니 부끄러울 것은 없다'고 안심한다 해도 역시 그것은 불가능한 일이다. 세계가 괴물의 것이 된 이튿날부터 다시 괴물들의 경쟁이 시작된다. 옷을 입고 경쟁을 하지 못하면 괴물의 차림새로 경쟁을 한다. 벌거숭이는 벌거숭이대로 어떻게든 차이를 두려고 한다. 이런 점을 보아도 인간은 도저히 옷을 벗을 수 없는 존재가 되었다.

그런데 지금 내 눈앞에 내려다보이는 인간의 군집은 이렇듯 벗을 수가 없는 속바지, 웃옷, 그리고 겉바지까지도 모조리 선반 위에 올려놓고 뻔뻔스럽게도 본래의 광태를 만인의 눈앞에 노출한 채 태연하게 담소를 나누고 있는 것이다. 내가 아까 다시없이 이상한 풍경이라 한 것이 바로 이것이다. 나는 문명 속에서 사는 여러분들을 위해 여기에 그 모습을 소개하는 영광스러운 소임을 다하고자 한다.

왠지 어수선해서 무엇부터 써야 할지 모르겠다. 괴물이 하는 일에는 질서가 없기 마련이므로 순서대로 설명을 하려면 힘이 든다. 우선은 욕조부터 시작하자. 욕조인지 뭔지 모르지만 아마도 욕조라고 부르는 것이리라 생각할 뿐이다. 폭이 1미터 정도, 길이는 3미터가량 되는데, 그것을 둘로 나눠서 한쪽에는 허연 물이 들어 있다. 듣자 하니 약탕藥湯이라고 하는데 석회를 녹인 듯한 색으로 부옇게 흐린 물이다. 물론 그저 부옇게 되어 있을 뿐만 아니라 기름지고 무겁게 흐려져 있다. 썩은 듯 보인다 해도 이상할 것이 없다. 일주일에 한 번밖에 물을 갈지 않는다고 하니 말이다. 그 옆에는 보통 더운물이 들었는데, 이 또한 투명하다거나 맑다고 할 수는 없다. 빗물 받은 통을 휘저어 놓은 정도의 색깔은 됐다. 이제부터 괴물들에 대한 설명이다. 정말 힘이 든다. 빗물통 쪽에 우뚝 서 있는 젊은이가 두 사람 있다. 선 채로 서로 마주 보며 철썩철썩 배 위에 물을 뿌리고 있다. 볼만하다. 둘 다 색이 검다는 점에서는 막상막하라 할 수 있을 정도이다. 이 괴물들은 상낭히 놈이 다무지다 싶어 보고 있었더니, 이윽고 한 사람이 수건으로 가슴 언저리를 쓰다듬으면서 물었다.

"긴金 씨, 여기 부근이 자꾸만 아픈데 왜 그럴까?"

그러자 긴 씨가 열심히 충고를 하였다.

"그야 위胃지. 위라는 것은 자칫 잘못했다가는 목숨이 날아간다니까. 조심하지 않으면 위험해."

"하지만 이 왼쪽 편인데?"

그 사람이 왼쪽 폐를 가리켰다.

"거기가 위라니까. 왼쪽이 위고, 오른쪽이 폐란 말이야."

"그런가? 난 또 위는 여기쯤에 있는가 싶었지."

이번에는 그 사람이 허리 부분을 두드렸다.

"그건 허리병이야."

긴 씨가 말했다. 그러던 참에 스물대여섯 정도로 엷은 수염을 기른 남자가 첨벙하고 뛰어들었다. 그러자 몸에 붙어 있던 거품이 때와 함께 물에 떴다. 철분이 있는 물을 비쳐 보았을 때처럼 반짝반짝 빛이 났다. 그 옆에서는 머리가 벗겨진 할아버지가 짧게 머리를 깎은 남자를 붙잡고 뭔가 이야기를 하고 있었다. 두 사람 모두 머리만 물 위로 떠올라 있는 상태였다.

"내 참, 나이를 먹으니 뭘 해도 안 돼. 인간도 고개를 넘어가면 젊은 사람들한테 당할 수가 없다니까. 그래도 목욕물만큼은 지금도 뜨겁지 않으면 성에 차지 않지."

"영감님 정도면 아직도 힘이 넘치시는데요, 뭘. 그 정도만 팔팔해도 걱정이 없지요."

"팔팔하기는 어디가…. 그저 병치레를 하지 않는다 뿐이지. 사람은 나쁜 짓만 하지 않으면 백이십 살까지는 산다고 하니까."

"아니, 그렇게 오래 살 수 있어요?"

"그럼, 내가 장담하지. 백이십까지는 분명히 살 수 있어. 유신 전에 우시고메牛込에 마가리부치曲淵라는 무사가 있었는데, 그 집에 있던 하인은 백삼십 살이었어."

"그것참 오래 살았네요."

"그럼, 너무 오래 살다 보니 자기 나이도 잊어버렸더군. '백까지는 기억하고 있었는데, 그 후로는 잊어버렸습니다.' 하고 말하더구먼. 내가 알았을 때 그 사람 나이가 백삼십이었는데, 그때 죽은 것도 아니야. 그 후로 어떻게 되었는지는 모르지. 어쩌면 아직까지 살아 있을지도 모르는 일이야."

이러고는 욕조에서 일어섰다. 수염을 기른 남자는 운모雲母* 같은 것을 자기 주위에 뿌리면서 혼자 싱글싱글 웃고 있었다. 그다음으로 들어간 사람은 보통 괴물과는 달리 등에 모양 그림**을 달고 있었다. 이와미 주타로岩見重太郎***가 큰칼을 휘둘러서 큰 뱀을 무찌르는 장면 같은데, 아깝게도 아직 준공 단계에 이르지 못했는지 어디에도 큰 뱀이 보이지 않았다. 따라서 주타로 선생이 다소 얼빠지게 보였다.

"왜 이렇게 미적지근해."

그 사람은 물속으로 뛰어들면서 이렇게 말했다. 그러자 또 한 사람이 이어서 뛰어들었다.

"이건 정말… 좀 더 뜨거워야지."

이 사람은 얼굴을 찌푸리면서 뜨거운 것을 참는 듯한 기색을 보이더니, 주타로 선생과 서로 얼굴을 마주 보고는 인사를 하였다.

"아이고, 형님."

---

* 화강암 가운데 많이 들어 있는 규산염 광물의 하나. 단사 정계에 속하는 결정으로, 흔히 육각의 판(板) 모양을 띠며 얇은 조각으로 잘 갈라지는 성질이 있다.
** 문신.
*** 일본 전국시대의 전설적인 무사.

"그래."

주타로가 인사를 받고 나서 물었다.

"다미民 씨는 어떻게 지내는가? 어찌 된 일인지 쉴 새 없이 다니는 걸 좋아하니 말이야."

"쉴 새 없이 다니기만 하면 뭘 하겠어요⋯"

"그래? 그 사내도 속이 검은 남자니까. 어쩐 영문인지 남들이 좋아하지 않는단 말이야. 무슨 까닭인지 모르지만, 영 남들이 신용을 하지 못한단 말이지. 직공은 저렇게 해서는 안 되는데 말이야."

"맞아요. 다미 씨 같은 경우는 겸손한 것이 아니라 오히려 거만한 거지요. 그러니까 아무래도 신용을 받지 못하는 거예요."

"맞는 말이야. 그러고도 자기는 뭐 좀 하는 것처럼 생각하니까. 결국에 가서는 자기 손해지."

"시로가네초白銀町에도 옛날 사람들이 다 사라져 버렸지요. 이제는 나무통 가게의 모토元 씨랑 기와집의 대장, 그리고 형님 정도밖에 남아 있지 않잖아요. 우리야 여기서 태어나서 자란 사람들이지만 다미 씨 같은 경우는 어디에서 떠돌다 왔는지 알 수도 없지요."

"맞아. 그러고서도 그만큼 된 것을 보면 신기해."

"그렇지요. 하지만 어떻게 된 셈인지 남들이 좋아하지 않아요. 다른 사람하고는 상종을 안 하니까요."

두 사람은 철두철미하게 다미 씨를 공격하였다.

빗물통은 이 정도로 하고, 흰 물 쪽을 보았더니 이쪽도 상당히 북적북적해서 물속에 사람이 들어 있다고 하기보다는 사람들 속에 물이 들어 있다고 하는 편이 적당하다. 더구나 그들은 하나같이 모두 유유자적 한가로워서 아까부터 들어가는 사람은 있어도 나오는 사람은 하나도 없다. 이렇게 많은 사람이 들어가는데, 일주일이나 그대로 둔다면 물이 더러운 것도 당연하다고 감탄을 하면서 물통 안을 유심히 둘러보았더니, 왼쪽 귀퉁이로 밀려난 구샤미 선생이 벌건 얼굴로 움츠리고 있었다. 저렇게 불쌍하게 두지 말고 누군가 길을 열어서 나오게 하면 좋을 텐데, 하고 생각했지만 아무도 움직이려 하지 않을 뿐만 아니라 주인도 나오려는 기색을 보이지 않았다. 그저 가만히 앉아서 벌겋게 되어 있을 뿐이었다. 그것참 수고스러운 일이다. 될 수 있는 대로 2전 5리의 대중목욕탕을 한껏 활용하려는 마음 때문에 저렇게 벌겋게 될 때까지 앉아 있는 것이겠지만, 빨리 나오지 않으면 김을 너무 쒀서 큰일이 나겠다고, 주인에게 충직한 나는 창문 선반에 서서 직지 않게 걱정하였다. 그때 주인과 한 사람을 사이에 두고 옆에 머리만 떠 있는 남자가 미간을 찌푸리면서 말했다.

"이건 좀 너무 뜨거운 것 같은데요, 아까부터 등 쪽에서 뜨거운 물이 슬슬 올라오는 것이…."

이러고는 은근히 같이 있는 괴물들에게 동의를 구했다.

"아니, 이 정도 뜨거운 것이 딱 좋습니다. 약탕은 이 정도가 되지 않으면 효과가 없어요. 제 고향에서는 이보다 두 배는 더 뜨거운 물에 들어가는걸요."

이렇듯 자랑스럽게 설교를 늘어놓는 자가 있다.

"도대체 이 물은 어디에 좋은 걸까요?"

수건을 접어 울퉁불퉁한 머리를 숨긴 남자가 다른 사람에게 물어본다.

"여러 가지에 효험이 있지요. 아무 병에나 좋다고 하니 아주 대단하지 않습니까?"

이런 말을 한 사람은 얼굴 색도 모양도 마치 빼빼 마른 오이 같았다. 그렇게 여러 가지에 좋은 물이라면 조금 더 건강해졌을 법도 한데 말이다.

"약을 갓 넣었을 때보다 사흘째나 나흘째가 더 좋다고 합니다. 오늘 정도가 마치 맞은 거예요."

그럴듯한 얼굴로 이렇게 떠드는 사람을 보았더니 피둥피둥하게 살찐 남자였다. 이 사람은 아마 때가 많아서 그렇게 부은 모양이다.

"마셔도 효과가 있을까요?"

어디선지 모르지만 새된 소리로 묻는 자가 있었다.

"몸이 냉해졌을 때 한잔 마시고 자면 이상하게 자다가 소변을 보는 일이 없어지니 한번 해 보세요."

이번 대답은 어느 얼굴에서 나온 목소리인지 모르겠다.

욕조 쪽은 이 정도로 하고 몸을 씻는 마루 쪽을 둘러보자, 그림도 되지 않는 아담들이 우글우글했다. 모두들 죽 늘어서서 제각기 마음 내키는 자세로 마음 내키는 곳을 씻고 있다. 그중에서 가장 놀라운 모습을 연출하고 있는 것은 벌렁 자빠져서 높은 들창을 바라보고 있는 자와 배를 깔고 엎드려서 홈 속을 들여다보고 있는 두 아담이었다. 이들은 어지간히 할 일이 없는 아담들인 모양이다. 중 하나가 돌벽을 향해 쭈그리고 있고, 그 뒤에서는 작은 중이 열심히 어깨를 두드리고 있다. 이는 사제지간이라는 관계 때문에 작은 중이 때밀이를 대신하고 있는 것으로 보인다. 진짜 때밀이도 있었다. 감기에 걸렸는지 이렇게 더운 데도 두꺼운 옷을 입고 타원형 통에 물을 받아 쫘악, 하고 영감님 어깨에 물을 끼얹고 있다. 오른쪽 발을 보았더니 엄지발가락 사이에 거칠거칠한 수입 천으로 된 때수건을 끼고 있다. 이쪽에서는 욕심을 내서 작은 통을 세 개나 차지한 남자가 옆 사람에게 비누를 자꾸 쓰라고 말하면서 긴 설교를 늘어놓고 있다. 무슨 이야기일까 하고 들어 보니 이런 말을 하고 있었다.

"장총은 외국에서 들어온 것이지. 옛날에는 칼싸움만 했으니까. 외국은 비겁하니까, 그래서 저런 물건이 생긴 거야. 그런데 아무래도 중국이 아니라 외국인 것 같군. 와토나이和唐內* 때는 없었지. 와토나이는 역시 세이와 겐지淸和源氏**야. 듣자 하니 요시쓰네義經가 에조蝦夷***에서 만주로 건너갔을 때 에조 남자 중에서 아주 학식이 있는 사람이 따라갔다고 하더군. 그래서 그 요시쓰네의 아들이 명나라를 공격했는데, 명나라에서는 곤란해지니까 3대 쇼군에게 사신을 보내서 군사를 삼천 명 빌려달라고 했더니 쇼군 님은 그 자를 붙잡아 놓고 보내 주지 않은 거야. 뭐라고 했더라? 아무튼 뭐라고 하는 사신이었이. 그래서 그 사신을 2년 동안 붙잡아 두고 나중에 나가사키에서 창녀를 붙여 주었지. 그 창녀에게서 생긴 아들이 와토나이인 거야. 그 후에 자기 나라로 돌아가 보니까 명나라는 벌써 역적의 손에 멸망한 뒤였지…."

무슨 이야기를 하고 있는지 도무지 알 수 없다. 그 뒤에 스물대여섯 살 정도의 어두운 표정을 한 남자가 멍하니 자기 가랑이를 흰 물로 찜질하고 있었다. 종기나 뭐가 나서 괴로운 모양이었다. 그 옆에서 나이는 열일고여덟 살 정도 되어 보이는데, '자네'니 '나'니 하면서 건방진 소리를 줄줄이 늘어놓고 있는 자는 이 근처의 서생일 것이다. 그 옆으로 이상한 듯이 보였다. 엉덩이 속으로, 대나무를 찔러 넣은 것처럼 등뼈가 가닥가닥 선명하게 보였다. 그리고 그 좌우로 바둑판하고 비슷한 형태가 네 개씩 줄줄이 늘어서 있다. 그 바둑판이 붉게 문

---

* 지키마쓰 몬자에몬의 조루리 연극 〈고쿠센야 진무(國性爺合戰)〉에 나오는 인물.
** 세이와 천황에서 나와 미나모토(源)라는 성을 받은 일족.
*** 아이누 족이 살았던 홋카이도의 옛 이름.

드러져서 주위에 고름이 생긴 것도 있다. 이렇게 순서대로 써 나가면 쓸 것이 너무 많아 도저히 내 솜씨로는 한 군데도 제대로 형용할 수가 없다. 이것 참 귀찮은 짓을 시작했다고 다소 진절머리를 치고 있는데, 입구 쪽에 엷은 황색 무명옷을 입은 일흔 살 정도의 대머리 영감이 불쑥 나타났다. 영감은 공손하게 이 나체의 괴물들에게 고개를 꾸벅 숙이더니 매끄럽게 인사를 했다.

"여기 계신 여러분, 매일 같이 변함없이 찾아 주셔서 감사합니다. 오늘은 다소 날씨가 쌀쌀하니 아무쪼록 느긋하게, 저기 있는 흰 탕에 들어갔다가 나왔다가 하시면서 천천히 몸을 데워 주십시오. 지배인, 여기 탕 온도를 잘 봐 드리게."

"예이."

목욕탕 지배인이 대답했다.

"거참 친절하군. 저래야 장사를 해 먹지."

와토나이가 그 영감을 격찬하였다. 나는 갑작스럽게 나타난 이 이상한 영감님을 만나 잠시 놀랐으므로 목욕탕 안에 대한 설명은 그대로 두고 잠시 영감님을 전문적으로 관찰하기로 했다. 조금 뒤에 영감님이 방금 욕조에서 나온 네 살가량 된 남자아이를 보더니 손을 내밀었다.

"아가야, 이리 온."

아이는 찹쌀떡을 밟아 놓은 듯한 외모의 영감님을 보고는 큰일이라고 생각했는지 "으앙." 하고 비명을 지르며 울음을 터뜨렸다. 영감님은 뜻밖인지 서운한 기색으로 탄식을 하였다.

"아니, 왜 울어? 왜, 이 할아버지가 무서우냐? 아이고, 이것 참."

하는 수 없이 영감은 일단 상대를 바꿔서 아이의 아버지를 향해 말을 걸었다.

"야, 겐源 씨, 이거 반갑네. 오늘은 좀 쌀쌀하지? 어제 오우미야近江屋에 도둑이 들었는데, 이놈이 얼마나 바보 같은지 모른다네. 그 조그만 문을 네모나게 뚫어 놓았는데, 글쎄 그렇게만 해 놓고 이놈이 아무것도 훔치지 못하고 도망쳐 버렸다지 뭔가. 순경이나 야경꾼이라도 본 모양이지."

영감은 도둑의 어리석음을 한껏 비웃더니 또 다른 사람을 붙잡고 말을 걸었다.

"아이고, 이거 참 춥지요? 손님들은 젊으니까 그렇게 느끼지 않는 모양이지요?"

이러면서 노인이라고 혼자서 추워하고 있다.

한동안 영감님 쪽에 정신이 팔려서 다른 괴물들에 대한 것은 완전히 잊어버리고 있었을 뿐만 아니라, 괴로운 표정으로 웅크리고 있던 우리 주인조차 기억 속에서 사라져 있었다. 그때 느닷없이 세면장과 마루 중간에서 큰 소리를 내는 자가 있었다. 누군가 하고 보았더니 틀림없이 구샤미 선생이었다. 우리 주인의 목소리가 남다르게 크다는 점과, 가랑가랑하니 듣기 싫다는 것은 어제오늘 시작된 일이 아니지만 장소가 장소인 만큼 나는 적지 않게 놀랐다. 이는 그야말로 뜨거운 탕 속에 오랜 시간 동안 참고 들어가 있었기 때문에 흥분해서 그랬을 것임이 틀림없다고 나는 순식간에 판단했다. 그것도 단순히 병 때문이라면 나무랄 것도 없지만 그는 흥분해 소리치면서도 충분히 제정신을 가지고 있었음이 틀림없다. 그 사실은 무엇 때문에 이렇게 황당한 고함 소리를 냈는지 이야기하면 금세 알 수 있다. 그는 상대도 되지 않는 건방진 서생을 상대로 유치한 싸움을 시작했던 것이다.

"좀 너 물러나. 내 통 속에 물이 늘어가 버리잖아."

이렇게 소리친 사람은 당연히 주인이었다. 사물은 보는 방식에 따라 전혀 달라질 수 있는 것이니, 이런 고함을 그저 흥분한 결과라고만 판단할 필요는 없다. 만 명 중에 한 명 정도는 판관이 산적을 질타하는 것과 같다고 해석해 줄지도 모른다. 당사자도 당연히 그런 셈으로 한 연극일지 모르지만 상대가 스스로 산적이라 생각하지 않는 한 이쪽에서 예상했던 결과가 나오지 않는 것은 당연하다. 서생은 뒤를 돌아보며 얌전하게 대답했다.

"저는 원래부터 여기에 있었는데요."

이것은 지극히 정상적인 대답이었다. 그저 그 자리에서 떠나지 않겠다는 의사를 나타냈다는 점만 우리 주인의 마음대로 되지 않았을 뿐, 서생의 태도로 보나 말투로 보나 산적처럼 욕을 먹을 정도가 아니었음은 아무리 흥분한 상태로 있는 주인이라도 알았을 것이다. 그러나 주인의 고함은 서생의 자리 그 자체가 불만스러워서 나온 것이 아니었다. 아까부터 이 두 사람은 어린 나이에 어울리지 않게 교만하기 짝이 없고 잘난 체하는 말들만 늘어놓고 있었다. 그리고 바로 옆에서 계속 그 말을 듣게 된 주인은 그런 점이 신경에 거슬렸던 모양이다. 그러니 상대편에서 공손하게 대꾸를 해도 잠자코 마루로 올라가지 않았다.

"뭐야, 이 멍청한 놈 같으니. 남의 통에 그 지저분한 물을 튀게 하는 놈이 어디 있어?"

주인이 이번에는 호통을 쳤다. 나도 이 애송이를 다소 얄밉게 생각하고 있던 터라 이때 마음속으로 잠시 쾌재를 불렀다. 하지만 학교 교사인 주인의 언동에 대해서는 문제가 있다고 생각했다. 원래 우리 주인은 너무 고지식한 것이 탈이다. 불에 타고 난 석탄처럼 꺼끌꺼끌하면서 너무 딱딱하다. 옛날에 한니발이 알프스산맥을 넘을 때 길 한가운데에 커다란 바위가 있어서 군대가 지나가는 데 방해가 될 뿐만 아니라 불편하기 이를 데 없었다. 그래서 한니발은 이 커다란 바위에 식초를 뿌리고 불을 질러서 부드럽게 한 다음 톱으로 이 거대한 바위를 토막토막 잘라서 아무런 문제없이 지나갔다고 한다. 우리 주인처럼 이렇게 효능이 있다는 약탕에 얼굴이 벌겋게 될 정도로 들어가 있어도 조금도 변함이 없는 사내는, 아무래도 식초를 뿌리고 불로 지질 수밖에 없다는 생각이 든다. 그렇게 하지 않으면 이런 서생이 몇백 명씩 나와서 몇십 년 동안 싸워도 주인의 고집스러움이 고쳐질 리가 없다. 이 욕조에 떠 있는 자, 이 세면장에 우글우글대고 있는 자들은 문명을 가진 인간에게 필요한 의복을 벗어던진 괴물들의 단체이므로, 당연히 상식적인 방법으로 다스릴 수가 없다. 무슨 짓을 해도 상관이 없다. 폐가 있을 곳을 위가 차지하고 있든, 와토나이가 세이와 겐지가 되든, 다미 씨가 신용이 있든 없든 무슨 상관인가. 그러나 일단 세면장을 나와서 마루로 올라오면 이제 괴물이 아니다. 보통 사람들이 서식하고 있는 세상에 나온 것이다. 문명인에게 필요한 옷을 입는 것이다. 따라서 인간다운 행동을 취해야 할 것이다. 지금 주인이 밟고 있는 곳은 문턱에 걸쳐진 발판이다. 세면장과 마루 사이에 놓인 발판 위에 있으므로 이 사람은 지금부터 감언이설과 눈치보기가 판을 치는 속세로 되돌아오려는 참이다. 그러는 찰나에도 이렇듯 고집을 부리고 있으니 이 고집은 본인에게서 도저히 제거할 수 없는 질병임이 틀림없다. 질병이라면 쉽사리 고칠 수가 없다. 이 병을 고치는 방법은 내 어리석은 생각에 의하면 한 가지뿐이다. 교장에게 부탁하여 퇴직시키는 것이다. 학교에서 퇴직당하면 융통성이 없는 우리 주인은 분명 길거리에 나앉을 것이다. 길거리에 나앉게 되면 객사를 할 수밖에 없다. 바꿔 말하자면 퇴식은 우리 주인에게 죽음의 간접적인 원인이 되는 것이다. 주인은 스스로 나서서 병에 걸리고는 좋아라 하고 있지만 죽는 것은 딱 질색인 사람이다. 죽지 않을 한도 안에서만 병이라는 일종의 사치를 누리고 싶은 것이다. 그러니까 그렇게 병에 자주 걸리다가는 죽는다고 위협하면 겁이 많은 우리 주인은 바들바들 떨게 될 것이다. 이렇게 바들바들 떨 때 병은 깨끗하게 없어지리라고 생각한다. 그렇게 했는데도 낫지 않으면 하는 수 없는 일이다.

아무리 멍청하고 병에 걸려 있어도 주인은 주인이다. 한 끼 밥을 베풀어 준 주인의 은혜를 잊지 않는다는 시인도 있으니, 고양이라 해도 주인의 신상을 걱정하지 않을 수 없다. 불쌍하다는 마음이 가슴에 꽉 차올라서 나도 모르게 그쪽에만 신경이 팔려 세면대 쪽에 대한 관찰을 소홀히하고 있었더니, 갑자기 흰 약탕 쪽을 향해 입을 모아 욕하는 소리가 들렸다. 여기에서도 싸움이 벌어졌나 하고 돌아보니, 좁은 욕조 입구에 한 치의 여지도 없을 정도로 괴물들이 달라붙어서 털이 난 종아리와 털이 없는 허벅지가 서로 뒤엉켜 움직이고 있었다. 때마침 초가을의 햇빛이 환하게 비쳐 오자 세면대 위에는 천장까지 김이 모락모락 솟아올랐다. 그 괴물들이 우글거리는 모습이 그 사이로 몽롱하게 보였다. "뜨거워, 뜨거워." 하는 목소리가 내 귀를 뚫고 좌우로 빠지는 것처럼 머릿속에서 뒤엉켰다. 그 목소리에는 누런 것도, 파란 것도, 붉은 것도, 검은 것도 있는데, 서로 겹쳐져서 일종의 형용할 수 없는 음향을 목욕탕 안에 채우고 있었다. 그저 혼잡스럽고 어지럽다고밖에 형용할 수 없는 목소리로, 달리 아무런 도움도 되지 않는 목소리였다. 나는 망연자실해져서 넋을 잃고 이 광경을 바라보고 있을 뿐이었다. 이윽고 와와, 하는 소리가 혼란의 극도에 달하여 더 이상 한 발짝도 나아갈 수 없는 지점까지 올라갔을 때, 갑자기 엉망진창으로 밀고 당기는 무리 속에서 한 사람의 거인이 우뚝 일어섰다. 그의 신장을 보았더니 다른 사람들보다 분명 10센티미터가량 높았다. 그뿐만 아니라 얼굴에 수염이 나 있는 것인지 수염 속에 얼굴이 동거하고 있는 것인지 분간이 되지 않는 털북숭이 머리를 하고 있었다. 그는 그 털북숭이 머리를 뒤로 젖히면서 대낮에 종이 깨지는 듯한 소리로 외쳤다.

"매워라 매워, 뜨겁다 뜨거워."

이 목소리와 이 얼굴만은 그렇게 엉망진창으로 뒤엉켜 있는 군중들 위로 높이 솟아올라서, 그 순간만큼은 목욕탕 전체에 이 남자 하나밖에 없는 것처럼 생각되었을 정도이다. 초인이다. 니체가 말하는 초인이다. 대마왕이다. 괴물들의 두목이다. 그렇게 생각하며 보고 있으려니까 욕조 뒤에서 "에이." 하고 대답하는 자가 있었다. 이건 또 뭐야, 하고 다시 그쪽으로 눈길을 돌리자 어두컴컴해서 분간하기도 힘든 속에 그 두꺼운 옷을 입은 때밀이가 커다란 석탄 덩어리를 아궁이 속으로 던져 넣는 모습이 보였다. 아궁이 뚜껑을 헤집고 그 덩어리가 타닥타닥 소리를 낼 때 때밀이의 얼굴이 순간적으로 환하게 비쳤다. 동시에 때밀이 뒤에 있는 벽돌로 된 벽이 어둠 속에서 불타오르듯이 빛났다. 나는 사태가 심상치 않게 되었음을 느끼고, 재빨리 창문에서 뛰어내려서 집으로 돌아왔다. 돌아오면서 생각했다. 웃옷을 벗고, 속바지를 벗고, 겉바지를 벗어서 평등하게 되려고 노력하는 나체 괴물들 속에서, 다시 나체 괴물 중의 호걸이 나타나서 다른 군중을 압도해 버린다. 평등이란 아무리 벌거벗어 봐야 얻어지는 것이 아니다.

돌아와 보니 천하는 태평스럽기 이를 데 없었고, 수인은 복욕 후에 반들반들해진 얼굴을 빛내면서 저녁을 먹고 있었다. 내가 툇마루 쪽으로 올라오는 것을 보더니 "한가로운 고양이로군, 지금까지 어디를 싸돌아다니다가 온 서야." 하고 말했다. 상자림을 보았더니 논도 없는 주제에 반찬을 두세 가지나 늘어놓고 있었다. 그중에 구운 생선이 한 마리 있었다. 이것은 뭐라고 부르는 생선인지 모르지만, 아마 어제쯤 오다이바御臺場 근방에서 붙잡힌 것이 틀림없다. 생선은 튼튼하다고 설명한 바 있지만 아무리 튼튼해도 이렇게 불에 굽거나 물에 끓여 놓으면 어떻게 당해 낼 수 있겠는가. 차라리 잔병치레나 하면서 목숨을 연명하는 편이 훨씬 낫겠다. 그렇게 생각하며 상 옆에 앉아서 틈이 생기면 뭐라도 챙기려고 보는 듯 보지 않는 듯 시치미를 떼고 있었다. 이렇게 시치미를 떼는 방법을 모르는 자는 맛있는 생선 먹는 것을 포기할 수밖에 없다. 주인은 생선을 조금 맛보더니 맛이 없다는 표정을 하며 젓가락을 놓았다. 정면에 앉은 부인은 마찬가지로 말없이 주인이 젓가락 오르내리기 운동을 하는 모습, 그리고 입을 벌렸다가 다물었다가 하는 모습을 열심히 연구하고 있었다.

"이봐, 그 고양이 머리 좀 때려 봐."

주인이 느닷없이 부인에게 요구하였다.

"때려서 뭘 하시게요?"

"뭘 하든 상관없으니까 좀 때려 봐."

"이렇게요?" 하며 부인이 손바닥으로 내 머리를 살짝 때렸다. 전혀 아프지 않았다.

"울지 않잖아?"

"네."

"다시 한번 해 봐."

"몇 번을 해 봐야 마찬가지잖아요."

부인이 다시 손바닥으로 툭 때렸다. 여전히 아프지 않아서 가만히 있었다. 그런데 무엇 때문에 이렇게 하는지 지혜로운 나로서도 도무지 알 수 없었다. 목적을 이해할 수 있으면 어떻게든 처신할 방법이 생기겠지만, 그저 때려 보라고만 하니 때리는 부인도 난처하고, 맞는 나도 곤란하다. 주인은 세 번이나 해도 마음대로 되지 않자 좀 답답해졌는지 이렇게 말했다.

"이봐, 고양이가 울게 좀 때려 보라니까."

"울게 해서 어떻게 하시려고요?"

부인은 귀찮다는 표정으로 이렇게 물으면서 다시 찰싹하고 나를 때렸다. 이제는 상대방의 목적을 알았으니 문제가 없다. 울어 주기만 하면 주인을 만족시켜 줄 수가 있는 것이다. 주인은 이렇듯 어리석어서 짜증이 난다. 울게 하기 위해서라고 빨리빨리 말하면 두 번씩 세 번씩 쓸데없는 수고를 하지 않아도 되고, 나도 단번에 방면될 일을 가지고 두 번씩 세 번씩 맞을 필요가 없다. 그저 때려 보라는 명령은 때리는 것 그 자체를 목적으로 할 경우 외에는 사용해서는 안 된다. 때리는 것은 상대방의 일이고, 우는 것은 이쪽 일이다. 울 것을 처음부터 예상한 상태에서 그저 때리라고만 한 명령 속에 이쪽의 마음에 달린 우는 일까지 마음대로 포함시켜 버리는 것은 무례하기 짝이 없다. 남의 인격을 존중하지 않는 태도이다. 고양이를 업신여기고 있다. 주인이 뱀처럼 싫어하는 가네다 군이 할 만한 짓이기는 하나 정정당당하다고 자랑하는 주인치고는 비열하기 짝이 없는 일이다. 하지만 사실상 주인은 이렇게 치사한 남자가 아니다. 따라서 주인의 이 명령은 교활한 마음에서 나온 것이 아니다. 이는 오히려 지혜가 모자라는 부분에서 생겨난 잠꼬대와 같은 것이라고 생각한다. 밥을 먹으면 배가 부르기 마련이다. 찔리면 피가 나는 것이 당연하다. 죽이면 죽는 것이 당연하다. 그러니까 때리면 우는 것이 당연하다고 속단해 버렸을 것이다. 그러나 그것은 다소 불쌍하기는 해도 좀 논리에 맞지 않는다. 그런 식으로 가면 강물에 빠지면 반드시 죽게 된다. 튀김을 먹으면 반드시 설사하게 된다. 월급을 받으면 반드시 출근하게 된다. 책을 읽으면 반드시 위대한 사람이 된다. 반드시 그렇게 되면 약간 곤란한 사람이 생긴다. 때렸을 때 반드시 울어야 한다면 나로서는 난처해진다. 메지로目白에 있는, 시간을 알리는 종과 똑같이 간주된다면 고양이로 태어난 보람이 없다. 우선 마음속으로 이만큼 주인을 납작하게 만들어 놓고, 그다음에 "야옹." 하고 주문대로 울어 주었다.

그러자 주인이 부인을 향해 물었다.

"방금 이 녀석의 '야옹' 하는 울음소리가 감탄사인지 부사인지 알아?"

부인은 너무도 갑작스러운 질문을 받고 아무 말도 하지 못했다. 솔직히 말하자면 나도 이 질문은 목욕탕에서 흥분했던 것이 아직도 가라앉지 않아서 나왔다고 생각했을 정도이다. 원래 주인은 근처에서도 괴팍하기로 유명한 사람으로, 실제로 어떤 사람은 분명히 정신병자라고 단언을 했을 정도이다. 그런데 주인은 대단한 자신감을 가지고 "내가 정신병자가 아니라 세상 사람들이 정신병에 걸렸을 뿐"이라고 우기고 있다. 동네 사람들이 주인을 '개'라고 부르자, 주인은 공평성을 유지하기 위해 필요하다고 하면서 그들을 '돼지'라고 불렀다. 사실 주인은 어디까지나 공평성을 유지하려고 하는 모양이다. 골치 아픈 사람이다. 이런 사내니까, 이런 이상한 질문을 부인에게 불쑥 꺼내는 것이 주인으로서는 식은 죽 먹기 같은 작은 사건일지 모르지만, 그런 질문을 받는 쪽에서 보면 정말 정신병자에 가까운 사람이나 할 만한 말이다. 그래서 부인은 어안이 벙벙한 상태로 아무 소리도 하지 않았다. 나는 당연히 뭐라고 대답할 방법이 없다. 그러자 주인이 당장 커다란 목소리로 부인을 불렀다.

"이봐."

부인은 깜짝 놀라며 "네." 하고 대답했다.

"그 '네'는 감탄사야, 부사야?"

"어느 쪽이든 그런 하찮은 일은 아무래도 상관이 없잖아요."

"상관이 없기는. 이것이 실제로 국어 전문가들의 두뇌를 지배하고 있는 큰 문제야."

"아니, 세상에. 고양이 울음소리가 말이에요? 황당한 일이네요. 고양이 울음소리는 일본어가 아니잖아요."

"그러니 말이야. 그게 어려운 문제인 거야. 비교 연구라고 하지."

"그래요."

이렇게 대답한 부인은 똑똑한 사람이라서 이런 황당한 문제에는 관여하지 않는다.

"그래서 어느 쪽인지 알았나요?"

"중요한 문제이니만큼 그렇게 금방 알 수는 없지."

이러고 주인은 생선을 우적우적 먹는다. 그러면서 그 옆에 있는 돼지고기와 감자 졸임도 먹는다.

"이건 돼지고기지?"

"네, 돼지고기예요."

"흥." 하고 크게 경멸하는 소리를 내면서 꿀꺽 삼켰다.

"술 한잔 더 줘." 하고 주인이 술잔을 내밀었다.

"오늘 저녁은 약주를 많이 드시네요. 벌써 상당히 붉어졌는데."

"마시고말고. 당신, 세계에서 제일 긴 단어를 알아?"

"네, 예전의 그 간파쿠다이조다이진關白太政大臣*이잖아요."

"그거 이름이지. 제일 긴 단어 말이야."

---

* 헤이안 시대 말기의 귀족 후지와라노 다다미치(藤原忠通, 1097~1164)를 달리 '홋쇼지뉴도사키노간파쿠다이조다이진(法性寺入道前關白太政大臣)'이라고 불렀다.

"단어라면 꼬부랑글씨요?"

"응."

"몰라요. 약주는 이제 그만하고 밥 좀 드세요, 네?"

"아니, 더 마실 거야. 제일 긴 글자를 가르쳐 줄까?"

"알았어요. 그런 다음에 밥을 드시는 거예요."

"Archaiomelesidonophrunicherata*라는 글자야."

"엉터리죠?"

"엉터리라니, 천만에. 그리스어야."

"일본어로 하면 무슨 뜻이에요?"

"뜻은 몰라. 그냥 쓰는 법만 알고 있지. 옆으로 쓰면 20센티미터 정도나 되는 길이야."

남들 같으면 술주정이라고 할 만한 말을 맨 정신으로 떠들고 있는 모습이 볼만하다. 그런데 오늘따라 정말 술을 상당히 마신다. 평소 같으면 작은 술잔 두 잔으로 정해 놓고 있던 것을 벌써 넉 잔 마셨다. 두 잔만 마셔도 어지간히 얼굴이 벌겋게 되는데, 그보다 배를 마셨으니 얼굴이 불에 달군 인두처럼 시뻘겋게 달아올라 상당히 힘들어 보인다. 그래도 그만두지 않고 계속 마신다.

"한 잔 더."

주인이 술잔을 내밀었다.

"이제 그만두세요. 더 드시면 힘들어지겠어요."

부인은 너무 심하다 싶었는지 못마땅한 표정을 지었다.

"아니, 힘들어져도 지금부터 좀 연습을 해야지. 오마치 게이게쓰人

---

* 아리스토파네스의 희극 〈벌〉에 나오는 말로, '시돈의 시인 프리니코스의 옛 노래처럼 사랑스럽다'라는 뜻.

町桂月*가 마시라고 했단 말이야."

"게이게쓰가 뭐예요?"

그 유명한 게이게쓰도 부인 앞에서는 한 푼의 가치도 없는 모양이다.

"게이게쓰는 지금 으뜸으로 손꼽히는 평론가야. 그런 사람이 마시라고 했으니 당연히 옳은 말이 아니겠어?"

"말도 안 되는 소리예요. 게이게쓰든, 메이게쓰梅月든 힘들어도 술을 마시라고 한다면 그건 엉터리예요."

"술만 마시라고 한 게 아니야. 교제도 하고, 도락도 하고, 여행도 하라고 했어."

"그럼 더욱 나쁘지요. 그런 사람이 일류 비평가라고요? 세상에, 어이가 없어. 처자가 있는 사람한테 도락을 권하다니…."

"도락도 좋지. 게이게쓰가 권하지 않았어도 돈만 있으면 할지 몰라."

"없어서 다행이네요. 지금부터 당신이 도락 같은 것에 물들면 큰일이니까요."

"큰일이라면 내가 물들지 않아 줄 테니까 좀 더 남편을 소중히 하고, 저녁밥도 좀 더 맛있는 걸 먹여 달란 말이야."

"이 정도가 최선을 다하는 거예요."

"과연 그럴까? 그럼 도락은 나중에 돈이 들어오면 하기로 하고, 오늘밤은 이 정도로 그만해 두지."

주인이 밥그릇을 내밀었다. 그러고는 물에 말아서 밥을 세 그릇이나 먹은 모양이다. 나는 그날 밤 돼지고기 세 조각과 생선구이의 대가리를 먹었다.

* 시인·수필가·평론가(1868~1925).

8

울타리 돌기라는 운동에 대해 설명했을 때 주인집 정원에 둘러친 대나무 울타리에 대해서 잠시 말했던 것으로 기억하는데, 이 대나무 울타리 바깥이 바로 옆집, 즉 남쪽 방향에 있는 지로짱次郎ちゃん네 집과 마주 닿아 있다고 생각하면 그건 큰 오해이다. 임대료가 싼 집에 살아도 구샤미 선생은 다르다. 욧짱與っちゃん이니 지로짱이니 하는 소위 짱ちゃん* 자를 붙여서 부르는 가벼운 사람들과는 흐늘거리는 울타리 한 겹만 사이에 두고도 이웃으로서 친한 교제를 나누지 않는다. 이 울타리 바깥은 10미터가량 공터로 비어 있고, 그 공터 끝에는 노송나무가 울창하게 대여섯 그루 줄지어 서 있다. 툇마루에서 보면 건너편은 울창한 숲이고, 이곳에 사는 선생은 들판에 덩그러니 서 있는 집에서 이름도 없는 고양이를 벗 삼아 세월을 낚는 은자隱者라도 되는 것처럼 느껴진다. 다만 노송나무의 가지는 그리 빽빽하게 나 있지 않기 때문에 그 사이로 군학관群鶴館이라는, 이름만 번드르르

* 어린 아이나 친한 사람의 이름 뒤에 붙여서 부르는 호칭.

한 싸구려 하숙집의 싸구려 지붕이 거침없이 보이므로, 구샤미 선생을 그렇게 훌륭한 모습으로 상상하는 데에는 어지간히 힘이 든다. 그러나 이 하숙이 군학관이라면 선생의 거처는 분명 와룡굴臥龍窟 정도의 가치는 있다. 이름에는 세금이 붙지 않으니 아무리 대단한 이름이라도 마음대로 쓰라고 내버려두면 되는 것이다. 아무튼 이렇듯 폭이 10미터가량 되는 공터가 대나무 울타리를 따라 동서로 약 20미터가량 뻗어 있고, 그 끄트머리는 안쪽으로 꺾여서 와룡굴의 북쪽을 둘러싸고 있다. 이 북쪽 면이 소동의 원인이다. 원래는 공터 끝으로 가면 또다시 공터가 있다고 떵떵거릴 수 있을 정도로 집의 두 면을 둘러싸고 있는데, 와룡굴의 주인은 물론이고 이 소굴 안의 영명한 고양이인 나조차도 이 공터 때문에 골치를 앓고 있다. 남쪽에 노송나무가 늘어서 있는 것처럼, 북쪽에는 오동나무가 일고여덟 그루 행렬을 이루고 있다. 벌써 둘레가 30센티미터가량으로 자랐으니 나막신 장사라도 데리고 오면 좋은 값을 쳐줄 텐데, 세 들어 사는 처지로는 알고 있어도 실행에 옮길 수가 없다. 주인도 참 딱하게 되었다. 얼마 전에 학교의 심부름꾼이 와서 가지 한 개를 잘라 갔는데, 그다음에 왔을 때는 새 오동나무 나막신을 신고서 "지난번에 가져간 가지로 만들었습니다."라고 물어보지도 않았는데 떠들고 다녔다. 치사한 놈이다. 오동나무는 있어도 나나 우리 주인 가족에게는 한 푼도 도움이 되지 않는다. '구슬을 가진 것이 죄가 되다.'*는 옛말이 있다고 하는데, 우리는 오동나무를 가지고도 돈이 안 된다고 해야 할 처지다. 말하자면 그림의 떡인 셈이다. 어리석은 자는 우리 주인도 아니고, 나도 아니고, 집

---

* 구슬처럼 귀중한 물건을 가졌기 때문에 죄가 없는 자가 재난을 당한다는 뜻.《춘추좌씨전(春秋左氏傳)》에 나오는 이야기다.

주인인 덴베傳兵衛이다. 어디 없나, 어디 없나, 나막신 장수가 어디 없나, 하고 오동나무 쪽에서 재촉하고 있는데도 나 몰라라, 하고 집세만 받으러 온다. 나는 특별히 덴베에 대한 유감이 있는 것도 아니니 그 사람 욕은 이 정도로 하고 본 주제로 돌아가련다. 이 공터가 소동의 원인이 된 신기한 사연을 소개하고자 하는데, 이 말은 절대로 우리 주인에게 해서는 안 된다. 밖으로 새어 나가서는 안 되는 이야기다. 원래 이 공터에 관해서 제일 문제가 되는 점은 울타리가 없다는 것이다. 뻥 뚫려 있고, 아무나 드나들 수 있으며, 누가 지나쳐도 상관이 없는 말 그대로의 공터이다. 그런 공터가 '있다'고 하면 거짓말을 하게 되는 셈이다. 사실은 '있었다'고 해야 한다. 이렇듯 과거로 거슬러 올라가서 이야기하지 않으면 원인을 알 수 없다. 원인을 알지 못하면 의사라 해도 처방을 내릴 수 없다. 그러니 이곳으로 이사를 왔을 당시부터 천천히 이야기를 시작하겠다. 공터도 여름에는 시원하게 뚫려 있어서 기분이 좋은 공간이다. 안전하지 못하다고는 해도 돈이 없는 곳에 도둑이 들 리도 없다. 그래서 주인집에 있는 모든 담, 울타리, 벽 등은 완전히 무용지물이다. 하지만 이것은 공터 건너편에 거주하는 인간 또는 동물의 종류에 따라 결정되는 문제일 것이라 생각한다. 따라서 이런 문제를 결정하기 위해서는 일단 건너편에 진 치고 있는 군자의 성질을 분명하게 밝혀야 한다. 인간인지 동물인지 알지도 못하면서 선뜻 군자라고 부르는 것이 너무 조급하게 느껴질 수 있겠지만, 대개의 경우 군자라고 하면 문제가 없다. '지붕 위의 군자'라고 하며 도둑까지도 군자라고 부르는 세상이다. 다만 내가 지금 부르는 군자의 경우에는 절대로 경찰에게 쫓길 만한 군자가 아니다. 경찰에게 쫓기지 않는 대신 숫자로 승부를 하겠다는 듯이 그 수가 많다. 우글우글 있다. 낙운관落雲館이라고 불리는 사립 중학교—팔백 명에 이르는 군자들을 어떻게든 군자로 양성하기 위해 매달 2엔의 월사금을 징집하는 학교이다. 이름이 낙운관이니 풍류를 아는 군자만 있겠다고 생각할지 모르지만 그것이 제일 큰 착각이다. 얼마나 신용할 수 없는가 하면 군학관에 학이 내려오지 않는 것과 같고, 와룡굴에 용 대신 고양이가 있는 것과 같다. 학사니, 교사니 하며 불리는 자들 중에 우리 주인 구샤미 선생 같이 정신 나간 사람이 있다는 사실을 안다면, 낙운관의 군자들이 풍류객들로만 이루어지지 않았다는 점도 알 수 있을 것이다. 그 점을 모르겠다고 주장한다면 일단 사흘가량 우리 주인집에서 묵어 보기 바란다.

앞에서 말했듯이 처음 이곳에 이사했을 당시에는 그 공터에 올 다리가 없었기 때문에 낙운관의 군자들은 인력거꾼 집 검둥이처럼 슬금슬금 오동나무 밭에 들어와서는 수다도 떨고, 도시락도 까먹고, 지푸라기 위에서 뒹굴거리는 등 이런저런 짓을 하곤 했다. 그러고는 도시락의 시체, 즉 대나무 껍질이나 낡은 신문, 혹은 헌 신발이나 헌 나막신 등 버릴 만한 것들은 모두 여기에 버렸던 모양이다. 무관심한 우리 주인이 이런 일을 아무렇지도 않게 생각하며 특별히 항의를 하지도 않고 지나친 이유가 무엇이었는지, 즉 몰라서 그랬는지, 아니면 알아도 나무랄 생각이 없어서였는지는 알 수 없다. 그런데 그 군자들은 학교에서 교육을 받으며 차츰 군자답게 되어 가서 그랬는지 점점 북쪽에서 남쪽 방면을 향해 잠식해 들어오기 시작했다. '잠식'이라는 말이 군자에게 어울리지 않는다면 쓰지 않아도 된다. 하지만 달리 쓸 만한 단어가 없다. 그들은 물과 풀을 좇아 거주지를 옮기는 사막의 유목민처럼 오동나무 곁을 떠나 노송나무 쪽으로 진출해 왔다. 노송나무가 있는 곳은 거실 바로 앞이다. 어지간히 대담한 군자가 아니면 감히 이런 행동을 하지 못했을 것이다. 며칠 사이에 그들의 대담성은 정도가 더해져서 더욱 대담하게 되었다. 교육의 성과처럼 무서운 것도 없다. 그들은 단순히 거실 정면으로 다가왔을 뿐만 아니라 그곳에서 노래를 부르기 시작했다. 뭐라고 하는 노래인지는 잊어버렸지만 결코 하이쿠나 단가 같은 노래가 아니었다. 좀 더 활발하고 속인들의 귀에 훨씬 들어오기 쉬운 노래였다. 놀란 사람은 주인 혼자가 아니었다. 나도 그 군자들의 재능에 탄복하며 귀를 기울였을 정도이다. 그러나 독자 여러분도 잘 알고 있겠지만 탄복한다는 것과 방해가 된다는 것이 때로는 양립하는 경우가 있다. 이 두 가지가 이때 뜻하지 않게 서로 맞아서 하나가 된 것은 지금 생각해 보아도 참으로 안타깝기 짝이 없는 일이다. 주인도 안타까웠겠지만 하는 수 없이 서재에서 뛰어나가서 "여기는 너희들이 들어오는 곳이 아니다, 나가라." 하고 두세 번 쫓아낸 모양이다. 그런데 교육을 잘 받은 군자들이니 이 정도로 얌전히 물러날 리가 없었다. 내쫓겨도 금세 다시 들어왔고, 들어온 다음에는 활발한 노래를 불렀다. 시끄러운 목소리로 떠들어 댔다. 더구나 군자들의 담화이니 일반 사람들과는 좀 달라서 '너 이 새끼'니, '몰라'니 하는 말을 썼다. 그런 말은 메이지유신 전에는 소위 천한 상것들의 전문적 지식에 속해 있었다고 하는데, 20세기에 들어서는 교육을 받는 군자들이 배우는 유일한 언어라고 한다. 예전에는 일반적으로 경멸을 당하던 운동이 오늘날 이렇듯 환영을 받게 된 것과 동일한 현상이라고 설명한 사람이 있다. 주인은 다시 서재에서 뛰어나가서 이런 군자식 언어가 가장 능숙한 사람 하나를 붙잡고는, 왜 여기에 들어오는가, 하고 따졌는데, 그 군자는 순식간에 너 이 새끼, 몰라, 하는 고상한 말을 잊어버렸는지 "여기는 학교 식물원이라고 생각했습니다." 하고 매우 천한 말투로 대답했다.

주인은 앞으로 그러지 말라고 훈계를 하고는 풀어 주었다. 풀어 주었다고 하면 마치 잡아 놓았던 거북이 새끼라도 놓아주는 것처럼 들려서 이상하겠지만, 실제로 그는 군자의 소매를 붙들고 담판을 지었던 것이다. 이 정도로 시끄럽게 말했으니 이제는 괜찮겠지, 하고 주인은 생각했다고 한다. 그런데 현실은 아득한 옛날부터 예상과는 다르게 마련이다. 주인은 또 실패했다. 이번에는 북쪽에서 집 안을 횡단하여 앞문으로 빠져나간다. 앞문을 드르륵, 하고 여는 소리가 들려서 손님인가 싶으면 오동나무 밭 쪽에서 웃음소리가 들린다. 형세는 더욱 불온해졌다. 교육의 성과는 더욱 현저하게 나타나게 되었다. 불쌍한 주인은 도저히 감당할 수 없겠다 싶어, 그로부터 서재에 틀어박혀서 공손한 편지 한 장을 낙운관 교장에게 보내 좀 단속을 해 달라고 애원했다. 교장도 정중한 답장을 주인에게 보내서, 울타리를 칠 것이니 기다려 달라고 하였다. 얼마가 지나자 직공 두세 명이 와서 반나절가량 일하더니 주인의 저택과 낙운관 경계에 높이 1미터가량의 네모난 간살 울타리*를 만들어 놓았다. 이제야 겨우 안심이 되었다고 주인은 기뻐했다. 하지만 주인은 어리석은 자다. 이 정도의 일로 군자들의 거동이 바뀔 리가 없었다.

원래 남을 놀리는 것은 참 재미있는 일이다. 나 같은 고양이조차도 가끔 이 집 딸들을 놀리면서 놀 정도이니, 낙운관의 군자들이 고지식한 구샤미 선생을 놀리는 것도 지극히 당연한 일이다. 이 점에 대해 불만을 가진 사람은 아마 놀림을 당하는 당사자뿐일 것이다. 놀린다는 심리를 해부해 보면 두 가지 요소로 이루어져 있다. 첫 번째는 놀림을 당하는 당사자가 태연하게 모르는 척해서는 안 된다. 두 번째는 놀리는 자가 세력이나 인원수에 있어서 상대방보다 강해야

* 대를 성기게 엮어 간살이 네모난 울타리.

한다. 얼마 전에 주인이 동물원에 갔다 와서는 감탄을 연발하며 이야기해 준 것이 있다. 들어 보니 낙타와 강아지가 싸우는 것을 보았다고 한다. 강아지가 낙타 주위를 질풍처럼 빙빙 돌면서 짖어 대는데도 낙타는 전혀 알아차리지 못하고, 여전히 등에 있는 혹을 내밀면서 가만히 서 있기만 할 뿐이었다고 한다. 아무리 미친 듯이 짖어 대도 상대를 해 주지 않자 결국에는 강아지가 제풀에 지쳐서 그만두더라며, 정말 낙타는 무신경하다고 비웃었는데 이것이야말로 좋은 예이다. 아무리 놀리는 자가 약을 올려도 상대가 낙타처럼 알지 못하면 성립이 되지 않는다. 그렇다고 사자나 호랑이처럼 상대방이 지나치게 강해도 안 된다. 놀리기 시작하자마자 달려들어서 발기발기 찢어 죽이고 말 것이기 때문이다. 놀리면 이빨을 드러내며 화를 낸다. 화를 내기는 하지만 그렇다고 이쪽을 어떻게 할 수는 없다고 안심할 수 있을 때 놀리는 쪽은 최대한의 재미를 얻을 수 있다. 어째서 이런 일이 재미있는가 하면 그 이유는 여러 가지 있다. 우선 시간 때우기에 적합하다. 너무 심심할 때는 자기 수염의 수까지 헤아려 보고 싶어지기 마련이다. 옛날에 감옥에 갇힌 어떤 죄수는 너무나 무료한 나머지 벽에 삼각형을 몇 개씩 그려서 하루하루를 지냈다는 이야기가 있다. 세상에서 심심한 것만큼 참기 힘든 일도 없다. 뭔가 활기를 자극할 만한 사건이 없으면 살아가기가 힘들게 마련이다. '놀린다'고 하는 것도 말하자면 이런 자극을 만들어서 노는 일종의 오락이다. 다만 다소 상대편을 화나게 하거나, 초조하게 하거나, 약하게 하지 않으면 자극이 되지 않으니까, 예로부터 '놀린다'고 하는 오락에 빠지는 사람은 남의 마음을 전혀 모르는 바보 같은 양반처럼 일상생활이 따분한 자, 혹은 자기의 재미 외에는 생각하지 못할 정도로 머리의 발달이 유치하고 활기를 어떻게 써야 할지 모르는 소년들에 한정되어 있었다. 이는 또한 자기가 우세하다는 사실을 실제로 증명하는 데 가장 간편한 방법이기 때문이다. 남을 죽이거나, 남에게 상처를 입히거나, 혹은 남을 함정에 빠뜨리는 방법으로도 자기의 우세함을 증명할 수는 있지만, 이런 방법은 차라리 죽이거나 상처를 입히거나 함정에 빠뜨리는 것이 목적일 때 사용해야 할 수단으로, 자기의 우세함은 이런 수단을 수행한 다음에 필연적인 결과로 나타나는 현상에 지나지 않는다. 따라서 일단 자신의 세력을 과시하고 싶기는 한데, 그렇다고 남에게 큰 해를 입히고 싶지 않은 경우에는 '놀린다'는 것이 가장 적당한 행동이다. 다소 남에게 상처를 주지 않으면 자기가 대단하다는 사실을 증명할 수 없다. 하나의 사실로 드러나지 않으면 머릿속으로 알고 있어도 의외로 재미가 덜하게 마련이다. 인간은 자기에 대해 자부심을 갖게 마련이다. 아니, 자부심을 갖기 힘든 경우에도 자부하려고 든다. 그래서 자기는 이렇게 대단한 사람이다, 이 정도면 안심해도 된다는 사실을 남을 상대로 실제로 응용해 보려고 한다. 더구나 이론을 모르는 속물이나 별로 자부심을 가질 만한 요소가 없는 불안한 자들은 모든 기회를 이용해서 이런 증명을 하려고 든다. 유도를 하는 자가 가끔 사람을 던져 보고 싶어 하는 것과 마찬가지이다. 유도 기술이 서툰 자가 제발 단 한 번이라도 좋으니 자기보다 약한 자를 만나고 싶다, 문외한이라도 좋으니 한번 던져 보고 싶다는 아주 위험한 마음을 품고 동네를 활보하는 것도 바로 이런 마음 때문이다. 그밖에도 이유는 여러 가지 있지만 너무 길어지니까 생략하기로 한다. 굳이 듣고 싶다면 내가 좋아하는 가다랑어포 한 묶음이라도 지참하고 배우러 오라. 그럼 언제든지 가르쳐 주겠다. 이상과 같이 설명한 바를 참고로 하여 추론해 보면 내 생각으로는 동물원의 원숭이와 학교 교사가 놀리는 대상으로는 제일 만만하다. 학교 교사를 동물원의 원숭이와 비교한다는 것은 좀 황송한 일이다.―원숭이에게 황송하다는 뜻이 아니라 교사에게 황송하다는 것이다. 하지만 아주 비슷하니 하는 수 없다. 잘 알다시피 동물원의 원숭이는 사슬로 묶여 있다. 아무리 이빨을 드러내고 꽥꽥거리고 시끄럽게 떠들어도 이쪽에게 덤빌 염려가 없다. 교사는 사슬로 묶여 있지 않은 대신에 월급으로 묶여 있다. 아무리 놀려 대도 사직하고 학생을 때릴 걱정은 없다. 사직할 만한 용기를 가진 자라면 애시당초에 교사가 되어 학생들 뒤치다꺼리를 하지는 않았을 것이다. 주인은 교사이다. 낙운관의 교사는 아니지만 그래도 교사임에는 틀림이 없다. '놀리는' 대상으로 아주 적당하고, 아주 만만하며, 지극히 안심해도 좋은 사내이다. 낙운관의 학생들은 소년이다. '놀리는' 것은 자기의 자신감을 높이는 것이며, 교육의 성과로서 마땅히 요구할 수 있는 권리라는 생각까지 가지고 있다. 그뿐만 아니라 '놀리기'라도 하지 않으면 활기에 찬 몸과 머리를 어떻게 써먹어야 할지 몰라 쉬는 시간이 너무 길게 느껴져서 곤란해하고 있는 작자들이다. 이만한 조건이 갖춰져 있으니 주인은 자연스럽게 '놀림을 받고', 학생들은 자연스럽게 '놀리는' 것이다. 이는 누가 보아도 털끝만큼도 무리가 없는 당연한 일이다. 그런데도 이것을 두고 화를 내는 주인은 촌스러움의 극치이자 멍청하기 이를 데 없는 사람이 아니겠는가? 이제부터 낙운관의 학생들이 어떻게 주인을 놀렸는지, 거기에 대해서 주인이 얼마나 촌스럽게 대응했는지를 빠짐없이 설명해 드리고자 한다.

여러분은 네모난 간살 울타리가 어떤 것인지 아실 것이다. 바람이 잘 통하는 간편한 울타리다. 나 같은 고양이는 그 틈새로 자유자재로 드나들 수 있다. 나한테는 울타리가 있으나 없으나 마찬가지이다. 그러나 낙운관의 교장은 고양이 때문에 네모난 간살 울타리를 만든 것이 아니다. 자기가 양성하는 군자들이 드나들지 못하도록 일부러 직공들을 불러서 둘러치게 하였던 것이다. 물론 간살 틈새로 아무리 바람이 잘 통해도 인간이 드나들 수는 없다. 이렇게 대나무로 엮은 12센티미터의 구멍을 지나치는 것은 청나라의 마술사인 장세존張世尊이라 해도 어려울 것이다. 따라서 인간에 대해서는 충분히 울타리의 역할을 다하고 있다고 해도 된다. 주인이 그 울타리가 완성된 것을 보고 이 정도면 충분하겠다고 기뻐한 것도 당연한 일이다. 그러나 주인의 논리에는 커다란 구멍이 있었다. 이 울타리보다 더 큰 구멍이 있었다. 배를 송두리째 집어삼킬 수 있는 고래도 드나들 만한 커다란 구멍이 있었다. 그의 생각은 '울타리는 넘어 다니지 않는 것'이라는 가정에서 비롯되어 있었다. 적어도 학교의 학생인 이상 아무리 허술한 울타리라도, 울타리라는 이름이 붙어 있고 경계선 구역만 분명하면 결코 난입을 당할 염려가 없다고 믿었던 것이다. 다음으로 그는 그 가정을 잠시 무너뜨리고 혹시라도 난입하는 자가 있어도 괜찮다고 단정지었다. 네모난 간살 울타리의 구멍을 지나치는 것은 아무리 몸집이 작은 어린아이라 해도 도저히 가능한 일이 아니니까, 난입을 당할 염려는 절대로 없다고 속단해 버렸던 것이다. 하기야 그들이 고양이가 아닌 다음에야 이 네모난 구멍을 통해 들어오지는 않을 것이고, 혹 들어오고 싶어도 못 할 것이다. 그러나 울타리를 뛰어넘는 것, 건너뛰는 것쯤은 식은 죽 먹기다. 오히려 운동이 되어서 재미가 있을 정도이다.

울타리가 생긴 이튿날부터 울타리가 생기기 전과 마찬가지로 그들은 북쪽 공터로 훌쩍훌쩍 뛰어 들어갔다. 다만 거실 정면까지는 들어오지 않았다. 만약 쫓기게 되면 도망치는 데 다소 시간이 걸리므로 미리 도망치는 시간을 계산에 넣어서 붙잡힐 위험이 없는 곳에서 경계를 하면서 놀고 있었다. 그들이 무엇을 하고 있는지는 동쪽 별실에 있는 주인의 눈에는 당연히 보이지 않는다. 북쪽 공터에서 그들이 놀고 있는 모습은 바깥 창문을 열고 반대편 방향에서 고개를 꺾어서 보든지, 혹은 변소 창문에서 울타리 너머로 볼 수밖에 없다. 창문으로 볼 때는 어디에 무엇이 있는지 한눈에 분명히 바라볼 수 있지만, 그렇다고 적을 아무리 발견해 봐야 쫓아가서 잡을 수가 없다. 그저 창문의 창살 안에서 호통을 칠 뿐이다. 만약 바깥 창문 쪽으로 돌아가서 적진을 치려고 하면, 그들은 그 발소리를 듣고 붙잡히기 전에 홀쩍, 홀쩍, 하고 건너편으로 도망쳐 버린다. 물개가 햇볕을 쬐고 있는 곳으로 밀렵선이 들이닥치는 격이다. 주인은 물론 변소에서 지켜서고 있었던 것이 아니다. 그렇다고 울타리 문을 열고 소리가 나면 당장 뛰어나갈 차비를 하고 있었던 것도 아니다. 만약 그런 짓을 하려면 교사를 사직하고 그런 쪽의 전문가가 되지 않으면 감당할 수 없다. 주인 쪽의 불리한 점을 말하자면 서재에 있으면 적의 목소리만 들리고 모습이 보이지 않는다는 점, 창문으로는 모습이 보이기만 할 뿐 손을 쓸 수가 없다는 점이다. 이런 불리한 점을 간파한 적은 이런 계략을 세웠다. 주인이 서재에 틀어박혀 있다는 사실을 염탐했을 때에는 될 수 있는 대로 커다란 목소리로 시끌벅적하게 떠든다. 그중에는 주인을 놀리는 말을 들으라는 듯이 큰 소리로 말한다. 더구나 그 목소리의 출처를 매우 불분명하게 한다. 얼핏 듣기에는 울타리 안쪽에서 떠들고 있는 것인지, 아니면 건너편에서 소란을 피우고 있는 것인지 판단하기 힘들게 한다. 만약 주인이 쫓아 나오면 도망쳐 버리거나 혹은 처음부터 건너편에 있으면서 모르는 척 시치미를 뗀다. 그리고 주인이 변소에—내가 아까부터 자꾸만 변소, 변소, 하고 지저분한 글자를 사용하고 있는데, 이를 특별히 좋다고 생각지는 않는다. 사실은 번거롭고 짜증스럽기 짝이 없는데, 이 전쟁을 설명하는 데 있어서 필요한 일이므로 하는 수 없이 쓰고 있다.—그러니까 주인이 변소에 들어갔다고 판단했을 때에는 반드시 오동나무 부근을 돌아다니면서 일부러 주인의 눈에 띄게 한다. 주인이 만약 변소에서 사방에 울릴 듯한 큰 소리로 호통을 치면 적은 허둥대는 기색도 없이 유유하게 근거지로 철수한다. 이런 계략을 쓰면 우리 주인은 난처하기 짝이 없다. 분명히 들어왔다고 생각해서 지팡이를 들고 나서면 조용하니 아무도 없다. 없다고 생각하고 창문으로 내다보면 반드시 한두 명씩 들어와 있다. 주인은 뒤로 돌아가 보았다가 변소에서 내다보기도 하고, 변소에서 내다보다가 뒤로 돌아가 보기도 하고, 몇 번을 말해도 똑같은 일인데, 이렇게 몇 번을 말해도 똑같은 짓을 되풀이하고 있다. 앞뒤가 바뀐다는 것은 이런 일을 두고 하는 말이다. 교사가 직업인지, 전쟁이 본업인지 좀 헷갈리게 될 정도로 흥분해 버렸다. 이렇게 분노와 흥분이 정점에 달했을 때 다음과 같은 사건이 일어난 것이다.

사건은 대개 흥분 때문에 발생한다. 흥분을 일본말로는 '역상逆上'이라 하는데, 이는 말 그대로 거꾸로 오르는 것이다. 이 점에 관해서는 갈레누스도 파라켈수스도, 혹은 고리타분한 편작扁鵲*이라 해도, 이의를 제기하지는 않을 것이다. 다만 어디로 거꾸로 오르는지가 문제이다. 또한 무엇이 거꾸로 오르는지를 따져 봐야 한다. 예로부터 전해 오는 유럽인들의 전설에 따르면 우리 몸속에는 네 가지 종류의 액체가 순환하고 있다고 한다. 첫 번째로 노액怒液이라는 것이 있다. 이 것이 거꾸로 오르면 화를 내게 된다. 두 번째로 둔액鈍液이라고 부르는 것이 있다. 이것이 거꾸로 오르면 신경이 둔해진다. 다음으로는 우액憂液이 있는데, 이는 사람을 음울하게 한다. 마지막이 혈액血液인

---

* 갈레누스는 고대 그리스의 의사, 파라켈수스는 스위스의 의학자·과학자, 편작은 고대 중국의 전설적 명의.

데, 이는 사지를 활발하게 한다. 그 후 인간의 문명이 발달하면서 둔액, 노액, 우액은 어느새 없어지게 되었고, 오늘날에 이르러서는 혈액만이 옛날처럼 순환하고 있다는 이야기다. 따라서 만약 거꾸로 오르는 것이 있다면 혈액 외에는 없을 것으로 생각된다. 그런데 이 혈액의 분량은 개인에 따라 처음부터 정해져 있다. 성질에 따라 다소 증감은 되지만 대개는 일인당 5되 5홉 정도가 된다. 따라서 '이 5되 5홉이 거꾸로 오르면 오른 곳은 활발하게 움직이지만 다른 국부는 결핍을 느껴서 차가워진다. 마치 국민들이 데모를 하면서 파출소를 불태웠을 때 순경들이 모조리 경찰서로 모이는 바람에 동네에는 한 명도 없었던 것과 같다. 그것도 의학상으로 진단하자면 경찰의 역상이라 할 수 있다. 따라서 이런 역상을 치료하려면 혈액을 종전대로 체내 각부분에 평균적으로 분배해야 한다. 그렇게 하려면 거꾸로 올라간 놈을 아래로 내려야 한다. 그러기 위한 방법에는 여러 가지가 있다. 지금은 고인이 된 주인의 선친 같은 경우에는 물에 적신 수건을 머리에 대고 고타쓰를 쬐고 있었다고 한다. 머리를 차게 하고 발을 뜨겁게 하는 것이 장수하는 비결이라고 《상한론傷寒論》*에도 나와 있는 것처럼, 젖은 물수건은 장수법에 있어서 하루도 빼놓을 수 없는 물건이다. 그렇지 않으면 중들이 자주 쓰는 수단을 시험해 보는 것도 좋다. 한자리에 머물지 않고 전국을 떠돌며 수행을 쌓는 승려는 반드시 나무 밑이나 바위 위에서 밤을 보낸다고 하였다. 그들이 나무 아래와 바위 위에서 자는 것은 고행을 위해서가 아니다. 피가 거꾸로 치솟는 것을 내려 주기 위해 조상들이 쌀을 빻으면서 생각해 낸 비법이다. 시험 삼아 바위 위에 앉아 보라. 당연히 엉덩이가 차가워질 것이다. 엉덩이가

* 고대 중국의 의서(醫書).

차가워지면 거꾸로 치솟았던 피가 아래로 내려가는 것이 자연의 순리이며, 손톱만큼도 의심할 여지가 없는 일이다. 이렇듯 다양한 수단을 써서 거꾸로 치솟은 피를 내리는 방법이 고안되었지만, 아직 거꾸로 솟아오르도록 흥분을 일으키는 좋은 방법이 나오지 않았다는 점이 안타깝다. 얼핏 생각하기에는 피가 거꾸로 치솟는 것이 백해무익하게 느껴지지만, 딱히 그렇다고 속단할 수 없는 경우가 있다. 직업에 따라서는 '역상'이 매우 중요한 것으로, 거꾸로 오르지 않으면 아무것도 할 수 없는 경우가 있다. 그중에서 거꾸로 오르는 것을 가장 중시하는 사람은 시인이다. 증기기관차에서 석탄을 빼놓을 수 없듯이 시인에게도 피가 거꾸로 치솟는 일이 필요하나. 이것이 하루라도 공급되지 않는다면 그들은 아무 일도 하지 못한 채 밥만 축내는 보통 사람이 되어 버린다. 그런데 피가 거꾸로 치솟는다는 것은 미치광이가 된다는 뜻인데, 미치광이가 되지 않으면 가업을 이어 갈 수 없다고 하면 세상에 대해 체면이 서지 않으므로, 그들 사이에서는 피가 거꾸로 솟는 일을 '역상'이라 부르지 않는다. 한결같이 입을 모아 인스피레이션inspiration*, 인스피레이션, 하며 상당히 그럴듯한 이름으로 외치곤 한다. 이는 그들이 세상 사람들을 기만하기 위해 제조한 이름이며, 사실 그 속내는 바로 '역상' 그 자체이다. 플라톤은 그들 편을 들어서 이런 종류의 '역상'을 '신성한 광기'라고 불렀지만, 아무리 신성해도 광기라고 하면 남이 상대하려 하지 않는다. 그러니 역시 인스피레이션이라 하는, 새로 발명된 약 같은 이름을 붙여 놓는 편이 그들을 위해서는 더 바람직하리라 생각한다. 그러나 어묵의 재료가 사실은 참마인 것처럼, 관음상이 1치 8푼의 썩은 나무인 것처럼, 오리 국수의 재

---

* 영감.

료가 까마귀 고기인 것처럼, 하숙집의 쇠고기 찌개가 말고기로 되어 있는 것처럼 인스피레이션도 사실은 '역상'이다. 피가 거꾸로 솟았다면 임시로 미치광이가 된 것이다. 이들이 정신병원에 입원하지 않아도 되는 이유는 그저 임시로 미치광이가 되었기 때문이다. 그런데 이런 임시 미치광이를 만들어 내기가 힘든 것이다. 평생 가는 미치광이는 오히려 생기기 쉽지만 붓을 들고 종이를 앞에 두었을 때에만 미치광이로 만드는 것은, 아무리 솜씨가 뛰어난 신이라도 상당히 어려운 일인지 좀처럼 그런 사람을 만들어 내지 못한다. 신이 만들어 주지 않는 이상 자기 힘으로 마련해야 한다. 그래서 옛날부터 오늘날까지 역상술逆上術 또한 역상 제거술과 마찬가지로 학자들을 많이 고민하게 하였다. 어떤 사람은 인스피레이션을 얻기 위해 매일 떫은 감을 열두 개씩 먹었다. 이는 떫은 감을 먹으면 변비에 걸리고, 변비에 걸리면 반드시 피가 거꾸로 솟게 되어 있다는 이론에서 나온 방법이다. 또한 어떤 사람은 술통을 들고 뜨거운 목욕탕에 뛰어들었다. 목욕탕 속에서 술을 마시면 피가 거꾸로 솟을 것이 분명하다고 생각했던 것이다. 그 사람은 이 방법으로 성공하지 않으면 포도주로 된 목욕물을 데워서 들어가면 당장 효과가 있다고 굳게 믿었다. 그러나 돈이 없어서 끝내 실행하지 못한 채 죽어 버렸다니 불쌍한 일이다. 마지막으로 옛날 사람들 흉내를 내면 인스피레이션이 생기리라고 생각한 자가 있었다. 이는 어떤 사람의 태도나 동작을 흉내 내면 심리적 상태도 그 사람과 비슷해진다는 학설을 응용한 방법이다. 술 취한 사람처럼 주정을 부리면 어느새 술 마신 사람 같은 기분이 된다. 참선을 하며 향 하나가 타 들어갈 동안 참고 있으면 어딘지 모르게 승려가 된 듯한 기분이 된다. 따라서 옛날부터 인스피레이션을 받은 유명한 대가의 언행을 흉내 내면 반드시 피가 거꾸로 솟을 것이다. 듣는 바에 의하면 빅

토르 위고는 요트 위에서 뒹굴거리며 글의 취향을 생각했다고 하니, 배에 올라타고 파란 하늘을 바라보고 있으면 반드시 '역상'이 될 것이다. 로버트 스티븐슨*은 배를 깔고 누워서 소설을 썼다고 하니 엎드려서 붓을 들면 분명히 피가 거꾸로 솟을 것이다. 이렇듯 여러 사람들이 다양한 방법을 생각했지만 아직 누구도 성공하지 못했다. 일단 아직까지는 인위적인 '역상'은 불가능한 일이라고 생각되고 있다. 안타깝지만 하는 수 없다. 조만간 임의로 인스피레이션을 일으킬 수 있는 시기가 올 것임은 의심할 여지가 없고, 나는 인간의 문명을 위해 그 시기가 하루라도 빨리 올 것을 열망하는 바이다.

'역상'에 대한 설명은 이 정도면 충분하리라 생각하니까, 이제부터 드디어 사건에 대한 설명에 들어간다. 그러나 모든 큰 사건 앞에는 반드시 작은 사건이 일어나게 마련이다. 큰 사건만을 이야기하고 작은 사건을 빠뜨리는 것은 예로부터 역사가들이 흔히 빠지기 쉬운 폐단이다. 주인의 흥분도 작은 사건이 있을 때마다 더욱 정도가 심해져서 끝내 큰 사건을 일으킨 것이므로, 어느 정도 그 발달 과정을 순서대로 설명해 가지 않으면 주인이 얼마나 흥분했는지 제대로 알기 힘들다. 제대로 알지 못하면 주인의 흥분은 빈 수레로 돌아가서 세상 사람들은 그리 대단한 것이 아니었다고 가볍게 볼지도 모른다. 모처럼 그렇게 피가 거꾸로 솟았는데, 세상 사람들한테 대단한 '역상'이었다는 평가를 받지 못하면 얼마나 힘이 빠지겠는가. 지금부터 설명하는 사건은 크고 작은 규모에 상관없이 주인으로 보아서는 명예로운 일이 아니다. 사건 그 자체가 불명예스러운 것이니 하다못해 '역상'만이라도 제대로 된 '역상'이었고, 결코 남에게 뒤지는 것이 아니었음

---

* 영국의 소설가·시인(1850~1894).《보물선》,《지킬 박사와 하이드 씨》등을 썼다.

을 분명히 해 두고 싶다. 주인은 특별히 이렇다 하고 남 앞에 내놓을 만한 자랑스러운 성질을 가지고 있지 않다. 그러니 '역상'이라도 자랑하지 않으면 달리 애써서 설명해 줄 만한 '꺼리'가 없다.

낙운관에서 무리를 이룬 적군은 요즘 들어 일종의 통통탄을 발명해서 10분간의 휴식 시간, 혹은 방과 후가 되면 자꾸만 북쪽 공터를 향해 포화를 퍼붓는다. 이 통통탄은 통칭 '공'이라고 하는데, 커다란 절구 공이처럼 생긴 것으로 이를 적중에 발사하는 장치이다. 아무리 통통탄이라 해도 낙운관의 운동장에서 발사하는 것이니 서재에 틀어박혀 있는 주인이 맞을 염려는 없다. 적들도 탄도가 너무 멀다는 사실을 자각하고는 있지만 그 점이 바로 계략이기도 하다. 뤼순에서 있었던 전쟁에서도 해군이 간접사격을 하여 위대한 공적을 올렸다는 이야기가 있듯이, 공터에 떨어져서 뒹구는 공이라 해도 상당한 성과를 올렸다. 더구나 한 발씩 쏘아 댈 때마다 전군이 힘을 모아 "와아!" 하고 위협을 위해 큰 소리를 냈을 때에야 그 효과가 얼마나 크겠는가. 우리 주인은 겁에 질린 결과로 손발에 흐르는 혈관이 수축하지 않을 수 없다. 번민에 빠진 나머지 여기저기서 헤매고 있던 피들이 거꾸로 솟을 수밖에 없다. 적의 계략은 상당히 교묘하다고 할 수 있다. 옛날 그리스에 아이스킬로스*라는 작가가 있었다고 한다. 이 남자는 학자나 작가들이 공통적으로 하는 머리 모양을 따랐다고 한다. 내가 말한 학자나 작가들이 공통적으로 하는 머리 모양이란 바로 대머리다. 어째서 머리가 까지느냐, 하면 머리의 영양 부족으로 털이 자라날 정도의 활기가 없기 때문이다. 학자나 작가들은 머리를 가장 많이 쓰는 사람들이고, 대개는 가난하게 살기 마련이다. 그러니까 학자나 작

---

* 그리스의 비극 시인(BC 525~456).

가의 머리는 모두 영양 부족 상태이고, 모두 대머리이다. 그러므로 아이스킬로스도 작가이니만큼 자연스러운 추세로 머리가 까질 수밖에 없었다. 그는 매끌매끌한 주전자 같은 머리를 가지고 있었다. 그런데 어느 날 선생이 그 머리—머리에 외출용이나 평상용이 따로 있을 리가 없으니 그 머리밖에 없지만—그 머리를 흔들거리며 햇볕을 반짝반짝 반사하면서 길가를 걷고 있었다. 이것이 문제의 시작이었다. 햇빛이 대머리를 비추면 멀리서 바라볼 때 매우 밝게 빛나게 마련이다. 나무가 높으면 바람이 거세게 부딪친다고 하니 머리가 빛나도 뭔가 부딪치게 되어 있다. 이때 아이스킬로스의 머리 위에 독수리 한 마리가 날아다니고 있었는데, 보아하니 어딘가에서 사로잡은 거북이 한 마리를 발톱 끝에 매달고 있었다. 거북이, 자라 따위는 맛은 좋지만 그리스 시대에도 딱딱한 등판을 가지고 있었다. 아무리 맛이 좋아도 등판이 붙어 있으면 어찌할 수가 없다. 새우를 껍질째로 구워 먹는 방법은 있어도 거북이를 등판째로 삶아 먹는 방법은 지금도 없을 정도이니 당시에는 당연히 생각지도 못했다. 힘을 자랑하는 독수리도 어찌하지 못해 난처해하고 있는 판에 멀리 아래쪽으로 번쩍하고 빛나는 것이 있었다. 그때 독수리는 '잘됐다'고 생각했다. 저 빛나는 것 위에 거북이를 떨어뜨리면 틀림없이 등판이 부서질 것이다. 맞아, 틀림없어, 하며 위치를 잘 노려서 그 거북이를 높은 곳에서 인사도 없이 머리 위로 떨어뜨렸다. 그런데 안타깝게도 작가의 머리가 거북이 등판보다 부드러웠기 때문에 대머리는 엉망진창으로 깨졌고, 유명한 아이스킬로스는 이렇게 비참한 최후를 맞았다. 그것은 그렇다 치고 이해가 되지 않는 것은 독수리의 생각이다. 그 머리를 작가의 머리라고 알고 떨어뜨린 것인지, 혹은 바위로 착각해서 떨어뜨린 것인지 모르겠다. 이 문제에 대한 대답 여하에 따라 낙운관의 적과 이 독수리를 비교할 수도 있고, 혹은 비교하지 못할 수도 있다. 우리 주인의 머리는 아이스킬로스의 머리처럼, 혹은 여러 학자들의 머리처럼 반짝반짝 빛나지는 않는다. 그러나 다다미 여섯 장의 좁은 공간이기는 해도 서재라고 부르는 방을 가지고 있고, 졸기는 하면서도 어려운 서적 위에 얼굴을 들이대는 이상 학자나 작가와 같은 유에 속한다고 간주해야 한다. 그러면 주인의 머리가 아직 까지지 않은 것은 대머리가 될 자격이 없어서일 뿐, 조만간 대머리로 변신하는 것은 이 머리가 가진 운명일 것이다. 그렇다면 낙운관의 학생들이 이 머리를 향해 그 통통탄을 집중시키는 것은 가장 시의적절한 책략이라고 하지 않을 수 없다. 만약 적이 이 행동을 2주 동안 계속한다면 주인의 머리는 두려움과 고민 때문에 반드시 영양 부족을 호소하며 주전자나 구리로 된 단지처럼 변화할 것이다. 그런데 2주 동안 포탄을 맞으면 주전자는 샐 것이고, 구리로 된 단지라면 금이 갈 것이다. 이렇게 알기 쉬운 결과를 예상하지 못하고 끝까지 적과 전투를 계속하려고 고심하는 사람은 그저 본인인 구샤미 선생뿐이다.

어느 날 오후, 나는 여느 때처럼 툇마루로 나가서 낮잠을 자며 호랑이가 된 꿈을 꾸고 있었다. 주인에게 닭고기를 가지고 오라고 하자, 주인이 "네에." 하며 잔뜩 겁을 먹은 태도로 닭고기를 가지고 왔다. 메이테이가 왔기에 메이테이에게 기러기가 먹고 싶다, 기러기 찌개를 마련해 오라고 말하자, "무 절임과 소금 과자를 같이 드시면 기러기 맛이 납니다."라고 평소처럼 엉터리 같은 소리를 늘어놓았다. 내가 커다란 입을 벌리면서 "우우." 하고 위협하자 메이테이는 새파랗게 질려서 "야마시타山下에 있는 기러기 찌개 집은 망해 버렸는데 어떻게 하면 될까요?" 하고 물었다. "그렇다면 쇠고기로 바꿔 줄 테니 당장 니시가와西川에 가서 등심 한 근을 사 오너라, 빨리 하지 않으면 너부터 잡아

먹겠다.”고 했더니, 메이테이는 엉덩이에 불이 난 사람처럼 뛰어갔다. 나는 갑자기 몸이 커지는 바람에 툇마루를 한가득 차지한 채 메이테이가 돌아오는 것을 기다리고 있었더니, 그 순간 온 집안이 쩌렁쩌렁 울리는 커다란 소리가 들려서 모처럼 주문한 쇠고기도 먹지 못하고 꿈에서 깨어 버렸다. 그때, 지금까지 잔뜩 겁에 질려서 내 앞에 엎드려 있다고 생각했던 주인이 갑자기 변소에서 뛰어나오더니 내 옆구리를 한껏 걷어찼다. 도대체 무슨 일인가 하고 생각하는 사이, 주인은 순식간에 정원용 나막신을 신고 울타리 문을 돌아 낙운관 쪽으로 뛰어나갔다. 나는 호랑이에서 일시에 고양이로 줄어드는 바람에 어딘지 모르게 쑥스럽기도 하고 우습기도 했지만, 주인의 시퍼런 서슬과 옆구리를 걷어차인 아픔 때문에 호랑이에 대한 것은 금세 잊어버리고 말았다. 동시에 주인이 드디어 출동해서 적과 한바탕 붙을 모양이다, 이것 재미있군, 싶어 아픈 것도 참고 그 뒤를 따라 뒷문으로 나갔다. 그 찰나에 주인이 “이 도둑놈아!” 하고 외치는 소리가 들렸다. 보았더니 학교 모자를 쓴 열여덟아홉 살가량 된 튼튼한 놈 하나가 네모난 간살 울타리 너머로 건너뛰려고 하는 참이었다. 아이고 늦었군, 하고 생각하는 사이에 그 학교 모자는 달리기를 하는 자세로 근거지 쪽을 향해 후다닥 도망쳐 갔다. 주인은 “이 도둑놈아!” 하고 외친 소리가 성공하자, 다시 한번 “도둑놈아!” 하고 크게 외치면서 뒤쫓아갔다. 그러나 그 적을 붙잡기 위해서는 주인도 울타리를 넘어가지 않으면 안 된다. 너무 깊숙하게 들어갔다가는 주인이 오히려 도둑놈이 되기 쉽다. 앞에서 말한 대로 우리 주인은 훌륭하게 ‘역상’하는 사람이다. 이렇게 기세를 타고 ‘도둑놈’을 쫓아가는 이상 자기 자신이 ‘도둑놈’이 되더라도 끝까지 쫓아갈 심산인지 뇌놓아올 기색도 없이 울타리 바로 앞까지 진출했다. 이제 한 발짝만 더 가면 우리 주인이 ‘도둑놈'의 영역으로 들어가게 될 찰나에, 적군 속에서 엷은 수염이 부스스하게 난 장군 하나가 건들건들 출동했다. 두 사람은 울타리를 사이에 두고 뭔가 담판을 짓고 있었다. 들어 보았더니 이렇게 재미없는 의논이었다.

"저 사람은 우리 학교 학생입니다."

"학생이라는 자가 어째서 남의 집 안으로 침입하는 겁니까?"

"아니, 저희가 놀던 공이 그쪽으로 날아 들어가서요."

"어째서 주인에게 양해를 구한 다음에 가져가지 않습니까?"

"앞으로는 조심하겠습니다."

"그렇다면 좋소."

용호상박의 장관이 펼쳐지리라 예상했던 교섭은 이렇듯 산문적인 담판으로 무사히 신속하게 끝이 났다. 주인에게 왕성한 것은 기세뿐이다. 막상 무슨 일이 닥치면 항상 이런 식으로 끝이 난다. 마치 내가 호랑이 꿈에서 깨어 갑자기 고양이로 돌아간 듯한 느낌이다. 내가 말한 작은 사건이란 바로 이것이다. 작은 사건에 대해 말했으니 이제는 순서에 따라 큰 사건에 대해 언급해야겠다.

주인은 거실의 장지문을 열어 놓고 배를 깔고 누워서 무언가 생각하고 있었다. 아마도 적에 대한 방어책을 강구하고 있었을 것이다. 낙운관은 수업 중인지 운동장이 뜻밖에도 조용한 상태였다. 다만 교실 한쪽에서 윤리 강의를 하고 있는 것이 또렷또렷하게 잘 들렸다. 낭랑한 목소리로 그럴듯한 말을 술술 늘어놓기에 누군가 하고 들어 보았더니 어제 적중에서 출동하여 우리 주인과 담판을 지었던 장군이었다.

"… 따라서 공덕公德이란 중요한 것으로 외국에 가 보면 프랑스든 독일이든 영국이든 어디를 가나 이 공덕이 행해지지 않는 나라가 없다. 또한 아무리 지위가 낮은 자라도 이 공덕을 따르지 않는 자가 없다. 슬프게도 우리 일본에 있어서는 아직 이 점에서 외국과 비교할 수가 없다. 그런데 공덕이라 하면 뭔가 새롭게 외국에서 수입해 온 것처럼 생각하는 제군이 있을지도 모르지만 그런 생각은 큰 잘못이다. 옛 선현도 '부자의 도는 오직 충서忠恕로써 일관함이니라.' 하고 말씀하신 바 있다. 이 '서恕'라고 하는 것이 말하자면 공덕의 출처이다. 나도 인간이기 때문에 때로는 큰 소리를 내서 노래를 부르고 싶을 때가 있다. 그러나 내가 공부하고 있을 때 옆 교실에 있는 사람이 노래 부르는 것을 들으면 도저히 책을 읽지 못하는 것이 내 성격이다. 따라서 《당시선唐詩選》이리도 큰 소리로 읊으면 기분이 시원해져서 좋겠다고 생각되는 때조차, 만약 나처럼 피해를 입는 사람이 옆에 살고 있고, 나도 모르게 그 사람의 방해가 되는 일이 있다면 죄송하다고 생각하여 그럴 때는 언제나 삼가고 있는 것이다. 그러므로 제군도 가능한 한 공덕을 지켜서 적어도 남의 방해가 되리라고 생각하는 일은 결코 해서는 안 되는 것이다. …"

주인은 귀를 기울여서 이 강의를 경청하고 있었는데, 이 대목에 이르러서 빙긋이 웃었다. 여기서 잠시 이 '빙긋'의 뜻을 설명할 필요가 있다. 세상만사 비꼬아 생각하는 사람이 이것을 읽었다면 이 '빙긋' 속에 냉소적인 분자가 섞여 있을 것이라 생각할 것이다. 그러나 주인은 결코 그렇게 속이 검은 사람이 아니다. 속이 검다기보다는 그렇게 머리가 발달한 사내가 아니다. 주인이 어째서 웃었는가 하면 진정으로 기뻐서 웃었던 것이다. 윤리 교사라는 사람이 이렇게 확실한 훈계를 준 이상 앞으로는 영원히 통통탄의 난사로부터 벗어날 수 있을 것이다. 당분간 머리도 까지지 않을 수 있다. 홍분은 당장 고쳐지지 않더라도 때가 오면 점차적으로 회복될 것이다. 젖은 물수건을 머리에 쓰고 고타쓰를 쬐지 않더라도, 나무 아래 바위 위에서 잠을 자지 않더라도 괜찮겠다고 생각했기 때문에 빙글빙글 웃었던 것이다. 빚은 반드시 갚아야 한다고, 20세기가 된 오늘날에 이르러서도 고지식하게 생각할 정도의 주인이 이런 강의를 진지하게 들은 것은 당연한 일이다.

이윽고 시간이 되었는지 강의가 뚝 끊겼다. 다른 교실 수업도 모두 한꺼번에 끝났다. 그러자 지금까지 실내에 밀봉되어 있던 팔백 명의 세력들이 승리의 함성을 지르며 건물에서 뛰쳐나왔다. 그 기세로 말하자면 30센티미터가량 되는 벌집을 쑤셔서 땅바닥에 떨어뜨려 놓은 듯했다. 붕붕, 왕왕, 하면서 창문에서, 교실 문에서, 아무튼 구멍이 뚫려 있는 곳이라면 아무런 거침없이 앞다투어 뛰어나왔다. 이것이 대사건의 발단이다.

우선 벌들의 진영부터 설명한다. 이런 전쟁에 진영이고 뭐고가 어디 있느냐고 한다면 그것은 틀린 말이다. 보통 사람은 전쟁이라고 하면 지금 대륙에서 벌어지는 전쟁 말고는 없는 것처럼 생각한다. 조금 글을 읽었다 하는 야만인일 경우에는 아킬레우스가 헥토르의 시신을 질질 끌고 트로이 성벽을 세 바퀴나 돌았다는 둥, 연燕나라의 장비가 장판교長坂橋에서 장팔사모를 옆에 놓고 조조의 백만 군대를 눈길로 물리쳤다는 둥 거창한 일만 연상한다. 연상하는 것이야 당사자의 마음이지만, 그 이외에 전쟁은 없는 것처럼 생각하니 문제이다. 그 옛날 무지몽매한 시대에는 그렇게 황당한 전쟁이 이루어졌을지도 모른다. 그러나 태평한 오늘날 대일본제국 수도 한가운데서 그런 야만적인 행동은 있어서는 안 될 일에 속한다. 아무리 소동이 일어나도 파출소 불태우기 이상으로 확대될 염려는 없다. 그렇다면 와룡굴의 주인인 구샤미 선생과 낙운관에 있는 팔백 건아와의 전쟁은 도쿄 시가 생긴 이래의 대전쟁 중 하나로 꼽아도 무방할 것이다. 좌씨左氏가 언릉鄢陵의 싸움을 기술할 때*도 우선 적의 진영부터 언급하였다. 예로부터 서술을 잘하는 사람은 모두 이런 방법을 쓰는 것이 일반적인 규칙이다. 따라서 내가 벌떼들의 진영에 대해 이야기하는 것도 당연한 일이다. 그래서 우선 벌들의 진영이 어떤가 하고 보았더니, 네모난 간살 울타리 바깥쪽에 종렬로 늘어선 일대가 있다. 이는 주인을 전투선 안으로 유인하는 소임을 가진 자들로 보인다. "항복하지 않을까?" "안 해, 안 해." "틀렸어, 틀렸어." "안 나오는데." "떨어지지 않으면 어쩌지?" "안 떨어질 리가 없어." "짖어 봐." "멍멍." "멍멍." "멍멍, 멍멍." 그런 다음에는 중대에 있는 자들이 한꺼번에 함성을 질렀다. 중대에서 약간 오른쪽으로 떨어진 운동장 방면에는 포대가 유리한 고지를 점령하여 진을 치고 있다. 와룡굴을 앞에 두고 장교 한 사람이 커다란 방앗공이를 가지고 준비하고 있다. 이를 마주 보며 10미터가량 간격을 두고 다시 한 사람이 서 있다. 방앗공이 뒤로 다시 한 사람, 이는 와룡굴을 바라보며 우뚝 서 있다. 이렇게 일직선으로 나란히 마주 보고 서 있는 자들이 포격수이다. 어떤 사람의 설에 의하면 이는 야구의 연습이지, 결코 전투 준비가 아니라고 한다. 나는 야구가 무엇인지 알지 못하는 문맹이다. 그러나 들은 바에 따르면 그것은 미국에서 수입된 놀이로 오늘날 중학교 정도 이상의 학교에서 행해지는 운동 중에서 가장 유행하는 것이라 한다. 미국은 엉뚱한 일만 생각해 내는 나라이므로 포대砲隊로 착각할 수 있을 만한, 온 동네에 피해가 막심한 놀이를 일본인들에게 가르칠 만큼 친절했는지도 모른다. 그리

---

* 노나라 좌구명(左丘明)이 공자의 《춘추(春秋)》를 해설한 책 《춘추좌씨선(春秋左氏傳)》에서 '언릉전' 대목을 말한다.

고 미국인들은 이런 것을 진지하게 일종의 운동경기로 여기고 있을 것이다. 그러나 순수한 놀이라도 이렇듯 사방을 놀라게 하고도 남을 능력을 가진 이상, 쓰기에 따라서는 포격용으로도 충분히 사용할 수 있다. 내 눈으로 관찰한 바로는, 그들은 이 운동 방법을 이용하여 제대로 된 포격을 획책하고 있다고밖에는 생각되지 않는다. 사물은 보기 나름이고 말은 하기 나름이다. 자선의 이름을 빌어서 사기 행각을 벌이고, 인스피레이션이라 부르며 흥분을 기뻐하는 자가 있는 이상 야구라는 놀이를 가지고 전쟁을 하지 말라는 법이 없다. 앞서 나온 어떤 사람의 설명은 세상 일반의 야구를 일컫는 것이리라. 지금 내가 기술하는 야구는 이 특별한 경우에 한정된 야구, 즉 공성攻城을 위한 포격술이다. 이제부터 통통탄을 발사하는 방법을 소개한다. 직선으로 깔린 포격수 중의 한 명이 통통탄을 오른손으로 쥐고 방앗공이의 소유자에게 던진다. 통통탄은 무엇으로 만들어졌는지 외부인으로서는 알 수 없다. 딱딱하고 둥근 돌떡 같은 것을 정성스레 가죽으로 감싸고 일일이 바느질한 것이다. 앞에서 말한 대로 이 총알이 포격수 중 한 명의 손에서 떨어져서 바람을 가르며 날아가면 건너편에 선 한 사람이 그 방앗공이를 획 하니 휘둘러서 이것을 때린다. 가끔 때리지 못한 총알이 그대로 흘러가는 경우도 있지만 대개는 땅, 하고 커다란 소리를 내며 튕겨 나간다. 그 기세는 매우 맹렬한 것이다. 신경성 위염에 시달리는 주인의 머리를 부수는 정도는 쉽게 할 수 있다. 포격수는 이것만으로 충분한데도 그 주변에는 구경꾼 겸 지원병들이 구름떼처럼 몰려 있다. 땅, 하고 방앗공이가 돌떡을 치자마자 "와아, 짝짝짝." 하고 소리를 지르고, 손뼉을 치면서 "잘한다, 잘한다." 하고 외친다. "맞았지." 하고 말한다. "이래도 말을 안 들을래." 하고 말한다. "두 손 들지 않을래." 하고 말한다. "항복하겠느냐?"고 말한다. 이 정도라면 그래도 봐주겠는데 방앗공이에 맞은 총알은 세 번에 한 번씩은 반드시 와룡굴 집 안으로 굴러 들어온다. 이것이 굴러 들어오지 않으면 공격한 목적이 달성되지 않은 것이다. 통통탄은 요즘 여러 곳에서 만드는데, 상당히 값비싼 물건이므로 아무리 전쟁 중이라도 그리 충분한 공급을 받을 수가 없다. 대개 한 포대에 한 개 또는 두 개 꼴이다. 땅, 하고 칠 때마다 이 귀중한 총알을 소비할 수는 없다. 그래서 그들은 공줍기를 하는 부대를 만들어서 떨어진 총알을 주워 온다. 떨어진 장소가 좋으면 주워 오는 데 힘이 들지 않지만 풀숲이나 남의 집 안으로 들어가 버리면 그리 쉽사리 돌아오지 않는다. 그래서 평소 같으면 될 수 있는 대로 고생을 피하기 위해 줍기 쉬운 곳으로 날릴 터인데, 지금은 반대로 나온다. 목적이 놀이에 있는 것이 아니라 전쟁에 있는 것이니 일부러 통통탄을 주인의 집 안으로 떨어뜨린다. 떨어뜨린 이상 집 안에 들어가서 주워 와야 한다. 집 안으로 들어가는 가장 간편한 방법은 네모진 간살 울타리를 넘는 것이다. 울타리 안에서 소동이 일어나면 주인이 화를 내지 않을 수 없다. 아니면 아예 두 손을 바짝 들고 항복할 수밖에 없다. 고심한 나머지 머리가 까질 수밖에 없다.

방금도 적군이 발사한 제1탄이 조준이 빗나가지 않고 네모난 간살 울타리를 넘어서 오동나무 아랫잎을 떨어뜨리며 제2의 성벽, 즉 대나무 울타리에 명중하였다. 어지간히 큰 소리다. 뉴턴의 운동법칙 제1에 따르면, 만약 다른 힘이 가해지지 않으면 한번 움직이기 시작한 물체는 균일한 속도를 가지고 직선으로 움직인다고 하였다. 만약 이런 법칙만으로 물체의 운동이 지배된다면 주인의 머리는 이때 아이스킬로스와 같은 운명에 처했을 것이다. 다행히 뉴턴이 제1법칙을 정하면서 동시에 제2법칙도 만들어 주었기 때문에 주인의 머리는 아슬아슬하게 목숨을 부지할 수 있었다. 운동의 제2법칙이란 운동의 변화는 가해진 힘에 비례하되, 그 힘이 작용하는 직선 방향으로 일어난다는 것이다. 이 말은 무슨 뜻인지 좀 알기 힘든데, 어쨌든 그 통통탄이 대나무 울타리를 관통하여 장지문을 뚫고 주인의 머리를 파괴하지 않은 것은 틀림없이 다 뉴턴 덕분이다. 조금 지나자 생각대로 적이 집 안으로 쳐들어온 모양인지, "여기야?" "좀 더 왼쪽인가?" 하고 막대기로 조릿대 잎을 두드리며 다니는 소리가 들렸다. 어떤 적이든 주인네 집 안으로 들어와서 통통탄을 주울 때에는 반드시 특별히 커다란 목소리를 낸다. 몰래 들어와서 몰래 줍게 되면 주된 목적을 달성할 수가 없다. 통통탄이 귀중할지도 모르지만 주인을 놀리는 것은 통통탄 이상으로 중요하다. 이런 경우에는 멀리 있을 때부터 총알의 소재지를 뻔히 알고 있다. 대나무 울타리에 맞는 소리도 들었다. 어디에 맞았는지 장소도 알고 있다. 그리고 그렇게 맞고 떨어진 장소도 충분히 알고 있다. 그러니까 얌전히 입을 다물고 주워 가려고 마음을 먹었다면 얼마든지 조용히 주울 수 있었다. 라이프니츠*의 정의에 따르면 공간은 동시에 존재할 수 있는 현상의 질서이다. '가나다라마바사'는 항상 같은 순서로 나타난다. 버드나무 밑에는 반드시 미꾸라지가 있다. 박쥐에게는 초저녁달이 따라붙게 마련이다. 울타리에 공은 어울리지 않을지도 모른다. 그러나 매일 같이 공을 남의 집 안에 집어던지는 자의 눈에 비친 공간은 분명 이런 배열에 익숙해져 있다. 한눈에 봐도 알 수 있다는 뜻이다. 그런데도 이렇듯 시끄럽게 떠들어 대는 것은 보나마나 주인에게 전쟁을 거는 수작이다.

이렇게 되자 아무리 소극적인 주인이라 해도 응전하지 않을 수가

* 독일의 수학자·물리학자·철학자·신학자(1646~1716).

없다. 아까 거실 안쪽에서 윤리 강의를 들으며 싱글싱글 웃고 있던 주인은 분연하게 일어섰다. 맹렬하게 뛰어나갔다. 막연하게 적의 한 사람을 생포했다. 주인으로서는 큰 공적이다. 큰 공적임에는 틀림이 없지만 보아하니 열네다섯 살의 어린 아이이다. 수염이 난 주인의 적으로는 너무 어울리지 않는다. 그러나 주인은 이제 더 이상 참을 수 없다고 생각한 모양이다. 미안하다고 싹싹 비는데도 억지로 잡아끌어서 툇마루 앞까지 데리고 왔다. 여기서 잠시 적의 책략에 대해 한마디 할 필요가 있다. 적은 주인이 어제 서슬 퍼렇게 뛰어나온 것을 보고 이 상태라면 오늘도 반드시 자기가 직접 출동할 것이라고 예상했다. 그때 만약에 도망치지 못해서 대장이 붙잡히면 일이 귀찮게 된다. 그러니 1학년이나 2학년 정도의 어린 학생들에게 공줍기를 시켜서 위험을 피하는 것이 상책이다. 혹시라도 주인이 어린 아이를 붙잡고 이러쿵저러쿵 잔소리를 늘어놓아도 낙운관의 명예와는 상관이 없다. 유치하게 이렇게 어린 아이를 상대하는 주인만 창피하게 될 뿐이다. 적의 생각은 이랬다. 이것이 일반적인 인간의 사고방식이고, 아주 당연한 것이다. 다만 적은 상대방이 보통 인간이 아니라는 사실을 계산 속에 넣는 것을 잊어버렸을 뿐이다. 주인에게 이 정도 상식이 있다면 어제도 뛰어나가지 않았을 것이다. 흥분은 보통 사람을 보통 사람이 가진 정도 이상으로 만들어 놓고, 상식적인 사람을 몰상식하게 만드는 것이다. 여자니, 어린아이니, 인력거꾼이니, 상것이니 그런 분간을 할 수 있는 동안은 아직 피가 거꾸로 솟았다고 할 수가 없다. 우리 주인처럼 상대도 되지 않는 중학교 1학년생을 붙잡아서 전쟁 인질로 삼을 정도의 상태가 아니면 흥분한 자들의 패거리 속에 낄 수가 없는 것이다. 불쌍하게 된 것은 포로로 잡힌 학생이다. 그저 상급생의 명령을 받고 공줍기라는 졸병 역할을 했을 뿐인데, 재수 없게도 몰상식한 적장이요, 흥분의 천재에게 내몰려서 울타리를 넘을 틈도 없이 뜰 앞으로 끌려온 것이다. 이렇게 되자 적군은 가만히 앉아서 아군의 치욕을 지켜볼 수가 없다. 너나 할 것 없이 네모난 간살 울타리를 넘어서 울타리 문을 통해 우르르 정원 안으로 들어왔다. 그 수가 열두 명 정도였는데, 모두들 주인 앞에 늘어섰다. 대개는 웃옷도 조끼도 입지 않은 상태였다. 흰 셔츠의 소매를 걷고 팔짱을 낀 녀석이 있었다. 플란넬의 옷을 빨고 빨아 이제 색이 바랜 것을 모양으로 등에 걸치고 있는 녀석도 있다. 그런가 하면 흰 무명에 검은 띠를 두르고 가슴 한 가운데에 꽃으로 된 글자를 같은 색으로 수놓은 멋쟁이 녀석도 있다. 모두가 일당백의 용맹스러운 장수들인지 '당장 한판 벌이러 어제 고향에서 올라왔다.'고 외치는 무사처럼 검고 우람한 근육이 발달되어 있다. 중학교에 넣어서 학문을 시키기에는 아까울 따름이다. 어부나 선장을 시키면 분명 국가를 위해 큰일을 할 것이라 생각될 정도이다. 그들은 하나같이 맨다리에 바지를 접어 올린 것이 당장이라도 불난 집에 소화 작업을 도우러 달려갈 것 같은 차림새였다. 주인 앞에 죽 늘어선 그들은 묵묵히 서 있을 뿐 한마디도 하지 않았다. 주인도 입을 열지 않았다. 한동안 양쪽 모두 눈싸움을 하는 가운데 약간 살기가 돌았다.

"네놈들은 도둑놈이냐?"

주인이 심문을 시작하였다. 기염을 토하는 말투였다. 어금니로 씹어 삼킨 분노의 덩어리가 불꽃이 되어 콧구멍으로 나오는 바람에 코가 현저하게 커진 것처럼 보였다. 사자탈의 코는 인간이 화가 났을 때의 모양새를 본떠서 만들어졌을 것이다. 그렇지 않으면 그렇게 무섭게 만들 수가 없었을 것이다.

"아니요, 도둑놈이 아닙니다. 낙운관의 학생입니다."

"거짓말 마라. 낙운관의 학생이라면 무단으로 남의 집 정원에 침입할 리가 없지 않느냐?"

"하지만 이렇게 보시는 바와 같이 학교 문장이 달린 모자를 쓰고 있습니다."

"가짜일 테지. 낙운관의 학생이라면 어째서 함부로 침입했어?"

"공이 날아들어서요."

"어째서 공이 날아들게 했지?"

"어쩌다 보니 날아들었어요."

"괘씸한 놈이군."

"앞으로는 조심할 테니 한 번만 용서해 주세요."

"어디 사는 누구인지도 모르는 놈이 울타리를 넘어서 내 집 안으로 침입했는데 그렇게 쉽게 용서가 될 성싶으냐?"

"그래도 낙운관의 학생인 것은 틀림이 없습니다."

"낙운관의 학생이라면 몇 학년이냐?"

"3학년입니다."

"틀림이 없겠지?"

"네."

주인은 안쪽을 돌아보면서 "이봐, 누구 없어?" 하고 말했다.

시골 태생의 식모가 장지문을 열면서 "부르셨어요?" 하고 얼굴을 내밀었다.

"낙운관에 가서 누구 좀 데려와."

"누구를 데려올까요?"

"누구라도 좋으니 빨리 데려와."

하녀는 "네." 하고 대답은 했지만 늘 앞의 광경이 너무 이상하다는 것과 심부름의 목적이 분명치 않다는 것, 아까부터 일어난 사건의 전

개가 너무 황당하다는 것 때문에 앉지도 일어서지도 못한 채 싱글싱
글 웃고만 있었다. 주인은 이래 봬도 큰 전쟁을 하고 있다고 믿고 있
었다. 흥분해서 제대로 수완을 발휘하고 있다고 생각했다. 그런데 자
기의 하인이니 당연히 자기편을 들어야 할 자가 진지한 태도로 사건
에 임하지 않을 뿐만 아니라, 심부름 시킨 것을 듣고서도 싱글싱글 웃
고만 있었다. 그러니 더욱 흥분할 수밖에 없다.

"누구라도 상관이 없으니 빨리 데려오라는데도. 교장이든 간사든
교감이든….'

"저 교장 선생님을….'

하녀는 교장이라는 말밖에 몰랐던 것이다.

"교장이든 간사든 교감이든 상관없다고 하는데 못 알아듣겠어?"

"아무도 없으면 심부름꾼을 데리고 와도 괜찮을까요?"

"그게 무슨 멍청한 소리야? 심부름꾼 따위가 뭘 안다고?"

이렇게 되자 하녀도 할 수 없다고 생각했는지 "네." 하고는 나갔다.
심부름 시키는 목적을 여전히 이해하지 못한 모양이었다. 심부름꾼이
라도 끌고 오는 것이 아닌가 하고 걱정하고 있으려니까, 아니나 다를
까 그 윤리 선생이 앞문으로 들어왔다. 태연하게 자리에 앉기를 기다
렸던 주인은 당장 담판을 시작했다.

"방금 우리 집 안에 이자들이 난입해 왔는데요….'

주인이 고풍스러운 말투로 시작했다.

"정말로 그 학교 학생이 맞습니까?"

그러고는 이처럼 다소 비꼬는 어투로 말을 맺었다.

윤리 선생은 특별히 놀란 기색도 없이 태연하게 뜰 앞에 늘어서 있
는 용사들을 한 차례 둘러본 다음, 눈길을 다시 주인 쪽으로 돌리더
니 다음과 같이 대답했다.

"맞습니다. 모두 저희 학교 학생입니다. 이런 일이 없도록 항시 훈계를 하고는 있습니다만, 참으로 난처하게 되었군요. 어째서 자네들은 울타리를 넘은 것인가?"

역시 학생은 학생이다. 윤리 선생한테는 한마디도 할 수가 없었는지 뭐라고 입을 떼는 사람이 없었다. 얌전하게 정원 구석에 모여서 서리 맞은 양떼처럼 가만히 서 있었다.

"공이 들어오는 것도 하는 수 없겠지요. 이렇게 학교 옆에 살고 있는 이상 가끔은 공이 날아 들어올 수도 있습니다. 그런데… 너무 함부로 그러는 것 같아서요. 설사 울타리를 넘는다 해도 조용히, 남들 모르게 들어와서 공을 주워 간다면 그래도 참을 만한데…."

"충분히 이해를 합니다. 조심하라고 주의를 주고는 있지만 워낙 많은 인원이라…. 너희들 앞으로는 조심하도록 해. 만약 공이 이 댁으로 날아 들어오면 앞문으로 돌아가서 양해를 구한 다음에 가지고 가도록 해라. 알았어? 넓은 학교에서 일어나는 일들이라 이것저것 신경 쓰이는 일들이 많습니다. 하지만 운동은 교육상 필요한 것이라 하지 말라고 금지할 수도 없는 일이지요. 그런데 운동을 하라고 내버려두면 이렇듯 폐를 끼치는 일이 생기는데, 이 점에 대해서는 아무쪼록 양해를 해 주셨으면 합니다. 그 대신 앞으로는 반드시 앞문으로 와서 양해 말씀을 드린 다음에 공을 줍도록 하겠습니다."

"아니, 그렇게 말씀을 해 주시니 됐습니다. 공은 아무리 들어와도 상관이 없습니다. 다만 앞문으로 와서 주워 가겠다고 한마디만 해 주면 됩니다. 그럼 이 학생은 선생님께 넘겨드리겠으니 데리고 돌아가시기 바랍니다. 이렇게 일부러 오시라고 해서 정말 송구했습니다."

이러고는 주인은 여느 때와 다름없이, 여전히 용두사미의 인사를 하였다. 윤리 선생은 늘어서 있던 무사 같은 학생들을 데리고 앞문을 통해 낙운관으로 철수했다. 내가 말하는 소위 대사건은 이렇게 해서 일단 마무리되었다. 그게 무슨 대사건이냐고 웃고 싶으면 웃어도 좋다. 그런 사람에게는 대사건이 아니라고 하면 그만이다. 나는 우리 주인의 대사건을 이야기했을 뿐이지, 그런 사람의 대사건을 이야기한 것이 아니다. 꼬리가 잘린 것이 너무 싱겁다는 둥, 흐지부지 끝났다는 둥 욕하는 사람이 있다면 이것이 우리 주인의 특색이라는 점을 떠올려 주었으면 좋겠다. 주인이 우스운 글의 재료가 되는 이유 또한 이런 특색을 가지고 있기 때문임을 기억해 주기 바란다. 열네댓 살의 어린 아이를 상대로 하는 것이 멍청하다고 한다면, 나도 그 멍청하다는 점에 대해서는 동의한다. 그래서 오마치 게이게쓰는 주인을 보고 아직도 치기를 면치 못했다고 평하지 않는가.

나는 이미 작은 사건을 다 설명하였고, 지금 다시 대사건에 대해 이야기했다. 그러니 이제부터 대사건 뒤에 일어난 나머지 일에 대해 설명해서 이야기 전체를 매듭지을 생각이다. 내가 쓰는 것은 모두 거짓부렁으로 지어 낸 이야기라고 생각하는 독자가 있을지도 모르지만, 나는 결코 그런 경솔한 고양이가 아니다. 한 글자, 한 단어 속에 우주의 큰 철학과 진리를 포함하는 것은 물론이요, 그 한 글자 한 단어가 계속해서 이어지면 앞뒤가 서로 통하고, 전후가 맞물려서 하찮은 이야기라고 생각하며 허술하게 읽었던 것이 홀연히 변화하여 평범하지 않은 법어가 된다. 그러니 결코 자리에서 뒹굴거리거나 다리를 쭉 뻗고 다섯 줄씩 한꺼번에 읽는 식의 무례함을 보여서는 안 된다. 당나라의 문인 유종원柳宗元은 한유韓愈의 글을 읽을 때마다 장미수薔薇水로 손을 깨끗하게 씻었다고 할 정도이니, 내 글에 대해서도 하다못해 자기 돈으로 잡지를 살 일이지 친구가 읽다 만 것을 빌려서 때우는 식의 허술한 대우는 하지 않았으면 한다. 지금부터 이야기하는 일은 내가 그냥 나머지라고 부르지만, 어차피 나머지 일이니 재미없을 것이 뻔하다, 그러니 읽지 않아도 상관이 없다, 하고 생각한다면 나중에 크게 후회한다. 반드시 마지막까지 열심히 읽어야 할 것이다.

대사건이 일어난 이튿날 나는 잠시 산책을 하고 싶어져서 집 밖으로 나갔다. 그런데 건너편 골목으로 돌아가려는 모퉁이에서 가네다 군과 스즈키 도주로 씨가 서서 뭔가 열심히 이야기하고 있었다. 가네다 군은 차를 타고 집으로 돌아가려는 참이었고, 스즈키 군은 가네다 군이 없는 사이에 집을 방문했다가 돌아가는 도중에 두 사람이 딱 마주쳤던 것이다. 요즘 들어서는 가네다 저택도 별로 신기한 점이 없어서 좀처럼 그쪽 빙면으로는 발길이 가지 않았는데, 이렇게 눈앞에 보이니 어딘지 모르게 반가웠다. '스즈키도 오랜만에 보는 것이니, 멀리서지만 얼굴을 배알하는 영광을 누리도록 하자.' 이렇게 결심하고 슬금슬금 두 사람이 서 있는 곳 근처까지 다가가 보았더니, 자연스럽게 두 사람의 이야기가 귀에 들어왔다. 이것은 내 잘못이 아니다. 상대방이 이야기하고 있었던 것이 잘못이다. 가네다 군은 탐정까지 붙여서 주인의 동정을 살필 정도의 양심을 가지고 있는 사내이니, 내가 우연히 자기 이야기를 들었다 해도 화를 낼 일은 없을 것이다. 만약 화를 낸다면 가네다 군은 공평이라는 말의 뜻을 전혀 모른다는 뜻이 된다. 아무튼 나는 두 사람의 이야기를 들었다. 듣고 싶어서 들은 것이 아니다. 듣고 싶지 않았는데도 이야기 쪽에서 내 귓속으로 뛰어 들어왔을 뿐이다.

"방금 댁으로 찾아뵈었던 길인데, 마침 여기서 만나 뵐 수 있어서 다행입니다."

도주로 씨는 정중하게 고개를 꾸벅 숙였다.

"음, 그랬나. 사실은 얼마 전부터 자네를 좀 봤으면 하고 생각하고 있었지. 마침 잘되었군."

"네, 아주 잘된 일이지요. 저에게 무슨 하실 말씀이라도?"

"아니, 뭐 별다른 일은 아니네. 아무래도 상관이 없는 일이지만 그래도 자네가 아니면 할 수 없는 것이라서."

"제가 할 수 있는 일이라면 무엇이든 말씀만 하십시오. 어떤 일입니까?"

"으음, 그것이…."

가네다 군이 뭔가를 생각하고 있다.

"지금 말씀하시기 그러시다면 시간 되실 때 다시 찾아뵐까요? 언제 시간이 나시겠습니까?"

"아니, 그렇게 대단한 일은 아니네. 그럼 모처럼 얼굴을 보았으니 부탁 좀 할까?"

"예, 주저하지 마시고 말씀하시지요…."

"그 괴짜 말일세, 자네 옛 친구라는 사람 말이야. 구샤미 뭐라고 했던가?"

"예, 그런데 구샤미가 뭘 했습니까?"

"아니, 뭘 했다는 건 아니고. 그냥 그 사건 이후로 속이 뒤틀려서 말이지."

"그러시겠지요. 아무튼 구샤미 그 친구는 교만한 자라서…. 조금은 자기의 사회적인 지위를 생각하고 처신하면 좋을 텐데, 이건 완전히 안하무인이라서요."

"그 점일세. 돈 앞에 굽실거리지 않겠다, 실업가 따위가… 어쩌구 하면서 버릇없는 소리를 늘어놓고 있다고 해서, 그렇다면 실업가의 본때를 좀 보여 주어야겠다고 생각했다네. 그래서 얼마 전부터 상당히 힘을 약하게 해 놓기는 했는데, 그래도 버티고 있단 말이야. 보통 고집이 아니야. 내가 놀랐다네."

"도무지 손익이라는 관념이 없는 놈이니 공연히 오기를 부리고 있는 것이겠지요. 옛날부터 그런 버릇이 있는 사내입니다. 말하자면 자기 손해가 되는 일을 전혀 깨닫지 못하니 참 다루기가 힘들지요."

"아하하하, 정말 다루기 힘들더군그래. 여러 가지로 수를 쓰고 방법을 바꿔서 해 보고 있네만. 결국에는 학교 학생들에게 시켰지."

"그것 정말 기가 막힌 생각이시네요. 효과가 있었습니까?"

"이 방법에는 그놈도 어지간히 곤욕을 치른 모양이야. 이제 머지않아 백기를 들 것이 분명하지."

"그것 잘되었군요. 아무리 잘났다고 기들먹거려도 제 놈이 무슨 수로 버티겠습니까?"

"그럼, 혼자서는 아무 일도 못 하지. 그래서 어지간히 약해지기는 한 것 같은데, 좀 어떤지 자네가 가서 보고 왔으면 싶은데 말이야."

"아, 예에, 그러시군요. 그럼 그렇게 하지요. 당장이라도 다녀오겠습니다. 어떤 상황인지는 돌아가는 길에 댁에 들러서 보고드리기로 하겠습니다. 흥미롭지 않습니까? 저 고집불통이 의기소침해서 축 가라앉아 있는 모습은 아마 볼만할 겁니다."

"아아, 그럼 가는 길에 들르게. 기다리고 있을 테니."

"알겠습니다. 그럼 실례하겠습니다."

아니, 이번에도 그런 계략이 있었군. 정말이지, 실업가의 세력은 대단한 것이다. 타다 남은 석탄 같은 주인을 흥분하게 만드는 것도, 괴로워한 나머지 주인의 머리가 파리가 미끄러지는 대머리가 되는 것도, 그 머리가 아이스킬로스와 같은 운명에 빠지는 것도 모두 실업가의 세력이다. 지구가 지축을 회전하는 것은 무슨 작용 때문인지 모르시만 세상을 움직이는 것은 분명히 돈이다. 이런 돈의 힘을 잘 알고, 이

런 돈의 영향을 자유롭게 발휘하는 자는 실업가 여러분 외에는 아무
도 없다. 태양이 무사히 동쪽에서 나와서 무사히 서쪽으로 지는 것도
온전히 실업가들 덕택이다. 지금까지 고지식하고 가난한 학자의 집에
서 살면서 실업가의 은혜를 몰랐다니 내가 생각해도 참으로 어리석
은 일이었다. 그러나저러나 고집불통 우리 주인도 이번만큼은 조금
깨달음을 얻을 수밖에 없겠다. 이러고서도 고집불통을 계속 관철시
킨다면 그건 정말 위험한 생각이다. 주인이 가장 귀중하게 생각하는
목숨이 위태롭다. 주인은 스즈키 군을 만났을 때 어떤 대답을 할까?
그 내용에 따라 주인이 깨달은 정도도 자연히 분명해진다. 어물어물
하고 있을 새가 없다. 내가 고양이라도 주인의 일에 대해서는 적지 않
게 걱정이 된다. 그래서 재빨리 스즈키 군을 앞질러서 먼저 집으로
돌아갔다.

스즈키 군은 여전히 말주변이 좋은 사내이다. 오늘은 가네다에 관
한 말은 입 밖에 벙긋도 하지 않고 그저 무난한 세상 이야기만 재미
있게 떠들어 대고 있다.

"자네, 안색이 좀 좋지 못하군. 어디 아픈 것 아닌가?"

"아니, 아무 데도 아픈 곳은 없네."

"그래도 창백한걸. 조심해야지. 날씨가 워낙 좋지 않으니 말이야.
밤에는 잘 자는가?"

"응."

"뭐 걱정되는 일이라도 있는 것 아닌가? 내가 도움이 될 수 있는
일이라면 뭐든지 하겠네. 주저 말고 말해 보게."

"걱정되는 일이라니, 무엇 말인가?"

"아니, 없으면 됐네. 혹시 있다면 말해 보라는 뜻이지. 걱정이 몸에
제일 나쁘거든. 세상은 웃으면서 재미있게 보내는 것이 최고지. 아무

래도 자네는 너무 어둡게 지내는 것 같아."

"웃는 것도 몸에 해로우니까. 쓸데없이 너무 웃으면 죽을 수도 있다네."

"그게 무슨 말도 안 되는 소리인가? 소문만복래笑門萬福來라고 웃는 자에게는 복이 찾아온다고 하지 않는가."

"옛날 그리스에 크리시포스라는 철학자가 있었는데, 자네는 모르겠지?"

"몰라. 그런데 그 사람이 어쨌는데?"

"그 사내는 너무 웃는 바람에 죽었다네."

"허어, 그깃참 신기하고. 하지만 그야 옛날 일이니까…."

"옛날이나 지금이나 똑같지. 나귀가 은그릇에서 무화과를 꺼내 먹는 것을 보고는 너무 우스워서 참지 못하고 어지간히 웃었다네. 그런데 도무지 이 웃음이 멈추지를 않는 거야. 결국 웃다가 죽어 버렸다네."

"하하하, 하지만 그렇게 끝도 없이 웃지 않아도 괜찮아. 조금 웃는 거야—적당하게 말이지—그럼 기분이 좋아진다네."

스즈키 군이 자꾸만 주인의 동정을 살피고 있는 참에 앞문이 드르륵 열렸다. 손님이 왔나 싶었더니 그렇지 않았다.

"저어, 공이 들어왔는데 줍게 해 주세요."

하녀가 부엌에서 "네." 하고 대답했다. 학생은 뒤쪽으로 돌아갔다. 스즈키는 묘한 표정을 지으며 "무슨 일인가?" 하고 물었다.

"뒤의 학생이 공을 우리 집 정원에 던져 넣어서 가지러 온 걸세."

"뒤의 학생? 뒤쪽에 학생이 사는가?"

"낙운관이라고 하는 학교지."

"아아, 학교가 있다고. 어지간히 시끌벅적하겠군."

"보통 시끄러운 것이 아닐세. 제대로 공부도 할 수가 없어. 내가 문부대신이라면 당장 폐쇄시키라고 명령했을 거야."

"하하하, 어지간히 화가 난 모양이군. 뭐 속이 상하는 일이라도 있었는가?"

"있다 뿐인가? 아침부터 밤까지 속이 뒤집히고 있네."

"그렇게 속이 상할 정도면 이사해 버리면 되지 않은가?"

"누구보고 이사를 가란 말인가? 얼토당토않게."

"나한테 화를 내 봐야 소용이 없지 않은가. 어린 아이들이 하는 짓 아닌가? 그냥 내버려둬."

"자네야 그래도 상관이 없겠지만 나는 상관이 있네. 오늘은 교사를 불러다 놓고 한바탕 항의를 했지."

"그것 재미있었겠군. 그래, 미안해하던가?"

"그럼."

그때 다시 문이 열렸다.

"공이 들어왔는데 줍게 해 주세요."

또 이런 목소리가 들렸다.

"어지간히 자주 오는군. 또 공이 들어왔다네."

"응, 앞문으로 들어오도록 약속을 했으니까."

"그렇군. 그래서 저렇게 오는군그래. 그래, 이제 알겠네."

"뭘 알겠다는 말인가?"

"아니, 저렇게 공을 가지러 오는 원인 말이야."

"오늘만 해도 벌써 열여섯 번째야."

"자네, 귀찮지 않은가? 오지 말라고 하면 될 것 아닌가?"

"오지 말라고 해도 오니까 할 수 없지 않은가?"

"할 수 없다고 한다면 그만이지만 세상살이를 그리 고지식하게 할 필요도 없지 않나? 사람은 뾰족하게 날이 서 있으면 이 세상 살아가는 데 이만저만 고역이 아니게 되지. 그렇게 손해 보는 짓을 왜 하나? 둥글둥글하게 살면 어디서라도 동글동글 구르면서 잘살 수 있지만, 네모난 것은 세상 속에서 굴러가는 데 힘만 들게 마련이야. 구를 때마다 모서리가 박히니 이만저만 아픈 것이 아니지. 어차피 자기 혼자서만 살 세상도 아니고, 그렇게 내 마음대로 남이 움직여 주지는 않는단 말이야. 그러니까 말이지, 아무래도 돈이 있는 사람한테 밉보이면 손해라는 말일세. 그저 속만 썩고 몸도 망치고, 그렇다고 남이 칭찬해 주는 것두 아니지 상대방은 아무렇지도 않다네. 가만히 앉아서 남을 부리기만 하면 되니까. 그런 힘 앞에서는 어차피 상대가 되지 않아. 고집부리는 것도 좋지만, 그렇게 자기 고집만 내세우는 동안에 공부도 못 하고, 일상생활에도 지장을 주게 되니, 나중에 가서 보면 하나도 득이 된 것 없이 힘만 빠지게 되는 거야."

"죄송한데요, 지금 공이 날아 들어왔는데 잠깐 뒤로 돌아가서 가지고 가도 될까요?"

"그것 보게, 또 왔네."

스즈키 군이 웃으며 말했다.

"내버려둬." 하고 주인은 얼굴을 벌겋게 물들이며 말했다.

스즈키 군은 이제 방문한 목적을 어지간히 이루었다고 생각해서 "그럼, 이만 실례하겠네, 자네도 좀 놀러 오게." 하고는 돌아갔다. 그 대신에 들어온 사람은 아마키 선생이었다. 흥분을 잘하는 사람이 자기 입으로 그렇다고 시인하는 경우는 예로부터 별로 찾아볼 수 없다. 이건 좀 이상하다고 깨달았을 때는 흥분의 정도가 벌써 지나쳐 있다. 주인의 흥분은 어제의 대사건이 일어났을 때 최고조에 달했는데, 담판이 용두사미였는데도 간신히 마무리되고 나서 그날 밤 서재에서 곰곰이 생각해 보니 좀 이상하다고 느꼈다. 물론 낙운관이 이상한 것인지, 자기가 이상한 것인지 의심할 여지는 충분히 있지만 어쨌든 이상한 것은 틀림없었다. 아무리 중학교 옆에서 산다고 해도 이렇듯 1년 내내 하루가 멀다 하고 신경질을 내고 사는 것은 좀 이상하다는 점을 깨달았던 것이다. 이상하다고 여겼다면 어떻게든 해야 한다. 어떻게든 한다고 해도 달리 뾰족한 방법이 없다. 아무래도 의사가 처방해 준 약이라도 먹어서 분노의 근원에 뇌물이라도 써서 달래는 수밖에 달리 길이 없다. 이렇게 깨닫고는 평소에 자주 찾던 주치의 아마키 선생을 불러서 진찰을 받아 보자는 생각을 했던 것이다. 현명한 짓인지 어리석은 짓인지 그 점은 별도 문제라 해도, 어쨌든 자기의 흥분 상태를 깨달았다는 점만큼은 기특하고 갸륵한 일이었다고 말해 주어야 할 것이다. 아마키 선생은 여느 때와 같이 싱글싱글 침착한 태도로 "어떻습니까?" 하고 물었다. 의사는 대개 어떠냐고 묻게 마련이다. 나는 "어떻습니까?" 하고 묻지 않는 의사는 아무래도 신용할 마음이 생기지 않는다.

"선생님, 아무래도 안 되겠습니다."

"아니, 무슨 문제라도 있습니까?"

"도대체 의사가 주는 약은 효과가 있는 겁니까?"

아마키 선생은 이 말을 듣고 놀랐지만, 그래도 온화한 사람이어서 특별히 화를 내는 기색도 없이 부드럽게 대답했다.

"그야 효과가 없을 리는 없지요."

"내 위병은 아무리 약을 먹어도 전혀 소용이 없는데요."

"절대로 그렇지가 않습니다."

"그럴까요? 조금은 좋아지고 있는 걸까요?"

주인은 자기 위에 대한 일을 남에게 물어보고 있었다.

"그렇게 하루아침에 낫지는 않습니다. 점점 좋아지는 것이지요. 지금도 처음보다는 훨씬 좋아진 상태입니다."

"그렇습니까?"

"여전히 신경질이 납니까?"

"당연히 나지요. 꿈에서까지 화를 내고 있는데요."

"운동이라도 좀 하시지 그러세요."

"운동을 하면 신경질이 더 나는걸요."

아마키 선생도 기가 막히는지 바로 진찰을 시작하였다.

"그럼 어디 좀 볼까요?"

진찰이 끝나기를 기다리다 못 한 주인은 느닷없이 커다란 목소리로 물었다.

"선생님, 지난번에 최면술에 대해 쓰여 있는 책을 읽어 보았더니 최면술을 응용해서 손버릇이 나쁜 사람이나 여러 가지 병에 걸린 사람들을 고칠 수 있다고 쓰여 있던데, 그 말이 사실일까요?"

"네, 그런 치료법도 있습니다."

"지금도 하고 있습니까?"

"네."

"최면술을 거는 것은 어려운 일입니까?"

"아니, 전혀 그렇지 않습니다. 저도 종종 그 방법을 쓰곤 하니까요."

"선생님도 한다고요?"

"네, 한번 해 볼까요? 누구든지 다 걸리게 되어 있는 방법이니까요. 괜찮으시다면 지금 한번 해 보지요."

"그것참 재미있군요. 한번 해 봐 주세요. 나도 예전부터 최면술에 걸려 보고 싶다고 생각했습니다. 하지만 설리기만 하고 깨어나지 못하면 큰일일 텐데…."

"괜찮습니다. 그럼 해 봅시다."

이야기는 순식간에 결론이 나서 주인은 드디어 최면술을 체험하게 되었다. 나는 지금껏 이런 일을 본 적이 없었기 때문에 마음속으로 반기면서 그 결과를 거실 구석에서 바라보았다. 선생은 우선 주인의 눈부터 최면을 걸기 시작했다. 그 방법을 보고 있자니, 양쪽 눈 위의 눈꺼풀을 위에서 아래로 쓸어내리며 주인이 이미 눈을 감고 있는데도 자꾸만 같은 방향으로 만지작거렸다. 잠시 후에 선생은 주인을 향해 물었다.

"이렇게 눈꺼풀을 쓰다듬고 있으니까 점점 눈이 무거워지지요?"

"네, 좀 무거워지는군요."

주인이 대답했다. 선생은 그래도 계속 똑같이 쓰다듬고, 또 쓰다듬으면서 말했다.

"점점 무거워집니다, 그렇지요?"

주인도 그럴듯한 기분이 드는지 아무 소리도 하지 않았다. 같은 마찰법이 다시 3, 4분 동안 되풀이되었다. 마지막으로 아마키 선생이 말했다.

"자, 이제는 눈을 뜨지 못합니다."

불쌍하게도 주인은 끝내 눈을 뜨지 못하게 되었다.

"이제 눈을 뜨지 못합니까?"

"네, 이제 뜨지 못합니다."

주인은 묵묵히 눈을 감고 있었다. 나는 우리 주인이 이제 봉사가 되어 버렸다고 생각했다. 한참 후에 선생이 말했다.

"눈을 뜨고 싶으면 한번 떠 보세요. 도저히 뜰 수 없을 겁니다."

"그렇습니까?"

이 말을 하자마자 주인은 평소대로 양쪽 눈을 번쩍 떴다. 주인이 싱글싱글 웃으면서 말했다.

"걸리지 않네요."

그러자 아마키 선생도 마찬가지로 웃으면서 말했다.

"네, 걸리지 않네요."

최면술은 결국 실패로 끝났다. 아마키 선생도 돌아갔다.

그다음에 온 사람이—우리 주인집에 이렇게 손님이 끊임없이 온 적은 없었다. 교제가 적은 주인집치고는 거짓말처럼 손님이 들락거린다. 하지만 분명히 오기는 왔다. 더구나 보기 드문 진객珍客이 왔다. 내가 이 신기한 손님에 대한 것을 한마디라도 쓰는 이유는 단순히 신기하기 때문만은 아니다. 나는 아까도 말한 대로 대사건외 나머지를 쓰고 있는 참이다. 그런데 이 신기한 손님은 그 나머지 일을 설명하는 데 있어서 빼놓을 수 없는 재료이다. 이름이 어떻게 되는지는 모른다. 다만 얼굴이 길고 염소처럼 수염을 기른 마흔 전후의 남자라고 하면 될 것이다. 메이테이가 미학자임을 자칭한다면 나는 이 남자를 철학자라고 부를 생각이다. 어째서 철학자인가 하면 굳이 메이테이처럼 자기가 그렇게 떠들어 대서가 아니다. 다만 주인과 대화할 때의 모습을 보고 있으니 정말 철학자답게 느껴졌기 때문이다. 이 사람도 옛날 동창인지 두 사람 모두 태도가 아주 친하게 보였다.

"응, 메이테이 말인가? 그 친구는 연못 위의 금붕어 먹이처럼 둥둥 떠다니지. 지난번에 친구를 데리고 얼굴도 모르는 귀족의 집 문 앞을 지났을 때, 잠시 들어가서 차나도 한잔 마시고 가자며 끌어들였다는데 정말 태평한 사람이야."

"그래서 어떻게 되었는데?"

"어떻게 되었는지는 물어보지도 않았지. 아무튼 천상 기인이라고 해야 할 거야. 그 대신 생각이고 뭐고 아무것도 없는 금붕어 먹이야.

스즈키? 그 친구가 온단 말인가? 허어, 그 사람은 지식은 없어도 세속적인 기준으로 보면 똑똑한 사내지. 금시계를 차고 다닐 만해. 하지만 깊이가 없어서 침착하지 못하니 문제야. 원활하게, 원활하게, 하고 말하지만 원활하다는 말의 뜻도 뭐도 알지 못하니까. 메이테이가 금붕어 먹이라면 이 친구는 짚으로 엮은 곤약이야. 그저 혼자서 미끌미끌하게 부르르 떨고 있을 뿐이지."

주인은 이런 기가 막힌 비유를 듣고는 크게 감탄을 했는지 오랜만에 하하하, 하고 웃었다.

"그렇다면 자네는 뭔가?"

"나? 글쎄, 나는 뭐가 될까? 아마 참마 같은 것이라고 볼 수 있겠지. 길게 뻗어서 진흙 속에 묻혀 있으니까."

"자네는 언제나 태연자약하니 속이 편해 보이네. 정말 부럽군."

"나야 보통 사람들과 똑같이 살고 있을 뿐이지. 자네가 부러워할 만한 것도 없네. 다만 고맙게도 남을 부러워할 마음이 생기지 않으니 그런 점은 좋더군."

"재정 상태는 요즘 좀 넉넉한가?"

"뭐, 달라진 것이 없지. 남는 듯 모자란 듯하네. 그래도 먹고살만하니까 괜찮다네. 걱정할 일도 없고."

"나는 속이 상하는 것이 자꾸만 신경질이 나서 탈이네. 뭘 봐도 불평만 늘어놓게 되지."

"불평을 하는 것도 괜찮지. 불평이 생겼을 때 그걸 털어놓아 버리면 한동안은 기분 좋게 지낼 수 있으니까. 사람은 각양각색이니까 남한테도 나처럼 되라고 권해 봤자 될 일이 아니야. 젓가락은 남들처럼 쥐지 않으면 밥을 먹기 힘들지만 자기 빵은 자기 마음에 맞게 자르는 것이 가장 좋다고 생각하네. 솜씨 좋은 재봉사가 옷을 만들어 주면 처음 입을 때부터 내 몸에 꼭 맞는 옷이 생기지만, 서툰 재봉사가 만들면 한동안은 참고 입을 수밖에 없지. 하지만 세상살이가 참 재미있는 것이어서 그런 옷이라도 입고 있는 사이에 옷이 내 골격에 맞춰지게 되더군. 요즘 세상에 살아가기 쉽도록 좋은 부모가 솜씨 좋게 낳아 주었다면 그건 행복한 일이지. 그러나 적합하지 않게 태어났으면 세상에 맞추지 않고 그냥 참든가, 아니면 세상이 나한테 맞춰 줄 때까지 참을 수밖에 달리 도리가 없지 않은가."

"하지만 나 같은 사람은 아무리 기다려도 맞춰질 것 같지 않으니 걱정일세."

"자기 몸에 전혀 맞지 않는 양복을 억지로 입다 보면 찢어지게 되어 있네. 말하자면 싸움을 하거나 자살을 하는 등의 소동이 일어나는 셈이지. 하지만 자네 같은 경우는 그저 재미가 없다는 것일 뿐, 자살은 물론 하지 않고 싸움도 한 적이 없지 않은가? 그만그만하니 괜찮은 편이라고 봐야지."

"그런데 사실은 매일 싸움을 하고 있다네. 상대가 나타나지 않아도 화를 내고 있으면 싸움이 아닌가?"

"하기야 그건 혼자 하는 싸움이지. 재미있군. 얼마든지 하게나."

"그게 싫어졌다네."

"그럼 그만두면 되지."

"자네니까 하는 말이지만 자기 마음이라도 그렇게 자유롭게 움직일 수 있는 것이 아니라네."

"그런데 도대체 무엇이 그렇게 불만스러운가?"

주인은 이 말을 듣고 낙운관 사건을 비롯하여 흙으로 빚은 너구리, 퍼스케, 기샤고, 그밖에 모든 불만을 하나도 남김없이 보소리 철학자 앞에 털어놓았다. 철학자 선생은 묵묵히 듣고만 있더니 겨우 입을 열어서 이렇게 주인을 타일렀다.

"핀스케나 기샤고가 무슨 말을 하든 모르는 척하고 내버려두면 되지 않은가. 어차피 쓸데없는 소리니까. 중학교 학생 같은 어린애들한테 신경 쓸 필요가 있는가? 뭐, 방해가 된다고? 하지만 담판을 지어도, 싸움을 해도 그 방해는 없어지지 않지 않은가. 나는 그런 점에 있어서는 서양인들보다 옛날 우리 조상 쪽이 훨씬 대단하다고 생각해. 서양인들의 방식은 적극적이니 뭐니 해서 요즘에 어지간히 유행하고 있지만 그 방식은 커다란 결점을 가지고 있어. 무엇보다도 적극적이라 해도 어디까지 적극적이어야 하는지 한도를 모르는 일 아닌가. 모든 일을 항상 적극적으로 한다 해도 만족이라는 영역이나 완전이라는 경계에 도달할 수는 없지. 저쪽에 노송나무가 있지? 저게 눈에 거슬린다고 없애 버렸다 치자고, 그럼 또 건너편에 있는 하숙집이 거추장스러워지지. 그 하숙집을 철거하게 하면 그다음 집이 거슬린단 말이야. 이렇게 아무리 가도 끝이 없게 되네. 서양인들의 방법은 다 이런 식이야. 나폴레옹이든 알렉산더든 승리하고 만족한 사람이 하나도 없네. 남이 마음에 들지 않아서 싸움을 하네. 상대방이 항복하지 않으면 법정으로 끌고 가는 거야. 법정에서 이기면 그것으로 끝났다고 생각하는데 천만의 말씀이지. 마음의 안정은 죽을 때까지 애써 봐야 될 일이 아닌 거야. 과인정치寡人政治가 나쁘다고 의회 체제로 만들지. 의회 체제가 쓸모없다고 또 다른 것을 하려고 드네. 강물이 문제라며 다리를 걸고 산이 마음에 들지 않는다고 터널을 파지. 교통이 힘들다고 철도를 깐다네. 그렇게 한다고 영원히 만족할 수 있는 것이 아니야. 그렇다고 인간인데 어디까지나 적극적으로 자기 뜻을 관철시킬 수도 없지 않은가. 서양 문명은 적극적, 진취적일지 모르지만 말하자면 불만족스럽게 평생을 살아가는 사람이 만든 문명일세. 일본의 문명은 자기 이외의 상태를 변화시켜서 만족을 얻으려는 것이 아니야. 서양과 가장 다른 점은 근본적으로 주변의 환경이 움직일 수 없는 것이라는 커다란 가정 하에서 발달해 왔다는 것일세. 부모 자식 관계가 좋지 못하다고 해서 서양인들처럼 이 관계를 개량해서 일을 해결하자는 것이 아니야. 부모 자식 관계는 처음부터 있는 그대로 절대로 움직일 수가 없는 것으로 치고, 그 관계 하에서 해결책을 찾는 수단을 강구하는 것이지. 부부 관계나 군신 관계도 마찬가지고, 무사와 상인의 구별도 마찬가지이고, 자연 그 자체를 보는 관점도 마찬가지네. 산이 있어서 옆 고장으로 가지 못하면 산을 허문다는 생각을 하는 대신에 옆 고장에 가지 않아도 곤란해지지 않을 만한 방법을 생각하지. 산을 넘지 않아도 만족할 수 있다는 마음가짐을 양성하는 거야. 그러니까 자네도 생각해 보게. 참선을 하는 불교나 유교나 모두 이 문제를 근본적으로 파악하고 있어. 아무리 자기가 대단해도 세상은 도저히 내 마음대로 되는 것이 아니다. 떨어지는 해를 다시 올릴 수도, 흐르는 강물을 거꾸로 올라가게 할 수도 없다. 그저 내가 마음대로 움직일 수 있는 것은 내 마음뿐이지. 내 마음만 자유롭게 움직이는 수업을 하면 낙운관의 학생들이 아무리 떠들어도 전혀 문제될 것이 없지 않은가? 진흙으로 빚은 너구리라 불려도 신경 쓰지 않고 있을 수 있지. 핀스케 같은 자가 무슨 어리석은 말을 하면 이런 멍청한 놈 같으니, 하고 모르는 척하고 있으면 그냥 지나가는 것일세. 듣자 하니 옛날 승려는 남이 자기를 칼로 베려고 하자 '선광석화처럼 봄바람을 가르다.'라는 재치있는 말을 읊었다고 하더군. 마음의 수업을 쌓아서 소극의 극치에 달하면 이렇게 영묘한 작용을 할 수 있는 것이 아닌가 나 같은 사람은 그렇게 어려운 일은 모르지만 아무튼 서양인들처럼 적극주의만 좋다고 생각하는 것은 좀 잘못되었다고 보네. 실제로 자네가 아무리 적극주의를 가지고 노력해 봐야 학생들이 자네를 놀리러 오는 것은 어쩌지 못하고 있지 않은가. 자네의 권력으로 저학교를 폐쇄하거나, 혹은 상대방이 경찰에 고발할 수 있을 정도로 나쁜 짓을 한다면 또 달라지겠지만, 그렇지 않는 이상은 아무리 적극적으로 움직여 봐야 도저히 이길 수가 없네. 그래도 적극적으로 나간다면 돈 문제가 되고 세력 싸움이 되지. 바꿔 말하자면 자네가 돈을 가진 자에게 머리를 숙이지 않으면 안 된다는 뜻이네. 떼 지어서 달려드는 어린 아이들에게 항복을 해야 한다는 뜻이네. 자네 같은 가난한 사람이, 더구나 혼자서만 적극적으로 싸움을 하려는 것 자체가 자네 불평의 원인일세. 어떤가, 이제 알아들었는가?"

주인은 알았다고도, 혹은 모르겠다고도 하지 않은 채 묵묵히 듣고 있었다. 그리고 손님이 돌아간 후에 서재로 들어가 책도 읽지 않고 뭔가 생각하고 있었다.

스즈키 도주로 씨는 돈과 다수에게 굽히라고 주인에게 가르쳤다. 아마키 선생은 최면술로 신경을 가라앉히라고 조언했다. 마지막으로 온 진객은 소극적인 수양으로 마음의 안정을 얻으라고 설법하였다. 주인이 어느 방법을 선택할지는 주인의 마음이다. 다만 이대로 그냥 지나갈 수 없다는 것만은 분명하다.

9

　주인은 얼굴이 곰보다. 메이지유신 전에는 곰보도 꽤나 유행했다고 하는데, 영일동맹英日同盟*이 맺어진 오늘날에 와서 보면 이런 얼굴은 다소 시대에 뒤떨어진 감이 있다. 곰보의 쇠퇴는 인구 증식과 반비례해서 가까운 미래에는 완전히 자취를 감출 것이라는 사실은 의학상의 통계에서 정밀하게 도출된 결론인데, 나 같은 고양이라 해도 털끝만큼도 이의를 달 여지가 없을 정도로 명백한 논리이다. 실제로 현재 지구상에서 곰보 얼굴을 가지고 서식하는 인간이 몇 명이나 될지 모르지만, 내가 교제하는 구역 내에서 계산해 보았더니 고양이 중에는 하나도 없다. 인간 중에는 딱 한 사람 있다. 그리고 그 딱 한 사람이 바로 우리 주인이다. 참으로 불쌍하기 이를 데 없다.

　나는 주인의 얼굴을 볼 때마다 생각한다. 세상에 무슨 인과로 이렇게 이상한 얼굴을 가졌으면서 창피해하지도 않고 20세기의 공기를 호흡하고 있는 것일까? 옛날 같으면 조금은 내세울 수 있었을지 모

---

* 1902년에 영국과 일본이 맺은 동맹조약.

르지만 모든 곰보가 팔 쪽으로 퇴출*을 당한 작금에, 여전히 콧등이나 볼 위에 진을 치고 도무지 움직이려 하지 않는 것은, 자랑이 되지 않을 뿐만 아니라 오히려 곰보의 체면이 상하는 일이다. 될 수만 있다면 지금이라도 사라지는 편이 좋을 텐데…. 곰보 자신도 틀림없이 불안할 것이다. 그렇지 않다면, 세력이 부진해진 지금 무슨 일이 있어도 떨어지는 석양을 중천으로 되돌리고야 말겠다는 의욕을 가지고 저렇게 뻔뻔스럽게 얼굴 전체를 점령하고 있는 것일까? 그렇다면 이 곰보는 절대로 경멸하는 마음을 가지고 보아서는 안 된다. 거친 세상의 흐름에 저항하는 만고불변의 구멍의 집합체이며, 여러 사람들의 존경을 마땅히 받아야 하는 울퉁불퉁한 점이라고 할 수 있다. 다만 지저분하다는 것이 단점이다.

주인이 어렸을 때 우시고메牛込의 야마부시초山伏町에 아사다 소하쿠淺田宗伯라는 한방 명의가 있었는데, 이 노인이 환자의 집을 돌아볼 때는 반드시 가마를 타고 다녔다고 한다. 그런데 소하쿠 옹이 세상을 떠나고 그 양자가 대를 잇게 되자 가마가 당장 인력거로 바뀌었다. 그러니까 그 양자가 죽어서 다시 양자가 뒤를 이으면 갈근탕葛根湯이 안티피린**으로 변할지도 모른다. 가마를 타고 도쿄 시내를 돌아다니는 것은 소하쿠 옹 시대에도 그다지 보기 좋은 일이 아니었다. 이런 짓을 하고도 태연할 수 있었던 것은 옛날에 죽은 망자와 기차에 실리는 돼지, 그리고 소하쿠 옹뿐이었다.

주인의 곰보도 보기 싫다는 점에 있어서는 소하쿠 옹의 가마와 마찬가지로, 옆에서 보면 불쌍할 정도인데 한의사에게 뒤지지 않을 정

---

* 예방주사로 생긴 팔의 자국을 일컬음.
** 1884년 크노르(Knorr, L.)가 합성하여 만든 최초의 해열 진통제.

도로 고집스러운 주인은 여전히 떨어지는 해처럼 사라져 갈 운명에 있는 곰보를 만천하에 드러내 놓으며 매일 등교해서 독해를 가르치고 있다.

이렇듯 지난 세기의 기념을 만면에 드러내고 교단에 서는 그는 학생들에 대해 수업 말고도 크나큰 교훈을 주고 있음에 틀림없다. 그는 '원숭이는 손을 가졌다'를 반복하기보다는 '곰보가 얼굴에 미치는 영향'이라는 큰 문제를 거리낌없이 해석하여 무언중에 그 답안을 학생들에게 주고 있는 것이다. 만약 주인과 같은 인간이 교사로 존재하지 않게 되면, 그 학생들은 이 문제를 연구하기 위해 도서관 또는 박물관으로 달려가서 요즘 사람들이 미이라를 보며 이집트인들을 떠올리는 것과 같은 정도의 노력을 들여야 할 것이다. 그런 점에서 보면 주인의 곰보도 자기도 모르는 사이에 묘한 공덕을 베풀고 있는 셈이다.

물론 주인이 이런 공덕을 베풀기 위해서 얼굴 일면에 곰보를 만들어 놓은 것은 아니다. 이렇게 보여도 사실은 우두를 맞았던 것이다. 그런데 불행하게도 팔에 맞았다고 생각한 것이 어느 틈엔가 얼굴로 전염되어 버렸다. 그 무렵은 아직 어릴 때여서 지금처럼 행색에 신경 쓸 여지고 뭐고가 없었기 때문에, 가렵다고 난리를 치면서 무작정 온 얼굴을 긁었다고 한다. 그렇게 해서 마치 화산이 분화해서 용암이 얼굴 위를 흐른 격으로 부모가 낳아 준 얼굴을 망가뜨려 버렸다. 주인은 몇 번이고 부인에게 마마를 앓기 전에는 구슬 같은 사내아이였다고 말하곤 했다. 아사쿠사의 절에 갔을 때 서양인들이 뒤돌아보았을 정도로 아리따운 얼굴이었다고 자랑한 적도 있을 정도이다. 하기야 그랬을지도 모른다. 다만 아무도 그 말을 증명해 주는 사람이 없다는 점이 안타까울 뿐이다.

아무리 공덕이 되고 훈계가 되어도 지저분한 것은 역시 지저분한 것이므로, 철이 들기 시작한 이후로 주인은 이 곰보에 대해 어지간히 걱정하기 시작해서 모든 수단을 써서 이 추한 것을 없애려고 하였다. 그러나 소하쿠 옹의 가마와는 달리 싫어졌다고 해서 당장 없애 버릴 수 있는 것이 아니었다. 그래서 지금껏 여전히 남아 있다. 이 여전하다는 부분이 다소 신경이 쓰이는지 주인은 큰길을 걸어갈 때마다 곰보 얼굴을 헤아려 보며 다닌다고 한다. 오늘은 몇 명의 곰보를 만났는지, 그 사람이 남자인지 여자인지, 그 장소가 오가와마치小川町의 공장인지 우에노 공원인지, 모조리 일기에 써 놓고 있다. 주인은 곰보에 관한 지식에 있어서는 누구에게도 결코 뒤지지 않는다고 확신하고 있다. 지난번에 서양에 갔다 온 어떤 친구가 왔을 때는 "자네, 서양인들 중에도 곰보가 있는가?" 하고 물어보았을 정도다. 그때 그 친구가 "글쎄." 하고 고개를 갸웃거리며 한참을 생각한 끝에 "아마 거의 없다고 봐야겠지." 하고 대답하자, 주인은 "거의 없다고 해도 조금은 있겠지?" 하고 다시 확인을 하듯이 되물었다. 그 친구는 흥미가 없다는 표정으로 "있어도 거지거나 부랑자들이지. 교육을 받은 사람들 중에는 없는 것 같아." 하고 대답하자, 주인은 "그래? 그럼 일본하고는 좀 다르군." 하고 말했다.

철학자의 의견에 따라 낙운관과의 싸움을 그만둔 주인은 그 후 서재에 틀어박혀서 뭔가를 골똘히 생각하고 있다. 그의 충고를 받아들여 가만히 앉아서 영묘한 정신을 소극적으로 수양할 생각인지는 모르겠지만, 원래 속이 좁은 인간인 주제에 저렇게 음울하게 팔짱을 끼고 생각해 봐야 제대로 된 결과가 나올 리 없다. 그것보다는 영문 서적들이나 전당포에 맡겨서 게이샤한테 노래 한 줄이라도 배우는 편이 훨씬 낫겠다고 나는 생각했다. 하지만 저렇게 괴팍한 사내는 어차피 고양이의 충고 같은 것은 들을 생각도 하지 않을 터이니, 마음대로 하라고 내버려두고 대엿새가량은 가까이 가지도 않았다.

오늘은 그로부터 딱 7일째 되는 날이다. 참선을 하는 사람들 중에는 17일 안에 대오각성을 해 보이겠다는 엄청난 각오로 결가부좌를 하는 경우도 있다고 하니, 우리 주인도 어떻게든 결론을 내렸겠지, 죽을지 살지 어떻게든 마음을 정했겠지, 싶어 어슬렁어슬렁 툇마루에서 서재 입구까지 와서 방 안의 동정을 살펴보았다.

서재는 다다미 여섯 장 크기의 남향으로 된 방으로, 볕이 좋은 곳에 커다란 앉은뱅이 책상이 놓여 있다. 그저 커다란 책상이라고만 하면 어느 성노인지 알 수 없을 것이다. 길이가 1미터 80센티미터, 폭은 1미터 15센티미터이고, 높이도 여기에 걸맞은 큰 책상이다. 물론 기성품이 아니다. 근처에 있는 가구 가게와 의논해서 침대 겸 책상으로 만들어 놓은 보기 드문 물건이다. 무엇 때문에 이렇게 커다란 책상을 새로 장만했고, 또 무엇 때문에 그 위에서 자려는 생각을 하게 되었는지 본인에게 물어보지 않고서는 도무지 알 수 없다. 아주 일시적으로 떠오른 생각 때문에 이런 애물단지를 들여놓은 것일지도 모르고, 아니면 경우에 따라서는 우리가 일종의 정신병자들에게서 발견하는 바와 같이 전혀 상관이 없는 두 가지 관념을 연상하여 책상과 침대를 미욱대로 겹부시켜 놓은 것일지도 모른다. 아무튼 기발한 생각이다. 다만 기발하기만 했지, 전혀 두움이 되지 않는다는 것이 단점이다. 나는 예전에 주인이 이 책상 위에서 낮잠을 자면서 몸을 뒤척이다가 그대로 툇마루에 굴러 떨어진 것을 본 적이 있다. 그 이후로 이 책상은 다시는 침대로 쓰이지 않게 된 모양이다.

책상 앞에는 얇은 방석이 있고, 그 방석에는 담뱃불에 탄 구멍이 세 개 정도 나 있다. 안쪽으로 들여다보이는 솜은 거무죽죽하다. 이 방석 위에 뒷모습을 보이며 쪼그리고 앉아 있는 사람이 주인이다. 쥐색으로 더러워진 허리띠의 양쪽 끝이 느슨하게 발바닥 뒤로 늘어져 있다. 바로 얼마 전에 내가 이 허리띠를 가지고 놀다가 갑자기 밀쳐졌던 적이 있다. 그러니 어지간해서는 이 허리띠에 달려들면 안 된다.

'아직도 무슨 생각을 하고 있나? 생각해 봐야 별 뾰족한 수도 없을 텐데….' 하며 뒤에서 들여다보았더니 책상 위에 이상하게 반짝반짝 빛나는 것이 있었다. 나는 자기도 모르게 연달아 두세 번 눈을 깜박거렸는데, 이것 좀 이상하다 싶어 눈부신 것을 참고 가만히 빛나는 물체를 노려보았다. 그러자 그 빛이 책상 위에서 움직이는 거울에서 나오고 있다는 사실을 알 수 있었다. 그런데 주인은 무엇 때문에 서재에서 거울 같은 것을 휘두르고 있을까? 거울이라 하면 당연히 세면장에 있어야 마땅한 물건이다. 실제로 나는 오늘 아침 세면장에서 이 거울을 보았다. 이 거울이라고 단정 지어서 말한 까닭은 우리 주인집에는 이것 말고는 거울이 없기 때문이다. 주인은 매일 아침 세수를 한 다음에 머리를 빗을 때에도 이 거울을 쓰고 있다.―우리 주인 같은 사람이 머리를 빗느냐고 묻는 사람이 있을지도 모르지만, 사실 그는 다른 곳에 게으른 딱 그만큼 머리에 대해서만은 정성을 들인다. 내가 이 집에 와서 지금에 이르기까지 주인은 아무리 찌는 듯이 더운 날이라 해도 5부 깎기로 머리를 짧게 깎은 적이 없다. 반드시 6센티미터 정도의 길이로 해서 그것을 그럴듯하게 왼쪽에서 가르마를 탈 뿐만 아니라 오른쪽 끝을 살짝 올려서 멋을 낸다. 이것도 정신병의 징후일지도 모른다. 이렇게 겉멋을 부리는 머리 모양은 이 책상과 전혀 조화를 이루지 않는다고 생각하지만, 그렇다고 남에게 피해를 줄 정도의 일은 아니므로 아무도 뭐라고 하지 않는다. 본인은 자랑스러워한다. 머리 모양이 하이칼라인 것은 그렇다 치고 어째서 그렇게 머리를 길게 하는가 싶었더니 사실은 이런 까닭이 있었다. 그의 곰보는 단순히 그의 얼굴만 침식한 것이 아니라 일찍부터 정수리까지 침입했다고 한다. 따라서 만약 보통 사람처럼 5부 깎기나 3부 깎기로 머리를 짧게 깎으면 짧아진 머리카락 안쪽으로 몇십 개나 되는 곰보가 드러나게 된다. 아무리 문지르고 아무리 비벼도 울퉁불퉁한 것이 없어지지 않는다. 너른 들판에 반딧불을 흩어 놓은 것 같아서 풍류일지는 모르지만 부인의 마음에 들지 않는 것은 당연한 일이다. 머리만 길게 해 두면 드러나지 않아도 되는 것을 굳이 일부러 지기의 못난 점을 드러낼 필요가 없는 것이다. 될 수만 있다면 얼굴에도 털을 길러서 이쪽에 있는 곰보도 숨기고 싶을 정도이니, 가만히 두면 기는 머리를 돈 내고 짧게 깎아서 저는 두개골까지 천연두에 당했습니다, 하고 자랑하고 다닐 필요는 없지 않은가.—이것이 주인이 머리를 길게 하는 이유이고, 머리를 길게 하는 것이 그가 머리를 빗는 원인이며, 그 원인이 거울을 보는 이유이고, 그 거울이 세면장에 있는 까닭이며, 그리하여 그 거울이 하나밖에 없다는 사실이다.

세면장에 있어야 할 거울이, 더구나 하나밖에 없는 거울이 서재에 와 있는 이상 거울이 몽유병에 걸렸든지 아니면 주인이 세면장에서 들고 온 것임에 틀림없다. 들고 왔다면 무엇 때문에 들고 왔을까? 어쩌면 그 소극적 수양에 필요한 도구일지도 모른다. 옛날에 어떤 학자가 한 고승을 찾아가 지식에 대해 물었더니 고승이 웃통을 벗고는 기와를 열심히 갈기 시작했다. 무엇을 만드시냐고 물었더니, 지금 거울을 만들려고 열심히 작업 중이라고 대답했다. 학자는 그 말에 놀라면서 아무리 고명하신 스님이라도 기와를 갈아 거울을 만들 수는 없지 않느냐고 물었더니 고승이 껄껄 웃으면서 말했다. "그런가, 그럼 그만두어야지. 아무리 책을 읽어도 도를 알지 못하는 것이 다 그런 이치로구먼." 하고 흉을 보았다고 한다. 우리 주인도 그런 이야기를 어디선가 듣고는 세면장에서 거울을 가지고 와서 그럴 듯한 얼굴로 휘두르고 있는지도 모른다. 좀 심각해진 것 같군, 하고 생각하며 가만히 엿보았다.

그런 줄도 모르는 주인은 열심히 몰두하면서 하나밖에 없는 거울을 바라보고 있다. 원래 거울이라는 물건은 좀 섬뜩한 것이다. 한밤중에 촛불을 켜고 넓은 방 안에서 혼자 거울을 들여다보려면 어지간히 용기가 필요할 것이다. 나 같은 경우는 처음으로 이 집 따님의 손에 잡혀 거울 앞에 얼굴을 들이댔을 때 깜짝 놀라는 바람에 집 주변을 세 바퀴나 뱅뱅 돌았을 정도다. 아무리 대낮이라 해도 주인처럼 그렇게 열심히 바라보고 있으면 틀림없이 자기 얼굴이 무섭게 보일 것이다. 그냥 보는 것만으로도 별로 기분이 좋아지는 얼굴은 아니니 말이다. 조금 지나자 주인은 "정말 지저분한 얼굴이군." 하고 혼잣말을 하였다. 자기의 추함을 고백하다니 상당히 기특한 노릇이다. 하는 짓을 보아서는 틀림없이 미치광이인데, 입에서 나오는 말은 진리이다. 이것이 한 발짝 더 나아가면 자기의 추악함이 무서워진다. 인간은 자기 자신이 엄청나게 악당이라는 사실을 철두철미하게 느껴 본 사람이 아니면 고생을 했다고 할 수 없다. 고생을 해 본 사람이 아니면 도저히 해탈을 할 수 없다. 주인도 이 정도까지 왔으니 아예 "아이고 무서워."라고 말할 법도 한데, 그 말까지는 좀처럼 하지 않는다. 정말 지저분한 얼굴이군, 하고 말한 다음에 무슨 생각을 했는지 푸욱, 하고 볼을 부풀려 본다. 그렇게 부풀린 양 볼을 손바닥으로 두세 번 두드려 본다. 무슨 주문呪文인지 모르겠다. 그때 나는 뭔가 이 얼굴과 비슷한 것이 있다는 느낌이 들었다. 잘 생각해 보았더니 그것은 식모의 얼굴이었다. 참고로 여기서 잠시 식모의 얼굴을 소개하겠는데, 아무튼 엄청나게 부푼 얼굴이다. 얼마 전에 어떤 사람이 아나모리穴守 신사에서 복어 등燈을 선물로 갖다주었는데, 식모의 얼굴도 딱 그 복어 등처럼 생겼다. 너무나 잔인하게 부풀어 있는 바람에 눈은 양쪽 모두 어디론가 분실된 것 같다. 물론 복어가 부풀 때는 둥글게 골고루 부풀게 마련인데, 이 집 식모는 원래 골격이 다각형이어서 그 골격대로 부풀어 오르면 마치 물을 잔뜩 먹은 육각형 시계처럼 보인다. 식모가 이런 소리를 들으면 화가 나서 펄펄 뛸 테니 식모 이야기는 이쯤해서 그만두고, 다시 주인 쪽으로 이야기를 돌리겠다. 아무튼 이렇듯 있는 대로 공기를 머금어서 양 볼을 부풀린 그는 앞에서 말한 대로 손바닥으로 그 볼을 치면서 "이 정도로 피부가 긴장을 하면 곰보도 눈에 띄지 않을 텐데." 하고 또 혼잣말을 중얼거렸다.

이번에는 얼굴을 옆으로 돌려서 햇빛을 받는 한쪽만 거울에 비춰 본다. "이렇게 보면 정말 눈에 띈단 말이지. 아무래도 제대로 햇빛 쪽을 바라보고 있는 편이 평평하게 보이는군. 신기하단 말이야." 하고 꽤나 감탄스럽다는 듯이 말했다. 그러고는 오른손을 쭉 뻗어서 될 수 있는 대로 거울을 멀리 한 다음 주용히 한참을 들여다보았다 "이 정도로 떨어지면 그리 심하지도 않군. 역시 너무 가까우면 좋지 않아. 얼굴만 그런 것이 아니라 무엇이든 그런 법이지." 하고 대단한 깨달음을 얻은 것처럼 말했다. 다음에는 거울을 갑자기 옆으로 눕혔다. 그러고는 코의 부리를 중심으로 눈과 이마, 눈썹을 한꺼번에 이 중심을 향해 일그러뜨리며 모아 보았다. 다시는 보고 싶지 않은 용모가 완성되었다고 생각했더니 '이건 안 되겠다'고 당사자도 깨달았는지 당장 그만둬 버렸다. "어째서 이렇게 표독스러운 얼굴일까?" 하며 다소 이상하다는 듯이 거울을 눈에서 10센티미터가량 떨어진 곳까지 끌어당겼다. 오른쪽 검지로 콧잔등을 만지고는 그렇게 만진 손가락을 책상 위에 있는 기름종이에 힘껏 눌렀다. 기름종이에 흡수된 콧등의 기름이 둥글게 종이에 떠올랐다. 여러 가지 재주를 부린다. 그런 다음 주인은 콧기름을 빼낸 손가락을 옮겨서 오른쪽 아래 눈꺼풀을 휘까닥 뒤집어서 소위 말하는 '메롱' 하고 누군가를 놀리는 표정을 지었다. 곰보를 연구하고 있는지, 거울과 눈씨름을 하고 있는지 그 점이 다소 불분명하다. 정신이 산만한 우리 주인답게 보고 있는 사이에 이런저런 생각이 드는 모양이다. 그게 문제가 아니다. 가령 선의를 가지고 이런 황당한 행동을 해석해 준다면 우리 주인은 인간 본연의 심성을 자각하는 방편의 하나로 이렇듯 거울을 상대로 여러 가지 시늉을 연출해 보고 있는지도 모른다. 인간에 대한 연구는 모두 자기를 연구하는 데에서 비롯된다. 천지도 그렇고, 산천도 그렇고, 일월도 그렇고, 모두가 자기의 또 다른 이름에 불과하다. 그 누구도 자기 말고는 달리 연구해야 할 사항을 찾지 못하는 것도 당연한 일이다. 만약 인간이 자기 이외의 존재로 뛰쳐나갈 수 있다면, 그렇게 뛰쳐나가자마자 자기는 없어져 버린다. 더구나 자기에 대한 연구는 자기 말고는 아무도 해 주는 사람이 없다. 아무리 해 주고 싶어도, 혹은 해 받고 싶어도 불가능한 일이다. 그러므로 예로부터 호걸들은 모두 자기 힘으로 호걸이 되었다. 만약 남의 힘으로 자기를 이해할 수 있다면 남에게 자기 대신 쇠고기를 먹게 하여 질긴지 부드러운지 판단할 수도 있지 않겠는가. 아침에 법어를 듣고, 저녁에 도를 물으며, 서재에 등불을 밝혀서 책을 손에 드는 것도 모두 이렇게 자기에 대한 연구를 하기 위한 방편적 도구에 불과하다.

남이 설교하는 법 속에, 타인이 말하는 도道 속에, 혹은 산더미처럼 쌓인 책 속에 자기가 존재할 리가 없다. 있다면 자기의 유령일 뿐이다. 물론 있기만 하다면 그나마 유령이라도 있는 것이 아예 영혼도 없는 것보다는 낫다. 그림자를 좇다 보면 본체와 마주치는 때가 있을 수도 있기 때문이다. 대부분의 그림자는 본체에서 떨어지지 않게 마련이다. 그런 의미에서 주인이 거울을 만지작거리고 있다면 어지간히 말이 통하는 사내인 셈이다. 에픽테토스 같은 것을 그대로 받아들여서 학자인 척하는 것보다는 훨씬 낫다고 생각한다.

거울은 자만심을 양성하는 도구임과 동시에 자만심의 불을 끄는 도구이기도 하다. 그저 겉치레를 따지는 허영심만 가지고 이것을 대할 때는 이만큼 어리석음을 선동하는 도구도 없다. 예로부터 교만한 마음으로 자신을 해치고 남에게 피해를 준 사건의 3분의 2는 분명히 거울에서 비롯되었다. 프랑스혁명 당시도 괴짜 의사가 목 자르는 기계의 개량판을 발명해서 쓸데없는 죄를 지은 것처럼, 처음으로 거울을 만든 사람도 참으로 마음이 편치 않았을 것이다. 그러나 자기 자신이 정말 싫어졌을 때, 혹은 자아가 위축되었을 때는 거울을 보는 것만큼 약이 되는 일도 없다. 외모의 아름다움과 추함이 명백하게 나타나기 때문이다. 이런 얼굴로 어떻게 여태까지 사람입네 하고 거들먹거리며 살았을까, 하고 깨달을 것이다. 그 점을 깨달았을 때가 인간의 평생 중에서 가장 고마운 순간이다. 자기가 자신의 어리석음을 알고 있을 때만큼 사람이 위대해 보일 때도 없다. 이렇게 자각한 바보 앞에서는 모든 '대단한 사람'들이 한결같이 고개를 숙이며 황송해해야 한다. 당사자는 드러내 놓고 스스로를 경멸하고 비웃고 있다 해도, 옆에서 보면 그렇게 당당하게 자각하고 있다는 점이 존경스러워서 절로 고개가 숙여진다. 주인은 거울을 보고 자신의 어리석음을 깨달을 정도로 현명한 자는 아닐 것이다. 그러나 자기 얼굴에 찍혀 있는 마마 자국이 심하다는 정도는 공평하게 읽어 낼 수 있는 사내이다. 얼굴이 보기 싫다는 점을 자인하는 것은 마음이 천하다는 점을 깨닫기 위한 첫 번째 계단 정도는 될 것이다. 참으로 믿음직한 사람이다. 이것도 철학자한테서 설교를 들은 결과인지 모른다.

이렇게 생각하면서 계속해서 상태를 살피고 있었더니, 그것도 모르는 주인은 있는 힘껏 '메롱'을 한 다음 "상당히 충혈되어 있는 것 같군. 아무래도 만성 결막염이 맞아." 하고 말하면서 집게손가락 등으로 충혈된 눈꺼풀을 마구 비벼 댔다. 보나마나 가려워서 그런 것이겠지만, 안 그래도 잔뜩 벌겋게 되어 있는 눈을 그렇게 비비면 어떻게 되겠는가. 머지않아 자반 도미의 눈알처럼 썩어 버릴 것이 뻔하다. 이윽고 눈을 뜨고 거울을 들여다보았더니 역시 생각대로 침침한 것이 북국의 겨울 하늘처럼 잔뜩 흐려 있었다. 물론 평소에도 그다지 맑고 깨끗한 눈은 아니었다. 과장된 형용사를 쓰자면 혼돈에 차 있어서 검은자위와 흰자위가 구별되지 않을 정도로 흐릿하다. 그의 정신이 몽롱하니 도대체 뭐 하나 확실한 점이 없는 것과 마찬가지로, 그의 눈도 애매하고 몽롱하여 초점이 없이 항상 눈알 안쪽에서 헤매고 있다. 이는 어머니 뱃속에 있을 때 뭐가 잘못되었다고도 하고, 혹은 마마의 여파라고도 해석되어 어렸을 때에는 버드나무 벌레나 붉은 개구리 등의 신세를 지기도 했다는데, 그렇게 어머니가 지극정성을 기울인 보람도 없이 오늘날까지 태어났을 당시의 상태 그대로 흐리멍덩하게 남아 있다. 내가 혼자 생각하기에 이 상태는 결코 뱃속에 있을 때 잘못되었다거나 마마 때문이 아니다. 그의 눈알이 이처럼 분명하지 않고 혼탁한 지경에서 벗어나지 못하는 이유는 무엇보다도 그의 두뇌가 불투명한 것으로 구성되어 있고, 그 작용이 암담하고 애매함의 극치에 달해 있기 때문이다. 그것이 자연히 형상적으로도 나타나서 아무것도 모르는 그의 어머니만 쓸데없이 걱정하게 만들었을 것이다. 불이 없는 곳에 연기가 날 리 없고, 어리석음이 없는데 눈이 흐리멍덩할 리가 없다. 그렇다면 그의 눈은 그의 마음의 상징이고, 그의 마음은 옛날 엽전처럼 구멍이 뚫려 있으니까 그의 눈도 엽전처럼 크기만 클 뿐 별 가치가 없는 것이다.

이번에는 수염을 꼬기 시작했다. 이 수염은 원래 버릇이 좋지 않아 모두 한결같이 제멋대로 뻗어 있다. 아무리 개인주의가 유행하는 세상 속에 있다 해도 이렇게 모두 제멋대로 자라나면 그 주인의 피해가 얼마나 막심할까 싶다. 그래서 주인도 나름대로 생각하는 바가 있는지, 요즘에는 열심히 훈련시켜서 될 수 있는 대로 체계적으로 나도록 힘을 쓰고 있다. 그렇게 열심히 노력한 성과가 헛되지 않았는지 요즘 들어서는 간신히 보조가 약간씩 맞춰지기 시작했다. 지금까지는 수염이 나 있었을 뿐인데, 요즘 들어서는 수염을 기르고 있다고 자랑할 정도가 되었다. 노력의 정도는 성과의 정도에 따라 고무되기 마련이어서 자기 수염의 전도가 유망하다고 생각한 주인은 아침저녁 할 것 없이 시간이 날 때마다 수염을 앞에 두고 지도 편달을 게을리하지 않고 있다. 그의 야망은 독일 황제 폐하*처럼 향상하려는 마음이 왕성한 수염을 갖는 데 있다. 따라서 털구멍이 옆으로 나 있든지, 밑으로 나 있든지 별로 신경 쓰지 않고 한꺼번에 잡고서는 위쪽으로 끌어올린다. 수염도 참으로 고생이 심할 것이다. 소유주인 주인조차도 때때로 아프다고 느낄 때가 있다. 하지만 그래도 훈련이니 좋든 싫든 자꾸

* 프리드리히 빌헬름 2세(1859~1941). 콧수염의 양쪽 끝이 위로 올라가 '카이저 수염'으로 불렸다.

만 위로 잡아끈다. 문외한이 보면 도무지 이해할 수 없는 도락처럼 보이지만, 당사자만큼은 지당하기 이를 데 없는 일이다. 교육자들이 공연히 학생들의 본성을 부추겨 놓고는 이것이 바로 내 공로요, 하며 자랑하는 것과 같이 털끝만큼도 비난할 이유가 없는 행동이다.

주인이 다시없는 열성을 가지고 수염을 조련하고 있으려니까 부엌에서 다각형의 얼굴을 가진 식모가 "편지 왔어요." 하며 여느 때처럼 벌건 손을 불쑥 서재 안쪽으로 들이밀었다. 오른손으로는 수염을 잡고, 왼손으로는 거울을 쥔 주인은 그대로 입구 쪽을 돌아보았다. 팔八 자의 꼬리가 물구나무를 선 것 같은 모양의 수염을 보자마자 복어 얼굴의 식모는 곧바로 부엌으로 되돌아가서는 가마솥 뚜껑에 몸을 기대며 하하하하, 하고 배를 잡고 웃었다. 주인은 아무렇지도 않은 모양이다. 유유히 거울을 내리더니 편지를 들었다. 첫 번째 편지는 활판으로 인쇄된 것으로, 뭔가 거창한 글자가 늘어서 있었다.

삼가 아룁니다. 경사스러운 시기를 맞이하여 변함없이 계시리라 믿습니다. 돌이켜 보면 러일전쟁은 연전연승의 기세를 타고 평화로운 끝을 예고하며, 우리의 용맹스럽고 충성스러운 전사들은 이제 만세 소리를 들으며 개선가를 부르고 있으니, 국민의 기쁨을 무엇에 비길 수 있겠습니까. 예전에 선전포고가 널리 알려지자, 의용으로 앞장선 전사들은 한결같이 이역만리에서 추위와 더위의 고난을 잘 견디고 한마음으로 전투에 종사하여 국가를 위해 목숨을 바쳤으니, 그 지극한 충성은 오래도록 길이 잊힐 수 없는 바입니다. 그리하여 군대의 개선은 이번 달로 거의 종료를 알리는 바, 따라서 저희 회는 오는 25일을 기하여 본 구내 천여 명의 출정 장교 및 사병들에 대해 본 구민 전체를 대표하여 일대 개선 축하회를 개최하며, 아울러 군인 유족을 위로하기 위해 열성을 가지고 이들을 맞이하여 감사의 뜻을 표하고자 합니다. 따라서 여러분의 협찬을 얻어 이 성대한 식전을 거행하는 영광을 얻을 수 있다면 본회의 면목이 더할 나위 없겠습니다. 아무쪼록 찬성하시어 의연금으로 뜻을 같이해 주실 것을 바라마지 않는 바입니다.

읽어 보니 이렇게 되어 있었고, 보낸 사람은 귀족님이었다. 주인은 말없이 일독을 한 다음 곧바로 봉투 속에 집어넣고는 모르는 척하고 있었다. 의연금 같은 것은 아마 낼 것 같지 않다. 얼마 전에 도호쿠東北 지방에 흉년이 들어 의연금을 2엔인가, 3엔인가 낸 다음에 만나는 사람마다 의연금을 빼앗겼다, 돈을 갈취당했다고 떠들어 대고 있을 정도이다. 의연금이라고 되어 있는 이상 돈을 자발적으로 내놓는 것이지 빼앗기는 것이 아니다. 도둑을 만난 것도 아닌데 빼앗겼다고 한다면 온당하지 않다. 그럼에도 도난이라도 당한 것처럼 생각하고 있는 주인이 아무리 군대를 환영하기 위해서라 해도, 혹은 아무리 귀족님의 권유라 해도, 강요당하는 것이라면 또 모를까, 활판으로 찍은 편지 정도 가지고는 돈을 내놓을 성싶은 인간이 아니다. 주인으로 말하자면 군대를 환영하기 전에 먼저 자기를 환영하고 싶을 것이다. 자기를 환영한 다음이라면 어지간한 것은 환영할 수 있겠지만 자기가 아침저녁으로 쪼들리고 있는 동안에는 환영을 위한 돈은 귀족님에게 맡겨 둘 생각인 것 같다. 주인은 두 번째 편지를 들더니 "아니, 이것도 활판이네." 하고 말했다.

계절이 가을로 접어든 쌀쌀한 날씨에 귀하께서는 더욱 건승하실 것으로 알며 경하드립니다. 삼가 말씀드리건대 본교는 아시는 내토 새직년 이후로 두세 사람의 야심가에게 방해를 받아 한때 그 피해가 극에 달했으나 이 모든 것이 불초 신사쿠針作의 모자람에서 기인하는 것으로 알고 깊이 스스로를 삼가고 있었습니다. 그렇게 와신상담, 그리고 고심을 거듭한 결과 겨우 이제 독자적인 힘을 가지고 우리 이상에 맞을 만한 교사校舍 신축비를 얻을 방도를 강구하였습니다. 그것은 바로 별책《재봉비술강요》라는 제목의 서적을 출판하는 것입니다. 본서는 불초 신사쿠가 다년간 고심하여 연구한 공예상의 원리원칙에 따라 진정으로 살을 찢고 피를 짜내는 심정으로 저술한 것입니다. 이에 본서를 일반 가정에 널리 보급하고자 제본 실비에 아주 적은 이윤을 붙여 구입하실 것을 바라는 바입니다. 이것으로 한편으로는 학문 발달에 도움을 줌과 동시에 또 한편으로는 다소의 이윤을 축적하여 교사 건축비에 보탤 심산입니다. 이러한 때에 참으로 황송하기 그지없으나 본교 건축비에 기부하시는 것으로 생각하여 여기에 말씀드린《비술강요》한 권을 구입하셔서 하녀분께라도 나누어 주시는 것으로 저희 뜻에 찬동해 주시기를 진심으로 부탁드립니다.

대일본 여자 재봉 최고등 대학원
교장 누이다 신사쿠縫田針作 구배九拜

주인은 이 정중한 서면을 냉담하게 돌돌 말아서 획 하니 휴지통 속에 던져 버렸다. 모처럼 신사쿠 씨가 구배를 한 것도, 와신상담도 아무런 쓸모가 없어졌으니 불쌍한 일이다. 세 번째 편지를 들었다. 세 번째 편지는 아주 이색적인 모습을 하고 있었다. 편지봉투가 붉은색과 흰색의 줄무늬로 되어서 엿장수 간판처럼 화려하게 되어 있는 한가운데에 '진노 구샤미 선생 호피하虎皮下'*라고 두꺼운 글씨로 쓰여

---

* '호랑이 가죽 깔개'라는 뜻. 군인이나 학자에게 보내는 편지에 자주 쓰임.

있었다. 안에서도 그만큼 쓸모가 있는 내용이 나올지 어떨지는 알 수 없지만 아무튼 겉모양만큼은 아주 그럴듯하다.

　만약 내가 천지를 다스린다면 한입에 서강西江의 물을 모두 삼켜 버릴 것이요, 만약 천지가 나를 다스린다면 나는 곧 길가의 티끌에 지나지 않는다. 도대체 물어볼진대 천지와 내가 무슨 상관이 있으랴. 처음으로 해삼을 먹어 본 사람은 그 담력에 감탄할 것이요, 처음으로 복어를 삼켜 본 사내는 그 용기가 가상타 해야 할 것이다. 해삼을 먹은 자는 신란親鸞* 의 재림이라 할 것이요, 복어를 삼킨 자는 니치렌日蓮**의 분신이라 할 것이다. 구샤미 선생 같은 사람은 그저 박고지된장무침밖에 모른다. 박고지된장무침을 먹고 천하의 선비가 된 사람을 나는 이제껏 본 적이 없다. … 친구도 그대를 팔 것이다. 부모도 그대에게 등을 돌릴 것이다. 애인도 그대를 버릴 것이다. 부귀는 애초부터 바랄 수도 없을 것이다. 사회적인 지위는 하루아침에 잃을 것이다. 그대의 머릿속에 잠들어 있는 학문은 좀이 먹을 것이다. 그대는 무엇을 의지하려 하는가. 천지간에 무엇을 의지하려 하는가. 신인가?
　신은 인간이 괴로움 속에서 날조해 낸 우상에 지나지 않는다. 인간 고뇌의 똥이 뭉쳐져 있는 냄새나는 시체에 불과하다. 의지할 바 없는 것을 의지하며 평안하다고 한다. 비틀비틀 취한 자가 공연히 망령된 언사를 내뱉으며 위험한 발길로 무덤을 향한다. 기름이 다하면 등불은 자연히 꺼진다. 업이 다하면 무엇이 남겠는가? 구샤미 선생 정신 차리고 자라노 마시라. …

---

* 일본 불교의 한 종파인 조도신슈(淨土眞宗)의 시조(1173~1262).
** 일본 불교의 한 종파인 니치렌슈(日蓮宗)의 시조(1222~1282).

사람을 사람처럼 보지 않으면 겁날 것이 없다. 사람을 사람처럼 보지 않는 자가 나를 나로 여기지 않는 세상에 화를 낼 수는 없다. 부귀영달을 얻은 자는 사람을 사람으로 생각지 않는 것을 당연하게 여긴다. 그저 남이 나를 나라고 생각지 않을 때만 갑자기 화를 낸다. 그렇게 마음대로 화를 내어 보아라. 멍청한 놈. …

내가 사람을 사람으로 볼 때, 남이 나를 나라고 생각지 않을 때 불평가는 발작적으로 하늘에서 내려온다. 이 발작적인 활동을 이름하여 혁명이라 한다. 혁명은 불평가의 소산이 아니다. 부귀영달을 얻은 자가 자초하여 만들어 내는 것이다. 조선에는 인삼도 많건만 선생은 어찌하여 복용치 않는가?

스가모巣鴨에서
덴도 고헤이天道公平 재배再拜

신사쿠 군은 아홉 번 절한다고 하였는데, 이 남자는 그저 두 번만 절할 뿐이다. 기부금 의뢰가 아닌 만큼 절 일곱 번 정도를 빼먹고 있다. 기부금 의뢰는 아니지만 그 대신 정말이지 알아듣기 힘든 문장이다. 어느 잡지에 내놓아도 탈락할 가치는 충분히 있는 글이니, 두뇌가 불투명한 것으로 유명한 주인은 보나마나 갈기갈기 찢어 버릴 것이라고 생각했더니, 뜻밖에도 몇 번이고 되풀이해서 읽어 보고 있다. 이런 편지에 의미가 있다고 생각하고, 어떻게든 그 의미를 이해해 보려는 심산인지도 모른다. 무릇 천지간에 모르는 것은 많지만 의미를 붙이려 들면 불가능한 것은 하나도 없다. 그러니 아무리 어려운 문장이라도 해석하려고 들면 쉽게 해석할 수 있게 마련이다. 인간은 바보라고 하든, 인간은 영리하다고 하든 어렵지 않게 알 수 있다. 그뿐만 아니라 인간은 개라고 하든, 혹은 돼지라고 해도 특별히 괴로워할 정도의 명제가 아니다. 산은 낮다고 해도 되고, 우주는 좁다고 해도 큰 문제는 없다. 까마귀가 하얗고, 양귀비가 추녀라고 해도, 구샤미 선생이 군자라고 해도 통하지 못할 것은 없다. 그러니까 이렇게 무의미한 편지라도 어떻게든 잘 갖다 붙이기만 하면 나름대로 의미를 부여할 수 있다. 특히 주인처럼 모르는 영어에 억지로 뜻을 붙여서 설명을 계속해 온 사내는 더욱 의미를 붙이고 싶어 한다. 날씨가 흐린데도 어째서 굿모닝입니까, 하는 학생의 질문을 받고 일주일 동안 고심하고, 콜럼버스라는 이름은 일본어로 뭐라고 합니까, 하는 질문에 대답하려고 사흘 밤낮 동안 대답을 만들어 낼 정도의 시내에게는 박고지된장무친이 천하의 선비이든, 조신 인삼을 먹고 혁명을 일으키든 나름대로의 뜻이 여기저기에서 솟아나게 마련이다. 주인은 한참 후에 굿모닝식으로 이 난해한 글귀를 이해했는지 "상당히 의미심장하네. 아무래도 어지간히 철학적인 논리를 연구한 사람인 모양이야. 대단한 식견이군." 하고 크게 칭찬하였다. 이 한마디만 보아도 주인이 얼마나 어리석은지 잘 알 수 있지만 반대로 생각해 보면 조금은 그럴듯한 점도 있다. 주인은 무엇이든 이해가 잘 되지 않는 것을 대단하게 여기는 버릇을 가지고 있다. 이런 버릇은 굳이 우리 주인에게만 한정된 일이 아닐 것이다. 이해가 되지 않는 것에는 무시할 수 없는 무언가가 잠복해 있고, 헤아릴 수 없는 부분에 대해서는 뭔가 대단하다는 느낌이 들게 마련이다. 그러니까 보통 사람들은 모르는 일을 아는 것처럼 떠들고, 학자들은 아는 것도 알아듣지 못하게 말한다. 대학 강의에서도 무슨 말인지 알아듣지 못하게 말하는 사람은 평판이 좋고, 알아듣게 설명하는 사람은 인기가 없다는 것만 보아도 알 수 있다. 주인이 이 편지에 감탄한 것도 의미가 명료하기 때문이 아니다. 그 취지가 어디에 존재하는지 도무지 파악할 수 없기 때문이다. 갑자기 해삼이 나오기도 하고, 고뇌의 똥이 등장하기도 하기 때문이다. 따라서 주인이 이 문장을 존경하는 유일한 이유는 도교에서 《도덕경》을 존경하고, 유교에서 《역경》을 존경하고, 불교에서 《임제록臨濟錄》을 존경하는 것과 매한가지로 전혀 뜻을 모르기 때문이다. 다만 전혀 모르는 채로 있어서는 마음이 놓이지 않으니까 자기 멋대로 주석을 붙여서 뭔가 이해하는 척한다. 모르는 것을 알았다고 착각하며 존경하는 것은 예로부터 기분이 좋은 일이다. 주인은 공손하게 두꺼운 글씨의 명필을 둘둘 말더니 이것을 책상 위에 그대로 둔 채 품 안에 손을 넣고 명상에 잠겨 있었다.

그때 "이리 오너라, 이리 오너라." 하고 현관에서 큰 소리로 안내를 청하는 소리가 들렸다. 목소리를 들어 보니 메이테이 같은데, 평소의 그답지 않게 자꾸만 안내를 청하고 있다. 주인은 아까부터 서재 안에서 그 목소리를 듣고 있으면서도 팔짱을 낀 채 꿈쩍도 하지 않는다. 응대를 위해 나서는 것은 주인의 역할이 아니라는 믿음 때문인지 우리 주인은 절대로 서재에서 대답을 한 적이 없다. 하녀는 아까 세탁비누를 사러 나갔다. 부인은 변소에 있다. 그러면 이제 응대하러 나설만한 자는 나밖에 없는데, 나도 나가기 싫다. 그러자 손님은 현관으로 들어와 마루로 올라서서 장지문을 활짝 열고는 저벅저벅 들어왔다. 주인도 주인이지만 손님도 손님이다. 거실 쪽으로 갔나 싶었더니 장지문을 두세 번 여닫고 이번에는 서재 쪽으로 왔다.

"이봐, 도대체 어떻게 된 거야? 여기서 뭐 하고 있어? 손님이 왔는데."

"아, 자넨가."

"자넨가가 다 뭔가. 여기에 있었으면 뭐라고 대답을 해야 할 것 아닌가? 빈집인 줄 알았네."

"응, 뭐 좀 생각하느라 그랬지."

"생각을 하고 있더라도 들어오라는 말 정도는 할 수 있을 것 아닌가?"

"못 할 것도 없지."

"여전히 배짱이 좋군그래."

"얼마 전부터 정신 수양을 위해 노력하고 있으니까."

"별 걸 다 하는군. 정신 수양을 한답시고 대답도 못 할 정도면 이 집에 오는 손님들은 다 어쩌라고. 그렇게 태평스러운 얼굴로 있으면 곤란해. 사실은 나 혼자서 온 것이 아니란 말일세. 대단한 손님을 모시고 왔단 말이야. 잠깐 나가서 만나 주게."

"누구를 모시고 왔는데?"

"누구인지는 나가 보면 알게 되니까 일단은 나가서 만나 보라니까. 자네를 꼭 만나고 싶다고 한단 말이야."

"누군데?"

"일단은 좀 일어나라니까."

주인은 팔짱을 낀 채 스윽 일어나며 말했다.

"또 사람을 골탕 먹이려고 그러지?"

이러고는 툇마루로 나가더니 아무런 생각 없이 응접실로 들어갔다. 그러자 6척 길이의 탁자를 정면으로 마주 보며 노인 한 사람이 숙연하게 자리를 잡고 앉아 있었다. 주인은 자기도 모르게 팔짱을 풀어 양손을 내고는 풀썩하고 그 옆에 앉아 버렸다. 이래 가지고서야 노인과 마찬가지로 서쪽을 바라보는 꼴이 되니 양쪽 모두 인사를 나눌 수가 없다. 옛날 사람들은 예의범절을 까다롭게 따지기 마련이다.

"자, 저쪽으로 앉으시지요."

노인이 아랫목을 가리키며 주인에게 권한다. 주인은 2, 3년 전까지는 방 안의 어디에 앉아도 상관이 없다고 생각하고 있었는데, 그 후에 어떤 사람한테서 응접실에 대한 강의를 듣더니, 저쪽은 아랫목이 변해서 만들어진 자리니까 윗사람이 앉는 곳이라는 사실을 깨달은 이후로는 결코 그쪽 자리를 차지하지 않게 된 사람이다. 특히 안면도 없는 연장자가 떡하니 버티고 있는데, 그 사람을 제쳐 놓고 상좌를 차지할 수는 없는 일이다. 인사도 제대로 하지 못한다. 일단은 고개를 숙이며 상대방의 말을 그대로 되풀이하였다.

"자, 저쪽으로 앉으시지요."

"아니, 그래서는 제가 인사를 드릴 수 없으니 모쪼록 주인장께서 앉으시지요."

"아니, 그러면… 모쪼록 어르신께서 앉으시지요."

주인은 적당히 상대방의 말투를 흉내 내었다.

"그렇게 겸손하시면 이쪽이 오히려 황송합니다. 부디 사양하지 마시고 저쪽으로 앉으시지요."

"겸손은 무슨…. 제가 황송하니까… 부디."

주인은 새빨갛게 되어서 입안에서 말을 우물쭈물하고 있다.

정신 수양도 그다지 효과가 없었던 모양이다. 메이테이 군은 장지문 그늘에서 웃으면서 그 모습을 바라보고 있었는데, 이제 그만하면 되었다 싶었는지 뒤에서 주인의 엉덩이를 슬쩍 밀면서 억지로 비집고 들어오며 말했다.

"자네가 앞으로 나가게. 그렇게 이쪽에만 다 있으면 내가 앉을 곳이 없지 않은가. 사양하지 말고 앞으로 나가서 앉으라니까."

주인은 하는 수 없이 앞쪽으로 가서 앉았다.

"구샤미 군, 이분이 내가 여러 차례 이야기했던 시즈오카의 숙부님일세. 숙부님, 이 사람이 구샤미 군입니다."

"아이고, 이거 처음 뵙겠소이다. 메이테이가 이 댁을 자주 찾는다는 말씀을 듣고 이 늙은이도 언젠가는 직접 찾아뵙고 고견을 경청하려던 차에, 마침 오늘 이 근처를 지날 일이 있어 감사의 말씀도 드릴 겸해서 이렇게 연락도 없이 오게 되었소이다. 아무쪼록 앞으로도 잘 부탁드리는 바이올시다."

노인은 옛날 말투로 막힘없이 인사말을 술술 늘어놓았다. 주인은 교제 범위도 좁고 말수도 적은 사람일 뿐만 아니라 이런 고풍스러운 노인과는 거의 만난 적이 없기 때문에 처음부터 약간 쭈뼛거리면서 어쩔 줄을 모르고 있었다. 그런데 거기에 이런 인사말까지 듣게 되자, 조선 인삼도, 엿장수 간판 같은 편지봉투도 깡그리 잊어버린 채 궁지에 몰린 사람처럼 엉뚱한 소리만 늘어놓았다.

"저도… 저도… 잠시 찾아뵈어야 하는데… 아무쪼록 잘 부탁드립니다."

주인이 말을 끝내고는 방바닥에 숙였던 고개를 살짝 들어 보았더니, 노인이 아직까지 고개를 숙이고 있는 터라 깜짝 놀라 황송해하며 다시 머리를 바닥에 비볐다.

노인은 호흡을 가다듬고 고개를 들더니 말했다.

"저도 원래는 이쪽에 집도 있고 해서 오랫동안 쇼군 님 곁에서 살고 있었는데, 막부가 와해되었을 때 시골로 내려가고는 좀처럼 올라오지 않게 되었소이다. 오랜만에 와 보니 어디가 어딘지 방향도 모르게 되어 버렸지요. 그나마 메이테이가 안내해 주지 않으면 볼일도 보지 못할 지경이외다. 아무리 10년이면 강산도 변한다지만 건국 이래 300년 동안이니 지렇게 쇼고 가문의…."

노인이 계속 말을 이어 가려 하자 메이테이 선생이 귀찮아지겠다 싶었는지 불쑥 끼어들어 말했다.

"숙부님, 쇼군 가문이 대단했을지 모르지만 메이지의 세상도 살만합니다. 옛날에는 적십자*라는 것도 없지 않았습니까?"

"그건 없었다. 적십자라는 이름을 가진 것은 아예 없었지. 특히 나랏님의 용안을 뵐 수 있는 것은 이렇게 메이지 세상이 되지 않았으면 꿈도 꾸지 못하지. 나도 오래 산 덕분에 이렇게 오늘날 총회에도 출석하고, 전하의 옥음도 들을 수 있었다. 그러니 이제 죽어도 여한이 없겠구나."

"어쨌든 오랜만에 도쿄 구경을 하시게 된 것만으로도 좋은 일이지요. 구샤미 군, 우리 숙부님은 이번에 적십자 총회가 있어서 일부러 시즈오카에서 상경하셨다네. 그래서 오늘은 같이 우에노로 나갔다가 지금 돌아오는 길일세. 그러니까 이렇게 지난번 내가 시로키야에 주문한 양복 외투를 입고 계시는 것이네."

그 말을 듣고 보니 정말 노인은 양복 외투 차림이었다. 양복 외투는 입고 있었지만 몸에는 전혀 맞지 않았다. 팔이 너무 길었고, 옷깃은 너무 벌어졌고, 등은 울고 있었고, 겨드랑이 밑은 치켜 올라가 있었다. 아무리 제대로 만들지 못한다 해도 이렇게까지 구석구석 정성을 들여서 형태를 망가뜨릴 수는 없을 것이다. 게다가 흰 셔츠와 흰 옷깃이 제각기 따로 놀아서 위를 쳐다보면 그 사이로 목덜미가 보인다. 무엇보다도 검은 옷깃 장식이 옷깃에 속해 있는 것인지 셔츠에 속해 있는 것인지 분명치가 않았다. 외투는 그래도 참고 봐 줄 만한데, 여기에 백발의 머리를 상투를 틀고 있으니 참으로 괴이한 모습이었다. 소문으로만 들었던 쇠부채는 어떻게 했나, 싶어 찾아보니 무릎

---

* 일본적십자사는 1887년에 설립되었다.

옆에 딱 대령해 놓고 있었다. 주인은 그제서야 겨우 제정신으로 돌아와서 정신 수양의 결과를 충분히 발휘하여 노인의 복장을 살펴보고는 다소 놀랐다. 설마 메이테이의 이야기처럼 이상하지는 않으리라 생각했는데, 실제로 만나 보니 듣던 것보다 더했다. 만약 자기의 곰보가 역사적 연구의 재료가 된다면 이 노인의 머리 모양이나 쇠부채는 분명 그 이상의 가치를 가지고 있을 것이다. 주인은 어떻게 해서든 그 쇠부채의 유래를 들어 보고 싶다고 생각했는데, 설마 대뜸 그런 질문을 할 수도 없고, 그렇다고 말을 하지 않는 것도 실례가 되겠다고 생각해서인지 무나한 것을 물었다.

"사람들이 많이 나왔겠습니다."

"정말 참으로 대단한 인파였는데, 그 사람들이 하나같이 나를 아래위로 쳐다보더구만. 아무래도 근래 들어서는 사람들이 구경하기를 좋아하게 된 것 같소이다. 예전에는 그렇지 않았는데…."

"맞습니다. 정말 예전에는 그렇지 않았는데 말입니다."

주인도 노인 같은 말로 맞장구를 쳤다. 이것은 특별히 주인이 아는 척해서 한 말이 아니다. 그저 몽롱한 머리에서 적당히 흘러나온 대답이라고 보면 틀림이 없다.

"게다가 말이야, 모두들 이 '투구 망치'를 신기해하거든."

"그 쇠부채는 굉장히 무겁지 않습니까?"

"구샤미 군, 잠깐 들어 보게. 보통 무거운 게 아니야. 수부님, 한번 들어 보라고 하시지요."

노인은 무거운 듯이 들더니 주인에게 건네주며 말했다.

"그럼, 실례입니다만…."

교토의 구로다니黑谷에서 참배객이 승방의 큰칼을 받아 드는 것 같은 자세로 구샤미 선생이 한동안 그 부채를 들고 있더니, "그렇규요."라고만 하고는 노인에게 돌려주었다.

"모두들 이것을 쇠부채, 쇠부채, 하고 부르는데, 이것은 투구 망치라고 해서 쇠부채와는 전혀 다른 물건이고…."

"예에, 그럼 무엇을 하는 물건입니까?"

"투구를 부수는 것이지요. 그렇게 해서 적의 눈을 멀게 하고는 목을 베는 것입니다. 구스노키 마사시게楠正成* 시대부터 사용하던 물건이라는데…."

"숙부님, 그럼 그게 마사시게의 투구 망치일까요?"

"아니, 이건 누구 것인지 모른다. 하지만 시대는 오래되었지. 겐무 시대建武時代**에 만들어진 것인지도 모른다."

"겐무 시대 물건일지는 모르지만 간게쓰 군은 덕분에 아주 골탕을 먹었지요. 구샤미 군, 오늘 돌아오는 길에, 마침 좋은 기회니까 대학을 거쳐 오면서 이과에 들러 물리 실험실을 둘러보았지. 그런데 이 투구 망치가 쇠로 된 것이라 자력 기계가 고장 나는 바람에 난리가 났었다네."

"아니, 그럴 리가 없다. 이건 겐무 시대의 철이고, 성분이 좋은 철이라 절대로 그런 일은 있을 수가 없어."

"아무리 성분이 좋은 철이라도 할 수 없다니까요. 실제로 간게쓰가 그렇게 말했으니 어쩔 수가 없지요."

"간게쓰라면 그 유리공을 깎고 있던 사내 이름이냐? 한창 젊은 나이에 참 딱한 일이더구나. 좀 더 뭔가 할 만한 일이 있을 법도 한데."

"불쌍하지만 그것도 연구를 위해서랍니다. 그 공을 깎아 놓으면 훌

* 가마쿠라 시대 말기의 무장(1294~1336).
** 1334~1338년.

륭한 학자가 될 수 있으니까요."

"공을 깎는다고 훌륭한 학자가 될 것 같으면 세상에 학자 못 할 사람이 어디 있겠느냐? 나라도 하겠다. 구슬 가게 주인도 될 수 있고. 저런 짓을 하는 사람을 중국에서는 옥인玉人이라고 하는데, 아주 신분이 낮은 사람이지."

노인은 이리 말하면서 주인 쪽을 보며 은근히 찬성을 구했다.

"그렇군요." 하며 주인은 그저 황송해한다.

"요즘 세상의 학문은 모두 그저 형이하학적이어서 얼핏 보기는 괜찮아 보이지만, 마상 중요한 때에는 도무지 쓸모가 없지 않소이까? 거기에 비하련 예선에는 무사들이 모두 목숨을 설고 일을 하고 있었으니 중요한 때에 낭패를 보지 않도록 마음의 수양을 쌓고 있었지요. 그러니 공을 깎는다거나 철사를 구부리는 정도의 속 편한 일이 결코 아니었소이다."

"그렇군요." 하며 주인은 이번에도 황송해하고만 있다.

"숙부님, 마음의 수양이라는 것은 공을 깎는 대신에 그저 팔짱을 끼고 앉아 있는 것이잖아요?"

"생각하는 게 그 모양이니까 문제지. 절대로 보는 것처럼 그렇게 쉬운 일이 아니다. 맹자는 구방심求放心*이라고 말씀하셨을 정도다. 소강절邵康節**은 쉬요방心要放이라고 강조한 일도 있다. 그리고 불교에서는 중봉中峯 큰스님***이라는 분이 구불퇴전具不退轉이라고 가르치고 있다. 그게 그렇게 쉽게 되는 일이 아니야."

* '구방심(求放心)'은 흩어지는 마음을 끌어모은다는 뜻
** 북송의 학사(1011~1077). '심요방(心要放)'은 마음을 놓아 주어야 한다는 뜻.
*** 원나라 때의 승려(1263~1323). '구불퇴전(具不退轉)'은 수행을 게을리해 물러서지 않는다는 뜻.

"도무지 알아들을 수가 없군요. 도대체 어떻게 하면 된다는 뜻입니까?"

"너는 다쿠안澤菴 선사의 《부동지신묘록不動智神妙錄》이라는 것을 읽은 적이 있느냐?"

"아니요, 들어 본 적도 없는데요."

"마음을 어디에 두느냐는 것이다. 적의 몸이 움직이는 데 마음을 두면 적의 움직임에만 마음이 사로잡힌다. 적의 큰 칼에 마음을 두면 적의 큰 칼에만 마음이 사로잡힌다. 적을 죽이려는 생각에 마음을 두면 적을 죽이려는 생각에 마음이 사로잡힌다. 내 큰 칼에 마음을 두면 내 큰 칼에만 마음이 사로잡힌다. 내가 죽지 않으려는 생각에 마음을 두면 죽지 않으려는 생각에만 마음이 사로잡힌다. 적의 마음가짐에 마음을 두면 적의 마음가짐에만 마음이 사로잡힌다. 그러니 마음을 둘 곳이 없다고 되어 있다."

"그렇게 긴 글을 잊어버리지도 않고 암송을 하시다니 대단하시네요. 숙부님의 기억력도 보통이 아니군요. 너무 길지 않습니까. 구샤미 군, 자네는 알았는가?"

"그렇군요."

주인은 이번에도 '그렇군요'라는 말로 때워 버렸다.

"그렇게 생각지 않소이까? 마음을 어디에 두느냐가 아니겠소? 적의 몸이 움직이는 데 마음을 두면 적의 움직임에만 마음이 사로잡힌다. 적의 큰 칼에 마음을 두면…."

"숙부님, 구샤미 군도 그 정도는 잘 알고 있어요. 요즘에는 매일 서재에서 정신 수양만 하고 있으니까요. 손님이 와도 밖에 나와 보지 못할 정도로 마음을 비워 놓고 있으니까 괜찮습니다."

"아이고, 그것참 대단한 일을 하고 계시군. 너도 좀 같이하면 좋겠구나.”

“헤헤헤, 저야 그럴 시간이 있나요. 숙부님은 편하신 몸이라 남들도 다 놀고 있는 줄 아시죠?”

“너야 정말로 놀고 있지 않느냐?”

“하지만 한중망閑中忙이라고 그렇지도 않아요.”

“네가 그렇게 덜렁대니까 수양이 필요하다고 하는 게야. 망중한忙中閑이라는 말은 있어도 한중망이라는 말은 들어 본 적이 없다. 안 그렇소이까, 구샤미 씨?”

“예, 저도 들어 본 적이 없는 것 같습니다.”

“히히히, 그럼 할 수 없지요, 뭐. 그런데 어떻습니까, 숙부님? 오랜만에 도쿄의 장어 맛을 좀 보시지요. 지쿠요竹葉로 모시겠습니다. 전차로 가면 여기서 금방이에요.”

“장어도 좋지만 오늘은 이제부터 스이하라すい原를 만날 약속이 있으니 나는 이만 실례를 해야겠다.”

“아아, 스기하라杉原 말씀이군요. 그분도 여전히 정정하신 모양이네요.”

“스기하라가 아니라 스이하라다. 너도 그런 잘못을 자주 저지르니 문제구나. 남의 성이나 이름을 잘못 말하는 것은 큰 실례. 그런 일이 없도록 각별히 주심해야 할 것이야.”

“하지만 ‘스기하라’라고 쓰지 않습니까?”

“‘스기하라’라고 쓰고 ‘스이하라’라고 읽는 게야.”

“이상하네요.”

“이상하긴 무엇이 이상하다고 그래. 명목名目 읽기*라고 해서 옛날

* 고래의 관례에 따라 읽는 방식.

부터 읽던 방식이다. 구인蚯蚓*을 일본식으로는 '미미즈'라고 읽는다. 그건 '매미즈目見ず'**의 명목 읽기다. 두꺼비를 '가이루かいる'라고 부르는 것도 마찬가지다."

"허허, 놀랍네요."

"두꺼비를 죽이면 벌렁 뒤집어지지. 그걸 명목 읽기로 '가이루'라고 부르는 게야. 스키가키透垣***를 '스이가키'라고 하는 것도 다 마찬가지다. 스이하라를 스기하라 따위로 읽는 것은 무식한 촌것들이나 하는 짓이다. 너도 조심하지 않으면 남들이 비웃는다."

"그럼, 그 스이하라 영감님한테 지금부터 가시는 겁니까? 난처하게 되었네. 어떻게 하지?"

"너야 가기 싫으면 가지 않아도 상관이 없다. 나 혼자서 가면 되니까."

"혼자서 가실 수 있겠어요?"

"걸어서 가기는 힘들 것 같다. 그러니 인력거를 불러서 여기서 타고 가야겠다."

주인은 황송해하면서 당장 식모를 인력거꾼 집으로 뛰어가게 했다. 노인은 장구하게 작별 인사를 늘어놓더니 무사 머리에 챙이 높은 모자를 쓰고 돌아갔다. 메이테이는 남아 있었다.

"저분이 자네 숙부님인가?"

"저분이 우리 숙부님이지."

"그렇군."

---

* 지렁이.
** 눈이 보이지 않는다는 뜻.
*** 간살 울타리.

주인은 다시 방석 위에 앉아서 팔짱을 낀 채 무언가 곰곰이 생각하고 있다.

"하하하, 호탕하시지 않은가? 나도 저런 숙부님이 계셔서 정말 다행이라고 생각한다네. 어디로 모시고 가도 항상 저런 식이란 말이야. 자네도 많이 놀랐지?"

메이테이는 주인을 놀라게 했다고 생각해서인지 무척이나 즐거워하였다.

"뭐, 그렇게 놀란 것도 없었네."

"저런 분을 보고도 놀라지 않았다면 보통 담력이 아닌데."

"하지만 저 영감님은 상당히 대단한 분인 것 같네. 정신 수양을 주장하시는 걸 듣고는 진심으로 탄복했지."

"그렇게 탄복만 하고 있어도 되겠는가? 자네도 앞으로 나이를 먹어서 환갑 정도가 되면 저 숙부님처럼 시대에 한참 뒤떨어진 사람이 될지도 모르는 일이잖아. 정신 똑바로 차리라고. 시대에 뒤떨어진 늙은이라는 놀림을 들을 텐가?"

"자네는 자꾸만 시대에 뒤떨어지지 않을까 걱정을 하지만, 경우에 따라서는 시대에 뒤떨어진 쪽이 대단할 수도 있어. 사실 요즘 학문이라는 것이 그저 앞으로 나가기에만 바쁘지, 어디까지 가면 되는지 끝도 모르고 있지 않은가? 그래서야 도저히 만족을 얻을 수 없지. 거기에 비하면 동양의 학문은 소극적이어서 깊은 맛이 있지. 마음 그 자체를 수양하는 것이니까."

주인은 얼마 전에 철학자한테서 들은 이야기를 자기 말처럼 늘어놓았다.

"거참 큰일 날 소리를 하기 시작했군. 꼭 야기 도쿠센八木獨仙 군 같은 소리를 하는군그래."

야기 도쿠센이라는 이름을 듣고 주인은 깜짝 놀랐다. 사실은 지난번에 와룡굴을 찾아와서 주인에게 설교를 늘어놓고 유유히 돌아간 철학자라는 사람이 바로 이 야기 도쿠센 군이었고, 지금 주인이 그럴듯하게 늘어놓고 있는 이론도 완전히 그 야기 도쿠센 군의 말을 그대로 베낀 것이었다. 그런데 모르고 있으리라 생각한 메이테이가 그 선생 이름을 순식간에 꺼내자, 주인은 하룻밤 사이에 만들어진 콧대가 꺾여 버린 셈이었다.

"자네는 도쿠센 군의 설을 들은 적이 있는가?"

주인은 혹시나 싶어서 확인해 보았다.

"들은 적이 있다 없다가 다 뭔가. 그 사내는 10년 전 학교에 있을 때나 지금이나 읊어 대는 말에 전혀 변함이 없으니까."

"진리는 그리 쉽사리 바뀌는 것이 아니니까 그렇게 변함이 없다는 점이 오히려 믿음직스럽지 않은가?"

"그렇게 옳다고 여겨 주는 사람이 있으니까 도쿠센도 저런 식으로 살고 있겠지. 무엇보다도 야기八木*라는 이름부터가 아주 그럴듯하지 않은가. 수염이 난 얼굴을 보면 염소 그 자체니까 말이야. 게다가 저 수염은 기숙사 시절부터 저 모양 저대로 나 있었다네. 도쿠센이라는 이름도 기가 막히지. 옛날에 내가 살던 방에 묵으러 왔을 때 그 사내가 입에 달고 다니는 소극적 수양에 대해서 토론을 했는데 말이야. 아무리 기다려도 같은 말만 되풀이하고 있기에 내가 이제 자자고 했더니 아주 태평스럽게 자기는 졸리지 않다고 하면서 끝도 없이 소극론을 늘어놓는 바람에 아주 혼쭐이 났다네. 하는 수 없이 자네는 졸리지 않을지도 모르지만 나는 지금 아주 졸리니까 제발 이제 잠 좀

---

* 염소를 일본어로 야기(山羊)라 한다.

자자고 사정사정을 해서 겨우 잠든 것까지는 좋았는데, 그날 밤 쥐가 와서 도쿠센 군의 코끝을 물어뜯었다네. 그래서 한밤중에 난리가 났지. 그 사내도 뭐 좀 깨달은 듯한 말은 늘어놓아도 자기 목숨은 아까웠는지 이만저만 걱정을 하는 것이 아니더군. 쥐의 독이 온몸에 퍼지면 큰일이다, 자네가 어떻게 손 좀 써 달라고 떼를 쓰는데, 내가 아주 질려 버렸지. 그래서 할 수 없이 부엌에 가서 종이 조각에 밥풀을 묻혀서 적당히 얼버무렸다네."

"어떻게?"

"이것은 외국에서 온 연고인데, 근래 독일의 명의가 발명한 것이고, 인도인들이 독사한테 물렸을 때 사용하면 즉효기 있다니까 이것만 붙여 두면 만사가 해결된다고 말했지."

"자네는 그 시절부터 엉터리 같은 말을 둘러대는 데에는 도가 터 있었군."

"… 그랬더니 도쿠센 군은 잘 알다시피 호인이라서 털끝만큼도 의심하지 않고 마음을 푹 놓고는 쿨쿨 잠이 들었다네. 이튿날 아침 일어나 보니 연고 밑으로 실밥이 붙어서 그 염소 수염까지 늘어져 있었는데, 그 꼴을 보고는 내가 우스워서 혼이 났네."

"하지만 그 시절보다는 훨씬 대단해진 것 같더군."

"자네 최근 들어서 그 사내를 만났는가?"

"한 일주일 전에 와서 오랫동안 이야기를 하다가 갔네."

"어쩐지 도쿠센식의 소극실을 늘어놓고 있더라니."

"사실은 그때 내가 크게 감탄을 했다네. 그래서 나도 열심히 노력해서 수양을 쌓으려고 생각하던 참일세."

"노력하는 것이야 좋지만, 너무 남이 하는 소리를 곧이곧대로 듣다가는 자네만 피해를 보네. 도대체 자네는 말이야, 남이 하는 소리를 무엇이든 의심도 해 보지 않고 곧이듣는 것이 탈이야. 도쿠센도 말은 그럴듯하지만 막상 무슨 일이 생기면 나나 자네하고 똑같아. 자네 9년 전에 일어난 대지진 알고 있지? 그때 기숙사 2층에서 뛰어내리는 바람에 부상을 당한 사람은 도쿠센 군 한 사람뿐이었어."

"거기에 대해서는 당사자도 할 말이 많은 것 같지 않은가?"

"그렇지, 그 말을 들어 보면 아주 대단하지. 참선으로 닦은 기는 이만저만 예리한 것이 아니라서 소위 위태로운 지경에 이르면 무서울 정도로 재빨리 사태에 대처할 수가 있다. 다른 사람들이 지진이라고 외치며 어쩔 줄 모르고 있을 때 자기는 혼자서 2층 창문으로 뛰어내렸다는 점이 바로 수양의 효과를 보여 주고 있는 것이고, 그래서 기쁘다면서 다리를 절뚝거리며 웃고 다녔지. 오기가 대단한 사내야. 도대체가 참선이니 부처니 하고 떠들고 다니는 인간들치고 제대로 된 놈을 본 적이 없다니까."

"그럴까?"

구샤미 선생은 다소 기세가 꺾였다.

"지난번에 왔을 때 선종의 승려가 했다는 잠꼬대 같은 말을 또 늘어놓았지?"

"응, '전광석화처럼 봄바람을 가르다'라는 말을 가르쳐 주고 갔다네."

"그 전광이 문제야. 그게 10년 전부터 지금까지 변함없이 하는 말이니 웃기는 일이지. 무각선사의 전광이라고 하면 기숙사에서 모르는 사람이 없을 정도였어. 게다가 그 사내가 가끔 기침을 하다가 잘못 말해서 전광석화를 거꾸로 '춘풍석화처럼 전광을 가르다'라고 하는 것도 재미있지. 다음에 오면 한번 시험을 해 보게. 그쪽에서 침착하게 그럴듯한 말을 늘어놓고 있을 때 이쪽에서 자꾸만 반대를 하는 거야.

그러면 금세 어쩔 줄 몰라 하면서 이상한 말을 지껄일 테니까."

"자네같이 짓궂은 사내를 누가 당해 내겠는가."

"어느 쪽이 짓궂은 것인지 모르는구먼. 난 선종 승려니 깨달음이니 하는 건 딱 질색이야. 우리 집 근처에 난조인南藏院이라는 절이 있는데, 거기에 여든가량 먹어서 은퇴한 중이 있지. 얼마 전에 소나기가 왔을 때 사찰 내에 벼락이 떨어져서 그 노인네가 있던 곳 뜰 앞에 선소나무를 반쪽으로 갈라놓았다네. 그런데 이 중은 태연자약하니 조금도 흐트러짐이 없었다고 하더군. 그래서 이야기를 잘 들어 보았더니 귀머거리라는 것이야. 귀가 먹어서 들리지 않았으면 그야 태연자약한 것도 당연한 일이지. 대개가 다 그런 식이야. 도쿠센도 혼자서 깨닫고 있으면 될 일이지, 걸핏하면 남한테 그걸 퍼뜨리려고 하니까 문제일세. 실제로 도쿠센한테 물들어서 정신이 나간 사람이 둘이나 있을 정도니까."

"누가?"

"누구냐고? 한 사람은 리노 도젠理野陶然일세. 도쿠센 때문에 참선에 푹 빠져서 가마쿠라로 가더니 결국 거기에서 정신이 돌아 버렸지. 엔가쿠지圓覺寺 앞에 철길 건널목이 있지 않은가? 그 건널목으로 뛰어 들어가서 철길 위에서 참선을 하더란 말이지. 그러면서 건너편에서 오는 기차를 세워 보겠다고 기염을 토했다네. 다행히 기차 쪽에서 서 주는 바람에 목숨만은 부지할 수 있었네만, 그 대신 이번에는 불에 들어가도 타지 않고 물에 들어가도 빠지지 않는 금강불괴金剛不壞의 몸이라고 하면서 경내의 연못에 들어가서 뽀글뽀글 물거품을 올리면서 걸어 다녔다네."

"그래서 죽었는가?"

"그때도 다행스럽게 도장의 승려가 지나가다가 살려 냈지만 그 후에 도쿄로 돌아와서 결국 복막염으로 죽어 버렸네. 죽은 원인은 복막염이지만 복막염이 된 원인은 승방에서 보리밥이나 장아찌만 먹어서 그랬으니 따지고 보면 간접적으로 도쿠센이 죽인 셈이지."

"무작정 열중하는 것도 좋은 일만은 아니군."

주인이 약간 소름이 끼친다는 표정을 하였다.

"당연하지. 도쿠센한테 당한 사람이 우리 동창 중에 또 하나 있네."

"거참 위험하군. 누군데?"

"다치마치 로바이立町老梅 군이지. 그 사내도 도쿠센의 말에 놀아나서 장어가 승천한다는 식의 말만 늘어놓고 있었는데, 나중에 가서는 진짜로 그렇게 되어 버렸다네."

"진짜로 그렇게 되어 버리다니?"

"결국 장어가 승천하고, 돼지가 신선이 되었단 말이야."

"도대체 그게 무슨 소린가?"

"야기가 도쿠센獨仙*이라면 다치마치는 부타센豚仙**이야. 그 남자처럼 식탐이 심한 사람도 없었는데, 그 식탐이랑 참선 승려의 질긴 욕심이 같이 발작을 일으켰으니 누가 말리겠는가. 처음에는 우리도 몰랐는데 지금 생각해 보면 이상한 소리만 늘어놓고 있었다네. 내 방에 와서는 자네 저 소나무에 돈까스가 날아오지 않겠냐는 둥, 우리 고향에서는 어묵이 판자를 타고 헤엄치고 다닌다는 둥 이상한 소리를 떠들어 대곤 했지. 그저 떠들기만 하고 있었으면 참을 만했겠지만 집 앞의 수렁으로 밤을 캐러 가자고 조르는 바람에 내가 두 손 두 발을 다들어 버렸네. 그로부터 이삼일 후에 결국 부타센이 되어서 정신병원

* 홀로 신선.
** 돼지 신선.

432

에 수용되어 버렸네. 원래 돼지한테는 미치광이가 될 자격도 없지만, 그래도 도쿠센 덕분에 그 지경에까지 이를 수가 있었겠지. 그러고 보면 도쿠센의 힘도 정말 대단하단 말이야."

"호오. 그래서 지금도 정신병원에 있는가?"

"있다 뿐인가? 스스로 대단하다고 믿어 의심치 않는 미치광이가 되어서 아주 기염을 토하면서 살지. 요즘에는 다치마치 로바이라는 이름은 좋지 못하다며, 스스로 덴도 고헤이天道公平라고 부르면서 천도天道의 화신임을 자칭하고 있네. 대단한 위세야. 자네도 한번 가 보게."

"덴도 고헤이?"

"덴도 고헤이 말이야. 미치광이 주제에 그럴듯한 이름을 지어냈지? 가끔은 고헤이孔平라고 쓰는 경우도 있다네. 그러고는 세상 사람들이 방황하고 있으니 자기가 구해 줘야 한다면서 친구들이나 아는 사람들한테 여기저기 편지를 보낸다더군. 나도 네다섯 통 받았는데, 그중에는 상당히 두꺼운 편지도 있어서 우푯값이 모자란다고 두 번 정도 돈을 낸 적도 있지."

"그럼 나한테 온 것도 로바이가 보낸 것이로군."

"자네한테도 편지가 왔나? 그것참 이상하군. 역시 붉은 편지봉투였지?"

"응, 한가운데가 붉고 좌우가 흰색이네. 좀 색다른 편지봉투지."

"그건 말일세, 일부러 중국에서 들여온다고 하더군. 하늘의 도는 흰색이고, 땅의 도도 흰색이고, 사람은 중간에 있어서 붉다고 하는 부타센의 격언을 나타내고 있는 것이라나…"

"상당히 의미가 깊은 편지봉투로군."

"미치광이인 만큼 철저하게 하는 모양이야. 그렇게 미치광이가 되어서도 식탐만큼은 여전한 것인지 매번 반드시 음식에 관한 것이 쓰여 있으니 이상한 일이지. 자네한테 온 편지에도 그런 글귀가 있지 않았나?"

"응, 해삼에 대해 쓰여 있었네."

"로바이는 해삼을 좋아했으니까, 그럴 수도 있겠지. 그리고 또?"

"그리고 복어랑 조선 인삼인지 뭔지도 나왔네."

"복어와 조선 인삼이라니 그럴듯하게 끼워 놓았군. 보나마나 복어를 먹다가 중독을 일으키면 조선 인삼을 달여서 마시라고 했겠지?"

"그렇지도 않은 것 같던데."

"그러지 않아도 상관이 없네. 어차피 미치광이가 하는 소리니까. 그것뿐인가?"

"또 있어. '구샤미 선생, 차나 마시라'는 글이 있네."

"아하하하, 차나 마시라니 너무하는군. 그런 말로 자네를 아주 혼냈다고 생각하고 있겠지. 대단해. 덴도 고헤이 군 만세야."

메이테이 선생은 재미있어 하면서 배를 잡고 웃었다. 주인은 적지 않은 존경심을 가지고 몇 번이고 읽었던 서간을 보낸 사람이 금딱지가 붙은 유명한 미치광이라는 사실을 알고는, 얼마 전까지 열심히 읽으려 했던 노력과 고심이 허튼짓이었다는 생각에 화도 나고, 또 정신병자의 문장을 그렇게 신경 써서 음미하고 있었다고 생각하니 창피하기도 하고, 마지막으로 미치광이의 작품에 그렇게 감탄했으니 자기도 다소 정신에 이상이 있는 건 아닐까 하는 의심까지 들었다. 그래서 화도 나고, 후회도 되고, 걱정까지 생긴 복잡한 상태로 어딘지 불안한 표정을 지으며 앉아 있었다.

그러던 참에 현관문이 드르륵, 하고 열리며 무거운 구두 소리가 두 발짝 정도 현관에 울린다 싶더니 커다란 목소리가 들려왔다.

"계십니까? 잠시 실례합니다."

주인의 엉덩이는 무겁기 짝이 없는 데 비해 메이테이는 워낙 몸놀림이 가벼운 남자이다 보니, 식모가 응대에 나설 겨를도 없이 "들어와."라고 말하면서 문틀을 획 하고 건너뛰고는 현관 앞으로 나갔다. 남의 집에 안내도 청하지 않고 마음대로 들어온다는 점은 문제지만, 일단 남의 집에 들어온 이상 서생처럼 손님맞이를 해 주니 참으로 편리한 사람이다. 아무리 메이테이라도 손님임에는 틀림이 없다. 그런 손님이 현관까지 출장을 나갔는데 주인인 구샤미 선생이 거실에서 꼼짝 않고 있을 수는 없다. 보통 남자라면 그 뒤를 따라 당연히 나갈 법도 한데, 역시 구샤미 선생은 다르다. 아무렇지도 않게 방석에 엉덩이를 붙이고 앉아 있다. 하지만 엉덩이를 붙이고 있는 것과 침착하게 앉아 있는 것은 그냥 보기에는 비슷할지 모르지만 실질적인 내용은 전혀 다르다.

현관으로 뛰어나간 메이테이는 뭔가 열심히 떠들고 있다가 이윽고 안쪽을 바라보면서 큰 소리로 말했다.

"이봐, 주인장. 잠깐 이리 나와 주셔야겠네. 자네가 아니면 일이 안 되는 모양이야."

주인은 하는 수 없이 품속에 두 손을 집어넣은 채 건들건들 나갔다. 보았더니 메이테이는 명함 한 장을 손에 쥔 채 고개를 숙여 인사를 하고 있었다. 위엄이라고는 전혀 없는 태도였다. 그 명함에는 '경시청 형사 순사 요시다 도라조吉田虎藏'라고 찍혀 있었다. 도라조 씨와 나란히 서 있는 사람은 스물대여섯가량 되어 보이는 키가 크고 멋지게 생긴 남자였다. 이상하게 이 사내도 우리 주인처럼 품속에 두 손을 넣고 말없이 우뚝 서 있었다. 어디선가 본 듯한 얼굴이라고 생각하며 자세히 관찰해 보았더니 그냥 보기만 한 사람이 아니었다. 얼마 전

한밤중에 이 집을 찾아와서 참마를 가지고 간 도둑 선생이었다. 아니 이번에는 백주 대낮에 당당하게 현관으로 찾아오셨나?

"이봐, 이분은 형사 순사이신데, 지난번 도둑놈을 잡았으니 자네도 출두하라는 말을 전하러 일부러 찾아오셨다고 하네."

주인은 그제서야 형사가 쳐들어 온 이유를 알아들었는지 고개를 숙이며 도둑놈 쪽을 향해 정중하게 인사하였다. 도둑 선생 쪽이 도라 조 군보다 훨씬 잘생겨서 그쪽이 형사라고 착각한 모양이다. 도둑도 무척 놀랐을 텐데, 그렇다고 설마 하니 내가 도둑이요, 하고 말할 수도 없었는지 모르는 체하고 서 있었다. 여전히 두 손은 품속에 넣은 채였다. 하기야 수갑을 차고 있으니 내놓으려 해도 그럴 수가 없을 것이다. 보통 사람이라면 이런 모습만 보아도 대개는 알아차릴 법하지만, 우리 주인은 요즘 사람답지 않게 공연히 정부 관리니 경찰을 공경하는 버릇이 있다. 나랏님의 권위는 아주 무서운 것이라고 생각하고 있다. 물론 이론상으로 말하자면 순사 따위는 자기들이 돈을 내서 문지기 삼아 고용해 두는 것이라는 정도는 알고 있었지만, 실제로 얼굴을 마주 보면 자꾸만 굽실거린다. 주인의 부친이 그 옛날 변두리 지역의 촌장을 지낸 적이 있었으니까, 윗사람한테 고개를 굽실굽실 숙여 버릇하던 것이 이렇듯 아들에게까지 전해졌는지도 모른다. 정말 딱하기 그지없는 일이다.

순사는 그런 주인이 우스웠는지 싱글싱글 웃으면서 말했다.

"내일 말이지요, 오전 9시까지 니혼즈쓰미日本堤에 있는 지서에 와 주세요. 도난품은 무엇 무엇이었지요?"

"도난품은….'

주인이 말을 하려다가 선생 자신도 거의 잊어버렸다는 사실을 깨달았다. 그저 기억이 나는 물건이라고는 다타라 산페이가 준 참마뿐이었다. 참마 같은 것은 아무래도 상관이 없다고 생각했지만 "도난품은…." 하고 말하려다가 뒤가 끊기면 너무 얼간이 같아서 체면이 서지 않는다. 남이 도둑을 맞았다면 또 모를까, 자기가 도둑맞았으면서도 분명하게 대답할 수 없다면 제대로 된 어른이 아닌 증거라는 생각에 과감하게 "도난품은… 참마 한 상자."라고 말했다.

도둑은 이때 어지간히 우스웠는지 고개를 아래로 숙이며 기모노 옷깃 속으로 얼굴을 파묻었다. 메이테이는 아하하하, 하고 웃으면서 이리 말했다.

"참마가 어지간히도 아까웠던 모양이군그래."

순사 혼자서만 의외로 진지한 표정이었다.

"참마는 나오지 않았지만 다른 물건은 대부분 돌아온 것 같네요. 일단 와 보시면 알겠지요. 그리고 말이지요, 도난품을 건네줄 때 영수증이 필요하니까 도장을 잊지 말고 지참해 주세요. 9시까지는 반드시 와야 합니다. 니혼즈쓰미 지서입니다. 아사쿠사 경찰서 관할 내의 니혼즈쓰미 지서예요. 그럼, 안녕히 계십시오."

순사는 이렇게 혼자서 떠들고는 돌아가 버렸다. 도둑 군도 뒤따라서 문을 나섰다. 손을 내밀 수가 없으니 문을 닫지도 못하고 그냥 열어 둔 채로 가 버렸다. 황송해하면서도 뭔가 불만스러웠는지 주인은 입을 댓발 내밀더니 문을 탁 닫아 버렸다.

"아하하, 자네는 형사를 어지간히도 존경하는군. 평소에도 항상 그렇게 공손한 태도를 가지고 있으면 좋을 텐데, 자네는 순사한테만 정중하니 문제야."

"그래도 일부러 여기까지 알려 주러 오지 않았는가."

"일부러 왔다고는 하지만 따지고 보면 그 사람은 그게 직업 아닌가? 보통 사람들처럼 대하면 그만이지."

"하지만 보통 직업이 아니지 않은가?"

"그야 보통 직업은 아니지. 탐정이라고 하는 더러운 직업이야. 보통 장사치보다 훨씬 나쁘지."

"자네, 그런 말을 했다가는 혼쭐이 날걸세."

"하하하, 그럼 형사 욕은 그만해야겠군. 하지만 자네, 형사를 존경하는 것은 그래도 알만 하지만 도둑을 존경하는 걸 보니 그저 놀라울 따름이야."

"누가 도둑을 존경했다고 그러나?"

"자네가 그랬지."

"내가 도둑이랑 무슨 안면이 있다고 그래?"

"하지만 자네는 도둑한테 인사를 하지 않았나?"

"언제?"

"방금 전에 아주 고개를 깊이 숙이고 넙죽 인사하지 않았나?"

"말도 안 돼. 그건 형사였어."

"형사가 그런 차림을 할 리가 있나."

"형사니까 그런 차림을 하는 것이지."

"고집을 부리기는."

"자네야말로 고집부리지 말게."

"무엇보다도 형사가 남의 집에 와서 그렇게 품속에 두 손을 집어넣고 멀뚱멀뚱 서 있기만 하겠는가."

"형사라고 품속에 손을 넣지 말라는 법은 없지."

"그렇게 박박 우기니 할 말이 없어지네. 자네가 인사를 하는 동안 그놈은 내내 그대로 서 있었다고."

"형사니까 그렇게 할 수도 있겠지."

"아무튼 쓸데없는 데에 자신만만하다니까. 아무리 말을 해도 듣지를 않으니…"

"당연히 듣지 않지. 자네는 말끝마다 도둑, 도둑, 하지만, 그 도둑이 들어오는 걸 본 것도 아니지 않은가. 그냥 그렇게 생각해서 혼자 고집을 부리고 있을 뿐이지."

메이테이도 이 지경에 이르자 도저히 구제불능이라고 생각했는지 평소의 그답지 않게 입을 다물어 버렸다. 주인은 오랜만에 메이테이한테 한 방 먹였다는 생각에 득의양양했다. 메이테이의 눈으로 보면 주인의 가치는 고집을 부린 만큼 하락한 셈인데, 주인의 눈으로 보면 고집을 부린 덕분에 메이테이보다 대단해진 것이다. 세상을 살다 보면 이렇게 얼토당토않은 일이 종종 생긴다. 고집을 끝까지 부려서 싸움에서 이겼다고 생각하고 있는 사이에 당사자의 인물 평가는 뚝 떨어져 버리는 것이다. 이상하게도 고집을 부린 본인은 죽을 때까지 자기 체면을 세웠다고 굳게 믿고서, 그 이후 남이 경멸해서 상대해 주지 않는다고는 꿈에도 생각지 않는다. 행복한 사람이다. 이런 행복을 돼지의 행복이라고 부른다고 한다.

"아무튼 내일 가 볼 셈인가?"

"가야지. 9시까지 오라고 했으니까 8시에는 나가 봐야지."

"학교는 어떻게 하고?"

"학교야 쉬면 되지."

주인이 씹어뱉듯이 말하는 기세가 이만저만이 아니다.

"아주 자신만만하군. 쉬어도 되는 건가?"

"당연하지. 우리 학교는 월급제니까 급여가 깎일 걱정도 없다네. 그러니까 괜찮아."

이렇듯 주인은 곧바로 사백해 버렸다. '얌제' 같은 년노 눌톤 있지만 참으로 단순하기 짝이 없다.

"자네, 가는 것은 좋지만 길은 아는가?"

"내가 알기는 어떻게 알겠나? 그래도 인력거를 타고 가면 되지."

주인은 콧김을 내뿜고 있다.

"시즈오카의 숙부님과 맞먹을 정도로 도쿄를 잘 아니 내가 두 손을 들겠네."

"두 손을 들든지, 두 발을 들든지."

"하하하, 니혼즈쯔미 지서라는 곳은 말일세, 그냥 보통 동네가 아니네. 요시와라야."

"뭐라고?"

"요시와라라고."

"그 유곽들이 들어서 있는 요시와라 말인가?"

"그래. 요시와라라는 동네가 도쿄에 또 있다던. 그래도 가 볼 참인가?"

메이테이 군이 또 놀리기 시작했다.

주인은 요시와라라는 이름을 듣고는 '그건 좀….' 하고 망설이는 눈치더니, 순식간에 마음을 다잡고는 쓸데없이 힘을 주어 이렇게 말했다.

"요시와라든, 유곽이든 일단 간다고 한 이상 무슨 일이 있어도 가야지."

어리석은 자들은 대개 이런 데서 오기를 부리기 마련이다.

"아마 재미있을 걸세. 한번 보고 오게나."

메이테이 군은 이렇게만 말했을 뿐이다. 한바탕 파란을 몰고 온 형사 사건은 이것으로 우선 일단락 지어졌다. 메이테이는 그러고도 한참을 쓸데없는 말을 늘어놓더니 저녁 무렵에 '너무 늦어지면 숙부님께 야단 맞는다'며 돌아갔다.

메이테이가 돌아간 다음 그럭저럭 저녁 식사를 마치고 서재로 철수한 주인은 다시 팔짱을 끼고는 이런 생각을 하기 시작했다.

'내가 감탄해서 열심히 본받으려고 한 야기 도쿠센 군도 메이테이의 말을 듣고 보면 특별히 본받을 정도의 인간은 아닌 모양이다. 그뿐만 아니라 그가 주장하는 설도 어딘지 상식에서 벗어나 있어서 메이테이의 말대로 다소 미치광이 계통에 속해 있는 것 같다. 게다가 그 사내는 분명히 두 사람이나 미치광이 졸개를 거느린 바 있다. 위험하기 짝이 없다. 공연히 가까이 갔다가는 같은 계통 안으로 끌려 들어갈 것 같다. 내가 문장을 보고 경탄한 나머지 이것이야말로 큰 식견을 가지고 있는 위인이 틀림없다고 믿었던 덴도 고헤이, 실명으로 말하자면 다치마치 로바이는 완벽한 미치광이고, 실제로 스가모에 있는 정신병원에 살고 있다. 메이테이의 말이 침소봉대한 허풍이라고 해도 다치마치가 정신병원 안에서 널리 알려질 정도로 미쳤고, 천도를 설파하는 사람임을 자칭한다는 것은 아마 사실일 것이다. 이런 나도 어쩌면 약간 머리가 돌았는지도 모른다. 동병상련이고 유유상종이라고 하니까, 미치광이의 말에 감탄하는 이상—적어도 그 문장이나 언사에 동감을 나타내는 이상—나도 미치광이에 가까운 사람일 수도 있다. 설사 똑같이 만들어진 사람은 아니라고 해도 미치광이와 벽 하나를 사이에 두고 나란히 살고 있다면 나도 모르게 그 벽을 무너뜨리고 어느새 같은 방 안에서 무릎을 마주하면서 담소하는 일이 일어나지 않는다고 장담할 수도 없다. 이것 정말 큰일이다. 하기야 생각해 보면 요즘 들어서 내 머리의 작용은 내가 생각해도 놀랄 정도로 이상하고도 묘하게 바뀌었다. 두뇌 안에서 일어나는 화학적인 변화는 그렇다 치고, 사람은 의지가 움직여서 행위가 되고, 그것이 또한 말로 변하게 마련인데, 요즘 내 언동에는 이상하게도 중용을 잃은 점이 많다. 혀 위에 맑은 물이 샘솟지 않고, 겨드랑이에서 깨끗한 바람이 일어나지는 않는다 해도 이빨 사이에서 미친 냄새가 나고, 팔다리에서 미친 바람이 부니 이를 어찌한단 말인가. 정말 보통 큰일이 아니다. 어쩌면 나도 벌써 훌륭한 환자가 되어 있는 것이 아닐까? 다행히 아직까지 남을 해치거나 세상에 방해되는 일을 저지르지 않았으니까, 그 덕분에 그나마 동네에서 쫓겨나지 않고, 도쿄 시민으로서 존재하고 있는 것인지도 모르겠다. 이건 소극이네, 적극이네, 하고 있을 때가 아니다. 우선 맥박부터 검사해 봐야겠다. 하지만 맥박에는 변함이 없는 것 같군. 머리에 열은 나지 않나? 이것도 특별히 흥분해 있는 것 같지는 않은데. 하지만 그래도 걱정이 된다.'

'이렇게 나와 미치광이를 비교해서 비슷한 점만 꼽아 보고 있다가는 아무래도 미치광이의 영역에서 벗어날 수 있을 것 같지가 않다. 이건 방법이 잘못되었어. 미치광이를 기준으로 해서 나를 그쪽에 끌어당겨서 해석하니까 이런 결론이 나오는 것이다. 만약 건강한 사람을 표준으로 삼고 그 옆에 나를 두어서 생각해 보면 어쩌면 반대의 결과가 나올지도 모른다. 그러려면 우선 가까운 데서 시작해야지. 일단 오늘 왔던 양복 외투 숙부님은 어떨까? 마음을 어디에 둘 것이냐—그 사람도 좀 불안한데…. 두 번째로 간게쓰는 어떨까? 아침부터 밤까지 도시락을 들고 학교에 가서 공만 깎고 있지. 이것도 한패야. 세 번째는… 메이테이? 그 사내는 까불까불하면서 돌아다니는 것을 천직으로 삼고 있지. 완전히 양성 미치광이라고 해야 돼. 네 번째는… 가네다의 여편네. 그 악독한 근성은 완전히 상식에서 벗어나 있어. 아주 순전한 미치광이라고 해야겠지. 다섯 번째는 가네다 군 차례야. 가네다 군은 직접 본 적은 없지만 일단 저런 부인을 마누라고 끼고 살면서 금슬 좋게 있는 것을 보면 비범한 사람이라고 봐도 문제가 없을 것이야. 비범하다는 말은 미치광이의 별명이니까 당연히 이자도 같은 패라고 해야겠지. 그리고 또 누가 있나? 그래그래 또 있지. 낙운관의 여러 군자들이다. 나이로 보면 아직 싹이 튼 정도이지만 미쳤다는 점에서는 한 세대를 풍미할 정도로 대단한 호걸들이지. 이렇게 꼽아 보니까 대부분의 사람들은 미치광이와 같은 패인 것 같네. 의외로 마음이 놓이기 시작하는군. 어쩌면 이 사회는 미치광이들이 모여서 이루어지고 있는지도 모르겠다. 미치광이들이 집합해서 서로를 잡아먹지 못해 싸우고, 질투하고, 욕하고, 빼앗으면서 전체적으로는 단체를 이루어서 세포처럼 무너지기도 하고, 다시 일어서기도 하고, 일이 섰다가 다시 무너지기도 하면서 살아가는 것을 사회라고 부르는 것인지도 모르지. 그 속에서 다소 이치를 알고 분별이 있는 자는 오히려 방해가 되니까, 정신병원이라는 것을 만들어서 거기에 처박아 놓고 나오지 못하게 하는 게 아닐까? 그렇다면 정신병원에 갇혀 있는 자들이 보통 사람이고, 병원 밖에서 난리를 치는 자들은 오히려 미치광이라고 해야겠군. 미치광이도 고립되어 있는 동안에는 어디까지나 미쳤다고 여겨지지만 단체가 되어서 세력이 늘어나면 건전한 인간이라고 간주되어 버리는 것인지도 모르겠다. 큰 미치광이가 돈이나 권력의 힘을 남용해서 대다수의 작은 미치광이들을 부리며 나쁜 짓을 하고는 남에게 훌륭한 사람이라고 불리는 경우도 적지 않지. 뭐가 뭔지 모르겠다.'

이상은 우리 주인이 그날 밤 황황하게 빛나는 외로운 등불 아래서 생각하고 또 생각한 심적 작용을 있는 그대로 표현한 것이다. 그의 두뇌가 얼마나 불투명한지는 여기에도 문명하게 드러나 있다. 그는 시저와 닮은 팔자 콧수염을 기르고 있으면서도 미치광이와 보통 사람의 구별조차 제대로 할 수 없을 정도로 얼간이다. 그뿐만 아니라 그는 모처럼 이 문제를 제공해서 자기의 사고력을 시험해 보았으면서도 결국 아무런 결론도 얻어 내지 못한 채 그만두어 버렸다. 무슨 일에 대해서든 그는 철저하게 끝까지 생각할 머리가 없는 사내이다. 그의 결론은 막연하기만 해서 그의 콧구멍에서 피어오르는 담배 연기처럼 뭐 하나 포착할 구석이 없다는 점이 토론에 있어서 그가 가진 유일한 특색으로 기억할 만한 사실이다.

나는 고양이다. 고양이 주제에 어째서 주인의 마음속을 이렇듯 정밀하게 기술할 수 있는가, 하고 의심하는 사람이 있을지 모르지만, 이 정도 일은 고양이한테는 식은 죽 먹기다. 나는 이래 봬도 독심술이라는 것을 알고 있다. 그걸 언제 터득했느냐, 하는 식의 쓸데없는 질문은 하지 않아도 된다. 아무튼 알고 있다. 인간의 무릎 위에 앉아 졸고 있는 사이에 나는 내 부드러운 털을 가만히 인간의 배에 문질러 본다. 그러면 한 줄기 전기가 일어나서 그의 뱃속에 있는 생각들이 손에 잡히듯이 내 마음의 눈에 비친다. 얼마 전 같은 경우에는 주인이 내 머리를 부드럽게 쓰다듬으면서 갑자기 이 고양이 가죽을 벗겨서 겉옷을 만들면 따뜻하니 좋을 것 같다는 황당한 생각을 바로 알아차리고는 소름이 오싹 돋은 적도 있다. 무서운 일이다. 그날 밤 주인의 머릿속에서 일어난 위와 같은 생각들을 바로 그런 연유로 다행히 여러분에게 보고할 수 있게 된 것을 나는 큰 영광으로 생각하는 바이다. 하지만 우리 주인은 '뭐가 뭔지 모르겠다'고 생각하고는 그 뒤로 쿨쿨 잠이 들어 버렸다. 내일이 되면 무엇을 어디까지 생각했는지 깡그리 잊어버릴 것이 뻔하다. 앞으로 만약 주인이 미치광이에 대해서 생각하는 일이 있다면 처음부터 다시 시작해서 생각해야 할 것이다. 그러면 과연 같은 경로를 통해서 이런 식으로 '뭐가 뭔지 모르겠다'고

끝을 맺을지 어떨지 보장할 수가 없다. 하지만 몇 번을 다시 생각해도, 몇 갈래 길의 경로를 통한다 해도 결국에 가서는 '뭐가 뭔지 모르겠다'로 끝날 것만은 분명하다.

10

"여보, 벌써 7시예요."

장지문 너머에서 부인이 불렀다. 주인은 잠에서 깨었는지, 아직도 자고 있는지 반대편을 바라보고 있을 뿐 대답을 하지 않는다. 대답을 하지 않는 것은 이 사내의 버릇이다. 어떻게든 입을 벌릴 수밖에 없는 지경에 이르면 할 수 없이 '응'이라고 한다. 이 '응'도 여간해서는 나오지 않는다. 인간도 대꾸하기가 귀찮아질 정도로 게을러지면 나름대로 '맛'이 생기는데, 이런 사람치고 여자들이 좋아하는 것을 본 적이 없다. 지금 같이 살고 있는 부인조차도 그다지 소중하게 생각하고 있는 것 같지 않으니, 다른 사람이야 말할 나위가 없다고 해도 틀림이 없을 것이다. 부모 형제가 저버린 사람을 생판 모르는 다른 미인들이 반길 리가 없다. 그러니 부인에게조차 인기가 없는 주인이 세상의 일반 숙녀들의 마음에 들 리가 없다. 굳이 이성들 사이에서 인기가 없는 주인을 여기서 특별히 폭로할 필요는 없겠지만 본인이 말도 안 되는 착각을 해서 나이 때문에 부인에게 호감을 주지 못한다는 식의 생각을 하게 되면 방황의 씨가 될 것이니, 자각하는 데 도움이 될까 하는 친절한 마음에서 잠시 말해 두었을 뿐이다.

부탁을 받은 시간에 부탁받은 대로 '시간이 되었다'고 말해도 상대방이 그 말을 무시하고 있는 이상, 반대편을 바라본 채 '응'이라고도 대답하지 않는 이상, 잘못은 남편에게 있지 자기에게 있지 않다고 결론을 지은 부인은 '늦어도 난 몰라요'라는 태도로 빗자루와 먼지떨이를 들고 서재 쪽으로 가 버렸다. 이윽고 탁탁, 하고 온 서재 안을 털고 다니는 소리가 들리는 것으로 보아 여느 때처럼 평소의 청소를 시작한 모양이다. 도대체 청소의 목적이 운동에 있는지, 놀이에 있는지, 청소라는 의무를 갖지 않은 내가 알 바는 아니니 모르는 척하고 있으면 이 무런 지장이 없기는 하지만, 이 집 부인의 청소 방법을 보자면 참으로 아무런 의미가 없는 행위라고 하지 않을 수 없다. 왜 아무런 의미가 없는가 하면 이 부인은 단순히 청소를 위해서 청소를 하고 있을 뿐이기 때문이다. 먼지떨이로 한 차례 장지문을 털어 내고, 빗자루로 일단 방바닥을 쓴다. 그것으로 청소가 완성되었다고 해석한다. 청소의 원인 및 결과에 대해서는 티끌만큼의 책임도 지지 않는다. 그러므로 깨끗한 곳은 매일 깨끗하지만 쓰레기가 있는 곳, 먼지가 쌓여 있는 곳은 언제나 쓰레기가 모여 있고 먼지가 쌓여 있다. '해가 되지 않는다면 하는 편이 안 하는 것보다 낫다'는 말도 있으니, 이 정도라도 하지 않는 것보다는 나을 수 있다. 하지만 한다 해도 특별히 주인을 위해 좋을 것은 없다. 좋을 것이 없는데도 매일매일 빠지지 않고 한다는 것이 부인의 대단한 점이다. 부인과 청소는 다년간의 습관으로 기계적인 연상을 형성해서 굳건하게 결부되었지만, 청소의 내용에 있어서는 부인이 아직 태어나기 이전과 같이, 먼지떨이와 빗자루가 발명되지 않은 옛날과 같이 하나도 좋아진 점이 없다. 내가 보기에 이 양자의 관계는 형식논리학상의 명제에 있는 명사名辭처럼 내용 여부에 상관없이 결합된 것이리라 생각한다.

나는 주인과는 달리 원래 일찍 일어나는 편이라서 이때 벌써 배가 고프기 시작했다. 아무리 그래도 집안 사람들조차 밥상에 앉지 않은 시간에 고양이의 신분으로 아침밥을 먹을 수 있을 리가 없다. 하지만 고양이의 천박함으로 혹시나 김이 모락모락 나는 국물 냄새가 내 밥그릇에서 맛있게 나고 있지 않을까, 하는 생각이 들자 가만히 있을 수 없게 되었다. 덧없는 것을 덧없다고 알면서도 기대할 때는 그저 그 기대만 머릿속에 아름답게 그려 놓고는 가만히 움직이지 않고 있는 편이 좋다. 하지만 현실적으로는 그렇게 하지 못하고 마음속의 기대와 실제 상황이 맞는지 틀리는지 어떻게든 시험해 보고 싶어진다. 시험해 보면 반드시 실망할 것이 뻔한 일조차 마지막 실망을 스스로 사실이라고 받아들일 때까지는 가만히 있을 수가 없는 것이다. 나는 참을 수가 없어서 부엌으로 기어 들어갔다. 우선 부뚜막 구석에 있는 밥그릇 속을 들여다보았더니 역시 생각대로 어젯밤에 깨끗하게 핥았던 상태 그대로 부엌 창문에서 흘러 들어온 초가을 햇빛의 그늘에서 요상한 빛을 내고 있었다. 식모는 이미 갓 지은 밥을 밥통에 옮겨 놓고 지금은 아궁이에 걸쳐 놓은 냄비 속을 휘젓고 있었다. 가마솥 주변에는 부글부글 끓다가 흘러나온 밥물이 빠닥빠닥한 줄기가 되어 말라붙어서 어떤 것은 종이를 붙여 놓은 것처럼 보였다. 이미 밥과 국이 다 된 상태이니, 내가 먼저 먹어도 되지 않겠느냐고 생각했다. 이럴 때 공연히 눈치를 본다는 것은 쓸데없는 짓이다. 혹시 내 기대대로 일이 되지 않더라도 어차피 손해 볼 것은 없으니 마음껏 아침밥을 달라고 졸라 봐야겠다. 아무리 더부살이를 하는 신세라도 배고픈 것은 어쩔 수 없다. 그렇게 마음을 정한 나는 야옹야옹, 하고 어리광을 피는 것처럼, 호소를 하는 것처럼, 혹은 원망을 하는 것처럼 울어 보았다.

식모는 도무지 뒤돌아볼 기색이 없다. 태어날 때부터 얼굴이 저 모양이니 인정머리가 없는 것은 일찍부터 알고 있었지만, 그래도 잘 울어서 어떻게든 동정하게 만드는 것이 이쪽의 솜씨이다. 이번에는 냐옹 냐옹, 울어 보았다. 그 울음소리는 내가 들어도 비장한 음색을 띠고 있어서 천하의 풍류객으로 하여금 단장의 비애를 느끼게 하기에 부족함이 없을 것 같았다. 식모는 여전히 돌아보지 않는다. 이 여자는 귀머거리인지도 모른다. 귀머거리가 하녀 일을 할 수 있을 리가 없지만, 어쩌면 고양이 울음소리에 대해서만 귀머거리일 수도 있다. 세상에는 색맹이라는 것이 있어서 당사자는 완전한 시력을 갖추고 있다고 믿어도 의사가 보면 불구자의 일종이라고 하는데, 이 식모는 성맹聲盲일 것이다. 성맹도 불구자임에는 틀림이 없다. 불구자 주제에 어지간히도 거들먹거린다. 한밤중에는 아무리 내가 볼일이 있으니 열어 달라고 해도 문을 열어 준 적이 없다. 간혹 나가게 해 주었다 싶으면 이번에는 아무리 해도 들여보내 주지 않는다. 여름이라 해도 밤이슬은 몸에 해롭다. 더구나 서리는 말할 나위도 없다. 처마 밑에서 밤을 새우며 아침 해가 뜨기를 기다리는 일이 얼마나 괴로운지 절대로 상상하지 못할 것이다. 얼마 전에 이렇게 내쫓김을 당했을 때에는 들개의 습격을 받아서 위태로운 상황에 이르렀다가 아슬아슬하게 창고 지붕 위로 뛰어 올라가 밤새도록 바들바들 떨고 있었던 적도 있다. 이런 일들은 모두 식모의 인정머리 없음에서 생겨난 불상사이다. 이런 자를 상대로 울어 본들 반응이 있을 턱이 없지만, 그래도 배고플 때는 하느님도 믿어 보고, 가난할 때는 사랑 편지도 훔쳐본다고 하니 어지간한 일이라면 할 마음이 생긴다. 야오옹, 야오옹, 하고 세 번째에는 주의를 환기시키기 위해 너욱 복삽한 울음소리를 내 보았다. 나로서는 베토벤의 교향곡에 비해도 뒤지지 않는 미묘한 소리라고 확신하고 있는데, 식모에게는 아무런 영향도 미치지 못한 모양이다. 식모는 갑자기 몸을 굽혀 바닥의 판자 한 장을 들어올리더니 안에서 12센티미터가량 되는 긴 석탄 한 개를 꺼냈다. 그 긴 것을 아궁이 옆에서 탕탕 두드렸더니 길었던 것이 세 조각 정도로 부서졌고, 그 근처는 석탄 가루로 새까맣게 되었다. 국물에 들어간 것도 좀 있는 모양이다. 식모는 그런 일에 신경을 쓸 여자가 아니다. 곧바로 부서진 세 개의 석탄 조각을 냄비 밑으로 해서 아궁이 속에 쑤셔 넣었다. 아무래도 내가 엮어 내는 교향곡에는 귀를 기울일 것 같지 않았다. 하는 수 없이 풀이 죽어서 거실 쪽으로 되돌아가려고 목욕탕 옆을 지나다 보니까 그곳에서는 지금 여자아이 세 명이 세수를 하느라고 북새통을 이루고 있었다.

세수를 한다고는 해도 위의 두 명은 유치원생이고, 세 번째는 언니들의 꽁무니를 쫓아다닐 수도 없을 정도로 어리니까, 제대로 세수하고 모양을 갖출 수 있을 리가 없다. 제일 어린 아이가 양동이 속에서 젖은 걸레를 꺼내서 그것으로 자꾸만 얼굴을 문지르고 있었다. 걸레로 얼굴을 닦으면 얼마나 지저분할까 싶었지만, 지진이 일어나서 흔들릴 때마다 "재미이쪄." 하고 말하는 아이니까 이 정도의 일 가지고는 놀랄 것이 못 된다. 어쩌면 이 아이가 야기 도쿠센 씨보다 깨달음이 깊을지도 모르겠다. 그래도 장녀는 장녀답게 스스로를 언니라고 생각하고 있어서인지 양치하고 있던 그릇을 땡그랑 땡땡, 하고 소리 나게 집어던지고는 걸레를 빼앗으려 하였다.

"아가야, 그건 걸레야."

아가도 상당히 자신만만한 사람이니 언니가 하는 말을 그냥 들을 리가 없었다.

"시져, 신단 말야, 잉(싫어, 싫단 말이야)."

이렇게 말하면서 걸레를 도로 잡아끌었다. 이 '잉'이라는 말이 어떠한 의미가 있고, 어떤 어원이 있는지 아무도 아는 사람은 없다. 다만 이 아가가 화를 내고 떼를 쓸 때 종종 사용할 뿐이다. 걸레는 이때 언니의 손과 아가의 손에 잡혀 좌우로 잡아당겨지자 물을 머금은 가운데 부분에서 똑똑 물방울이 떨어져서 곧바로 아가의 발이 젖었다. 발만 젖었다면 참을 수 있겠지만 무릎까지 흠뻑 젖었다. 아가는 그래 봬도 겐로쿠元禄를 입고 있다. 겐로쿠가 도대체 무엇인가 싶어서 잘 들어 보았더니, 중간 정도 크기의 무늬가 있는 옷이면 무엇이든 겐로쿠라고 부른다고 한다. 도대체 누구한테 배웠는지 모르겠다.

"아가야, 겐로쿠가 젖으니까 이제 그만해, 응?"

누이가 그럴듯하게 말했다. 하지만 이 언니는 바로 얼마 전까지 겐로쿠와 스고로쿠雙六*를 헷갈릴 정도로 유식한 사람이다.

겐로쿠 때문에 생각이 나서 참고로 말해 두겠는데, 이 아이들은 단어를 잘못 쓰는 경우가 너무나 허다하고, 어떨 때는 듣는 사람을 황당하게 만드는 말을 하기도 한다. 화재가 일어나서 히노코火の粉**가 아닌 키노코きのこ***가 날아오기도 하고, 유명 사립 여학교인 오차노미즈お茶の水가 아니라 오차노미소お茶のみそ**** 여학교에 가기도 하고, 어떤 때는 이런 말을 한 적도 있다.

"난 와라다나わら店 아이가 아니야."

이러기에 무슨 소린가 하고 잘 들어 보았더니, 우라다나裏店와 와

* 주사위 놀이의 한 가지.
** 불똥.
*** 버섯.
**** 차의 된장이라는 뜻이 된다.

라다나*를 혼동해서 쓰는 말이었다. 주인은 이런 잘못된 말을 들을 때마다 웃고 있는데, 자기가 학교에 나가서 영어를 가르칠 때는 아마 이것보다도 훨씬 웃기는 잘못을 진지한 얼굴로 학생들에게 가르치고 있을 것이 뻔하다.

아가는—당사자는 아가라고 하지 않고 항상 '아갸'라고 한다—겐로쿠가 젖은 것을 보더니 울음을 터뜨리며 말했다.

"겐조쿠가 차거(겐로쿠가 차가워)."

겐로쿠가 젖어서는 큰일이므로 식모가 부엌에서 뛰어나와 걸레를 들고 옷을 닦아 주었다. 이런 소동 중에도 비교적 조용히 있었던 사람은 둘째 딸인 슨코 양이었다. 슨코 양은 반대편을 바라보고 앉아 선반에서 굴러떨어진 분가루 병을 열고 열심히 화장을 하고 있었다. 우선은 병에 집어넣은 손가락으로 콧등을 스윽 문질렀더니, 세로로 한 가닥 하얀 줄이 생겨서 코가 어디 있는지 약간 분명하게 해 주었다. 다음으로 다시 분을 바른 손가락을 굴려서 볼 위를 쓸어 내자 허연 덩어리가 생겨났다. 이만큼 장식이 갖춰졌을 때 하녀가 들어와서 아가의 옷을 닦아 준 다음 슨코의 얼굴까지 닦아 버렸다. 슨코는 다소 불만스러운 듯했다.

나는 이런 광경을 곁눈으로 보면서 거실에서 주인의 침실로 가서 이제는 일어났나, 하고 몰래 동태를 살펴보았더니, 주인의 머리는 어디에도 보이지 않았다. 그 대신 10문 반의 두꺼운 발이 이불자락에서 하나 불쑥 튀어나와 있었다. 머리를 내놓았다가 또 일어나라고 하면 귀찮다는 생각에 이렇게 이불 속으로 파고들었던 모양이다. 거북이 같은 사내다. 그러던 차에 서재 청소를 끝낸 부인이 다시 빗자루와 먼

* '와라다나'는 짚 가게, '우라다나'는 셋집이라는 뜻.

지떨이를 짊어지고 들어왔다.

"아직도 안 일어나셨어요?"

이러고 조금 전처럼 장지문 입구에서 말을 걸더니 잠시 그냥 서서 목이 나와 있지 않은 이불을 바라보았다. 이번에도 대답이 없다. 부인은 입구에서 두 발짝가량 앞으로 나와서 빗자루로 바닥을 탕 치면서 말했다.

"이제 일어나셔야죠, 여보."

부인은 다시 한번 대답을 기다렸다. 이때 주인은 이미 깨어 있는 상태였다. 깨어 있으니까 부인의 습격에 대비하기 위해 미리 이불 속으로 머리끼지 집어넣고 있었던 것이다. 머리만 내놓지 않으면 그냥 봐주겠지, 하는 헛된 생각에 기대면서 자고 있었는데, 부인은 좀처럼 그냥 내버려둘 것 같지 않았다. 그러나 첫 번째 목소리는 방문 쪽에서 났으니 적어도 어느 정도의 거리가 있어 그래도 안심이 된다고 마음속으로 생각하고 있었더니, 탕 하고 방바닥을 친 빗자루가 1미터 정도의 거리 안으로 다가와 있는 것을 느끼고는 흠칫 놀랐다. 그뿐만 아니라 두 번째로 이제 일어나셔야죠, 여보, 하고 말하는 목소리가 거리에 있어서나 음량에 있어서 전보다 두 배 이상의 크기로 이불 속까지 들려오자, 이제는 안 되겠다고 각오를 하고 작은 목소리로 응, 하고 대답했다.

"9시까지 가셔야 한다면서요. 빨리 준비하지 않으면 늦겠어요."

"그렇게 잔소리하지 않아도 지금 일어날 거야."

주인이 잠옷 소매 틈으로 대답하는 모습이 가관이다. 부인은 언제나 이런 식으로 당해 왔다. 이제 일어나겠지, 싶어서 안심하고 있으면 또 잠들어 버리곤 했던 것이다. 그래서 마음을 놓을 수가 없다고 생각했는지 다시 한번 재촉한다.

"빨리 일어나시라는데도요."

일어나겠다고 하는데도 계속 일어나라는 잔소리를 들으면 기분이 나빠지게 마련이다. 주인처럼 철이 덜 든 사람은 더욱 기분이 상한다. 이렇게 되자 주인은 지금까지 머리 위로 뒤집어쓰고 있던 이불을 확 젖혀 버렸다. 보아하니 커다란 눈을 양쪽 다 뜨고 있다.

"왜 이렇게 시끄러워. 일어나겠다고 했으면 그냥 둘 일이지."

"일어나겠다고 말만 하고 일어나지 않으니까 그렇죠."

"누가, 언제 그런 거짓말을 했다고 그래?"

"항상 그러시잖아요."

"말도 안 돼."

"누가 말도 안 되는 소리를 하는지 모르겠네요."

부인은 잔뜩 볼멘소리를 하고는 빗자루를 들고 베갯머리에 우뚝 서 있는 모습이 참으로 씩씩했다. 이때 뒷집 인력거꾼의 아들인 얏짱 八っちゃん이 갑자기 커다란 목소리로 엉엉, 하고 울기 시작했다. 얏짱은 우리 주인이 화를 내기만 하면 반드시 울음을 터뜨리도록 인력거꾼네 아낙한테 명령을 받은 바 있다. 아낙은 우리 주인이 화를 낼 때마다 얏짱을 울려서 짭짤한 수익을 올릴지 모르지만, 얏짱의 입장에서 보면 참으로 피해가 막심하다. 이런 엄마를 두었다가는 아침부터 밤까지 내내 울고 있어야 할지도 모른다. 그런 사정을 헤아려서 우리 주인도 좀 화를 덜 내면 얏짱의 수명이 약간은 길어질 듯한데, 그런 눈치를 알아챌 사람이 아니다. 아무리 가네다 군한테 부탁을 받았다 해도 이렇게 어리석은 짓을 하는 것을 보면 덴도 고헤이 군보다 훨씬 더 머리에 심각한 문제가 있다고 평가해도 좋을 것이다. 화를 낼 때마다 울음을 터뜨리는 정도면 그래도 여유가 좀 있겠지만, 문제는 가네다 군이 인근의 부랑아들에게 돈을 쥐여 주면서 흙으로 빚은 너

구리라고 놀리라고 했기 때문에 그때마다 얏짱은 울어야 한다는 것이다. 우리 주인이 화를 낼지 말지도 아직 확실하지 않은데, 반드시 화를 낼 것이라고 예상해서 일찌감치 얏짱은 울음보를 터뜨린다. 이렇게 되면 주인이 얏짱인지, 얏짱이 주인인지 알 수 없어진다. 우리 주인을 골탕 먹이는 것이 아주 쉬워진다. 얏짱을 살짝 꼬집기만 하면 아무런 힘도 들이지 않고 주인의 빰을 때린 격이 된다. 옛날 서양에서 범죄자를 처형하려 할 때 본인이 국경 밖으로 도망쳐서 붙잡을 수 없으면 그 사람의 모형을 만들어서 인간 대신에 불태웠다고 하는데, 가네다 군네 사람들 중에도 서양의 이런 이야기를 잘 알고 있는 지략가가 있는지 참으로 그럴듯한 계략을 짰다. 낙운관노 그렇고, 얏쌍의 엄마도 그렇고, 어떻게 손을 쓸 수 없는 주인으로서는 참으로 짜증나는 상대들일 것이다. 그밖에도 곤란한 상대들은 여럿 있다. 어쩌면 온 동네 사람들이 하나같이 짜증 나는 상대일지도 모르지만, 지금 당장은 관계가 없으니까 점차 조금씩 소개해 나가기로 한다.

얏짱의 울음소리를 들은 주인은 식전부터 어지간히 짜증이 났는지 당장 확 하고 이불을 젖히고 일어나 앉았다. 이렇게 되면 정신 수양이고 야기 도쿠센이고 뭐고 아무런 소용이 없다. 일어나 앉으면서 양쪽 손으로 벅벅벅, 하고 껍질이 벗겨질 정도로 온 머리를 긁어댔다. 한 달 동안이나 쌓여 있던 비듬이 거침없이 목덜미와 잠옷, 어깨 위로 떨어진다 아주 볼만한 광경이다. 수염은 어떤가 하고 보았더니 이것 또한 놀라울 정도로 쭈뼛하게 곤추서 있다. 주인이 화를 내고 있는데 수염만 침착하게 있어서는 죄송하다고 여겼는지, 한 가닥한 가닥 모두 화를 내면서 제멋대로 방향을 정해서 맹렬한 기세로 돌진하고 있다 이것 역시 좀처럼 보기 힘든 장관이다. 어제는 거울 앞이기도 해서 얌전하게 독일 황제 폐하의 흉내를 내며 정렬하고 있었지만 하룻밤 자고 나니 훈련이고 뭐고가 없다. 당장 본성을 되찾아서 제각기 나름대로의 모습으로 돌아간 것이다. 마치 주인이 하룻밤 사이에 했던 정신 수양이 이튿날이 되면 씻어 낸 듯이 말끔히 사라지고, 태어날 때부터 가지고 있던 막무가내식 본성이 당장 전면적으로 드러나는 것과 매한가지이다. 이렇게 난폭한 수염을 가진 이렇게 난폭한 사내가 어떻게 지금까지 목이 잘리지 않고 교사 일을 계속하고 있었을까, 하고 생각하면 일본이 참으로 넓다는 사실을 새삼 느끼게된다. 그만큼 넓으니까 가네다 군이나 가네다 군의 개가 인간으로 통용될 수 있는 것이 아닌가. 그들이 인간으로 통하는 동안은 주인도 퇴직을 당할 이유가 없다고 확신하고 있는 모양이다. 영 시원치 않다싶으면 정신병원으로 엽서를 보내서 덴도 고헤이 군에게 물어보면 금세 알 수 있는 일이다.

이때 주인은 어제 소개한 혼돈에 가득 찬 태고의 눈을 있는 힘껏 부릅뜨더니 건너편 벽장을 노려보았다. 이 벽장은 높이 한 칸을 가로로 막아 위아래에 각각 두 장의 장지문을 끼운 것이다. 아래쪽 벽장은 이불자락과 거의 맞닿을 정도의 높이에 있으니까 일어나 앉은 주인이 눈을 뜨기만 하면 자연스레 여기로 시선이 가게 되어 있다. 보았더니 모양이 그려진 종이가 군데군데 찢어져서 그 안의 내장이 적나라하게 보인다. 내장 속에는 여러 가지가 들어 있다. 어떤 것은 활판으로 찍은 것이고, 어떤 것은 육필이다. 어떤 것은 뒤집어져 있고, 어떤 것은 거꾸로 되어 있다. 주인은 이 내장을 보자마자 무엇이 쓰여 있는지 읽어 보고 싶어졌다. 조금 전까지는 인력거꾼네 아낙이라도 붙잡아서 콧대를 소나무 가죽에 짓이겨 줘야겠다고 생각할 정도로 화를 내고 있던 주인이, 느닷없이 이 휴지 조각들을 읽어 보고 싶어진 것이 이상하게 보일지 모르지만, 이런 양성의 신경질을 가진 사람으로서는 드물지 않은 일이다. 주인이 그 옛날 어떤 사찰에 하숙하고 있었을 때 장지문을 사이에 두고 대여섯 명의 비구니들이 있었다. 비구니는 원래 성질이 나쁜 여자들 중에서도 가장 성질이 나쁜 자들인데, 이 비구니가 주인의 성질을 꿰뚫어 보았는지 자취용 냄비를 두드리면서 "방금 운 까마귀가 벌써 웃고 있네, 방금 운 까마귀가 벌써 웃고 있네." 하고 박자를 맞추며 노래를 불렀다고 한다. 주인이 비구니를 싫어하게 된 것이 그때부터라고 하는데, 비구니는 싫어하게 되었어도 그 노래는 딱 들어맞는다. 주인은 울기도 하고, 웃기도 하고, 기뻐하기도 하고, 슬퍼하기도 하는 일이 남보다 훨씬 많은 대신 어느 경우에니 오래 계속되는 일이 없다. 좋게 말하면 집착이 없이 심기가 자주 바뀐다고 하겠지만, 이것을 속된 말로 번역해서 쉽게 말하자면 깊이가 없고 얄팍하며 콧대만 높은 떼쟁이라는 것이다. 이런 떼쟁이인 이상 싸우려는 기세로 벌떡 일어나 앉은 주인이 갑자기 마음을 바꿔서 벽장문의 내용물을 읽으려고 드는 것도 그럴 만하다고 해야 하겠다. 첫 번째로 눈에 띈 것은 물구나무를 선 이토 히로부미伊藤博文이다. 위를 보았더니 1878년 9월 28일이라고 되어 있다. 한국통감도 그 시절부터 사령의 꽁무니를 쫓아다니고 있었던 모양이다. 도대체 이 아저씨가 그때는 무얼 하고 있었나, 싫어 읽어지지 않는 것을 억지로 읽어 보니 대장경大藏卿*이라고 쓰여 있었다. 참으로 대단한 사람이다. 아무리 물구나무를 서도 대장경이다. 약간 왼쪽을 보았더니 이번에는 대장경이 옆으로 누워서 낮잠을 자고 있다. 당연한 일이다. 물구나무를 서면 그리 오래 갈 리가 없다. 아래쪽에 커다란 목판으로 '그대는' 하는 글자만 보인다. 그 뒤도 읽고 싶지만 안타깝게도 노출되어

* 1878년 당시 이토 히로부미는 대장소보(大藏小輔)와 내무경(內務卿)을 겸하고 있었다.

있지 않다. 다음 줄에는 '빨리'라는 두 글자만 나와 있다. 이것도 읽고 싶지만 그 이후로는 아무런 단서가 없다. 만약 주인이 경시청의 탐정이었다면 남의 물건이라도 아랑곳하지 않고 찢어 냈을지 모른다. 탐정이라는 자들 중에는 고등교육을 받은 사람이 없기 때문에 사실을 알아내기 위해서 무슨 짓이든 한다. 그건 정말 대책이 서지 않는 방법이다. 바라건대 조금 더 삼가 주었으면 좋겠다. 막무가내로 알아낸 사실은 절대로 드러나지 않게 하면 좋을 것이다. 듣자 하니 그들은 있지도 않은 일을 만들어 내서 양민들에게 죄를 뒤집어씌우는 경우까지 있다고 한다. 양민들이 돈을 내서 고용한 사람이 자기의 고용주에게 죄를 뒤집어씌우다니, 이것 또한 틀림없는 미치광이다. 다음으로 눈을 돌려서 한가운데를 보자 가운데에서 오이타 현大分縣이 공중제비를 돌고 있다. 이토 히로부미조차 물구나무를 설 정도이니 오이타 현이 공중제비를 도는 것은 당연한 일이다. 주인은 여기까지 읽고는 양쪽으로 주먹을 불끈 쥐더니 이것을 천장을 향해 높이 치켜올렸다. 하품을 할 준비이다.

이 하품이 또 고래 울음소리처럼 아주 이상하기 짝이 없는 것인데, 그것이 일단락 지어지자 주인은 엉금엉금 옷을 주워 입더니 세수를 하러 목욕탕으로 나갔다. 기다리고 있었다는 듯이 부인이 잽싸게 이불을 들추어 요를 개고는 여느 때와 같은 청소를 시작했다. 청소가 여느 때와 마찬가지인 것처럼 주인이 세수하는 방법도 10년이 하루같이 변한 것이 없다. 지난번에 소개했던 것처럼 여전히 거억거억, 웨엑웨엑을 계속하고 있다. 이윽고 머리를 나눠서 빗은 다음 서양 수건을 어깨에 걸치고 거실로 출동을 하시더니 느긋하게 긴 화로 옆에 자리를 잡았다. 긴 화로라고 하면, 나이테 무늬의 느티나무나 화로 속에 구리로 된 재떨이가 있고, 머리를 감은 여인네가 한쪽 무릎을 올린 채 긴 담뱃대를 검은 화로 귀퉁이에 툭툭 두드리고 있는 모양을 상상하는 사람도 없지 않겠지만, 우리 구샤미 선생의 긴 화로의 경우는 결코 그렇게 멋진 물건이 아니다. 무엇으로 만들어졌는지 문외한으로서는 상상도 할 수 없을 정도로 오래된 물건이다. 긴 화로는 오래도록 닦고 문질러서 번쩍번쩍 빛을 내기 마련인데, 이 물건은 느티나무인지, 벚꽃나무인지, 오동나무인지 재료부터 불분명한 데다가, 거의 걸레질을 한 적이 없기 때문에 색도 희미하게 가라앉아서 참으로 볼품이 없다. 이런 물건을 어디에서 사 왔는가 했더니 도대체 산 기억이 없다. 그렇다면 누구한테 받은 물건인가 싶어 물어보아도 아무도 준 적이 없다고 했다. 그렇다면 훔쳐 온 것인가 하고 따져 보았더니 어쩐지 그 점이 애매하다. 옛날 친척 중에 노인이 있었는데, 그 노인이 죽었을 때 한동안 집을 봐 달라는 부탁을 받은 적이 있다. 그런데 그 후로 자기 집을 얻어서 노인네 집에서 나올 때 그곳에서 자기 물건처럼 쓰던 화로를 아무런 생각 없이 그냥 가지고 와 버린 것이라고 한다. 좀 손버릇이 나쁜 것 같다. 생각해 보면 손버릇이 나쁘다고 하겠지만 이런 경우에는 세상을 살면서 종종 있는 일이라고 생각한다. 은행가 같은 경우 매일 남의 돈을 다루고 있다 보면 어느새 남의 돈이 자기 돈처럼 보이게 된다고 한다. 관청에서 일하는 관리들은 백성의 하인이다. 일을 시키기 위해서 일정한 권한을 위탁한 대리인인 셈이다. 그런데 위임받은 권력을 휘두르며 매일 사무를 처리하고 있다 보면 이것은 자기가 소유하고 있는 권력이고, 백성들은 여기에 대해 아무런 참견을 할 이유가 없다는 식으로 생각이 돌게 된다. 이런 사람들이 세상에 가득 차 있는 이상, 긴 화로 사건을 가지고 주인에게 도둑놈 근성이 있나고 단정할 수는 없는 일이다. 만약 주인에게 도둑놈 근성이 있다고 한다면 세상 사람들 모두에게 도둑놈 근성이 있는 것이다.

긴 화로 곁에 자리를 잡고 앉아 식탁을 앞에 둔 주인의 삼면에는 아까 걸레로 얼굴을 닦은 아가와 '오차노미소' 학교에 가는 톤코와 분가루 병에 손가락을 찔러 넣은 슨코가 이미 한자리에 모여서 아침밥을 먹고 있었다. 주인은 일단 이 세 딸의 얼굴을 공평하게 둘러보았다. 톤코의 얼굴은 남만南蠻의 쇠칼 손잡이 같은 윤곽을 가지고 있다. 슨코의 얼굴도 여동생인 만큼 다소 언니와 비슷하게 생긴 것이 붉은 쟁반이라고 할 정도의 자격은 가지고 있다. 다만 아가의 경우는 혼자서 좀 색달라서 갸름하게 생겼다. 다만 위아래로 갸름하다면 세상에 그런 얼굴이 적지 않겠지만, 이 아이의 경우에는 옆으로 길쭉한 것이다. 아무리 유행이 변화하기 쉽다고 해도 옆으로 길쭉한 얼굴이 유행할 일은 없을 것이다. 주인은 자기 딸들을 보면서 새삼 생각하는 일이 있다. 이 아이들도 많이 컸다. 그냥 컸다는 정도가 아니라 얼마나 빨리 크는지 마치 절간의 죽순이 대나무로 바뀌는 듯한 기세로 큰다. 주인은 딸들이 그새 또 컸다고 생각할 때마다 뒤에서 누군가에게 쫓기는 듯한 느낌이 들어 소름이 오싹 끼친다. 아무리 생각이 모자란 주인이라도 이 세 딸들이 여자라는 사실 정도는 알고 있다. 여자인 이상 어떤 형식으로든 나중에 시집을 보내야 한다는 것도 알고 있다. 알고만 있을 뿐 자기에게는 시집을 보낼 재주가 없다는 사실도 자각하고 있다. 그래서 자기의 자식들이면서도 주체할 수가 없는 부분이 있다. 그렇게 주체하지 못할 바에야 처음부터 만들지 않았으면 좋았을 텐데, 그것이 바로 인간다운 점이다. 인간을 정의하라면 다른 말이 필요 없다. 그저 쓸데없는 일을 만들어 내서 스스로 괴로워하는 존재라고 하면 그것으로 충분하다.

역시 아이들은 대단하다. 이렇게 아버지가 어찌할 바를 모르는 곤궁에 빠져 있는 줄은 꿈에도 생각지 못하고 즐겁게 밥을 먹고 있다.

그런데 정작 처치 곤란한 것은 바로 아가였다. 아가는 올해 나이가 세 살이기 때문에 부인이 신경을 쓴답시고 식사할 때는 세 살에 맞는 작은 젓가락과 밥그릇을 주는데, 아가는 절대로 그것에 만족하지 않는다. 꼭 자기 언니의 밥그릇을 빼앗고 언니의 젓가락을 낚아채서는 들고 먹기 힘든 것을 억지로 들고 먹으려 한다. 세상을 둘러보면 무능하고 무식한 소인배일수록 더욱 나서기를 좋아하며 어울리지도 않는 관직에 오르려 하는데, 그런 특성은 참으로 이렇듯 어린 아가 시절부터 싹트는 모양이다. 그런 성질이 비롯되는 곳이 이렇듯 깊고 근원적이니, 교육이나 훈계로 고칠 수 있는 것이 결코 아님을 깨닫고 일찌감치 포기하는 편이 좋을 것이다.

아가는 옆에서 가로챈 장대한 밥그릇과 장대한 젓가락을 자기 것으로 삼아 한껏 맹위를 떨치고 있다. 자기가 쓰지 못하는 것을 자꾸만 쓰려고 하는 바람에 자연스레 맹위를 떨칠 수밖에 없어진다. 아가는 우선 젓가락 끝부분을 두 개 한꺼번에 손에 쥔 채 있는 힘껏 밥그릇 밑바닥에 쑤셔 넣었다. 밥그릇에는 밥이 8부가량 들어 있고, 그 위에 된장국이 가득 채워져 있다. 젓가락의 힘이 밥그릇에 전해지자마자 지금까지 간신히 평형을 유지하고 있던 것이 갑자기 습격을 받는 바람에 30도가량 기울어졌다. 동시에 된장국이 가차없이 줄줄 가슴 언저리에 쏟아졌다. 아가는 그 정도 일을 가지고 질릴 아이가 아니다. 아가는 폭군이다. 이번에는 쑤셔 넣은 젓가락을 있는 힘껏 밥그릇 밑에서 뽑아 올렸다. 동시에 작은 입을 가장자리에 갖다 대고는 젓가락과 함께 튀어 오른 밥알을 집어넣을 수 있는 만큼 입안으로 수납했다. 그때 입안에 들어가지 못하고 튕긴 밥알들이 누런 국물과 함께 곳등과 볼과 턱으로 앗, 하고 소리치며 날려들었다. 날려들어서 붙지 못하고 방바닥에 떨어진 것들은 헤아릴 수도 없다. 어지간히 무분별한 식사 방법이다. 나는 여기서 삼가 유명한 가네다 군 및 천하의 세력가들에게 충고한다. 그대들이 남을 다룰 때 아가가 밥그릇과 젓가락을 다루듯이 하면 그대들 입으로 뛰어 들어가는 밥알은 극히 적은 양이 된다. 필연적인 기세로 뛰어드는 것이 아니라 망설이면서 뛰어드는 것이다. 아무쪼록 재고해 주기 바란다. 세상을 잘 헤쳐 나가는 수완가들에게는 어울리지 않는 일이다.

언니 톤코는 자기의 젓가락과 밥그릇을 아가에게 빼앗기는 바람에 어울리지 않게 작은 것을 가지고 아까부터 참고 있었는데, 원래가 너무 작은 그릇이라 잔뜩 담았다고 생각해도 아, 하고 입을 세 번만 벌리면 다 먹어 버린다. 그래서 자꾸만 밥통 쪽에 손을 대게 된다. 벌써 네 그릇을 비우고 이제 다섯 그릇째. 톤코는 밥통 뚜껑을 열고 커다란 주걱을 들더니 한동안 바라보고 있었다. 이걸 먹을까 말까 하고 망설이고 있는 모양인데, 드디어 결심을 했는지 누룽지가 없을 만한 곳을 찾아 잔뜩 주걱에 올려놓은 것까지는 좋았는데, 그것을 뒤로 돌려서 밥그릇에 꾹 눌러 담으려 하니 밥그릇에 들어가지 못한 밥이 덩어리진 채 방바닥 위로 굴러떨어졌다. 톤코는 놀라는 기색도 없이 흘린 밥을 정성껏 줍기 시작했다. 주워서 어떻게 하나 보았더니 전부 밥통 안에 도로 넣어 버렸다. 좀 지저분한 것 같다.

아가가 대단한 활약을 시도하며 젓가락을 뽑아 올렸을 때 마침 톤코는 밥을 다 푼 참이었다. 역시 언니는 언니다워서 아가의 얼굴이 너무 난잡한 것을 보다 못했는지 이렇게 말했다.

"아이, 아가야. 너 얼굴이 그게 뭐니? 밥풀이 얼굴에 다 묻었잖아."

이러고는 당장 아가의 얼굴을 청소하기 시작했다. 첫 번째로 콧등에 모여 있던 밥풀을 떼어 냈다. 떼어 내서 버릴까 싶었더니 뜻밖에도 곧바로 자기 입속으로 집어넣는 바람에 놀랐다. 그런 다음 이번에는 볼을 청소하기 시작했다. 여기에는 상당히 많은 밥풀이 모여 있어서 양 볼을 합하면 약 스무 개 정도 되었을 것이다. 언니는 꼼꼼하게 하나씩 떼어 내서 먹고, 떼어 내서 먹고 하면서 드디어 동생 얼굴에 붙어 있던 밥풀을 하나도 남김없이 모조리 먹어 버렸다. 이때 지금껏 얌전하게 단무지를 씹고 있던 슨코가 갑자기 방금 덜어 놓은 된장국 속에서 고구마 부서진 조각을 건져 내더니 기세 좋게 입안에 던져 넣었다. 여러분도 알겠지만 국물 속에 들어 있던 뜨거운 고구마처럼 입안에 들어가서 난리를 치는 것도 없다. 어른들이라 해도 조심하지 않으면 입안이 덴 것처럼 된다. 더구나 슨코처럼 고구마에 대한 경험이 적은 아이는 당연히 어쩔 줄을 모르게 된다. 슨코는 아아, 하면서 입안에 있던 고구마를 식탁 위에 뱉어 냈다. 그중 두세 조각이 우연히 아가 앞까지 미끄러져 오더니 마침 적당한 거리에서 멎었다. 아가는 원래 고구마를 아주 좋아한다. 그렇게 좋아하는 고구마가 눈앞으로 날아왔으니 당장 젓가락을 내팽개치고는 손으로 집어서 아작아작 먹어 버렸다.

아까부터 이런 꼬락서니를 목격하고 있던 주인은 한마디도 하지 않고, 그저 자기의 밥과 국을 먹어 치운 다음 이때는 벌써 이쑤시개를 쓰고 있던 참이었다. 주인은 딸들의 교육에 관해서 절대적인 방임주의로 일관할 모양이다. 조만간 세 딸들이 커서 세 사람 모두 작당이나 한 듯이 정부情夫를 만들어 집을 나가도 여전히 자기의 밥과 국을 먹은 다음 모르는 체하고 보고 있을 것이다. 정말 무능하기 짝이 없는 사람이다. 하지만 지금 세상에서 유능하다고 하는 사람을 보면 거짓말을 늘어놓아서 남을 속이는 것과 남 앞을 가로질러 눈깔을 빼는 것, 허세를 부려서 남을 위협하는 것과 함정을 파서 남을 ⏌ 속에 떨어뜨리는 것 말고는 아무 일도 하지 못하는 것 같다. 중학교에 다니는 소년들까지도 어른들이 하는 짓거리를 보면서 그렇게 하지 않으면 제대로 살 수 없다고 착각을 하여, 본래 같으면 얼굴이 붉어질 만한 일을 득의양양하게 이행하고는 자기가 미래의 신사라고 생각하고 있다. 이런 사람은 유능하다고 하지 않는다. 건달이라고 해야 한다. 나도 일본의 고양이니까 다소의 애국심은 있다. 이런 식의 유능한 사람을 볼때마다 때려 주고 싶다. 이런 자가 한 사람이라도 늘어나면 국가는 그만큼 쇠퇴하게 마련이다. 이런 학생이 있으면 학교의 치욕이 되고, 이런 백성이 있으면 국가의 치욕이 된다. 그럼에도 세상에 이런 자들이 얼마든지 굴러다니고 있으니 참으로 딱한 일이다. 일본의 인간은 고양이만큼의 기개도 없는 모양이다. 안타깝기 그지없다. 그런 건달들에 비하면 주인 같은 경우는 훨씬 고급 인간이라고 해야 한다. 무기력하다는 점 때문에 고급이다. 무능하다는 점이 고급이다. 잔꾀를 부리지 않는다는 점이 고급이다.

이렇듯 무능하기 짝이 없는 방법으로 무사히 아침 식사를 마친 주인은 이윽고 양복을 입고 인력거를 타고 니혼즈쓰미 지서에 출두하였다. 인력거에 올라타면서 인력거꾼에게 니혼즈쓰미라는 곳을 알고있느냐고 물었더니, 인력거꾼이 헤헤헤, 하고 웃었다. 저 유곽이 있는 요시와라 근처의 니혼즈쓰미야, 하고 다짐을 둔 점이 다소 웃겼다.

주인이 보기 드물게 인력거를 타고 현관을 통해 외출한 다음 부인은 여느 때처럼 식사를 마치고는 아이들을 재촉했다.

"자, 학교에 가야지. 늦겠다."

"하지만 오늘은 학교가 쉬는 날인데요."

아이들이 이러고는 준비할 기색을 보이지 않았다.

"쉬기는 어디가 쉰다고 그러니? 빨리 준비해."

부인이 다시 야단치듯이 말했다.

"그치만 어제 선생님이 쉬는 날이라고 말씀하셨단 말이에요."

여전히 언니는 좀처럼 움직이려 하지 않았다. 부인도 이런 말을 듣고는 좀 이상하다 싶었는지 찬장에서 달력을 꺼내 펼쳐 보니까 붉은 글씨로 휴일이라고 나와 있었다. 주인은 휴일인지도 모르고 학교에 휴가 신청서를 낸 모양이다. 부인도 그걸 모르고 그냥 우편함에 넣었던 것이다. 그런데 메이테이 같은 경우는 실제로 몰랐는지, 아니면 알고서도 모르는 척했는지 그 점이 다소 의심스럽다. 이런 사실을 알고 놀란 부인은 "그럼 너희들은 다같이 얌전하게 놀고 있거라." 하더니 평소처럼 바느질 상자를 꺼내서 일하기 시작했다.

그 후 30분 동안은 집 안이 평온하여 특별히 내 이야기의 재료가 될 만한 사건이 일어나지 않았는데, 갑자기 이상한 사람이 손님으로 찾아왔다. 열일고여덟 살 정도 된 여학생이다. 뒤축이 구부러진 구두를 신고, 보라색 바지를 끌고, 머리를 주판알처럼 둥글게 부풀린 그 여학생은 뒷문을 통해 안내도 청하지 않고 들어왔다. 이 사람은 주인의 조카딸이다. 학교 학생이라는데 종종 일요일에 찾아와서 숙부랑 싸우다가 돌아가는 유키에雪江라는 어여쁜 이름을 가진 아가씨다. 그런데 얼굴은 이름만 못하다. 그냥 밖에 나가서 길거리를 조금 걷다 보면 반드시 만날 수 있을 정도의 외모이다.

"숙모님, 안녕하세요?"

유키에가 거실로 성큼성큼 들어와서 바느질 상자 옆에 자리를 잡고 앉았다.

"어머, 일찍 왔네…"

"오늘은 휴일이니까 아침나절에 잠깐 들르려고 8시 반 정도에 집을 나서서 서둘러 왔어요."

"그래? 무슨 볼일이라도 있어?"

"아니요. 하지만 너무 오랫동안 오지 못했고 해서 잠깐 들렀어요."

"잠깐 들렀다고 그러지 말고 천천히 놀다 가요. 조금 있으면 숙부님도 돌아오실 테니까."

"숙부님은 벌써 어디 외출하셨어요? 별일도 다 보겠네."

"그래, 오늘은 좀 이상한 곳으로 가셨지. 경찰에 가셨어. 이상하지?"

"어머, 왜요?"

"지난봄에 우리 집에 들었던 도둑이 붙잡혔대."

"그래서 증인으로 나가신 거예요? 귀찮겠네요."

"그게 아니고 우리 물건들을 찾으러 가셨어. 도둑맞은 물건들이 나왔으니까 가지러 오라고 어제 순사가 일부러 왔거든."

"아아, 그랬군요. 그럼 그렇지, 안 그랬으면 이렇게 일찍부터 숙부님이 나가셨을 리가 없지. 평소 같으면 아직도 주무시고 계실 텐데."

"너희 숙부처럼 잠꾸러기도 흔치 않으니까…. 그러면서 내가 깨우면 얼마나 화를 내는지 몰라. 오늘 아침에도 7시까지 꼭 깨워 달라고 해서 그 시간에 맞춰서 깨우지 않았겠어. 그랬더니 이불을 푹 뒤집어쓰고는 대답도 하지 않더라고. 걱정이 되어서 다시 한번 깨웠더니 이불자락만 들고 뭐라고 하는 거야. 정말 내가 어처구니가 없더구나."

"어째서 그렇게 졸리는 걸까요? 분명 신경쇠약일 거예요."

"그럴지도 모르지."

"정말 자주 신경질을 내는 분이지요. 그러면서도 어떻게 학교에서 일을 하시는지 모르겠어요."

"그래도 학교에서는 조용한 편이라는데."

"그럼 더 문제지요. 꼭 곤약 염라대왕*이네요."

---

* 집 안에서는 염라대왕처럼 굴지만 밖에서는 겁이 많아서 큰소리도 못 치는 사람.

"어째서?"

"그냥 곤약 염라대왕이에요. 그냥 그렇게 생겼잖아요."

"그냥 신경질을 내기만 하면 다행이게. 남이 오른쪽이라고 하면 왼쪽, 왼쪽이라고 하면 오른쪽으로 가는 식으로 무엇 하나 남의 말을 듣는 일이 없다니까. 얼마나 고집이 센지 몰라."

"청개구리 같으리요. 숙부님은 그렇게 하는 게 취미라니까요. 그러니까 뭔가 시키려면 반대로 말해 보세요. 그러면 이쪽 마음대로 되지요. 얼마 전에 우산을 사 주었을 때도 내가 일부러 필요 없다, 필요 없다고 말했더니, 그럴 리가 없다면서 당장 사 주셨다니까요."

"호호, 아주 재주가 좋구나. 너도 앞으로 그렇게 해야겠네."

"그렇게 하세요. 그러지 않으면 괜히 손해 보시잖아요."

"얼마 전에 보험회사 사람이 와서 꼭 가입하라고 권한 적이 있었어. 이런저런 이유를 대면서 이런 이익이 있네, 저런 이득이 있네, 하면서 아마 1시간이나 이야기를 하는데도 도무지 들려고 하지를 않는 거야. 우리 집은 저축한 돈도 없지, 이렇게 아이들은 셋이나 되니까, 하다못해 보험이라도 들어 주면 나도 마음이 훨씬 놓이겠는데, 그런 점에 대해서는 조금도 신경을 쓰지 않는다니까."

"그렇네요. 무슨 일이 있으면 불안하시겠어요."

유키에는 열일고여덟 살의 어린 아가씨답지 않게 아줌마 같은 소리를 한다.

"그때 말하는 것을 그늘에서 들어 보았더니 얼마나 재미있는지 모르겠더구나. 그야 보험의 필요성도 모르는 바는 아니다, 필요한 것이니까 회사도 존립하고 있겠지, 하지만 죽지 않을 다음에야 보험에 들 필요는 없지 않으냐고 고집을 무리더라니까."

"숙부님이요?"

"그래. 그랬더니 회사 사람이 '그야 죽지 않는다면 보험회사는 필요가 없습니다. 그러나 사람의 목숨이라는 것은 튼튼한 것처럼 보여도 의외로 약해서 자기도 모르는 사이에 언제 위험이 닥쳐올지 모르는 일입니다.'라고 했더니, 숙부님은 '괜찮소, 나는 죽지 않기로 결심했으니까.' 하면서 말도 안 되는 소리를 하는 거야."

"결심을 아무리 해도 죽을 때는 죽지요. 저도 이번에는 꼭 합격할 생각이었는데, 결국 낙제해 버렸으니까요."

"보험회사 사원도 그렇게 말하더군. '수명은 자기 마음대로 되는 것이 아닙니다. 결심한다고 장수할 수 있다면 죽을 사람은 아무도 없습니다.'라고."

"보험회사 사원 말이 훨씬 지당하네요."

"지당하고말고. 그런데 그걸 모르더란 말이야. 아니, 절대로 죽지 않는다, 맹세코 죽지 않는다고 큰소리를 치고 있더라고."

"이상하네요."

"이상하고말고, 보통 이상한 것이 아니지. 보험금을 낼 정도라면 은행에 저금하는 쪽이 훨씬 낫겠다고 떵떵거리더라니까."

"저금이 있어요?"

"있기는 뭐가 있어? 자기가 죽은 다음의 일은 아예 눈곱만치도 생각하려 들지 않는 거지."

"정말 걱정이네요. 어째서 저러실까? 이 댁에 출입하는 분들 중에도 숙부님 같은 사람은 하나도 없잖아요."

"당연하지. 저런 사람이 어디 흔하겠어?"

"스즈키 씨한테라도 부탁해서 뭐라고 한마디 해 달라고 하세요. 그렇게 부드러운 분 같으면 훨씬 수월할 텐데."

"그런데 스즈키 씨는 우리 집안에서는 그리 평판이 좋지 않아."

"모두 거꾸로네요. 그럼, 그분은 어떨까요? 왜, 그 침착하게 생긴…."

"야기 씨?"

"맞아요."

"야기 씨에 대해서는 그래도 뭐라고 하지는 않는데, 어제 메이테이 씨가 와서 험담을 늘어놓고 갔으니 생각보다 효과가 없을지도 몰라."

"참 좋지 않아요? 그렇게 여유 있고 침착하게 살 수 있으면 말이에요. 얼마 전에는 학교에 와서 연설을 하셨지요."

"야기 씨가?"

"네."

"야기 씨가 유키에 학교 선생님이야?"

"아니요, 선생님은 아니지만 숙덕부인회淑德婦人會 때 초대해서 연설을 들었어요."

"재미있었어?"

"글쎄요, 그렇게 재미가 있지는 않았어요. 하지만 그 선생님은 얼굴이 길잖아요. 거기에 신선처럼 수염까지 기르고 있어서 다들 감탄을 하면서 듣고 있었지요."

"설교는 어떤 이야기였는데?"

이렇게 부인이 질문을 하고 있던 참에 툇마루 쪽에서 유키에의 말소리를 들은 세 명의 아이들이 우당탕하고 거실 쪽으로 난입해 들어왔다. 지금까지는 대나무 울타리 바깥쪽에 있는 공터에 나가서 놀고 있었던 모양이다.

"어, 유키에 언니가 왔네."

누이 두 명이 반갑다는 듯이 큰 소리로 말했다.

"그렇게 떠들지 말고 모두 조용하게 자리에 앉아라. 유키에가 지금 재미있는 이야기를 해 줄 테니까."

부인은 이렇게 말하고는 일거리를 구석으로 밀어 넣었다.

"유키에 언니, 무슨 이야기예요? 난 이야기가 참 좋더라."

이 말을 한 아이는 톤코였다.

"이번에도 원숭이 이야기예요?"

이렇게 물은 아이는 슨코였다.

"아갸도 야기해(아가도 이야기해)."

이 말을 한 셋째는 언니들 틈새로 무릎을 앞쪽으로 내밀었다. 그런데 이것은 이야기를 듣겠다는 뜻이 아니다. 아가도 이야기를 해 주겠다는 의미이다.

"어머, 또 우리 아가가 이야기를 하겠다고?"

누이가 웃자 부인이 아가를 달래 보았다.

"아가는 나중에 해요. 유키에 언니 이야기를 다 들은 다음에."

하지만 아가는 좀처럼 들을 기색이 아니다.

"시져, 잉(싫어, 잉)."

이러고 큰 소리를 질렀다.

"그래, 알았다 알았어. 아가부터 해 봐라. 무슨 이야기지?"

결국 유키에가 양보했다.

"있잖아, 아갸야, 아갸야, 어디 가니 하는 거야."

"재미있네. 그런 다음에?"

"나는 산에 밭 매러 간다."

"그래, 아주 잘하네."

"니가 오문 방해가 된다."

"그건 '오문'이 아니라 '오면'이야."

톤코가 참견을 했다. 아가는 여전히 잉, 하고 호통을 쳐서 당장 언

470

니를 질리게 만든다. 그런데 도중에 언니가 그런 말을 하는 바람에 그다음을 잊어버려서 이야기를 계속하지 못했다.

"아가야, 그걸로 끝이니?"

유키에가 물었다.

"있잖아, 나중에 방귀 뀌면 안 돼, 뿡뿡뿡 하는 거야."

"호호호, 얘가 못 하는 소리가 없어. 누가 그런 말을 가르쳐 줬지?"

"식모가."

"나쁜 식모구나. 그런 말을 가르치다니."

부인은 쓴웃음을 지은 다음 이렇게 말했다.

"자, 이번에는 유기에 언니 차례지. 아가도 얌전히 듣고 있어야 해."

그러자 폭군 아가도 납득을 했는지 그 이후로 한동안 잠잠히 있었다.

"야기 선생님의 연설은 이런 것이었어."

유키에가 드디어 입을 열었다.

"옛날 어떤 골목 한가운데에 돌로 만들어진 커다란 지장보살이 서 있었대요. 그런데 그 골목은 말이나 차가 많이 지나다니는 아주 복잡한 곳이어서 이 지장보살이 무척 방해가 되었다지 뭐예요. 그래서 동네 사람들이 모여서 의논을 해 보고는, 이 지장보살을 구석 쪽으로 치워 버리면 되겠다고 생각했답니다."

"그거 정말로 있었던 이야기야?"

"글쎄요, 거기에 대해서는 아무런 말씀도 없었어요. 그래서 모두들 이런저런 의논을 하고 있었는데, 그 동네에서 제일 힘이 센 남자가 '그런 것쯤은 문제없습니다. 내가 당장 치워 드리지요.' 하고는 혼자서 그 골목으로 가서는 웃통을 벗고 땀을 뻘뻘 흘리면서 들어 올리려고 했는데 꿈쩍도 하지 않았답니다."

"어지간히 무거운 지장보살이었나 보네."

"네, 그래서 그 남자는 지쳐서 집에 돌아가 누워 버렸답니다. 그래서 동네 사람들은 다시 모여서 의논을 했어요. 그랬더니 이번에는 동네에서 제일 영리한 남자가 '저한테 맡겨 보십시오. 단번에 해내겠습니다.'라고 하고는 도시락 안에 떡을 한가득 넣은 다음 지장보살 앞에 와서 '나 잡아 봐.' 하고 말하면서 떡을 들고 놀렸다고 하네요. 지장보살도 먹고 싶을 테니까, 그렇게 하면 움직일 것이라 생각했더니 웬걸 꼼짝도 하지 않더래요. 그래서 그 영리한 남자가 이래서는 안 되겠다고 생각했어요. 이번에는 호리병에 술을 담아서 그 호리병을 한 손으로 들고, 다른 손에는 술잔을 들고는 다시 지장보살 앞에 와서 '자, 마시고 싶지? 마시고 싶으면 여기까지 와 봐라.' 하고 3시간 정도나 놀려 보았는데 여전히 움직이지 않더래요."

"유키에 언니, 지장보살은 배가 안 고파요?"

톤코가 물었다.

"나도 떡 먹고 싶다."

이번에는 슨코가 말했다.

"영리한 사람은 두 번씩이나 실패하자, 그다음에는 가짜 돈을 잔뜩 만들어서 '자, 갖고 싶지? 갖고 싶으면 잡으러 와라.' 하고 돈을 내밀기도 하고 집어넣기도 해 보았지만, 이 방법도 전혀 쓸모가 없었답니다. 어지간히 완고한 지장보살이었던 거예요."

"그러네. 숙부님과 좀 닮은 것 같은데."

"그래요, 정말 숙부님하고 똑같아요. 결국에는 영리한 사람도 포기하고는 그만둬 버렸대요. 그래서 그다음에는 허풍을 많이 떠는 사람이 나와서 '나라면 반드시 치워 버릴 수 있으니 안심하십시오.'라고 무척 쉬운 일처럼 떵떵거리더랍니다."

"그 허풍쟁이는 어떻게 했지?"

"그게 참 재미있어요. 처음에는 순사 옷을 입고 수염까지 붙인 다음 지장보살 앞에 와서 '이봐 이봐, 움직이지 않으면 신상에 이롭지 않을 거야. 경찰에서 가만히 두지 않을 테니까.' 하고 위협을 해 보였다고 하네요. 하지만 요즘 세상에 경찰 흉내를 내 봐야 아무도 듣지 않지요."

"정말이야. 그래서 지장보살은 움직였어?"

"움직일 리가 없죠. 숙부님하고 닮았잖아요."

"하지만 숙부님은 경찰을 아주 무서워하는데."

"정말요? 그런 얼굴로요? 그럼 그렇게 무서워힐 것이 못 되네요. 하지만 지장보살은 움직이지 않았대요. 태연자약하게 서 있었다네요. 그래서 허풍쟁이는 화를 펄펄 내면서 순사 옷을 벗고 가짜 수염도 쓰레기통에 버린 다음 이번에는 큰 부자 복장을 하고 나왔다고 합니다. 요즘 세상으로 말하자면 이와사키 남작* 같은 얼굴을 했다고 하네요. 우습지요?"

"이와사키 같은 얼굴이 어떤 얼굴인데?"

"그냥 거들먹거리는 얼굴이겠지요. 그러고는 아무것도 하지 않고, 아무 말도 하지 않은 채 지장보살 주변을 커다란 잎담배를 피우면서 걸어 다녔대요."

"그러면 어떻게 되는데?"

"지장보살을 연기에 휩싸이게 해서 속이는 거예요."

"무슨 야담가의 말장난 같네. 그래서 제대로 속일 수 있었대?"

---

* 미쓰비시(三菱) 상회의 창업자 이와사키 야타로의 동생으로 미쓰비시 재벌의 2대 총수 (1851~1908). 1896년에 남작 작위를 받았다.

"안 되었지요. 상대는 돌이니까요. 속임수도 적당히 하면 좋을 텐데, 이번에는 전하로 가장해서 나왔대요. 바보 같지요?"

"어머, 그때도 전하가 계셨나?"

"계셨겠지요. 야기 선생님은 그렇게 말씀하셨어요. 분명히 전하로 가장했대요. 황송한 일이지만 그렇게 가장을 했다고요. 하지만 불경스러운 일 아닌가요? 허풍쟁이 주제에."

"전하라면 어느 전하를 말하는데?"

"어느 전하라도 마찬가지지요. 정말 불경스러운 일이잖아요."

"그렇지."

"하지만 전하 행세를 해도 효과가 없자, 허풍쟁이도 하는 수 없이 '도저히 내 재주로는 저 지장보살을 어떻게 할 수가 없습니다.' 하고 항복을 했대요."

"꼴좋게 되었네."

"그래요. 아예 징역살이를 보냈으면 좋았을 텐데… 하지만 동네 사람들은 크게 걱정하면서 다시 의논을 시작했는데, 이제는 아무도 해결하겠다고 나서는 사람이 없어서 곤란해졌답니다."

"그걸로 끝이야?"

"아직 더 있어요. 제일 마지막에는 인력거꾼이랑 건달을 많이 고용해서 지장보살 주변을 돌면서 시끌벅적하게 소란을 피우라고 했대요. 그저 지장보살을 못살게 해서 그대로 있지 못하게 하면 된다고 하면서 밤낮 없이 교대로 소란을 피웠답니다."

"별 방법을 다 쓰네."

"그래도 꿈쩍도 하지 않더래요. 지장보살 쪽도 어지간히 고집이 세지요."

"그래서 어떻게 되었어?"

톤코가 열심히 물었다.

"그렇게 매일매일 아무리 소란을 피워도 효과가 없자 모두들 지쳐서 짜증이 났는데, 인력거꾼과 건달들은 며칠씩 일당을 받을 수 있게 되어서 신나게 소란을 피웠다고 합니다."

"유키에 언니, 일당이 뭐야?"

갑자기 슨코가 질문을 했다.

"일당이라는 건 돈을 뜻하는 말이야."

"돈을 받아서 뭐 하는데?"

"돈을 받으면…, 호호호, 슨코가 별말을 다 묻는구나. 그래서 숙모님, 매일매일 허튼 소동을 벌이고 있었는데 말이죠, 그때 동네에는 비보 다케라고 해서 아무것도 모르고 아무도 상대해 주지 않는 바보가 있었대요. 그 바보가 이 소동을 보더니 '너희들은 왜 그렇게 시끄럽게 떠드니? 몇 년씩 걸려서 지장보살 하나 움직이지 못하다니 참 명청하구나.' 하고 말했답니다."

"바보 주제에 똑똑하네."

"꽤나 똑똑한 바보 같아요. 모두들 바보 다케의 말을 듣고, 시험 삼아서 어차피 안 될 테니까 일단은 다케에게 맡겨 보자고 했대요. 그래서 다케한테 부탁했더니 다케는 두말없이 받아들였답니다. 그리고 그렇게 시끄럽게 하면 방해만 된다면서 조용히 하라고 인력거꾼이랑 건달들을 물러나게 한 다음, 초연하게 지장보살 앞으로 나갔답니다."

"유키에 언니, '초연하게'는 바보 다케의 친구야?"

이렇듯 톤코가 중요한 대목에서 황당한 질문을 하는 바람에 부인과 유키에가 웃음을 터뜨렸다.

"아니, 친구가 아니야."

"그럼 뭐야?"

"초연하게라는 건 말이야…. 음, 뭐라고 할 말이 없네."

"초연하게는 할 말이 없는 거야?"

"그게 아니라 초연하게라는 건…."

"응."

"너 다타라 산페이 아저씨 알지?"

"응, 참마를 주신 아저씨 말이지?"

"그 다타라 아저씨 같은 분을 두고 하는 말이야."

"다타라 아저씨가 초연하게야?"

"응, 그렇다고 할 수 있지. 그래서 바보 다케가 지장보살 앞에 나가서 품속에 손을 집어넣은 채 '지장보살 님, 동네 사람들이 당신한테 움직여 달라고 하니까 움직여 주세요.' 하고 말했더니, 지장보살이 곧바로 '그래? 그렇다면 빨리 그렇게 말할 일이지.' 하고는 건들건들 움직이기 시작했대요."

"이상한 지장보살이네."

"그다음이 연설이에요."

"아직도 남았어?"

"네. 그런 다음에 야기 선생님이 이렇게 말했어요. '오늘은 부인회로 모였지만 제가 이런 이야기를 일부러 꺼낸 것은 다소 생각이 있어서입니다. 이렇게 말씀드리면 실례가 될지 모르지만 부인이라는 분들은 무슨 일을 할 때 정면으로 지름길을 따라가지 않고 오히려 먼 길로 돌아서 가는 어려운 수단을 취하는 폐해가 있습니다. 물론 이것은 부인들에게만 한정된 일은 아닙니다. 메이지 시대에는 남자라 해도 문명의 피해를 입어 다소 여성스러워졌기 때문에 흔히 쓸데없는 수단과 노력을 들이면서 이것이 제대로 된 방법이다, 신사가 취해야 할 방법이다, 하고 오해하고 있는 자가 많은 것 같은데, 이런 자들은 개화라는 업에 속박된 기형아입니다. 굳이 입에 담을 필요도 없습니다. 다만 부인들께서는 될 수 있는 대로 방금 말씀드린 옛이야기를 기억해 두셨다가, 무슨 일이 있을 때는 아무쪼록 바보 다케처럼 솔직한 방법으로 일을 처리해 주셨으면 합니다. 여러분께서 바보 다케가 되면 부부 사이, 혹은 고부 사이에 발생하는 좋지 못한 갈등 중 3분의 1은 분명히 줄어들 것입니다. 인간은 속에 딴생각을 품고 있으면 있을수록 그 딴생각이 화근이 되어서 불행의 원천이 됩니다. 많은 부인들이 평균적인 남자보다 불행한 것은 바로 이런 딴생각이 너무 많기 때문입니다. 아무쪼록 바보 다케처럼 되어 주십시오.'라는 연설이었어요."

"그래, 그럼 유키에는 바보 다케처럼 될 생각이야?"

"싫어요, 바보 다케라니. 그런 사람처럼 되고 싶은 생각은 추호도 없어요. 가네다의 도미코 같은 사람은 무례한 말이라면서 얼마나 화를 냈는데요."

"가네다의 도미코 씨라면, 저 건너편 길가에 있는 집?"

"네, 그 하이칼라 말이에요."

"그 사람도 유키에네 학교에 다녀?"

"아니요, 그냥 부인회여서 들으러 온 것뿐이에요. 정말 하이칼라 아가씨예요. 볼 때마다 놀라는걸요."

"하지만 외모가 아주 출중하다고 들었는데."

"그냥 보통 수준이에요. 자랑하는 것만큼 예쁘지는 않아요. 그렇게 화장을 하고 꾸미면 누가 그 정도도 안 되겠어요?"

"그럼 유키에가 그 사람처럼 화장을 하면 가네다 양보다 두 배는 더 예쁘겠네."

"어머, 무슨 말씀을…. 전 몰라요. 하지만 그 사람은 정말 너무 치장을 심하게 했어요. 아무리 돈이 많다고 해도…."

"치장을 심하게 하더라도 돈이 많은 편이 좋지 않아?"

"그야 그렇겠지만… 그 사람이야말로 좀 바보 다케처럼 되는 편이 좋을 거예요. 공연히 잘난 척하고 다니니까요. 지난번에도 뭐라고 하는 시인이 신체시집을 자기한테 바쳤다면서 얼마나 자랑을 하고 다녔는지 몰라요."

"도후 씨 아니야?"

"어머, 그분이 바친 거예요? 정말 어지간히 별스러운 취미네요."

"그래도 도후 씨는 정말 진지한 분이야. 자기 스스로는 그런 일을 하는 것이 당연하다고까지 생각하고 있으니까."

"그런 사람이 있으니까 문제지요. 그리고 또 재미있는 일이 있어요. 얼마 전에 누군가 그 여자한테 연애편지를 보낸 사람이 있대요."

"어머, 망측해라. 누구지, 그런 짓을 한 사람이?"

"누군지는 모른대요."

"이름은 없었대?"

"이름은 쓰여 있었지만 들어 본 적도 없는 사람의 이름이었대요. 그 편지가 얼마나 길었는지 몰라요. 게다가 이런저런 이상한 말들이 쓰여 있었대요. 제가 당신을 생각하고 있는 것은 마치 종교가가 신을 동경하고 있는 것과 같다는 둥, 당신을 위해서라면 제단에 바쳐지는 희생양이 되어서 죽임을 당하더라도 다시없는 명예라는 둥, 심장의 모양이 삼각형이고, 삼각형의 중심에 큐피드의 화살이 꽂혔으니 궁술로는 대성공이라느니…."

"그게 사실이야?"

"그렇대요. 실제로 제 친구 집에서 그 편지를 본 사람이 세 명이나 있는걸요."

"아주 몹쓸 아가씨네, 그런 편지를 자랑하다니. 그 사람은 간게
쓰 씨한테 시집을 갈 예정이니 그런 일이 세상에 알려지면 곤란할 텐
데…."

"곤란하기는커녕 아주 자랑스러워하던걸요. 다음에 간게쓰 씨가
오면 숙모님께서 말해 주세요. 간게쓰 씨는 전혀 모르고 있을 것 아니
에요."

"글쎄, 어떨지 모르겠네. 하기야 그분은 학교에 가서 유리 공만 깎
고 있으니까 아마 모르고 있을 거야."

"간게쓰 씨는 정말로 그 사람과 결혼할 생각인가 보지요? 참 딱하
기도 하네요."

"어째서? 돈도 있고, 무슨 일이 있을 때 힘이 될 수 있으니 좋지 않
아?"

"숙모님은 걸핏하면 돈, 돈, 하시는데 너무 품위가 없는 것 아니에
요? 돈보다 사랑이 훨씬 중요하잖아요. 사랑이 없으면 부부 관계는
성립될 수가 없지요."

"그래? 그럼 유키에는 어떤 사람한테 시집을 갈 생각인데?"

"그걸 제가 어떻게 알겠어요? 지금은 아무도 없는데."

유키에와 부인이 결혼 사건에 대해서 뭔가 열심히 토론하고 있었
는데, 아까부터 잘 알아듣지는 못하면서도 열심히 경청하고 있던 톤
코가 느닷없이 입을 열었다.

"나도 시집가고 싶어요."

이 황당한 말을 듣게 되자, 한창 청춘의 나이에 동감을 표할 법도
한 유키에까지 할 말을 잃은 듯했다. 하지만 부인 쪽은 비교적 아무
렇지도 않게 웃으면서 물어보았다.

"어디로 가고 싶은데?"

"난 사실은 쇼콘샤招魂社*에 시집가고 싶지만 스이도바시水道橋를 건너는 것이 싫어서 어떻게 할까 하고 생각하고 있어요."

부인과 유키에는 이런 명답을 듣고 너무나 기막힌 나머지 되물을 용기도 없이 그저 배를 잡고 웃기만 했다. 그때 둘째 딸 슨코가 언니한테 이런 제의를 하였다.

"언니도 쇼콘샤가 좋아? 나도 정말 좋아. 우리 같이 쇼콘샤에 시집 가자. 응? 싫어? 싫으면 할 수 없지. 나 혼자서 인력거를 타고 먼저 가 버릴 테니까."

"아갸도 가."

드디어 아가까지 쇼콘샤로 시집을 가게 되었다. 이렇게 세 명이 한꺼번에 쇼콘샤로 시집을 갈 수 있다면 주인의 짐도 한결 덜어질 것이 분명하다.

그러던 참에 인력거가 덜컹거리는 소리를 내며 집 앞에서 멈췄다고 생각했더니 곧바로 "다녀오셨습니까?" 하고 기세 좋게 인사하는 소리가 들렸다. 주인이 니혼즈쓰미 지서에서 돌아온 모양이다. 인력 거꾼이 내미는 커다란 보자기를 하녀에게 받아 들게 하고 주인은 유유히 거실로 들어왔다.

"어, 네가 왔구나."

주인은 유키에에게 인사를 하면서 그 유명한 긴 화로 곁에 툭 하고 손에 들고 있던 호리병 같은 것을 내던졌다. 호리병 같이 생긴 그것은 당연히 진짜 호리병이 아니다. 그렇다고 꽃병처럼 생기지도 않았다. 그냥 일종의 이상한 도자기여서 하는 수 없이 한동안 그렇게 부르기

---

* 야스쿠니 신사.

로 한 것이다.

"이상한 호리병이네요. 그런 걸 경찰에서 받아 오셨어요?"

유키에가 쓰러진 병을 바로 세우면서 숙부한테 물어본다. 숙부는 유키에의 얼굴을 보면서 자랑을 하였다.

"어떠냐, 모양이 좋지?"

"모양이 좋다고요? 이게요? 하나도 좋지 않은데요. 기름병이라도 가지고 오신 거예요?"

"그게 어떻게 기름병이냐? 그렇게 교양이 없으니 탈이지."

"그럼 뭐데요?"

"꽃병이다."

"꽃병치고는 주둥이가 너무 작고 가운데는 너무 불룩해요."

"그게 바로 재미있는 점이다. 너도 풍류를 모르는구나. 네 숙모나 너나 거기서 거기다. 딱한 노릇이군."

이러고는 주인 혼자서 그 기름병을 들고는 장지문 쪽을 바라보았다.

"어차피 전 풍류를 몰라요. 그러니 기름병을 경찰에서 받아 오는 흉내는 내지 못하지요. 안 그래요, 숙모님?"

숙모는 지금 그게 문제가 아니었다. 보자기를 풀어서 눈을 접시처럼 크게 뜨고는 도난품을 조사하고 있었다.

"세상에 놀랍기도 하지. 도둑놈도 요즘에는 많이 발전했네. 모두 풀어서 다시 꿰매 놓았잖아. 여보, 잠깐만요."

"누가 경찰에서 기름병을 받아 왔다고 그래. 기다리고 있는 것이 따분해서 그 근처를 산책하다가 눈에 띄기에 사 왔지. 너는 봐도 모르 겠지만 이래 봬도 보기 드문 명품이다."

"너무 보기 드물어서 탈이네요. 도대체 숙부님은 어디를 산책하신 거예요?"

"어디라니, 니혼즈쯔미 근처지. 요시와라에도 들어가 보았다. 아주 번창한 곳이더구나. 너는 그 철문을 본 적이 있느냐? 없겠지?"

"보라고 해도 안 봐요. 요시와라처럼 천한 창녀들이 있는 곳에 갈 일은 평생 없을 테니까요. 숙부님은 교사의 몸으로 어떻게 그런 곳에 가실 수가 있어요? 정말 놀라운 일이네요. 그렇지 않아요, 숙모님? 숙모님!"

"그래, 그렇지. 아무래도 물건이 모자란 것 같네. 이게 전부라고 하던가요?"

"없어진 것은 참마밖에 없어. 아니, 9시에 출두하라고 해 놓고서 11시까지 기다리게 하는 법이 어디 있나? 이러니까 일본 경찰이 욕을 먹는 거야."

"일본 경찰이 나쁘다고 해도 요시와라를 산책하는 건 더 나빠요. 그런 일이 알려지면 학교에서 퇴직당할 거예요. 그렇죠, 숙모님?"

"그럼, 그렇게 되겠지. 여보, 제 기모노 띠 한쪽이 없어요. 뭔가 모자란다 싶었더니…."

"기모노 한쪽 정도는 포기해야지. 나는 거기에서 3시간이나 기다리게 하는 바람에 금쪽같은 시간을 반나절이나 빼앗겼단 말이야."

주인은 집에서 입는 옷으로 갈아입고는 아무렇지 않게 화로에 기대서 기름병을 바라보고 있었다. 부인도 하는 수 없다고 포기했는지 돌아온 물건들을 그대로 벽장 안에 넣어 두고는 자리로 돌아왔다.

"숙모님, 이 기름병이 보기 드문 명품이래요. 너무 지저분하지 않아요?"

"그걸 요시와라에서 사 오신 거예요? 세상에."

"뭐가 '세상에'야? 알지도 못하는 주제에."

"하지만 그런 병 정도야 요시와라에 가지 않아도 얼마든지 살 수 있잖아요?"

"무슨 소리. 좀처럼 찾아볼 수 없는 명품이래도."

"숙부님도 어지간히 지장보살 같네요."

"아직 나이도 어린것이 건방지기는. 도대체 요즘 여학생들은 입이 험해서 큰일이야. 《온나다이가쿠女大學》*라도 좀 읽어라."

"숙부님은 보험이 싫으시죠? 여학생이랑 보험이랑 어느 쪽이 더 싫어요?"

"보험은 싫은 것이 아니다. 그건 필요한 제도야. 장래에 대해 생각할 줄 아는 사람은 누구나 들어야 되지. 하지만 여학생은 하등 쓸모가 없는 존재야."

"하등 쓸모가 없어도 상관이 없네요. 숙부님은 보험에 들지도 않았으면서."

"다음 달부터 들 생각이다."

"정말이요?"

"정말이고말고."

"그만두세요, 보험 같은 건. 그보다 거기 부을 돈으로 뭔가 좋은 물건을 사는 편이 낫지요. 그렇죠, 숙모님?"

숙모는 그저 싱글싱글 웃고만 있었다. 주인은 진지한 표정을 짓더니 말했다.

"너 같은 아이는 앞으로 100년이고 200년이고 더 살 수 있다고 생각하니까 그런 말을 하겠지만, 이제 좀 더 자라서 이성이 발달해 보아라. 틀림없이 보험의 필요성을 느끼게 될 테니까. 난 꼭 다음 달부

* 에도시대 중기부터 읽힌 여성 교훈서.

터 들 거다."

"그래요? 그럼 할 수 없네요. 하지만 지난번처럼 우산을 사 주실 돈이 있으면 보험에 드는 편이 나을지도 모르겠네요. 제가 필요 없다고 그렇게 말씀드렸는데도 억지로 사 주셨으니 말이에요."

"그렇게 필요 없는 물건이었느냐?"

"그럼요, 우산 같은 것은 갖고 싶지 않았다고요."

"그럼 도로 내놔라. 마침 톤코가 갖고 싶어 하니까 그걸 주면 되겠군. 오늘 가지고 왔느냐?"

"어머, 그건 안 돼요. 정말 너무하시네요. 어떻게 한번 사 준 걸 도로 내놓으라고 그러세요?"

"네가 필요 없다고 하니까 돌려달라는 거지. 너무한 것 하나도 없다."

"그야 필요는 없지만 그래도 너무해요."

"거참 못 알아들을 소리만 골라서 하는군. 필요가 없으니 도로 달라는데 그게 뭐가 너무해?"

"그래도."

"그래도, 뭐?"

"그래도 너무해요."

"바보같이 아까부터 같은 말만 되풀이하고 있잖아."

"숙부님도 같은 말을 되풀이하고 계시잖아요."

"그야 네가 되풀이하니까 할 수 없지. 넌 네 입으로 필요 없다고 하지 않았어?"

"그야 그렇게 말했지요. 필요가 없는 건 사실이지만 그래도 도로 내놓는 건 싫어요."

"내 참 기가 막히는군. 꽉 막힌 데다가 고집불통이니 대책이 없구

나. 너희 학교에선 논리학을 가르치지 않느냐?"

"좋아요, 어차피 전 무식하니까 뭐라고 말씀하셔도 상관이 없어요. 남의 물건을 도로 내놓으라니, 다른 사람도 그런 인정머리 없는 말은 하지 않아요. 숙부님도 조금은 바보 다케의 흉내라도 내 보세요."

"누구 흉내를 내라고?"

"좀 솔직하고 담백하게 말씀하시란 말이에요."

"너는 멍청한 주제에 고집만 세구나. 그러니 낙제를 하지."

"낙제를 했어두 숙부님한테 학비를 달라고 한 적은 없네요."

유기에는 김징이 북받쳐 올라서 힐 밀을 잇지 못하는 사람처럼 저연하게 보라색 바지 위로 눈물을 뚝뚝 떨어뜨렸다. 주인은 멍하니 그 눈물이 어떤 심리 작용에 기인한 것인지 연구하는 사람처럼 바지 위와 고개를 숙인 유키에의 얼굴을 번갈아 보고 있었다. 그러고 있을 때 식모가 부엌에서 벌건 손을 마루 위에 올리며 말했다.

"손님이 오셨습니다."

"누가 왔는데?"

주인이 물었다.

"학교 학생이라고 합니다."

식모는 유키에의 우는 얼굴을 곁눈으로 흘겨보면서 대답했다. 주인은 응접실로 나갔다. 나도 이야깃거리 수집 및 인간 연구를 위해 주인의 꽁무니를 따라 몰래 툇마루로 돌아갔다. 인간을 연구하려면 무언가 파란이 있을 때를 선택하지 않으면 좀처럼 좋은 결과가 나오지 않는다. 평소에는 대부분의 사람들이 다 그렇고 그런 사람들이기 때문에 무엇을 보고 들어도 도무지 재미가 없을 정도로 평범하다. 그러나 막상 무슨 일이 생기면 이런 평범함이 갑자기 영묘한 신비적 작용을 하여 불쑥 솟아올라서는 신기한 것, 이상한 것, 기묘한 것, 색다른 것, 한마디로 말하자면 우리 고양이의 눈으로 보아 두고두고 도움이 될 만한 사건이 여기저기에서 나타난다. 유키에가 흘린 눈물 같은 것도 바로 그런 현상 중 하나이다. 이렇듯 불가사의하고 측정할 수 없는 마음을 가지고 있는 유키에 씨도 부인과 이야기하는 동안에는 별다른 느낌을 주지 않았다. 그러나 주인이 돌아와서 기름병을 내던지자마자 순식간에 죽은 용의 몸에 증기펌프를 부은 것처럼 돌연히 심오하여 헤아릴 수 없을 만한 교묘하고 미묘하고 기묘하고 영묘한 기질을 남김없이 발휘해 주었다. 그런데 그 기질은 천하의 여성들에게 공통된 성질이다. 다만 아쉬운 점이라면 이런 성질은 좀처럼 표면에 나타나지 않는다. 아니, 나타나기야 하루 종일 끊임없이 나타나지만, 이렇듯 현저하고 분명하게 거리낌없이 나타나지 않는다. 다행히 주인처럼 내 털을 걸핏하면 거꾸로 쓰다듬는 괴팍하고 청개구리 같은 사람이 있었기 때문에 이런 연극 같은 일도 목격할 수가 있었던 것이다. 주인 뒤만 졸졸 따라다니면 어디를 가나 무대의 연기자들이 자기도 모르게 움직이게 될 것이다. 아주 재미있는 사람을 주인으로 모시게 되어 고양이의 짧은 생애 동안에 참으로 많은 경험을 할 수 있게 되었다. 고맙기 그지없는 일이다. 이번에 온 손님은 어떤 사람일까?

보았더니 나이는 열일고여덟 살 정도로 유키에와 비슷비슷한 서생이다. 커다란 머리를 속이 보일 정도로 빡빡 깎고, 뭉툭한 코를 얼굴 한가운데에 붙인 얼굴의 학생이 응접실 구석 쪽에 앉아 있었다. 특별히 이렇다 할 특징은 없지만 두개골 하나만은 엄청나게 크다. 중처럼 머리를 박박 깎았는데도 저렇게 크게 보일 정도니, 주인처럼 길게 머리를 길렀다가는 어지간히 눈에 띌 것이다. 이런 머리를 가진 사람치고 제대로 공부를 하는 걸 보지 못했다는 것이 주인이 일찍부터 가지고 있던 지론이다. 실제로 그 말이 맞을지도 모르지만 얼핏 보면 나폴레옹 같아서 아주 볼만하다. 옷은 보통 서생들처럼 사쓰마薩摩산인지, 구루메久留米산인지, 아니면 이요伊豫산인지 모르지만 아무튼 잔무늬가 있는 겹옷을 소매를 짧게 해서 입었고, 그 속에는 아무것도 입지 않은 것 같았다. 맨몸에 겹옷을 입거나 맨발로 다니는 모양새가 멋있다고 흔히들 말하는데, 이 남자의 차림새는 오히려 투박하기 이를 데 없는 느낌을 준다. 특히 방바닥에 도둑놈 발 같은 발자국을 세 개씩이나 찍어 놓은 것은 분명 맨발에 그 책임이 있다. 그는 네 번째 발자국 위에 무릎을 꿇고 앉아서 무척이나 거북한 듯이 쪼그리고 있었다. 그런데 황송해해야 할 사람이 얌전히 대령하고 있는 모습은 그다지 신경이 쓰이지 않지만, 밤톨 같은 머리에 헐렁한 차림새를 한 난폭한 학생이 거북스럽게 앉아 있는 모습은 어딘지 모르게 어울리지 않는다. 길을 가다가 선생을 만나도 인사하지 않는 것을 자랑으로 삼는 패거리가 30분 동안만이라도 남들 하는 것처럼 제대로 앉아 있기란 보통 힘든 일이 아닐 것이다. 장소가 바뀌었다고 마치 겸허한 군자, 혹은 덕이 많은 군자 같은 자세를 하고 있으니, 당사자는 얼마나 괴로울지 모르지만 옆에서 보면 정말 우스울 뿐이다. 교실 또는 운동장에서 그렇게 시끄럽게 굴던 자가 어떻게 이렇듯 자기를 붙들어 맬 힘을 갖추고 있었을까 생각하니, 불쌍하기도 하지만 한편으로 재미있기도 하다. 이런 식으로 한 사람씩 상대를 하면 아무리 어리석은 주인이라 해도 학생들에 비해 어느 정도 무게가 있는 것처럼 생각된다. 주인도 어지간히 득의양양할 것이다. 티끌 모아 태산이라고 했으니 별것 아닌 학생 하나도 여럿이 집합하면 무시할 수 없는 단체가 되어 배척 운동이나 데모를 일으킬 수도 있다. 그것은 마치 겁쟁이가 술을 마시고 대담해지는 것과 같은 현상일 것이다. 패거리의 수를 믿고 떠들어 대는 것은 사람의 기에 취한 결과 제정신을 잃은 것이라고 여겨도 문제가 없다. 그렇지 않다면 이렇게 황송해한다고 하기보다 아예 풀이 죽어서 장지문에 기대 쭈그리고 있는 학생이, 아무리 늙고 약하다고는 하나 그래도 선생이라는 이름이 붙은 주인을 경멸할 수 있을 리가 없다. 무시할 수 있을 리가 없다.

주인은 방석을 밀어 주면서 "깔고 앉아라." 하고 말했지만 밤톨 학생은 딱딱하게 굳은 채 "네." 하고 대답만 하고는 움직이지 않았다. 코앞에는 벗겨지기 일보 직전인 공단 방석이 있고, 그 뒤에는 머리가 커다란 인간이 쭈뼛거리며 앉아 있는 광경이 참으로 묘했다. 방석은 깔고 앉기 위한 것이지 바라보기 위해 부인이 일부러 사 온 것이 아니다. 방석으로 태어나서 남이 깔고 앉아 주지 않는다면 방석의 입장에서는 그야말로 명예가 훼손당한 셈이고, 이를 권한 주인 또한 어느 정도 체면이 서지 않게 된다. 주인의 체면을 깎으면서까지 방석을 노려보고만 있는 밤톨 머리는 결코 방석 그 자체를 싫어하는 것이 아니다. 솔직히 말하자면 정식으로 무릎을 꿇고 앉아 본 일이라고는 할아버지 제사 때를 제외하면 태어나서 거의 없었기 때문에, 아까부터 벌써 다리가 저려서 발끝이 어려움을 호소하고 있던 참이다. 그런데도 방석을 깔고 앉지 않는다. 방석이 주인 없이 텅 빈 채로 대령되어 있는데도 깔지 않는다. 우리 주인이 자, 깔고 앉으라, 하고 권하는데도 깔지 않는다. 골치 아픈 밤톨 머리다. 이 정도로 눈치를 볼 것 같으면 다수가 모였을 때 좀 더 눈치를 보면 좋았을 텐데, 학교에서 좀 더 눈치를 보면 좋았을 텐데, 하숙집에서 좀 더 눈치를 보면 좋았을 텐데, 쓸데없는 곳에서 눈치를 보고, 막상 신경을 써야 할 때는 그렇게 하지 않는다. 아니, 더욱 난폭하게 군다. 성질이 나쁜 밤톨 머리다.

그때 뒤에 있는 장지문이 스윽 열리더니 유키에가 차 한잔을 들고 와서 공손하게 소년에게 바쳤다. 평소 같으면 "드디어 savage tea가 나왔다."고 놀리겠지만, 주인 혼자만 있을 때도 황송해서 어쩔 줄 모르고 있는 데다 묘령의 여성이 학교에서 갓 배운 오가사와라小笠原류*의 아주 멋진 손놀림으로 찻잔을 들이미니, 소년은 더욱 어찌할 바를 몰라 괴로워하는 것 같았다. 유키에는 장지문을 닫으면서 뒤에서 싱글싱글 웃었다. 이렇게 보면 여자는 같은 연배라 해도 훨씬 더 성숙하다. 소년에 비하면 훨씬 담력이 있는 셈이다. 특히 아까 억울해서 눈물까지 흘린 뒤인 만큼 이 싱글싱글 웃는 웃음이 더욱 강조되어 보였다.

유키에가 물러난 후로 양쪽 모두 말없이 한동안 참고 있었는데, 이래서는 참선을 하는 것 같다고 깨달은 주인이 겨우 먼저 입을 열었다.

"자네는 이름을 뭐라고 했지?"

"후루이古井…."

"후루이? 후루이 뭐라고 하지? 이름은?"

"후루이 부에몬古井武右衛門."

"후루이 부에몬이라. 그래, 상당히 긴 이름이군. 요즘 이름이 아니라 옛날 이름이군그래. 4학년이었지?"

"아니요."

"3학년인가?"

"아니요, 2학년입니다."

"갑甲반인가?"

"을乙반입니다."

---

* 메이지 시대 여학교에서 가르치던 무가 예법의 한 유파.

"을반이라면 내가 담임이군그래."

주인은 감탄하고 있다. 사실 이 큰 머리는 입학 당시부터 주인의 눈에 띄었으니 절대로 잊고 있었을 리가 없다. 그뿐만 아니라 가끔은 꿈속에서도 볼 정도로 감명을 받은 머리다. 그러나 한가로운 주인은 이 머리와 이 고풍스러운 이름을 연결시키고, 그렇게 연결시킨 것을 다시 2학년 을반에 연결시킬 수가 없었던 것이다. 그래서 이렇게 꿈에서 볼 정도로 감탄스러운 머리가 자기가 담임하는 반의 학생이라는 것을 듣고는 자기도 모르게 '그렇구나' 하고 마음속으로 무릎을 쳤던 것이다. 그런데 이 커다란 머리를 가진, 낡은 이름을 가진, 더구나 자기가 담임인 반 학생이 무엇 때문에 지금 이 시간에 찾아왔는지 도무지 추측할 수가 없었다. 원래 주인은 인망이 없어서 연말이든 정초든 학교 학생들이 찾아오는 일이 거의 없다. 찾아온 학생으로 보자면 후루이 부에몬 군이 처음이라고 할 수 있을 정도로 보기 드문 손님인데, 그렇게 일부러 방문한 의도를 모르겠으니 주인으로서도 어쩔 줄을 모르는 것 같다. 이렇게 재미없는 사람 집에 그저 놀러 올 리도 없을 것이고, 또 사직 권고라면 좀 더 강경하고 당당한 태도로 나올 것이고, 그렇다고 부에몬 군 같은 학생이 상담할 것이 있어서 왔을 리도 없고, 무얼 어떻게 생각해 보아도 주인은 알 수가 없었다. 부에몬 군의 상태를 보니 어쩌면 본인 자신조차 어째서 여기까지 왔는지 분명치 않은 것도 같았다. 하는 수 없이 결국 주인이 먼저 대놓고 물어보았다.

"자네는 놀러 왔는가?"

"그렇지 않습니다."

"그럼 볼일이 있어서 왔는가?"

"네."

"학교 일인가?"

"예, 좀 말씀을 드리려고요…."

"음. 어떤 일인가? 어서 말해 보게."

주인이 재촉하자 부에몬 군은 고개를 밑으로 숙이고는 아무 말도 하지 않았다. 원래 부에몬 군은 중학교 2학년치고는 말을 잘하는 편으로, 머리가 큰 것에 비해 두뇌는 발달하지 않았지만 떠드는 것에 있어서는 을반에서도 손꼽히는 학생이다. 실제로 얼마 전에 콜럼버스를 일본어로 번역하면 어떻게 되냐고 물어서 주인을 곤궁에 처하게 한 사람이 바로 이 부에몬 군이었다. 그런 쟁쟁한 학생이 아까부터 말을 더듬는 공주님처럼 쭈뼛거리고 있는 것을 보면 뭔가 사연이 있는 것임에 틀림없다. 그냥 눈치를 보거나 사양하고 있는 것이라고는 도저히 생각할 수 없다. 주인도 다소 이상하게 생각한 모양이다.

"할 이야기가 있으면 어서 해 보라는데도."

"좀 말씀드리기 힘든 것이라…."

"말하기 힘들다고?"

이렇게 되물으면서 주인은 부에몬 군의 얼굴을 보았지만 상대방이 여전히 고개를 숙이고 있는 바람에 무슨 일인지 짐작조차 할 수 없었다. 하는 수 없이 말투를 바꿔서 부드럽게 말을 이었다.

"좋아 무슨 말이든 해 보게. 여기서는 누가 엿들을 사람도 없고, 나도 다른 사람에게 말하지 않겠네."

"말씀드려도 될까요?"

부에몬 군은 아직까지도 망설이고 있다.

"괜찮아."

주인이 자기 멋대로 판단을 내린다.

"그럼 말씀드릴게요."

부에몬 군은 말을 시작하려는 듯 밤톨 머리를 버쩍 들고는 주인 쪽을 약간 눈부신 듯이 바라보았다. 그 눈이 삼각형이었다. 주인은 볼을 부풀려서 담배 연기를 내뿜으며 잠시 옆으로 고개를 돌렸다.

"사실은 그게… 좀 곤란한 일이 생겨서…"

"무엇이?"

"그게 아무튼 너무 곤란해져서 이렇게 온 겁니다."

"그러니까 뭐가 그렇게 곤란해졌는가?"

"그런 일을 할 생각은 없었는데, 하마다浜田가 자꾸만 빌려달라고 하는 바람에…"

"하마다라면 하마다 헤이스케浜田平助 말인가?"

"네."

"하마다한테 하숙비라도 빌려줬다는 말인가?"

"아니요, 그런 걸 빌려준 게 아닙니다."

"그럼 무엇을 빌려주었는데?"

"이름을 빌려줬어요."

"하마다가 자네 이름을 빌려서 무얼 하려고?"

"연애편지를 보냈습니다."

"뭘 보냈다고?"

"그러니까 이름은 그만두고 갖다주는 역만 하겠다고 했어요."

"뭐가 뭔지 알 수가 없군. 도대체 누가 무엇을 했다는 말인가?"

"연애편지를 보냈습니다."

"연애편지를 보냈다고? 누구한테?"

"그래서 말씀드리기 힘들다고 한 겁니다."

"그럼 자네가 어떤 여성한테 연애편지를 보냈다는 말인가?"

"아니요, 제가 아닙니다."

"하마다가 보냈는가?"

"하마다도 아닙니다."

"그럼 누가 보냈다는 말인가?"

"누군지 모릅니다."

"도대체 무슨 소린지 알아들을 수가 없군. 그럼 아무도 보내지 않았다는 뜻인가?"

"이름만 제 이름으로 되어 있습니다."

"이름만 자네 것이라니, 무슨 뜻인지 도무지 모르겠네. 좀 더 차근차근 말해 보게. 도대체 그 연애편지를 받은 사람은 누군가?"

"가네다라고 건너편 길갓집에 있는 여자입니다."

"저 가네다라고 하는 실업가 말인가?"

"네."

"그래서 이름만 빌려줬다니 그게 무슨 뜻인가?"

"그 집 딸이 하이칼라이고 건방져서 연애편지를 보낸 겁니다. 하마다가 이름 없이는 안 된다고 해서 그럼 네 이름을 쓰라고 했더니, 자기 이름을 쓰면 재미가 없다, 후루이 부에몬 쪽이 좋다고 하기에… 그래서 결국 제 이름을 빌려주고 말았습니다."

"그럼 자네는 그 집 딸을 알고 있는가? 안면이 있느냐 말이야."

"안면이고 뭐고 전혀 없습니다. 얼굴도 본 적이 없는걸요."

"막무가내로군. 얼굴도 모르는 사람한테 연애편지를 보내다니. 도대체 무슨 생각으로 그런 짓을 한 것인가?"

"그냥 다들 그 여자가 건방지고 콧대가 높다고 해서 놀려 주려고 했을 뿐입니다."

"너무 황당한 일이군. 그럼 자네 이름을 공공연히 써서 보냈단 말이지?"

"네, 문장은 하마다가 썼어요. 제가 이름을 빌려주고, 엔도遠藤가 밤중에 그 집까지 가서 우편함에 넣고 왔습니다."

"그럼 셋이서 공동으로 한 짓이군."

"네, 하지만 나중에 생각해 보고는, 만약 그 일이 발각되어서 퇴학을 당하면 큰일이겠다 싶어, 너무 걱정이 되는 바람에 이삼일 잠을 자지 못했더니 머리가 멍해졌습니다."

"그것참 멍청하기 짝이 없는 짓을 했군그래. 그래서 분메이文明 중학교 2학년 후루이 부에몬이라고 써 놓았단 말인가?"

"아니요, 학교 이름 같은 건 쓰지 않았습니다."

"학교 이름을 쓰지 않았다니 그나마 다행이군. 거기에 학교 이름까지 나와 보게. 그야말로 분메이 중학교의 명예에 문제가 생기지."

"어떨까요? 퇴학을 당할까요?"

"글쎄."

"선생님, 저희 아버지는 아주 엄하신 분이고, 더구나 어머니는 계모이기 때문에 만약 퇴학이라도 당하게 되면 전 정말 큰일납니다. 정말로 퇴학당하게 될까요?"

"그러니까 어쩌자고 그런 철없는 짓을 했는가 말이야."

"할 마음은 없었는데, 어쩌다 보니 하게 되었어요. 퇴학을 당하지 않을 수는 없을까요?"

부에몬은 울음을 터뜨릴 듯한 목소리로 자꾸 애원하고 있다. 장지문 너머에서는 아까부터 부인과 유키에가 키득키득 웃고 있다. 주인은 어디까지나 근엄하게 '글쎄'만 되풀이하고 있다. 정말 재미있다.

내가 재미있다고 하면 뭐가 그렇게 재미있냐고 묻는 사람이 있을지도 모른다. 그렇게 묻는 것도 당연한 일이다. 인간이든 동물이든 자신을 아는 것이 평생 동안 풀어야 할 큰 과제이다. 자신을 알 수만 있다면 인간은 인간으로서 고양이보다 존경을 받을 만하다. 그때는 나도 이런 장난을 쓰는 것이 미안해질 테니 당장 그만둘 생각이다. 그러나 자기가 자기 코의 높이를 알 수 없는 것과 마찬가지로, 자기가 누구인지도 좀처럼 짐작을 하기가 힘든 일인 모양이다. 그러니까 평소에 경멸하는 고양이를 향해서까지 그런 질문을 던지는 것이리라. 인간은 건방진 것 같아도 역시 어딘가 덜떨어진 존재이다. 만물의 영장이랍시고 어디를 가나 만물의 영장입네, 하고 다니면서도 이 정도 사실도 이해하지 못한다. 더구나 그것도 모르고 태연자약하게 있는 것을 보면 웃음이 절로 나온다. 그들은 만물의 영장을 등에 지고 다니면서 내 코가 어디 있는지 가르쳐 달라, 가르쳐 달라, 하고 떠들어 댄다. 그런 꼴이니 만물의 영장을 사직하려나 싶으면 천만의 말씀, 죽을 때까지 그 이름을 놓치려 하지 않는다. 이 정도로 공공연히 모순을 일으키면서 아무렇지도 않게 지내니, 차라리 애교 있는 존재라고 해야 할 것이다. 애교 있는 존재가 되는 대신에 바보의 자리에 만족해야 한다.

내가 이때 부에몬 군과 주인, 부인, 그리고 유키에를 재미있다고 하는 것은 단순히 외부 사건이 서로 맞부딪쳤고, 그렇게 맞부딪친 사건들의 파동이 그럴듯하게 전해졌기 때문이 아니다. 사실은 그렇게 부딪친 반향이 인간의 마음에 개별적으로 서로 다른 음색을 일으키기 때문이다. 첫 번째로 주인은 이 사건에 대해 냉담한 편이다. 부에몬 군의 아버지가 아무리 엄하고, 어머니가 아무리 이 학생을 의붓자식 취급한다고 해도 그다지 겁나지 않는다. 겁날 리가 없다. 부에몬 군이 퇴학당하는 것은 자기가 퇴직당하는 것과는 전혀 이야기가 다르다. 전 명에 이르는 학생들이 모두 퇴학을 당하면 교사도 먹고살 길이 막막해질지 모르지만, 후루이 부에몬 군 한 사람의 운명이 어떻게 변하든 우리 주인의 생활과는 아무런 관계가 없다. 관계가 적은 곳으로는 자연히 마음도 적게 가기 마련이다. 얼굴도 보지 못한 사람을 위해 눈살을 찌푸리거나 눈시울을 붉히거나 탄식을 하는 것은 결코 자연스러운 경향이 아니다. 인간이 그렇게 정이 많고 남을 위하는 동물이라고는 도저히 생각할 수 없다. 그저 이 세상에 태어난 세금의 일종으로 가끔 사회적인 교제를 위해 눈물을 흘려 보기도 하고, 불쌍하다는 표정을 지어 보이기도 할 뿐이다. 말하자면 사기성이 있는 표정이고, 솔직히 말하자면 상당히 힘이 드는 재주이다. 이런 속임수에 능한 사람을 예술적 양심이 강한 사람이라 하며, 이런 사람은 사회적으로 매우 소중히 여겨진다. 그러니까 남들에게 소중하게 여겨지는 사람일수록 수상하다고 봐야 한다. 한번 시험해 보면 당장 알 수 있다. 이런 점에 있어서 우리 주인은 오히려 서투른 부류에 속한다고 할 수 있다. 서투르기 때문에 남들이 알아주지 않는다. 알아주지 않으니까 내부의 냉담함을 공연히 숨기지 않고 그냥 내놓고 산다. 주인이 부에몬 군에 대해 '글쎄'를 되풀이하고 있는 것만 보아도 속으로 어떤 감정을 가지고 있는지 알 수 있다. 여러분은 냉담하다고 해서 우리 주인과 같은 선량한 사람을 미워해서는 결코 안 된다. 냉담함은 인간 본래의 기질이고, 그런 기질을 숨기려고 애쓰지 않는 것이 솔직한 사람이다. 만약 여러분이 이럴 때 냉담함 이상의 무언가를 바란다면, 그야말로 인간을 너무 과대평가하고 있다고 해야 한다. 솔직함조차 거의 사라져 가고 있는 세상에서 그 이상을 기대하는 것은 소설 속의 주인공들이 현실 세계에 살아서 움직이고, 전설 속의 인물들이 우리 동네에 이사 오는 그런 꿈 같은 일이 실제로 일어났을 때가 아니면 기대할 수 없는 무리한 주문이다. 주인은 일단 이 정도로 하고, 다음으로는 거실 쪽에서 웃고 있는 여자들 쪽으로 이야기를 옮긴다. 이 사람들은 주인의 냉담함에서 한 발짝 더 나아가서 사태를 웃기는 것으로 보고 즐거워하고 있다. 이 여자들에게는 부에몬 군이 골치를 썩이며 고민하고 있는 연애편지 사건이 부처의 복음처럼 고맙게 느껴지는 모양이다. 이유는 없지만 그저 고마운 것이다. 굳이 해부하자면 부에몬 군이 난처해하고 있어서 고마운 것이다. 여러분, 여자를 향해서 이렇게 물어보시라.

"당신은 남이 난처해하고 있는 모습이 재미있어서 웃습니까?"

이 질문을 받은 사람은 이렇게 물어보는 사람을 보고 '바보'라고 한 것이다. 바보라고 하지 않는다면 일부러 이런 질문을 던져서 숙녀의 품위를 모욕한다고 화를 낼 것이다. 모욕했다는 생각은 사실일지도 모르지만 남이 난처해하는 모습을 보고 웃는 것도 사실이다. 그렇다면 "앞으로 내가 내 품위를 모욕하는 짓을 스스로 해 보이겠지만 그렇다고 뭐라고 하면 안 돼요." 하고 못을 박는 것과 매한가지다. "나는 도둑질을 한다. 그러나 결코 나쁘다고 해서는 안 된다. 만약 나쁘다는 말을 한다면 그것은 내 얼굴에 먹칠을 하는 것이다. 나를 모욕하는 짓이다."라고 주장하는 셈이다. 여자들은 상당히 영리하다. 생각에 기준이 잡혀 있다. 적어도 인간으로 태어난 이상 나쁜 일이 겹치고, 꾸지람을 듣고, 거기다가 남이 돌아보지 않을 때에도 태연자약하게 있을 각오가 필요하다. 그뿐만 아니라 남이 나에게 침을 뱉고, 똥물을 뒤집어씌우고, 그런 나를 보며 모두가 큰 소리로 비웃는 것을 들어도 이를 기분 좋게 받아들여야 한다. 그렇지 않으면 이렇게나 영리한 여자라는 이름의 존재와 교제를 할 수 없다. 부에몬 군도 우연한 계기로 큰 잘못을 저질러서 어쩔 줄 모르고 있기는 하지만, 이렇듯 당황하고 있는 사람을 뒤에서 비웃는 것이 실례라고 생각할지도 모른다. 그러나 그것은 어린 마음에서 나오는 유치한 생각일 뿐, 남이 실례를 했을 때 화를 내면 여자들은 속이 좁은 사람이라고 부른다니까, 그런 소리를 듣기 싫으면 얌전하게 있는 편이 좋다. 마지막으로 부에몬 군의 마음을 잠시 소개하겠다. 이 사람은 지금 걱정의 화신이다. 그 위대한 머리통은 나폴레옹의 머리가 공명심으로 가득 찼던 것처럼 그야말로 걱정 때문에 터질 것만 같다. 가끔 그의 납작코가 벌름벌름 움직이는 것은 걱정이 얼굴 신경에 전해져서 반사작용처럼 무의식적으로 활동하기 때문이다. 그는 커다란 대포알을 삼켜 버린 사람처럼 뱃속에 어떻게 처치할 수 없는 덩어리를 안고서 최근 며칠 동안 어쩔 줄을 모르고 있다. 그렇게 속이 탄 나머지 따로 해결 방법이 나올 곳도 없으니, 담임이라는 이름을 가진 선생한테 찾아가면 어떻게든 도와주지 않을까, 하는 생각에 보기 싫은 사람의 집까지 그 커다란 머리를 숙이려고 찾아온 것이다. 그는 평소에 학교에서 우리 주인을 놀리거나, 동급생들을 선동해서 주인을 골탕 먹였던 일들은 까맣게 잊고 있다. 뭐라고 놀렸든, 혹은 얼마나 난처하게 했든 담임이라는 이름을 가진 이상 자기 문제에 대해 틀림없이 같이 걱정해 줄 것이라고 믿고 있는 모양이다. 정말 단순하기 짝이 없다. 담임은 주인이 좋아서 맡은 소임이 아니다. 교장의 명령으로 하는 수 없이 되었을 뿐인, 말하자면 메이테이의 숙부님이 쓴 챙이 높은 모자와도 같은 것이다. 그저 이름만 담임이다. 이름만 가지고는 아무것도 할 수 없다. 무슨 일이 있을 때 이름이 그토록 커다란 도움을 준다면 유키에 같은 경우는 이름만으로도 선을 볼 수가 있을 것이다. 부에몬 군은 매우 생각이 제멋대로일 뿐만 아니라 타인은 자신에 대해 반드시 친절하게 대해야 한다는, 인간을 과대평가한 가정에서 출발하고 있다. 비웃음을 당할 것이라고는 꿈에도 생각지 못했을 것이다. 부에몬 군은 담임 선생의 집에 찾아온 덕분에 분명 인간에 대한 하나의 진리를 발견했을 것이다. 그는 이 진리를 얻음으로써 앞으로 더욱 진짜 인간이 되어 갈 것이다. 남의 걱정에 대해서 냉담하게 되고, 남이 곤란에 처했을 때 큰 소리로 비웃을 것이다. 이렇게 해서 세상은 장래의 부에몬 군과 같은 사람들로 가득 찰 것이다. 가네다 군, 그리고 가네다 부인과 같은 사람으로 가득 찰 것이다. 나는 부에몬 군이 자신을 위해 한시라도 빨리 이런 점을 자각해서 진정한 인간이 될 것을 절실하게 바라는 바이다. 그렇게 되지 않으면 아무리 걱정을 해도, 아무리 후회를 해도, 아무리 선량해지려는 마음이 절실해도 도저히 가네다 군과 같은 성공을 쟁취할 수 없다. 아니, 사회는 머지않아 그대를 인간의 거주지 밖으로 내쫓아 버릴 것이다. 분메이 중학교를 되학당하는 것이 문제가 아니다.

이런 생각을 하며 재미있다고 여기고 있으려니까 현관문이 드르륵 열리더니, 현관 장지문 그늘에서 얼굴이 반만 스윽 나타났다.

"선생님."

주인은 부에몬 군에게 '글쎄'를 되풀이하고 있던 참에 현관에서 누가 선생님, 하고 부르자 누굴까 싶어서 그쪽을 보았다. 그랬더니 반쯤 장지문에서 삐져나와 있는 얼굴은 바로 간게쓰 군이었다.

"응, 어서 들어오게."

주인은 말만 하고 그냥 앉아 있었다.

"손님이 오셨어요?"

간게쓰 군은 여전히 반쪽만 보이는 얼굴로 물었다.

"아니, 상관없네. 그냥 들어오게."

"사실은 선생님과 어디를 좀 갈까 해서 들렀는데요."

"어디에 가려고? 또 아카사카인가? 그쪽 방면은 이제 사양하겠네. 지난번에는 너무 많이 걷는 바람에 다리가 퉁퉁 부었네."

"오늘은 괜찮습니다. 오랜만에 바깥바람 좀 쐬시지요."

"어디로 갈 생각인데 그러나? 일단은 들어오게."

"우에노로 가서 호랑이 울음소리나 들을까 해서요."

"무슨 재미로? 그보다 좀 들어와 보게나."

간게쓰 군은 멀리에 서 있어서는 도저히 이야기가 되지 않겠다 싶었는지 신발을 벗고 어슬렁어슬렁 들어왔다. 여느 때와 마찬가지로 재색으로 된, 엉덩이를 덧댄 바지를 입고 있었는데, 이는 오래되어서 그렇거나 엉덩이가 무거워서 찢어진 것이 아니다. 본인의 변명에 따르면 요즘 들어 자전거 연습을 시작해서 그 부위에 비교적 잦은 마찰을 주었기 때문이라고 한다. 그는 자신이 미래의 부인으로 점찍어 둔 사람에게 연애편지를 보낸 연적인 줄은 꿈에도 모르고, "안녕하시오?" 하고 부에몬 군에게 가볍게 인사를 하며 툇마루 가까운 곳에 자리를 잡았다.

"호랑이 울음소리를 들어 봐야 무슨 재미가 있겠는가?"

"예, 그야 지금은 가도 별 재미가 없지요. 하지만 이제부터 여기저기 산책을 하다가 밤 11시경이 되어서 우에노로 가 보는 겁니다."

"호오."

"그러면 공원 안에 있는 나무들이 울창하니 분위기가 그럴듯할 겁니다."

"그렇지. 낮 시간보다는 좀 한적하겠지."

"그래서 될 수 있는 대로 나무가 많고 대낮에도 사람들이 잘 지나다니지 않는 곳을 따라 걷다 보면, 어느새 먼지바람만 잔뜩 일어나는 도시에 살고 있다는 느낌은 사라지고 산속에서 헤매는 듯한 기분이 들 것입니다."

"그런 기분이 들게 해서 어쩌려고?"

"그런 기분으로 한동안 서 있으면 얼마 후에 동물원 안에서 호랑이가 우는 것이지요."

"그렇게 딱 맞게 울어 줄까?"

"틀림없이 웁니다. 그 울음소리는 대낮에도 이과대학까지 들려올 정도니까, 심야의 정적이 감돌고, 사방에 인기척도 없이, 귀신의 기운이 느껴지고, 괴물이 코를 찌르게 되면…."

"괴물이 코를 찌르다니 그게 무슨 뜻인가?"

"그런 식으로 말하지 않습니까, 무서울 때."

"그런가? 난 별로 들어 보지 못했는데. 그래서?"

"그래서 호랑이가 우에노의 오래된 삼나무 잎을 모조리 떨궈 버린 듯한 기세로 울면 얼마나 분위기가 대단하겠습니까?"

"그야 대단하겠지."

"어떻습니까? 모험을 하러 나가지 않으시렵니까? 분명 재미있을 것 같은데요. 아무래도 호랑이 울음소리는 한밤중에 듣지 않으면 들었다는 말을 못하지 않겠습니까?"

"글쎄."

주인은 부에몬 군의 애원에 대해 냉담했던 것처럼 간게쓰 군의 탐험 제의에 대해서도 냉담하게 대답했다.

이때까지 잠자코 호랑이 이야기를 부러운 듯이 듣고 있던 부에몬 군이 주인의 '글쎄'를 듣고 다시금 자신의 처지가 생각났는지 주인에게 다시 물었다.

"선생님, 저는 걱정이 되는데 어떻게 하면 좋을까요?"

간게쓰 군은 이상하다는 표정으로 이 큰 머리 소년을 보았다. 나는 생각하는 바가 있어 잠시 실례를 하고 서실 쪽으로 갔다.

거실에서는 부인이 키득키득 웃으면서 싸구려 도자기 찻잔에 녹차를 가득 따라 찻잔 받침대 위에 올려놓고는 말했다.

"유키에, 난 잠시 볼일을 보고 올 테니까 이것 좀 손님한테 내도록 해."

"전 싫어요."

"왜?"

부인은 좀 놀랐는지 웃음을 뚝 그쳤다.

"아무튼요."

유키에는 표정이 순식간에 새침해지더니 곁에 있던《요미우리신문》위로 눈길을 떨구었다. 부인은 다시 한번 협상을 시도했다.

"거참 이상한 사람이네. 간게쓰 씨잖아, 상관없어."

"하지만 전 싫단 말이에요."

유키에는《요미우리신문》에서 눈길을 떼지 않는다. 이럴 때는 한 글자도 읽히지 않을 테지만 전혀 읽고 있지 않다는 사실을 들추어내면 또 울음을 터뜨릴 것이다.

"새삼 부끄러울 것도 전혀 없잖아."

이번에는 부인이 웃으면서 일부러 찻잔을《요미우리신문》위로 밀어 넣었다.

"아이, 왜 그러세요."

유키에가 이러고는 신문을 찻잔 밑에서 빼내려고 하다가 찻잔 받침대에 걸리는 바람에 녹차가 거침없이 신문을 적시고 방바닥까지 흘렀다.

"거 봐."

부인이 말했다.

"어머, 어떡하지?"

유키에는 부엌으로 뛰어갔다. 걸레라도 가지고 올 모양이다. 나에게는 이런 연극이 꽤 재미있게 느껴졌다.

간게쓰 군은 그것도 모른 채 응접실에서 이상한 이야기를 하고 있었다.

"선생님, 문종이를 새로 바르셨네요. 누가 바르셨어요?"

"여자가 발랐네. 꽤 잘 발랐지?"

"네, 아주 솜씨가 좋군요. 가끔 이 댁에 찾아오는 아가씨가 바른 겁니까?"

"응, 그 아이도 거들었지. 이 정도로 문종이를 바를 수 있으면 시집 갈 자격이 충분히 된다고 으스대고 있더군."

"네에, 그렇군요."

이러고는 간게쓰 군이 문종이를 바라보았다.

"이쪽은 평평한데 오른쪽 끝은 종이가 남아서 좀 우는 것 같은데요."

"그쪽은 막 바르기 시작했을 때라 제일 경험이 없을 때 해 놓은 것이네."

"그래요. 그래서 좀 솜씨가 떨어지는군요. 저 표면은 초월 곡선이어서 도저히 보통 함수로는 나타낼 수 없습니다."

간게쓰 군은 이학 학자답게 어려운 말로 표현을 했다.

"글쎄."

주인은 적당히 대꾸를 하였다.

이런 상태로는 아무리 탄원을 해도 도저히 해결해 술 가망이 없다고 생각한 부에몬 군은 느닷없이 그 위대한 두개골을 방바닥에 대고 절하여 말없이 떠나겠다는 뜻을 나타냈다. 주인이 물었다.

"돌아가려는가?"

부에몬 군은 풀이 죽은 채 나막신을 끌며 문을 나섰다. 가엾게도 저대로 두면 이별의 시라도 읊은 다음 낭떠러지 아래로 몸을 던질지도 모르는 일이다. 원인을 따지고 보면 가네다 아가씨의 하이칼라와 거만함 때문에 일어난 일이다. 만약 부에몬 군이 죽으면 유령이 되어서 아가씨를 저주해서 죽이면 될 일이다. 그런 사람이 세상에서 한두 명 없어졌다 해도 남자들은 전혀 곤란할 것이 없다. 간게쓰 군은 좀 더 여자다운 아가씨를 아내로 맞으면 된다.

"선생님, 저 아이는 학생입니까?"

"응."

"머리가 아주 크군요. 공부는 잘합니까?"

"머리 크기에 비해서는 못하는 편이지만 가끔 이상한 질문을 하지. 얼마 전에는 콜럼버스를 일본어로 번역해 달라고 하는 바람에 아주 혼이 났네."

"머리가 지나치게 크다 보니까 그런 쓸데없는 질문을 하는 것이겠지요. 그래서 선생님께서는 뭐라고 대답하셨습니까?"

"뭐? 그야 적당히 둘러대서 번역해 주었지."

"그래도 일본어로 번역을 했다는 말씀이지요? 거참 대단하군요."

"아이들은 무엇이든 번역해 주지 않으면 신용을 하지 않으니까."

"선생님도 정치가처럼 되셨군요. 그런데 방금 본 아이는 뭔가 아주 풀이 죽어서 선생님을 골탕 먹일 것 같이 보이지는 않던데요."

"오늘은 좀 기가 죽어서 그렇지, 멍청한 놈일세."

"무슨 일인데 그럽니까? 얼핏 보기만 했을 뿐이지만 불쌍하다는 마음이 들어서요. 도대체 무슨 일이 있었는데요?"

"멍청한 짓을 한 것이네. 가네다 양한테 연애편지를 보냈다더군."

"네? 저 머리 큰 아이가 말입니까? 요즘 학생들은 정말 대단하군요. 이것 정말 놀라운데요."

"자네도 걱정이 되겠지만…"

"아니, 걱정될 것은 전혀 없습니다. 오히려 재미있군요. 아무리 연애편지를 무더기로 보냈다 해도 상관이 없습니다."

"그렇게 자네가 마음을 놓고 있다면 상관이 없겠네만…"

"상관이 없지요. 저는 전혀 상관이 없습니다. 하지만 저 큰 머리 학생이 연애편지를 썼다는 사실은 참 놀랍군요."

"그게 말이야. 농담으로 한 일이라는군. 그 딸네미가 하이칼라에다 거만하니까 놀려 주자면서 세 명이 작당을 해서…"

"그럼 세 사람이 편지 한 통을 가네다 아가씨한테 보냈다는 말씀입니까? 더욱 신기한 일이군요. 서양 요리 1인분을 세 명이서 같이 먹는 꼴 아닙니까?"

"그런데 역할 분담을 다 했다네. 한 사람은 글을 쓰고, 한 사람은 우편함에 넣고, 한 사람은 이름을 빌려주는 식으로 말이야. 그리고 방금 온 게 이름을 빌려준 아이지. 이놈이 제일 멍청한 거야. 더구나 가네다의 딸내미는 얼굴도 본 적이 없다고 하지를 않나. 어째서 그렇게 철딱서니 없는 짓을 할 수 있는지, 원."

"이건 근래 보기 힘든 사건이네요. 이만저만 걸작이 아닙니다. 세상에, 저 큰 머리가 여자한테 연애편지를 보내다니. 재미있지 않습니까?"

"말도 안 되는 잘못이지."

"무엇이 되든 상관없습니다. 상대가 가네다인데요."

"하지만 자네랑 결혼할지도 모르는 사람 아닌가?"

"결혼할지도 모르니까 상관이 없지요. 정말 가네다 같은 건 상관이 없습니다."

"자네는 상관이 없어도…"

"가네다 쪽도 상관이 없을 겁니다. 괜찮아요."

"그건 그렇다 치고, 당사자가 나중이 되어서야 갑자기 양심의 가책을 느껴서인지 겁이 났는지 어쩔 줄 몰라 하면서 나한테 의논을 하러 왔다네."

"호오, 그래서 저렇게 풀이 팍 죽어 있었군요. 소심한 아이인 모양이지요. 그래서 선생님은 뭐라고 조언을 좀 해 주셨습니까?"

"본인은 퇴학당하지 않겠느냐고 그 점을 제일 걱정하고 있더군."

"어째서 퇴학을 당하는데요?"

"그렇게 도덕에 어긋난 나쁜 짓을 했으니까."

"뭐, 도덕에 어긋났다고 할 정도는 아니지요. 상관이 없을 겁니다. 가네다 양은 아마 명예라고 생각해서 자랑하고 다닐 텐데요."

"설마."

"아무튼 불쌍하네요. 그런 짓이 나쁜 것은 사실이지만 저렇게 걱정하다가는 젊은 청춘 하나가 죽게 생겼군요. 저 아이는 머리는 커도 인상은 그다지 나쁘지 않네요. 코를 벌름벌름하는 것이 귀여운 상입니다."

"자네도 이제는 메이테이처럼 어지간히 속 편한 소리를 하게 되었군."

"뭐, 이것이 시대적인 풍조 아니겠습니까? 선생님은 너무 옛날식이어서 무슨 일이나 어렵게 생각하시는 겁니다."

"하지만 어리석은 일 아닌가? 알지도 못하는 사람한테 장난으로 연애편지를 보내다니, 아주 상식에서 벗어난 일이 아니겠는가?"

"장난은 대개 상식에서 벗어나 있게 마련이지요. 선생님께서 저 아이를 도와주세요. 그럼 선생님의 덕이 쌓일 테니까요. 저 모양이면 당장이라도 낭떠러지에 몸을 던지러 가겠어요."

"그럴까?"

"그렇게 하세요. 그보다 훨씬 더 크고, 훨씬 더 분별력이 있다고 하는 어른들이 그것과는 비교도 되지 않는 나쁜 장난질을 하고서도 모르는 척 시치미를 떼고 있지 않습니까? 저런 아이를 퇴학시킬 정도면 그런 놈들을 모조리 내쫓지 않고서는 너무 불공평한 노릇 아닙니까?"

"그것도 그렇군."

"그래서, 어떻습니까? 우에노로 호랑이 울음소리를 들으러 가는 것은?"

"호랑이 말인가?"

"네, 들으러 가시지요. 사실은 이삼일 후에 잠시 고향에 다녀와야 할 일이 생겨서 한동안은 선생님과 어디를 함께 갈 기회가 없을 것 같아 오늘은 꼭 함께 산책을 해야겠다고 마음먹고 온 것입니다."

"그래? 고향에 다녀온다고? 무슨 볼일이라도 있는가?"

"네, 좀 볼일이 생겨서요. 아무튼 일단 나가시지요."

"그래. 그럼 나가 볼까."

"어서 가시지요. 오늘은 제가 저녁 식사를 사겠습니다. 그런 다음 운동을 하고 우에노로 가면 알맞은 시간이 되지요."

이러고 자꾸만 재촉을 하는 바람에 주인도 마음을 정하고 같이 나섰다. 그 뒤로는 부인과 유키에가 스스럼없이 큰 소리로 호호, 깔깔, 낄낄, 하고 웃고 있었다.

11

응접실 앞에 놓인 바둑판을 사이에 두고 메이테이 군과 도쿠센 군이 마주 보고 앉아 있다.

"그냥은 하지 않을 거야. 지는 쪽이 뭔가 내도록 해야지. 알았지?"

메이테이 군이 다짐을 두자 도쿠센 군은 여느 때처럼 염소 수염을 잡아당기면서 이렇게 말했다.

"그런 짓을 하면 모처럼의 청명한 유희가 속된 것이 되어 버리지 않는가. 내기 같은 것 때문에 승부에 마음을 빼앗기면 재미가 없네. 성패를 눈 밖에 두고 파란 하늘에 흰 구름 떠가는 듯한 마음가짐으로 두어야만 그 운치를 알 수 있는 것이네."

"또 시작했군. 그런 신선 같은 사람을 상대로 하고 있다가는 내가 너무 힘들어. 이건 완전히 신선 이야기 속에 나오는 인물이군그래."

"줄이 없는 거문고를 뜯는 것이지."

"선이 없는 전화를 건단 말인가?"

"아무튼 해 보지."

"자네가 흰 돌을 잡을 텐가?"

"어느 쪽이든 상관이 없네."

"역시 신선이라 마음의 여유가 남다르군. 자네가 흰 돌이라면 자연스런 순서로 나는 검은색이군. 자, 시작해 보게. 어디서부터라도 해 보라고."

"검은 돌부터 시작하는 것이 원칙이네."

"그렇군. 그럼 사양 않고 정석대로 나부터 시작해야지."

"정석에는 그런 것이 없네."

"없어도 상관없지. 새로 만들면 되니까."

나는 좁은 세상에 살고 있어서 바둑판이라는 것을 최근 들어서야 처음 보게 되었는데, 보면 볼수록 이상히게 생겼다. 넓지도 않은 사각 판자를 다시 더 작은 네모들로 나누어서 눈이 돌아갈 정도로 복잡하게 흑백의 돌을 늘어놓는다. 그렇게 해서 이겼다느니 졌다느니 죽었다느니 살았다느니 하고 식은땀을 흘리며 떠들어 댄다. 겨우 사방 1척 정도 되는 면적이다. 고양이 앞발로 흐트러 놓아도 엉망진창이 된다. '잡아당겨서 엮으면 풀로 된 암자요, 풀어놓으면 원래의 들판이 된다.'* 쓸데없는 장난이다. 팔짱을 끼고 판을 바라보고 있는 편이 훨씬 속이 편하다. 그것도 처음 삼사십 수까지는 돌을 늘어놓는 방식에 따라서 그다지 눈에 거슬리지 않지만 막상 성패를 가르는 때가 되면 정말 딱하기 이를 데 없는 모양새다. 흰색과 검은색이 바둑판에서 나 가떨어질 정도로 서로 밀고 밀리며 자리다툼을 하고 있다. 좁다고 옆에 있는 놈한테 비키라고 할 수도 없고, 방해가 된다고 해서 앞에 있는 자한테 물러나라고 명령할 권리도 없으니, 하늘이 내린 숙명이라 생각하며 포기하고 꼼짝도 하지 못한 채 가만히 웅크리고 있을 도리

---

* 일본의 《선문법어집(禪門法語集)》에 수록되어 있는 구절.

밖에 없다. 바둑을 발명한 것이 인간이고, 인간의 기호가 국면에 나타난다고 한다면, 답답한 바둑돌의 운명은 치사하고 작은 일에 집착하는 인간의 기질을 대표하고 있다고 해도 문제가 없을 것이다. 인간의 기질을 바둑돌의 운명으로 헤아려 볼 수 있다고 한다면, 인간이란 광활한 천지를 앞다투어 좁혀서 자기가 디디고 서 있는 두 발 외에는 도저히 한 발짝도 나갈 수 없도록 졸렬한 재주를 부려 자기 몸을 끌어안고 있는 것을 좋아한다고 단언하지 않을 수 없다. 한마디로 말해 인간이란 고통을 일부러 구하는 존재라고 평해도 좋을 것이다.

태평스러운 메이테이 군과 득도를 한 도쿠센 군이 어떤 생각으로 오늘따라 벽장 안에서 낡은 바둑판을 끌어내어 이 답답한 장난을 시작했는지 모른다. 역시 대단한 두 사람이 모인 만큼 처음에는 각자 임의대로 행동하며 바둑판 위를 흰 돌과 검은 돌이 자유자재로 돌아다니고 있었다. 하지만 바둑판의 넓이에는 한계가 있어서 눈금은 한 수를 둘 때마다 메워지기 마련이니 아무리 태평스러워도, 아무리 득도를 했다 해도 힘겨워지는 것은 당연한 일이다.

"메이테이 군, 자네 바둑은 난폭하군. 그런 곳에 비집고 들어오는 법이 어디 있나?"

"선승禪僧이 두는 바둑에는 이런 법이 없을지 모르지만 바둑의 명인이 두는 방식에는 얼마든지 있으니 할 수 없지 않은가?"

"하지만 그래 봐야 죽을 텐데."

"신하는 죽음을 불사하거늘 하물며 이런 것쯤이야. 어디, 이렇게 가 볼까?"

"그렇게 왔단 말이지. 좋아. 훈풍이 남쪽에서 불어와 전각에 서늘한 기운을 일으킨다. 이렇게 이어 놓으면 든든하겠지."

"아니, 거기를 이어 놓다니 역시 대단하군. 설마 이어… 놓지는 않으리라고 생각했는데. 제발 치지만 말아 주게, 하치만八幡의 종을….*
이렇게 하면 어쩌려나?"

"어쩌고저쩌고가 없지. 이 칼을 하늘의 기운에 맡기려네. 에이, 귀
찮다. 과감하게 잘라 버리자."

"아니, 큰일이군 큰일이야. 거기를 잘라 버리면 죽어 버리잖아. 말
도 안 돼. 잠깐 기다려 봐."

"그러니까 아까부터 내가 말하지 않았나? 이렇게 된 곳으로는 들
어오는 법이 아니야."

"들어가 무례를 용서해 주기 바라네 잠깐 이 흰색을 좀 치워 줘."

"그것도 무르라고?"

"하는 김에 그 옆에 있는 것도 철수시켜 주지?"

"너무 뻔뻔스러운 것 아닌가?"

"그래도 자네랑 나 사이니까 부탁하는 말 아닌가? 그렇게 깐깐하
게 굴지 말고 좀 물러 줘. 죽느냐 사느냐 하는 판국 아닌가? 멈춰라,
멈춰라, 하고 말달려서 오는 장면이란 말이야."

"난 그런 것은 모르네."

"몰라도 좋으니까 좀 비켜 주게."

"자네 아까부터 여섯 번이나 물러 달라고 하지 않았나?"

"거참 기억력두 좋은 사내로군. 앞으로는 내가 무르라고 부탁한 것
의 두 배를 내가 물러 주겠네 그러니까 잠깐 비켜 달라는데도 자네
도 어지간히 고집이 세군그래. 참선 같은 것을 했으니 좀 더 담백할
줄 알았는데."

"하지만 이 돌이라도 죽이지 않으면 아무래도 내가 지게 생겼으니

---

* '잊지만 말아 주게'를 '치지만 말아 주게'로 비틀어 표현한 것.

까…."

"자네는 처음부터 져도 상관이 없는 사람 아닌가?"

"나는 져도 상관이 없지만 자네가 이기게 하고 싶지는 않네."

"황당한 깨달음이군. 여전히 춘풍석화가 전광을 가르고 있는가?"

"춘풍석화가 아니라 전광석화일세. 자네가 거꾸로 말했어."

"하하하, 이제는 어지간한 것이 거꾸로 되었을 법하다고 생각했는데, 그래도 역시 분명한 데가 있군. 그럼 할 수 없으니 포기할까?"

"생사는 큰일 같아도 덧없기 짝이 없네. 포기해야지."

"아멘."

메이테이 선생이 이번에는 전혀 관계가 없는 방면에 딱, 하고 한 수를 두었다.

응접실 앞에서 메이테이 군과 도쿠센 군이 열심히 승패를 겨루고 있을 때 거실 입구에서는 간게쓰 군과 도후 군이 나란히 있고, 그 곁에 주인이 누런 얼굴로 앉아 있었다. 간게쓰 군 앞에 가다랑어포가 세 개, 벌거벗은 채 방바닥 위에 나란히 일렬로 누워 있는 모습이 가관이다.

이 가다랑어포의 출처는 간게쓰 군의 품 안이었는데, 처음에 꺼냈을 때는 벌거벗은 채 손바닥으로 느낄 수 있을 정도로 따뜻하게 데워져 있었다. 주인과 도후 군은 이상한 눈으로 가다랑어포 위에 시선을 고정시키고 있었다. 이윽고 간게쓰 군이 입을 열었다.

"사실은 나흘 정도 전에 고향에서 돌아왔는데 여러 가지로 일이 많아서 여기저기 돌아다니는 바람에 이 댁에 오지 못하고 있었습니다."

"그렇게 서둘러서 올 것은 없었네."

주인은 여느 때와 같이 무뚝뚝한 대꾸를 하였다.

"서둘러서 올 것은 없었지만, 그래도 이 선물은 빨리 드리지 않으면 걱정이니까요."

"가다랑어포가 아닌가?"

"네, 저희 고향의 명산물이지요."

"명산물이라지만 도쿄에도 그런 것은 있을 텐데."

이러고 주인은 제일 큰 놈을 들어 코앞으로 가져가 냄새를 맡았다.

"냄새를 맡아도 가다랑어포의 좋고 나쁨은 알 수가 없을 텐데요."

"좀 크다는 점 때문에 명산물이라 하는가?"

"일단 드셔 보십시오."

"먹기야 당연히 먹겠지만 이놈은 끝이 좀 떨어지지 않았니?"

"그러니까 빨리 가지고 오지 않으면 걱정이라고 했지요."

"어째서?"

"그야 쥐가 갉아 먹으니까요."

"그건 아주 위험하지 않은가? 자칫 먹었다가는 페스트에 걸리겠는걸."

"아니, 괜찮습니다. 그 정도 갉아 먹었다 해도 큰 해는 없으니까요."

"도대체 어디서 쥐가 갉아 먹었다는 말인가?"

"배에서요."

"배에서라고? 어째서?"

"마땅히 넣을 만한 곳이 없어서 바이올린과 함께 자루에 넣어서 배에 올라탔더니 그날 밤 당했습니다. 가다랑어포만 갉아 먹었으면 그래도 괜찮은데, 소중한 바이올린의 몸통까지 가다랑어포로 착각해서 갉아 먹었더군요."

"거참 덤벙거리는 쥐새끼로군. 배 안에 살다 보면 그렇게 앞뒤를 가리지 못하게 되나 보지?"

주인은 아무도 알 수 없는 말을 중얼거리며 여전히 가다랑어포를 바라보고 있었다.

"아니, 쥐새끼는 어디에 살고 있든 덤벙거리겠지요. 그래서 하숙집으로 가지고 왔을 때도 또 당할 것 같아서요. 안심이 되지 않아서 밤에는 잠자리 속에 넣고 잤습니다.

"좀 지저분한 것 같군."

"그러니까 드실 때 좀 씻어서 드세요."

"물로 좀 씻는다고 깨끗해질 것 같지가 않은데."

"그럼 거품이라도 내서 벅벅 문지르면 되지 않겠어요?"

"바이올린도 안고 잤는가?"

"바이올린은 너무 커서 안고 잘 수는 없었지만…."

간게쓰 군이 말을 계속하려 했다.

"뭐라고? 바이올린을 안고 잤다고? 그것참 풍류로군. '가는 봄 따라 비파를 안고 자도 무겁게 느껴지네'라는 하이쿠도 있지만 그건 먼 옛날 일이지. 메이지 시대의 수재는 바이올린을 안고 자지 않으면 옛사람을 능가할 수가 없는 법이야. '잠옷 옆에서 기나긴 밤 지키는 바이올린아'는 어떤가? 도후 군, 신체시로 그런 걸 표현할 수 있는가?"

갑자기 건너편에서 메이테이 선생이 큰 소리로 이쪽 이야기에 참견을 한다.

도후 군은 진지하게 답했다.

"신체시는 하이쿠와 달라서 그렇게 갑자기 만들 수가 없습니다. 하지만 완성되었을 때는 좀 더 영혼의 심금을 울리는 소리가 나지요."

"그런가? 영혼은 향을 피워서 불러내야 오는 것이라고 생각했더니, 역시 신체시의 힘만 가지고도 불러들일 수가 있는 모양이지?"

메이테이는 여전히 바둑을 제쳐 두고 놀리고 있었다.

"그렇게 쓸데없는 참견을 하다가는 또 지겠네."

주인이 그에게 주의를 주었다. 메이테이는 아무렇지도 않은 듯 말했다.

"이기고 싶어도, 지고 싶어도 상대방이 가마솥 안에 있는 문어처럼 손도 발도 내밀지 못하니, 나도 따분한 김에 할 수 없이 바이올린을 상대하고 있는 것 아닌가."

그러자 메이테이를 상대하고 있던 도쿠센 군이 약간 흥분한 듯한 말투로 말했다.

"이번에는 자네 차례일세. 내가 기다리고 있단 말이야."

"엉? 벌써 두었는가?"

"두다마다. 벌써 두고 기다리고 있다니까."

"어디에?"

"이 흰색을 끝으로 끌었네."

"그랬단 말이군. 이 흰색을 끝으로 끌어서 져 버렸단 말이지. 그렇다면 이쪽은, 이쪽은, 이쪽은, '이쪽'은 하고 말은 하지만 영 좋은 수가 없군. 자네 다시 한번 기회를 줄 테니까 아무 데나 마음대로 한 수 더 두게."

"그런 바둑이 어디 있는가?"

"그런 바둑이 어디 있는가, 하고 따진다면 내가 둬야지. 그럼 이 끄트머리에 살짝 꼬부라져 볼까? 간게쓰 군, 자네 바이올린은 너무 싸구려라 쥐새끼도 업신여겨서 갉아 먹는 것이야. 좀 더 좋은 것을 과감하게 사도록 하게. 내가 이탈리아에서 300년 전에 만들어진 물건을 수입해 줄까?"

"쏙 무탁드럽니다. 해 주시는 김에 대금도 지불해 주시면 더욱 좋겠네요."

"그렇게 낡아 빠진 고물이 무슨 쓸모가 있는가?"

아무것도 모르는 주인이 메이테이 군에게 호통을 쳤다.

"자네는 인간 고물하고 바이올린 고물을 동일시하고 있는 것이야. 인간 고물 중에서도 가네다 모씨처럼 아직껏 유행하고 있는 경우도 있지 않나? 그러니 바이올린 같으면 오래될수록 더 좋지. 자, 도쿠센 군, 제발 빨리 부탁하겠네. 누가 말한 것처럼 가을 해는 빨리 진다네."

"자네처럼 정신없는 사내와 바둑을 두는 것은 정말 고통일세. 생각할 틈도 뭐도 없으니 말이야. 하는 수 없으니 여기에 한 점 두고 집을 만들어야지."

"아니, 이럴 수가. 결국 살려 주고 말았군그래. 아깝게 되었군. 설마 거기에는 두지 않겠지, 싶어서 약간 수다를 떨면서 고심을 했는데 역시 쓸모가 없었네."

"당연하지. 자네는 바둑을 두는 게 아니라 속임수를 쓰는 거야."

"그게 바둑의 명인식이고, 가네다식이고, 요즘 신사식이야. 이봐, 구샤미 선생, 역시 도쿠센 군은 가마쿠라에 가서 장아찌를 먹은 사람답게 여간해서는 꿈쩍도 하지 않는군. 정말 고개가 절로 숙여진단 말이야. 바둑은 영 아니지만 담력은 대단해."

"그러니까 자네처럼 담력이 없는 사내는 좀 본받도록 해."

주인이 등을 보인 채 대답을 하기가 무섭게 메이테이 군은 커다랗고 붉은 혀를 낼름 내밀었다. 도쿠센 군은 털끝만큼도 상관이 없는 사람처럼 다시 상대방을 재촉했다.

"자, 이번엔 자네 차례야."

"자네는 바이올린을 언제부터 시작했나? 나도 좀 배울까 하는데 어지간히 배우기 어려운 것이라지?"

도후 군이 간게쓰 군에게 물었다.

"음, 어느 정도까지는 누구나 배우면 할 수 있네."

"같은 예술이니까, 시에 대한 취미가 있는 사람은 아무래도 음악 쪽도 빨리 늘지 않을까, 하고 은근히 기대하고 있는데 어떨까?"

"좋겠지. 자네라면 금세 잘하게 될 거야."

"자네는 언제부터 배우기 시작했나?"

"고등학교 시절이지. 선생님, 제가 바이올린을 배우게 된 사정에 대해서 말씀드린 적이 있던가요?"

"아니, 들은 적이 없는데."

"고등학교 시절에 선생님이 있어서 배우기 시작했는가?"

"아니, 선생님이고 뭐고 전혀 없었네. 독학으로 시작했지."

"완전히 천재로군."

"독학을 한다고 모두가 천재는 아니지 않은가."

간게쓰 군이 톡 쏘았다. 천재라는 말을 듣고 짜증을 내는 사람은 간게쓰 군밖에 없을 것이다.

"그야 어쨌든 상관이 없지만 어떻게 독학을 했는지 좀 들려주게나. 참고하고 싶으니까."

"못 해 줄 것도 없지. 선생님께서도 들으시렵니까?"

"그래, 이야기해 보게."

"지금은 젊은 사람이 바이올린 상자를 들고 길거리를 다니는 일이 흔하지만, 그 시절에는 고등학교 학생 중에서 서양음악 같은 것을 하는 사람은 거의 없었지요. 특히 제가 다닌 학교는 시골 촌구석에 있어 짚신도 없어서 못 신을 정도로 가난한 곳이었으니 학교 학생 중에 바이올린 같은 것을 하는 사람은 당연히 한 사람도 없었습니다."

"뭔가 재미있는 이야기가 저쪽에서 시작된 모양이군. 도구센 군, 이제 적당히 그만두면 어떻겠나?"

"아직도 정리되지 않은 곳이 두세 군데 있어."

"있어도 상관이 없네. 어지간한 곳이라면 다 자네한테 양보할 테니까."

"그렇게 말한다고 대뜸 받을 수는 없지."

"선학禪學을 하는 사람답지 않게 꼼꼼한 사내로군. 그럼 단숨에 해치워 버리지. 간게쓰 군, 뭔가 대단히 재미있는 이야기 같군. 그 고등학교 맞지, 학생들이 맨발로 등교한다는 학교가?"

"그렇지는 않습니다."

"하지만 모두들 맨발로 병영 체조를 하고 '뒤로돌아'를 하는 바람에 하나같이 발바닥 가죽이 두껍다고 들었는데."

"설마, 누가 그런 소리를 했습니까?"

"누가 했든 무슨 상관인가. 그리고 도시락은 커다란 주먹밥 한 개를 참외처럼 허리춤에 매고 와서 그것을 먹는다고 하지 않았는가? 먹는다기보다는 베어 무는 것이지. 그러면 가운데에서 매실장아찌가 한 개 나온다고 하더군. 이 매실장아찌가 나오는 것을 바라면서 소금기도 없는 주변의 밥을 정신없이 먹으며 돌진한다고 하던데, 아주 혈기 왕성한 풍경이 아니겠나? 도쿠센 군, 자네가 마음에 들어 할 것 같은 이야기로군."

"소박하고 강건하며 든든한 기풍이군."

"더욱 든든한 것이 있네. 거기에는 재떨이가 없다고 하네. 내 친구가 그곳에서 일하고 있을 무렵 도게쓰호吐月峰라는 표시가 있는 재떨이를 사러 나갔는데, 도게쓰호는커녕 재떨이라는 이름이 붙은 물건이 하나도 없었다지. 이상하게 생각해서 물어보았더니 재떨이 같은 것은 필요한 사람이 뒤쪽 숲속에 가서 만들어 오면 얼마든지 생기니까 팔 필요가 없다고 딱 잘라 대답했다고 하더군. 이것도 소박하고 강건한 기풍을 나타내는 미담이지. 안 그런가, 도쿠센 군?"

"음, 그야 좋은 이야기지만 여기에 공배空排를 하나 넣어야겠네."

"좋아. 공배, 공배, 공배라. 이제 정리가 되었군. 나는 그 이야기를 듣고 참으로 놀랐다네. 그런 곳에서 자네가 바이올린을 독학했다니 아주 기특한 일이야. 천재는 고독하다는 옛말이 있지만 간게쓰 군은 정말이지 메이지의 굴원屈原*이야."

"굴원은 싫습니다."

"그럼 금세기의 베르테르라고 부르지. 아니 돌을 들어서 계산을 하라고? 어지간히 고지식한 성격이군. 일일이 계산해 보지 않아도 내가 진 게 분명해."

"하지만 정확하게 알 수 없지 않은가⋯."

"그럼 자네가 계산해 보게, 나는 지금 계산이 문제가 아니니까. 일대의 천재 베르테르 군이 바이올린을 배우기 시작한 이야기를 들어 보지 않으면 조상님께 면목이 서지 않으니 이만 실례하겠네."

메이테이가 자리에서 일어서더니 간게쓰 군 쪽으로 다가왔다. 도쿠센은 꼼꼼하게 흰 돌을 들어서 흰 구멍을 메우고, 검은 돌을 집어서 검은 구멍을 메우며 열심히 입속으로 계산하고 있다. 간게쓰 군이 이야기를 계속 이어 갔다.

"고장이 그런 고장인 데다 저희 고향 사람들이 또 어지간히 완고해서 조금이라도 나약한 사람이 있으면 다른 고향 학생들에게 체면이 서지 않는다며 공연히 제재를 엄중하게 하는 바람에 상당히 힘이 들었습니다."

"자네 고향 학생들은 정말 앞뒤가 꽉 막혔군. 도대체 무엇 때문

* 중국의 시인.

에 감색 무지 바지 같은 것을 입는가 말일세. 무엇보다도 그것부터가 색다르단 말이야. 그러면서 짠바람을 많이 맞아서 그런지 아무래도 피부가 거무죽죽하지. 남자니까 그나마 봐 줄 만하지만 여자가 그러면 정말 곤란하지 않은가?"

"여자들도 마찬가지로 거무죽죽하지요."

"그런데도 어떻게 다들 시집을 가는지 모르겠군."

"그야 그 고장이 모조리 다 검은 사람들이니 하는 수가 없지요."

"딱한 일이군. 그렇지, 구샤미 군?"

"차라리 검은 쪽이 낫지. 공연히 살결이 희면 거울을 볼 때마다 교만을 떨게 되어서 못쓰지. 여자라는 것들은 도무지 처치 곤란한 '물건'이라니까."

주인은 의연하게 말하며 큰 한숨을 내쉬었다.

"그래도 한 고장 사람들이 모조리 검은 경우에는 검은 것을 가지고 서로 자랑을 하게 되지 않습니까?"

도후 군이 그럴듯한 질문을 하였다.

"아무튼지 여자는 전혀 필요가 없는 존재야."

주인이 이렇게 말했다.

"그런 말을 하면 마나님 심기를 건드려서 나중에 곤란해질 텐데."

메이테이가 웃으면서 이렇게 주의를 주었다.

"아니, 괜찮네."

"안 계시는가?"

"아이들을 데리고 아까 외출했어."

"어쩐지 조용하다 싶었지. 어디로 갔는데?"

"어딘지는 모르네. 마음대로 돌아다니니까."

"그러다가 마음대로 돌아오는가?"

"그야 그렇지. 자네는 혼잣몸이라 좋겠어."

주인이 이렇게 말하자, 도후 군은 약간 불만스러운 표정을 지었다. 간게쓰 군은 싱글싱글 웃었다.

"부인을 얻으면 모두 그런 생각이 들지. 이봐 도쿠센, 자네 같은 사람도 부인한테는 쩔쩔매는 사람이지?"

메이테이 군이 갑자기 도쿠센 군을 향해 물었다.

"뭐라고? 잠깐만. 4, 6은 24, 25, 26, 27이라. 좁다고 생각했더니 46집이 있었군. 좀 더 많이 이겼다고 생각했는데 따져보니 겨우 18집 차이로군. 그래서 뭐라고?"

"자네도 부인 때문에 애를 믹고 있지 않느냐고?"

"아하하하, 뭐 애를 먹을 것까지야 있겠는가? 우리 집사람은 원래 나를 사랑하고 있으니까."

"아이고, 이것 참 큰 실례를 저질렀군그래. 그래, 그렇게 나와야 도쿠센 군답지."

"도쿠센 군만 그런 것이 아닙니다. 그런 예는 얼마든지 있지요."

간게쓰 군이 세상 부인들을 대신해서 잠시 변호하는 역할을 맡았다.

"나도 자네 의견에 찬성이네, 간게쓰 군. 내 생각에 인간이 절대적인 영역에 들어가는 데에는 두 가지 길밖에 없는데, 그 두 가지 길이라 예술과 사랑이지. 부부의 사랑은 그중 하나를 대표하는 것이니 인간은 반드시 결혼을 해서 이런 행복을 누리지 않으면 하늘의 뜻을 거스르는 것이 된다고 생각하네. 제 생각이 어떻습니까, 선생님?"

도후 군은 여전히 진지하게 메이테이 군 쪽을 바라보며 물었다.

"아주 명쾌한 이론일세. 나 같은 사람은 도저히 절대적인 영역에 들어가지 못하겠군."

"마누라가 생기면 더욱 들어가기가 힘들어지지."

주인이 곤란한 표정을 지으며 말했다.

"아무튼 우리 미혼의 청년들은 예술의 영기를 접해서 향상의 일로
一路를 개척하지 않으면 인생의 의의를 알 수 없으니, 우선 그 시작으
로 바이올린이라도 배우려고 간게쓰 군에게 아까부터 경험담을 듣고
있는 것입니다."

"맞아맞아, 베르테르 군의 바이올린 이야기를 듣는 중이었지. 자,
이제 이야기해 보게. 더 이상 방해하지 않을 테니."

메이테이 군이 겨우 이야기를 수습했다.

"향상의 일로는 바이올린 같은 것으로 열지는 못하네. 그런 장난
스러운 일을 가지고 우주의 진리가 드러나면 큰일이지. 세상의 이치
를 알려고 한다면 아무래도 절벽에서 아래로 떨어졌다가 다시 살아
날 정도의 기백이 없으면 안 되는 것이야."

도쿠센 군이 그럴듯하게 도후 군에게 훈계 같은 설교를 늘어놓은
것까지는 좋았는데, 도후 군은 선종의 'ㅅ' 자도 모르는 사내여서 도무
지 감탄하는 기색이 없었다.

"흐음, 그럴지도 모르겠지만 역시 예술은 인간의 깊은 신앙심의 극
치를 나타내는 것이라고 생각하니까 아무래도 이것을 저버릴 수는
없을 것 같습니다."

"저버릴 수가 없다면 바라는 대로 나의 바이올린 이야기를 들려
주기로 하지. 아무튼 아까 이야기한 그런 처지에 있었기 때문에 나도
바이올린 연습을 시작할 때까지는 어지간히 마음고생을 했다네. 무
엇보다도 사는 것이 힘들었답니다, 선생님."

"그렇겠지. 짚신도 변변히 없는 고장에 바이올린이 있을 턱이 없으
니."

"아니, 있기는 있었습니다. 돈도 그전부터 준비해서 모아 두었기 때문에 충분했는데 도무지 살 수가 없었던 것입니다."

"어째서?"

"좁은 고장이라서 제가 사게 되면 그 사실이 금세 알려집니다. 알려지게 되면 건방지다고 해서 제재를 받게 되지요."

"천재는 예로부터 박해를 받게 마련이니까."

도후 군이 크게 동정을 표했다.

"또 천재인가? 제발 그 천재 소리는 좀 그만해 주었으면 좋겠네. 그래서 말이지요, 매일 산책을 하면서 바이올린이 있는 가게 앞을 지나칠 때마다 저걸 살 수 있으면 얼마나 좋을까, 저것을 손에 드는 기분은 어떨까, 아아 갖고 싶다, 아아 갖고 싶다, 하고 생각하지 않은 날이 하루도 없었답니다."

"당연한 일이지." 하고 평가한 사람은 메이테이였고, "어지간히 집착을 했었군." 하고 이해를 못 한 사람은 우리 주인이었고, "역시 자네는 천재야." 하고 감탄한 사람은 도후 군이었다. 다만 도쿠센 군 혼자만은 초연하게 수염을 만지작거리고 있었다.

"그런 곳에 어떻게 바이올린이 있었는지 그 점부터가 이상하게 생각되실지 모르겠지만 이건 생각해 보면 당연한 일입니다. 왜냐하면 그 지방에도 여학교가 있고, 여학교 학생들은 수업의 일종으로 매일 바이올린 연습을 해야 하니까, 당연히 바이올린이 있을 수밖에 없지요. 물론 좋은 물건은 없습니다. 겨우 바이올린이라는 이름을 붙일 수 있을 정도의 물건일 뿐입니다. 그래서 가게에서도 그다지 비중을 두지 않아서 두세 개를 같이 가게 앞에 매달아 놓곤 했지요. 그게 말입니다, 가끔 산책을 하면서 그 앞을 지나칠 때 바람이 불거나 아이들 손이 닿아서 우연히 소리를 내는 경우가 있답니다. 그 소리를 들으면 갑자기 심장이 터질 듯한 심정이 되어서 안절부절못하게 되곤 했습니다."

"위험한 증상이군. 물로 인한 발작, 사람으로 인한 발작 등 발작에도 여러 종류가 있지만 자네 같은 경우는 베르테르답게 바이올린으로 인한 발작이네그려."

메이테이 군이 놀렸다.

"아니, 그 정도로 감각이 예민하지 않으면 진정한 예술가가 될 수 없지요. 아무래도 천재 기질이 틀림없어."

도후 군은 오히려 더욱 감탄하였다.

"네, 정말 발작인지 모르겠지만 그래도 그 음색만큼은 정말 특이했어요. 그 후로 오늘날까지 어지간히 바이올린을 켜 보았지만 그 정도로 아름다운 소리가 나온 적은 없었지요. 그걸 어떻게 형용해야 할지… 도저히 말로 표현할 수가 없습니다."

"은쟁반에 옥구슬 굴러가듯 한다는 말이 있지 않은가."

이렇게 어려운 말을 꺼낸 사람은 도쿠센 군이었는데, 아무도 상대를 해 주지 않아 딱하게 되었다.

"저는 매일 같이 가게 앞을 산책하면서 결국 그 영명한 소리를 세 번 들었습니다. 세 번째에는 무슨 일이 있어도 이걸 사지 않으면 안 되겠다고 결심했습니다. 설사 고향 사람들한테 견책을 당한다 해도, 다른 고향 사람들한테 경멸을 당한다 해도, 아니, 폭력으로 제재를 당하다가 숨이 끊어지는 한이 있어도, 뭔가 잘못되어서 퇴학 처분을 당한다 해도, 이것만은 사지 않고는 견딜 수 없겠다고 생각했습니다."

"그게 바로 천재일세. 천재가 아니면 그렇게 한 가지 일을 끝까지 추구할 수가 없지. 부럽군. 나도 어떻게 해서든 그 정도로 치열한 감정을 일으켜 보고 싶어서 항상 노력하고 있지만 도무지 되지가 않네. 음악회 같은 곳에 가서 될 수 있는 대로 열심히 들어 보지만 아무래도 그 정도로는 감흥이 일어나지 않아."

도후 군이 자꾸만 부러워하면서 말했다.

"감흥을 느끼지 못하는 편이 행복한 거야. 지금이니까 이렇게 아무렇지 않게 이야기할 수 있지만, 그때 느낀 괴로움으로 말하자면 도저히 상상할 수 있는 종류의 것이 아니었다네. 그래서 선생님, 저는 드디어 분발해서 그 바이올린을 샀습니다."

"흐음, 어떻게?"

"마침 11월의 천장절天長節* 전날 밤이었습니다. 고향 사람들은 모두 온천으로 놀러 갔기 때문에 한 사람도 없었습니다. 저는 아프다고 하면서 그날은 학교도 가지 않고 드러누워 있었습니다. 오늘밤이야말로 어떻게든 가서 오랫동안 마음에 품고 있던 바이올린을 사야겠다고, 이불 속에서 그 생각만 계속하고 있었습니다."

"꾀병을 써서 학교도 가지 않았다고?"

"그렇습니다."

"그거야 정말 좀 천재답군그래."

메이테이 군도 다소 감탄하는 듯했다.

"이불 속에 누워서 목만 내놓고 있으려니까 왜 이렇게 해가 지는 것이 느리나, 하는 생각에 초조해졌습니다. 그래서 하는 수 없이 이불을 머리까지 푹 뒤집어쓰고 눈을 꼭 감고 잠을 청해 보았지만 그것도 소용이 없었습니다. 목을 내놓아 보았더니 밝은 가을 햇볕이 6척 길이의 장지문을 한가득 비추고 있더군요. 저는 그걸 보고 화가 나서 어쩔 줄을 몰랐습니다. 위쪽에 가느다랗고 긴 그림자가 뭉쳐서 가끔

---

* 천왕 탄생일의 옛 이름. 11월 30일.

가을바람에 산들산들 흔들리는 것이 눈에 띄었습니다."

"도대체 뭔가, 그 가늘고 긴 그림자라는 것은?"

"곶감을 만들려고 감을 엮어서 처마에 길게 늘어뜨려 놓은 것입니다."

"흠, 그래서?"

"하는 수 없이 이부자리에서 나와서는 장지문을 열고 툇마루로 나가 곶감을 한 개 빼 먹었습니다."

"맛이 있었는가?"

주인이 어린아이 같은 질문을 했다.

"맛있지요, 그 고장의 감은 기가 막힙니다. 도쿄 등지에서는 도저히 그런 맛을 볼 수가 없습니다."

"감은 그렇다 치고, 그래서 어떻게 되었는가?"

이번에는 도후 군이 물었다.

"그렇게 먹고 다시 이부자리 속으로 파고 들어가서 눈을 감고 빨리 해가 지기만을 마음속으로 빌고 또 빌었지. 한 3, 4시간 정도 지났다고 생각될 무렵 이제 되었겠지, 하고 목을 내밀어 보면 천만의 말씀으로 여전히 환한 가을 햇살이 6척 길이의 장지문을 밝게 비추고 있고, 위쪽으로는 가늘고 긴 그림자가 뭉쳐서 한들한들 흔들리고 있었네."

"그 대목은 들었네."

"몇 번이나 더 남았단 말일세. 그래서 이부자리에서 나와서 장지문을 열고 곶감 한 개를 빼 먹고, 다시 이부자리 속으로 들어가서 빨리 해가 지기만을 마음속으로 빌고 또 빌었지."

"그것도 아까 들은 대목이야."

"선생님도 그렇게 재촉하지 마시고 들어 주세요. 그로부터 다시 3,

4시간 이부자리 속에서 참다가 이번에야말로 시간이 되었겠지, 싶어 목을 스윽 내밀어 보았더니 밝은 가을 햇살이 여전히 6척 길이의 장지문을 환하게 비추고 있었고, 위쪽으로는 가늘고 긴 그림자가 뭉쳐서 한들한들 거리고 있었지."

"같은 곳을 계속 되풀이하고 있지 않은가?"

"그래서 이부자리에서 나와서 장지문을 열고 곶감 한 개를 빼 먹고…."

"또 곶감을 먹었는가? 도무지 언제까지나 곶감만 빼 먹고 있으니 이야기가 진행되지 않는군."

"저도 초조했지요."

"자네보다도 그 이야기를 듣는 사람이 훨씬 더 초조하네."

"선생님께서는 너무 성급하셔서 이야기하기가 힘드니 곤란하군요."

"듣는 쪽도 조금은 곤란하네."

이제는 도후 군도 은근히 불평을 했다.

"여러분께서 그렇게 곤란하다니 하는 수 없지요. 이쯤 해서 그 대목은 넘어갑시다. 말하자면 저는 곶감을 빼 먹고 이부자리에 들어갔다가, 다시 이부자리에서 나와서 곶감을 빼 먹기를 여러 차례 한 결과 끝내 처마 끝에 매달아 놓은 곶감을 전부 먹어 버렸습니다."

"전부 먹었으면 이제 날도 저물었겠군."

"그런데 그렇지가 않았습니다. 제가 마지막 곶감을 먹고 이부자리로 들어갔다가 이제는 되었겠지, 하고 목을 내밀어 보았더니 여전히 밝은 가을 햇살이 6척 길이의 장지문을 환하게 비추고 있고…."

"난 이제 그만 되었네. 아무리 기다려도 끝이 없으니."

"이야기하는 쪽도 질립니다."

"하지만 그 정도 끈기가 있으면 어지간한 사업은 이룰 수가 있겠군. 가만히 있으면 내일 아침까지 가을 햇살이 환하게 비출 테니까. 도대체 언제 바이올린을 살 생각인가?"

이제는 메이테이 군마저 더 이상 참지 못하는 모양이었다. 그저 도쿠센 군만은 태연자약하니 내일 아침까지든, 모레 아침까지든 아무리 가을 햇살이 끝도 없이 환하게 비춰도 꿈쩍도 하지 않을 기색이었다. 간게쓰 군도 침착하기는 마찬가지였다.

"언제 살 생각이냐고 물으셨지만 날이 저물어서 밤이 되기만 하면 당장 사러 나갈 생각이었습니다. 다만 안타까운 점은 언제 고개를 내밀어 보아도 가을 햇살이 환하게 비추고 있어서…. 아무튼 그때 제가 맛본 괴로움으로 말씀드리자면 도저히 지금 여러분께서 느끼는 초조감에 비할 바가 아니었습니다. 저는 마지막 곶감을 먹어도 아직까지 해가 지지 않는 것을 보고는 절망감 때문에 저도 모르게 울어 버렸습니다. 도후 군, 나는 참으로 안타까워서 울었다네."

"그렇겠지. 예술가들은 원래 정도 많고 한도 많으니까. 울었다는 것에는 동정을 표하지만 이야기는 좀 더 빨리 진행시켜 주었으면 좋겠군."

도후 군은 사람이 좋아서 끝까지 진지하면서도 우스운 대꾸를 하였다.

"나도 진행시키고 싶은 마음은 굴뚝같지만 아무리 기다려도 해가 떨어져 주지 않으니 문제지."

"그렇게 해가 떨어지지 않으면 듣는 쪽도 곤란하니 아예 그만두지."

주인이 드디어 참을 수 없게 되었는지 이런 말을 꺼냈다.

"그만두면 더욱 곤란하지요. 이제부터 드디어 이야기가 절정에 들어가니까요."

"그럼 들어 볼 테니 해가 저문 것으로 해서 빨리 진행시키게."

"그러시면 좀 무리한 주문이지만 선생님께서 하신 말씀이니 제 생각을 꺾고 이제 해가 진 것으로 하겠습니다."

"그것참 잘 되었군."

도쿠센 군이 점잔을 빼면서 말하는 바람에 사람들이 한꺼번에 웃음을 터뜨렸다.

"드디어 밤이 되자 일단은 마음이 놓여서 안심하고 구라카케무라鞍懸村의 하숙에서 나왔습니다. 저는 원래 시끄러운 장소를 싫어하기 때문에 일부러 편리한 시내를 피해서 인적이 드문 한촌의 농가를 암자 삼아 한동안 자리를 잡고 있었던 것이지요…."

"인적이 드물다는 말은 좀 과장된 것 같군."

이러고 주인이 항의를 했다.

"암자 삼아 자리를 잡고 있었다는 말도 좀 너무 치장이 심해. 거실 없이 다다미 네 장 반 정도의 방에 있었다고 해 두는 편이 사실적이어서 재미있지."

메이테이 군도 불만을 표했다.

"사실이야 어떻든 언어가 시적이어서 느낌이 좋아."

그래도 도후 군만은 칭찬을 했다. 도쿠센 군이 진지한 표정으로 물었다.

"그런 곳에 살고 있으면 학교에 다니기가 힘들었을 텐데, 몇 리 정도 떨어져 있었지요?"

"학교까지는 얼마 되지 않았습니다. 원래 학교부터가 한적한 촌에 있었으니까요…."

"그럼 학생들이 그 부근에서 많이 묵고 있었겠군요?"

도쿠센 군은 좀처럼 납득하려 하지 않았다.

"네, 어지간한 농가에는 한두 명씩 들어가 있었지요."

"그런데도 인적이 드물다고 했습니까?"

드디어 도쿠센 군이 정면공격을 하였다.

"예, 학교가 없었으면 정말 인적이 드물지요. 아무튼 그래서 그날 밤의 복장에 대해 말하자면 손으로 짠 무명 솜옷 위에 금단추가 있는 교복 외투를 입고, 외투의 두건을 머리에 푹 써서 될 수 있는 대로 남의 눈에 띄지 않도록 조심했습니다. 때마침 감나무에서 잎이 떨어지는 계절이라 숙소에서 난고南鄕 가도까지는 가랑잎으로 길이 뒤덮여 있었습니다. 한 발짝 내딛을 때마다 부스럭거려서 신경이 쓰였지요. 누군가 내 뒤를 따라오고 있는 것 같아 초조하기 짝이 없었습니다. 뒤돌아보면 도레이지東嶺寺의 숲이 울창하니 검게 늘어서서 어두운 속을 더욱 어둡게 하고 있었습니다. 이 도레이지라는 절은 마쓰다이라松平 가문의 묘소가 있는 곳으로 고신야마庚申山 기슭에 있는데, 제가 있던 숙소와는 얼마 떨어져 있지 않았고, 고요하기 이를 데 없는 사찰입니다. 숲의 나무 위로는 밤하늘 가득히 별이 반짝이고 있었고, 은하수가 나가세가와長瀬川를 가로질러 끄트머리는… 끄트머리는… 그래요, 아마 하와이 쪽으로 흐르고 있었습니다…."

"하와이는 좀 황당하군."

메이테이 군이 말했다.

"난고 가도를 따라 가다가 다카노다이마치鷹臺町에서 시내로 들어가, 고조마치古城町를 지나, 센고쿠마치仙石町를 돌아, 구이시로초喰代町를 옆으로 보며 도리초通町를 1가, 2가, 3가까지 차례로 지나치고, 그다음에 오와리초尾張町, 나고야초名古屋町, 샤치호코초鯱鉾町, 가마보코초蒲鉾町…."

"그렇게 많은 거리를 지나치지 않아도 되네. 결국 바이올린을 샀는가, 안 샀는가?"

주인이 기다리다 못해 물었다.

"악기가 있는 가게는 가네젠金善, 그러니까 가네코 젠베金子善兵衛
네 집이니 아직 한참을 더 가야 하는데요."

"한참을 가는 것도 좋으니까 빨리 사란 말일세."

"알겠습니다. 그렇게 가네젠네 집에 와 보니 가게에서는 램프가 환
하게 비추고 있었는데…."

"또 환하게 비추는가? 자네가 환하게 비추기 시작하면 한두 번 가
지고는 끝나지 않으니 골치로군."

이번에는 메이테이가 미리 선수를 쳤다.

"아니요, 이번 '환하게'는 그냥 지나치는 '환하게'니까 그렇게 걱정
하실 필요가 없습니다. 불빛에 비춰 보니 제가 원하던 바로 그 바이올
린이 은근히 가을 등불의 빛을 반사하며 부드럽게 들어간 몸체의 곡
선을 따라 서늘한 빛을 띠고 있었습니다. 팽팽하게 묶인 금선琴線의
일부만 반짝반짝 하얗게 눈에 비쳤습니다. …"

"표현이 아주 기가 막히군."

도후 군이 칭찬했다.

"저것이다, 저 바이올린이다, 하고 생각했더니 갑자기 심장이 두근
거리며 다리가 휘청거렸지요…."

"흐흥."

노쿠센 군이 코웃음을 쳤다.

"나도 모르게 뛰어 들어가 품 안에서 지갑을 빼고, 지갑 속에서
5엔짜리 지폐를 두 장 꺼내서…."

"느니어 샀는가?"

주인이 물었다.

"사려고 했습니다만 잠깐 기다려라, 지금이 중요한 때이다, 공연한 짓을 했다가는 실패하지, 일단 그만두자, 하고 아슬아슬한 찰나에 그만두었습니다."

"뭐야, 아직도 사지 않았단 말인가? 바이올린 한 개 가지고 어지간히 사람을 감질나게 하지 않는가?"

"감질나게 할 생각은 없지만 아무래도 아직 살 수가 없었으니 할 수 없지요."

"왜?"

"왜냐하면 아직 초저녁이라 사람들이 많이 다니고 있었으니까요."

"무슨 상관인가, 사람이 이백 명 돌아다니든 삼백 명 돌아다니든? 자네도 어지간히 이상한 사람일세."

주인이 신경질을 내었다.

"그냥 보통 사람이라면 천 명이든 이천 명이든 상관이 없겠지요. 하지만 우리 학교 학생들이 소매를 걷어붙이고 커다란 막대기를 들고는 서성대고 있었으니 쉽사리 움직일 수가 없었습니다. 그중에는 침전당沈澱黨이라고 자칭하면서 항상 학급 밑바닥에 있으면서 즐거워하고 있는 자들도 있었으니까요. 또 그런 자들은 예외 없이 유도를 잘하곤 했습니다. 그러니 여간해서는 바이올린에 손을 댈 수가 없었지요. 어떤 봉변을 당할지 모르니까요. 저도 바이올린은 갖고 싶었지만 그렇다고 목숨이 아깝지 않은 사람은 아닙니다. 바이올린을 켜다가 죽임을 당하느니 그걸 포기하고 살아 있는 편이 낫지요."

"그럼 결국에는 사지 않고 그만두었다는 말이군."

주인이 확인을 하였다.

"아니요, 샀습니다."

"거참 답답한 사내로군. 살 거면 빨리 사게. 싫으면 싫은 대로 상관이 없으니 빨리 일을 처리하란 말이야."

"에헤헤헤, 세상일은 그렇게 자기 뜻대로 움직이는 것이 아니랍니다."

이러더니 간게쓰 군은 냉정하게 담배에 불을 붙여 벅벅 피우기 시작했다.

주인은 귀찮아졌는지 훌쩍 자리에서 일어나 서재에 들어가나 싶더니, 뭔가 후줄근한 양서洋書를 한 권 꺼내 와서는 훌러덩 하고 배를 깔고 누워서 읽기 시작했다. 도쿠센 군은 어느새 움직였는지 응접실 앞으로 물러나 바둑돌을 늘어놓고 혼자서 씨름을 하고 있었다. 모처럼의 이야기도 너무 오래 걸리는 바람에 듣는 사람이 한 사람씩 줄이 들어 이제 남은 것은 예술에 충실한 도후 군과 오래 걸리는 일에 일찍이 질린 적이 없는 메이테이 선생뿐이었다.

긴 연기를 후욱, 하고 세상 속으로 거리낌 없이 뿜어낸 간게쓰 군은 이윽고 앞서 하던 것과 똑같은 속도로 이야기를 계속했다.

"도후 군, 나는 그때 이렇게 생각했다네. '어차피 초저녁에는 안 되겠다, 그렇다고 한밤중에 오면 가네젠이 잠을 자느라고 문을 닫아 버릴 테니 그것도 안 된다, 아무래도 학교 학생들이 산책을 끝내고 모두 돌아갔을 때, 그러면서도 가네젠이 아직 자지 않을 때를 기다려서 오지 않으면 모처럼의 계획이 물거품으로 돌아가겠다.' 하지만 그런 시간을 딱 맞추는 것이 어렵지."

"하기야 그건 어려울 것이야."

"그래서 나는 그 시간을 대충 10시 정도라고 생각했다네. 그러니 그때부터 10시 무렵까지 어딘가에서 시간을 때워야 했지. 집에 돌아 샀나가 다시 나오는 것은 힘든 일이니까. 그렇다고 어디 친구 집에 가서 잡담을 하는 것도 신경이 쓰일 것 같아 마땅치 않았네. 그래서 하는 수 없이 적당한 시간이 될 때까지 시내를 산책하기로 한 것이야. 그런데 평소 같으면 적당히 여기저기 걷는 사이에 2, 3시간 정도는 금방 지나가곤 했는데, 그날 밤은 시간이 흐르는 것이 얼마나 느리던지… 하루가 천추千秋 같다는 말은 그런 일을 두고 하는 것이려니, 하고 절실하게 느꼈답니다."

정말 절실한 느낌을 받았다는 투로 일부러 메이테이 선생 쪽을 바라보며 말했다.

"옛날 사람들도 '기다리는 마음에 애달프게 보이는 고타쓰'라는 말을 남기기도 하지 않았는가. 그리고 기다리는 사람보다는 기다리게 하는 사람이 힘들다고 했으니, 가게에 걸린 바이올린도 괴로웠겠지만 목적지 없는 탐정처럼 여기저기를 헤매고 다닌 자네야말로 더욱 괴로웠겠지. 정처 없기가 상갓집 개와 같다더니, 정말이지 잘 곳 없는 개처럼 불쌍한 것도 없으니까."

"개는 너무 잔인하네요. 이래 봬도 개에 비유된 적은 한 번도 없었습니다."

"나는 어쩐지 자네의 이야기를 들으면 옛날 예술가들의 전기를 읽는 듯한 느낌이 들어서 동감하는 마음이 자꾸만 생기네. 개에 비유한 것은 선생님의 농담이니 신경 쓰지 말고 이야기를 진행시키게."

이러고 도후 군이 위로하였다. 위로를 받지 않아도 간게쓰 군은 당연히 이야기를 계속할 생각이었다.

"그로부터 오카치마치徒町에서 햣기마치百騎町를 지나, 료가에초兩替町에서 다카조마치鷹匠町로 나가, 현청 앞에서 시든 버드나무를 헤아려 보고, 병원 옆에서 창문의 불빛을 꼽아 보고, 곤야바시紺屋橋 위에서 잎담배를 두 대 피우고 나서 그다음에 시계를 보았지."

"10시가 되었던가?"

"안타깝게도 아직 되지 않았네. 곤야바시를 다 건너서 강변을 따라 동쪽으로 올라가다가 눈먼 안마사를 세 명 만났다네. 그리고 개가 자꾸만 짖어 댔지요, 선생님….."

"기나긴 가을밤에 강변에서 개 짖는 소리를 들었다니 너무 연극 같은 설정이네. 자네는 '도망자'가 된 격이지."

"뭐 나쁜 짓이라도 한 겁니까?"

"이제부터 하려는 셈이지."

"세상에, 바이올린을 사는 것이 나쁜 짓이라면 음악학교 학생들은 모두 죄인이게요."

"남이 인정하지 않는 짓을 하면 아무리 좋은 일이리도 죄인이 되는 것일세. 그러니까 세상에 죄인만큼 불확실한 것도 없지. 예수도 그런 세상에 태어났으니 죄인이지. 미남자 간게쓰 군도 그런 곳에서 바이올린을 사면 죄인이 되는 것이고."

"그럼 제가 양보해서 죄인이라고 해 두죠. 죄인이라도 상관은 없지만 10시가 되지 않는 것 때문에 정말 난처했습니다."

"다시 한번 동네 이름을 꼽아 보지 그래. 그래도 모자라면 다시 가을 햇살을 환하게 비추면 되지. 그래도 부족하면 다시 처마에 걸린 곶감을 세 줄 더 먹으면 돼. 난 언제까지든 들어 줄 테니 10시가 될 때까지 이야기를 계속하게."

간게쓰 선생은 싱글싱글 웃었다.

"그렇게 선수를 치시니 제가 항복하는 수밖에 없겠네요. 그럼 당장 10시로 만들어 버립시다. 그렇게 생각한 대로 10시가 되어서 가네젠 앞으로 가 보았더니, 밤바람이 싸늘할 때라 아무리 왕래가 잦은 큰길이어노 인석이 낳겨서 맞은편에서 설어오는 사람의 나막신 소리가 쓸쓸하게 들릴 정도였습니다. 가네젠에서는 벌써 덧문을 닫았고,

그냥 쪽문만 겨우 출입문 삼아 열어 놓고 있었습니다. 저는 어딘지 모르게 개가 뒤쫓아 오는 것 같은 느낌이 들어서 쪽문을 통해 들어가는데 으스스하니 소름이 돋는 듯했습니다…."

이때 주인이 지저분한 책에서 잠시 눈길을 떼더니 이렇게 물었다.

"이봐, 이제 바이올린을 샀는가?"

"이제부터 사려는 참입니다."

도후 군이 대답했다.

"아직도 안 샀는가? 어지간히 길군그래."

주인은 혼잣말처럼 중얼거리고는 다시 책을 읽기 시작했다. 도쿠센 군은 말없이 흰색과 검은색으로 바둑판을 거의 다 메워 버렸다.

"작심을 하고 뛰어 들어가서 두건을 쓴 채 바이올린을 달라고 했더니, 화로 주변에 네다섯 명 정도 가게 아이들과 젊은이들이 모여서 이야기를 하고 있다가 놀랐는지 한결같이 제 얼굴을 쳐다보았습니다. 저는 엉겁결에 오른손을 들어서 두건을 앞으로 잡아끌었지요. '이봐요, 바이올린을 주세요.' 하고 두 번째로 말하자, 제일 앞에서 제 얼굴을 훔쳐보듯이 하던 사환이 '네에.' 하고 어리벙벙한 대답을 하고는 일어서서 그 가게 앞에 매달아 놓은 것을 한꺼번에 서너 개 내려 왔습니다. 얼마냐고 물었더니 5엔 20전이라고 하더군요…."

"아니, 그렇게 싼 바이올린이 어디 있는가? 그거 장난감 아닌가?"

"모두 같은 값이냐고 물었더니 '네, 다 똑같은 값입니다. 모두 튼튼하게 만들어졌어요.' 하고 말하기에, 돈지갑 속에서 5엔짜리 지폐와 은화를 20전 꺼내 주고 준비한 큰 보자기를 펼쳐서 바이올린을 쌌습니다. 그사이에 가게 점원들은 하던 이야기를 그치고 가만히 제 얼굴을 쳐다보고 있었습니다. 얼굴은 두건으로 가렸으니 보일 리가 없었겠지만, 그래도 왠지 초조해져서 한시라도 빨리 바깥으로 뛰쳐나

가고 싶었습니다. 간신히 그 보자기 꾸러미를 외투 속에 넣고 가게에서 나오는데 점원들이 한결같이 큰 소리로 '감사합니다!' 하고 외치는 바람에 간담이 서늘해졌습니다. 큰길가로 나와서 잠시 둘러보았더니 다행히 아무도 없는 것 같았는데, 조금 떨어진 곳에서 두세 명이 온 동네가 떠나갈 듯이 시를 읊으면서 걸어왔습니다. 이것 큰일났다 싶어서 가네젠의 골목 귀퉁이를 서쪽으로 돌아 야쿠오지藥王師 길로 나와서는 한노키무라はんの木에서 고신야마 기슭으로 빠져서 간신히 하숙으로 돌아왔습니다. 하숙으로 돌아와 보았더니 벌써 새벽 2시 10분 전이었습니다."

"밤새도록 걸어다닌 셈이군."

도후 군이 안되었다는 듯이 말했다.

"겨우 났군. 아이고, 기나긴 여정의 주사위 놀이일세."

메이테이 군이 한숨을 쉬며 이렇게 말했다.

"이제부터가 재미있는 부분입니다. 지금까지는 단순히 서막에 불과하지요."

"아직도 남아 있는가? 이것 보통 일이 아닐세. 어지간한 사람은 자네의 끈기에 두 손 두 발 다 들겠네."

"끈기는 그렇다 치고 여기서 그만두면 부처를 만들고 혼을 불어넣지 않은 것과 마찬가지이니 좀 더 이야기하겠습니다."

"이야기하는 것은 물론 자네 마음일세. 나도 듣기는 들을 테니까."

"어떻습니까, 구샤미 선생님도 들어 보시지요. 이제 바이올린을 사 버렸는데요. 네, 선생님?"

"이번에는 바이올린을 팔려고 하는가? 파는 이야기 같은 것은 들을 생각이 없네."

"아직 파는 대목이 아닌데요."

"그렇다면 더욱 들을 필요가 없겠군."

"이것 정말 난처하군요. 도후 군, 자네밖에 없네, 열심히 들어 주는 사람은. 이러면 이야기할 의욕이 많이 꺾이지만 할 수 없지. 대충 이야기해 버려야지."

"대충이 아니라도 상관없으니 천천히 이야기하게. 아주 재미있어."

"바이올린은 간신히 손에 넣을 수 있었지만 그다음으로 난처한 점은 이걸 어디에 보관하느냐 하는 것이었네. 내가 있는 곳에는 사람들이 자주 놀러 오기 때문에 어설프게 걸어 놓거나 세워 놓았다가는 당장 탄로가 나 버리지. 그렇다고 구덩이를 파서 묻어 버리면 파내기가 힘들겠고."

"그렇지. 그래서 천장 위에라도 감췄는가?"

도후 군이 속 편한 소리를 하였다.

"천장 같은 것이 어디 있었겠나? 농가인걸."

"그것참 난처했겠군. 그럼 어디에 숨겼는가?"

"어디에 숨겼을 거라고 생각하나?"

"모르겠네. 벽장 속인가?"

"아니."

"이불에 둘둘 말아서 장롱 속에 숨겼는가?"

"천만에."

도후 군과 간게쓰 군이 바이올린 숨긴 장소에 대해 이렇게 문답을 하고 있는 사이에 주인과 메이테이 군도 무슨 이야기인가를 열심히 하고 있었다.

"이건 무슨 뜻인가?"

주인이 물었다.

"어떤 것?"

"이 두 줄 말일세."

"어디 보자. Quid aliud est mulier nisi amicitiæ inimica⋯.* 자네, 이건 라틴어 아닌가?"

"라틴어인 것은 알고 있네만 무슨 뜻인가 말일세."

"하지만 자네는 평소에 라틴어를 읽을 수 있다고 하지 않았는가?"

메이테이 군은 위험하다고 생각했는지 은근슬쩍 대답을 회피하려 했다.

"물론 읽을 수 있네. 읽는 거야 읽을 수 있지만 이건 도대체 무슨 뜻인가?"

"읽는 거야 읽을 수 있지만 이게 무슨 뜻이냐니 너무한 것 아닌가?"

"아무래도 좋으니까 잠깐 영어로 번역해 봐."

"무작정 번역해 보라니 아주 졸병한테 명령하는 격이군."

"졸병이어도 상관이 없으니 말해 보라는데도."

"이런 라틴어 같은 것은 나중에 하고 우선은 간게쓰 군의 재미있는 이야기를 경청해 보지 그러는가. 지금 아주 아슬아슬한 대목이란 말이야. 드디어 탄로가 나느냐, 혹은 나지 않느냐, 하는 위기일발의 시점에 들어갔단 말일세. 그래 간게쓰 군, 그래서 어떻게 되었나?"

메이테이가 갑자기 적극적인 자세가 되어 다시 바이올린 이야기 쪽으로 끼어들었다. 주인은 불쌍하게 혼자 남겨졌다. 간게쓰 군은 이 물음에 힘을 얻어서 숨긴 장소를 설명하였다.

"결국 낡은 궤짝 안에 숨겼습니다. 그 궤짝은 고향을 떠날 때 할머

---

* '여사란 무엇인가. 우애의 적이 아닌가'라는 뜻으로, 영국 작가 토머스 내시(1567~1601)의 《어리석음의 해부》에 나오는 말이다.

니가 이별 선물로 주신 것인데, 우리 할머니께서 시집오실 때 들고 온 물건이라고 합니다."

"그럼 아주 오래된 물건이군. 바이올린과는 좀 어울리지 않는 것 같네. 그렇지, 도후 군?"

"네, 좀 어울리지가 않네요."

"천장 위도 어울리지 않기는 마찬가지 아닙니까?"

간게쓰 군이 도후 선생을 공격했다.

"어울리지는 않지만 하이쿠는 되겠네. 그러니 안심하게. '쓸쓸한 가을 고리짝에 숨겨 놓은 바이올린아'는 어떤가?"

"선생님, 오늘은 하이쿠가 많이 나오네요."

"오늘만 그런 것이 아닐세. 언제나 머릿속에 만들어져 있지. 하이쿠에 대한 나의 조예를 따지자면 돌아가신 시키子規* 선생도 혀를 내둘렀을 정도지."

"선생님께서는 시키 선생님과 친분이 있었습니까?"

고지식한 도후 군은 진솔한 질문을 하였다.

"아니, 굳이 친분이 없었더라도 항시 무선전신으로 서로 마음을 주고받는 사이였지."

메이테이가 말도 안 되는 소리를 늘어놓자, 도후 군도 어이가 없는지 입을 다물어 버렸다. 간게쓰 군은 웃으면서 다시 이야기를 진행시켰다.

"그래서 숨겨 둘 곳은 생긴 셈인데, 이번에는 꺼낼 때 난처해졌지. 그저 꺼내기만 하는 것이면 남의 눈을 피해서 바라보는 정도야 못 할 것도 없지만, 바라보기만 하면 무얼 하겠나? 바이올린이니 켜지 않으

---

* 마사오카 시키(正岡子規). 메이지 시대의 하이쿠 시인. 소세키의 친구였다.

면 아무런 소용이 없지. 그런데 켜면 소리가 나게 마련이고, 소리가 나면 금세 들통이 나니 말이야. 게다가 마침 무궁화 울타리 하나를 사이에 두고 남쪽에 있는 이웃집에는 침전당의 두목이 하숙하고 있었으니 험악하기 이를 데 없었지."

"난처했겠네."

도후 군이 딱하다는 듯이 맞장구를 쳐 주었다.

"그렇지, 그야 난처하지. 이론보다 증거가 앞선다고, 소리가 나는 것이니 그걸 어떻게 감추겠나. 이게 훔쳐 먹는 것이라든지 가짜 돈을 만드는 일이라면 어떻게든 몰래 할 수 있겠지만, 유악은 남들 몰래 할 수가 없는 것이니 말이야."

"소리만 나지 않으면 어떻게든 할 수 있었을 텐데…."

"잠깐 기다려 보게. 소리만 나지 않으면 된다고 하지만 소리가 나지 않아도 숨기지 못하는 것이 있지. 옛날에 우리가 고이시카와의 절에서 자취하고 있었을 때 스즈키 도주로라는 사람이 있었는데, 이 사람이 조미술을 무척 좋아해서 맥주병에 조미술을 사 와서 혼자서 홀짝홀짝 마시곤 했다네. 어느 날 도주로가 산책하러 나간 다음에, 그런 일을 하면 안 되는데 글쎄 구샤미 군이 잠시 훔쳐서 마셨더니…."

"내가 스즈키의 조미술을 왜 훔쳐서 마시나? 마신 사람은 자네지."

주인이 갑자기 큰 소리를 내었다.

"아니, 책을 읽고 있기에 안 들리는 줄 알았더니 역시 듣고 있었구먼. 방심할 수 없는 사내로군. 귀도 여덟 개요, 눈도 여덟 개라는 말은 자네를 두고 한 말일세. 하기야 그 말을 듣고 보니 나도 마셨던 것 같군. 나도 마신 것은 틀림없지만 들킨 사람은 자네일세. 두 사람 다 잘 들어 보게. 구샤미 선생이 원래 술을 못 마시는 사람이거든. 그런데 남의 조미술이라고 열심히 들이켰으니 큰일이 났지. 온 얼굴이 시뻘겋게 부어 올라서 두 번 다시 볼 수 없는 상판이 되었거든….”

“입 다물고 있어. 라틴어도 읽지 못하는 주제에.”

“하하하, 그래서 도주로가 돌아와서 맥주병을 흔들어 보았더니 반 이상 모자랐단 말이야. 보나마나 누군가 훔쳐 마셨을 것이 뻔하다고 생각하면서 주위를 둘러보았더니, 저 선생이 구석 쪽에 붉은 칠을 잔뜩 해 놓은 인형처럼 앉아 있더란 말이지….”

세 사람은 자기도 모르게 배를 잡고 웃기 시작했다. 주인도 책을 읽으면서 키득키득 웃었다. 따로 있던 도쿠센 군만은 혼자 너무 힘을 써서 좀 피곤했는지 바둑판 위에 엎어져서 어느새 쿨쿨 자고 있었다.

“소리가 나지 않아도 들통이 난 것이 또 있네. 내가 옛날에 우바코 姥子 온천에 가서 혼자 온 노인네랑 같은 방을 쓴 적이 있지. 그 사람은 도쿄의 기모노 가게 주인이라고 하더군. 그냥 같은 방을 쓰는 것뿐이니까 기모노 가게든 헌옷 가게든 상관이 없었지만 한 가지 곤란한 일이 생겨 버렸지. 무슨 일이냐 하면 내가 우바코에 도착한 지 사흘째 되는 날에 담배가 떨어져 버렸거든. 여러분도 알고 있겠지만 저 우바코라는 데는 산속에 덜렁 하나 있는 외딴 곳이라, 온천에 들어가고 밥을 먹는 것 말고는 아무것도 하지 못하는 불편한 곳이지. 그런 곳에서 담배가 떨어졌으니 큰일 아니겠나. 원래 사람이란 없다고 하면 더 갖고 싶어진다고, 담배가 떨어졌다는 생각이 들자마자 평소에는 그렇지도 않았던 것이 갑자기 피우고 싶어졌다네. 그런데 심술궂게도 그 노인네는 보자기 한가득 담배를 준비해서 와 있었던 거야. 그걸 조금씩 꺼내 가지고 내 눈앞에서 책상다리를 하고는 ‘약 오르지?’ 하고 조롱하듯이 뻑뻑 피워 대더군. 그저 피우기만 하는 것이라면 그러려니 지나칠 수도 있겠지만 나중에는 연기로 동그라미를 만들어

보기도 하고, 가로로 연기를 뿜었다가, 세로로 뿜었다가, 혹은 누워서 뿜었다가, 코로 내뿜은 것을 도로 빨아들여서 다시 내뱉었다가…. 그러니까 나한테 피워서 자랑하고 있었던 셈이지."

"피워서 자랑하다니요?"

"의상이나 도구 같으면 보여서 자랑하지 않는가? 담배니까 피워서 자랑하는 것이지."

"아니, 그렇게 힘들게 참고 있느니 그냥 달라고 하면 되지 않습니까?"

"하지만 그럴 수는 없었지. 나도 남자니까."

"호오, 남자는 담배를 달라고 하면 안 되는 겁니까?"

"안 될 거야 없겠지만 그래도 달라고 하지 않았지."

"그래서 어떻게 되었나요?"

"달라고 하지 않고 훔쳤다네."

"이런 세상에."

"그 노인네가 수건을 들고 온천을 하러 가기에 피우려면 지금이다 싶어서, '아아, 재미있다'고 생각할 틈도 없이 정신없이 연거푸 피우는데, 갑자기 장지문이 드르륵 열리기에 깜짝 놀라 돌아보았더니 담배 주인이 서 있었지."

"온천에는 들어가지 않았답니까?"

"들어가려다가 보니까 돈주머니를 방에 잊어버리고 온 것이 생각나서 복도에서 되돌아왔던 거야. 남이 돈주머니를 훔칠 것도 아니고, 무엇보다도 그것이 실례가 아닌가?"

"뭐라고 할 말은 없네요. 담배 훔친 솜씨를 보니…."

"하하하, 그 노인네도 보는 눈이 있었어. 주머니는 그렇다 치고 노인네가 장지문을 열었더니 이틀 동안 참다가 한꺼번에 피워 댄 담배 연기가 숨이 턱 막힐 정도로 방 안에 가득 차 있지 않겠나. 나쁜 일은 숨길 수 없다는 것이 사실이야. 당장에 들통이 나 버렸지."

"영감님이 뭐라고 했습니까?"

"역시 나이는 헛먹는 게 아니더군. 아무 말도 하지 않고 잎담배 오륙십 개비를 종이에 둘둘 싸더니 '실례지만 이런 하찮은 담배라도 괜찮다면 피워 주시오.'라고 말하고는 다시 온천으로 가 버렸다네."

"그런 것을 에도 취미라고 부르는 걸까요?"

"에도 취미인지 기모노 가게 취미인지는 모르겠지만 그 후로 나는 노인네랑 속을 터놓고 2주일 동안 재미있게 머물다가 돌아왔지."

"그럼 담배는 2주 동안 내내 영감님 신세를 진 겁니까?"

"뭐, 그런 셈이지."

"이제 바이올린은 정리가 되었는가?"

주인이 겨우 책을 덮어 놓고는 일어나면서 드디어 항복 선언을 하였다.

"아직입니다. 지금부터 재미있는 대목이에요. 마침 좋은 때니까 들어 주십시오. 들으시는 김에 저 바둑판에 엎드려서 낮잠을 주무시고 계시는 선생님—뭐라고 하셨지요? 네? 도쿠센 선생님?—그 도쿠센 선생님도 들어 주셨으면 좋겠네요. 어떻습니까? 저렇게 주무시면 몸에도 좋지 않을 텐데. 이제 깨워도 되지 않을까요?"

"이봐 도쿠센 군, 빨리 일어나 봐. 재미있는 이야기가 있단 말일세. 그렇게 자면 몸에도 좋지 않아. 마나님께서 걱정하시네."

"응?"

이렇게 말하면서 얼굴을 든 도쿠센 군의 염소 수염을 따라 침 한 줄기가 길게 흘러서 달팽이 기어간 흔적처럼 허옇게 빛나고 있었다.

"아아, 잘 잤다. 산상 백운山上白雲이 나의 마음을 닮았도다. 아아,

정말 기분 좋게 잤네."

"자네가 잔 것은 모두들 알고 있지만 말일세, 이제는 어지간히 일어나는 것이 어떻겠나?"

"그래, 이제 일어나야지. 뭐 재미있는 이야기라도 있는가?"

"이제부터 드디어 바이올린을… 어떻게 한다고 그랬지, 구샤미 군?"

"어떻게 할지 도무지 감을 잡을 수가 없군."

"이제부터 드디어 바이올린을 켜는 대목입니다."

"이제부터 드디어 바이올린을 켜는 대목이라네. 이쪽으로 와서 같이 들어 보게."

"아직도 바이올린인가? 거참 난감하군."

"자네는 줄 없는 거문고를 뜯는 사람이니 난처할 것이 없지만 간게쓰 군의 악기는 깨갱깨갱, 삐익삐익, 온 동네에 다 들리는 바람에 아주 곤란한 지경에 처해 있던 참이네."

"그런가? 간게쓰 군, 근처에 들리지 않게 바이올린을 켜는 방법을 모르는가요?"

"모르겠습니다. 혹시 그런 방법이 있다면 알려 주십시오."

"내가 알려 주지 않아도 노지露地의 백우白牛*를 보면 금세 알 수 있을 텐데."

도쿠센 군은 무슨 소리인지 알 수 없는 말을 하였다. 간게쓰 군은 아직 잠에서 덜 깨서 저런 이상한 소리를 하는 것이려니 짐작했기 때문에 일부러 상대를 하지 않고 이야기를 계속 이어 갔다.

---

* '넓은 들판의 흰 소'라는 뜻으로, 티끌만큼의 불결함도 없는 청정한 경지를 이르는 말이다.

"간신히 한 가지 방법을 생각해 냈습니다. 이튿날은 천장절이어서 아침부터 집 안에 있으면서 궤짝의 뚜껑을 열어 보기도 하고, 덮어 보기도 하며 하루 종일 안절부절못하고 지냈습니다만, 드디어 날이 저물어 궤짝 밑바닥에서 귀뚜라미가 울기 시작했을 때 마음을 단단히 먹고 그 바이올린과 활을 꺼냈습니다."

"드디어 나왔군."

도후 군이 말했다.

"어설프게 켜면 위험할 텐데."

메이테이 군이 이러고 주의를 주었다.

"우선은 활을 들어서 이쪽 끝에서 저쪽 끝까지 살펴보았습니다…."

"무슨 대장장이 같구먼."

메이테이 군이 놀렸다.

"사실 이것이 나의 영혼이라고 생각했더니 무사가 날이 선 명도名刀를 달밤에 그늘에서 휘둘러 보는 것과 같은 기분이 들더군요. 저는 활을 잡은 채 부들부들 떨었습니다."

"정말 천재로군."

도후 군이 이렇게 말했다.

"완전히 발작이군."

메이테이 군이 바로 말을 붙였다.

"빨리 켜면 되지 않은가."

주인이 이렇게 재촉하자 도쿠센 군은 딱하다는 표정을 지었다.

"다행히도 활은 무사했습니다. 이번에는 바이올린을 마찬가지로 램프 곁으로 들고 와서 앞뒤를 잘 살펴보았지요. 그사이 흐른 시간은 약 5분, 궤짝 밑에서는 끊임없이 귀뚜라미가 울고 있었다고 상상해 주십시오."

"무슨 상상이든 해 줄 테니까 안심하고 켜 보라는데도."

"아직은 켤 수가 없습니다. 다행히 바이올린도 상한 곳이 없었습니다. 이 정도면 되겠다 싶어 벌떡 일어났습니다."

"어디 가려는가?"

"일단 가만히 들어 봐 주세요. 그렇게 한마디 할 때마다 방해를 하시면 이야기를 할 수가 없지 않습니까?"

"이봐요, 여러분. 가만히 있으라네. 쉬, 쉬."

"떠드는 사람은 자네밖에 없네."

"아, 그런가? 이것 실례했군. 경청해야지, 경청!"

"바이올린을 겨드랑이에 끼고 짚신을 신고서 두세 발짝 오티리 문 밖으로 나서다가 '아니지, 삼깐 기다려 봐.'"

"거봐, 그럴 줄 알았지. 보나마나 어딘가에서 정전이 될 것이 뻔하다고 생각했어."

"이제 돌아가 봐야 곶감은 하나도 없네."

"그렇게 선생님들께서 자꾸만 놀려 대시면 유감스럽기 짝이 없지만 하는 수 없이 도후 군 한 사람만 상대할 수밖에 없겠네요. 잘 듣게, 도후 군. 두세 발짝 나갔다가 다시 돌아와서 고향을 떠날 때 3엔 20전 주고 산 붉은 담요를 머리 위에 뒤집어쓰고 훅, 하고 램프를 껐더니, 주위가 얼마나 칠흑 같은 어둠에 묻혔는지 이번에는 짚신이 어디 있는지 알 수 없게 되었다네."

"도내체 어디로 가는데 그러는가?"

"일단 들어 보게. 간신히 짚신을 찾아서 밖으로 나가자 밤하늘에는 별이요, 발 밑에는 가랑잎이요, 붉은 담요 속에는 바이올린이라. 오른쪽으로 사꾸만 돌아서 살금살금 고신야마 기슭에 다다르자, 도레이지의 종이 댕, 하니 담요를 통하고 귀를 통해서 머릿속까지 울려

왔다네. 자네, 그때가 몇 시였을 것이라고 생각하나?"

"모르겠네."

"9시였네. 이제부터 기나긴 가을밤에 혼자서만 산길을 따라 오다이라大平라는 곳까지 올라가게 되는데, 평소 같으면 나같이 겁이 많은 사람은 무서워서 견딜 수가 없었을 텐데, 사람이 한 가지에 열중하다 보면 그렇게 되는지 무섭다거나 무섭지 않다거나 하는 생각 자체가 머릿속에 아예 떠오르지 않더군. 그저 바이올린을 켜고 싶다는 마음 하나로 가슴이 벅찰 정도였으니 신기한 일 아닌가. 이 오다이라라는 곳은 고신야마의 남쪽에 있는데, 날씨 좋은 날 올라가 보면 적송나무 사이로 마을을 한눈에 내려다볼 수 있는 기가 막힌 전망이 펼쳐진 평지일세. 넓이는 아마 백 평가량 될까. 한가운데에 다다미 여덟 장 정도 크기의 커다란 바위가 있고, 북쪽은 우노누마鵜の沼라는 연못으로 이어졌고, 그 연못 주위에는 어른 세 사람이 팔을 벌려야 안을 수 있는 느티나무들이 우거져 있지. 산속이니까 사람이 사는 곳이라고는 장뇌樟腦를 채집하는 오두막집 하나가 있을 뿐이고, 연못 근처는 대낮에도 으스스하니 별로 가까이 가고 싶지 않은 장소라네. 다행히 공병이 훈련을 위해서 길을 만들어 놓았기 때문에 오르는 데에는 별로 힘이 들지 않았네. 겨우 커다란 바위 위에 도착해서 담요를 깔고, 일단은 그 위에 자리를 잡고 앉았지. 그렇게 추운 밤에 올라간 것은 처음이었기 때문에 바위 위에 앉아 한숨을 돌렸더니, 주변의 적막함이 점점 뱃속까지 스며 들어오더군. 이런 경우에 사람의 마음을 흐트러 놓는 것은 그저 무섭다는 생각밖에 없으니까, 그런 생각만 빼버리면 남는 것은 교교히 비추는 달빛을 받은 빈 영혼의 기氣밖에 없게 되지. 20분가량 멍하니 있는 사이에 왠지 수정으로 만든 궁전 속에 나 홀로 살고 있는 듯한 기분이 들었다네. 더구나 그렇게 홀로 살

아 있는 나의 몸이… 아니, 몸뿐만 아니라 마음이나 영혼까지도 모조리 한천寒天 같은 것으로 만들어진 것처럼 신기하게 투명해져서 내가 수정 궁전 안에 있는 것인지, 내 뱃속에 수정 궁전이 있는 것인지 분간할 수 없게 되었어…."

"황당하게 되어 버렸군."

메이테이 군이 진지한 얼굴로 놀리는 말을 한 데 이어 도쿠센 군은 다소 감탄하듯 말했다.

"흥미로운 경지야."

"만약 그 상태가 오래 계속되었다면 저는 다음 날 아침까지 모처럼 가지고 올라간 바이올린도 켜지 않고 멍하니 바위 위에 앉아 있기만 했을지도 모릅니다…."

"여우라도 있는 것 아닌가?"

도후 군이 물었다.

"이런 식으로 자타의 구분이 사라지고, 살아 있는지 죽었는지 분간도 하지 못하고 있을 때 갑자기 뒤에 있는 낡은 연못 안쪽에서 으악, 하는 소리가 들렸네."

"드디어 나왔군."

"그 목소리가 먼 곳까지 메아리쳐서 온 산에 있는 가을 나무의 가지들을 부르르 떨게 했나 싶었을 때 문득 제정신이 돌아왔지…."

"이제야 안심이 되는군."

메이테이 군이 가슴을 쓸어내리는 흉내를 내었다.

"죽을 고비를 넘기니 천지가 새롭구나."

이렇게 말하며 도쿠센 군이 눈짓을 하였다. 그러나 가게쓰 군한테는 도무지 통하지 않는다.

"그로부터 정신을 차려서 주위를 둘러보았더니 고신야마 일대는 고요하니 빗방울 떨어지는 소리조차 나지 않았네. 도대체 지금 그 소리는 무엇일까, 하고 생각했지. 사람의 목소리치고는 너무 날카로웠고, 새소리치고는 너무 컸고, 원숭이 울음소리치고는—이 부근에 원숭이 같은 것은 없을 텐데. 도대체 무엇일까? 무엇일까, 하는 문제가 머릿속에서 생겨나자, 그것을 해석하려고 지금까지 잠잠하게 가라앉아 있던 것들이 분연하고 잡다하게 뒤섞여서, 마치 황족을 환영하는 행사에서 사람들이 보이는 광란의 태도처럼 뇌리를 어지럽혔다네. 그러는 사이에 온몸의 털구멍이 한꺼번에 열리더니 소주를 부어 놓은 털 난 정강이처럼 용기, 담력, 분별, 침착함 등의 이름을 가진 손님들이 술술 증발해 버렸지. 심장이 늑골 밑에서 춤을 추기 시작했네. 두 다리가 문어 발처럼 흐느적거리기 시작했지. 도저히 못 참겠다 싶어, 곧바로 담요를 머리에 뒤집어쓰고 바이올린을 겨드랑이에 낀 채로 휘청휘청하면서 바위에서 뛰어내려, 한달음에 그 먼 산길을 기슭까지 뛰어 내려가서 하숙집으로 돌아와 이불을 둘둘 말고 자 버렸다네. 지금 생각해 봐도 그렇게 소름 끼치고 무서운 일은 또 없었네, 도후 군."

"그래서?"

"그걸로 끝이네."

"바이올린은 켜지 않는가?"

"켜고 싶어도 켜지 못하지 않았는가? 으악, 하는 데 말이야. 자네 같아도 켜지 못했을 걸세."

"자네 이야기를 듣자니 뭔가 빠진 듯한 느낌이 드는군."

"그런 느낌이 들어도 사실이 그런걸. 어떻습니까, 선생님?"

간게쓰 군은 자리에 있는 사람들을 둘러보며 자랑스러운 듯이 물었다.

"하하하하, 아주 잘했어. 거기까지 끌고 가는 데 상당히 고심했을 것이야. 나는 남자 샌드라 벨러니*가 동방군자의 나라에 출현하는가 싶어서 방금 전까지 진지하게 경청하고 있었다네."

이렇게 말한 메이테이 군은 누군가가 샌드라 벨러니에 대한 설명을 묻는가 싶었는데 아무도 질문을 하지 않자, 혼자서 설명을 했다.

"샌드라 벨러니가 숲속 달빛 아래에서 하프를 켜며 이탈리아풍의 노래를 부르는 부분은, 자네가 고신야마에 바이올린을 끼고 올라가는 대목과 비슷하지만 약간의 차이가 있지. 아깝게도 그쪽은 달 속의 상아嫦娥**를 놀라게 하였고, 자네는 오래된 연못의 너구리한테 놀란 셈이니 아슬아슬한 부분에서 우스꽝스러움과 숭고함으로 큰 차이가 생기게 되었지. 참으로 유감스럽지 않은가."

"그렇게 유감스럽지는 않습니다."

간게쓰 군은 의외로 태연하게 대꾸했다.

"도대체가 산 위에서 바이올린을 켠다는 하이칼라식 행동을 하니까 놀라게 되지."

이번에는 주인이 혹평을 가했다.

"호남이 귀신이 사는 굴속에서 생을 이어 가는 격이야. 참으로 아까운 일이군."

그러자 도쿠세이 이러고 탄식을 했다. 이 도쿠세 군이 하는 말치고 간게쓰가 제대로 이해한 것은 없었다. 간게쓰 군만이 아니다. 아마 아무도 알아들을 수 없었을 것이다.

"그건 그렇고, 간게쓰 군. 요즘에도 여전히 학교에 가서 공만 깎고

* 영국의 소설가 조지 메러디스(1828~1909)의 소설《샌드라 벨러니》의 여주인공.
** 달의 다른 이름.

있는가?"

메이테이 선생이 잠시 후 화제를 돌렸다.

"아니요. 얼마 전에 고향에 다녀오는 바람에 잠시 중단하고 있던 참입니다. 공도 이제는 진력이 나서 사실은 그만둘까 생각하고 있습니다."

"하지만 공을 깎지 않으면 박사가 될 수 없지 않은가?"

주인은 약간 눈살을 찌푸렸지만 본인은 의외로 속 편하게 답했다.

"박사라고요? 헤헤헤. 박사라면 이제 되지 않아도 상관이 없습니다."

"하지만 결혼이 늦어져서 양쪽 모두 곤란해지지 않은가?"

"결혼이라니, 누구 결혼 말씀입니까?"

"자네지 누군가."

"제가 누구랑 결혼을 하는데요?"

"가네다네 딸이지."

"호오."

"호오,라니, 그렇게 약속을 하지 않았는가?"

"약속 같은 건 한 적이 없습니다. 그렇게 떠들고 다닌 건 그쪽 마음이지요."

"이건 예삿일이 아니군. 이봐 메이테이, 자네도 그 건은 알고 있겠지?"

"그 건이라니, 코 사건 말인가? 그 사건이라면 자네와 나만 알고 있는 것이 아니라 공공연한 비밀로 세상에 다 알려져 있다네. 실제로 《만초万朝》* 같은 데서는 '신랑신부'라는 제목으로 양쪽 사진을

---

* 일간 시사 신문인 《만초호(万朝報)》의 통칭.

지상에 올릴 영광된 날은 언제 오느냐, 언제 오느냐, 하며 귀찮을 정
도로 나한테 물어 올 정도야. 도후 군 같은 사람은 벌써 〈원앙가鴛鴦
歌〉라는 일대 장편시를 만들어서 3개월 전부터 기다리고 있는데, 간
게쓰 군이 박사가 되지 못하는 바람에 모처럼의 걸작이 쓸모가 없어
지지 않을까 해서 이만저만 걱정이 아니라고 하네. 도후 군, 그렇지
않나?"

"아직 걱정을 할 정도로 많지는 않지만 일단은 가슴속에 있는 감
정을 담은 작품을 발표할 생각입니다."

"그것 보게나. 자네가 박사가 되느냐 마느냐에 따라서 사방팔방에
엄청난 영향을 준다는 말일세. 좀 더 정신을 차리고 공을 깎아 주었
으면 좋겠군."

"헤헤헤, 여러모로 심려를 끼쳐 드려서 죄송하지만 이제는 박사가
되지 않아도 괜찮습니다."

"어째서?"

"왜냐하면 저한테는 벌써 엄연한 마누라가 있기 때문이지요."

"아니, 정말 대단하군. 어느새 몰래 결혼을 했단 말인가? 방심할
수 없는 세상이군. 구샤미 씨, 방금 들은 대로 간게쓰 군한테 벌써 처
자가 있다네."

"자식은 아직 없어요. 결혼한 지 한 달도 되지 않는 사이에 아이가
태어나면 어떻게 하라고요."

"도대체 언제 어디서 결혼한 것인가?"

주인은 예심판사가 된 것처럼 질문을 했다.

"언제냐 하면 고향에 가 보았더니 벌써 집에서 기다리고 있었지요.
오늘 선생님께 가지고 온 이 가다랑어포는 결혼 선물로 친척한테 받
은 것입니다."

"겨우 세 개 가지고 축하 선물이라니 너무 인색하지 않은가?"

"아니, 많이 있던 것 중에서 세 개만 가지고 온 것이지요."

"그럼 고향 여자인 셈이군. 역시 피부가 검은가?"

"네, 아주 새까맣지요. 저한테는 딱 어울립니다."

"그래서 가네다 쪽은 어떻게 할 셈인가?"

"어떻게 하고 말고 할 것도 없지요."

"그건 좀 의리에 맞지 않은 것 같은데…. 안 그런가, 메이테이 군?"

"맞지 않을 것도 없지, 다른 집에 보내면 그만일 테니. 어차피 부부라는 것은 어둠 속에서 얼굴을 마주 보는 것 같은 관계지. 말하자면 마주 보지 않아도 될 것을 일부러 마주 보는 셈이니 쓸데없는 짓이지. 어차피 쓸데없는 짓이라면 누가 누구와 마주 보든 상관이 없지 않겠나? 그저 불쌍한 것은 〈원앙가〉를 만든 도후 군일 뿐이지."

"아니, 〈원앙가〉는 사정에 따라서 이쪽으로 바꿔 놓아도 괜찮습니다. 가네다 가문의 결혼식 때는 또 다른 것을 만들면 되니까요."

"역시 시인이라 자유자재로군."

"가네다 쪽에는 그런 말을 했는가?"

주인은 아직도 가네다를 걱정하고 있었다.

"아니요. 말을 할 필요가 없지요. 제가 그쪽에게 따님을 달라거나, 혹은 결혼을 하고 싶다고 신청한 적이 없으니까 가만히 있으면 되는 일이지요. 가만히 있어도 전혀 문제 될 것은 없습니다. 어차피 지금쯤이면 탐정이 열 명이니 스무 명이니 달라붙어서 하나에서 열까지 빠짐없이 다 알고 있을 테니까요."

탐정이라는 말을 들은 주인은 갑자기 못마땅한 표정을 짓더니 다음과 같이 판정을 내렸다.

"흥, 그렇다면 가만히 있도록 하게."

하지만 그러고도 부족하다고 느꼈는지 탐정에 대해서 다음과 같은 이야기를 마치 대단한 의견이나 되는 것처럼 늘어놓았다.

"무릇 방심한 틈을 타서 남의 지갑을 훔쳐 가는 것이 소매치기이고, 방심한 틈을 타서 남의 마음속을 훔쳐보는 것이 탐정이야. 주인도 모르는 사이에 덧문을 열어서 남의 소유물을 훔쳐 가는 것이 도둑이고, 주인도 모르는 사이에 말을 엿들어서 남의 마음을 읽는 것이 탐정이지. 식칼을 방바닥에 꽂고 억지로 남의 돈을 착복하는 것이 강도이고, 협박하는 말을 줄줄이 늘어놓고 남의 의사를 강요하는 것이 탐정이지. 그러니까 탐정이라는 놈들은 소매치기, 도둑, 강도하고 같은 족속이니, 도저히 제대로 된 인간으로 볼 수가 없는 것이야. 그런 놈이 하는 말을 듣다 보면 이상한 버릇이 생기네. 절대로 지지 말게."

"아니, 괜찮습니다. 탐정이 천 명이든 이천 명이든 대열을 만들어서 쳐들어온다 해도 무서울 것이 없으니까요. 이래 봬도 공깎기의 명인 이학 학사 미즈시마 간게쓰 아닙니까?"

"아이고, 아주 대단하군. 역시 신혼 학사답게 혈기 왕성하지 않은가. 그런데 구샤미 군, 탐정이 소매치기, 도둑, 강도와 같은 부류라면 그런 탐정을 쓰는 가네다 군 같은 자는 무엇과 같은 부류라고 해야 할까?"

"구마사카 조한熊坂長範 정도 되겠지."

"구마사카라니, 그럴듯하군. '하나인줄 알았던 조한이 둘이 되어 사라져 버렸네'라고 하는데, 고리대금으로 한 재산 만들어 놓은 건너편 큰길의 조한 같은 경우는 온몸에 욕심이 더덕더덕 붙은 인사이니 낯이 되어도 사라질 것 같지 않구. 그래. 그런 놈한테 붙잡히면 큰일이야. 평생 원수일세. 조심하게, 간게쓰 군."

"걱정 없습니다. '아니, 무시무시한 도둑이여.' 하는 짓이야 이쪽에서도 뻔히 알지. 그래도 물러나지 않고 오겠느냐'는 말이 있듯이 제가 오히려 혼쭐을 내 주면 되지요."

간게쓰 군은 태연자약한 태도로 기염을 토했다.

"탐정이라 하면 20세기의 인간들은 대개 탐정처럼 되는 경향이 있는데 어째서 그럴까?"

도쿠센 군은 도쿠센 군답게 시국 문제와는 상관이 없는 초연한 질문을 내놓았다.

"물가가 비싼 탓이겠지요."

간게쓰 군이 대답했다.

"예술 취미를 이해하지 못해서겠지요."

도후 군이 대답했다.

"인간에게 문명이라는 뿔이 돋아서 별사탕처럼 짜증이 나니까 그렇지."

메이테이 군이 대답했다.

이번에는 주인 차례이다. 주인은 점잔을 빼는 말투로 이런 설교를 시작했다.

"그건 내가 많이 생각해 본 일이야. 내 해석에 따르면 요즘 사람들의 탐정적인 경향은 개인의 자의식이 지나치게 강해진 것이 원인이 되고 있지. 내가 자의식이라고 부르는 것은 도쿠센 군이 말하는 견성성불見性成佛이나 자기는 천지와 동일체라는 식의 깨달음의 부류가 아니야."

"이것 어지간히 어려운 이야기가 되는 것 같은데. 구샤미 군, 자네 같은 사람이 그런 대단한 의견을 혀끝에 담는 이상 이렇게 말하는 메이테이도 나중에 현대 문명에 대한 불평을 당당하게 피력하려네."

"마음대로 하게나. 할 말도 없는 주제에."

"천만의 말씀, 할 말이 얼마나 많은데. 자네 같은 사람은 얼마 전에 형사 순사를 신처럼 공경하더니, 오늘은 탐정을 소매치기 도둑에 비유해서 모순으로 가득 찬 모습을 보였지만, 나 같은 경우는 시종일관, 부모님한테서 태어나기 이전부터 지금 이 순간까지 한 번도 내 생각을 바꾼 적이 없는 사람일세."

"형사는 형사고, 탐정은 탐정이야. 지난번은 지난번이고 오늘은 오늘이야. 생각이 바뀌지 않는 것은 발전이 없다는 증거일세. '어리석음은 남에게서 옮지 않는다'는 것은 자네를 두고 하는 말이지."

"아주 혹독하군. 탐정도 그렇게 진지하게 나오면 귀여운 구석이 있어."

"내가 탐정이란 말인가?"

"탐정이 아니니까 솔직해서 좋다는 것이야. 싸움은 이제 그만두세나. 자, 그 대단한 의견을 계속 듣도록 하지."

"요즘 사람들의 자의식이라는 것은 자기와 타인 사이에 골이 깊은 이해관계가 분명히 있다는 사실을 너무 잘 알고 있다는 것일세. 그리하여 이 자의식이라는 것은 문명이 진보될수록 하루가 다르게 예민해지니까, 나중에는 일거수일투족도 자연스럽게 할 수가 없게 되지. 윌리엄 어니스트 헨리*라는 사람이 스티븐슨을 평하기를, 그는 거울이 걸린 방으로 들어가 거울 앞을 지나칠 때마다 자기 그림자를 비춰 보지 않으면 만족하지 못할 정도로 한시도 자기를 잊지 못하는 사람이라고 했는데, 이 말은 오늘날의 추세를 잘 나타내고 있어. 자나깨나 '나'만

---

* 영국의 시인·비평가·편집사(1849~1903). 로버트 루이스 스티븐슨과는 절친한 사이였다.

찾고, 이런 '나'가 온 사방에 붙어 다니니까 인간의 행위나 언동이 인공적으로 치사해지고, 스스로 답답해지기만 하고, 세상 속이 괴로워지기만 하니, 마치 선을 보는 젊은 남녀의 기분처럼 아침부터 밤까지 잔뜩 신경을 곤두세우고 지내야만 하지. 유유하다거나 침착하다는 말은 글자만 있고 의미는 없는 말이 되어 버렸네. 이런 점에 있어서 요즘 사람들은 탐정 같고 도둑 같아. 탐정은 남의 눈을 훔쳐서 자기 혼자만 잘해 보려는 직업이니까 당연히 자의식이 강하지 않으면 할 수가 없네. 도둑도 붙잡힐까, 혹은 발각될까, 하는 걱정이 머릿속에서 떠날 일이 없으니까 당연히 자의식이 강해지지 않을 수 없지. 요즘 사람들은 어떻게 하면 나한테 이득이 될까, 어떻게 하면 손해를 보지 않을까, 하고 자나깨나 그 생각만 계속하니까 당연히 탐정이나 도둑처럼 자의식이 강해지지 않을 수 없네. 쉴 새 없이 두리번두리번, 살금살금 해서 무덤에 들어갈 때까지 한시도 안심을 하지 못하는 것이 요즘 사람들의 마음일세. 문명의 저주야. 정말 어처구니없고 멍청한 일이지."

"아주 재미있는 해석이군."

도쿠센 군이 말했다. 이런 문제가 되면 도쿠센 군도 그냥 가만히 있을 사내가 아니다.

"구샤미 군의 설명은 내 뜻과 아주 비슷하네. 옛날 사람들은 스스로를 잊으라고 가르쳤지. 요즘 사람들은 스스로를 잊지 말라고 하니 완전히 반대가 아닌가. 시종일관 '자기'라는 의식으로 머릿속을 꽉 채우고 있지. 그러니까 언제라도 태평할 때가 없어. 항상 초조한 지옥이야. 세상에 제일가는 명약은 바로 스스로를 잊어버리는 약일세. 초승달 아래서 무아지경에 들어간다는 것은 바로 이런 경지를 두고 하는 말이지. 요즘 사람들은 친절을 베풀 때에도 자연스러움이 없네. 영국에서 '나이스nice'라고 외치면서 자랑하는 행위도 의외로 자의식에서 나오는 인위적인 것이지. 영국의 왕이 인도로 놀러가서 인도 왕족과 식사를 같이했을 때, 그 왕족이 영국 왕 앞인 것도 잊은 채 자기도 모르게 자국의 방식을 드러내서 감자를 손으로 집어 접시에 올려놓고는 나중에 얼굴이 새빨갛게 되어 부끄러워하니까, 영국 왕은 모르는 척하면서 자기도 손가락 두 개로 감자를 집어 접시에 올려놓았다고 하지….”

“그게 영국 취미입니까?”

이것은 간게쓰 군이 한 질문이었다.

“나는 이런 이야기를 들었네.”

주인이 뒤를 잇는다.

“마찬가지로 영국의 어떤 병영에서 연대 사관들이 모여서 하사관 한 사람을 식사에 초대한 일이 있지. 식사가 끝나고 손 씻는 물을 유리그릇에 담아서 내놓았더니, 이 하사관은 그런 자리에 익숙하지 못했는지 유리그릇을 입에 대고 안에 있는 물을 훌쩍 마시고 말았다네. 그러자 연대장이 갑자기 하사관의 건강을 기원한다면서 마찬가지로 핑거볼*의 물을 단숨에 마셔 버렸다지. 그래서 다른 사관들도 앞다투어 물그릇을 들고는 하사관의 건강을 위해 축배를 들었다는 이야기일세.”

“이런 이야기도 있지.”

가만히 있기를 싫어하는 메이테이 군이 말했다.

“칼라일이 처음으로 여왕을 배알했을 때 궁중의 예의범절을 따르지 않는 괴팍한 사람이라서, 느닷없이 ‘안녕하십니까?’ 하고 인사하면서 풀썩 의자에 앉아 버렸다네. 그러자 여왕 뒤에 서 있던 많은 시

---

* 식후에 손가락 끝을 씻는 물을 담는 그릇.

종과 시녀들이 모두 키득키득 웃기 시작했지. 아니, 실제로 웃은 것이 아니라 웃으려고 한 것이야. 그런데 여왕이 뒤를 돌아보며 무슨 신호를 보냈더니 많은 시종과 시녀들이 어느새 모두들 의자에 앉았고, 덕분에 칼라일은 체면을 잃지 않을 수 있었다니 참으로 정성이 지극한 친절이 아닌가?"

"칼라일이라면 모두들 서 있었어도 태연했을지도 모르지요."

간게쓰 군이 짧은 평을 시도했다.

"친절에 대한 자의식은 그 정도로 하세."

도쿠센 군이 이렇게 말해서 이야기를 진행시켰다.

"자의식이 있는 만큼 친절하게 하는 데에도 힘이 든다는 말일세. 안타까운 일이지. 문명이 발달할수록 살벌한 기운이 사라지고 개인과 개인의 교제가 온화해진다고 보통 말하지만 그것은 크게 잘못된 의견이지. 이렇게 자의식이 강한데 어떻게 온화해질 수 있겠는가? 물론 그냥 보기에는 아주 조용하고 무사한 것처럼 보이지만 서로의 관계는 아주 힘들어진 상태야. 마치 씨름을 할 때 씨름판 한가운데서 서로를 잡은 채 꼼짝도 하지 않는 모습과 같지. 옆에서 보면 평온하기 그지없지만 당사자들은 온몸에 힘을 주고 있지 않은가."

"싸움도 옛날 싸움은 폭력으로 압박하는 것이어서 차라리 죄가 덜했지만, 요즘에는 아주 교묘해지는 바람에 더욱 자의식이 늘어나는 것이지."

차례가 메이테이 선생에게로 돌아왔다.

"베이컨이 한 말 중에 자연의 힘을 따라야만 비로소 자연을 이긴다는 것이 있는데, 요즘 싸움은 그야말로 베이컨의 격언대로 이루어지니 참으로 신기한 일이야. 마치 유도와도 같아. 적의 힘을 이용해서 적을 쓰러뜨리는 방법을 생각하는 것이지…."

"또는 수력전기 같은 것이지요. 물의 힘을 거스르지 않고 오히려 이를 전력으로 변화시켜서 아주 쓸모 있게 만드는…."

이러고 간게쓰 군이 말을 하려고 하자 도쿠센 군이 그 뒤를 가로 챘다.

"그러니까 가난할 때는 가난에 매이고, 부유할 때는 부에 매이고, 슬퍼할 때는 슬픔에 매이고, 기뻐할 때는 기쁨에 매이는 것이지. 재능 있는 사람은 재능 때문에 쓰러지고, 지식 있는 사람은 지식 때문에 패배하고, 구샤미 군처럼 신경질이 많은 사람은 그 신경질만 이용하면 당장 뛰쳐나가서 적의 속임수에 걸리지…."

"맞아, 맞아."

메이테이 군이 손뼉을 치자 구샤미 군이 싱글싱글 웃으면서 이렇게 대답했다.

"이래 봬도 좀처럼 그리 잘 넘어가지는 않는다네."

그 바람에 모두들 한꺼번에 와르르 웃었다.

"그런데 가네다 같은 자는 무엇 때문에 쓰러지게 될까?"

"마누라는 코 때문에 쓰러지고, 남편은 업보 때문에 쓰러지고, 졸개는 탐정 때문에 쓰러지겠지."

"딸은?"

"딸은, 딸은 본 적이 없으니까 뭐라고 하기 힘들지만, 보나마나 옷 때문이거나 음식 때문이거나, 혹은 술 때문에 쓰러지는 부류겠지. 어차피 사랑 때문일 리는 없을 것이고. 어쩌면 소토바 고마치卒塔婆小町*

---

* 일본의 고전 예술 양식의 하나인 노가쿠(能樂)로, 오노노 고마치(小野小町)를 주인공으로 하는 작품이나. 노쇠한 미녀 오노노 고마치가 광란을 벌인 후 깨달음에 이르는 모습을 그리고 있다.

처럼 비명횡사하는 부류가 될지도 모르지."

"그건 좀 너무하네요."

신체시를 바친 사람인만큼 도후 군이 이의를 달았다.

"그러니까 응무소주 이생기심應無所住而生其心*이라는 것은 아주 중요한 말이야. 그런 경지에 이르지 않으면 인간은 괴로워서 견딜 수가 없지."

도쿠센 군은 혼자 뭔가를 깨우친 듯한 말을 했다.

"그렇게 잘난 체하지 말게. 자네 같은 사람은 어쩌면 전광석화 때문에 거꾸로 쓰러질지도 모르니까."

"아무튼 이런 기세로 문명이 진행되어 간다면 나는 더 이상 살고 싶지가 않네."

주인이 이렇게 주장했다.

"사양하지 말고 죽으면 되지."

메이테이가 한마디로 처리했다.

"죽는 것은 더욱 싫네."

주인이 알 수 없는 고집을 피웠다.

"태어날 때는 잘 생각해 보고 태어나는 자가 아무도 없지만 죽을 때는 모두가 괴로워하는 모양이군요."

간게쓰 군이 서먹서먹한 격언을 꺼냈다.

"돈을 빌릴 때는 아무 생각 없이 빌리지만 갚을 때는 모두들 걱정하는 것과 같은 이치지."

이럴 때 곧바로 대꾸할 수 있는 사람은 메이테이 군뿐이다.

"빌린 돈을 갚을 생각을 하지 않는 자가 행복한 것처럼 죽는 일을

---

* 평소의 나쁜 마음을 없애야만 비로소 깨달음의 경지에 이를 수 있다는 뜻.

걱정하지 않는 자는 행복하지."

이리 말하는 도쿠센 군은 초연하게 세상을 벗어난 사람 같다.

"자네 말을 따르자면 결국 뻔뻔스러운 놈이 깨달은 사람이 되는 군."

"그럼, 선어禪語에 철우면鐵牛面의 철우심鐵牛心, 우철면牛鐵面의 우철심牛鐵心*이라는 말이 있지."

"그래서 자네는 그 표본인 셈인가?"

"그렇지도 않네. 하지만 죽음을 걱정하게 된 것은 신경쇠약이라는 병이 발견된 이후의 일이야."

"하기야 자네 같은 사람은 어느 모로 보니 신경쇠약 이진의 백성이니까."

메이테이와 도쿠센이 이상한 문답을 주고받는 사이에 주인은 간게쓰와 도후 두 사람을 상대로 자꾸만 문명에 대한 불평을 늘어놓고 있었다.

"어떻게 하면 빌린 돈을 갚지 않느냐가 문제이지."

"그런 문제는 없습니다. 빌린 것은 갚아야 하니까요."

"그야 그렇지만, 이건 이론이니까 그냥 가만히 들어 보게. 어떻게 하면 빌린 돈을 갚지 않을 수 있느냐가 문제인 것처럼, 어떻게 하면 죽지 않을 수 있느냐도 문제이네. 아니, 문제였네 연금술은 바로 이것이지. 모든 연금술은 실패했네. 인간은 반드시 죽어야 한다는 사실이 분명해졌네."

"연금술 이전부터 분명했지요."

"그야 그렇지만, 이건 이론이니까 그냥 가만히 들어 보게. 잘 들

---

* '무쇠 소 얼굴의 무쇠 소 마음'이라는 뜻으로, 움직이지 않는 경지를 비유하는 말이다.

게. 반드시 죽어야만 한다는 사실이 분명해졌을 때 제2의 문제가 발생하네.”

“호오.”

“어차피 죽는다면 어떻게 죽는 것이 좋을까, 이것이 제2의 문제일세. 자살 클럽은 이 제2의 문제와 함께 생겨날 운명을 가지고 있지.”

“그렇군요.”

“죽는 것은 괴롭다. 그러나 죽을 수가 없다면 더욱 괴롭다. 신경쇠약에 걸린 국민으로서는 살아 있는 것이 죽는 것보다 더욱 큰 고통이네. 따라서 죽음을 걱정하지. 죽는 것이 싫어서 괴로워하는 것이 아니라 어떻게 죽어야 가장 좋을까, 하고 걱정하는 것이네. 다만 대개의 사람들은 지혜가 모자라기 때문에 자연 그대로 방치해 두는 사이에 세상이 괴롭혀서 죽여 버리지. 하지만 머릿속에 뭐가 든 사람은 세상이 그냥 자기를 괴롭혀서 죽이는 것에 만족할 수가 없네. 반드시 죽는 방법에 대해서 여러 가지로 연구하고 고민한 결과 참신한 명안을 내놓을 것이 틀림없지. 그러니까 세계의 향후 추세는 자살자가 증가하고, 그 자살자들이 모두 독창적인 방법으로 이 세상을 떠날 것이 분명하네.”

“상당히 살벌하게 되겠군요.”

“되지, 그렇게 되고말고. 헨리 아서 존스*라는 사람이 쓴 극본 속에 끊임없이 자살을 주장하는 철학자가 있는데….”

“그 사람도 자살합니까?”

“그런데 아깝게도 자살은 하지 않지. 하지만 앞으로 한 천년 정도 지나면 모두들 실행에 옮기고 있을 거야. 만년 정도 지나면 죽음이라

* 영국의 극작가(1851~1929).

564

고 하면 자살 외에는 존재하지 않는 것처럼 생각하게 될 것이고."

"큰일 나겠네요."

"큰일이 나지, 큰일이 나고말고. 그렇게 되면 자살에 대한 연구도 상당히 진척되어서 훌륭한 과학이 될 것이고, 낙운관 같은 중학교에서는 윤리 대신에 자살학을 과목으로 가르치게 될걸세."

"신기하네요. 청강하러 가고 싶을 정도군요. 메이테이 선생님, 들으셨습니까? 구샤미 선생님의 이 기가 막힌 말씀을요."

"들었지. 그 무렵이 되면 낙운관의 윤리 선생은 이렇게 말할 거야. 여러분, 공덕이라고 하는 야만적인 옛날 방식을 고집해서는 안 됩니다. 세계의 청년으로서 여러분이 첫 번째로 주의해야 할 의무는 자살입니다. 그리고 자신이 즐기는 일은 남에게 해 주어도 좋은 것이니 자살을 한 발짝 더 전개해서 타살로 해도 좋습니다. 특히 저 앞의 빈궁한 선생 친노 구샤미 씨 같은 사람은 살아 있는 것이 상당히 고통스러운 듯 보이니까, 한시라도 빨리 죽여 드리는 것이 여러분의 의무일 것입니다. 물론 옛날과는 달리 오늘날은 문명이 발달했으니 창, 칼, 또는 총과 같은 것을 사용하는 비겁한 짓을 해서는 안 되겠습니다. 다만 상대방을 골탕 먹이는 고상한 기술로써 죽을 때까지 놀리는 것이 본인을 위한 공덕도 되고, 또한 여러분의 명예도 되는 것입니다."

"아주 재미있는 강의를 하시는군요."

"재미있는 것은 더 있다네. 현대에는 경찰이 국민의 생명과 재산을 보호하는 것을 첫 번째 목적으로 하고 있지. 그런데 그 시대가 되면 순사가 개 잡는 막대기 같은 것을 가지고 세상 사람들을 때려죽이고 다니게 된다네 …"

"어째서요?"

"왜냐하면 지금 인간은 목숨이 중요하니까 경찰에서 보호하지만, 그 시대 국민들은 살아 있는 것이 고통스러우니까 순사가 자비를 베풀기 위해 때려죽여 주는 것이지. 하기야 조금이라도 정신이 제대로 박힌 사람은 대개 자살해 버리니까 순사에게 맞아 죽는 자는 어지간히 겁이 많거나 자살할 능력이 없는 백치 또는 불구자들뿐일 거야. 그래서 죽임을 당하고 싶은 인간은 문간에 팻말을 붙여 두는 것이네. 그냥 '죽고 싶은 남자 있음' 또는 '여자 있음'이라고 붙여 두면 순사가 틈날 때 찾아와서 당장 원하는 대로 죽여 주는 것이지. 뭐? 시체 말인가? 시체는 아무래도 순사가 인력거를 끌면서 수거하러 다니겠지. 또 재미있는 이야기가 있네."

"선생님의 농담은 도무지 끝이 없는 것 같네요."

도후 군이 진심으로 감탄하고 있다. 그러자 도쿠센 군은 여느 때처럼 염소 수염에 신경을 쓰면서 우물우물 말을 꺼냈다.

"농담이라면 농담이겠지만 예언이라면 예언일 수도 있네. 진리를 철저하게 추구하지 않는 사람은 흔히 눈앞의 현상세계에 속박되어서 거품 같은 몽환을 영원한 사실이라고 생각하니까, 조금만 현실에서 벗어난 이야기를 하면 곧바로 농담 취급을 하게 마련이지."

"연작燕雀이 어찌 대붕의 뜻을 알리요. 그런 말씀이군요."

간게쓰가 감탄을 하자, 도쿠센 군은 바로 그것이라고 말하려는 듯한 표정으로 이야기를 계속하였다.

"옛날 스페인에 코르도바라는 곳이 있었는데…."

"지금도 있지 않은가?"

"있을지도 모르지만 그 문제는 어떻든, 그곳 풍습 중에 해 질 녘에 교회에서 종이 울리면 집집마다 여자들이 모두 나와서 강물에 들어가 멱을 감는 것이 있었지…."

"겨울에도 멱을 감습니까?"

"그 점에 대해서는 분명하게 모르겠지만, 아무튼 노소와 귀천을 가리지 않고 강물로 뛰어 들어갔다네. 단 남자는 한 명도 끼지 않았지. 그저 먼발치에서 바라보고만 있었다네. 멀리서 보고 있으려니까 어둑어둑한 물결 위에 허연 살들이 움직이고 있었지…"

"시적이네요. 신체시가 되겠습니다. 그곳 이름이 뭐라고 했지요?"

도후 군은 나체만 나오면 몸을 앞으로 내민다.

"코르도바일세. 그런데 그 지방의 젊은이들이 여자들과 함께 멱을 감을 수도 없고, 그렇다고 멀리서 그 모습을 분명하게 보는 것조차 허용되지 않자 아쉬운 마음에 장난을 치기로 했지…"

"호오, 어떤 식으로 말인가?"

농담이라는 말을 들은 메이테이 군이 반가워했다.

"교회의 종치기한테 뇌물을 써서 일몰 때에 맞춰서 치는 종을 1시간 전에 울렸다네. 그랬더니 여자들은 어리석은 존재여서 그냥 종이 울리는 소리만 듣고는 각자 강변으로 모여들어 속옷 차림으로 풍덩, 풍덩, 하고 물속으로 뛰어들었지. 뛰어든 것까지는 좋았는데, 평소와는 달리 아무리 기다려도 어두워지지 않았다네."

"밝은 가을 햇살이 환하게 비추고 있지 않았는가?"

"다리 위를 보았더니 남자들이 다같이 모여서 쳐다보고 있었지 부끄럽지만 어쩔 수가 없어 그저 얼굴만 잔뜩 붉히고 있었다네."

"그래서?"

"그러니까 인간은 그저 눈앞의 습관에 현혹되어서 근본적인 원리를 잊어버리게 마련이니까 조심해야 한다는 뜻일세."

"그것 아주 고마운 설교로군. 눈앞의 습관에 현혹된 이야기를 나도 하나 해 줄까? 얼마 전에 어떤 잡지를 읽었더니 이런 사기에 대한 소설이 있었네. 내가 여기서 서화 골동품 가게를 연다고 가정해 보세. 그래서 가게에 대가의 화폭이나 명인의 도구 같은 상품들을 진열해 놓는단 말이야. 물론 가짜가 아니라 거짓 한 점 없는 진짜 상급품들만 진열해 놓는 것이네. 상급품이니까 모두 당연히 값이 비싸지. 그때 호사가 손님 하나가 와서 이 화폭은 얼마냐고 묻는다네. 600엔이라고 내가 말하자, 그 손님은 갖고는 싶은데 600엔이면 도저히 돈이 되지 않으니 아쉽지만 포기해야겠다고 하는 거야."

"그렇게 말하기로 되어 있는가?"

주인은 여전히 멋대가리 없는 소리를 한다. 메이테이 군은 탐탁지 않은 얼굴로 대답했다.

"그러니까 소설 아닌가? 그렇게 말한다고 치자고. 그래서 내가 값은 상관이 없으니 마음에 드시면 가지고 가시라고 하네. 손님은 그럴 수도 없으니 주저하지. '그럼 월부로 받겠습니다. 월부로 조금씩 오랫동안 내세요. 어차피 앞으로 계속 저희 고객이 되실 테니까. … 아니, 사양하실 것 전혀 없습니다. 어떻습니까, 한 달에 10엔 정도면 되겠습니까? 혹시 힘드시다면 한 달에 5엔이라도 상관이 없습니다.' 하고 내가 아주 스스럼없이 말하지. 그로부터 나와 손님 사이에 두세 번 말이 오간 다음 결국 나는 그 화폭을 600엔, 단 월부 10엔으로 해서 팔게 되네."

"타임스의 백과전서 같네요."*

"타임스는 확실하지만 내 것은 아주 불확실한 거래지. 이제부터 드디어 교묘한 사기에 들어가는 거야. 잘 들어 보게. 한 달에 10엔씩 600엔이면 몇 년만에 결제가 끝난다고 생각하나, 간게쓰 군?"

---

* 당시 일본에서 《런던 타임스》 신문사가 브리태니커 백과사전을 월부로 판매했다.

"당연히 5년이죠."

"당연히 5년이지. 그런데 5년이라는 세월은 길다고 생각하나, 짧다고 생각하나, 도쿠센 군?"

"일념이 만년이요, 만년이 일념이라. 짧기도 하고, 짧지 않기도 하지."

"뭐야, 그건? 도가道歌인가? 상식이 없는 도가로군. 아무튼 그래서 5년 동안 매달 10엔씩 지불하는 것이니까, 말하자면 상대방은 60회 지불하면 되지. 그런데 이게 바로 습관의 무서운 점인데, 60회나 같은 행동을 되풀이하다 보면 61회에도 여전히 10엔을 지불하게 되지. 62회에도 10엔을 지불하게 되고. 62회, 63회, 하고 회를 거듭할수록 기일만 되면 10엔을 지불하지 않고는 배길 수가 없게 되네. 인간은 영리한 것 같아도 습관에 젖어서 근본을 잊어버린다는 큰 약점을 가지고 있네. 그 약점에 편승해서 나는 몇 번이나 10엔씩 매달 득을 보게 되는 것일세."

"하하하, 설마 그렇게까지 잊어버리지는 않겠지요."

이러고 간게쓰 군이 웃자 주인은 상당히 진지한 표정으로 말했다.

"아니, 그런 일이 정말 있다네. 나는 대학 다닐 때 빌렸던 학자 융자금을 매달 헤아려 보지도 않고 갚고 있었더니, 나중에는 그쪽에서 그만 내라고 한 적이 있었지."

주인은 자기가 한 창피한 짓이 인간에게 모두 적용되는 것처럼 공언하였다.

"그것 보게, 그런 사람이 실제로 여기 있으니 분명하지 않은가. 그러니까 내가 아까 말한 문명의 미래에 대한 이야기를 듣고 농담이라면서 웃는 사람은 60회면 될 월부금을 평생 동안 지불하고도 정당하다고 생각하는 자들이네. 특히 간게쓰 군이나 도후 군과 같이 경험이 모자란 청년 제군은 우리가 하는 말을 잘 들어서 속는 일이 없도록 조심해야 할 것일세."

"잘 알아듣겠습니다. 월부는 반드시 60회만 내고 말겠습니다."

"아니, 농담처럼 들릴지 모르겠지만 실제로 참고가 되는 이야기입니다, 간게쓰 군."

도쿠센 군이 간게쓰 군을 향해 말했다.

"예를 들면 말이지요. 지금 구샤미 군이나 메이테이 군이 당신이 무단으로 결혼을 한 일이 부당하니 가네다라는 사람한테 사죄하라고 충고한다면 어떻게 하겠습니까? 사죄할 생각입니까?"

"사죄는 사양하고 싶네요. 상대편이 저한테 사과한다면 모르지만 제 쪽에서 그럴 생각은 전혀 없습니다."

"경찰이 사죄하라고 명령한다면 어떻습니까?"

"더욱 사양하겠지요."

"대신이나 귀족이라면 어떻습니까?"

"더더욱 사양하겠습니다."

"그것 보세요. 옛날에 비해 지금은 사람이 그만큼 달라졌습니다. 옛날에는 나랏님의 권위만 있으면 무엇이든 할 수 있었던 시대입니다. 그다음으로는 나랏님의 권위로도 할 수 없는 일이 나타나는 시대입니다. 요즘은 아무리 전하나 각하라도 어느 정도 이상으로는 개인의 인격에 압력을 가하지 못하는 세상입니다. 심하게 말하자면 상대방에게 권력이 있으면 있을수록 압력을 받는 쪽은 불쾌감을 느껴서 반항하는 세상입니다. 그러니까 요즘 세상은 옛날과는 달리 '나랏님의 권위 때문에 할 수 없다'는 새로운 현상이 나타나는 시대입니다. 옛날 사람들의 관점에서 생각하자면 거의 믿을 수 없을 정도의 일들이 당당하게 통하는 시대입니다. 세태와 인정의 변천을 보면 참으로 신기한 것이어서 메이테이 군의 미래 이야기도 농담이라고 생각하면 농담에 지나지 않겠지만, 그런 점을 감안해서 예측을 설명했다고 한다면 상당히 그럴듯하지 않습니까?"

"이렇게 편을 들어 주는 친구가 생기니까 미래 이야기를 계속해 주고 싶어지는군. 도쿠센 군의 말씀대로 지금 세상에서 나랏님의 권위를 등에 지거나, 죽창 이삼백 개를 믿고 억지를 부리려는 것은 마치 가마를 타고 어떻게 해서든 기차와 경쟁을 하려고 덤비는 시대착오적인 완고한 인간—말하자면 저 벽창호의 장본인, 고리대금업자 조한 선생 정도니까, 그냥 가만히 앉아서 솜씨를 두고 보면 되지만—내 미래 이야기는 그렇게 딩딩 눈앞에 닥치는 작은 문제가 아니야. 인간 전체의 운명에 관한 사회적인 현상이니 말일세. 곰곰이 요즘 문명의 경향을 달관해서 먼 장래의 추세를 점치자면 결혼이 불가능한 일이 되지. 놀랍게도 결혼이 불가능해진다네. 이유는 바로 이런 것이야. 앞에서 말한 대로 요즘 세상은 개성 중심의 세상이지. 일가를 주인이 대표하고, 한 군을 군수가 대표하고, 한 고장을 영주가 대표하던 시대에는 대표자 이외의 인간에게는 인격이 전혀 없었네. 있어도 인정을 받지 못했지. 그것이 180도 변하니까 모든 생존자가 하나같이 개성을 주장하기 시작해서 누구를 보아도 자네는 자네, 나는 나라고 구분을 지으려는 것처럼 행동하게 되었지, 두 사람이 길을 가다가 만나면 '네놈이 인간이라면 나도 인간이다'라고 마음속으로 싸움을 걸면서 지나치지. 그만큼 개인이 강해진 셈이야. 개인이 평등하게 강해졌으니 개인이 평등하게 약해진 것이기도 하지. 남이 나한테 해를 미치기가 힘들게 되었다는 점에서는 분명 자기가 강해졌지만, 어지간해서는 나도 남의 신상에 손을 대지 못하게 되었다는 점에서는 분명히 옛날보다 약해졌다고 봐야 하네. 강해지는 것은 기쁘지만 약해지는 것은 아무도 달갑지 않으니까, 남한테 털끝만큼도 침해를 받지 않으려고 강한 점을 끝까지 사수함과 동시에 하다못해 털끝 반만큼이라도 남을 침해하려고 약한 점을 억지로 넓히려 하지. 이렇게 되니까 사람과 사람 사이에 공간이 없어져서 살아가는 것이 답답해지네. 될 수 있는 대로 자기를 팽창시켜서 터질 듯이 잔뜩 부풀려 놓고는 괴로워하면서 생존하고 있지. 괴로우니까 여러 가지 방법으로 개인과 개인 사이에서 여유를 찾게 되네. 이렇듯 인간이 자업자득으로 괴로워하고, 그렇게 괴로운 와중에서 생각해 낸 첫 번째 방안은 부모와 자식이 별거하는 제도지. 일본에서도 산속에 들어가 보게. 한 가족, 한 집안이 모조리 집 한 채에서 우글우글 살고 있네. 주장할 만한 개성도 없고, 또 있어도 주장하지 않으니까 그렇게 살 수 있지만, 문명을 누리는 백성들은 설사 부모 자식 간이라도 될 수 있는 대로 서로에게 자기를 내세우지 않으면 손해를 입게 되니까, 양쪽의 안전을 유지하기 위해서는 아무래도 별거하지 않으면 안 되지. 서양은 문명이 발전해 있기 때문에 일본보다 일찍 이런 제도가 실행되고 있네. 우연히 부모 자식이 동거하고 있는 경우에도 아들이 아비한테 이자가 붙은 돈을 빌리기도 하고, 타인처럼 하숙비를 내기도 하지. 부모가 아들의 개성을 인정하고 이를 존중하고 있기 때문에 이런 미풍이 성립하는 셈이야. 이런 풍속은 조만간 일본에도 반드시 들여와야 할 것이네. 친척들은 벌써 떨어지고, 부모 자식도 이제 떨어지게 되어서 겨우 참을 수 있게 되었다고는 하나, 개성의 발전과 그 발전에 따라 이를 존중하는 생각은 무제한으로 늘어나니까 더 떨어지지 않으면 편할 수가 없게 되네. 그러나 부모 자식, 혹은 형제들이 서로 떨어진 오늘날 더 이상 떨어질 만한 사람이 없으니까 마지막 방안으로 부부가 헤어지게 되네. 요즘 사람들 생각으로는 같이 있으니까 부부라고 생각하지. 그것이 커다란 착각일세. 같이 있으려면 그럴 수 있을 만큼 서로 개성이 잘 맞아떨어져야 하지. 옛날 같으면 문제가 없지. 일심이체라고 해서 부부는 몸은 둘이지만 마음은 하나라고 했으니까. 그러니까 해로동혈偕老同穴이라고 하면서 죽어도 한 무덤 속에 들어가곤 했지. 야만스럽기 짝이 없는 일이야. 지금은 그렇게 할 수 없네. 남편은 어디까지나 남편이고 아내는 아무리 발버둥쳐도 아내니까. 그 아내가 여학교에서 바지를 입고 다니면서 확고한 개성을 이룩하고 머리를 묶은 모습으로 쳐들어오는 것이니 남편이 마음대로 할 수 있을 리가 없지. 그리고 남편이 마음대로 할 수 있을 만한 아내라면 아내가 아닌 인형이라고 봐야 할 것이고. 현명한 부인이 되면 될수록 개성은 대단할 정도로 발달하지. 발달하면 할수록 남편과는 맞지 않게 되네. 맞지 않으면 자연스러운 흐름으로 남편과 충돌하지. 그러니까 양처良妻라는 이름이 붙은 사람일수록 아침부터 밤까지 남편과 충돌하게 되네. 매우 바람직한 일이지만 똑똑한 부인을 얻을수록 양쪽 모두 괴로움의 정도가 심해지지. 물과 기름처럼 부부 사이에는 분명한 구별이 있고, 그것도 안정이 되어서 구별이 수평선을 유지하고 있으면 그나마 다행이지만, 물과 기름이 서로에게 작용하려고 하는 것이니 집안은 큰 지진을 만난 것처럼 들썩들썩 흔들리게 되네. 이 시점에서 부부가 같이 사는 것이 서로에게 손해라는 사실을 점차 사람들이 깨닫게 되지."

"그래서 부부가 헤어지게 되는 겁니까? 걱정스럽네."

간게쓰 군이 말했다.

"헤어지네, 분명히 헤어지지. 세상 부부들은 모두 헤어지네. 지금까지는 같이 살아야만 부부였지만 앞으로는 동서하고 있는 사람은 부부의 자격이 없다고 세상 사람들이 생각하게 되지."

"그러면 저 같은 경우도 자격이 없는 쪽에 들어가게 되겠네요."

간게쓰 군은 아슬아슬한 곳에서 금슬 자랑을 하였다.

"메이지 시대에 태어났으니 다행이지. 나 같은 사람은 미래 이야기를 만드는 만큼 두뇌가 이 시대보다 한두 발짝 앞서 나가고 있으니까 지금부터 이렇게 독신으로 있는 것일세. 남들은 실연을 당한 결과라는 둥 떠들지만 근시안적인 사람이 할 수 있는 생각이란 그렇게 천박한 것이네. 그건 그렇다 치고 미래 이야기를 계속하자면 이렇게 되네. 그때 한 사람의 철학자가 하늘에서 내려와 천지가 뒤집힐 만한 진리를 외치는 것이네. 그 설에 따르면, '인간은 개성의 동물이다. 개성을 없애면 인간을 없애는 것과 같은 결과에 빠진다. 적어도 인간의 의미를 완전하게 하기 위해서는 어떠한 값을 치르더라도 이 개성을 보존함과 동시에 발달시키지 않으면 안 된다. 이제까지의 나쁜 습관에 속박되어 억지로 결혼을 집행하는 것은 인간의 자연적인 경향에 반한 야만적인 풍습이며, 개성이 발달하지 않았던 몽매한 시대라면 모를까, 문명이 발달한 오늘날에도 아직까지 이런 병폐에 빠져서 헤어나오지 못하는 것은 참으로 커다란 잘못이다. 개화의 정도가 최고에 달한 요즘 시대에 두 개의 개성이 보통 이상으로 친밀한 정도를 가지고 연결되어야 할 이유가 어디에 있겠는가. 이렇게 명백하고 알기 쉬운 이유가 있는데도 무식한 청춘 남녀가 한때의 열정에 빠져서 공연히 결혼식을 올리는 것은 도덕과 윤리를 심하게 해치는 행위이다. 나는 인도를 위해, 문명을 위해, 그들 청춘 남녀의 개성 보호를 위해 전력을 다해서 이 야만적인 풍습에 저항할 것이다…'"

"선생님, 저는 그 설에는 완전히 반대합니다."

도후 군이 이때 단호한 말투로 말하며 철썩하고 한 손으로 자기 무릎을 쳤다.

"제 생각으로는 세상에 그 무엇보다도 귀중한 것이 바로 사랑과 아름다움이라고 봅니다. 우리를 위로하고, 우리를 완전하게 하고, 우리를 행복하게 하는 것은 바로 이 두 가지가 있기 때문입니다. 우리의 정서가 우아하게 되고, 품성이 고결하게 되고, 감정이 세련되어지는 것 또한 바로 이 두 가지 덕분입니다. 따라서 우리는 어떠한 세상에 태어나더라도 이 두 가지를 잊을 수가 없는 것입니다. 이 두 가지가 현실적인 모양으로 나타나면 사랑은 부부라는 관계가 됩니다. 아름다움은 시와 노래, 음악의 형식을 갖게 됩니다. 그러니까 적어도 인류가 지구 표면에 존재하는 한 부부와 예술은 결코 사라지는 일이 없으리라고 생각합니다."

"없어도 상관없지만 지금 철학자가 말한 대로 분명히 사라져 버릴 테니 할 수 없다고 포기해야지. 뭐, 예술이라고? 예술도 부부와 마찬가지의 운명에 처하겠지. 개성의 발전이라는 것은 개성의 자유라는 뜻이지. 개성의 자유라는 뜻은 나는 나, 남은 남이라는 뜻이지. 그런데 그런 예술 같은 것이 존재할 수 있을 리가 없지 않은가. 예술이 번성하는 것은 예술가와 그것을 향유하는 사람 사이에 개성의 일치가 있기 때문이지. 자네가 아무리 신체시 작가라고 버텨 봐야 자네의 시를 읽고 좋다고 하는 사람이 한 명도 없으면, 자네의 신체시도 불쌍하지만 자네 말고는 독자가 사라지게 될 것 아닌가? 〈원앙가〉를 몇 편 만들어도 소용이 없지. 다행이 메이지 시대라는 요즘에 태어났으니까 세상 사람들이 모두 애독하는 것이겠지만…."

"아니, 그 정도는 아닙니다."

"지금도 그 정도가 아니라면 인문이 발달한 미래, 즉 그 대단한 철학자가 나와서 설혼 부성론을 수상하는 시대에는 읽을 사람이 아무도 없어지네. 아니, 굳이 자네의 작품이라 읽지 않는다는 뜻이 아닐

세. 사람마다 각각 자기 나름대로 특별한 개성을 가지고 있으니까 남이 만든 시나 글 같은 것에는 전혀 흥미를 못 느낀다 뿐이지. 사실 지금도 영국 등지에서는 이런 경향이 벌써 나타나고 있다네. 지금 현존하는 영국 소설가 중에서 작품에 개성이 가장 두드러지게 나타나는 조지 메러디스를 보고, 헨리 제임스*를 보게. 독자가 아주 적지 않은가? 적은 것이 당연하지. 그런 작품은 그런 개성이 있는 사람이 아니면 읽어 봐야 재미가 없을 테니 하는 수 없지. 이런 경향이 점점 발달해서 혼인이 부도덕하게 되는 시대가 되면 예술도 완전히 멸망하게 되네. 그렇지 않겠는가? 자네가 쓴 것을 나는 이해할 수 없게 되고, 내가 쓴 것을 자네가 이해할 수 없게 되어 버리니, 자네와 나 사이에 예술이고 뭐고 있을 턱이 없지 않은가?"

"그야 그렇겠지만 저는 아무래도 직각적直覺的으로 그리 생각되지 않습니다."

"자네가 직각적으로 그리 생각할 수 없다면 나는 곡각적曲覺的으로 그렇게 생각할 뿐이지."

"곡각적일지도 모르지만…."

이번에는 도쿠센 군이 끼어들었다.

"어쨌든 인간에게 개성의 자유를 허용하면 할수록 사람들 사이가 답답해진다는 것만은 틀림이 없네. 니체가 '초인超人' 사상 같은 것을 끄집어낸 이유도 바로 이런 답답함에 탈출구를 찾을 수가 없어서 하는 수 없이 그런 철학으로 변형을 한 것이지. 얼핏 보면 그것이 그 사람의 이상처럼 보이지만 그건 이상이 아니라 불평이야. 개성이 발전

---

* 조지 메러디스(1828~1909)는 영국의 소설가·시인, 헨리 제임스(1843~1916)는 미국 태생의 소설가.

된 19세기에 살면서 옆 사람에게 신경을 쓰지 않고는 돌아눕지도 못하게 생겼으니까, 그 사람이 자포자기한 심정으로 그런 얼토당토않은 글을 휘갈겼을 것이 뻔해. 그걸 읽으면 장쾌하다기보다는 오히려 가엾어지네. 그 소리는 용맹스럽게 정진하는 목소리가 아니라 아무리 들어도 원한을 통분하는 소리지. 그도 당연한 일이야. 옛날에는 위대한 사람이 한 명 있으면 천하가 한마음으로 그 휘하에 모여들었으니 얼마나 기분이 좋았겠나. 이런 기분 좋은 일이 현실에 일어나면 굳이 니체처럼 붓과 종이의 힘으로 이것을 서적에 나타낼 필요가 없지. 그러니까 호메로스도 마찬가지로 초인적인 성격을 묘사했는데 느낌이 전혀 다르지 않은가. 밝고 유쾌하게 쓰여 있네. 유쾌한 사실이 있고, 이런 유쾌한 사실을 종이로 옮겨 적은 것이니 씁쓸한 맛이 있을 턱이 없지. 니체의 시대에는 그럴 수가 없었네. 영웅 같은 것은 한 사람도 없었지. 나와 봐야 아무도 영웅으로 떠받들지도 않았고. 옛날에는 공자가 한 명밖에 없었으니까 공자도 활개를 치고 다녔지만 지금은 공자가 몇 명이나 있네. 어쩌면 세상 사람들이 모조리 공자인지도 모르지. 그러니까 내가 공자라고 자랑해 봐야 통하지 않는 것이야 통하지 않으니까 불만이 생기고, 불만이 생기니까 초인 같은 것을 서적 안에서만 휘두르게 되지. 우리는 자유를 원해서 자유를 얻었네. 자유를 얻은 결과 부자유를 느껴서 난처해하고 있지. 그러니까 서양 문명 같은 것은 좋아 보여도 궁극적으로는 쓸모가 없네. 그에 반해서 동양에서는 예로부터 마음의 수양을 쌓았지. 그쪽이 더 옳았던 거야. 한번 생각해 보게. 개성이 발전한 결과 모두들 신경쇠약을 일으켜서 처치 곤란일 때 '왕자지민王者之民은 탕탕蕩蕩하다'*는 신구의 가치를 비로

* 《논어》에서 공자가 요 임금의 덕치를 칭송하는 말이다.

소 발견하게 될 테니. '무위無爲로 화한다'*는 말을 무시할 수 없다는 사실을 깨달을 테니까. 그러나 깨달았다 해도 그때는 벌써 늦었네. 알코올중독에 걸린 사람이 아아, 술을 마시지 말걸, 하고 후회하는 것과 매한가지지."

"선생님들께서는 상당히 염세적인 말씀을 하시는데 저는 이상하네요. 아무리 들어도 느끼는 바가 없으니 말입니다. 어째서 그럴까요?"

간게쓰 군이 말했다.

"그야 갓 결혼해서 새색시를 맞았으니까 그렇지."

메이테이 군이 곧바로 해석해 주었다. 그러자 주인이 느닷없이 이런 말을 꺼냈다.

"아내를 맞아서 여자는 참 좋다고 생각한다면 큰 오산일세. 참고를 위해서 내가 재미있는 글을 읽어 주겠네. 잘 들어 보게."

주인은 아까 서재에서 가지고 온 낡은 책을 들면서 말했다.

"이 책은 오래되었지만 이 시대부터 여자가 나쁘다는 사실은 확실하게 알려져 있네."

그러자 간게쓰 군이 물었다.

"좀 놀랐는데요. 도대체 언제 쓰인 책입니까?"

"토머스 내시라고 16세기의 저서일세."

"더욱 놀랍군요. 그 시대에 벌써 제 아내의 험담을 써 놓은 책이 있었습니까?"

"여러 가지 여자에 대한 험담이 쓰여 있지만 그중에는 분명 자네 부인도 들어가 있을 테니 잘 들어 보게."

"네, 물론 들어야지요. 아주 고마운 일이군요."

* 《노자》에 나오는 말이다.

"우선 옛 현인들의 여성관을 소개한다고 쓰여 있네. 어떤가? 다들 듣고 있는가?"

"모두 듣고 있어. 독신인 나까지 듣고 있네."

"아리스토텔레스가 말하기를, 여자는 어차피 아무짝에도 쓸모가 없는 것이니 아내를 맞으려면 큰 여자보다 작은 여자를 선택하라, 크고 쓸모가 없는 것보다는 작고 쓸모가 없는 것이 그나마 피해가 적으니까…"

"간게쓰 군의 부인은 큰 편인가, 작은 편인가?"

"크고 쓸모가 없는 편이겠네요."

"하하하, 이것 아주 재미있는 책이군. 자, 계속해서 읽어 보게."

"어떤 사람이 묻기를, 최대의 기적이란 무엇인가? 현자가 답하여 말하기를 정숙한 부인이다…"

"현자가 누구입니까?"

"이름은 쓰여 있지 않네."

"보나마나 실연당한 현자겠지."

"다음으로는 디오게네스가 나와 있군. 어떤 사람이 묻기를 결혼은 언제쯤 해야 하는가? 디오게네스가 대답하여 이르기를, '청년은 너무 이르고 노년은 너무 늦다'고 되어 있네."

"그 사람 나무통 안에서 생각했군그래."

"피타고라스가 말하기를, 세상에는 무서운 것이 세 가지 있는데, 그중 하나는 불이요, 또 하나는 물이요, 나머지 하나는 여자라."

"그리스의 철학자들은 의외로 엉뚱한 소리를 지껄였군. 나한테 말하라고 하면, 세상에는 무서운 것이 없다, 불에 들어가도 타지 않고, 물에 들어가도 빠지지 않고…"

거기까지 말한 도쿠센 씨가 순간적으로 말이 막혔다.

"여자를 만나도 녹아나지 않고, 아닌가?"

메이테이 선생이 지원병으로 나섰다. 주인은 곧바로 다음을 읽었다.

"소크라테스는 부녀자를 다스리는 것이 인간의 가장 큰 어려움이라 하였다. 데모스테네스가 말하기를, 사람이 만약 그의 적을 괴롭히고 싶으면 자기 여자를 적에게 보내는 것보다 더 뛰어난 방법이 없다, 가정의 풍파 때문에 밤이고 낮이고 할 것 없이 그를 힘들고 피곤하게 하여 다시는 일어날 수 없게 하기 때문이다, 하였다. 세네카는 부녀와 무식이 세계의 양대 재앙이라고 하였고, 마르쿠스 아우렐리우스는 여자는 제어하기 힘들다는 점에서 선박과 비슷하다고 말했고, 플라우투스는 여자가 아름다운 옷으로 치장하는 버릇을 두고 타고난 추함을 감추기 위한 어리석은 방책이라고 하였다. 발레리우스는 일찍이 글을 그의 친구에게 보내서 충고하기를, 세상에 무슨 일이든 여자가 몰래 하지 못하는 일이 없다, 간절히 바라기를 하늘이 그대를 불쌍히 여겨서 그들의 술책에 떨어지지 않게 하기를 바란다고 하였다. 그는 또한 말하기를 여자란 무엇인가, 우애의 적이 아닌가, 피할 수 없는 괴로움이 아닌가, 필연적인 해가 아닌가, 자연의 유혹이 아닌가, 꿀처럼 생긴 독이 아닌가, 만약 여자를 버리는 것이 부덕하다면 그들을 버리지 않는 것은 더욱 심한 가책이라고 해야 하지 않겠는가…."

"이제 되었습니다, 선생님. 그 정도로 제 처의 악담을 들었으니 충분합니다."

"아직도 네다섯 페이지 남았는데, 아예 더 듣는 것이 어떤가?"

"그 정도로 그만해 두게. 이제 부인께서 돌아오실 시간 아닌가?"

메이테이 선생이 이러고 놀리는 말을 하는데, 거실 쪽에서 목소리가 들렸다.

"키요淸야, 키요야."

부인이 하녀를 부르는 소리였다.

"이것 큰일 났군. 부인이 안에 계시지 않은가, 자네?"

"으흐흐흐." 하고 주인은 웃으면서 "무슨 상관인가." 하고 말했다.

"부인, 부인, 언제 돌아오셨습니까?"

거실에서는 조용하니 대답이 없었다.

"부인, 지금 한 이야기를 들으셨습니까? 네?"

여전히 대꾸가 없다.

"지금 한 이야기는 바깥양반의 생각이 아닙니다. 16세기의 네시라는 사람의 설이니까 안심하십시오."

"몰라요."

부인이 먼 곳에서 짧게 대꾸를 하였다. 간게쓰 군이 키득키득 웃었다.

"저도 몰라서 실례했습니다, 아하하하."

메이테이 군도 이러고는 거리낌없이 웃었다. 그때 현관문이 거칠게 열리며 실례합니다, 혹은 계십니까, 하는 소리도 없이 커다란 발걸음 소리가 들리더니. 응접실의 장지문을 난폭하게 열어젖히며 다타라 산페이 군이 그 틈으로 얼굴을 내밀었다.

산페이 군은 오늘 여느 때와는 달리 새하얀 셔츠에 방금 산 외투를 입고 벌써 얼큰하게 한산 마신 듯한 분위기를 풍기는 데다가, 오른손에 새끼줄로 엮은 맥주 네 병을 무겁게 들고 와서 가다랑어포 옆에 놓고는, 인사도 하지 않고 풀썩 주저앉아 벌써 자세를 흐트러뜨리는 폼이 아주 씩씩하기 이를 데 없었다.

"선생님, 위장병은 근래 좀 나으셨습니까? 이렇게 집 안에만 계시니까 안 되는 겁니다."

"아직 나빠졌다는 말도 안 했는데, 무슨 소린가?"

"말씀을 안 하셔도 안색이 좋지 않은 걸 보니 뻔한데요. 선생님, 안색이 누렇습니다. 요즘에는 낚시가 좋다고 합니다. 시나가와에서 배를 한 척 빌려서… 저는 지난 일요일에 갔습니다."

"뭐 좀 낚았나?"

"아무것도 낚지 못했습니다."

"낚이지 않아도 재미가 있는가?"

"호연지기를 키울 수 있으니까요. 어떻습니까, 여러분? 낚시하러 가신 적이 있습니까? 낚시는 정말 재미있지요. 커다란 바다 위를 작은 배로 이리저리 돌아다니는 것이니까요."

이러고 이 사람 저 사람 할 것 없이 말을 걸었다.

"나는 작은 바다 위를 큰 배로 이리저리 돌아다니고 싶구먼."

먼저 메이테이 군이 상대를 했다.

"어차피 낚는다면 고래나 인어라도 낚지 않으면 재미가 없지요."

그다음으로 간게쓰 군이 대답했다.

"그런 것을 어떻게 낚아요? 문학자는 상식이 없네요."

"나는 문학자가 아닙니다."

"그렇습니까? 그럼 당신은 무엇이지요? 저 같은 비즈니스맨한테는 상식이 가장 중요하니까요. 선생님, 전 요즘에 아주 상식이 많이 늘었습니다. 아무래도 그런 곳에 있으니까, 환경이 환경이라서 그렇게 되어 버린답니다."

"어떻게 된다는 말인가?"

"담배를 피워도 말입니다, 아사히나 시키시마를 피우고 있으면 체면이 서지 않지요."

이렇게 말하면서 끝에 금박을 두른 이집트 담배를 꺼내서 뻐끔뻐 끔 피워 댔다.

"그렇게 사치를 할 돈이 있는가?"

"돈은 없지만 조만간 어떻게 될 겁니다. 이 담배를 피우고 있으면 남들 신용부터가 달라지니까요."

"간게쓰 군이 공을 깎는 것보다 편한 신용이라 좋군. 수고할 필요 가 없으니 말이야. 간편한 신용이군그래."

메이테이가 간게쓰에게 말하자 간게쓰가 뭐라고 대답하기도 전에 산페이 군이 나섰다.

"당신이 산게쓰 씨입니까? 박사는 결국 하지 못했습니까? 당신이 박사가 되지 않는 바람에 제가 하기로 했습니다."

"박사를 말입니까?"

"아니, 가네다 씨 댁 아가씨 말입니다. 그야 딱하게 되었다고 생각 합니다. 하지만 그쪽에서 자꾸만 결혼해 달라, 결혼해 달라, 하도 말 하니까 결국 그렇게 하기로 정했습니다, 선생님. 하지만 간게쓰 씨한 테는 좀 미안하게 된 것 같아 걱정입니다."

"아무쪼록 사양하지 마시고 하십시오."

간게쓰 군이 이렇게 말하자, 주인은 조금 애매하게 대꾸를 하였다.

"결혼하고 싶으면 하면 되는 일이 아닌가?"

"그것참 축하할 만한 이야기로군. 그러니까 딸내미가 어떻든 걱정 하는 사람이 없다니까. 누가 데려가나 했더니 아까 내가 말한 대로 이 렇게 훌륭한 신사가 신랑이 되겠다고 하지 않는가. 도후 군, 신체시의 소재가 생겼네. 당장 착수하게나."

메이테이 군이 평소처럼 신바람이 나서 떠들어 대자 산페이 군도 신이 난 것 같았다.

"당신이 도후 군입니까? 결혼식 때 뭐 좀 만들어 주시지 않겠어요? 당장 활판으로 찍어서 여기저기 돌리겠습니다. 《다이요太陽》*에도 실리도록 하겠습니다."

"네, 뭔가 만들어 드리지요. 언제쯤 필요하십니까?"

"언제라도 좋습니다. 만들어 놓은 것이라도 괜찮습니다. 그 대신에 말입니다, 피로연 때 초대해서 한턱내겠습니다. 샴페인도 대접해 드리지요. 샴페인을 마셔 본 적이 있습니까? 샴페인은 정말 맛이 있지요. 선생님, 피로연 때 악대를 부를 예정인데, 도후 군의 작품을 악보로 만들어서 연주하면 어떨까요?"

"마음대로 하게나."

"선생님께서 악보로 만들어 주시지 않겠어요?"

"말도 안 되는 소리."

"여기 음악을 할 수 있는 사람은 없습니까?"

"낙제 후보자 간게쓰 군은 바이올린의 귀재라네. 단단히 부탁해 보지 그러나. 하지만 샴페인 정도 가지고는 고개를 끄덕일 것 같지 않은데."

"샴페인도 말이지요, 한 병에 4엔, 5엔 하는 거 시시합니다. 제가 대접하는 것은 그런 싸구려가 아닌데 한번 악보를 만들어 주시렵니까?"

"그야 만들어 드리지요. 한 병에 20전 하는 샴페인이라도 만들겠어요. 뭐하다면 공짜로 만들어도 됩니다."

"맨입으로 부탁하지는 않습니다. 사례는 제대로 해 드리지요. 샴페인이 싫으시다면 이런 사례는 어떻습니까?"

그러고는 옷옷 품속에서 일고여덟 장의 사진을 꺼내 방바닥에 우

* 잡지 이름.

수수 흩어 놓았다. 상반신이 있었다. 전신이 있었다. 서 있는 모습이 있었다. 앉아 있는 모습이 있었다. 바지를 입고 있는 모습이 있었다. 기모노를 입은 모습이 있었다. 올림머리를 한 모습이 있었다. 모두가 묘령의 여자들 모습이었다.

"선생님, 후보자가 이만큼이나 있습니다. 간게쓰 군과 도후 군에게 사례로 이 중 누군가를 주선해도 됩니다. 이 사람 어떻습니까?"

산페이 군이 간게쓰 군에게 한 장을 내밀었다.

"좋군요. 아무쪼록 주선해 주십시오."

"이 사람이라도 괜찮습니까?"

산페이 군이 또 한 장을 내밀었다.

"그것도 좋습니다. 꼭 주선해 주십시오."

"어느 쪽 말입니까?"

"어느 쪽이라도 괜찮습니다."

"상당히 바람기가 많군요. 선생님, 이 사람은 박사의 조카딸입니다."

"그런가."

"이쪽은 성격이 아주 좋습니다. 나이도 어리지요. 아직 열일곱 살입니다. 이 여자라면 지참금이 천 엔 됩니다. 이쪽은 지사知事 딸입니다."

산페이 군은 혼자서 떠들어 댔다.

"그 사람들을 모두 다 가질 수는 없습니까?"

"모두 다 말입니까? 그건 욕심이 지나치네요. 댁은 일부다처주의입니까?"

"다처주의는 아니지만 육식론자肉食論者지요."

"아무래도 좋으니까 그런 것은 빨리 치워 버렸으면 좋겠네." 하고 수인이 야단을 치듯이 외쳤다.

"그럼 아무도 갖지 않겠다는 말씀이지요?"

산페이 군이 이렇게 확인을 하더니 사진을 한 장 한 장 주머니 속에 넣었다.

"뭔가, 그 맥주는?"

"선물입니다. 미리 축하하려고 모퉁이에 있는 술 가게에서 사 왔습니다. 좀 마셔 주세요."

주인은 손바닥을 쳐서 하녀를 부르더니 병을 따게 했다. 주인, 메이테이, 도쿠센, 간게쓰, 도후 등 다섯 명은 공손하게 잔을 들어서 산페이 군의 결혼을 축하했다. 산페이 군은 기분이 아주 좋은 듯 이렇게 말했다.

"여기에 계시는 여러분을 피로연에 초대하고 싶은데 다들 나와 주시렵니까? 나와 주시겠지요?"

"나는 싫네."

주인이 곧바로 대답했다.

"어째서 말입니까? 제 평생에 딱 한 번 있는 대사입니다. 그런데도 참석해 주시지 않으렵니까? 너무 몰인정하시네요."

"몰인정한 것은 아니지만 나는 참석하지 않겠네."

"입을 옷이 없어서 그러십니까? 기모노 정도는 어떻게든 마련해 드리겠습니다. 조금은 사람들 많은 곳에도 나가시는 편이 좋을 텐데요, 선생님. 유명한 사람한테 소개해 드리겠습니다."

"절대로 사양하네."

"위장병도 나을 텐데요."

"낫지 않아도 상관없네."

"그렇게 고집을 부리신다면 할 수 없지요. 그쪽은 어떻습니까? 나와 주시렵니까?"

"나 말인가? 가야지, 가고말고. 가능하면 주례가 되는 영광을 얻고 싶을 정도일세. 샴페인으로 올리는 축배로구나, 봄날 저녁에. 뭐, 주례는 스즈키 도주로라고? 그래, 아마 그쯤 되리라고 생각했지. 거참 아쉽지만 할 수 없군. 주례가 두 사람이면 너무 많을 테니까. 그냥 보통 하객으로 반드시 참석하겠네."

"당신은 어떻습니까?"

"나 말입니까? 일간풍월 한생계一竿風月閑生計요, 인조백빈 홍료간人釣白蘋紅蓼間*이라."

"그게 뭡니까?《당시선》입니까?"

"뭔지 모르겠습니다."

"모르신다고요? 난처하군요. 간게쓰 군은 나외 주겠지요? 지금끼지의 관계도 있으니까."

"반드시 참석하도록 하겠습니다. 제가 만든 곡을 악대가 연주하는 것을 듣지 못하면 아쉬울 테니까요."

"그렇고말고요. 당신은 어떻습니까, 도후 군?"

"나가지요. 나가서 두 분 앞에서 신체시를 낭독하고 싶군요."

"그것 아주 좋지요. 선생님, 저는 태어나서 지금까지 이렇게 기분이 좋았던 적이 없습니다. 그러니까 맥주를 한 잔 더 마시겠습니다."

이러더니 자기가 사 온 맥주를 혼자서 벌컥벌컥 마시고는 새빨개졌다.

짧은 가을날은 어느덧 저물고, 잎담배의 시체가 어지럽게 누워 있는 화로 속을 보니 불은 일씨삼치 꺼져 있었다. 아무리 태평스러운 사람들이라도 이제는 흥이 다한 듯했다.

---

* 뉘싯내 하나토 풍월을 듣기니 한가하게 살고, 흰 부녕초 꽃와 빨산 여씨 꽃 사이에서 낚시를 즐긴다는 뜻.

"많이 늦어졌군. 그만 돌아가야겠어."

먼저 도쿠센 군이 일어났다. 이어서 "나도 가야겠네." 하고 앞다투어 말하면서 사람들이 현관을 나섰다. 잔치가 파한 자리처럼 방 안이 쓸쓸해졌다.

주인은 저녁을 먹고 서재로 들어갔다. 부인은 쌀쌀하게 느껴지는지 옷깃을 여미면서 빨아 놓은 옷을 깁고 있다. 아이들은 베개를 나란히하고 잔다. 하녀는 목욕하러 갔다.

속 편하게 보이는 사람들도 마음속을 두드려 보면 어딘가에서 서글픈 소리가 난다. 깨달음을 얻은 것 같은 도쿠센 군의 발도 여전히 땅바닥을 밟으며 다닌다. 속은 편할지도 모르지만 메이테이 군의 세상은 그림에 그려 놓은 듯한 세상이 아니다. 간게쓰 군은 공 깎기를 그만두고 결국 고향에서 부인을 데리고 왔다. 이것이 순리이다. 하지만 순리가 오래 계속되면 아마 무척 지루할 것이다. 도후 군도 앞으로 10년이 지나면 무작정 신체시를 바치는 것이 얼마나 잘못된 일인지 깨달을 것이다. 산페이 군의 경우는 물속에 사는 사람인지, 산속에 사는 사람인지 도무지 알아보기가 힘들다. 평생 동안 샴페인을 대접하며 유쾌하다고 생각할 수 있으면 다행이다. 스즈키 도주로 씨는 어디까지나 둥글게 둥글게 굴러갈 것이다. 굴러가다 보면 진흙이 묻을 것이다. 진흙이 묻었어도 굴러가지 못하는 자보다는 활개를 치겠지. 고양이로 태어나서 사람 세상에 산 지도 벌써 2년이 되었다. 스스로는 이 정도로 견식이 있는 존재가 따로 없다고 생각하고 있었는데, 얼마 전에 카테르 무르*라고 하는 들어 본 적도 없는 동족이 느닷없이 기염을 토하는 바람에 좀 놀랐다. 잘 들어 보았더니 사실은 100년 전

* 독일 소설 속에 나오는 주인공 고양이.

에 죽었는데, 문득 호기심이 생겨서 일부러 유령이 되어 나를 놀라게 하기 위해 먼 저승에서 출장 나왔다고 한다. 이 고양이는 어머니와 대면했을 때 인사의 표시로 생선 한 마리를 물고 갔는데, 도중에서 도저히 참을 수 없게 되어 자기가 먹어 버렸다고 할 정도로 불효한 고양이답게, 재능도 인간에게 지지 않을 정도로 뛰어나서 언제인지 시를 만들어 주인을 놀라게 했을 정도였다. 이런 호걸이 이미 한 세기도 더 전에 출현했다면 나 같은 쓸모없는 고양이는 일찌감치 퇴장을 해서 이상향으로 돌아가 누워 있어도 되지 않겠는가.

주인은 조만간 위장병으로 죽는다. 가네다 영감은 욕심 때문에 벌써 죽은 것이나 마찬가지다. 가을 나뭇잎은 거의 다 떨어졌다. 죽는 것이 만물에게 정해진 업이라면 살아 있어도 별로 쓸모가 없으니 일찌감치 죽는 편이 현명한 짓인지도 모르겠다. 여러 선생들의 설에 따르자면 인간의 운명은 자살에 귀착한다고 한다. 자칫 방심하다가는 고양이도 그렇게 답답한 세상에 태어나지 않으면 안 되게 생겼다. 무서운 일이다. 어딘지 모르게 기분이 울적해진다. 산페이 군이 가지고 온 맥주라도 마셔서 흥을 좀 돋우어야겠다.

부엌으로 갔다. 덜컹거리는 문이 조금 열려 있는 틈새로 가을바람이 불어 들어왔는지, 램프는 어느새 꺼져 있었지만 달밤인지 창문으로 그늘이 비춘다. 컵이 쟁반 위에 세 개 나란히 놓여 있고, 그중 두 개에 갈색 물이 반쯤 남아 있다. 유리컵 속에 든 것은 뜨거운 물이라도 차가운 느낌이 든다. 더구나 쌀쌀한 밤하늘의 달빛 속에서 불 끄는 단지 옆에 나란히 있는 이 액체를 보자니 입을 대기도 전부터 벌써 추워서 마시고 싶지가 않다. 하지만 시험해 볼 만하다. 산페이 같은 사람은 저걸 마시고 난 다음 새빨갛게 되어서 더운 듯이 허덕허덕 숨을 쉬고 있었다. 고양이도 이걸 마시면 명랑하게 되지 않으란 법이 없다. 어차피 언제 죽을지 모르는 목숨이다. 무엇이든 목숨이 붙어 있는 사이에 해 두는 편이 낫다. 죽은 다음에 아아, 아쉽다고 무덤 그늘에서 뉘우쳐 봐야 소용이 없다. 과감하게 마셔 보자, 싶어 기세 좋게 혀를 넣어서 홀짝홀짝 해 보았다. 참으로 놀라웠다. 이상하게 혀끝이 바늘로 찌르는 것처럼 짜릿짜릿하다. 인간은 무슨 생각으로 이렇게 썩은 것을 마시는지 모르겠지만 고양이로서는 도저히 마시지 못하겠다. 아무래도 고양이와 맥주는 궁합이 맞지 않는다. 이것 큰일났다 싶어 한번 내밀었던 혀를 도로 집어넣었다가 생각을 고쳐먹었다. 인간은 입버릇처럼 양약良藥은 입에 쓰다고 하며, 감기 같은 것에 걸리면 얼굴을 찡그리면서 이상한 것을 마신다. 그걸 마시니까 병이 낫는 것인지, 그냥 두어도 낫는데 굳이 마시는 것인지 지금까지 궁금했는데 마침 좋은 기회다. 이 문제를 맥주로 해결해 보자. 마셔서 뱃속까지 씁쓸하게 되면 그것도 할 수 없고, 혹시 산페이처럼 앞뒤를 잊어버릴 정도로 유쾌해지면 대단한 발견이니 근처 고양이들한테 가르쳐 주어도 괜찮겠지. 아무튼 어떻게 될지 운을 하늘에 맡기고 해 보자고 결심하여 다시 혀를 내밀었다. 눈을 뜨고 있으면 마시기 힘드니까, 두 눈을 완전히 꽉 감고는 다시 홀짝홀짝 마시기 시작했다.

내가 참고 또 참으면서 겨우 맥주 한 잔을 다 마셨을 때 이상한 현상이 일어났다. 처음에는 혀가 찌릿찌릿하고 입안이 외부에서 압박을 받는 것처럼 괴로웠는데 갈수록 점점 편해졌고, 한 잔째를 다 마실 무렵에는 그다지 힘이 들지 않게 되었다. 이제 괜찮다, 싶어 두 잔째는 문제없이 해치웠다. 마시는 김에 쟁반 위에 쏟아진 것도 씻어 내듯이 핥아서 뱃속에 넣었다.

그로부터 한동안은 나 스스로 동정을 살피기 위해 가만히 웅크리고 있었다. 점점 몸이 따뜻해진다. 눈가에 열이 오른다. 귀가 후끈거린다. 노래가 부르고 싶다. '고양이다, 고양이' 하고 춤을 추고 싶다. 주인도 메이테이도 도쿠센도 모두 엿이나 먹으라는 기분이 된다. 가네다네 영감을 할퀴어 주고 싶다. 부인의 코를 물어뜯고 싶다. 여러 가지 기분이 든다. 마지막으로 휘청휘청하면서 일어서고 싶다. 일어서서는 건들건들 걷고 싶다. 이것 참 재미있군, 하고 밖으로 나가고 싶어진다. 나가자 달님에게 안녕하세요, 하고 인사하고 싶다. 아아, 정말 기분이 좋다.

취한다는 말이 바로 이런 것이려니 생각하면서 정처두 없이 여기지기 산책을 하는 듯 하지 않는 듯한 기분으로 맥이 풀린 다리를 아무렇게나 움직여서 가는데 자꾸만 졸린다. 자고 있는 것인지 걷고 있는 것인지 분명하지가 않다. 눈은 뜨고 있는 것 같은데 무겁기가 이를 데 없다. 이렇게 되면 끝장이다. 바다든 산이든 놀라겠는가, 하고 앞발을 흐느적거리며 앞으로 내밀었다고 생각한 순간 첨벙, 하는 소리가 들리더니 깜짝 놀라는 사이에… 당했다. 어떻게 당했는지 생각할 틈도 없다. 그저 당했다는 생각이 들까 말까 하는 사이에 엉망진창이 되고 말았다.

정신이 돌아왔을 때 나는 물 위에 떠 있었다. 괴로워서 발톱으로 마구 긁어 댔지만 긁히는 것은 물뿐이었고, 그렇게 버둥대면 금세 가라앉아 버렸다. 하는 수 없이 뒷발로 뛰어올라서 앞발로 긁었더니 드르륵 하는 소리가 들리며 뭔가 짚이는 것이 있었다. 간신히 머리만 떠오르기에 어딘가 싶어서 둘러보자, 나는 커다란 물독 속에 빠져 있었다. 이 물독은 지난여름까지 물아욱이라는 이름의 물풀이 무성했었는데, 그 후로 까마귀들이 와서 아욱을 전부 먹어 치운 다음에 멱까지 감았다. 멱을 감으니 물이 줄어든다. 물이 줄어들면 오지 않게 된다. 요즘에는 많이 줄어서 까마귀가 보이지 않는다고 아까 생각했는데, 나 자신이 까마귀 대신에 이런 곳에서 먹을 감게 되리라고는 생각도 하지 못했다.

물에서 독의 가장자리까지는 12센티미터 정도나 된다. 발을 뻗어도 닿지 않는다. 뛰어올라도 나갈 수가 없다. 가만히 있다가는 가라앉을 뿐이다. 버둥거리면 드르륵, 하고 발톱이 독을 할퀼 뿐, 그렇게 닿았을 때는 좀 뜨는가 싶어도 미끄러지면 순식간에 부글부글 가라앉는다. 가라앉으면 괴로우니까 곧바로 또 드르륵, 하고 긁게 된다. 그러는 사이에 몸이 지쳐 온다. 마음은 조급한데 다리는 아까처럼 움직여 주지 않는다. 결국에는 가라앉기 위해 독을 긁는지, 긁기 위해 가라앉는지 스스로도 분간할 수 없게 되었다.

그때 괴로움 속에서 이렇게 생각했다. 이런 고통을 당하는 것은 말하자면 물독 위로 올라가고 싶은 욕심 때문이다. 올라가고 싶은 마음이야 굴뚝같지만 올라가지 못한다는 것은 뻔한 일이다. 내 다리는 10센티미터도 되지 않는다. 설사 수면 위로 몸이 뜨고, 그렇게 뜬 곳에서 있는 힘껏 앞발을 뻗어 봐야 15센티미터도 더 되는 물독 가장자리에 발톱이 닿을 리가 없다. 물독 가장자리에 발톱이 닿지 못한다면 아무리 발버둥쳐도, 초조해해도, 백년 동안 몸이 가루가 되도록 노력한다 해도 나갈 수 있을 리가 없다. 나갈 수 없다는 것을 뻔히 알고 있는데도 나가려고 하는 것은 억지다. 억지를 부리려고 하니까 괴로운 것이다. 재미없다. 스스로 나서서 괴로워하고, 스스로 좋아서 고문을 당하는 것은 어리석은 짓이다.

'이제 그만두자. 마음대로 해라. '드르륵'은 이것으로 그만두겠어.' 하고 앞발도, 뒷발도, 머리도, 꼬리도 자연의 힘에 맡기고 저항하지 않기로 했다.

점점 편해진다. 괴로운 것인지 황홀한 것인지 알 수가 없다. 물속에 있는 것인지, 방 안에 있는 것인지 구분할 수가 없다. 어디에서 어떻게 있든 상관이 없다. 그냥 편하다. 아니, 편안함 그 자체도 느낄 수가 없다. 세월을 잘라 내고, 천지를 분쇄하여 불가사의한 태평으로 들어간다. 나는 죽는다. 죽어서 이 태평을 얻는다. 태평은 죽지 않으면 얻을 수 없다. 나무아미타불, 나무아미타불. 고맙고도 고맙도다.

1867년 2월 9일, 에도 우시고메 바바시모요코초(지금의 도쿄 신주쿠)에서 아
버지 나쓰메 나오카쓰와 어머니 나쓰메 지에의 5남 3녀 중 막내로
태어나다(본명은 나쓰메 긴노스케).

1868년 신주쿠의 명주 시오바라 쇼노스케의 양자로 입양되다.

1874년 아사쿠사 도다 소학교(제8급)에 입학하다.

1876년 이치가야 소학교로 전학 가다.

1878년 이치가야 소학교 졸업, 긴카 학교 소학심상과로 전학하고 졸업하다.

1879년 도쿄 부립 제일중학교에 입학하다.

1881년 생모 나쓰메 지에가 사망하다. 제일중학교를 중퇴하고, 한학 공부를
위해 사립 니쇼 학사에 입학하다.

1883년 도쿄 대학 예비문(제일고등중학교) 입시를 위해 간다 스루가대의 세
이리츠 학사에 입학하다.

1884년 도쿄 대학 예비문 예과에 입학하다.

1886년 복막염 때문에 낙제하다(이를 계기로 졸업할 때까지 수석을 놓치지 않
는다). 에토 의숙의 교사가 되고, 학원 기숙사로 이사하다.

1887년 첫째 형 다이스케와 둘째 형 에이노스케가 폐병으로 연달아 사망한
가운데, 과민성 결막염을 앓고 집으로 돌아가다.

1888년 시오바라 가문에서 복적, 원래 성인 나쓰메로 돌아가다. 제일고등중
학교 예과를 졸업하고, 영문학을 전공하고자 본과에 입학하다.

1889년 근대 하이쿠문학의 대가 마사오카 시키와 친교를 맺다. 시키의 문집 《칠초집》을 비평하고, 이때부터 필명 '소세키'를 사용하다.

1890년 제일고등중학교 본과를 졸업하고 도쿄제국대학 문과대 영문과에 입학하다. 탁월한 성적으로 문부성의 장학생이 되다.

1891년 월등한 성적으로 특대생이 되다. 가마쿠라 시대의 수필《방장기》를 영역하다.

1892년 징병을 피하고자 홋카이도로 본적을 옮기다. 동경전문학교(지금의 와세다대학) 강사가 되다.

1893년 도쿄제국대학을 졸업하고, 대학원에 입학하다. 고등사범학교(훗날 동경고등사범학교)의 영어 교사가 되다.

1894년 폐결해 초기 진단을 받고 요양에 힘쓰다.

1895년 마츠야마 중학교 교사기 되다(이때의 경험은《도련님》의 소재가 된다). 귀족원 서기관장 나카네 시게카즈의 장녀 나카네 교코와 맞선을 보고 약혼하다.

1896년 쿠마모토현의 제5고등학교 강사가 되다. 나카네 교코와 결혼하고, 교수로 진급하다.

1897년 친부 나쓰메 나오카쓰가 사망하다.

1900년 문부성 지원으로 영국 유학길에 오르고, 도중에 파리 엑스포를 방문하다.

1903년 귀국 후 제일고등학교 강사와 도쿄제국대학 문과대 영문과 강사를 겸임하다.

1905년 하이쿠 잡지 〈두견새〉에《나는 고양이로소이다》를 발표, 연재를 시작하다. 단편소설 〈런던탑〉, 〈카라일 박물관〉, 〈환영의 방패〉 등을 발표하다.

1906년 하이쿠 잡지 〈두견새〉에《도련님》을, 잡지 〈신소설〉에《풀베개》를 발표하다.

1907년 하이쿠 잡지 〈두견새〉에《태풍》을 발표하다. 모든 교직을 관두고《아사히신문》에 입사, 전업 작가의 길을 걷다.《우미인초》를《아사히신문》에 연재하다.

1908년 《갱부》,《산시로》등을 연재하다.

1909년   1월부터 3월까지 〈긴 봄날의 소품〉,《그 후》등의 작품과 기행문《만
        주 한국 이곳저곳》을 연재하다. 위경련에 시달리다.

1910년   소설《문》을 연재하다. 위궤양 때문에 슈젠지 온천에서 요양하나, 각
        혈하고 한때 생사의 문턱으로 오가다. 이때의 경험을 되살려《생각
        나는 일들》을 집필하다.

1911년   문부성의 문학박사 학위 수여 결정을 외면하다. 위궤양이 재발하다.

1912년   《춘분 지날 때까지》,《행인》을 연재하다.

1913년   신경쇠약과 위궤양이 극심해지다. 홋카이도에서 도쿄로 본적을 옮
        기다.

1914년   《마음》을 연재하다. 수필 '나의 개인주의'에 대하여 가쿠슈인 보인회
        에서 강연하다.

1915년   수필집《유리문 안에서》, 소설《한눈팔기》를 연재하다.

1916년   12월 9일, 위궤양 악화로 49세 나이에 생을 마감하다.

나는 고양이로소이다

초판 1쇄 인쇄 2025년 8월 11일
초판 1쇄 발행 2025년 8월 18일

지은이 나쓰메 소세키
옮긴이 임희선
펴낸이 이효원
편집인 노현주
마케팅 추미경
디자인 이용석(표지), 이수정(본문)
펴낸곳 올리버
출판등록 제395-2022-000125호
주소 경기도 고양시 덕양구 삼송로 222, 101동 305호(삼송동, 현대헤리엇)
전화 070-8279-7311　　　　　**팩스** 02-6008-0834
전자우편 tcbook@naver.com

ISBN 979-11-94381-52-5 04080
　　　 979-11-89550-89-9 (세트)

* 값은 뒤표지에 있습니다.
* 잘못된 책은 구입하신 서점에서 바꾸어 드립니다.

* 도서출판 올리버는 탐나는책의 교양서 브랜드입니다.

올리버 세계교양전집 목록